**1장 도원의 결의 편**

"이에 유비·관우·장비 세 사람은 비록 성은 각각 다르다 하나
일단 형제의 의를 맺은 이상 마음을 같이하고
힘을 합쳐서 민초를 편안케 하리로다."

**2장 어지러운 조정 편**

"전국의 영웅 호걸들에게 군사를 거느리고 서울로 올라오도록
지시하여서 환관의 무리들을 뿌리 뽑도록 하십시다."

**5장 술이 식기 전에 편**

"손공, 그 붉은 두건은 유난히 놈들의
눈에 띄기 쉬우니 벗어서 저에게 던지십시오!"

**8장 영웅도 미인 앞에는 편**

"초선아, 내, 이 세상에서 너를 아내로 삼지 못한다면,
영웅 축에 들지도 못한다!"

**11장 벼슬이 싫다는 사나이 편**

옆에서 미축·공융·진등(陳登)까지 온갖 권고의 말을 다해서
현덕에게 서주를 맡아 달라고 했지만 현덕은 끝까지 완강히 거절했다.

**14장 실컷 마시고 보니 편**

조표는 소패에 있는 여포에게 장비가 술만 퍼먹고 있으니
현덕이 성을 빈 틈을 타서 군사를 거느리고 서주를 습격하라고 했다.

**17장 목 대신 머리털을 자르다 편**

"승상께서 보리밭을 짓밟으신 까닭에 참수하여
모범을 보이셔야 할 일이지만 머리털을 잘라서 대신하시는 것이다."

**20장 황제의 혈서 편**

헌제는 금포를 벗어서 동승에게 주면서 조용히 말했다.
"귀가하여 이 의복을 잘 살펴보시오, 나의 호의를 헛되이 하지 않도록……."

**21장 꿀물을 마시고 싶다 편**

원술은 침상 위에 앉은 채 소리를 버럭 지르더니
땅바닥에 쓰러지며 피를 한 말이나 더 되게 토하고 죽어 버렸다.

**23장 독약을 먹이려다 편**

"누가 나한테 독약을 타서 먹이라고 했느냐? 냉큼 실토하지 못할까?"
"하늘이 나한테 나라의 역적을 죽여 없애라고 하신 것뿐이다!"

**24장 잔인한 죽음 편**

"유현덕을 토벌해야겠는데,
원소란 위인이 걱정스러우니 어찌했으면 좋겠소?"

**28장 다시 만나는 기쁨 편**

유현덕은 오래간만에 아우들과 다시 만나게 됐고, 거기다 새로 조자룡까지 거느리게 됐으며,
관운장은 관운장대로 관평·주창 두 부하를 얻게 되어서,
기쁨에 도취한 경사스런 잔치가 며칠 동안이나 계속되었다.

**31장 승패를 초월하여 편**

"여러분께서는 어찌하여 이 유현덕을 버리고
현명한 주군에게 몸을 던져 공명을 꾀하지 않으시오?"

**34장 빼앗은 천리마 편**

채부인은 현덕에게 의심을 품고 있어서,
현덕이 유표와 이야기할 때면
언제나 반드시 숨어서 엿듣기가 일쑤였다.

**37장 만날 수 없는 사람 편**

"거짓을 꾸며서 만든 편지 한 장을 보고
자세히 살펴보지도 않고 명군(明君)을 버리고, 못된 주인에게 몸을 던져
스스로 더러운 명예를 뒤집어 쓰다니 정말로 어리석구나!"

**39장 교묘한 유도작전 편**

그러나 공명은 분연히 위엄 있는 음성으로 말했다.
"검인이 여기 있으니 복종하지 않는 자는 목을 베는 것뿐이오!"

# 三國志 一

# 삼국지 1

나관중 지음 | 김광주 옮김

| 해설 |

《삼국지》에 관해서는 우리 연대의 사람이면 누구나 공통되는 아득한 추억이 있다고 생각된다.

역자 개인의 경우에도 그야말로 까마득한 어린 시절에, 겨울이 되면 초저녁부터 밤이 으슥하도록 할아버지, 할머니, 아버지, 어머니가 화롯가에 모여 앉아, 뿐만 아니라 때로는 이웃집 가족들까지 끼어서, 그 중의 어떤 한 사람이 소리를 높여서 소위 '신소설'이란 것을 낭독하면, 모든 사람이 조용한 가운데 읽는 사람과 같이 호흡을 맞추어 가면서 이야기 줄거리에 열중하고 있던 모습이 지금도 어제의 일인 듯 눈앞에 선하다.

몇 권이었으며 어떠한 책이었는지 지금 그것을 확실히 말할 수는 없고, 이른바 한문에다가 한글로 토를 단《삼국지》라고 생각되는데, 그들은 그 여러 권의 책을 매일 밤 계속해서 낭독하고 듣고 하면서, 조조가 나오면 증오감을 참지 못하여 주먹을 쥐고, 유현덕이 승리를 하면 신바람이 나서 쾌재를 부르고, 제갈공명의 신출귀몰한 계책이 성공하면 아슬아슬한 쾌감에 도취하면서 손에 땀을 쥐곤 하던 일들을 나는 지금도 잊을 수 없다.

이것이 역자에게 50년 전의 일이라고 생각할 때, 우리들의 아버지, 할아버지 연대로만 거슬러 올라간다 해도《삼국지》란 것이 얼마나 긴 세월을 두고 우리들 주변에서 읽혀져 왔는가를 쉽사리 알 수 있다.

등장 인물만 해도 6, 7백 명. 그 하나가 두셋의 직함을 가지고 있으며, 배경으로 나오는 지명 · 강명 · 산명이 360여 개. 우리들이 흔히 복잡다단한 인물이나 사건을 가리켜 "삼국지와 같다."는 말을 쓰는 경우가 있듯이, 이 거창하고 갈피를 잡을 수 없게 복잡한 이야기 속에는, 오늘날에 와서도 이것을 '고색 창연한 골동품'이라기에는 너무나 엄숙한 '인간의 영원한 상(像)과 형(型)'이 약동하고 있음을 부인할 수 없다.

싸움에서 싸움으로 전개되어 나가는 이 이야기 속에서는 사람의 목숨이 파리 목숨만도 못하여 표정 하나만 달라도 뎅겅뎅겅 목이 달아나며, 무수한 인간의 개성들—약삭빠른 놈, 둔한 놈, 제딴에는 꾀를 부린다는 놈, 미련한 놈, 이쪽저쪽의 눈치만 보다가 목이 달아나는 놈, 배신 · 음모 · 공갈 · 협박이 얽히고설켜 뒤범벅이 되어서 난무하고 있는데, 이것이 바로 시대를 초월한 인류 전체의 '영원한 모습'이라고 생각할 때, 그것이 비록 어떤 역사란 것에 과대 · 왜곡 · 보충 · 개정의 수법을 가하여 이루어진 이야기라 하더라도 독자는 고소와 미소를 금하지 못할 줄 안다.

그러면 현재 우리 주변에서는 어떠한《삼국지》가 읽혀지고 있는가. 역자는 그런 것을 여기서 따질 아무런 흥미도 없고 또 그렇게 할 필요도 없다. 다만 이《삼국지》가 의도한 요점만을 솔직히 독자에게 밝혀 두고자 할 따름이다.

1. 어떻게 하면 보다 더 읽기 쉽고, 알기 쉽고, 재미있는《삼국지》를 만들어 보느냐 하는 기도(企圖)에서 정리 작업을 해봤다는 점이다. 이것은 첫째, 복잡다단한 권모술수와 싸움 속에서 자칫하면 혼란을 일으키기 쉬운 독자의 머릿속을 독자와 함께 정리해 나가면서 읽어보자는 목적에서였다.

2. 그러기 위해서 원본 120회를 매회마다 비슷한 분량 속에 집어넣고, 번장(煩長)한 설명의 중복, 지루한 대화 등을 정리했으나, 어디까지나 원본에 충실하면서 군더더기를 붙이지 않되 인명·지명·관명의 하나 하나를 소홀히 하지 않도록 힘썼다.

3. 매회마다 원본이 가진 두 줄의 설명식 한문 소제목을 그대로 넣은 이외에 그 회의 전체적인 줄거리에서, 혹은 특이한 사건에서 집약 또는 강조할 수 있는 소제목 하나씩을 먼저 붙였는데 이 역시 독자가 언제, 어디서, 어떤 한 권을 펼치고 어떤 한 회를 읽어보더라도, 흥미진진한 가운데 손쉽게 음미할 수 있도록 하자는 의도에서였다.

다음으로는《삼국지》본신(本身)에 관한 요점을 간단히 말해 두고자 한다.

우리들이 흔히《삼국지》라고 하는 것은 중국이 후한에서 위

(魏) · 오(吳) · 촉(蜀)의 삼국 정립 시대(三國鼎立時代)를 거쳐서 진(晋)으로의 통일에 이르기까지의 백 년 가까운 동안의 사실을 진수(陳壽)란 사람이 역사로서 편찬해 놓은 것을 다시 이야기로 풀어놓은 소위 연의체 소설(演義體小說)인 《삼국연의》(三國演義)를 가리키는 것이며, 이 신역본의 원본으로 삼은 것도 《족본 삼국연의》(足本 三國演義)(世界書局版)이다.

즉, 《삼국지》라는 정사(위지(魏志) · 오지(嗚志) · 촉지(蜀志) 등 열전(列傳) 65권)가 수많은 사람들의 손을 거쳐서 5백여 년을 내려오는 동안에 수차의 변화와 연진(演進)을 거듭하면서 오늘날 우리가 읽고 있는 《삼국지》의 원본인 《삼국연의》가 된 것이며, 그것이 형성되기 이전까지는 이야기꾼(說話人)들의 입을 통하여 《삼국고사》(三國故事)가 민간에 널리 전파되었던 것이다.

입을 통한 《삼국지》는 당조(唐朝)에 시작되어 송조(宋朝)에 이르러 극히 성행했으며, 원조(元朝)에 이르러서는 잡극(雜劇=唱劇)의 세계에까지 침투해 들어가서 《참여포》(斬呂布) · 《곡주유》(哭周瑜) · 《제갈논공》(諸葛論功) · 《와룡강》(臥龍崗) · 《삼전여포》(三戰呂布) · 《연환계》(連環計) · 《박망소둔》(博望燒屯) 등 무수한 극본을 탄생하게 했으며, 이 중에는 오늘까지 중국 창희(唱戲)에서 성행을 보는 극본들도 많이 남아 있다.

그 뒤에는 《설삼분》(說三分)이라는 이야기책에 변화와 연진(演進)을 가해서 최초의 산문으로 된 《삼국연의》가 나타났으니 이것을 곧 제1종본(第1種本)이라 할 수 있으며, 현재까지 전해지고 있는 나관중(羅貫中)의 작품으로 알려진 것이다. 그는 항주 사람으로 원래 명 초에 태어났다고 하지만, 그의 이름에 관해서는 구구한 설이 많다. 이름이 관이요, 자가 본중이라는 사람도 있고, 또 이름이 본이요, 자가 관중이라고 고증해 놓은《속문헌통》(續文獻通)도 있다고 하는데, 아무튼 그가 당시의 한 사람의 연의가(演義家)였음은 틀림없고, 이 밖의 저서로도《수호전》(水滸傳),《수당연의》(隋唐演義),《평요전》(平妖傳) 등이 있다.

또 몇 해를 지나 명조 말년에 이르러, 제2종본(第2種本)이랄 수 있는《이탁오 평본 삼국연의》(李卓吾 評本 三國演義)가 나타났는데, 이것은 현재 중국에서도 찾아볼 수 없고, 따라서 그 내용이 나관중의 것과 어떻게 다른지 대조 연구해 볼 길도 없다고,《삼국연의고》(三國演義考)의 필자 조초광(趙苕狂)은 지적하고 있다.

다시 청조(清朝) 초년에 와서 현재 성행하고 있는 이《삼국연의》가 나타났으니, 이것을 제3종본이랄 수 있고, 이것은 바로 모종강(毛宗崗)의 소저(所著)이다. 이탁오의《삼국연의》에 대대적으로 산개(刪改)·비평을 가해서 이루어졌으며, 저자 자신이 그 가치를 높이 평가하기 위해서 명말의 이탁오의 것을 '속본(俗本)'이라 하고, 자기 것을 '고본(古本)'이라 일컫게 됐으며, 이 고본을 다시 '모본(毛本)'이라 칭해서 오늘날 가장 많은 독자를 가진《삼국연의》의 종본(種本)이 됐다고 할 수 있다.

그러면 우리는 여기서《삼국연의》의 중국 문학 사상에 있어서의 가치를 어떻게 평가해야 할 것인가. 이 문제에 관해서는 우리들 자신이 그 가치를 판단하느니보다는 중국 문인들 자신의 몇 가지 견해를 다음에 기술함으로써 독자의 참고로 드리고자 한다.

호적지(胡適之)는 그의《호적문존(胡適文存)》가운데서,《삼국연의》는 문학적 작품이라기보다는 절호한 통속 역사로서 몇천 년의 통속 교육사상 어떤 책도 이 책이 지니는 매력을 따라갈 수 없다고 결론을 지었으며, 이진동(李辰冬)이란 사람은 이 역서의 원서의 서문인《삼국연의적 가치》라는 글 중에서, 원작자를 나관중으로 전제해 놓고, 그가 비록 역사적인 사실을 어떻게 날조·왜곡·개정·보충해서 전혀 다른 새로운 인물을 창조해 냈다 하더라도, 역사를 추번(推翻)하고 시대와 암흑 정치에 반항하고 과감히 자기 감정으로 신세계를 창조해 보려고 한 노력을 높이 평가해야 한다고 주장했으며, 역시 원서 서두에 수록된《삼국연의고》(三國演義考)라는 글 중에서, 필자 조초광은 같은 성질의 역사 연의체 소설의 그 어떤 작품도 스케일과 파란만장한 정절에 있어서 도저히 이《삼국연의》를 따를 수 없다는 점을 지적하고 있다.

옮긴이

| 차례 |

해설 4

1. 도원의 결의 15

2. 어지러운 조정 36

3. 적토마를 미끼로 54

4. 칼로 찌르려다가 72

5. 술이 식기 전에 91

6. 우물에 여자의 시체 110

7. 쫓고 쫓기고 128

8. 영웅도 미인 앞에는 146

9. 역적과 충신의 최후 164

10. 거상을 입은 장수 182

11. 벼슬이 싫다는 사나이 200

12. 불 속에서 살아나서 221

13. 천자(天子)를 빼앗는 싸움 239

14. 실컷 마시고 보니 257

15. 옥새의 기구한 운명 275

16. 여자 뒤에 오는 것 292

17. 목 대신 머리털을 자르다 310

18. 눈에 꽂힌 화살 328

19. 주색을 엄금하라 346

20. 황제의 혈서 364

21. 꿀물을 마시고 싶다 382

22. 천하에 뛰어난 문장(文章) 400

23. 독약을 먹이려다 421

24. 잔인한 죽음 439

25. 수염을 담는 주머니 457

26. 옛 주인을 찾아서 478

27. 난관을 돌파하고 497

28. 다시 만나는 기쁨 515

29. 유령과의 대결 533

30. 피로 이긴 싸움 550

31. 승패를 초월하여 568

32. 처참한 골육상쟁 589

33. 사막을 달리며 607

34. 빼앗은 천리마 625

35. 기재(奇才)를 찾아라 643

36. 어머니의 편지 661

37. 만날 수 없는 사람 682

38. 세 번이나 찾아간 초가집 700

39. 교묘한 유도작전 717

40. 불과 물로 싸우다 738

# 1.
# 도원의 결의

복사꽃이 만발한 장비의 집 후원에서 유비, 관우, 장비
세 사람이 의기투합하고 의형제 맺기를 맹세!

宴桃園豪傑三結義
斬黃巾英雄首立功

누런 수건으로 머리를 질끈 동여 맨 황건적(黃巾賊)의 두령 장각(張角)은 심각한 표정을 하고, 장보(張寶) · 장량(張梁) 두 아우를 앞으로 불러 세웠다. 호통을 치면 천지가 떠나갈 듯 찌렁찌렁 울리는 음성이 이상하리만큼 가라앉아 있었다.

"드디어 때가 온 것만 같아. 이 이상 더 망설일 수는 없어. 금명간 곧 황기(黃旗)를 휘날리며 거사를 해 버려야겠어! 우리들과 같이 머리에 누런 수건을 동여매고 우리의 거사에 가담할 백성의 수효가 4, 50만에 달할 것이므로 추호도 두려울 것이 없느니……."

예기하고 있던 일이기는 했으나, 너무나 갑작스레 서두르는

만형 장각의 태도에 막내 아우 장량이 두 눈이 휘둥그래지며 물었다.

"형님! 무슨 사고라도 발생한 건가요?"

"흐음! 우리들의 모의가 탄로났다! 나는 우리들의 심복인 마원의(馬元義)에게 금백(金帛)을 주어서 환관(宦官) 봉서(封諝)에게 파견하여 궁중에서도 우리에게 호응해 줄 것을 부탁하고, 동시에 이런 뜻을 봉서에게 먼저 전달하려고 제자 당주(唐州)란 놈에게 편지를 주어서 심부름을 시켰더니, 아! 이놈이 우리를 배반할 줄야! 이 죽일 놈이 환관 봉서한테로 가지 않고 궁중으로 직행해서 우리들이 거사를 모의하고 있다는 사실을 낱낱이 고해 바쳤단 말이다. 그래서 어리석은 천자는 장군 하진(何進)에게 명령하여 군사를 풀어 마원의를 포위, 그 목을 베게 하고 봉서를 잡아 투옥해 버렸다."

"형님! 그게 정말이오? 사실이 그렇다면 우리들은 한시바삐 시일을 택하여 거사하는 길밖에 또 있겠소! 어차피 남아 대장부가 한번 결심한 일이라면……."

둘째 아우 장보가 이렇게 말하면서 미리 준비해 둔 누런 깃발을 넓은 마당 한복판에 높직하게 꽂았다. 휘날리는 누런 깃발을 우러러보며 맏형 장각은 우렁찬 음성으로 호통을 쳤다.

"이제부터 나는 천공장군(天公將軍), 둘째, 너는 지공장군(地公將軍), 막내, 너는 인공장군(人公將軍)이라 일컫기로 한다. 백성의 마음처럼 얻기 어려운 것은 또 없다. 이제야말로 인심은 우리 편으로 쏠렸으니 천하를 수중에 넣기엔 절호의 기회다. 우리는 이런 기회를 선불리 놓치지는 않을 것이다. 또 나는 모든 백성을 향해서 외치고 싶다! 이제 한 나라의 운이 다하고 새로 위대한 성인이 나타났으니, 그대들은 모름지기 하늘의 뜻을 좇고 올바른 길로 나가야만 태평한 세월을 즐길 수 있으리라."

오랫동안 천하를 뒤집어엎을 모의를 해온 이들 적도(賊徒) 3형제가 거사를 결심하는 행동 개시 직전의 비장하고도 통쾌한 순간이었다.

세상이 너무나 어지러웠다. 그것은 바로 정사가 올바른 길로 나가지 못하여 인심이 불안에 떨고, 도둑의 떼가 백주에도 횡행하던 광화(光和) 원년(元年—178년) 영제(靈帝) 때.

인류의 역사 속에는 태평 천하라는 것이 있다고는 하지만, 그것은 항시 오랜 것이 못 되며 천하의 대세란 오래 갈라지면 반드시 다시 합치게 되고, 합친 지 오래면 또한 반드시 갈라지기 마련이다.

주(周)나라 말엽에는 일곱 나라로 갈라져서 싸우다가 진(秦)나라가 통합했고, 진나라가 망하자 다시 초(楚) · 한(漢)나라로 갈라져서 싸우다가 한나라가 통합했다.

한나라는 고조(高祖)가 백사(白蛇)를 죽이고 의병을 일으켜서 천하를 통일하기 시작한 뒤, 광무제(光武帝)의 중흥(中興)을 거쳐서 헌제(獻帝)에까지 이르렀으나 마침내 3국으로 분열되고 말았다.

천하가 이렇게 어지러워진 근원을 캐자면, 환제(桓帝) · 영제 두 임금에서 시작되었다고 해야 할 것이다. 정의의 선비를 탄압하고 환관을 지나치게 믿고 기용하던 환제가 세상을 떠나고, 영제가 제위를 계승한 다음에도 역시 환관인 조절(曺節)의 무리가 권세를 농단하고 있었다.

그렇기 때문에, 태부(太傅)라는 천자의 보좌직으로 있던 진번(陳蕃)과 병마(兵馬)의 최고 책임자인 대장(大將) 두무(竇武)가 조절을 처치해 버리려고 모의를 했으나 사전에 탄로나 도리어 둘이 다같이 살해당해 버렸고, 환관들의 세도는 나날이 횡포의 도를 더해 갈 뿐이었다.

천하가 망하려면 상상도 할 수 없는 해괴망측한 일들이 일어나는 법이다.

건녕(建寧) 2년(169년) 4월에는 천자가 온덕전(溫德殿)에 납시어 옥좌에 오르시려 할 즈음에, 난데없이 궁궐 일각에서부터 광풍이 일더니 시퍼런 구렁이 한 마리가 들보로부터 날 듯이 내려앉아 옥좌를 친친 감았다.

수라장 같은 아우성 속에서 구렁이의 그림자는 어디론지 자취를 감추었고 그 순간부터 천지를 진동하는 천둥 · 번개 · 비 · 바람 · 우박까지 쏟아져서 가옥 · 인명의 피해가 이루 헤아릴 수 없었다.

건녕 4년에는 낙양(洛陽)에 지진이 일어났고, 광화 원년에는 암탉이 수탉으로 변하는 괴변이 있는가 하면, 10여 장(丈)의 시커먼 요기(妖氣)가 온덕전 안으로 날아들었으며, 옥당전(玉堂殿)에서는 무지개가 뻗치고, 오원(五原)의 산이란 산이 모조리 허물어져 버렸다.

천자가 이 해괴망측한 재변의 원인을 신하에게 묻자, 정사를 올바르게 내다보는 고문관 채옹(蔡邕)이 이는 여자와 환관이 지나치게 정사에 간섭하고 날뛰는 까닭이라고 솔직한 상주문(上奏文)을 올렸다. 그러나 그는 결국 환관 조절의 무리들의 횡포 앞에 어처구니없는 죄명을 뒤집어쓰고 조정에서 추방당하고 말았다.

그러나 그뿐이랴. 환관의 무리들은 조정 안에 십상시(十常侍—侍從)라는 특권의 관직까지 만들어서 일당 열 명이 천자의 측근을 성벽처럼 가로막고 정사를 쥐락펴락하게 되었으니, 도둑이 백주에도 도처에 출몰하게 되고 따라서 백성이 불안과 공포에 떨지 않을 수 없었다.

이렇게 도둑의 무리들이 어지럽게 날뛰는 세월 속에서, 때를 만났다는 듯이 두각을 드러낸 적장(賊將)이 바로 장각 3형제였다. 그리고 장각이란 자는 확실히 괴상한 인물이었다.

이자는 거록군(鉅鹿郡) 태생으로 과거에도 급제를 못한 대단치 않은 수재 정도의 위인으로서, 산 속에 들어가 약초나 캐면서 그 날 그날을 살아가고 있었다.

그런데 어느 날 우연히 산 속에서 노인을 한 사람 만났다. 노인은 벽안동안(碧眼童顔)에 손에는 명아주 지팡이를 짚고 있었다.

이 노인이 장각을 불러서 한 군데 동굴 안으로 데리고 들어가더니 천서(天書) 세 권을 내주며 말했다.

"이 책은 이름을 태평 요술(太平要術)이라고 한다. 네가 이 책을 한번 수중에 넣은 이상에는, 마땅히 하늘을 대신하여 널리 세상 사람을 구원해 줘야 한다. 만약에 엉뚱한 마음을 먹고 섣부른 짓을 한다면 반드시 악보(惡報)를 받게 될 것이니 부디 명심해라!"

장각이 선뜻 꿇어 엎드리며 그 노인의 성함을 물어 보았다.

"나는 남화노선(南華老仙)이라 한다."

말을 마치자 노인은 일진(一陣)의 청풍(淸風)으로 화하여 어디론지 사라져 버렸다.

장각은 이《태평 요술》이란 책을 손에 넣게 된 그날부터 밤낮을 헤아리지 않고 그것을 연구하고 터득하는 데 전력을 기울였기 때문에 바람도 불러일으키고 비도 내리게 할 수 있는 기막힌 요술을 몸에 지니게 되었다. 그러므로 장각은 호를 태평도인(太平道人)이라고 자칭했다.

중평(中平) 원년(元年—184년) 정월에, 악역(惡疫)과 질병이 유행하자, 장각은 병을 고칠 수 있는 부수(符水)를 세상에 널리 나누어 주어 사람들의 질병을 고쳐 주고 스스로 대현양사(大賢良師)라 일컬었다.

장각의 수하에는 제자들이 500여 명이나 있어서, 방방곡곡으로 운유하며 저마다 부적을 잘 쓰고 주문을 외는 데 능했다. 이렇게 되니 제자의 수요가 날이 갈수록 늘어났고, 장각은 삼십육방(三十六方)이란 것을 세워서 대방(大方)은 1만여 명, 소방(小方)은 6, 7천 명으로 제자들을 나누어 가지고 각각 거사(渠師)를 두어서 장군이라고 일컫게 했다.

"푸른 세상은 이미 거꾸러졌고(蒼天巳死), 누런 세상이 마땅히 서게 된다(黃天當立)."

이런 요언을 지어 내어서 세상에 골고루 퍼뜨리고 또,

"갑자년에는 천하대길(歲在甲子, 天下大吉)이다."

라는 말을 떠들어대어, 백성들로 하여금 각각 자기 집 대문에다가 백토로 갑자라는 두 자를 써넣게 하니, 부근 팔주(八州—靑·幽·徐·冀·荊·揚·兗·豫)의 백성들은 가가호호 '대현양사 장각'이라는 명찰을 모셔 놓게 되었다.

장각의 군사는 드디어 유주(幽州)의 경계선을 침범했다.

적군(賊軍)이 쳐들어온다는 정보에 접한 유주의 태수 유언(劉焉)은 교위(校尉—守備隊長) 추정(鄒靖)과 대책을 강구한 끝에 의병을 모집한다는 방문을 곳곳에 높직하게 써 붙이게 했다.

이 방문이 탁현(涿縣)에 나붙었을 때, 여기에 또 한 사람의 영웅이 나타났다.

이 사람은 공부하기를 그다지 좋아하지 않고, 성질이 관대하고 온화하여 희노애락을 좀처럼 드러내지 않았다.

평소에 큰 뜻을 품은 바 있어, 영웅 호걸들 하고만 사귀기를 좋아했다.

신장이 8척, 두 귀가 어깨까지 늘어졌고, 두 손은 무릎까지 닿으며, 눈으로 능히 자기의 귀를 둘러볼 수 있고, 얼굴이 관옥 같으며 입술은 연지를 바른 듯.

그는 중산(中山) 정왕(靖王) 유승(劉勝)의 후예로서 한경제(漢景帝) 각하(閣下) 현손(玄孫)이며 성은 유(劉), 이름은 비(備), 자를 현덕(玄德)이라고 하였다.

옛날에 유승의 아들 유정(劉貞)이 한나라 무제(武帝) 때 탁록정후(涿鹿亭侯)라는 벼슬을 지낸 일이 있었는데, 황실에 규정으로 되어 있는 제사 비용을 부지런히 바치지 못했기 때문에 벼슬자리에서 떨어져 그 혈족의 끄트머리가 탁현에 남게 되었던 것이다.

현덕의 조부는 유웅(劉雄), 부친은 유홍(劉弘)이라고 했다. 유홍은 일찍이 효도와 청렴 결백한 소행이 있는 백성 가운데서 관리를 채용하는 효렴과(孝廉科)의 추천을 받아서 벼슬 자리를 지냈는데 젊어서 세상을 떠났다.

현덕은 어렸을 적에 부친을 여의고 어머니에 대한 효도가 극진했는데 집안이 몹시 가난하여 짚신을 팔고 돗자리를 짜는 것으로 가업을 삼았다.

탁현 누상촌(樓桑村)이란 곳에 살고 있었는데, 집 동남쪽에 큼직한 뽕나무가 한 그루 있어서 높이가 5장(丈)이 넘고 멀리서 바라다보자면 깨끗하게 빛나는 품이 마치 거개(車蓋)가 덮여 있는 것 같았다.

어느 날 어떤 점쟁이가 이 누상촌 근처를 지나다가 뽕나무와 현덕의 집을 유심히 바라다보며,

"이 집에서는 귀인이 나오리라!"

하고 말했다.

현덕은 어렸을 적에 마을 아이들과 그 뽕나무 밑에서 놀면서 곧잘 이런 말을 하곤 했다.

"나는 천자가 되어서 이 거개를 타고야 말테다!"

현덕의 숙부가 이 말을 기특히 여기고 말했다.

"이녀석이 보통 놈은 아닌데!"

그래서 현덕의 집안이 가난한 줄 아는지라 항시 생활비를 보태 주고 도와 주었다. 15살 때, 현덕은 어머니가 유학을 시켜서 정현(鄭玄)·노식(盧植) 같은 사람을 스승으로 섬겼고, 공손찬(公孫瓚) 등을 친구로 사귀었다.

유주 태수 유언이 의병을 모집한다는 방문을 써붙였을 무렵 현덕의 나이 이미 28세였다.

의병을 모집한다는 방문을 쳐다보며 현덕이 무심코 한숨을 내쉬고 있을 때, 등뒤에서 한쪽 어깨를 툭 치며 걱실걱실한 음성으로 말하는 사람이 있었다.

"남아 대장부로 태어나서 나라를 위하여 일할 생각은 하지 않고 탄식만 하고 있다니 이 무슨 꼴이오?"

현덕이 깜짝 놀라 뒤를 돌아다보니, 마치 표범 같은 얼굴에, 부리부리한 두 눈이 큼직하고, 살이 투실투실 쪘으며, 뺨에서 턱까지 호랑이같이 긴 수염이 뻗쳤고, 키가 8척, 그 음성이 우뢰 같은 무시무시한 사나이가 우뚝 서 있었다.

현덕이 그 성명을 물었더니 그가 대답했다.

"소생의 성은 장(張), 이름은 비(飛), 자는 익덕(翼德)이라 하오. 대대로 이 탁군에 살아 왔고, 집안은 과히 보잘것없지만, 언제나 천하의 호걸들과 사귀어 왔소. 이제 노형이 탄식하는 광경을 보고 참다못해 말을 붙여 본 거요!"

"소생은 황건적이 제멋대로 날뛰는 꼴을 차마 볼 수 없어서 개탄하며 날을 보내지만, 어찌 하리요. 놈들을 쳐부술 만한 힘이 없으니, 그래서 탄식하고 있는 판이었소!"

"노형이 그렇다면 나에게 약간의 돈이 준비되어 있으니 빨리 서둘러서 젊은 친구들을 모아 가지고 거사를 한번해 보는 게 어떻겠소?"

현덕과 장비가 서로 기뻐서 어쩔 줄 모르며 근처 주막으로 들어가서 술잔을 기울이고 있을 때, 말을 급히 몰아서 이 주막으로 달려드는 또 한 사람의 호걸이 있었다.

그는 성이 관(關), 이름이 우(羽), 자를 운장(雲長)이라 했다.

하동군(河東郡) 해량현(解良縣) 태생으로, 역시 호족(豪族)들이 세도를 믿고 횡포를 부리는 꼴에 분개한 나머지 이리저리 방랑 생활을 하다가 의병을 모집한다는 소문을 듣고 뛰어 나온 사람인데, 신장이 9척, 수염의 길이가 두 자, 얼굴빛이 붉은 대추 같고, 치올라간 무서운 두 눈, 세상에 두려운 사람이 없을 듯한 훌륭한 풍채였다.

세 호걸들은 몇 마디 말이 오가는 동안에 그 자리에서 의기투합, 장비의 제안으로 바로 그 이튿날 복사꽃이 만개한 장비의 집 넓은 후원에 흑우(黑牛) · 백마(白馬) · 지전(紙錢) 등, 갖출 것을 다 갖추어 놓고 향불을 피우며 하늘을 우러러 절하고 의형제를 맺기로 맹세했다.

"이에 유비 · 관우 · 장비 세 사람은 비록 성은 각각 다르다 하나 일단 형제의 의를 맺은 이상 마음을 같이하고 힘을 합쳐서 고난에 빠진 자를 구출하여 위로는 보국(報國), 아래로는 민초(民草)를 편안케 하리로다. 동년 동월 동일에 세상에 태어나기를 바랄 수는 없다지만, 원컨대 동년 동월 동일에 죽고자 하니, 천지신명께서는 우리들의 갸륵한 마음을 굽어 살피소서. 우리 중에서 의를 어기고 은혜를 저버리는 자 있다면 천인(天人)이 함께 이를 주멸(誅滅)할지어다!"

이렇게 맹세를 마치고 나서, 현덕을 맏형, 관우를 둘째형, 장비를 맨끝 아우로 작정하고 천지신명께 제사를 올렸으며, 소와 말을 잡아서 주연을 베풀고 마을의 용사들을 모집하니 몰려든 사람이 3백여 명, 다같이 복사꽃이 만발한 후원에서 만취토록 통음하고, 이날부터 의거(義擧)에 몸을 바칠 결심으로 단단히 뭉쳤다.

이튿날 아침에 무기를 수습해 보니, 탈 만한 말이 없는 게 걱정이었다.

이 궁리 저 궁리 하고 있는 판인데 마침 누가 와서 알려 주었다.

"길손 두 사람이 심부름꾼 여럿에게 말을 떼로 몰게 하여 이곳에 투숙하러 오고 있습니다."

현덕이 대뜸 말했다.

"이는 하늘이 우리를 도우심이다!"

세 호걸이 다같이 문밖으로 나가서 영접해 들였다.

알고 보니 두 길손은 바로 중산(中山) 지방의 큰 장사꾼으로서, 한 사람은 장세평(張世平) 또 한 사람은 소쌍(蘇雙)이라고 하는데, 해마다 북쪽으로 말을 팔러 가는데 근래에는 도둑놈들이 설치기 때문에 되돌아오는 길이었다.

현덕이 두 길손을 안으로 청해다 놓고 술대접을 하며 도둑놈을 토벌하고 백성을 편히 살도록 해야겠다는 뜻을 말했더니, 크게 기뻐하면서 그 자리에서 좋은 말을 50필, 금은 5백 냥, 빈철(鑌鐵) 1천 근을 무기 만드는 데 보태 쓰라고 내놓았다. 이것으로 현덕은 자웅 한 쌍의 긴 칼, 관운장은 중량이 82근이나 되는 청룡언월도(靑龍偃月刀), 그리고 장비는 1장 8척의 무쇠 창을 만들었다.

마침내 적군(賊軍)과 의병 사이에는 치열한 싸움의 불이 붙었다. 그리고 세 호걸들은 대흥산(大興山) 기슭에서 멋들어진 싸움을 전개했다.

황건적의 장수 정원지(程遠志)는 부장(副將) 등무(鄧茂)를 앞에 내세우니, 이편에서는 장비가 1장 8척의 사모(蛇矛)를 휘두르며 내달아 훌쩍 팔을 한 번 위로 쳐드는 순간에, 벌써 등무의 가슴을 정통으로 찔러서 땅 위에 거꾸로 박혀 나둥그러지게 쳤다.

등무가 나가떨어지는 것을 보자 칼을 휘두르며 말을 달려 장비에게 덤벼드는 적장 정원지, 그러나 옆에 있던 관운장이 그냥 있을 리 없었다.

"에잇! 천하에 역적 놈이!"

하는 호통 소리와 함께 관운장의 82근 무게의 청룡 언월도가 한 번 번쩍 하자마자 정원지의 몸은 두 동강이 나 버리고 말았다.

적병은 흩어져 패주하고 항복하는 자 부지기수였으나, 싸움은 여전히 그 이튿날도 계속되었다.

청주(靑州)의 태수 공경(龔景)이 황건적에게 포위당했다는 공문을 받은 유언이 추정에게 군사 5천을 거느리게 하고, 현덕·관운장·장비를 딸려서 급파하니 여기서도 세 호걸들은 혁혁한 공로를 세우고 적군을 물리쳤다. 그러나 한편 광종(廣宗) 땅에서는 관군 편의 중랑장(中朗將) 노식(盧植)이 병력 5만으로써 장각의 적도 15만과 대진하여 승패를 가리지 못하고 곤경에 빠져 있었다.

현덕이 군사를 거느리고 영천(潁川)까지 급행했을 때, 다행히 관군 편의 황보숭(皇甫嵩)·주전(朱儁) 두 장군이 적군을 풀이 무성한 깊은 벌판으로 몰아 넣고 심야에 불을 질러서 적군을 패주시키는 데 성공하고 있었다.

동이 훤히 터올 무렵까지 싸우고 싸우다가 기진맥진한 황건적의 장량·장보가 패잔병의 무리를 간신히 수습해 가지고 목숨만이라도 건지려고 후퇴하고 있을 때, 난데없이 새빨간 깃발을 무수히 휘날리며 그 퇴로를 가로막는 수많은 군사들이 있었다.

그 진두에 말을 몰아 내닫는 대장은 신장이 7척, 가느다란 눈에 긴 수염, 관직은 기도위(騎都尉), 패국(沛國) 초군(譙郡) 사람으로 성이 조(曺), 이름을 조(操)라 하고 자를 맹덕(孟德)이라 했다.

조조는 어렸을 적부터 사냥·가무·음악을 즐겼고, 권모술수에 능하며 풍부한 기지를 지니고 있었다. 일찍이 남양(南陽)사람

하옹(何顒)은 조조를 한 번 보자,

"한 나라의 황실은 멸망 직전에 처해 있는데 천하를 태평하게 다스릴 인물은 반드시 이런 사람이리라."

했고, 여남(汝南) 사람 허소(許劭)도 인물을 잘 알아보기로 유명한 사람이었는데, 그를 찾아가서 내가 어떠한 인물이냐고 묻는 조조의 말에 이렇게 대답한 적이 있었다.

"그대는 치세(治世)에는 능한 신하요, 난세(亂世)에는 간웅(奸雄)이오."

조조는 이 말에 심히 기뻐했다. 스무 살 때, 한 고을의 사단장 격쯤 되는 북도위(北都尉)라는 벼슬로 낙양(洛陽)에 있었는데, 취임하자마자 귀인이건 호족이건 평민이건 차별 없이 엄격하게 다루어서 굉장히 위명(威名)을 떨쳤다.

그 후 돈구(頓丘)라는 지방의 현령(縣令)이 되었는데 황건적이 날뛰게 되자 기도위로 임명을 받아 보병 · 기병 5천을 거느리고 영천으로 싸움을 거들러 달려오는 판이었다.

때마침, 싸움에 패하여 도주하고 있던 장량 · 장보 두 적장의 군사와 맞닥뜨리게 되어 당장에 퇴로를 가로막고 종횡무진으로 들이쳐서 황건적의 머리를 만여 급(級)이나 베고, 기번(旗旛) · 금고(金鼓) · 마필(馬匹) 따위를 무수하게 빼앗게 되니, 장량 · 장보는 간신히 목숨만 건져 가지고 도주해 버렸다.

의기양양해진 조조는 황보숭 · 주전 두 장수를 만나 보고 간단

한 인사를 마치자 곧 군사를 거느리고 패주하는 장량 · 장보의 뒤를 계속해서 쫓았다.

한편에서는 현덕이 관운장 · 장비를 거느리고 영천 땅에 당도하니 난데없는 승리의 고함소리가 밤하늘을 진동하며 요란스럽게 울려 퍼지고, 치밀어오르는 불빛에 밤이 낮같이 밝을 지경이었다.

군사를 거느리고 말을 급히 몰아 현장에 와 보니 적군은 이미 싸움에 패하여 후퇴해 버린 뒤였다. 현덕이 황보숭과 주전을 만나서 인사를 드리니, 황보숭이 말했다.

"장량 · 장보의 군사는 이미 패배하여 얼마 남지 못했으니, 이 놈들은 광종(廣宗)에 있는 장각을 의지하려고 그곳으로 몰려갈 것이 뻔하오. 그러니 그대는 이제부터 곧 그 방향으로 되돌아가 주는 것이 좋을 것 같소."

현덕은 이 말을 듣자, 다시 군사를 거느리고 오던 길로 돌아섰다.

한참 동안이나 말을 급히 몰고 있는데, 저편에서 죄수의 수레를 호송하고 있는 일군의 인마들이 이편으로 달려오고 있었다.

수레 속에 태운 죄수가 누군가하고 유심히 들여다봤더니, 그는 천만뜻밖에도 관군 편의 중랑장 노식이 아닌가!

현덕이 그 광경을 보자 대경실색, 당장에 말 위에서 뛰어 내려,

"이 어찌된 일이오니까?"

하며 두 눈이 휘둥그래지니, 중랑장 노식이 말했다.

"나는 여러 차례 장각을 포위했었소. 몇 번이나 놈들을 완전히 쳐부술 수 있는 아슬아슬한 판국에 가서는 장각이란 놈이 요술을 써 가며 대항하는지라 끝끝내 승리를 거두지 못하고 있었을 뿐이었소. 그런데 조정에서는 황문시랑(黃門侍郞)으로 있는 환관 좌풍(左豊)을 군정 시찰차 싸움터에 파견했는데, 이자가 내게 뇌물을 내놓으라고 강요하지 않겠소. 그래서 나는 완강히 거절했소.

병량(兵糧)조차 부족해서 쩔쩔매는 이 마당에서 칙사(勅使)에게 바칠 뇌물이 어디 있느냐고 한 마디로 딱 잘라서 말해 주었소. 그랬더니 이 좌풍이란 자가 앙심을 품고 중앙으로 돌아가서, 내가 진지에 틀어박혀서 싸움도 하지 않고 사기를 저하시키고 있다고 아뢰어서 천자께서는 진노하시고 중랑장 동탁(董卓)을 파견하시어 나의 군사를 대신 영솔케 하셨으니, 나는 이렇게 붙잡혀서 서울로 끌려가 벌을 받아야 될 모양이오."

이 말을 듣자 장비가 얼굴이 금방 불덩어리같이 시뻘개지며 당장에 칼을 뽑아 수레를 호송하는 병사들을 찔러 버리고 노식을 구출하려고 서둘렀다.

이때, 현덕이 선뜻 나서서 급히 가로막았다.

"조정에도 공정히 처사하는 인물이 전혀 없지는 않을 걸세. 너무 조급히 굴지 말게!"

현덕이 장비의 팔을 잡고 말리는 동안에 병사들은 벌써 노식을 태운 수레를 그대로 몰고 그 자리에서 사라져 버렸다.

옆에 있던 관운장이 말했다.

"노중랑(盧中郞)이 붙잡혀서 저 지경이 되고, 다른 인물이 대신하여 군사를 통솔하게 된다면 우리들은 서로 믿고 의지할 만한 사람을 찾기 힘들 것이오. 일이 이미 이리 된 바에야 차라리 탁군으로 일단 돌아가는 게 좋지 않겠소?"

관운장의 이와 같은 의견을 듣자, 현덕도 격분하지 않을 수 없었다. 그는 두 주먹을 불끈 쥐고 온몸을 부들부들 떨었다.

"천하를 망치는 괘씸한 자들은 역시 환관의 무리들일세! 싸움터에까지 나타나서 뇌물을 탐내고, 죄 없는 사람을 모함하다니. 음, 자네 말도 일리가 있는 말이야!"

이리하여 현덕도 관운장의 의견에 동의하고, 세 호걸들은 마침내 그대로 군사를 거느린 채 북쪽으로 방향을 바꾸어서 말을 몰게 되었다.

이틀 동안이나 세 사람은 진두에 서서 행군을 그대로 계속하였다.

한군데 높직한 산기슭으로 접어들었을 때, 산 저편에서부터 난데없는 고함소리가 천지를 진동하며 울려 왔다.

현덕이 깜짝 놀라 말고삐를 단단히 잡으며 걸음을 멈췄다.

"이크! 이게 무슨 고함소릴까? 높직한 곳으로 올라가 보세!"

현덕이 관운장 · 장비를 거느리고 언덕으로 올라가 아래를 내려다보니, 거기에는 꿈에도 생각지 못한 놀라운 광경이 벌어져 있었다.

"뭣이? 저게, 저게? 바로?"

손을 펼쳐 이마 위에 대고 먼곳을 내려다보던 현덕은 너무나 큰 놀라움에 입을 딱 벌린 채 두 눈이 휘둥그래졌지만, 다음 순간에는 그것이 소리도 없는 통쾌한 미소로 변했다. 장비도 관운장도 영문을 모르고 현덕의 어깨 너머로 멀리 아래를 바라다보고 있었다.

"형님! 형님! 뭘 그렇게 놀라시오? 또 뭘 그렇게 혼자만 웃고 계시오?"

"저것, 저걸 보게. 저편으로 제일 큼직하고 누런 깃발이 보이지 않나. 저게 바로 장각이란 놈이 분명하지! 이놈, 장각아! 실로 좋은 기회다. 네놈을 산채로 돌려보내지는 않겠다! 핫, 핫, 핫!"

아니나다를까! 현덕이 통쾌하게 웃고 서 있는 높은 언덕 아래, 한없이 넓은 벌판에는 천공장군(天公將軍)이라고 크게 쓴 누런 깃발을 진두에 휘날리며, 황건적 장각의 대군이 벌판을 뒤덮고 조수처럼 밀리며 관군을 이리 몰고 저리 쫓고, 갈팡질팡 달아날 길을 찾지 못하게 하고 있는 아슬아슬한 판국이었다.

"자, 망설일 것 없이 당장에 쳐들어가자!"

현덕의 고함소리와 함께 세 호걸들은 군사를 거느리고 비호같이 말을 달려 관군이 패주하고 있는 싸움터로 화살처럼 쳐들어갔다.

때마침 장각은 동탁(董卓)의 군사를 맹렬한 기세로 쳐부수며 그 기세가 의기양양해서 마지막 궁지에 몰아넣으려고 필사적인 힘을 기울여 추격하고 있었고, 동탁은 장각이 워낙 대군을 거느리고 노도같이 날뛰는지라 순간 순간 위기를 모면할 길이 없는 곤경에 빠져 들어가고 있었다.

그러나 세 호걸 앞에서는 장각의 대군도 풀이 꺾이지 않을 수 없었다.

꿈에도 생각지 못한 현덕의 군사의 측면 공세를 견딜 도리가 없어, 장각은 마침내 꼴사납게 패배하여 50여 리나 멀찌막이 도주하고 말았다.

세 호걸들은 전력을 기울이고 온갖 용맹을 다하여 싸운 끝에 동탁을 구출해 가지고 진지로 돌아왔다. 그러나 사지에서 구출을 받은 동탁의 표정에는 추호도 감사하다는 빛은 찾아볼 수 없었다.

수고했다는 인사 한 마디도 없이, 동탁은 떡 버티고 서서 대뜸 이런 말부터 묻는 것이었다

"그대들의 관직은 무엇인고?"

"아직 아무런 관직도 받은 바 없소이다."

현덕이 이렇게 대답했더니, 동탁은 세 호걸을 대단치 않게 여기고, 은상(恩賞)을 베풀어 주거나 그들의 공로에 위로의 말 한 마디도 해줄 생각이 없는 모양이었다.

동탁은 자를 중영(仲穎)이라고 하며, 농서군(隴西郡) 임조현(臨洮縣) 태생으로 하동군(河東郡) 태수의 벼슬자리에 있었는데, 본래 위인이 오만하기 이를 데 없었다.

현덕이 무뚝뚝한 표정을 하고 이편으로 돌아와서 그런 뜻을 말했더니, 장비가 불을 뿜듯이 노발대발하였다.

"뭐라고? 아니꼽게 우리들의 벼슬이 뭐냐고, 그런 것부터 따지다니! 우리가 목숨을 내걸고 전심전력을 다해서 제놈의 목숨을 사지에서 건져 놓았는데, 수고했다는 인사 한 마디 없이, 그렇게 건방지게 구는 놈이 어디 있단 말이오? 내 이놈을 당장 죽여 버리지 않고는 아무래도 성미가 가라앉지 못하겠소!"

말을 마치자, 장비는 선뜻 칼을 집어들고 당장에 동탁의 진지로 달려갈 기세다.

이야말로 권세에 눈이 어두운 자에게는 영웅도 보이지 않는다는 격이니, 과연 쾌한(快漢) 장비는 이 망은지도(忘恩之徒)를 죽이고 말 것인가. 동탁의 목숨은 어찌될 것인지.

# 2.
# 어지러운 조정

손뼉을 치며 한바탕 호탕하게 웃으며 나타난 조조,
그는 난국에 무슨 말을 꺼내는 것일까?

張翼德怒鞭督郵
何國舅謀誅宦豎

"그는 윗사람을 받들고 있는 관직을 가진 사람이니 함부로 손을 대지 않는 것이 좋을 걸세!"

사람을 무시하는 오만한 동탁을 한칼에 죽여 버리겠다고 날뛰는 장비의 팔을 꾸욱 잡으면서 현덕이 관운장과 함께 이렇게 말렸다.

"저따위 놈을 그대로 살려 두고, 우리가 그 밑에서 일을 해야 되다니……. 나는 이런 꼴을 못 보겠소! 그래도 형님들이 여기 계시고 싶다면 나 혼자만이라도 이곳을 떠나겠소!"

"우리 세 사람은 의를 위해서 맺어진 형제들이 아닌가! 뿔뿔이 헤어질 수는 없네. 차라리 셋이서 함께 이곳을 떠날지언정……."

"그렇다면 나도 내 성미를 억지로라도 참으리다만……."

이리하여 세 호걸들이 당장에 부하 군사를 거느리고 주전(朱儁)을 찾아갔더니, 그는 세 사람을 여간 후대하는 것이 아니었고, 그 즉시 서로 의기투합하여 병력을 합하여 황건적 장보를 토벌하러 나섰다.

이때, 한편에서는 조조가 황보숭을 따라 장량을 공격하며 곡양(曲陽) 땅에서 큰 싸움을 벌이고 있는 판이었다.

장보는 적군 8, 9만을 거느리고 산 저편에 진을 치고 있었는지라 주전은 현덕을 선봉으로 내보냈다.

장보가 꽁무니를 빼고 부장 고승(高昇)을 내세워서 도전해 오니 현덕은 거기 응해서 장비를 내세웠다.

장비가 한 번 창을 휘두르며 말을 달려 고승과 맞닥뜨리니, 채 몇 합(合)을 싸우기도 전에 고승은 말 위에서 나둥그러 떨어지고 말았다.

이때라고 생각한 현덕이 진두에 서서 지휘하며 총진격을 개시하자, 적장 장보가 말 위에서 머리를 풀어 흐트러뜨리고 한쪽 손에 든 칼끝을 하늘로 향하여 괴상한 주문을 외며 술법을 썼다.

그때 난데없이 사나운 비바람이 일고 천둥 번개가 천지를 진동하여 일진의 시커먼 기운이 하늘로부터 내리덮이더니 그 속에서 무수한 인마(人馬)가 쇄도하는 것 같아 보였다.

현덕의 병사들은 당황하여 허둥지둥, 결국 참패를 당하고 진지로 후퇴하는 도리밖에 없었다.

이런 사정을 주전에게 보고했더니, 그가 말했다.

"놈이 요술을 쓴다면 우린 돼지 · 양 · 개를 많이 잡아서 그 피를 준비해 가지고 산꼭대기에 매복해 있다가 놈들에게 뒤집어 씌워 주기로 합시다. 이 방법을 쓰면 그까짓 요술도 맥을 못 쓸 거요."

현덕은 주전의 지시대로, 관운장과 장비에게 각각 군사 2천씩을 주어서 산꼭대기에 매복하게 하고 돼지 · 양 · 개의 피와 그 밖의 오물을 충분히 준비시켰다.

이튿날 아침에 장보는 멋도 모르고 깃발을 휘날리며 북을 두들기고 의기양양하게 도전해 왔다.

현덕이 이를 맞이하여 싸움이 한창 어울어지는 판에, 장보가 또다시 요술을 쓰니 천둥 · 번개 · 비바람이 사납게 일고, 모래와 돌이 하늘로 춤추며 휘날리고 시커먼 요기가 천지를 뒤덮더니 인마가 하늘로부터 화살을 퍼붓듯이 밀려내려왔다.

이때, 현덕이 말머리를 돌려 도주하는 체했더니, 장보는 부하 군졸을 몰고 추격해 왔다.

현덕이 쫓기면서 산기슭으로 접어들었을 때 매복해 있던 관운장 · 장비의 군사들이 일제히 짐승의 피와 오물을 퍼부으니 이상하게도 요술의 비바람도 천둥 · 번개도 씻은 듯이 자취를 감추고 말았다.

요술의 힘으로도 당할 수 없음을 깨달은 장보가 급히 군사를 후퇴시키려는 것을 왼쪽에서 관운장, 오른쪽에서 장비가 비호같이 나타나며 협공을 가하니 장보는 마침내 왼쪽 팔에 화살 한 개가 꽂힌 채 양성(陽城)으로 뺑소니를 쳐버리고 다시 나오려 들지 않았다.

싸움이 일단락 지어지자, 주전이 사람을 시켜서 황보숭의 소식을 탐지해 보니 그는 싸움에 큰 승리를 거두어, 패전만 계속하고 있는 동탁을 대신하여 대군을 거느리고 출전했는데, 이 때 장각은 이미 죽어 있었고, 장량은 이 싸움에서 목숨을 잃었다고 했다.

또 그는 중랑장 노식의 공로를 밝히고 무죄함을 아뢰어 원직에 복귀시켰으며, 조조도 공로에 의해 제남군(濟南郡) 태수로 임명됐다는 것이다.

이런 소식을 들은 주전이 밤낮을 가리지 않고 양성을 치자, 형세가 위급함을 깨달은 적장 엄정(嚴政)이 장보를 죽이고 항복했다.

그런데도 항건적의 무리가 깨끗이 전멸된 것은 아니었다.

잔당 조홍(趙弘) · 한충(韓忠) · 손중(孫仲), 세 적장들은 패잔병 수만을 다시 집결시켜 가지고 닥치는 대로 살인 · 강도 · 방화를 일삼으며 장각의 원수를 갚겠다고 기세를 올렸다.

조정에서 역시 주전에게 명령을 내려 승리한 군사를 풀어서 이 무리들을 토벌하도록 지시했다.

이 싸움에서도 현덕은 적진의 배후에서 공격을 가하는 책임을 맡고 혁혁한 공로를 세웠으며, 적장 한충은 마침내 사방으로 포위를 당하고 군량이 끊어지게 되었는지라 항복하겠다는 사신을 주전에게 보내 왔다.

그러나 주전은 이에 응하지 않았고 현명한 현덕도 역시 좋은 의견을 제시해서 싸움을 승리로 이끌었다.

"항복하겠다는 걸 승낙해 주시어 동 · 남의 포위 진을 풀어놓으시고 서 · 북 양편에서 공세를 가하도록 하십시오. 성 안에 있는 수만 명의 적병들이 결사적으로 덤빌 때엔 도리어 수습하기 곤란할 겁니다."

주전은 현덕의 의견대로 했기 때문에 한충을 쏘아 죽일 수 있었고, 그 군사를 사면팔방으로 패주시킬 수도 있었다. 그러나 또 한편에서는 조홍의 대군이 기세를 올리고 있는 바람에 주전이 일단 군사를 후퇴시켰더니, 조홍은 그 틈을 타서 완성(宛城)을 탈환해 버렸다.

주전이 10리쯤 떨어진 곳에 진을 치고 다시 공격을 개시하려는 데, 동쪽에서부터 일군의 인마가 나타났다.

선두에 서 있는 대장은 이마가 널찍하고 얼굴이 큼직하며, 몸집이 범과 같고, 허리가 곰과 같았다.

오군(吳郡) 부춘현(富春縣) 태생으로 성이 손(孫), 이름이 견(堅),

자를 문대(文臺)라고 하는 손무자(孫武子)의 후손이었다.

황건적이 세상을 어지럽게 한다는 소문을 듣자 시골의 젊은이와 장사꾼들을 모아 가지고 회수(淮水)·사수(泗水) 일대의 정병들을 거느리고 싸움을 거들어 볼 결심으로 달려오는 길이었다.

치열한 싸움은 그대로 계속되었지만, 주전·현덕의 철통같은 병력에 손견까지 가담하게 되니 얼마 싸우지 않아서 남양 방면 10군(郡)을 평정한 셈이 됐다.

주전이 군사를 거느리고 서울로 돌아오니 하명이 내려 그는 거기장군(車騎將軍) 하남윤(河南尹)의 관직에 봉하게 되었고, 손견은 별군사마(別郡司馬)의 요직을 맡게 되었으나, 현덕에게만은 아무리 기다려도 상을 줄 눈치가 없었다.

이렇게 되고 보니, 세 호걸들은 우울한 나날을 보내는 수밖에. 하루는 거리를 휘적휘적 돌아다니고 있는 데 낭중(郎中) 장균(張鈞)이 타고 가는 수레와 맞닥뜨리게 됐다.

현덕은 참다못해서 앞으로 나서서 자기의 공적을 호소했다.

장균은 즉시 궁중으로 돌아가 환관들의 횡포와 공로자를 표창해야 한다는 간곡한 계주문(啓奏文)을 올렸건만, 환관들의 도당인 십상시(十常侍)가 이것을 받아들일 리 없었다.

그들 열 명은 대책을 강구한 끝에, 장균은 천자를 해치는 자라 인정하고 두들겨 내쫓아 버렸으며, 이는 황건적을 토벌하는 데 공로를 세운 자들 가운데 불평분자가 있어서 생기는 사태니 우선 대단치 않은 벼슬 자리를 주어 놓고 서서히 처치해 버리자는 결론을 내렸다.

그리하여 현덕을 정주(定州) 중산부(中山府) 안희현(安喜縣)의 현위(縣尉)에 임명했다.

현덕은 부하 20명과 관운장·장비를 거느리고 부임하던 날부터 현정을 다스리는 한 달 동안, 추호도 백성을 괴롭히는 일이 없었고, 언제나 세 호걸이 한자리에서 식사를 하고 잠을 자곤 했으며, 현덕이 관청에 나가 사람을 접할 때면 관운장과 장비 둘은 으레 그 옆에 시립하고 진종일 옆을 떠나려 하지 않았다.

부임한 지 4달 만에, 하루는 조정에서 군공(軍功)으로 관리가 된 자 가운데 부적당한 인물은 파면한다는 조서가 내리더니, 독우(督郵—監察使) 한 사람이 지방으로 내려와서 현덕을 괴롭히며 뇌물이라도 먹자는 눈치였다.

이 독우는 까닭 없이 현 안의 아래 관리들을 잡아가지고 가서 현위 현덕이 백성을 해치고 있다는 탄핵문을 쓰라고 강요했다.

현덕이 그들을 석방해 줄 것을 요청하러 찾아갔건만 만나 주지도 않고 문 밖에서 쫓아 버리는 형편이었다.

하고 많은 날 울적한 심사로 술만 마시고 있던 장비가 말을 타고 독우가 머물러 있는 객사(客舍) 앞을 지나노라니, 무슨 일인지 노인 5, 6명이 문앞에서 대성통곡을 하고 있는 것이었다.

그 까닭을 알아보니, 자기네들은 독우가 현덕에게 터무니 없는 죄명을 뒤집어씌우려 든다는 소문을 듣고, 그 부당함을 진정해 보려고 왔는데, 문 안에 들여놓아 주지도 않을 뿐더러, 문지기를 시켜서 실컷 때려서 내쫓았다는 것이었다.

성미가 괄괄한 장비, 그대로 참을 수 없었다.

얼굴이 불덩어리같이 대로하여 말리는 문지기도 밀쳐 버리고 안으로 서슴지 않고 뛰어들어갔다.

안에서는 독우가 점잖게 자리잡고 앉아 있는데, 그 주변에는 꽁꽁 묶인 말단 관리들이 즐비하게 땅에 나뒹그러져 있었다.

"야, 이 못된 놈아! 백성을 잡아먹으려는 강도 같은 놈아! 네놈은 내가 누군지 몰라 보느냐!"

이렇게 호통을 치며 독우가 입을 벌릴 틈도 주지 않고 그대로 현청 앞뜰까지 질질 끌고 나와서 말 매는 기둥에다 단단히 묶어 놓고 버드나무 가지를 수십 개나 꺾어서 그것이 다 부러지도록 독우의 넓적다리를 내리쳤다.

떠들썩한 소리에 깜짝 놀란 현덕이 급히 달려가 보니, 장비가 흥분한 말투로 그 까닭을 말하는 것이었다.

"이렇게 괘씸한 놈은 때려 죽여야 마땅하오!"

"현덕공(公)! 제발 목숨만은 살려 주시오!"

비명을 지르며 애원하는 독우를 불쌍히 여기는 인자한 마음씨로, 현덕이 장비를 꾸짖어서 매질하던 손을 멈추게 했다. 그 때 마침 관운장도 뛰어나와서 말했다.

"형님이 세우신 큰 공적은 한두 가지가 아닌데, 얻은 것이란 겨우 일개 현위 자리요. 거기다가 또 이런 독우 따위한테 모욕을 당하다니! 가시덤불 속은 봉황이 깃들일 곳이 못 되오. 차라리 이놈을 죽여 버리고 관직도 벗어 놓은 다음 고향으로 돌아가서 달리 원대한 계획을 세우는 게 낫겠소!"

이 말을 들은 현덕은 당장에 관인(官印)을 풀어서 독우의 목에다 걸어 주며 추상같이 서늘한 음성으로 호령했다.

"너와 같이 괘씸한 놈은 마땅히 살려 두지 않을 것이로되, 오늘은 정상이 측은하여 목숨만은 건져준다. 관인은 너에게 선선히 돌려보내는 바이며, 본인은 이걸로 관에서 물러난다는 것을 명백히 말해 둔다."

독우가 정주(定州)로 돌아가서 이런 사실을 태수에게 보고하니, 태수는 다시 중앙으로 보고서를 올려, 세 호걸들을 체포하라는 포병(捕兵)을 파견하여 뒤를 쫓게 했다.

그러나 현덕 · 관운장 · 장비 셋은 대주(代州)로 직행하여 유회(劉恢)에게 의지하게 되니, 유회는 현덕이 한실(漢室) 황족의 후예임을 알고 그의 집안에 세 사람을 숨겨 주게 되었다.

한편, 조정은 날이 갈수록 어지러워만 갔다. 장사(長沙)에서는 적장 구성(區星)이, 어양(漁陽)에서는 적장 장거(張擧) · 장순(張純)이 반란을 일으키어 천자니, 장군이니 자칭하고 날뛰는 판인데도, 조정 안 십상시의 도당들은 천자와 신하 사이에 철의 장막을 쳐놓고 이런 사태를 사실대로 알리지도 않을 뿐더러, 그들에게 복종하지 않는 사람은 누구를 막론하고 죽여 없애자는 결정을 했다.

나라 꼴이 되어 가는 것을 차마 보기 어려워 눈물을 흘려 가며 임금에게 간언을 한 간의 대부(諫議大夫) 유도(劉陶), 사도(司徒—民政, 교육관) 진탐(陳耽) 같은 충신이 나타나기도 했으나, 그들의 옳은 말이 통할 리 없었다.

십상시들은 이 두 충신을 옥중에서 살해해 버린 다음, 거짓 조서를 꾸며내어 손견을 장사의 태수로 삼고, 즉시 적장 구성을 토벌하도록 했다.

50일 만에 강하(江夏)가 평정되었다는 승리의 보도가 들어오자, 조정에서는 명령을 내려 손견을 오정후(烏程候)로 봉하고 유우(劉虞)를 유주(幽州)목(牧—군권까지 장악하는 장관)으로 봉했다.

이러는 바람에 대주의 유회는 편지를 유우에게 보내어 현덕을 추천하니, 유우는 기꺼이 현덕을 도위(都尉)로 내세우고 어양 땅을 평정하는 공로를 세웠으며, 이로써 현덕도 유우의 진력으로 일찍이 독우를 매 때린 죄도 씻어졌고, 별부사마(別部司馬)라는 자리로 승관되어 평원(平原) 현령 자리를 맡게 되었다.

현덕은 평원에 부임하자 그 즉시 군량 · 군자금 · 병마를 풍부하게 정비하고 옛날의 위풍당당하던 모습을 다시 찾을 수 있게 됐다.

중평(中平) 6년(189년) 4월에 영제는 병이 중하여 대장군 하진(何進)을 궁중으로 불렀다.

이 하진이란 사람은 본래 돼지를 잡는 백정 출신으로 그의 누이가 궁중으로 들어가 귀인이 되어 황자 변(辨)을 낳고 황후로 봉해지는 바람에 조정의 중신이 된 몸이었다.

영제는 따로 왕(王)씨라는 미인(美人—貴人의 다음가는 왕비)을 총애하게 되어서 그 몸에서도 황자 협(協)을 낳았는데, 하씨 귀인 하황후는 이를 질투하여 왕미인을 독살해 버려서 황자 협은 동태후(董太后)가 키우게 됐다.

동태후는 바로 영제의 모후로서 해독정후(解瀆亭侯) 유장(劉萇)의 아내였다. 본래 환제(桓帝)에게 소생이 없어서 유장의 아들을 궁중으로 맞아들였다. 그래서 영제가 즉위하게 되자 모후를 궁중으로 모셔서 태후로 높인 것이다.

동태후는 일찍이 황자 협을 태자로 봉하도록 영제에게 권한 바 있었으며, 영제도 황자 협을 지극히 사랑했는지라 그렇게 할 생각을 하고 있었다.

영제의 병이 위독해졌을 때, 중상시(中常侍) 건석(蹇碩)이란 자가 아뢰었다.

"협황자를 태자로 세우시려면 먼저 대장군 하진을 없애셔서 후환이 없도록 하옵소서."

영제도 이 말을 옳게 여기고 하진을 궁중으로 불러들였다.

하진이 궁전 문앞까지 왔을 때, 사마(司馬) 반은(潘隱)이 나오더니 앞을 막으며 말했다.

“궁에 들어가시면 안 되오. 건석이 장군을 모살하려 노리고 있소이다.”

하진은 대경실색, 시급히 집으로 돌아와서 여러 대신을 모아 놓고, 환관을 모조리 주살해 버릴 궁리를 했다.

이때 자리에서 일어서며 이런 무모한 짓을 하다가 기밀이 누설되면 일족 멸망의 화근을 만들게 될 것이니 심사숙고함이 좋으리라고 충고하는 사람이 있었다.

그것이 바로 그 당시 전군교위(典軍校尉)로 있는 조조였다. 하진은 당장에 호통을 쳤다.

“네 따위 소인배가 조정의 대사를 어찌 판단할 줄 안다는 거냐!”

이리하여 아무런 방책도 채 세우지 못하고 망설이고 있는 데 벌써 칙사가 도착하여 영제가 이미 붕어하셨으니 후사(後嗣)를 결정하기 위해서 시급히 하진더러 궁중으로 들어오라는 분부가 내렸다.

“나라를 위하여 왕위를 바로잡고 적도들을 토벌할 만한 인물은 없는가?”

하진이 이렇게 좌중을 향하여 물었을 때, 서슴지 않고 나서서 말하는 사나이가 있었다.

"정병 5천만 맡겨 주신다면 궁중으로 들어가 신군(新君)을 책립(冊立)하고, 환관의 무리들을 멸살시켜 천하를 태평하게 하오리다."

그는 성이 원(袁), 이름은 소(紹), 자를 본초(本初)라 하며, 그 당시에 사례교위(司隷校尉)로 있는 사람이었다.

하진은 원소의 뜻에 심히 기뻐하며 근위병 5천 명을 동원했다.

원소가 무장을 든든히 갖추자, 하진은 중신 30여 명을 거느리고 뒤를 따라 궁중으로 들어가 영제의 관 앞에서 태자 변을 세워서 황제의 위에 오르게 했다.

문무백관이 만세를 부르며 식을 끝마치자 원소는 건석을 잡으려고 궁중 깊이 달려들어갔다.

건석은 당황해서 어원(御園)으로 피신한 것을 숲속에 숨어 있던 중상시 곽승(郭勝)이 찔러 죽여 버렸다.

그러자 건석의 지휘하에 있던 근위군은 모조리 항복하고 말았다.

궁중에 이런 분란이 일어나자 하태후는 하진을 불러들였다.

"나나 그대나 본래가 미천한 집안의 태생으로, 장양(張讓) 같은 환관들의 힘이 아니었더면 어찌 오늘날의 영화를 누릴 수 있었겠소! 이제 건석이 그대를 모함한 죄로 주살을 당한 이상 환관을 모조리 살해한다는 것은 마땅치 못하다고 생각하오!"

하진은 이 말을 듣고 물러나와서 모든 사람에게 이렇게 말했다.

"건석은 나를 모해하려고 했으니 일족을 멸함이 마땅하거니와, 그밖의 무리들에게는 형벌을 더 가할 것이 없을까 하오."

"차제에 뿌리를 뽑지 않으면 반드시 후환이 두려우리라."

원소가 이렇게 말했으나, 하진은 자기는 자기대로 결심한 바 있다 하며 그 뜻을 받아들이지 않자, 모든 사람들은 그대로 자리를 물러났다.

그 이튿날, 하태후는 하진에게 명령하여 녹상서사(錄尙書事—宮中要職)에 임명했고, 그밖의 여러 신하들에게도 적당히 관직을 봉해 주었다.

또 동태후는 장양의 무리들을 궁중으로 불러들여서 말했다.

"하진의 누이는 본래 내가 용납해 들였다. 이제 그 아들이 황위를 계승하고 내외 신하를 모조리 심복에 든든히 넣게 된다면, 세력이 너무 과대해지지 않을까?"

이 말에 장양이 대답하기를, 동태후 스스로 뒤에 앉아서 정사를 조종하고, 황자 협을 황위에 올려놓고, 국구(國舅) 동중(董重)에게 대관의 요직을 주어서 군권을 장악시키면 만사 뜻대로 될 것이라고 했다.

동태후는 크게 기뻐하며, 그 이튿날 조정에 나가 황자 협을 진류왕(陳留王)에 봉하고 동중을 표기장군(驃騎將軍)에, 장양 등을 각각 요직에 앉혔다.

한 달 남짓한 동안에 모든 권력이 동태후의 손아귀에 들어가는 것은 알게 되자, 한편 하태후는 어느 날 궁중에 연석을 베풀고 동태후를 청해다 앉힌 다음 술을 따라 올리면서 이렇게 말했다.

"우리들은 부녀자라 정사에 참여하는 것은 마땅치 않을까 봅니다. 우리는 다만 구중(九重)에 깊이 앉아 있고 조정의 대사는 모두 대신들과 원로들에게 맡기시는 것이 나라를 위하여 다행한 일인가 생각됩니다."

동태후가 대노하여 소리쳤다.

"그대는 왕미인을 질투하여 독살해 버리더니 근래에는 아들마저 임금의 지위에 나가게 했고, 오라비 하진의 세력이 제 아무리 대단하다 하기로서니, 어째 그런 말을 함부로 하는고? 내, 표기장군에게 한 마디만 한다면 그대의 오라비의 목 하나쯤 베기는 여반장이로다!"

하태후도 똑같이 대로했다.

"내 몸을 낮추어 좋은 말씀으로 권고해 드리는데, 그것은 너무나 지나치신 말씀이시오!"

이렇게 조정이 어수선해지는 꼴을 보자, 하진은 마침내 비장한 결심을 하고, 그해 6월, 사람을 비밀리에 시켜서 동태후를 하간(河間) 역에서 독살시켜 버렸고, 그 관을 서울로 옮겨다가 문릉

(文陵)에 장사지내고 나서는 몸이 아프다는 핑계를 대고 통 조정에 나오지 않았다.

하루는 사예교위 원소가 찾아와서 이런 말을 했다.

"환관 장양의 무리들은 하공께서 동태후를 독살하고 권세를 장악하려 한 것이라고 소문을 퍼뜨리고 있습니다. 이것을 내버려두었다가는 반드시 후환이 두렵습니다. 하공의 형제분이나 그 아래 장사들이 모두 영준한 인재들 뿐이니 이제 이런 분들의 힘을 합쳐서 환관의 무리들을 뿌리뽑으면, 이는 하늘이 주신 절호의 기회인가 합니다."

이런 기밀이 누설되어 좌우 신하들이 장양에게 고해 바치게 되니 장양은 하묘(何苗)에게 흐뭇하게 뇌물을 보내고 이런 뜻을 전했다.

하묘가 하루는 하태후에게 나와서 말했다.

"하진 대장군은 신군(新君)을 보좌하여 어진 정사를 베풀 생각은 없이, 살벌한 일만 저지르려 하오. 까닭 없이 십상시를 주살할 음모를 세우고 있으니 이는 국가에 난을 초래하는 일이 아니고 무엇이겠소?"

태후가 그 뜻을 받아들이고 난 지 얼마 안 되어서 하진이 들어와 환관의 무리를 주살해야겠다는 건의를 했다.

이에 하태후가 대답했다.

"환관이 궁중의 모든 일을 다스리는 것은 한 나라 황실의 관습처럼 되어 내려온 일인데, 선제께서 붕어하신 지 얼마 되지도 않아서 오래된 신하들을 주살할 계획을 세운다는 것은 국가의 일을 소중히 여기는 처사가 되지 못할 줄 아오."

하진은 본래가 결단력이 약한 사나이라서 하태후의 이와 같은 말에 그저 고개만 끄덕거리며 자리를 물러났다.

"대사를 어찌 처리하시기로 작정했습니까?"

기다리고 있던 원소가 이렇게 물었다.

"태후께서 우리들의 뜻을 받아들이려 하지 않으시니 어찌하면 좋을까?"

"전국의 영웅 호걸들에게 군사를 거느리고 서울로 올라오도록 지시하여서 환관의 무리들을 뿌리뽑도록 하십시다. 그때에는 태후께서도 우리들의 의사를 좇지 않으실 도리가 없을 겁니다."

"흐음! 그거 묘한 계책이로군!"

하진은 당장에 각지로 격문을 발송시켜서 천하의 영웅 호걸들을 서울로 집결시키려고 했다.

이때, 주부(主簿—문서 기록의 책임관) 진림(陳琳)이 나서면서 말했다.

"그건 안 될 말이오! 속담에도, 눈을 가려 가지고 새를 잡는다는 것은 결국 자기 자신을 속이는 짓이라고 했으니, 이처럼 미물도 속여서 잡을 수 없거늘 하물며 국가의 대사에 있어서리요! 이제 장군께서는 황실의 위력을 빌려 군권을 장악하시고 용호(龍

虎)와 같은 기세를 지니고 계시니 천하 만사 생각하시는 대로, 뜻대로 처리하실 수 있으실 게 아니겠소.

만약에 환관의 무리들을 주살하실 계획이시라면, 이야말로 머리털을 화롯불에 태우시는 일이나 마찬가지요. 장군께서 한 말씀만 지시하시면 하늘이나 백성이나 모두 장군의 뜻을 좇을 것이어늘, 이렇게 쉬운 노릇에 도리어 밖에서부터 장수들을 초청하여 서울 장안을 침범케 하신다면, 여러 고장의 영웅 호걸들이 모여들어 제각기 음흉한 마음을 품지 않는다고 누가 단정하리요? 이는 마치 창을 거꾸로 들어서 자루를 남에게 쥐어 주는 일과 같으니, 도리어 사태가 어지러워만 질 것이오!"

"비겁한 놈! 무슨 소리냐? 핫, 핫, 핫!"

하진이 냉소하며 상대도 하지 않고 있을 때, 옆에서 손뼉을 치면서 한바탕 호탕하게 웃어젖히는 자가 있었다.

모든 사람들이 얼굴을 쳐들고 바라다보니, 그는 다른 사람이 아니라 바로 조조였다.

"이까짓 대단치도 않은 일을 가지고 그다지 야단법석을 할 것까지야! 하하하!"

궁중의 지자(知者)로 유명한 조조, 과연 이 어지러운 판국에서 무슨 말을 꺼내려는 것일까.

# 3.
# 적토마를 미끼로

천자의 폐립을 두고 동탁과 원소 둘은
주연의 한복판에서 칼을 들고 대적하고 섰다!

議溫明董卓叱丁原
餽金珠李肅說呂布

조조가 하진에게 이렇게 대답했다.

"환관의 무리들이 국가 대사를 그르친 것은 이제 새삼스럽게 시작된 일은 아닙니다. 이는 물론 세주(世主)께서 그들을 지나치게 총애하셔서 대권을 손에 쥐어 주신 까닭입니다.

이제 그들을 처치하실 의사시라면, 원흉만 없애 버리면 될 노릇이니, 이는 옥리(獄吏) 한 사람에게 맡겨 버려도 족히 해결할 수 있는 일인데, 이것 때문에 천하의 병사를 집결시킨다는 것은 부당한가 합니다.

환관의 무리를 하나도 남기지 않고 모조리 주살해 버리시려면, 반드시 일이 탄로나서 실패에 돌아가기 쉽다고 생각합니다."

"흐음! 그대도 다른 배짱을 가지고 있군!"

하진이 대로하자, 조조가 그 자리에서 물러나와 말했다.

"하진이야말로 천하를 어지럽게 하는 자다!"

그러나 하진은 결국 비밀리에 지령을 내려 밀사들을 각지로 파견했다.

이런 지령을 받고 제일 기뻐한 사람은 역시 전장군(前將軍) 서량자사(西凉刺史)로 있는 동탁이었다. 동탁은 황건적 토벌에도 이렇다 할 만한 공을 세우지 못해서, 십상시에게 뇌물을 바치고 간신히 그 죄를 규탄당하지 않았으며, 그 후에는 중신들과의 능란한 교제로 여러 차례 벼슬자리가 올라갔으며, 마침내 서주(西州) 20만 대군을 통솔하면서 평소부터 굉장한 야심을 품고 있었다. 이런 지령을 받자 그 즉시 병마를 정비하여 속속 떠나 보내고, 자신도 군사를 거느리고 낙양(洛陽)을 향해서 출발했다.

한편, 동탁은 자기 사위이며 막료(幕僚)인 이유(李儒)의 권고를 듣고, 자신이 낙양으로 올라가기만 하면 전심전력을 다해서 장양 일당의 환관의 무리를 제거해 버리고 천하를 태평하게 하겠다는 상주문(上奏文)을 중앙으로 보냈다.

하진이 그 상주문을 받아 가지고 여러 대신들에게 그 뜻을 알렸더니 시어사(侍御史) 정태(鄭泰)가 간했다.

"동탁은 시랑(豺狼) 같은 자요. 서울로 올라오게 되면 반드시 사람을 잡아먹으리다."

하물며 노식(盧植)까지 동탁의 입경을 반대하는 권고를 했지만, 하진은 끝끝내 대장부가 큰일을 하는데 그렇게 사람을 못 믿어서는 안 된다는 이유로 권고를 받아들이지 않았다. 마침내 정태와 노식은 벼슬자리를 버리고 물러났으며, 조정의 다른 대신들도 태반 자리를 뜨고 말았다.

환관의 무리 장양의 일당은 이런 기밀을 알자, 일족 멸망의 날이 닥쳐온다는 공포심에서 이런 사정을 태후에게 계주했으며, 태후는 당장에 하진을 불러들이라는 명령을 내렸다.

태후를 뵈러 궁중으로 들어가겠다는 하진을 주부(主簿) 진림을 비롯하여, 원소 · 조조까지 적극 말렸으나 하진은 끝내 그런 권고를 듣지 않았다.

원소와 조조는 할 수 없이, 정병 5백 명을 뽑아서 원소의 아우 원술(袁術)에게 지휘하게 하여 궁궐문 앞을 지키게 하고, 둘은 칼을 차고 하진을 보호하여 장락궁(長樂宮) 앞까지 이르렀다.

환관이 앞을 가로막으며 일행을 통과시키지 않자, 하진은 뿌리치고 혼자 궁궐 안으로 달려들어갔다.

가덕전(嘉德殿) 문 앞에서 환관 장양과 단규(段珪)가 마주 나오는가 하는 순간, 그들은 어느 틈엔가 재빨리 하진 옆에 찰싹 달라붙어 서서 큰 소리로 호통을 쳤다.

"동태후를 독살한 놈! 네놈이 우리들만 옳지 못하다고 하다니!"

하진이 당황하여 빽소니를 치려고 했지만 이미 궁궐의 문이란 문은 모조리 단단히 잠겨져 있었다.

매복해 있던 환관의 무리들이 일시에 덤벼들어 하진의 몸뚱이는 두 동강이 나고야 말았다.

밖에서 기다리고 있는 원소에게는, 안에서 장양이 집어던진 하진의 머리만이 궁궐 벽을 타고 굴러 떨어졌을 뿐이었다.

대경실색한 원소, 환관이 대신을 모살하였다고 호통을 치며 나서니, 궁중은 삽시간에 수라장이 되어 버렸고, 하진의 부장 오광(吳匡)은 청쇄문 밖에 불을 지르고 원술은 궁중으로 뛰어들어 환관이란 환관은 모조리 찔러 버렸다.

이 처참한 분란 속에서 결국 십상시 중의 4, 5명이 당장 거꾸러졌으며, 하묘(何苗)까지 오광의 부하들에게 포위당해서 죽어 버렸고, 장양 · 단규 두 사람만이 간신히 어린 임금과 진류왕을 모시고 북망산(北邙山)으로 몸을 피했으나, 밤이 3경쯤 되어서 하남윤(河南尹) 밑에 있는 독우(督郵) 민공(閔貢)이 난데없이 덤벼드는 바람에, 장양은 드디어 강물에 몸을 던져 자살하고 말았다.

영문도 모르고 끌려나온 어린 임금과 진류왕은 강변 숲속에 몸을 숨겼다가 5경이나 되어서 동이 훤히 터올 무렵에 한군데 높직한 언덕 위 풀더미 옆에 쓰러지고 말았다.

그러다가 다행히 그들은 부근 초가집에 살고 있는 선조(先朝)의 사도(司徒) 최열(崔烈)의 아우 최의(崔毅)에게 구출되었다.

사방으로 군사를 풀어서 진류왕의 행방을 찾던 민공이 최의의 초가집을 찾아 들어가니, 군신이 다같이 눈물이 비오듯했다.

민공은 곧 최의의 집에 단 한 필밖에 없는 비쩍 마른 말 위에 어린 임금을 태우고, 자기는 또다른 말에 진류왕과 함께 타고 길을 떠났다.

일행이 몇 리 길도 못 갔는데, 난데없이 일군의 인마가 하늘을 무찌를 듯 깃발을 휘날리고 황진을 걷어차며 앞으로 다가들었다. 원소가 대경실색하여 앞으로 나서며,

"뭣하는 사람들이냐?"

하고 물으니, 깃발 뒤로부터 대장 한 사람이 훌쩍 뛰어 내달으며 물었다.

"천자께서는 어디 계시오?"

어린 임금은 부들부들 떨고 있을 뿐, 진류왕이 선뜻 대답했다.

"그대는 누구인고?"

"서량자사 동탁이오."

"그대는 천자를 수호하러 왔는가? 혹은 탈취하러 왔는가?"

"모셔 받들고자 왔습니다."

"그렇다면 천자께서 여기 계신데 어찌 말을 내리지 않는고?"

진류왕의 태도는 위풍이 당당했다. 동탁은 당장에 말을 내려 길 한옆에 꿇어 엎드렸으니 이 순간부터 그는 어린 임금을 폐해 버리고 진류왕을 세우겠다는 뜻을 남몰래 품은 것이었다.

일행이 궁중으로 돌아오니 하태후도 눈물에 젖어 있었다.

그러나 이런 일보다 가장 놀라운 사실은 전국(傳國)의 옥새(玉璽)가 아무리 찾아봐도 없다는 것이었다.

동탁은 이날부터 몸에 무장을 든든히 갖추고 군사를 거느리고 성 안을 자기 세상처럼 돌아다니는 것이 일과였다.

백성들은 영문을 모르고 그의 위엄 앞에 부들부들 떨기만 했다.

동탁은 또 아무 거리낌없이 궁중에 무상 출입했다.

후군교위(後軍校尉) 포신(鮑信)은 동탁의 횡포를 걱정하여 그를 없애 버릴 것을 원소와 상의했으나 그 뜻을 받아들여 주지 않자, 부하 군사를 거느리고 태산(泰山)으로 돌아가고 말았다.

동탁은 드디어 어린 임금을 폐하고 진류왕을 세워야겠다는 결심을 하고 이유와 상의한 끝에 어느 날 굉장한 연석을 마련해 놓고 문무백관을 초대한 자리에서 이런 의사를 표명했다.

동탁의 세도를 무서워하는 백관들은 어느 누구 한 사람도 아뭇소리를 못하고 잠잠히 듣고만 있었다.

그때, 잔치 상을 밀쳐 버리고 앞으로 썩 나서서 고함을 지르는 사람이 있었다.

"안 되오! 그건 안 되오! 그대는 무슨 권한이 있기에 그런 주책없는 말을 함부로 하는가? 천자께서는 선제의 버젓한 적자(嫡子)시며 또한 아무런 과실이 없으신 터인데 어째서 경솔하게 폐립

(廢立)을 의논하려 드는고?"

그는 바로 형주자사(荊州刺史) 정원(丁原)이었다. 동탁은 화를 불끈 냈다.

"나에게 복종하지 않는 자는 살려 두지 않는 것뿐이다!"

동탁은 칼자루를 선뜻 잡으며 정원을 한칼에 찔러 죽이려고 서둘렀다. 긴장된 순간에 그것을 가로막은 것은 이유였다.

이유는 정원의 등덜미에서 위풍당당하고 의기충천할 것만 같은 호걸 한 사람이 방천화극(方天畵戟)을 잔뜩 움켜잡고 두 눈을 부릅뜨고 동탁을 노려보고 있는 것을 재빨리 알아차렸기 때문이었다.

동탁은 여전히 의기양양해서 문무백관을 향해서 이렇게 물었다.

"그래, 나의 말이 조금이라도 공도(公道)에서 어긋났단 말인가?"

노식이 참다못해서 몇 마디 했다.

"그런 의미는 아니지만, 천자께서는 아직 연소하시고, 인자하신 마음씨와 총명한 힘을 지니신 분으로, 추호도 과실을 저지르신 일이 없고, 또 귀공은 일개 외주(外州)의 자사에 불과하며, 본래부터 국정에 참여할 권한도 없으시니 폐립을 운운함은 마땅한 처사가 아닌가 하오!"

동탁은 또 칼을 뽑아 들고 노식에게로 덤벼들려고 미친 사람같이 날뛰었다.

시중 채옹(蔡邕)과 의랑(議郞) 팽백(彭伯)이 간신히 이를 무마시켰다.

"노상서(盧尙書)는 천하에 인망이 두터우신 분이시오. 이런 분을 제일 먼저 해친다면 아마 천하의 공론이 무사하지 않을 것이오."

거기 덧붙여서 사도(司徒) 왕윤(王允)도,

"천자 폐립의 문제는 주석에서 논의할 성질의 일이 아니니 후일 기회를 달리하여 의논하심이 좋을까 하오."

라고 하니 문무백관들도 어물어물 자리를 물러나고 말았다.

동탁이 흥분을 간신히 참고 칼자루를 도로 집어넣고 온명원 문 밖으로 나와 보니, 알지 못할 사나이 하나가 말 위에 앉아 창을 뻗치고 문 밖을 이리저리 오락가락하고 있는 것이었다.

"저건 뭣하는 자지?"

이유에게 물었다.

"바로 정원의 양자로서, 성은 여(呂), 이름은 포(布), 자를 봉선(奉先)이라 하는 사람입니다. 공께서는 잠시 몸을 피하심이 좋을까 합니다."

동탁은 재빨리 온명원 안으로 몸을 숨겼다.

그 이튿날, 정원은 군사를 거느리고 성 밖에 와서 도전했다.

이 보고를 받은 동탁은 대노하여 군사를 거느리고 이유와 함께 출진했다.

양군이 진을 치고 대치하고 있을 때, 여포가 황금 투구를 머리 위에 위엄 있게 쓰고 광채가 찬란한 전포를 입고 당예(唐猊) 갑옷에 보석을 박은 옥대를 질끈 동이고, 자못 무시무시한 자세로 창을 뻗쳐 들고 정원의 진두에 떡 버티고 나서는 것이었다.

정원은 동탁에게 손가락질을 하면서 호통을 쳤다.

"우리나라가 불행하게도 환관의 무리들이 세도를 잡고 온갖 권리를 농락한 탓으로 만백성이 도탄에 빠져서 허덕이게 된 것이다. 그런데 이제 와서 또 너와 같은 자가 나타나서 국가에 대해서 하등의 공을 세운 바도 없이, 천자의 폐립을 입에 담고 선불리 날뛰고 있으니, 이는 조종을 어지럽게 함이 아니고 무엇이겠느냐!"

동탁이 입을 열어 대답할 틈도 주지 않고 여포는 한 손에 창을 높이 휘두르며 날쌘 동작으로 비호같이 말을 달려 쳐들어갔다.

그렇게 의기양양하던 동탁도 당황하지 않을 수 없었다.

대결해 볼 용기도 없이 허둥지둥 쥐구멍을 찾게 되니 여포는 더욱 기세가 뻗쳐서 전군을 총동원하여 맹렬한 공격을 가했다.

동탁의 군사는 대패하여 30리 밖에까지 멀찌막이 후퇴한 다음에야 다시 진을 치는 수밖에 없었다.

동탁은 곰곰 생각해 봤다.

아무리 생각해 봐도 그는 일찍이 여포만큼 멋들어지고 대담무

쌍하며 용맹한 장수를 본 일이 없는 것 같았다.

그는 드디어 모든 장수들을 모아 놓고 작전을 상의하는 자리에서 말을 꺼냈다.

"여포라는 사나이는 대단한 호걸인걸! 만약에 여포같이 멋들어지고 용맹하고 잘 싸울 줄 아는 장수를 나의 수중에 넣을 수만 있다면, 천하에 두려울 것이 없겠는걸!"

이런 말을 듣고 있던 여러 장수들 가운데서 불쑥 앞으로 나서며 말을 하는 사람이 있었다.

"동공(董公)! 그런 일을 걱정하실 것까지는 없소이다. 여포란 사람은 본래 저와 같은 고향 사람으로서 위인이 용기는 대단하지만 책략을 쓸 줄 아는 머리가 없고, 이해관계 앞에서는 의리마저 저버리기를 곧잘 하는 위인임을 잘 알고 있습니다."

"그런 위인이라면 어떻게 내 밑으로 맞아들일 방법은 없겠는가?"

"제가 솜씨 좋은 입심을 부려서 여포를 설복시켜 우리 편에 가담해 오도록 주선해 보면 어떻겠습니까?"

동탁은 기쁨에 넘쳐서 두 눈이 휘둥그래지고 입이 딱 벌어졌다.

이런 놀라운 수단을 가진 사람이 과연 누구인가 하고 그 얼굴을 유심히 바라보니, 그것은 바로 다른 사람 아닌 호분중랑장(虎賁中郎將) 이숙(李肅)이었다.

"그대는 어떻게, 무슨 방법으로 여포를 설복시켜서 우리 편에 가담시키겠다는 건가?"

동탁이 조급한 마음으로 대뜸 이렇게 물으니, 이숙이 대답했다.

"듣자니, 동공께서는 하루에도 천리 길을 거뜬히 달릴 수 있는 적토(赤兎)라는 명마(名馬)를 가지고 계시다는데, 그것을 저에게 내주십시오. 그리고 또 금은 진주 패물을 흐뭇하게 마련해 주시면 저는 그것을 가지고 그자의 마음을 움직이게 하고, 한편 솜씨 있는 말로써 그럴듯하게 권고해 보면, 여포는 반드시 정원을 배반하고 동공의 수하로 서슴지 않고 달려올 것입니다."

동탁은 한참 동안이나 묵묵히 망설였다. 아무리 여포 같은 용맹한 장수를 자기 수하에 넣는 일이라지만, 적토마를 내준다는 것은 적이 아깝게 생각됐기 때문이었다. 결국, 이유에게 의견을 물어 봤다.

"이걸 어떻게 생각하노? 어찌 했으면 좋을고?"

이유가 선뜻 대답했다.

"공께서 천하를 다스리기 위해서 훌륭한 명장 하나를 수하에 넣으실 생각이시라면 말 한 필쯤이야 그다지 아까워하실 게 있겠습니까?"

동탁은 그 말을 듣더니 흔쾌히 적토마 한 필을 이숙에게 내주었다. 그리고 황금 1천 냥, 주옥 수십 알, 옥대 하나까지 더 얹어 주었다.

이숙은 적토마를 끌고 선사할 물건들을 가지고 내 재간을 한 번 보라는 듯이 신바람이 나서 여포의 진지로 찾아갔다.

이리저리 기웃거리고 머뭇머뭇 하고 있노라니 난데없이 어디선지 병사들이 여러 명 나타나며 이숙을 포위했다.

"뭣하러 온 사람이오?"

"나는 여장군의 옛 친구요. 빨리 만날 수 있도록 연락해 주시오."

병사들이 이 뜻을 안으로 전달했더니 여포는 서슴지 않고 인도해 들이라고 부하에게 명령했다.

이숙은 여포의 얼굴을 한번 보자마자, 만면에 미소를 띠고 그럴듯하게 인사말을 했다.

"야아! 아우님, 참 오래간만에 찾아왔지! 그래 그동안 별고 없었나?"

여포는 공손히 머리를 수그려 절하며 대답했다.

"참, 한동안 뵙지 못했습니다. 지금은 어디 계십니까?"

이숙은 이때라고 생각하고 그가 남다른 재간이라고 뽐내는 솜씨 좋은 입심을 부렸다.

"나 말인가? 나 지금 호분중랑장이란 직책을 맡아보고 있지. 일찍부터 그대가 국가를 위해서 애쓰고 있다는 소문을 듣고 충심으로 기뻐하고 있던 참이었어. 이번에 내가 말 한 필을 얻게 됐는데, 이 말은 하루에도 능히 천 리 길을 달릴 수 있는 명마로서, 산을 넘고 물을 건너기를 평지나 다름없이 잘하는 적토라는 말일세.

이런 훌륭한 말을 그대에게 선사해서, 나라를 위해서 더욱 힘을 발휘하고 분발해 주었으면 하는 생각으로 이렇게 찾아온 길일세."

이숙은 이렇게 말하면서 적토마를 여포의 앞으로 끌어냈다.

여포가 자세히 살펴보니 그 말은 과연 이숙의 말과 틀림없이 전신이 타오를 것만 같이 새빨간 빛깔이며, 잡털이라고는 한 가닥도 섞이지 않았고, 머리에서 꼬리까지의 길이가 1장(丈), 발굽부터 머리까지의 높이가 8척이나 되며, 한번 힘을 써서 우렁차게 울부짖으면 그야말로 하늘로도 뛰어오르고 바다라도 단숨에 뛰어넘을 것만 같은 훌륭한 말이었다.

이 적토마를 가리켜 도수등산(渡水登山)하면 자무(紫霧)가 활짝 트이고, 마치 화룡(火龍)이 구천(九天)에서 날아 내려오는 것 같다고 시를 읊은 사람이 있을 만큼, 이 말은 세상에 드문 준마였다.

여포는 그 적토마를 살펴보고 나더니 기뻐하는 품이 이만저만이 아니었다.

"이렇게 훌륭한 명마를 선사해 주셨는데 뭣으로 답례를 해 드려야 좋을지 모르겠습니다."

이숙은 말솜씨를 부릴 때가 바로 이때라고 또 한번 생각했다. 아주 점잖게 체통을 차리며 이죽이죽 말하는 것이었다.

"이사람아, 나는 의(義)를 위해서 그대를 찾아온 것인데 그게 무슨 말인가? 답례니 뭐니 하는 것은 천부당 만부당한 말일세."

여포는 너무나 감격해서 술상을 정성껏 차려 내놓고 이숙을 대접했다. 술기운이 거나하게 돌기 시작하자, 이숙이 먼저 말을 꺼냈다.

"그대와는 자주 만나지 못했지만, 춘부장 어른과는 가끔 만나 뵙는 사이였지."

"형장께서는 좀 약주가 취하신 것 같습니다. 저의 가친께서는 이미 이 세상을 떠나신 지 오래 되셨는데요. 만나 뵈었을 까닭이 없지 않습니까?"

이숙은 껄껄대고 웃어젖히며 약삭빠르게 말을 둘러댔다.

"아, 참, 그랬지! 내 이렇게 정신이 사나워서……, 내가 지금 말하고 있는 것은 정자사(丁刺史)를 두고 하는 말일세."

이 말을 듣자, 여포는 갑자기 어떤 압박감을 느끼는 듯이, 몸이 졸아드는 것처럼 풀이 죽어서 힘없는 음성으로 가만가만 말했다.

"저는 정건양(丁建陽) 정공의 밑에 있는 몸이라, 마음대로 밖으로 나돌아다닐 수도 없습니다."

"그대가 하늘이라도 버틸 만하고 바다라도 누를 만한 놀라운 재간을 지닌 인재라 함은 천하가 다 아는 터라 부러워하지 않는 사람이 없을 지경인데……. 또 공명도 부귀도 주머니 속에 든 물건을 꺼내듯이 쉬운 노릇일 것인데, 그게 무슨 변변치 못한 소리인가? 뭣 때문에 남의 밑에서 기를 펴지 못하고 세월을 보낸단 말인가?"

여포는 한참 동안 무엇인지 곰곰 생각하더니 심각한 표정을 하며 다시 대답했다.

"심히 유감되고 안타까운 일이지만 천하에서 명군(名君)을 만나지 못한 탓인가 합니다."

"날짐승도 생각이 있는 놈은 나무를 택해서 깃들이고, 어진 신하는 주인을 잘 택해서 섬긴다는 속담도 있지 않은가! 사람이란 항시 기회를 놓쳐 버리고 나서 아무리 후회해도 소용이 없는 걸세!"

"형장께서는 조정 안에서 어떤 인물을 과연 당대의 영웅이라고 보십니까?"

"내가 보건대, 동탁 동공과 어깨를 나란히 할 만한 인물은 별로 없는 것 같단 말일세. 동공은 평소에 어진 사람을 존경할 줄 알고, 선비를 후대해서 기용할 줄 알고, 상과 벌을 분명히 할 줄 아는 인물이니, 장래에 반드시 대업을 완성할 수 있는 위인일세."

"저도 한번 그런 분을 받들어 보고 싶은데 무슨 방법이 없을까요?"

이숙은 이때라고 생각했다.

선뜻 황금과 주옥 · 패물들을 꺼내서 여포 앞에 죽 벌여 놓았다.

여포는 깜짝 놀랄 수밖에. 이숙은 좌우의 사람들을 밖으로 물리치고 그제야 사연을 밝혔다.

"이것은 동공께서 그대의 놀라운 명성을 흠모하셔서 나에게 전해 달라고 특별히 명령하신 걸세. 적토마도 사실인즉 동공께서 선사하신 거고……."

"동공께서 이다지도 저를 생각해 주신다면 저는 무엇으로 답례를 올려야만 될까요?"

"나 같은 부재(不才)의 몸도 호분중랑장이라는 분에 넘치는 관직을 맡고 있으니 그대가 한번 오기만 한다면 얼마나 높은 벼슬자리를 맡게 될지 알 수 없는 일일세."

"하지만 아무런 공로도 세운 일이 없이 어찌 그분 밑으로……."

"그 공로를 세운다는 것은 그대가 결심만 하면 여반장이지!"

여포는 한참 동안 묵묵히 생각만 하더니 이윽고 비장한 결심을 얼굴에 드러내며 말했다.

"제가 정원을 죽여 버린 후, 군사를 거느리고 동공께로 달려갈 결심이온데 어떨까요?"

"그보다 더 큰 공로야 또 없지! 할 테면 일각도 지체하지 말고 빨리 하는 것이…….”

그 이튿날, 마침내 여포는 정원의 목을 베어 가지고 이숙에게로 갔으며, 이숙이 동탁을 만나보게 해주었으니, 동탁의 기뻐하는 품이란 이루 형언할 수도 없었다.

동탁이 여포에게 말했다.

“내 이번에 장군을 얻게 된 것은 마치 가문 날에 자우(慈雨)를 얻은 것이나 진배 없는 일이오!”

이리하여 동탁은 날이 갈수록 점점 더 세도를 부리며 그 위세를 마음껏 휘두르게 되었다.

이유가 또다시 성급하게 천자 폐립 문제를 권고하게 되니, 동탁은 전과 같이 궁중에 주연을 베풀고 문무백관을 소집해 놓고, 여포에게 명령하여 무장을 갖춘 병사 천여 명을 좌우 양쪽으로 대령시켰다.

술이 한창 어울려 들어갈 때, 동탁은 또 전과 같은 말을 꺼냈다.

“천자께서는 몸이 약하시고 정사에 밝지 못하시니 국가의 주인 노릇을 하시기 어렵다고 생각하오. 대신 진류왕을 천자로 받들어 모실 작정이니 이에 복종하지 않는 자는 당장 이 자리에서 목을 베겠소!”

여러 신하들은 겁을 먹고 부들부들 떨고만 있을 뿐, 감히 입을 여는 사람이 없었다.

이때, 중군교위(中軍校尉) 원소가 대담하게 앞으로 썩 나서며 입을 여는 것이었다.

"천자께서는 즉위하신 지 얼마 되지도 않았고, 또 실덕(失德)하옵신 일도 없으시다. 그대가 적계(嫡系)를 폐하고 서자(庶子)를 세우려 하는 것은 모반의 의도인 줄로 안다!"

동탁은 불끈 화를 내고 두 눈을 부릅떴다.

"천하 만사가 모두 나의 수중에 있다! 네놈은 내가 하자는 일에 감히 거역하겠다는 거냐? 이 칼날의 시퍼런 서슬이 눈에 보이지 않느냐?"

원소도 칼을 뽑아 들었다.

"네놈의 칼날이 서슬이 시퍼렇다면 나의 칼날도 과히 무디지는 않을 것이다!"

둘은 주연의 한복판에서 서로 노려보며 대적하고 섰다.

# 4.
# 칼로 찌르려다가

'이대로 살려 두었다가는 나중에…'
진궁은 서슬이 시퍼런 칼을 들고 조조의 가슴팍에 들이댔다

廢漢帝陳留爲皇
謀董賊孟德獸刀

동탁이 원소를 찔러 죽이려고 펄펄 뛰는 순간, 이유가 그것을 가로막고 간신히 말렸다. 분함을 참지 못한 원소는 칼자루를 움켜잡은 채, 문무백관에게 작별 인사를 하고 조정에서 뛰쳐나와 관패(官牌)를 풀어서 동문(東門)에 걸어 놓고 기주(冀州)를 향하여 낙향했다.

동탁이 태부(太傅) 원외(袁隗)를 불러 세우고 하는 말이, 원소가 원외의 조카라는 체면을 생각하여 이번만은 목숨을 살려 두는 것이니, 누구나 자기가 하고자 하는 일에 반대하는 자는 군법에 의해서 처단하겠다고 노발대발했다.

여러 신하들이 부들부들 떨며 감히 아무 소리도 못하는 삼엄

한 공기 속에서 연석이 끝나게 되자, 동탁은 시중 주비와 교위(校尉) 오경(伍瓊)과 더불어 앞으로 원소에게 대처할 문제를 상의했다.

두 사람이 동탁에게 권고하는 말은 똑같았다. 앙심을 품고 달아난 사람을 그 이상 뒤쫓아서 박해를 가한다면, 원소의 지반인 산동(山東) 지방이 동탁에게서 이탈해 버릴 우려가 있고, 또 이런 기회를 노려서 영웅 호걸들이 도처에서 불길을 일으킨다면 사태가 수습하기 어려운 곤경에 빠질 것이니, 우선 군수(郡守) 정도의 벼슬자리를 주어서 무마해 두면 원소도 자기 죄과가 용서받은 것을 기뻐하게 되어 후환이 없으리라는 것이었다.

동탁은 이들 두 사람의 권고를 받아들여 그 즉시 사신을 파견해서 원소에게 발해군(渤海郡) 군수 자리를 주었다.

그러나 한편으로 동탁은 마침내 역적의 잔인 무도한 소행을 감행하고야 말았다.

그해 9월 1일, 가덕전(嘉德殿)에 황제를 오르게 하고 문무백관을 소집시킨 다음, 서슬이 시퍼런 칼을 한 손에 뽑아 들고 황제 폐립을 선포하는 한편, 준비했던 책문(策文)을 이유를 시켜서 읽도록 했다.

"진류왕 협께서는 성덕(聖德)이 높으시고 규거(規矩)가 숙연(肅然)하셔서 대명이 이미 천하에 떨치셨으니 마땅히 만세의 황통(皇統)을 이으실 분이로다……."

책문을 다 읽기가 무섭게, 동탁은 좌우의 신하에게 명령하여 천자를 옥좌로부터 끌어내려 새수(璽綬)를 풀어서 북쪽을 향하여 꿇어앉힌 다음 신하의 대열 속으로 몰아 버리고, 태후를 끌어내어 옷을 벗겼다.

이 잔인하고 처참한 장면에서, 별안간 섬돌 아래로부터 손에 잡은 상간(象簡)을 휘두르며 고함을 지르는 신하가 한 사람 있었다.

"역적 동탁아! 하늘을 속이는 무도한 짓이란 바로 너의 소행을 가리키는 말이다! 네 이놈! 내 목을 베어 그 피라도 마셔라!"

그것은 상서(尙書) 정관(丁管)이었다.

동탁은 당장에 정관을 끌어내어 목을 베게 했다.

목숨이 끊어지는 순간까지 태연자약하게 동탁의 죄과를 저주하며 눈을 감은 정관의 중신(重臣)답고 대장부다운 태도는 후세 사람들이 두고두고 감탄하여 마지않을 만했다.

그 당시 나이 겨우 아홉 살밖에 안 되는 진류왕 협은 영제의 둘째 아드님으로서 헌제(獻帝)라 일컫게 되었고, 연호도 초평(初平)이라 고쳤다.

동탁은 상국(相國)이라는 최고의 재상 자리에 앉아서 천자 앞에 나가는데도 칼을 차고 신발을 신은 채, 조정 안에 어느 누구 한 사람 거리끼는 이 없었고, 누구에게나 권력과 억지 명령으로 임했다.

이유가 인망 높은 명사를 발탁해서 쓰도록 하라고 채옹(蔡邕)을 추천했을 때도, 채옹이 이에 응하지 않으려 하자, 동탁은 그의 일족을 멸살시키겠다고 협박했다.

이렇게 해서 억지로 조정에 나온 채옹을 한 달에도 세 번씩이나 승관을 시켜서 시중 자리를 주는 등, 동탁의 제멋대로 하는 일들은 모두가 주책없는 짓뿐이었다.

폐위를 당한 어린 임금과 하태후 · 당비(唐妃)는 영안궁(永安宮)에 감금되어 의식(衣食)이 결핍할 지경으로 눈물에 젖어서 세월을 보내고 있었다.

어느 날 두 마리의 제비가 뜰에 날아든 것을 보고 어린 임금은 자기도 모르게 몇 구의 시를 읊었다.

푸릇푸릇 돋아나는 새 풀들이 연기처럼 아물아물,  
날씬한 제비들이 쌍쌍이 날고.  
낙수 강물이 한 줄기 푸른 띠처럼 흐르니,  
언덕 위 사람들 그 경치를 감탄하여 마지않고.  
멀리 바라다보노라면, 벽운이 깊은 곳,  
그곳이 바로 내 옛 궁전이었거니.  
뉘라서 충의를 지켜,  
내 마음속의 원한을 풀어 주리.

嫩草錄凝煙　裊裊雙飛燕　洛水一條青　陌上人稱羡

遠望碧雲深　是吾舊宮殿　伺人仗忠義　洩我心中怨

매일 같이 사람을 시켜서 그들의 동정을 감시하고 있던 동탁은 이 시구를 손에 넣게 되자, 이따위 원망이 가득찬 시를 읊고 있다는 것조차 괘씸하다고 호통을 치고, 이유에게 부하 열 명을 인솔시켜 어린 임금을 죽여 버리고 오라고 명령했다.

이유는 독약을 탄 술잔을 마시라고 강요했으나, 하태후가 이를 거절하자 한 자루의 단도와 흰 비단 한 필을 내놓고 목숨을 스스로 끊으라고 협박했다.

"국적(國賊) 동탁아! 우리 모자를 이다지 못 살게 굴고 천벌이 두렵지 않을소냐! 이런 일에 가담한 무리들도 일족 멸살을 면치 못하리라!"

호통을 치며 어린 임금을 부둥켜 안고 눈물이 비오듯하는 하태후.

결국, 이유는 하태후를 두 손으로 떠다밀어 2층에서 떨어뜨린 다음 강제로 목을 졸라 죽이고, 어린 임금을 독살시켜 가지고 동탁의 명령대로 그 시체를 성 밖에 매장했다.

동탁의 횡포는 날이 갈수록 이루 말할 수 없었다.

밤이면 궁중에 머물러 있으면서 궁녀들을 간음하기 일쑤요, 천자의 용상에서 제 방처럼 잠을 자곤 했다.

까닭 없이 고을의 선량한 백성들을 한꺼번에 천여 명씩 목을 베어 가지고는 도둑의 무리를 토벌했노라고 수레에 질질 끌고 서울로 돌아오는가 하면, 재물과 여자들을 함부로 약탈하고 돌아다녔다.

월기교위(越騎校尉)로 있는 오부(伍孚)가 이런 잔인 무도한 꼴을 보다못해서 항시 단도를 품 속에 감추고 동탁의 목숨을 노리고 있던 중, 어느 날 동탁이 궁문 밖으로 나오는 찰나, 칼을 뽑아 들고 그에게 덤벼들었다.

"역적 동탁아! 네놈의 죄악은 하늘을 뒤덮을 지경이오, 백성치고 어느 누구 한 사람 네놈을 죽이고 싶어하지 않는 자 없다! 수레바퀴에 매달아 사지를 찢어 죽여도 시원치 않을 놈아!"

그러나 무서운 권력 앞에는 충신도 소용이 없었다.

결국 동탁은 명령을 내려 오부의 몸뚱이를 토막토막 쳐서 끔찍하게 죽여 버리고 말았다.

이때, 발해(渤海)에 있던 원소도 동탁이 권력을 농하여 제멋대로 횡포를 부리고 있다는 소문을 듣고, 아무도 모르게 밀서를 왕윤(王允)에게로 보내 왔다.

자기는 진충보국이라는 일념에서 왕실을 깨끗이 숙청하여 바로 잡을 생각으로 군사를 모아서 훈련시키고 있으나, 아직도 은인 자중하고 기회만 엿보고 있으니, 뜻이 자기와 같다면 시기를 보아서 같이 행동하자는 것이었다.

이런 밀서를 받고, 왕윤은 머리를 짜 가며 이 궁리 저 궁리해 봤으나 아무런 묘계가 떠오르지 않았다.

어느 날, 궁중 별실에 여러 구신(舊臣)들이 모여 있는 것을 발견하고 왕윤은 이렇게 말했다.

"오늘은 본인의 생일인데 밤에 여러분께서 누추한 집이나마 왕림해 주시면 맛없는 음식이라도 함께 모시고 즐겨 볼까 합니다."

그날밤, 구신들을 자기 집 깊숙이 청해다 놓고 술이 몇 순배 돌자, 왕윤이 갑자기 목이 메어 말을 못하고 흐느껴 울기만 하는 것이었다.

"사도(司徒)께서는 기쁜 생신이라 하시더니 어인 연고로 우시오?"

여러 대신이 깜짝 놀라 물으니, 왕윤이 그제야 눈물 섞인 음성으로 대답했다.

"사실 오늘은 나의 생일도 아무것도 아니오. 여러분과 이야기해 보고 싶었지만, 동탁에게 의심을 받을 것이 두려워서 거짓말을 했던 것이오. 동탁은 천도를 거역하고 권력을 농하여 나라의 앞길이 위태롭기 아침 저녁을 헤아릴 수 없게 했소! 고조 황제께서 진나라를 쳐부수시고 초나라를 굴복시키시어 천하를 통일하신 대업을 생각하자면, 그것이 오늘날에 와서 동탁의 손에 이다지 망쳐 버릴 줄이야 뉘 알았으리오! 이런 슬픔을 참을 길 없어

부지중 울음이 북받쳐 오른 것이오!"

이 말을 듣고 눈물을 흘리지 않는 사람이 없었다. 이때, 좌중에서 손뼉을 치고 깔깔거리고 웃으며 이런 말을 하는 사람이 있었다.

"조정의 대신들이 밤이 되면 날이 새도록 울기만 하고, 날이 밝아도 또 눈물만 흘리고, 그렇게 숱한 눈물로 동탁 하나를 죽이지 못한단 말이오?"

왕윤이 깜짝 놀라 유심히 쳐다보니 다른 사람이 아니라, 바로 효기교위(驍騎校尉) 조조였다. 왕윤이 화를 내며,

"그대도 대대로 한나라 조정의 녹을 타 먹는 사람이 아닌가! 이러한 위급한 시국에 처하여 나라에 보답할 생각은 하지 않고, 그게 무슨 말이오?"

하니, 조조는 여전히 생쥐 같은 웃음을 생글생글 웃으며 말했다.

"내가 웃는 데는 까닭이 있소! 이렇게 많은 대신들 중에 한 사람도 동탁을 처치할 만한 계교를 가진 이가 없다는 점이 우스운 것이오. 내, 비록 부재(不才)의 몸이긴 하나, 당장에 동탁의 목을 베어 장안 높은 문에 매달아 천하의 역적의 표본을 보일 수 있도록 하리다!"

왕윤은 그 말을 듣자 좌석에서 미끄러져 내려앉으며 반색을 하고 물었다.

"맹덕공(孟德公)께서는 어떠한 계략을 가지고 계시오?"

"일찍부터 내가 아니꼬운 꼴을 무릅쓰고 동탁을 섬겨 온 것도 사실인즉 좋은 기회를 엿보자는 계획이었소. 요즘 와서는 그도 나를 매우 믿음직하게 여기고 있는 판인지라, 나도 다행히 힘 안 들이고 그에게 접근할 수 있게 되었소. 듣자니 왕사도께서는 칠보도(七寶刀) 한 자루를 간직하고 계시다는데, 그것을 나에게 잠시 빌려 주시기만 하신다면 동상국(董相國)의 관저로 가서 그를 찔러 죽이고 말겠소. 이번 일에 나의 목숨을 희생당하는 한이 있더라도 후회하지는 않으리다!"

"귀공에게 이다지 비장한 결의가 있다면 이는 천하에 둘도 없는 다행이라 아니할 수 없소!"

왕윤은 경건한 태도로 친히 조조에게 술잔을 높이 들고 술을 따랐다.

조조, 철철 넘치는 술을 땅에 뚝뚝 흘리며 비장한 표정으로 거사를 맹세하니, 왕윤도 그 즉시 칠보도를 꺼내서 조조에게 주었고, 조조는 또다시 술 한 잔을 쭈욱 들이키더니 서슴지 않고 칠보도를 받아들고 여러 대신에게 정중하게 인사를 한 다음 자리를 물러났다.

이튿날, 조조는 칠보도를 허리에 위엄 있게 차고 동탁의 저택으로 달려가서 동승상의 소재를 물었다.

"대청에 계시오!"

하는 하인배의 대답을 듣고, 다짜고짜로 불쑥 안으로 뛰어 들어갔다.

동탁은 옆방에 있는 침상 위에 앉아 있었고, 여포가 그 옆에 버티고 서 있었다.

"맹덕, 오늘은 몹시 늦었군!"

"말이 삐쩍 마른 놈이라서 빨리 달리지 못해서 늦었소이다!"

"허허, 그래? 그렇다면 서량(西凉)서 보내온 준마 한 필이 있는데……."

하더니, 동탁은 여포에게 분부했다.

"이것 봐, 봉선(奉先)이, 맹덕에게 그 서량서 온 말 한 필을 내주게 하지."

여포는 분부대로 자리를 떠서 밖으로 나갔다.

'이놈이, 운수가 다했구나!'

이때라고 생각한 조조는 칼을 빼서 찔러 버릴까 말까 망설이고 있었는데, 동탁이 워낙 힘이 센 것을 아는 바람에 차마 용단을 내리지 못하고 있었다.

동탁은 몸이 비대하여 오랫동안 가만히 있지를 못하고 저쪽 벽을 바라다보며 비스듬히 누웠다.

'옳지! 이 역적 놈이 이제야 마침내 정말 죽을 때가 왔구나!'

조조는 또 한번 이렇게 생각하고 보도를 썩 뽑아 들었다.

선뜻! 찌르려고 하는 찰나에 동탁은 아무 생각 없이 벽에 걸려 있는 커다란 거울 속을 들여다보았다.

자기 등덜미에서 칼을 뽑아 든 조조의 모습이 거울 속에 비쳐 있지 않은가!

"이게!"

깜짝 놀라 몸을 훌쩍 돌이킨 동탁이 외쳤다.

"맹덕이, 무슨 짓을 하고 있는 거야?"

이때, 마침 여포가 말을 끌고 나타났다.

조조가 당황하여 칠보도를 두 손으로 고쳐 잡더니 재빨리 무릎을 꿇고 앉으며 대답했다.

"제가 보도 한 자루를 지니고 있었는데 진귀한 물건이기에 특히 동상궁께 바치는 바이오!"

동탁이 받아 보니 조조의 말대로 그 보도는 길이가 한 자나 되는데 칠보를 아로새긴 진귀한 칼인지라 여포에게 주어서 간직해 두라고 분부했다.

조조는 칼집까지 풀어서 여포에게 주었다.

동탁이 조조를 데리고 뜰로 내려서서 거기 매여 있는 말 한 필을 보여 주니 조조는 감사하다고 절하며 말했다.

"당장에 시험 삼아 한 번 타보고 싶습니다."

동탁은 서슴지 않고 안장과 고삐를 갖추어 주었다.

말을 끌고 밖으로 나온 조조는 한 번 채찍질을 신바람 나게 하더니 동남쪽으로 뺑소니를 쳤다.

"방금, 조조는 동공을 칼로 찌르려 들다가 공께 들켰는지라 칠보도를 바친 것이 아닐까요?"

여포가 이렇게 말하니, 동탁이 대답했다.

"흐음! 나도 태도가 수상쩍다고 생각했어!"

이러는 중에 마침 이유가 나타나서 동탁이 방금 있었던 사실을 그대로 이야기해 줬더니, 이유가 말했다.

"조조는 처자를 서울에 둔 것도 아니고, 혼자서 떠돌아다니며 살고 있습니다. 언제 무슨 일이 있을지 모르는 위인이니 시급히 사람을 보내어 불러 보십시오. 두말 없이 당장에 달려오면 진심으로 칠보도를 공께 바칠 의사가 있었던 것이오, 만일에 이 핑계저 핑계를 하고 오지 않는다면 반드시 공의 생명을 노린 것이 틀림없을 겁니다. 붙잡아서 심문에 붙이셔야 합니다!"

동탁은 과연 그럴듯한 의견이라 생각하고 옥졸 네 명을 그 길로 조조에게 파견했다. 얼마 안 되어서 옥졸들이 돌아와서 보고해다.

"조조는 자기 거처하는 곳으로 돌아가지도 않았으며, 말을 타고 그대로 동문을 지나 도주해 버렸습니다. 성문지기가 가로막고 통과시키지 않으려니까, 승상께서 분부하신 긴급한 일로 나가는 길이라 하며 말을 달려 빠져나갔다고 합니다."

"흐음! 괘씸한 놈이로군!"

동탁의 우락부락한 얼굴에는 당장에 노기가 치밀어올랐다.

이유가 옆에서 또 말했다.

"그것 보십시오! 조조란 자가 그런 꾀를 부려서 성문 밖으로 빼소니를 쳤다면, 반드시 공의 생명을 노린 것이 틀림없소이다!"

동탁은 화를 참지 못하고 투덜투덜 조조를 욕하고 저주했다.

"내가 그토록 저를 잘 대접하고 소중히 여겨 왔는데, 천하에 이렇게 배은망덕하는 괘씸한 놈이 있다니, 이놈을 당장에 잡아들이지 않고는……."

"이건 결코 조조 하나만의 뜻이 아닐 겁니다! 조조 하나만 붙잡는다면 그 배후와 주변의 자세한 내막을 알 수 있을 겁니다."

이유가 맞장구를 치면서 옆에서 하는 말이었다.

분노를 참지 못하는 동탁은 방방곡곡으로 지령의 문서를 발송시키고 세밀히 조조의 얼굴 모습을 그린 인상서(人相書)까지 작성해서 그 체포를 명령하고, 생포한 자에게는 상금 1천금, 만호(萬戶)의 후(侯)로 봉할 것이며, 반대로 조조를 은닉한 자는 조조와 동일한 죄로 다스린다는 포고령을 내렸다.

한편, 조조는 동탁이 내린 서량의 준마를 한번 잡아타자, 자못 통쾌한 기분으로 초군(譙郡)을 향하여 화살처럼 날아갔다.

도중에서 중모현(中牟縣)을 거치게 됐을 때, 관문지기에게 가로막혀서 결국 현령 앞으로 붙잡혀 나가는 몸이 됐다.

"그대는 뭣하는 사람인고?"

이렇게 묻는 현령의 질문에 조조는 서슴지 않고 대답했다.

"저는 장돌뱅이 장사아치로 성을 황보(皇甫)라고 합니다."

현령은 그 말을 듣더니 왜 그런지 조조를 유심히 아래 위로 훑어보며 뭔가를 한참 동안이나 묵묵히 생각하고 나서야 입을 열었다.

"나는 예전에 벼슬자리를 얻어 볼까 하고 낙양에 가서 얼마 동안 머물러 있었을 때, 그대를 여러번 본 일이 있어. 조조! 나를 속이려 들어도 안 될 말이야! 좋아! 우선 영창에 집어넣어 놓았다가 내일 서울로 호송해 가지고 가서 상이나 타도록 해야겠군!"

이렇게 말하고, 관(關)지기 병사들에게는 술상을 잘 차려 내서 배불리 먹여 돌려보냈다.

그날밤이 깊은 다음 이 현령은 측근자에 명령하여 조조를 살그머니 영창에서 끌어냈다. 깊숙한 곳에 있는 밀실로 데려다 놓고 말했다.

"그대는 동승상에게 귀여움을 받고 요직에 있다는 소문을 들었는데, 어찌하여 자진해서 화근을 만드는 짓을 하고 돌아다니는고?"

조조가 발끈 화를 내면서 앙칼진 음성으로 대답했다.

"연작(燕雀)이 어찌 홍곡(鴻鵠)의 뜻을 알리요! 그대는 이미 이렇게 내 몸을 마음대로 체포한 이상, 한시바삐 서울로 연행하여 상금이나 타먹을 노릇이지, 무엇을 횡설수설 떠들 필요가 있단 말인가?"

이 말을 듣자, 현령은 자못 엄숙한 표정을 하고 좌우에 있는 측근자들을 모조리 밖으로 내보내더니 조조에게 넌지시 이렇게 말했다.

"그대는 뭣 때문에 나를 이다지 대수롭지 않게 여기는가? 내, 이래봬도 하잘것없는 보통 속리(俗吏)가 아니오. 단지 진심으로 섬길 만한 주인을 만나지 못했을 뿐이거늘……."

"솔직히 말하면, 나는 대대로 한나라 황실의 녹을 받아먹고 살아온 자이니, 만약에 진충 보국하려는 정신이 없다면 금수나 뭣이 다르겠는가? 머리를 굽히고 지조를 굽히고 아니꼬운 꼴을 참아 가며 동탁을 섬겨 온 것도 오로지 기회를 노려서 나라에 해를 끼치는 역적 놈을 뿌리 뽑아 없애자는 일념에서였거늘……. 그것이 여의치 않게 되었으니 이 또한 하늘의 뜻이라고 할 수밖에……."

"그럼, 조공께선 어디로 몸을 숨기실 작정이셨소?"

"고향으로 돌아가서 가짜 조서를 꾸며 가지고 방방곡곡에 뿌려 천하의 후(侯)란 후를 모두 모아 가지고 군사를 총동원하여 동탁을 거꾸러뜨려 보자는 것이 나의 평소의 소원이오!"

이 말을 듣고 난 현령은 자리에서 내려와서 손수 조조를 묶은 줄을 풀어 주며 상좌에 앉혀 놓고 정중하게 몇 번이나 절을 했다.

"그대는 진실로 천하에 드문 충의지사요!"

조조도 그제서야 답례하며 현령의 성명을 물었다.

"나는 성이 진(陳), 이름은 궁(宮), 자는 공대(公臺)라 하오. 노모님과 처자는 모두 동군(東郡)에 계시오. 이제 그대의 충의지심에 감격하여 나도 관직을 벗어 던지고 그대를 따라서 일하고 싶소!"

조조는 여간 기뻐하지 않았다.

그날밤으로 진궁은 노자 돈을 시급히 마련했고, 조조에게 의복을 갈아입힌 다음 각각 칼을 한 자루씩 등에 메고 말을 달려 곧장 고향으로 향했다.

사흘 동안이나 길을 계속했다. 성고(成皐)라는 고장에 가까이 다다랐을 때 날이 어둑어둑 땅거미가 다가들었다.

조조는 채찍을 높이 쳐들어서 저쪽 수목이 깊숙하게 무성해 있는 곳을 가리키며 진궁에게 말했다.

"저기 성은 여(呂), 이름을 백사(伯奢)라고 하는 분이 살고 계시오. 이분은 우리 가친과 형제의 의를 맺고 지내시던 이요. 찾아가서 고향 소식도 알아보고 하룻밤 잠자리를 청해 봄이 어떻겠소?"

"그것 마침 잘 됐소!"

이리하여 두 사람은 그 집을 찾아가서 문전에서 말을 내리고 곧장 주인 여백사를 찾아 들어갔다. 여백사란 사람이 깜짝 놀랐다.

"조정에서는 각지로 지령을 내려서 그대를 체포하려고 애쓰는데, 용케 여기까지 왔군!"

조조가 여태까지의 경과를 말하고 현령 진궁에게 신세진 이야기를 했더니, 여백사도 진궁에게 공손히 절하고 하룻밤을 자기 집에서 묵어 가라고 쾌히 승낙했다.

한참만에 여백사는 집안에 좋은 술이 없으니 서쪽 마을에 가서 술을 사 오겠다 하며 밖으로 나갔다.

조조와 진궁이 주인이 돌아오기만 기다리고 있을 때, 뒤곁에서 칼을 가는 소리가 요란하게 들려 왔다. 둘이서 살며시 뒤로 돌아가 엿들으니,

"그럼! 단단히 묶어 놓고 잡아야지!"

하는 음성이 들렸다. 주인이 밖으로 나간 것부터 수상쩍게 생각하고 있던 조조는 말했다.

"내 생각이 틀림없었구나! 선수를 써야지 큰일날 뻔했다!"

하고, 남자, 여자 가릴 것 없이 거기 있는 여덟 사람을 모조리 죽여 놓고 보니 부엌에는 돼지 한 마리가 묶여서 당장 죽는 시늉을 하고 있었다.

결국, 조조는 지나친 신경과민으로 죄도 없는 사람을 마구 죽여 버린 것이었다.

두 사람은 얼른 말을 잡아타고 뺑소니를 치다가 도중에서 술과 안주를 잔뜩 사들고 오는 여백사와 마주쳤다.

"이거 두분께서 왜 이다지 빨리 떠나는 거요?"

"쫓기는 몸인지라 오래 머무를 수도 없어서……."

조조는 이렇게 말하고 그대로 말을 달려 그 자리를 지나쳐 가더니, 몇 걸음 안 가서 홱 몸을 돌이키고 소리를 질렀다.

"거기 가는 게 누군고?"

여백사가 몸을 홀쩍 돌이켰을 때, 조조는 재빨리 움켜잡은 칼로 여백사의 목을 뎅경 쳐버렸다.

대경실색한 것은 진궁.

"아까는 잘못 생각하고 사람을 죽였는데, 이건 또 무슨 짓이오?"

"백사가 집으로 돌아가서 집안 사람이 죽은 것을 보면, 그대로 있지는 않을 것이오. 만일에 사람을 몰아 가지고 뒤를 쫓아오면 큰일이지. 나는 남을 못 살게 굴 수 있지만, 남에게 그런 꼴을 당하긴 싫으니까……."

진궁은 묵묵히 말이 없었다.

밤이 되어 어떤 여인숙 문을 두들기고 묵어서 가게 됐다. 조조는 말을 배불리 먹여 놓고 먼저 잠이 들었다. 진궁은 곰곰 생각했다.

'나는 조조가 훌륭한 인물인 줄 알고 벼슬까지 버리면서 따라왔더니, 이렇게 잔인한 사나이일 줄은……. 이대로 살려 뒀다가는 나중에 반드시 화근이…….'

그는 서슬이 시퍼런 칼을 집어들고 조조의 가슴팍에 칼 끝을 들이댔다.

# 5.
# 술이 식기 전에

현덕, 관우, 장비가 관을 향하여 뿔뿔이 흩어져서
빵소니치는 여포의 군세를 추격하니…

發矯詔諸鎭應曹公
破關兵三英戰呂布

진궁은 조조에게 손을 대려는 아슬아슬한 찰나에 문득 이런 생각을 했다.

'나는 나라를 위해서 이자를 따라온 것이다. 지금 이자를 죽여 버린다면 의리를 배반하는 게 된다. 이대로 내버려두고 달아나자!'

이렇게 마음을 고쳐먹은 진궁은 그길로 말을 잡아타고 동군(東軍)으로 가 버렸으며, 잠이 깬 조조도 진궁이 자기의 말이 비위에 거슬려서 달아나 버렸거니 하는 재빠른 판단을 내리고, 당장에 자기 아버지를 찾아 진류(陳留)로 가서 의병을 모집하고 싶다는 간절한 소원을 고백하고 자금을 마련해 달라고 애원했다.

아들의 뜻을 갸륵하게 생각한 아버지는 그 고을에서 명망 있는 거인(擧人) 위홍(衛弘)을 소개해 주었으며, 위홍도 자기의 가재를 기울여서라도 뒷받침을 해주겠노라고 쾌히 승낙했다.

조조는 크게 기뻐하며 우선 가짜 조서를 꾸며 각지로 사람을 파견해서 퍼뜨려 놓고, 의병을 모집한다는 흰 깃발에다 충의(忠義)란 두 글자를 대서특필했다.

2, 3일 동안에 조조에게 호응하는 무사가 빗발치듯 했으니, 도착순으로 보면 다음과 같다.

① 악진(樂進)—양평군(楊平郡) 위국(衛國) 사람.

② 이전(李典)—산양군(山陽郡) 거록현(鉅鹿縣) 사람. 조조는 이 둘을 본진의 서기로 삼았다.

③ 하후돈(夏侯惇)—패국(沛國) 초현(譙縣) 사람. 어렸을 적부터 창술(槍術) · 봉술(棒術)을 배웠고, 열네 살 때에 스승을 섬기고 무술 공부를 했는데, 어떤 자가 스승을 모욕했다 해서 그를 죽여 버리고 방랑 생활을 하고 있다가, 아우 하후연(夏侯淵)과 함께 각각 장정 1천 명씩을 거느리고 가담해 왔다.

④ 조인(曹仁) · 조홍(曹洪)—조씨 집안의 종형제. 둘이 다 활쏘기와 말타기에 능숙하며 모든 무술에 통하지 않는 바가 없었다.

이렇게 되니 조조는 신바람이 나서 어쩔 줄 모르며 군마의 훈련에 전력을 기울이게 됐으며, 위홍도 가재를 털어서 무장을 준비해 주었고 사방에서 군량을 보내 오는 사람도 부지기 수였다.

발해에 있던 원소도 조조의 가짜 조서를 보고 휘하의 문관·무사를 총집합하여 병력 3만을 이끌고 가담하러 왔다.

조조가 이때라 생각하고 의병을 모집하여 중화의 땅을 숙청하고 공분(公憤)을 풀어 버리고 황실을 건져 백성을 구출하겠다는 격문을 여러 고을로 발송하니, 각진(各鎭)에서 몰려드는 제후(諸侯)만 해도 17명이나 되었다.

제1진—남양(南陽) 태수 원술(袁術)
제2진—기주(冀州) 자사 한복(韓馥)
제3진—예주(豫州) 자사 공주(孔伷)
제4진—연주(兗州) 자사 유대(劉岱)
제5진—하내(河內) 태수 왕광(王匡)
제6진—진류(陳留) 태수 장막(張邈)
제7진—동군(東郡) 태수 교모(喬瑁)
제8진—산양(山陽) 태수 원유(袁遺)
제9진—제북상(濟北相) 포신(鮑信)
제10진—북해(北海) 태수 공융(孔融)
제11진—광릉(廣陵) 태수 장초(張超)
제12진—서주(徐州) 자사 도겸(陶謙)

제13진—서량(西凉) 태수 마등(馬騰)

제14진—북평(北平) 태수 공손찬(公孫瓚)

제15진—상당(上黨) 태수 장양(張楊)

제16진—장사(長沙) 태수 손견(孫堅)

제17진—발해(渤海) 태수 원소(袁紹)

북평 태수 공손찬이 정예 병력 1만 5천을 거느리고 덕주(德州)로부터 평원현(平原縣)에 다다랐을 때, 저쪽 뽕나무 숲속에서 누런 깃발을 휘날리며 그를 영접하는 5, 6기(騎)의 사람들이 있었다.

그것은 바로 유현덕의 일행이었다.

일찍이 공손찬의 신세를 지고 평원현 현령이 된 현덕은 대군이 이 고을을 지나간다는 소문을 듣고 대기하고 있었던 것이다.

현덕은 그 자리에서 마궁수(馬弓手)로 있는 관운장과 보궁수(步弓手)로 있는 장비를 공손찬에게 인사를 시켰고, 공손찬은 한나라 황실을 위해서 동탁을 토벌하러 가게 된 사연을 설명해 주었다.

"그때, 내가 죽여 버리자고 했을 때 내버려뒀으면 오늘날 이런 꼴은 보지 않았을 것을."

장비가 이런 말을 하면서 분해서 못 견뎠지만, 한편 공손찬의 권고도 있고 해서 그들 네 사람은 당장에 의기투합, 현덕도 두 아우를 거느리고 공손찬과 더불어 조조를 찾아가니 조조는 기뻐서 어쩔 줄 모르며 소와 말을 잡아서 잔치를 베풀고 그 즉시 작전 계획을 상의했다.

하내 태수 왕광이 맹주(盟主)를 추대하자는 제의에 조조가 원소를 추천하니, 원소 자신은 굳이 사퇴했으나 이구동성으로 그를 추대하자는 중의를 물리칠 길 없어, 결국 원소가 맹주로 결정되었다.

이튿날 단을 3층으로 마련하고, 청황적백흑(青黃赤白黑) 다섯 색깔의 깃발을 동서남북, 그리고 정중앙 오방(五方)에 꽂아 놓고, 맹주 원소가 단에 올라 정중하고 비장한 음성으로 맹문(盟文)을 낭독했고, 일동은 국가의 운명을 위하여 생사를 같이할 것을 굳게 맹세했다.

특히, 원소는 아우 원술에게 군량을 감독하는 책임을 맡기고 여러 군사들에게 골고루 공급하는데 유감이 없도록 하라는 분부를 내렸으며, 제1진으로 선봉에 나설 장수를 선정하자는 의사를 상의하니 선뜻 자진해서 나서는 사람이 바로 장사의 태수 손견이었다.

손견이 군사를 거느리고 사수관(汜水關)으로 쳐들어가니, 관을 지키고 있던 부장이 당황하여 급히 낙양에 있는 승상부(丞相府)로 이 놀라운 소식을 전했음은 두말 할 것도 없는 일이었다.

하고 많은 날 술과 여자에게만 도취해서 정신을 못 차리던 동탁은 이유를 통해서 이 급보를 받고 대경실색, 그러나 그에게는 천하맹장 여포가 있었다.

몇천만 명의 목이라도 문제없이 베어 치우겠다고 호언장담하는 여포의 등덜미에서 우렁찬 음성으로 소리를 지르는 장수가 또 하나 있었다.

"닭 한 마리를 잡는 데 어찌 소 잡는 큰 칼을 쓰리요. 내가 제후의 목을 베기는 낭중의 물건을 꺼내기보다 쉬운 노릇이오!"

그는 신장이 9척, 범과 같은 체구를 가진 관서(關西) 사람 화웅(華雄)이었다.

동탁은 크게 기뻐하며 그 즉시 효기교위로 승진시킨 다음, 보기(步騎) 5만을 주어서 이숙(李肅) · 호진(胡軫) · 조잠(趙岑)을 딸려 관으로 떠나 보냈다.

한편 조조의 진에서는, 제북(濟北)에서 가담해 온 포신(鮑信)이란 장수가 있었는데, 그는 손견이 선봉이 되어서 제일 먼저 공로를 세울 것을 질투하고 남몰래 아우 포충(鮑忠)과 더불어 길을 가로질러 관으로 나가 화웅의 철기(鐵騎) 5백과 대결했으나, 화웅의 칼이 한 번 번쩍하기가 무섭게 말 위에 앉은 채 목이 떨어지고 말았다.

손견은 네 장수를 거느리고 관에 도착했으니, 그 네 장수란 다음과 같다.

① 정보(程普)—우북평군(右北平郡) 토은현(土垠縣) 사람. 철척사모(鐵脊蛇矛)를 잘 쓰는 명수.

② 황개(黃蓋)—영릉(靈陵) 사람. 쇠 채찍의 명수.

③ 한당(韓當)—요서군(遼西郡) 영지현(令支縣) 사람. 큰 칼을 잘 쓰는 명수.

④ 조무(祖茂)—오군(吳郡) 부춘현(富春縣) 사람. 큰 칼 두 자루를 한꺼번에 잘 쓰는 명수.

저편에서는 화웅의 부장 호진이 병력 5천을 거느리고 관문 밖으로 뛰쳐나와 도전을 했지만, 이편의 정보, 말을 달려 창을 휘두르며 달려들어 호진의 목을 찔러 떨어뜨려 말굽에 밟혀 죽게 했다.

손견이 부하를 거느리고 관문으로 쇄도하니, 관 위로부터 화살과 돌이 비오듯 퍼부어대니 일단 양동(梁東)으로 후퇴하여 진을 치고, 전령을 원술에게 보내서 군량을 빨리 공급해 줄 것을 요청했다.

그런데 이때에 예기치 못한 사태가 벌어졌다.

어떤 자가 손견은 강동(江東)의 맹호(猛虎)인지라 동탁을 죽인 다음의 후환이 두려우니 군량을 공급해 주지 말라고 꾀었다.

원술은 이 말에 넘어가서 손견에게 군량 공급을 해주지 않으니, 이런 정보가 저편으로 새어들어가지 않을 수 없었다.

저편에서는 이 기회를 놓치지 말자는 이숙의 계책을 받아들여, 화웅이 전군을 배불리 먹여 가지고 밤중에 손견의 진지를 습격했다.

달빛이 교교하고 바람이 서늘한 벌판에서 벌어진 일대 격전. 북을 치며 함성을 지르고 덤벼드는 화웅, 깊은 밤에 쉬고 있다가 당황하여 갑옷을 몸에 걸치고 말 위로 뛰어 오르는 손견.

두 장수가 몇 합을 싸우고 있을 때 손견의 등덜미로 일군의 병력이 닥쳐 들며 사면팔방으로 불을 질렀다.

손견의 군세가 우수수 무너지니 여러 장수들이 뿔뿔이 흩어져서 일대 난투가 벌어졌다.

손견이 뒤를 따른 조무와 함께 살그머니 포위망을 벗어나 뛰쳐나오는 것을, 그 뒤에서 화웅이 또 추격하니, 손견은 날쌔게 활을 잡고 연거푸 두 번을 쏘았으나 모두 화웅을 맞히지 못하고 세 번째 화살을 겨눌 때, 힘을 너무나 활에다 쏟았는지라 작화궁(鵲畵弓)이 그대로 두 동강으로 부러지고 말았다.

'아차! 안 되겠구나!'

활을 동댕이쳐 버리고 말을 달려 달아나는 손견.

"손공, 그 붉은 두건은 유난히 놈들의 눈에 띄기 쉬우니 벗어서 저에게로 던지십시오!"

뒤를 따라오며 조무가 소리를 지르는 바람에 손견은 두건을 벗어서 조무의 투구와 바꿔 썼다.

둘이 갈라져서 도망을 치노라니 화웅의 군사들은 붉은 두건만 추격하는 바람에 손견은 샛길을 찾아서 몸을 피할 수 있었고, 조무는 화웅의 군사에게 쫓기다 못해서 붉은 두건을 부근의 타다 남은 기둥에다 씌워 놓고 숲속으로 몸을 감췄다.

밝은 달빛 아래, 멀리 붉은 두건만 포위하고 접근해 들어가지 못하던 화웅의 군사들은 활을 쏴 보고 나서야 비로소 계교에 빠진 줄 알고 몰려들어가 붉은 두건을 떼어 내렸다.

바로 이때였다.

숲속에 숨어 있던 조무가 다시 불쑥 뛰어 내달아 칼 두 자루를 한꺼번에 휘두르며 화웅의 목을 치려고 덤벼들었다.

그러나 어찌 뜻했으랴! 호통을 치며 큰 칼을 번쩍 쳐든 화웅이 단번에 조무의 목을 쳐서 말 아래로 굴려 버릴 줄이야.

손견은 조무를 잃은 것을 크게 슬퍼하며 원소에게로 일단 돌아가는 수밖에 없었다.

원소도 깜짝 놀라 그 즉시 여러 장수들을 소집해 놓고 대책을 강구했다.

슬픔에 싸여서 아무도 입을 여는 사람이 없는데 원소가 흘끗 바라다보니, 이 자리에 늦게 나타난 공손찬의 등덜미에 유난히 눈에 띄는 모습을 한 세 사나이가 딱 버티고 서 있는데 다같이 입가에 미소를 머금고 있었다.

"공손태수! 공의 뒤에 버티고 서 있는 분은 누구요?"

원소가 이렇게 물으니, 공손찬은 서슴지 않고 현덕을 앞으로 불러냈다.

"나의 어렸을 적부터 친구인 평원(平原) 현령 유비요!"

눈치 빠른 조조가 한 마디 했다.

"그러면 황건적을 쳐부순 유현덕 바로 그분이 아니오?"

"맞았소!"

이때, 놀라운 보고가 날아들어왔다.

화웅이 철기를 거느리고 관을 내려와서, 긴 대나무 가지 끝에 손태수의 붉은 두건을 씌워서 휘두르며 이편 진지에 와 도전하고 있다는 것이었다.

"누구 나갈 만한 장수는 없소?"

원소의 말이 떨어지기가 무섭게 자진해서 진두로 달려나간 것은 효장(驍將) 유섭(兪涉)이었으나 얼마 안 되어서 3합도 싸우지 못하고 쓰러졌다는 보고가 날아들었다.

일동이 대경실색할 때, 이번에는 태수 한복이 썩 나서며 자기의 상장(上將) 반봉(潘鳳)을 내보내면 화웅의 목을 베어 올 수 있을 것이라고 호언장담했다.

그러나 큰 도끼를 휘두르며 말을 달려 출진한 반봉도 얼마 싸우지 못하고 쓰러졌다는 보고가 연거푸 날아들었다.

일동이 어찌할 바를 모르고 풀이 죽어 있을 때,

"내 적진에 나아가 화웅의 목을 베어 올리리다!"

하며 쩌렁쩌렁 울리는 음성으로 소리를 지르며 나서는 장수가 한 사람 있었다.

신장이 9척, 수염 길이가 두 자, 치올라 간 눈매와 짙은 눈썹, 얼굴빛은 대추 빛깔, 음성은 깨진 종이 울리는 듯.

"유현덕의 아우 관운장이오!"

공손찬이 이렇게 소개하자, 원소가 물었다.

"지금 무슨 직에 있소?"

"유현덕 밑에서 마궁수를 맡아보고 있소."

그 말을 듣더니 원술이 윗자리에서 호통을 쳤다.

"저리 들어가 있거라! 그대는 우리 진에 제후도 대장도 없다고 모욕할 셈인가? 일개 궁수 따위가 무슨 소리를 지껄이느냐! 말을 듣지 않으면 때려 내쫓겠다!"

조조가 급히 말리며 나섰다.

"원공, 가만히 계시오! 저 자가 큰 소리를 탕탕 칠 때엔 그만큼 믿는 재간이 있을 것이니, 우선 싸움을 시켜 보고 감당하지 못하고 돌아오거든 꾸짖으셔도 늦지 않으리다!"

원소가 그래도 마땅치 않아 했다.

"궁수 따위를 내보냈다가는 화웅에게 조롱이나 받을 것이오!"

"천만에, 이자의 풍채가 보통이 아니니, 화웅도 궁수인 줄은 모르리다!"

조조가 또 이렇게 말하니, 관운장이 자신만만하게 서슴지 않고 말했다.

"만약 이기지 못하고 오거든 내 목을 베시오."

조조는 뜨거운 술 한잔을 따라서 말에 오르기 전에 마시라고 관운장에게 권했다. 그랬더니 운장이 말했다.

"술은 천천히 마시기로 합시다! 내, 곧 돌아오게 될 것이니……."

관운장은 장(帳) 밖으로 뛰쳐나와 청룡도를 손에 잡자마자 훌쩍 말 위에 올랐다.

여러 장수들이 귀를 기울이고 있노라니 당장에 관(關) 밖에서 북소리와 고함소리가 천지를 진동하며 요란스럽게 일어났다.

여러 사람들이 정세를 살펴보려고 머뭇머뭇하고 있을 때, 방울 소리가 쩔렁쩔렁 들려오더니 한 필의 말이 본진으로 달려들며, 관운장이 손에 들고 온 화웅의 머리를 땅 위에 내동댕이치는 것이었다.

그때까지도 따라 놓았던 술은 아직 식지 않았었다.

조조는 크게 기뻐했다.

이번에는 현덕의 뒤에서 장비가 뛰어 내달으며 큰 소리를 질렀다.

"우리 형님이 화웅의 목을 베었으니 지금 당장에 관으로 쳐들어가서 동탁을 산채로 잡아야겠소! 시기를 놓치지 않아야 하니까."

원술이 대로하여 호통을 쳤다.

"우리 대신들도 서로 양보하고 망설이고 있는 판인데, 그대 같은 일개 현령 따위가 이 자리에서 무슨 경솔한 소리를 하고 날뛰는가? 여봐라! 당장 때려 내쫓아라!"

조조가 선뜻 말했다.

"공로 있는 사람에게 상을 베푸는 데는 귀천의 차별이 있을 리 없지 않소?"

원술이 말했다.

"공들께서 일개 현령 따위를 이다지도 중히 여기신다면 나는 같은 자리에 앉기를 사양하겠소!"

"큰일을 치러야 할 마당에 그것은 너무 지나친 말 같소!"

조조는 이렇게 말하고, 공손찬에게 현덕 · 관운장 · 장비를 거느리고 일단 영채로 돌아가도록 했다. 여러 장수들이 자리를 뜬 다음, 조조는 남몰래 술과 고기를 보내어 세 호걸을 위로해 주었다.

한편, 화웅이 거느리고 있던 패잔병들이 싸움의 결과를 시급히 관에 보고하자, 이숙이 당황해서 어쩔 줄 모르며 급히 말을 달려 동탁에게 이 소식을 전달했다.

동탁도 너무나 의외인 사태에 얼이 빠진 사람같이 어리둥절해서, 즉각 이유와 여포, 그밖의 여러 장수들을 소집해 가지고 대처할 작전 계획을 협의했다.

이때, 이유가 말했다.

"적군은 이제 우리 편의 화웅 대장을 쓰러뜨렸으니 사기가 점점 왕성해지고 있소. 맹주인 원소의 숙부되는 원외(袁隗)가 현재 조정에서 태부(太傅)의 직책을 맡아보고 있는데, 만약에 이자가 원소의 무리와 내응(內應)이라도 하는 날에는 사태가 점점 더 수습하기 어려운 곤경에 빠지기 쉬우니, 먼저 이자를 처치해 버린 다음, 승상께서 몸소 대군을 거느리고 적도들을 토벌하시는 것이 옳을까 하오."

동탁은 그의 의견대로, 이각과 곽사(郭汜)를 불러서 500명의 병졸을 거느리고 태부 원외의 집을 포위하여 남녀 노소 구별 없이 깡그리 몰살시켜 버렸다.

그리고는 원외의 머리를 사수관으로 보내어 사람의 눈에 잘 띄도록 높이 매달아 놓았다.

이렇게 해놓고 나서 동탁은 그길로 대군 20만 명을 소집하여 두 갈래로 나누어 쳐들어가도록 했다.

한 갈래는 우선 이각과 곽사에게 병력 5만을 주어서 사수관을 지키도록 하고 여하한 일이 있더라도 밖으로 진출하지 못하도록 엄명을 내렸다.

동탁 자신은 15만 대군을 거느리고 이유 · 여포 · 번주(樊綢) · 장제(張濟) 등과 함께 위풍당당히 호로관으로 나아가 그곳을 견고히 지키고 있었다.

이 호로관은 낙양에서 50리쯤 떨어진 지점에 있었는데, 병마가 관에 도착하자, 동탁은 여포에게 따로 3만 대군을 거느리게 하여 관 앞에 진지를 구축해서 앞장을 서도록 하고 자기 자신은 관에다가 본진을 펼치고 있었다.

이런 정보를 유성마(流星馬—탐정병)가 탐지하여 원소의 진지로 즉시 알렸다.

원소가 곧 여러 장수들을 소집해 가지고 작전 계획을 토의했더니 조조가 말했다.

"동탁이 호로관에 군사를 농성(籠城)시키고 있는 것은, 우리 군의 배후를 끊어 버리려는 심사인 모양이니, 우리는 병력을 나누어서 이에 대처하는 것이 좋을 것 같소!"

결국, 조조의 의견대로 원소는 왕광(王匡)·교모(喬瑁)·포신(鮑信)·원유(袁遺)·공융(孔融)·장양(張楊)·도겸(陶謙)·공손찬(公孫瓚) 등 장수의 8군을 호로관으로 쳐들어가게 하고, 조조는 유격군이 되어서 쌍방이 위급할 때면 언제든지 내달을 수 있도록 했다.

8군의 여러 장수들은 작전 계획대로 군사를 정비했고, 하내(河內) 태수 왕광이 제일 먼저 호로관에 도착했다.

저편에서는 여포가 철기 3천을 인솔하고 이에 대결하려고 출진했다.

왕광 장군이 말의 열을 바로잡아 가지고 진세를 정돈하고 문기(門旗—대장의 소재를 밝히는 깃발) 아래로 가서 바라다보니 벌써 여포가 위풍당당한 모습을 진두에 나타내고 있었다.

그 몸차림을 보면, 머리를 세 갈래로 땋아 올린 데다가 자금관(紫金冠)을 쓰고, 몸엔 서천 땅에서 나는 붉은 비단으로 만든 백화포(百花袍)를 입고 또 그 밑으로는 수면탄두연환개(獸面呑頭連環鎧)를 껴입었으며, 허리에는 사자 모양을 영롱하게 아로새긴 옥대를 질끈 동였다.

등엔 활을 메고 손에는 방천화극, 바람처럼 울부짖는 적토마 위에 앉은 모습이 과연 사람 중에서는 여포요, 말 가운데서는 적토마라고 할 만했다.

왕광은 뒤를 돌아다보며 소리를 질렀다.

"저자를 거꾸러뜨릴 만한 장수는 없는가?"

그 소리가 끝나자마자, 대장 한 사람이 창을 휘두르며 말을 몰아 앞으로 달려나갔다.

하내(河內)의 명장 방열(方悅)이었다.

두 장수를 태운 말이 이리 뛰고 저리 몰리며 5합도 채 못 싸웠을 때, 여포는 일격에 방열을 찔러 말에서 떨어뜨렸다.

그리고는 그 여세로 곧장 왕광의 진지로 폭풍우같이 휘몰아쳐 들어가니, 왕광의 군세 대패하여 사면팔방으로 뿔뿔이 흩어졌다.

그것을 맹렬히 추격해 가는 여포, 마치 무인지경을 혼자서 쳐들어가는 듯 동에 번쩍, 서에 번쩍 닥치는 대로 찌르고 베고. 다행히 쫓기는 편엔 교모와 원유의 양군이 도착하여 덤벼들었기 때문에, 여포는 그제서야 물러섰고, 3군의 장수들이 각각 30리나 후퇴해 가지고 다시 진을 정비하게 되었다.

얼마 안 되어서 나머지 5군의 병마도 도착하였지만, 함께 모여서 이 궁리 저 궁리 머리를 짜 봤으나 여포의 용맹 앞에는 감히 당해 낼 사람이 없으리라는 공론뿐, 묘책이 없어서 어찌할 바를 모르고 있는데, 소교(小校)가 달려 들어와서 말했다.

"여포가 쳐들어왔습니다!"

8로 제후(八路諸侯)들은 일제히 말을 타고 8대(八隊)로 나누어서 높은 언덕 위에 진을 치고 멀리 바라다보니 여포의 군사들이 수기(繡旗)를 드높이 휘두르며 돌진해 들어왔다.

상당(上黨)의 태수 장양의 부장 목순(穆順) 이 말을 달려서 창을 휘두르며 덤벼들었지만, 여포의 한쪽 팔이 훌쩍 올라가는 순간에 벌써 땅 위에 나둥그러져 버리고 말았다.

모든 사람이 침만 삼키고 있는 아슬아슬한 찰나에, 북해의 태수 공융의 부장 무안국(武安國)이 쇠뭉치를 휘두르며 말을 달려 덤벼드니 여포는 창을 휘두르며 말채찍질을 해가면서 그와 접전, 싸운 지 불과 10여 합, 여포가 무안국의 한 팔을 내리쳐 버렸다.

무안국이 쇠몽치를 동댕이치고 달아나게 되니 8군의 군사들이 일제히 달려들어 무안국을 구출하려 애쓰는 판에 여포는 이 틈을 타서 일단 퇴각했다.

진지로 돌아온 제후들이 또다시 대책을 강구하고 있을 때, 조조는 우선 여포를 생포해야만 동탁을 처치해 버리기도 쉬우리라는 결론을 내렸다.

이런 궁리들을 하고 있는 중에 여포가 또 쳐들어왔다. 이번에는 공손찬이 창을 휘두르며 여포에게 덤벼들었다. 불과 몇 합을 싸우지 못했을 때, 공손찬이 힘이 부쳐서 달아나니 여포가 적토마로 단숨에 추격하여 비호같이 덤벼들어 화극(畵戟)으로 공손찬의 등덜미에서 심장을 정통으로 찌르려는 위기일발의 순간.

옆쪽에서 대장 한 사람이 둥글둥글한 눈을 크게 부릅뜨고, 호랑이 같은 수염을 삐죽 뻗치고 1장 8척의 창을 휘두르며 뛰쳐나와서 호통을 쳤다.

"이 천하에 성을 세 번씩이나 바꾼 개망나니 녀석아! 연인(燕人) 장비가 예 왔다!"

그렇게 용감한 여포도 가슴이 섬뜩했다. 눈깜짝할 사이에 공손찬을 버리고 장비에게로 덤벼들었다.

불똥이 튈 것만 같이 치열한 백열전을 계속하기 50여 합.

그래도 승부가 나지 않자 관운장이 82근의 청룡도를 휘두르며 협격(夾擊)하러 나섰고, 유현덕마저 쌍고검(雙股劍) 긴 칼을 한꺼번에 쓰면서 황종마(黃鬃馬)를 달려 옆에서 싸움을 거들게 되니 여포는 감당해 낼 도리가 없이 현덕을 겨누고 창을 찌르는 체하다가, 현덕이 그것을 피하려고 몸을 돌이키는 순간에 번갯불같이 말을 몰아 도망치기 시작했다.

현덕 · 관운장 · 장비가 관을 향하여 뿔뿔이 흩어져서 뺑소니치는 여포의 군세를 필사적으로 추격하니 8군의 여러 군사들도 일제히 함성을 지르며 뒤따라 쳐들어갔다.

세 호걸이 관 가까이 추격해 왔을 때, 관 위에서는 푸른빛 얇은 비단 우산이 서풍에 흔들거리고 있었다. 장비가 말했다.

"저게 바로 동탁이오! 여포를 추격한댔자 아무 소용도 없는 일이니, 먼저 국적 동탁이란 놈을 산채로 잡아서 뿌리를 뽑아야겠소!"

소리치며 관 위로 달려 올라가 동탁을 잡으려는 것이었다. 이야말로 도둑의 무리를 잡으려면 먼저 두목부터 잡아야 한다는 것이며, 기적적인 공로는 기인(奇人)에 의해서만 이루어질 수 있는 것이다.

# 6.
# 우물에 여자의 시체

오색 서기가 비치는 우물에서 건진
여자시체의 비단주머니 속에는 옥새가…

焚金闕董卓行兇
匿玉璽孫堅背約

장비가 말을 달려서 관 아래까지 육박해 들어가니 관 위에서 시석(矢石)이 빗발치듯 내리붓는 바람에 더 나아가지 못하고 되돌아왔다.

8로군의 제후들은 현덕 · 관운장 · 장비 세 사람을 초청하여 공로를 치하해 주었고, 한편 원소의 진중으로 사람을 파견해서 첩보를 전달시켰다.

승리했다는 소식에 접한 원소는 그 즉시로 손견에게 지령을 내려 그대로 군사를 전진시키라고 했다. 어처구니 없게 된 것은 손견이었다. 군량도 공급해 주지 않고 쳐들어가라고만 하니, 손견은 즉시 정보(程普) · 황개(黃蓋)를 거느리고 원술의 진지로 달려가서 원술과 대면하여 지팡이로 땅을 북북 그으면서 따졌다.

"동탁과 나와의 사이에는 본래 아무런 원한도 없는 터인데, 우리들이 일신을 돌보지 않고 자진해서 비오듯 쏟아지는 시석 아래 죽음을 무릅쓰고 있는 것은 오로지 나라를 위해서 역적을 토벌하자는 것과, 또 장군과의 의리를 저버리지 말자는 까닭이오. 그런데도 장군은 남의 말만 곧이듣고 군량 공급을 단절하여 우리들을 괴롭히셨는데 장군께서는 이 일에 대해서 어떠한 소견이 있으신지요?"

원술은 당황하여 대답할 말도 없이 그런 말을 꺼낸 자의 목을 베도록 명령하고 손견에게 사과했다.

바로 이때, 부하 하나가 들어오더니, 관에서부터 어떤 대장 하나가 말을 달려 내려와 손견을 면회하잔다고 전달했다.

손견이 원술과 작별하고 진지로 돌아와서 그자를 불러들여서 만나 본즉, 그것은 바로 동탁의 심복인 이각(李傕)이었다.

이각이 너무나 엉뚱한 소리를 하는데 손견은 놀라지 않을 수 없었다. 그것은 승상 동탁이 그의 딸과 손견의 아들과의 혼인을 성사시키고 싶은 생각을 가지고 있다는 것이었다.

손견은 대로하여 호통을 쳤다.

"역천무도한 동탁이란 놈! 왕실을 전복시킬 모의를 한 놈! 놈의 일문을 멸살시켜서 천하에 보이고야 말려는 내가 역적과 인연을 맺다니, 그게 될 법이나 한 소리냐? 당장에 네놈의 목을 잘

라야 할 것이로되 그것만은 용서해 줄 것이니, 빨리 돌아가서 관을 우리 편에 바치면 모르거니와, 어물어물한다면 가루를 만들어 버리고 말 테다!"

이각은 구멍을 찾는 생쥐 같이 아무 소리도 못하고 도망쳐 와서, 동탁에게 손견이 이다지도 무례한 말을 하더라고 고해 바쳤다. 동탁이 대로하여 이유(李儒)에게 대책을 상의했더니, 이유가 말했다.

"여포가 패하고 나니 군사들에겐 싸울 만한 의지도 없소이다. 이리 된 바에는 군사를 뒤로 물려 낙양으로 돌아가서 천자를 장안으로 옮겨 모시어 요즘 항간에 떠돌고 있는 동요의 귀절같이 하는 것이 차라리 낫지 않겠습니까? 그 동요의 귀절에는 '서쪽에도 하나의 한(西頭一個漢), 동쪽에도 하나의 한(東頭一個漢), 사슴은 장안으로 들어가야만(鹿走入長安) 무난할 것이다(方可無斯難)'라는 말이 있습니다. 신의 소견으로는, 이 서쪽의 하나의 한이라 함은 고조황제(高祖皇帝)께서 서쪽 도읍 장안에서 십이제(十二帝)를 전해 내려오셨음을 의미하는 것이오, 동쪽의 하나의 한이라 함은 광무황제(光武皇帝)께서 똑같이 십이제까지 전해 내려오셨음을 의미하는 것입니다. 그렇다면 천운으로 마땅히 돌아가셔야만 될 때가 왔으니 승상께서 장안으로 천도(遷都)하시면 무사태평할 수 있으리라고 생각됩니다."

"그대가 이런 말을 해주지 않았다면, 나는 이런 사실을 전혀 생각지도 못할 뻔했군!"

동탁은 심히 기뻐했다. 그 즉시 여포를 데리고 낙양으로 돌아와서 문무백관을 조정에 소집해 놓고 천도에 관해서 협의했다. 동도(東都) 낙양은 2백 년이 넘어 이미 운수가 쇠진했고, 흥륭(興隆)의 기세는 장안에 있으니 성가(聖駕)를 받들어 모시고 옮겨갈 준비를 하자는 것이었다. 이에 사도(司徒) 양표(楊彪)가 나서서 말했다.

"관중(關中—장안일대) 지방은 현재 형편없이 황폐해 버렸습니다. 이제 이렇다 할 만한 까닭도 없이 종묘를 버리고 황릉(皇陵)을 버리신다면 백성들이 놀라 동요할 것은 물론, 온 천지가 흔들리기 쉽습니다. 승상께서는 심사숙고하셔서 이 일을 처리하시기 바랍니다."

"닥쳐라! 그대는 국가의 대계를 반대하자는 배짱인가?"

동탁은 제 고집만 부리는 것이다.

태위(太尉) 황완(黃琬)도 황폐한 장안으로 천도하는 것이 현명한 방법이 아니라 간했고 사도 순상(荀爽)도 이렇게 천도를 감행하면 백성들의 동요를 누를 길이 없을 것이라고 중지하기를 충심으로 권고했지만, 동탁은 역시 화를 벌컥 냈다.

"나는 천하를 생각하고 계책을 세우는 것이지, 백성들이 어찌되든 알 바 아니다!"

이렇게 횡포한 소리를 제멋대로 뇌까리며 그날로 양표 · 황완 · 순상을 파면시켜서 서민으로 떨어뜨리고 말았다.

동탁이 밖으로 나와서 수레에 오르려고 했을 때, 앞으로 달려와서 머리를 수그리고 서는 두 사나이가 있었다. 상서(尙書) 주비(周毖)와 성문교위(城門校尉) 오경(伍瓊)이었다. 그들 역시 장안으로 천도하겠다는 동탁의 뜻을 중지하도록 권고하러 나타난 것이었다.

그러나 동탁은 역시 대로하여 호통을 쳤다.

"나는 전에도 그대들의 말을 듣고 원소의 목숨을 건져서 벼슬자리까지 주었던 것이다! 그 원소가 오늘에 와서 배반을 했으니 네놈들도 같은 죄로 다스릴 뿐이다!"

추상 같은 동탁의 명령에 거역할 자 없었다. 두 사나이를 문 밖으로 끌어내어 그 즉시 목을 베게 하고 천도한다는 명령을 내려서 바로 그 이튿날 떠나기로 했다. 이럴 때마다 계교를 꾸미는 것은 이유였다. 그는 또 동탁에게 말했다.

"현재 군자금과 군량이 부족하온데 낙양에는 거부가 굉장히 많으니, 차제에 그 재산을 관에서 몰수하는 것이 좋을 것 같습니다. 그러기 위해선 원소와 연루 관계가 있다는 핑계를 대고 그들의 일족을 멸살시키고 재산을 몰수해 들이면 수억만이라도 만들 수 있을 겁니다."

폭군 동탁은 드디어 잔인무도, 천인공노할 범행을 제멋대로 기탄없이 저지르고야 말았다. 당장 기마병사 5천 명을 풀어서 낙양의 부호 수천 명을 모조리 잡아서 '반신역당(反臣逆黨)'이라고 대서특필한 깃발을 등덜미에 꽂아서 거리로 끌어내 목을 베어 죽이고, 그들의 재산을 깡그리 몰수해 버렸다.

동탁의 심복 이각 · 곽사가 수백만의 낙양 백성들을 군사들과 함께 휘몰아 쳐서 장안으로 쫓아 버리니 길바닥에서, 시궁창에서, 산골짜기에서 그 행렬을 따르지 못하고 죽어 버린 백성들이 부지기수였다.

또 병사들에게는 제멋대로 유부녀나 처녀나 닥치는 대로 간음하고 식량을 약탈하도록 내버려두어서 처참하게 울부짖는 백성들의 비명이 천지를 진동시켰다. 앞으로 나가지 않고 뒤처지는 백성들은 칼을 뽑아 들고 되돌아서지 못하게 감시하는 천 명의 병사들에게 거침없이 목을 잘리고 말았다.

동탁은 또 출발 직전에 여기저기 성문에 모조리 불을 질러서 백성들의 집은 말할 것도 없고 종묘 · 궁전 · 관청까지 깡그리 태워 버려, 남북 양궁은 불바다가 되고 낙양의 온갖 궁궐이란 궁궐이 재가 되어 버렸다.

동탁은 한편 여포를 시켜서 선제와 황후 · 황비들의 능을 파헤치고 그 속에 있는 금은 · 재물까지 긁어 모았다. 병사들은 이 틈을 타서 예전 관리와 백성들의 무덤을 닥치는 대로 파 헤쳤다.

이리하여 동탁은 온갖 귀중한 보물 · 패물을 수천 수레에 싣고 천자 · 황후 · 황비를 강제로 수레에 태워 가지고 장안으로 향했다.

한편, 동탁의 부장 조잠(趙岑)은 동탁이 낙양을 버리고 떠난 것을 알자 사수관(汜水關)을 포기했으며, 손견은 군사를 거느리고 이곳으로 쳐들어갔고, 현덕 · 관운장 · 장비 세 호걸은 호로관(虎牢關)으로 쳐들어갔다.

손견이 낙양을 향하여 급행군을 해서 쳐들어가고 있는데, 멀리서 화염이 충천하고 시커먼 연기가 땅을 뒤덮는 광경이 바라다보였다. 2, 3백 리나 널브러진 길에 닭 한 마리, 개 한 마리 볼 수 없었고, 인적이라곤 끊어져 버린 것만 같았다. 손견이 우선 불을 끄게 하고 제후의 군마를 불탄 자리에서 쉬도록 하고 있노라니, 조조가 원소를 찾아와서 동탁의 뒤를 추격하자고 간곡히 제의했다.

그러나 원소도 제후들도 군사가 피로한 판에 추격했댔자 별반 소득이 없으리라고 응하지 않자, 조조는 발끈 화를 내며 혼자서 1만여 기를 거느리고 막료 하후돈 · 하후연 · 조인 · 조홍 · 이전 · 악진 들과 더불어 즉각 동탁의 뒤를 추격했다.

동탁이 영양(滎陽) 땅에 당도하자, 태수 서영(徐榮)이 영접하는 것을 보고 이유가 또 꾀를 냈다. 그것은 낙양을 버리고 왔으니 반드시 뒤를 추격하는 군사가 있을 것이므로 태수 서영의 군사를 동원해서 영양성 밖 산비탈에 매복시켜 가지고 추격해 오는 군사를 막아내게 한 다음, 이편에서는 놈들의 퇴로를 차단해서 두 번 다시 뒤쫓아오는 군사가 없도록 하자는 계교였다.

동탁은 이유의 계책대로 여포에게 정병을 거느리고 돌아서서 뒤를 지키게 했더니, 과연 조조의 군사가 추격해 오자, 여포는 '이유가 생각한 대로구나!' 하고 크게 웃으며 당장에 군세를 펼쳤다.

마침내, 여포와 조조의 군사는 치열한 육박전을 전개했다. 여포 편에는 이각 · 곽사의 군사가 좌우에서 쇄도했고, 조조 편에는 하후돈 · 조인의 군사가 결사적인 싸움을 전개했으나 결국 하후돈이 여포에게 쫓기는 몸이 되고, 여포의 군사가 습격해 오니, 약삭빠른 조조도 견디다 못해서 영양을 향하여 뺑소니를 치는 수밖에 없었다.

나무 하나 없이 빤빤한 어느 산기슭까지 왔을 때, 밤은 2경 전후, 달빛이 낮같이 밝았다. 조조가 처량한 신세가 되어 가지고 패잔병을 모아 냄비를 걸고 밥을 짓고 하는데 난데없이 사방에서 함성이 일어나며 복병 서영의 군사가 습격해 왔다.

조조가 당황하여 선뜻 채찍으로 말을 후려갈겨 달아나려고 했으나 서영과 정면으로 맞닥뜨리게 되었고, 홀쩍 몸을 돌이켜서 달아나려고 했을 때에는 이미 서영이 쏜 화살이 한쪽 어깨에 꽂혔다.

화살에 맞은 채 간신히 몸을 뛰쳐서 산기슭을 한 바퀴 빙글 돌았다. 이때, 또 숲속에 숨어 있던 두 병사가 일제히 내달으며 창

부리를 들이대니 말은 당장에 거꾸러져 버리고 조조는 땅 위에 뒹굴다가 결국 두 병사에게 붙잡히는 몸이 되었다.

바로 이 위태로운 찰나에, 어떤 대장 한 사람이 홀연 말을 달려 나타나더니 두 병사를 찔러 죽이고 말을 내리더니 조조를 구출해 일으켰다. 누군가 하고 바라다보니 바로 조홍(曹洪)이었다.

"나는 여기서 죽어! 그대나 빨리 가란 말일세!"

"빨리 말을 타십시오! 제가 모시고 갈 테니……"

"적군이 추격해 오면 어쩌잔 말인가?"

"천하에 저야 없어져도 좋지만, 공께서 없어진대서야 될 말입니까?"

"내가 잔명을 더 보전할 수 있다면 이는 오로지 그대의 힘일세!"

조조는 다시 말 위에 올랐고, 조홍은 갑옷과 투구를 벗어서 내동댕이치고 칼을 질질 끌며 말 뒤를 따랐다. 밤이 4경이나 됐음직할 때, 앞을 바라보니 큰 강물이 있어 퇴로를 가로막고, 뒤에서는 또 고함소리가 차츰차츰 가깝게 들려왔다.

"아! 내 운명도 인제 이것으로 마지막이구나! 더 살아나갈 길이 없으니."

조조는 처참하게 비명을 질렀으나, 조홍은 조조를 말에서 부축해 내려 갑옷 투구를 벗겨서 등에 업고 강물 속으로 텀벙텀벙 들어갔다.

천신만고 끝에 저쪽 언덕으로 건너섰을 때, 뒤를 쫓아오던 적군의 병사들도 강 언덕에 당도하여 강 건너로 화살을 빗발치듯 퍼부었다.

조조와 조홍이 물독에서 나온 생쥐 같은 꼴을 하고 날이 밝아올 때까지 30리 길을 도망쳐서 어느 언덕 밑에서 한숨을 돌리고 있는데, 또 어디선지 함성이 일어나며 일군의 인마가 추격해 오는 것이었다. 서영이 강을 건너서 악착스럽게 뒤를 쫓아온 것이었다.

조조가 당황해서 허둥지둥 어쩔 줄 모르고 있는 판에 하후돈 · 하후연이 10여 기를 거느리고 달려들었다.

"서영아! 우리 조공께 이게 감히 무슨 버릇 없는 짓이냐?"

하후돈, 창을 휘두르며 호통을 치더니 덤벼드는 서영을 말에서 떨어뜨리고 추격해 온 적병들을 흐트러뜨려 놓았다.

조조는 하마터면 생명이 왔다갔다 하는 이 위태로운 판국에서 간신히 일명을 건져 가지고 실로 희비가 교차되는 심정으로 뒤늦게 달려든 조인 · 이전 · 악진 등과 대면한 후 패잔병 5백 명을 인솔하고 하내(河內)로 되돌아갔다.

동탁은 이런 분란통도 아랑곳하지 않고, 장안으로 향하는 걸음만 재촉 하고 있었다.

이때까지 낙양에 머물러 있는 여러 고을 장수들 가운데서, 손견만은 성 안에 주둔하며 건장전(建章殿)이 불탄 자리에 영채(營寨)를 자리잡고 있었다. 우선 동탁이 파헤친 능을 복구시키고, 태묘(太廟) 옛 자리에 임시로 집을 짓고 제후의 도움을 받아서 한나라 황실 역대의 영위(靈位)를 안치해 놓고 짐승을 잡아 제사를 지냈다.

폐허에서 제전을 치르고 난 손견의 심정도 처량하지 않을 수 없었다. 제후들이 뿔뿔이 흩어져 돌아간 다음, 손견은 자기 영채로 돌아와서 구름 한 점 없이 달빛과 별빛만 찬란한 밤하늘을 물끄러미 바라다보며 긴 칼을 옆에 차고 허허벌판에 망연히 앉아 있었다.

이때, 무슨 까닭인지 북두(北斗)의 북녘에 있어서 천자가 계신 방향인 자미원성(紫微垣星)에 백기(白氣)가 자욱하게 낀 것이 바라다보였다.

"제성(帝星)이 분명치 못함은 역적들이 나라를 어지럽게 한 표적이로다! 만백성이 도탄에 빠져서 허덕이고 낙양은 폐허가 되어 버렸도다!"

이렇게 탄식을 하며 눈물이 저절로 흘러내려 두 볼을 적셨다.

이때, 옆에 있던 병사 하나가 별안간 손을 들어 가리키면서 말했다.

"어전(御殿) 남쪽에 있는 우물 속에서 오색이 찬란한 호기(豪氣)가 뻗쳐 나오고 있습니다."

손견이 병사에게 횃불을 밝히게 하고 우물 속에 들어가 더듬더듬 살펴보게 했더니, 과연 한 여인의 시체가 끌어올려졌다. 그 시체는 오랫동안 물에 잠겨 있었던 모양인데 조금도 상한 기색이 없고, 궁녀의 몸차림으로 목에는 비단주머니 하나를 걸고 있었다. 그 주머니를 떼어서 열어 보니 속에는 붉은 칠을 입힌 작은 상자가 한 개 들어 있는데, 뚜껑을 열고 보니 그것은 바로 옥새였다.

옥새는 길이가 네 치, 위에는 다섯 마리 용을 새겨서 손잡이가 되어 있는데 용의 뿔 한쪽 귀퉁이가 흠집이 간 것을 금으로 때웠고, '수명어천(受命於天) 기수영창(旣壽永昌)'이라는 여덟 자의 전문(篆文)이 새겨져 있었다.

손견이 옥새를 손에 들고 정보(程普)에게 물어 보니, 그가 설명했다.

"이것은 전국(傳國)의 옥새입니다. 옛날에 변화(卞和)라는 자가 형산(荊山) 아래서 봉황이 돌 위에 집을 짓고 있는 것을 발견하고, 그 돌을 가져다가 초(楚)나라 문왕(文王)에게 바치게 되어, 문왕이 그 돌을 깨뜨려 이 구슬을 얻은 것입니다. 진(秦)나라 26년(BC 221년) 옥공(玉工)에게 명령하여 이 구슬을 갈고 다듬고 해서 이사(李斯)가 여덟 자의 전서를 써서 새긴 것입니다. 28년에 시황제가 순행차 동정호에 이르렀을 때, 풍랑이 심하여 배가 뒤집히게 되었는데 급히 이 옥새를 물 속으로 집어 던졌더니 풍랑이 가라앉았습니다. 36년에는 시황제가 순행차 화음(華蔭) 땅에 당도했을 때, 어떤 사람이 옥새를 손에 들고 앞길을 가로막으며 시황제의 측근자에게 '이것을 조룡(祖龍—시황제)에게 돌려드리도록 해라!'하더니 어디론지 사라져 버렸습니다.

이래서 옥새는 또다시 진나라로 돌아왔으며, 그 이듬해 시황제가 붕어하신 다음, 영제(嬰帝)가 이 옥새를 한고조(漢高祖)께 바친 것입니다. 그 후 왕망(王莽)이 찬위(簒位)를 꾀했을 때, 효원(孝元) 황태후께서 이 옥새로 왕심(王尋)·소헌(蘇獻)을 때리셨기 때문에 한쪽 귀퉁이에 흠집이 가게 되어 금으로 그곳을 때운 것입니다. 광무(光武)황제께서는 이 보물을 의양(宜陽)에서 손에 넣게 되시어 이것으로써 오늘날 왕위를 전해 내려오셨습니다. 앞서, 십상시들이 나이 어리신 임금을 가로채 가지고 북망산으로 달아났다가 다시 환궁했을 때에는 이 보물이 분실되어 없어졌다고 했습니다. 이제 하늘이 이것을 공께 물려주신 것은 바로 천자의 자리에 오르시라는 뜻입니다. 이곳에 더 오래 머물러 계시지 말고 강동으로 돌아가셔서 대계를 세우심이 좋으실까 합니다."

"나도 그런 생각을 하고 있었어! 내일, 몸이 편치 않다는 핑계를 대고 이곳을 뜨기로 하지!"

손견은 이렇게 결심하자, 비밀리에 병사들을 접촉하고 일체 이런 일을 밖에 누설하지 말라고 엄명했다.

그런데 뜻밖에도 손견의 주변에는 원소와 고향이 같은 사람이 하나 끼여 있어서 이런 비밀을 자신의 입신양명하는 미끼로 삼으려는 컴컴한 배짱으로 깊은 밤중에 진지에서 탈출하여 원소에게 밀고하고 말았다. 원소는 이 사나이를 후히 대접하고 자기 영채 안에 숨겨 두었다. 이튿날 손견이 장사(長沙)로 떠나겠다고 원소에게 작별 인사를 하러 갔더니, 원소가 말했다.

"나는 그대의 병을 잘 알고 있소! 전국의 옥새 때문이겠지?"

원소가 싱글벙글 웃으니, 손견은 얼굴빛이 새파랗게 질렸다.

"그게 무슨 말씀이신지요?"

"우리가 이제 군사를 일으켜 역적의 도배들을 토벌하자는 것은 오로지 나라를 위하기 때문이오. 옥새란 조정의 귀중한 보물이니 그대가 손에 넣었으면 당연히 우리들에게 먼저 알리고 맹주에게 맡겨 두었다가, 동탁을 거꾸러뜨린 다음에 조정으로 돌려보내야 될 것이어늘, 그것을 감추어 가지고 이곳을 뜨려는 것은 무슨 심사인고?"

"옥새가 어째서 나의 신변에 있다고 하시지요?"

"건장전 우물 속에 들어 있던 것은 무엇인고? 빨리 이리 내놓는 것이 그대의 신상에 좋을 걸세!"

그래도, 손견은 하늘을 우러러 맹세하며 그런 것을 가진 일이 없다고 딱 잡아뗐다. 마침내 원소도 숨겨 두었던 병사를 앞으로 불러 냈다.

"우물 속을 뒤졌을 때, 이 사람도 보았지?"

손견은 불끈 화를 내며 칼을 뽑아 들고 다짜고짜로 그 병사를 찔러 죽이려고 했다.

"이놈! 이 사람을 죽일 작정이냐? 이제 네놈의 흉측스런 배짱이 드러났지?"

원소도 호통을 치며 칼을 뽑아 드니 뒤에 서 있던 안량(顔良) · 문추(文醜)도 따라서 칼집을 벗겨 버렸고, 손견의 뒤에 서 있던 정보 · 황개 · 한당 등도 일제히 칼을 뽑아 들었다. 제후들이 몰려들어 가까스로 떼어 말리자, 손견은 재빨리 말 위에 올라 진지도 걷어치우고 낙양 땅을 떠나고 말았다. 원소는 대로하여 심복에게 편지를 들려서 형주자사 유표(劉表)에게 파견하고 손견이 달아나는 길을 막아서 옥새를 탈환하라는 지령을 내렸다.

그 이튿날은 조조가 동탁을 추격하여 영양(滎陽)에서 싸운 결과, 대패해서 돌아왔다는 정보가 날아들었다. 원소는 사신을 보내서 조조를 영채로 초청해다 놓고 주연을 베풀어서 그를 위로해 주었다. 그 연석에서 조조는 자기의 괴로운 심정을 솔직하게 고백했다.

"이 조조의 당초의 생각을 솔직히 말씀드리자면, 우선 원공(袁公)께 하내의 군사를 가지고 황하(黃河)의 도하점(渡河點)인 맹진(孟津)을 눌러 주시도록 하고, 산조(酸棗)의 유대 · 장막 · 장초 · 원유 · 포신 · 교모 여러 장수들이 성고(成皐)를 고수하고, 오창(廒倉)을 근거지로 삼아서 환원(轘轅) 대곡(大谷)의 험로(險路)를 제압하며, 남양의 군세를 단수(丹水) 석현(析縣) 일대에 주둔시켜 무관(武關)을 넘게 한 다음, 장안을 중심으로 하는 삼보(三輔)를 들이치고, 각각 진지를 견고히 하고 싸우지 않으며, 한편 의병전술(疑兵戰術)을 써서 없는 군사도 있는 체, 적을 현혹시켜 천하의 대세가 기울어짐을 보여 주면, 순(順)으로써 역(逆)을 꾀하는 이치로, 시일을 끌지 않더라도 쉽사리 평정될 줄로만 알았소. 그랬는데 제공께서 망설이기만 하고 전진하려 들지 않으시니 이는 천하의 신망을 크게 상실시킨 일이라서, 이 조조는 내심 부끄러움을 금할 길이 없소!"

드디어 원소의 군사도 뿔뿔이 흩어지는 비운을 면치 못하게 되었다. 우선, 공손찬이 원소의 무능에 불만을 품고 현덕 · 관운장 · 장비 세 호걸을 데리고 평원군으로 물러나 현덕을 그 고을 상(相)으로 앉혀 놓고 자기는 본국으로 돌아가 버렸고, 조조도 원소의 군사들이 제각기 야심만 품고 있는 꼴을 간파하고 양주로 가 버렸으며, 원소 자신도 진을 걷어치우고 낙양을 떠나 관동으로 가 버렸다.

이때, 한편에는 '강하팔준(江夏八俊)'이라는 쟁쟁한 명사들이 있었으니, 진상(陳翔—汝南郡) · 범방(范滂—同郡) · 공욱(孔昱—魯國) · 범강(范康—渤海郡) · 단부(檀敷—山陽郡) · 장검(張儉—山陽郡) · 잠경(岑脛—南陽郡) 등 일곱 사람과 또 한 사람은 바로 형주자사 유표였다. 유표는 연평(延平) 사람 괴량(蒯良) · 괴월(蒯越) 형제와 양양(襄陽) 사람 채모(蔡瑁)를 보좌역으로 두고 있었는데, 원소의 편지를 받자 괴월 · 채모에게 명령하여 병력 1만을 거느리고 손견이 가는 길을 가로막게 하였다.

손견이 깜짝 놀라 까닭을 물었다.

"다 알고 있소! 한나라 조정의 신하된 몸으로서 전국의 옥새를 감추고 뺑소니를 치다니 순순히 내놓아야만 통과시키겠소!"

하는지라, 황개에게 출마를 명령했다. 채모는 칼을 휘두르며 덤벼들었다. 몇 합을 싸우지도 못했는데, 황개가 채찍을 사납게 휘두르며 채모의 가슴팍을 내리치는 바람에 채모가 감당하지 못하고 말머리를 돌려서 도주해 버리자, 손견 편에서는 신바람이 나는 대로 맹렬한 습격을 가하면서 국경을 넘어서 쳐들어갔다.

산 저쪽에서 난데없이 북소리 · 징소리가 요란스럽게 들려 오더니 유표 자신이 군사를 거느리고 손견 앞에 우뚝 섰다.

"네놈이 전국의 옥새를 감춰 가지고 도주하는 것은 반란을 일으키자는 배짱이냐?"

"우리들의 몸에 그런 것을 지니고 있다면, 칼창 밑에 목숨을 바치겠소!"

"닥쳐라! 정말이라면 짐짝을 검사해 보자!"

"뭣이라고? 네놈이 나를 누군 줄 알고?"

손견이 대로하여 들이치니 유표 슬쩍 피하는지라, 다시 말을 몰아 추격하는데 난데없이 등덜미로부터 채모와 괴월이 달려들어서 손견을 한가운데로 몰아넣고 말았다. 이야말로 옥새를 가지고도 쓸 데가 없고, 보물이 도리어 싸움의 화근이 된 것이었다.

# 7.
# 쫓고 쫓기고

당돌하고 대담하던 손견도
불의의 습격을 어찌 막아낼 수 있었으랴…

袁紹磐河戰公孫
孫堅跨江擊劉表

손견은 유표의 장수들에게 포위를 당했으나, 정보 · 황개 · 한당 셋이 덤벼들어서 필사적으로 구출해 주었기 때문에 병력의 절반은 잃어버렸지만, 간신히 목숨만을 건져 가지고 강동 땅으로 도주했으니 이로써 손견과 유표는 원한을 맺고 서로 으르렁거리게 되었다.

한편, 원소는 하내에 주둔해 있었는데 군량이 모자라서 쩔쩔맬 판이었다. 기주(冀州)의 목(牧—州長)으로 있는 한복(韓馥)이 이런 소문을 듣고 군용에 보태 쓰라고 사람 편에 식량을 보내 왔다. 이때 모사(謀士)의 한 사람인 봉기(逢紀)가 원소에게 말했다.

"대장부란 모름지기 천하를 횡행하여 마땅하겠거늘, 남의 힘에 의지하여 식량의 공급을 받는다는 것은 서글픈 일입니다. 기주란 고장은 군량도 풍부한 곳인데 공께서는 어찌하여 이런 땅을 빼앗지 않으십니까?"

"그야 잘 알지만, 좋은 계책이 서지 않아서……"

"아무도 모르게 공손찬에게 사신을 보내셔서, 이편에서도 쳐들어간다 하시고 그더러 기주를 공격하라고 하십시오. 그렇게 하면 한복이란 머리가 모자라는 위인이니 장군께 영토를 나누어 달라고 매달릴 것입니다. 이 기회를 놓치지 마시고 계책을 쓰시면 힘 안 들이고 쉽사리 빼앗을 수 있을 것입니다."

원소는 자못 기뻐하면서 당장에 공손찬에게 편지를 보냈다. 공손찬이 편지를 뜯어보니 힘을 합쳐서 기주를 공격해 가지고 영토를 분배하자는 사연이라서, 몹시 기뻐하며 그날로 군사를 집결시켰다.

또 한편에서는, 원소가 사람을 밀파하여 공손찬이 들먹거리고 있다는 사실을 한복에게 알려 주었다. 한복은 청천벽력 같은 이 소식에 극도로 당황해서 모사 순심(荀諶) · 신평(辛評) 두 사람을 불러 가지고 대책을 상의했다.

신평이 말했다.

"공손찬이 연(燕) · 대(代) 두 나라의 병력을 이끌고 멀리서부터 쳐들어온다면 그 예봉(銳鋒)을 감당해 낼 도리가 없을 겁니다. 거기다가 유현덕 · 관운장 · 장비 세 장수까지 가담한다면 도저히 막아내지 못할 겁니다. 현재 원소공께서는 지혜나 용기가 출중하시고, 그 수하에 명장들도 적지 않습니다. 장군께서 그에게 주자사(州刺史)의 자리를 양보해 드리시면 그분께서도 반드시 장군께 두고 두고 보답하실 것이며, 공손찬도 두려울 것이 없으실 것입니다."

한복은 그 즉시 별가종사사(別駕從事史—주자사의 보좌관) 관순(關純)을 사신으로 파견하여 이런 뜻을 원소에게 전달했다. 그랬더니 장사(長史— 長史司馬—자사 밑에 있는 장수) 경무(耿武)가 한복에게 간했다.

"원소는 이제 기댈 곳도 없이 기진맥진해서 우리의 눈치만 살피고 있는 판입니다. 비유해서 말씀드리자면 마치 어린아이를 장중에 놓고 있는 것 같아서, 젖을 먹이지 않으면 당장에 굶어 죽을지도 모를 형편입니다. 이런 사람에게 무엇 때문에 대임을 맡기시려고 하십니까? 이야말로 범을 양의 무리 속으로 끌어들이시는 것과 같은 일입니다."

"나는 본래 원씨 집안의 신세를 진 몸이고 재능으로 말해도 원공을 따르지 못하오. 현명한 사람을 택하여 양보함은 옛날부터 있는 일인데 무엇을 질투할 게 있으리오!"

"아! 기주도 이로써 마지막이로구나!"

경무는 이렇게 한탄했으며, 직을 버리고 물러간 자 30여 명이나 되었다. 단지 경무와 관순 둘만이 남아서 성 밖에 숨어 원소가 나타나기를 노리고 있었다.

며칠이 지난 뒤에, 원소가 군사를 거느리고 도착하였다. 경무 · 관순 둘이서 칼을 뽑아 들고 달려들어 원소를 찔러 버리려고 했더니 원소의 부장 안량(顔良)이 당장에 경무의 목을 베어 버리고, 문추(文醜)가 달려들어 관순의 목을 베어 죽여 버렸다. 원소는 기주로 들어서자 한복을 분위장군(奮威將軍)에 임명했고, 전풍(田豊) · 저수(沮受) · 허유(許攸) · 봉기(逢紀)에게 고을의 행정을 맡기고 한복의 권력을 고스란히 빼앗아 버렸다. 한복은 자신의 어리석음을 후회하다 못해서 마침내 처자를 내버리고 혼자서 진류(陳留)의 태수 장막(張邈)을 찾아가서 몸을 의탁했다.

한편, 공손찬은 원소가 기주를 수중에 넣은 것을 알자, 아우 공손월을 원소에게 보내서 영토를 분배해 달라고 했다.

그랬더니 원소가 말했다.

"백씨께서 친히 오셔야만 상의하겠소."

그래서 할 수 없이 공손월이 되돌아가는데, 50리도 못 가서 길 양쪽에서 무수한 인마가 몰려들더니, 저마다,

"우리들은 동승상(董丞相)의 부장이다!"

하고, 고함을 지르며 활을 쏘아 공손월을 죽여 버렸다. 아우를 죽였다는 정보에 접하자 공손찬은 노발대발했다.

"원소란 놈은 나를 유인하여 한복을 공격시켜 놓고, 뒤로 돌아서서 나를 속이고, 이번에는 동탁의 군사로 가장하고 나의 아우

까지 쏘아 죽였다! 이 원수를 꼭 갚고야 말겠다!"

하며 이를 악물고 부하를 동원하여 기주로 쳐들어갔다. 이 소식을 안 원소도 또한 서슴지 않고, 군사를 거느리고 출진했다. 양군은 반하(磐河)에서 맞닥뜨려, 원소의 군사는 다리 동쪽에, 공손찬의 군사는 다리 서쪽에 진을 쳤다. 공손찬은 다리 한복판으로 말을 몰고 나와서 목청이 터지도록 호통을 쳤다.

"의리를 배반한다는 것은 네놈을 두고 하는 말이다! 나를 팔아먹은 이 괘씸한 놈아!"

원소도 말을 다리 근처까지 몰고 나와서 손가락질을 하면서 고함을 질렀다.

"한복은 자신의 힘이 부치는 것을 깨닫고 기주를 나에게 양보하려고 한 것이다! 네놈이 무슨 상관이란 말이냐?"

"일찍이 네놈을 충의(忠義)의 대장부로 알고 맹주로 내세웠더니, 이제 하는 짓을 보자니, 마음이 이리와 같고 소행이 개 같은 놈(狼心狗行之徒)이다! 뻔뻔스럽게 무슨 낯짝을 들고 세상에 나타났느냐?"

이에 원소, 대로하여 씨근거렸다.

"저놈을 잡을 사람이 아무도 없느냐?"

말이 떨어지기 무섭게, 문추가 칼을 휘두르며 말을 달려 다리 위로 뛰어나왔다. 공손찬은 수하의 장수 넷을 거느리고 문추와 다리 위에서 대결했으나 장수 하나가 문추의 창에 맞아 거꾸러지는 바람에 다른 세 장수도 뿔뿔이 흩어지고, 공손찬도 산골짜기를 향하여 삥소니를 쳐버렸다.

문추가 악착같이 공손찬을 추격하여 한칼에 찔러 버리려는 위기일발의 찰나에 왼쪽 숲속에서부터 말을 달려 뛰쳐나온 젊은 장수 하나가 문추에게 창을 휘둘러 공손찬을 구출했다.

이 틈을 타서 공손찬의 부하들이 달려드니 문추는 말머리를 돌려 도주해 버렸다. 그 젊은 장수는 문추를 추격하려 들지도 않고, 산에서 내려오는 공손찬 앞에 정중하게 머리를 수그렸다.

"소생은 상산국(常山國) 진정(眞定) 태생으로 성을 조(趙), 이름은 운(雲), 자를 자룡(子龍)이라 하오. 본래 원소의 밑에 있었지만, 원소란 자가 백성을 구제할 만한 충신이 못 됨을 간파하고 공을 따르려고 달려온 몸이오."

공손찬의 기쁨은 이만저만이 아니었다. 즉시 함께 돌아가서 진지를 정비했다. 군사를 좌우로 나누어 가지고 우익(羽翼)형으로 진을 쳤다.

원소도 여기에 대처하기 위해서 안량 · 문추를 선봉으로 삼고 그것을 좌우 양익으로 갈라서 공손찬의 군사를 공격하게 했다. 또 국의(麴義)에게 사수(射手) 8백, 보졸(步卒) 1만 5천을 주어서 중군(中軍)을 삼고, 자신은 보기(步騎) 수만을 거느리고 후방을 지키기로 했다.

공손찬은 조자룡이 부하가 된 지 얼마 안 되어서 배짱을 알 수 없으니, 후방을 지키게 하고, 대장 엄강(嚴綱)을 선봉으로, 자신은 중군을 지휘하고 새빨간 동그라미 속에 수(帥)라는 금실로 새긴 깃발을 앞장세워서 휘두르며 다리 위로 말을 몰아 나가게 했다.

국의의 군사와 엄강의 군사가 제일 먼저 치열한 싸움을 시작했다.

국의 편에서 궁노(弓弩—石弓) 800개를 총동원해서 일제히 쏘아대는 바람에 공손찬의 군사는 대패했다. 이런 판국에 원소의 본대마저 다리 근처까지 쳐나와서 공손찬은 자기 편 깃발까지 꺾여서 쓰러지는 것을 보자 말머리를 돌려 다리를 내려와 도주해 버렸다.

그러나 국의가 단숨에 후방의 진지까지 돌진해 왔을 때에는, 조자룡이 나타나서 정면으로 대결하여 당장에 국의를 말에서 떨어뜨려 버렸다.

조자룡이 마치 무인지경을 가듯이 좌충우돌하면서 원소 편의 진지로 혼자서 용감하게 쳐들어가는 바람에 공손찬도 군사를 거느리고 되돌아와서 마침내 원소의 군사들은 꼴사납게 패해 버리고 말았다.

원소 자신은 이때까지도 공손찬의 무능함을 비웃으면서 싸움을 구경만 하고 있었다. 그러나 홀연 전풍(田豊)이 옆에서,

"공께서는 일단 몸을 피하시는 게 좋을까 합니다!"

하는 소리를 듣고 정신을 차리자니 공손찬의 군사가 어느 틈

엔지 진지를 배후로 돌아서 포위의 태세를 취하고 있지 않은가.

원소, 투구를 땅바닥에 내동댕이치며 소리 질렀다.

"남아 대장부로 태어나 진중에서 죽는 것이 보람있는 일이어든, 몸을 피해서까지 구차스럽게 살고 싶은 생각은 없다!"

원소의 군사가 마침내 총력을 기울여 방비를 하니, 조자룡이 더 뚫고 들어갈 수 없는 판에, 안량이 적의 대군을 거느리고 달려들어 좌우 양편에서 협공을 시작하는 바람에 어쩔 수 없이 공손찬을 보호하고 간신히 다리까지 되돌아왔다.

원소가 계속해서 다리를 건너서까지 쳐들어가니 공손찬의 군사 가운데는 다리 아래로 떨어져 죽는 자가 무수했다.

원소가 그대로 한 5리쯤 쳐들어갔을 때, 산모퉁이에서 요란한 함성이 일어나며 일대의 군사를 거느린 세 사람의 장수들이 비호같이 나타났다.

이들이야말로 다른 사람이 아니라 유현덕 · 관운장 그리고 장비가 평원에서부터 공손찬을 거들러 달려온 것이었다.

세 호걸들의 출현으로 일진일퇴의 싸움도 일단락을 지었으니, 원소도 질겁을 해서 보도(寶刀)조차 떨어뜨리고 부하의 도움을 받아 간신히 다리를 건너갔으며, 공손찬도 군사를 수습해 가지고 진지로 돌아왔다. 세 호걸들과 인사가 끝난 다음, 공손찬이 말했다.

"유공이 불원천리하고 달려와서 싸움을 거들어 주지 않았다면, 우리는 지금 어떻게 됐을지 모를 일이었소!"

이 자리에서 유현덕과 조자룡은 처음 인사를 했다. 서로 존경하는 심정 때문에 헤어지기 싫은 안타까움을 감출 수 없었다.

한편, 원소가 이번 싸움에 패하고 나서는 방비를 견고히 하고 통 나오려 들지 않으니, 양군은 서로 노려보기만 하며 한 달 이상이나 지냈다. 이런 소식이 장안에 있는 동탁에게 전달되자, 이유가 동탁에게 말했다.

"원소와 공손찬은 근래에 보기 드문 호걸입니다. 그들이 지금 반하에서 접전 중이라면 천자의 조서를 내려서 두 사람을 화해시키는 것이 상책인 줄 압니다. 이렇게 하면 그들 두 사람은 은덕에 감격하여 승상을 따르게 될 것이 뻔한 노릇입니다."

"그거 좋은 생각이오!"

이튿날 동탁은 태부(太傅) 마일제(馬日磾)와 태복(太僕) 조기(趙岐)를 사자로 내세워서 떠나 보냈다.

두 사람이 하북에 도착하니 원소는 백 리 길이나 나와서 영접하고 재배하며 조서를 받았다.

이튿날 두 사자가 공손찬의 영채로 가서 조서를 전달하니, 공손찬은 그날로 진지를 해산시키고 고향으로 돌아가면서 유현덕을 평원의 상(相)으로 추천하는 계주문을 위에 올렸다.

유현덕과 조자룡은 작별을 서러워하고 눈물을 흘리며 좀처럼 떨어지려 들지 않았다.

"본인은 공손찬을 잘못 생각하고 영웅으로 보았으나, 이제 와서 생각하니 그 역시 원소와 같은 도배에 불과하오!"

조자룡이 이렇게 말하니 유현덕도,

"이 점에 대해서는 공께서도 잠시 참아 주시오! 우리 또다시 상봉할 날이 있으리니."

하니 두 사람은 눈물을 뿌리며 작별했다.

남양에 있는 원술은 원소가 기주를 수중에 넣었다는 소문을 듣고, 말 1천 필만 달라고 사람을 보냈으나 거절을 당하고, 또 형주로 사람을 보내서 유표에게 군량 20만 석만 꾸어 달라고 해봤으나 역시 거절을 당하자, 이에 원한을 품는 한편, 손견에게 밀서를 보내어 유표를 처치해 버리게 했다.

손견이 밀서를 받자, 막하의 여러 장수들이 원술은 책사(策士)이니 신용할 수 없다고 말렸으나, 손견은 원술의 도움을 힘입자는 것보다도 평소의 복수를 차제에 하고야 말겠다 고집하며, 그 즉시 황개를 장강(長江) 연안으로 파견해서 모든 군선(軍船)을 정비시키고 날짜를 정하여 출진할 계획을 세웠다.

이런 정보를 접한 유표는 문무 제관들과 협의한 끝에 황조(黃祖)에게 명령하여 강하(江夏)의 병력을 선봉으로 삼고 대군을 집결하게 했다.

또 한편에서는, 손견이 출진하는 데 하나의 이채로운 존재가 출현했다. 그것은 손견의 맏아들 손책(孫策)이었다. 아버지의 싸움터에 따라가겠다고 굳이 배를 같이 타고 번성(樊城)으로 쫓아 나선 것이었다.

황조가 장강 연안에 매복시켜 둔 궁노수들의 일제 사격에서부터 치열한 싸움은 시작되었다.

손견은 꾀를 내어서 그 화살이 10여만 개나 자기 편 배에 꽂히도록 사흘 동안이나 상륙하는 체만 하고 적을 유도하다가, 순풍이 부는 날을 기다려 활을 쏘며 황조의 군사를 무찌르고 강을 건너 저쪽 언덕으로 진격했다.

이 싸움에 황조 편에서는 강하의 장호(張虎), 양양의 진생(陳生) 등이 출전했다.

손견 편에선 정보 · 황개 · 한당 등의 맹장들이 손견의 아들 손책이 활을 쏘아 진생의 얼굴을 맞혀서 당장 말에서 떨어지게 한 사실과 한당이 한칼에 장호의 얼굴을 두 조각으로 잘라 버린 것이 가장 가관이었다.

정보가 황조를 산채로 잡으려고 말을 달려 추격하니 황조는 투구를 벗어 버리고 보졸 틈에 섞여서 간신히 목숨을 건졌으며, 손견은 황개에게 명령하여 한강(漢江)까지 배를 몰고 나갔다.

황조는 쫓기고 쫓기어 마침내 패잔병을 수습해 가지고 유표 앞에 나서는 도리밖에 없었다. 손견의 세력을 감당할 수 없다는 솔직한 보고였다.

유표가 당황해서 괴량을 불러 상의하니, 진지를 고수하는 한편 빨리 원소에게 사신을 보내어서 원군을 청해 오자는 것이 괴량의 의견이었다.

이 의견에 채모가 완강히 반대했다.

"그것은 서투른 계책이오! 적군이 성 아래 박두하여 호(壕)에까지 습격해 오려는 판에 팔짱을 끼고 가만히 앉아서 죽음을 기다리잔 말이오? 내 재수 없는 몸이라고는 하지만, 웬만한 군세만 맡겨 주신다면 일전을 불사하겠소!"

유표가 그의 뜻에 찬동하니, 채모는 1만여 명의 군사를 거느리고 양양성 밖 현산(峴山)에다 진을 쳤다. 손견이 다시 습격해 오자 채모는 서슴지 않고 말을 달려 진두에 나섰다.

"저놈이 바로 유표의 후처의 오라비로구나! 산채로 잡아올 사람은 없느냐?"

손견이 이렇게 호통을 치자, 정보가 창을 휘두르며 말을 달려 나와 채모에게 육박해 들어가니, 채모는 몇 합을 싸우지도 못하고 패주했으며, 손견의 대군 앞에 적군의 시체가 산더미처럼 쌓였고, 채모는 결국 양양성으로 몸을 숨겨 버리고 말았다.

괴량은 채모가 좋은 의견을 듣지 않고 날뛰다가 참패했으니 군율에 의하여 목을 베라고 주장했지만, 유표는 채모의 누이와 살게 된 지 얼마 안 되기도 하여, 채모를 처형하려 들지 않았다.

손견은 군사를 사방으로 나누어서 양양을 포위하고 공격을 개

시했다. 어느 날 광풍이 사납게 일더니 본진에 꽂아 놓은 수(帥)
자를 쓴 깃발의 깃대가 꺾여 버렸다. 한당이 외쳤다.

"이것은 불길한 징조입니다! 군사를 거두어들이시는 게 좋겠습니다."

"나는 여태까지 연전연승, 양양을 빼앗을 날도 조석으로 임박해 오고 있는데 깃대 하나가 꺾어졌다고 해서 군사를 거두어들인다는 법은 없다!"

손견은 이렇게 고집을 부리며 더 한층 공격에만 전력을 기울였다.

한편, 성 안에선 괴량이 유표에게 이런 말을 했다.

"제가 천문을 보니 하나의 장성(將星)이 떨어지려고 합니다. 성좌에 의하여 추측하건대, 이것은 바로 손견입니다. 공께서 시급히 원공께 서한을 보내셔서 원군을 청하심이 좋겠습니다!"

유표가 서한을 작성하자, 용장 여공(呂公)이 자진해서 그것을 전달하겠다고 나섰다.

괴량이 여공에게 말했다.

"그대가 가겠다면 나에게도 일계(一計)가 있소. 그대에게 5백 기를 줄 테니, 활쏘기에 능한 자들을 거느리고 갈 것이며, 포위망을 돌파하거든 단숨에 현산으로 달리시오. 손견은 반드시 군세를 거느리고 쫓아올 것이오. 그대는 백 명쯤 산꼭대기에 매복시켜서 큰 돌을 모아 놓도록 하고, 또다른 백 명에게는 궁노(弓弩)

를 가지고 숲속에 숨어 있게 하시오. 저편에서 쫓아올 때는 곧장 달아나서는 안 되오. 이리저리 피하는 체하다가 우리편 군사가 매복해 있는 곳으로 유도해 놓고 화살과 큰 돌을 일시에 퍼부으면 그만이오. 만약에 이 계책이 들어맞았을 때에는 연주호포(蓮株號礮—石砲)를 쏘시오. 성 안에서부터 원군을 보내겠소. 만약에 저편에서 쫓아오지 않을 경우에는 이럴 필요는 없고 앞으로 달리기만 하면 되오. 오늘밤에는 달도 밝지 않으니 날이 저물 무렵에 성 밖으로 나가는 게 좋을 거요."

여공은 이런 계책을 받아들여 가지고 군사를 정비한 다음, 날이 어둑어둑할 무렵에 동쪽 성문을 열고 돌진해 나갔다.

손견은 영채에 있었는데 별안간 함성이 요란스럽게 일어나서 당장에 30여 기를 거느리고 진지 밖으로 나왔다.

병사 하나가 보고했다.

"방금 일대의 기마가 쳐들어오더니 현산 쪽으로 달아났습니다!"

손견은 다른 여러 장수들을 부를 생각도 하지 않고 그대로 30여 기만을 거느리고 뒤를 쫓았다.

여공은 벌써 산 속 나무가 무성하고 숲이 우거진 깊숙한 곳을 택하여 수많은 복병들을 물샐 틈 없이 배치해 놓고 손견이 나타날 때만 노리고 있었다.

손견이 그것을 알 까닭이 없었다.

비호같이 달리는 말로 앞장을 서서 대담하게도 단기(單騎)로 추격해 들어갔다.

"꼼짝 말아라! 도망치면 비겁한 놈이다!"

여공은 이렇게 호통을 치며 말머리를 별안간 홱 돌리더니 손견과 맞닥뜨려서 1합을 대결했을 뿐, 그대로 산길을 향하여 뺑소니를 치는 것이었다.

손견이 무슨 영문인지도 모르고 뒤를 쫓아 달려갔을 때는 이미 여공의 그림자도 찾아볼 수 없었다.

"괴상한 놈인데! 어디로 도주를 했을까?"

손견이 혼자 중얼중얼하면서 산꼭대기로 말머리를 돌려서 올라가려고 했을 때, 난데없이 요란스럽게 천지를 진동하며 울려오는 징소리.

산꼭대기에선 큰 돌이 빗발치듯 쏟아져 내려오며, 숲속에서 화살이 빗발치듯이 날아들었다.

그렇게 당돌하고 대담하고 용감하던 손견도 이 불의의 습격에 어찌 막아낼 수 있었으랴. 전신을 내리치는 돌과 빈 틈 없이 꽂히는 화살, 손견은 가련하게도 두개골이 깨져서 처참한 모습을 하고 현산 산골짜기에서 숨을 거두고 말았다. 이때 그의 나이 겨우 37세였다.

손견이 거느리고 온 30여 기의 군사들은 멋도 모르고 뒤를 따라 몰려들었으나 결국 여공에게 단 한 사람도 남지 못하고 몰살을 당해 버리고 말았다.

이때, 연주호포 소리가 하늘을 찌를 듯 굉굉하게 울려 퍼졌다.

성 안에서부터 황조 · 괴월 · 채모가 제각기 군사를 거느리고 의기양양하게 싸움을 거들러 달려드니, 강동의 모든 군사들은 이 불의지변에 옴짝달싹도 하지 못하고 이리저리 달아날 구멍을 찾아서 야단법석이니 아수라장이었다.

"이대로 물러설 우리가 아니다! 끝까지 싸워라!"

손견 편의 황개가 목청이 터지도록 고함을 지르며 수군(水軍)을 몰아서 최후의 공격을 가해 보려고 필사적인 노력을 해 봤지만, 결국 황조와 맞닥뜨려 겨우 2합도 싸우지 못하고 산 채로 황조에게 붙잡혀 버리고 말았다.

정보는 손견의 맏아들 손책을 보호하면서 살아나갈 구멍을 찾느라고 무진 애를 쓰고 있는데, 여공과 정면으로 충돌하게 되어 말을 달려 찌르고 덤벼들어서 통쾌하게도 여공을 말 위에서 나동그러 떨어지게 해버렸다.

양쪽 군사들은 날이 훤히 밝아올 때까지 일대 혼전을 계속하다가, 쌍방이 똑같이 기진맥진하여 각각 군사를 거느리고 후퇴했다.

유표의 군사들은 성 안으로 철수했으며, 손책은 한수(漢水)로 되돌아와서야 비로소 대경실색했다.

처음으로 싸움터에 따라나온 아들의 몸으로서, 아버지가 빗발치듯 하는 화살 아래서 숨을 거두었으며, 그 시체마저 이미 유표의 병사들에게 질질 끌려가다시피 성 안으로 떠메여 갔다는 사실을 알게 됐을 때, 땅을 치고 방성통곡을 해도 시원치 않았고, 모든 군사들도 흐느껴 울지 않을 수 없었다.

"아버지의 시체를 적군의 수중에 남겨두고 무슨 면목으로 고향엘 돌아갈 수 있으리오!"

황개가 위안해 주며 말했다.

"우리 군중에 황조란 놈을 생포해 두었으니, 성 안으로 사람을 보내서 화의를 맺고 황조를 주군(主君)의 시신과 교환하기로 하시면 어떨까요?"

이 말에 군리(軍吏) 환해(桓楷)가 선뜻 나섰다.

"저는 유표와 구교가 있습니다. 원컨대 사신의 임무를 맡겨 주십시오!"

손책이 쾌히 승락했다.

환해가 성 안으로 들어가서 유표를 대면하고 이런 뜻을 전달하니 유표가 말했다.

"손공의 유해는 이미 관 속에 넣어서 여기 안치했소. 빨리 황조를 돌려보내 주시오! 그 다음부터는 쌍방이 다같이 군사를 수습해서 두 번 다시 서로 침범하지 않기로……."

환해가 인사를 마치고 물러나려 하자 섬돌 아래로부터 괴량이 뚜벅뚜벅 걸어 나오면서 자못 정중하고 위엄 있는 표정으로 입을 열었다.

"안 됩니다! 안 됩니다! 저에게 한 가지 계책이 있습니다. 강동의 군사는 단 하나라도 우리 가향(家鄕) 땅에 발을 들여놓지 못하게 하겠습니다! 우선 환해의 목을 베십시오! 계책을 쓰는 것은 그 다음 문제입니다!"

손견이 적을 쫓다가 목숨을 빼앗기니, 환해 또 화의를 맺으려다가 목숨이 위태롭게 되었다.

# 8.
# 영웅도 미인 앞에는

여포와 미녀 초선, 동탁과 미녀 초선,
이 삼각관계의 끝은? 승상과 명장의 대결로!

王 司 徒 巧 使 連 環 計
董 太 師 大 鬧 鳳 儀 亭

"이제야말로 손견도 죽었고, 그 소생들도 어린것들 뿐이니, 이 허를 찔러서 쳐들어가면 강동 땅은 힘 안 들이고 우리 수중에 들어올 것입니다. 시체를 돌려보내 주고 싸움을 그만둔다면 도리어 놈들의 의기를 길러 주는 결과가 될테니, 이는 형주의 화근을 만들어 놓는 일이 됩니다!"

괴량이 이렇게 반대하니, 유표가 말했다.

"황조가 저편 진중에 잡혀 있는데, 그대로 죽으라고 내버려 둘 수는 없지 않은가?"

"황조 따위 무능한 사나이 하나쯤 잃더라도 강동 땅을 얻게 되는 편이 좋지 않겠습니까!"

"안 될 말! 나와 황조는 심복지교(心腹之交)니까 그를 모른 체하면 그것은 의리가 아니지!"

유표는 드디어 환해를 되돌려보내고 손견의 시체와 황조를 교환하기로 약속했다. 이리하여, 유표는 황조를 맞아 왔고, 손책은 영구를 맞이하여 싸움을 중지하고 강동 땅으로 돌아가서 곡아(曲阿)의 묘지에 부친을 매장했다. 그리고 강도(江都)에 거처를 정하고 현사(賢士)들을 초청하여 겸손하게 후대하니 천하의 호걸들이 각처에서 손책을 중심으로 모여들기 시작했다.

동탁은 장안에 있으면서 손견이 죽었다는 소식을 듣고 자못 통쾌해했다.

"아, 이제야 앓던 이 하나가 빠진 것 같군! 그 아들놈이 나이가 몇 살이나 되지?"

하고 물었다. 이에 누군지 선뜻 대답했다.

"열일곱 살밖에 안 됩니다!"

이런 말을 듣고도 동탁은 개의하는 빛이 없었다. 그는 호를 상부(尙父)라 자칭하고 출입할 때에는 천자와 똑같은 의장(儀仗)을 갖추게 하고, 아우 동민(董旻)을 좌장군호후(左將軍鄠侯)에 봉하고 조카 동황(董璜)을 시중을 삼아 근위병을 통솔시켰으며, 동가 일족은 노소를 불문하고 모조리 열후(列侯)에 봉했다.

그밖에도, 백성 25만 명을 징발하여 장안에서 2백 50리 떨어진 지점에다 자기만을 위한 성을 쌓아 올리는가 하면, 성 안 곳곳에 궁전과 창고를 건축하고 20년 동안 먹고도 남을 만한 식량을 저장하기도 했다.

민간에서부터 젊은 미인 8백 명을 뽑아서 이 성 안에다 두고, 황금 · 주옥 · 진주 · 비단을 산더미처럼 모아 들여놓고 가족들도 모두 그 안에서 살도록 하였다.

동탁은 보름에 한 번, 혹은 한 달에 한 번씩 장안에 들어갔고, 그럴 때마다 대신들은 장안의 성문인 횡문(橫門) 밖까지 나와서 영접하고 또 전송했다. 항시 그 도중에다 장(帳)을 차려 놓고 대신들과 더불어 술을 마시기를 즐겨 했다.

어느 날 동탁이 횡문 밖으로 나가게 되어, 대신들은 평소와 같이 전송을 했는데, 동탁은 그들을 붙들어 앉히고 술잔치를 벌였다. 이때 마침 북지군(北地郡)에서 투항해 오는 포로 수백 명이 호송되어서 그 앞을 지나치게 됐다.

동탁은 그 자리에서 포로들의 수족을 자르게 하고 눈을 후벼 내고 혀를 뽑거나 혹은 큰 가마솥에 넣어 죽이게 했다. 곡성과 비명이 천지를 진동하고 백관들이 부들부들 떨며 젓가락을 떨어뜨릴 지경인데도 동탁 자신은 태연히 먹고 마시고 웃고 떠드는 것이었다.

이날 연석이 파하고 사도 왕윤은 자기 관저로 돌아 왔는데, 연석에서 일어났던 끔찍한 일을 돌이켜 생각하다가, 밤도 깊고 달도 밝은 무렵이었는지라 지팡이를 끌고 뒤뜰로 내려서서 도미가(荼靡架) 시렁 옆에 서서 하늘을 우러러보며 눈물을 뚝뚝 떨어뜨리고 있었다.

바로 이때, 모란꽃이 심겨 있는 정자 근처에서 누군지 탄식하는 기척이 있었다. 살며시 가까이 들어가 보니 관저에서 노래를 부르는 소녀 초선(貂蟬)이었다. 초선은 어렸을 적부터 이 관저에 들어오게 되어 노래와 춤을 배우고 있으며, 나이는 겨우 열여섯 살, 용모나 재간이 모두 출중해서 왕윤이 친딸이나 다름없이 사랑했다.

왕윤은 한참 동안이나 귀를 기울이다가 소리를 버럭 질렀다.

"얘, 무슨 사정이라도 있어서 사내 생각을 하고 있는 거냐?"

초선이 깜짝 놀라 꿇어앉았다.

"이 변변치 못한 것이, 천만에 무슨 사정 같은 게 있겠습니까?"

"그렇다면 뭣 때문에 이렇게 밤늦게 이런 데서 한숨을 쉬고 있단 말이냐?"

"저의 마음속을 솔직히 말씀드려도 좋을까요?"

"뭣이든지 탁 털어놓고 말해 보아라!"

"저를 이렇게 크도록 키워 주셨고, 노래와 춤을 가르쳐 주셨고, 친딸이나 다름없이 귀여워해 주신 은혜를 생각하고, 언제나 몸이 으스러지는 한이 있더라도 보답해 드려야겠다는 마음을 먹고 있었어요. 근래에 대인(大人)께서 무엇인지 근심 걱정이 있으신 듯한 모습을 뵐 때마다 반드시 국가의 대사 때문에 그러시리라고 생각했지요. 그러나 제가 주제넘게 먼저 여쭈어 볼 수도 없고……, 그런데 오늘밤에도 심히 언짢아하시는 안색을 뵙게 되니 자연 한숨이 나오는 것을 대인께서 보시게 된 것뿐이죠. 무슨 일이나 제가 힘이 될 수 있는 일이라면, 저는 목숨을 바쳐도 아깝지 않겠어요!"

왕윤이 지팡이로 땅을 두들기며 외쳤다.

"그렇다! 한(漢)나라의 천하는 너의 손에 달렸다. 나와 같이 화각(畵閣)으로 가자!"

초선이 왕윤을 따라 화각 안으로 들어가니 왕윤은 거기 있던 다른 여자들을 물러가게 하고, 초선을 바로 앞 자리에 앉히더니, 그 앞에 털썩 꿇어앉았다.

초선도 깜짝 놀라 같이 꿇어앉았다.

"대인께서 어째서 이러십니까?"

"한나라 백성들을 좀 생각해 다오!"

이렇게 한 마디를 하고는 왕윤은 눈물을 뚝뚝 떨어뜨리는 것이었다.

"방금 말씀드린 것과 같이 제가 할 수만 있는 일이라면 만 번 죽더라도 사양치 않겠어요!"

왕윤은 여전히 꿇어앉아서 말했다.

"백성들은 거꾸로 매달린 것 같은 괴로움 속에 빠졌고, 군신이 모두 누란의 위기에 처해 있다. 이것을 구출할 수 있는 사람은 너밖에 또 없다. 국적 동탁은 천자의 자리를 노리고 있는데 조정의 문무백관들은 손 하나 까딱할 만한 방법도 없는 형편이다. 동탁에게는 여포라는 양자가 있는데 천하에 보기 드문 호걸이다. 내가 보건대 이 두 위인은 다같이 색을 좋아하는 도배들이니까 연환지계(連環之計)를 써 보자는 것이다.

이 계교를 쓴다는 것은 우선 너를 여포에게 시집보내겠다 언약하고 나중에 동탁에게로 돌려주도록 할 테니까, 너는 두 사람 사이에 끼여 부자가 반목하도록 꾸며서 여포의 손으로 동탁을 죽여 버리게 만들면 극악무도한 역적을 뿌리뽑아 버릴 수 있겠다는 생각이다. 기울어진 사직을 다시 일으켜 세우고 천하를 다시 바로 잡는 것은 모두 너에게 달렸다. 그래, 너의 의사는 어떠냐?"

"대인을 위해서라면 만 번 죽어도 사양치 않겠습니다. 저를 즉시 동탁에게 보내 주세요. 저는 저대로 방법이 있으니까요."

"일이 만약에 누설된다면 나는 멸문지화(滅門之禍)를 입을 것이다!"

"과히 걱정 마세요. 저는 대의(大義)에 보답하지 못한다면 일만 번 칼을 맞아 죽어도 후회하지 않겠어요!"

왕윤은 고맙다 인사하고 헤어졌다.

이튿날, 왕윤은 집안에 간직해 두었던 진주를 몇 알 꺼내서 세

공사에게 명령하여 황금관에다 새겨 넣게 하고 그것을 아무도 모르게 슬쩍 여포에게 보냈다. 여포는 사의를 표하려고 몸소 왕윤의 관저에 찾아왔다. 왕윤은 술상을 근사하게 차려 놓고 여포가 오기를 기다렸다가 문앞에서 그를 영접해서 안으로 모시고 상좌에 앉혔다.

"내 승상부의 일개 시대장(侍大將)에 지나지 못하는 몸인데 조정의 대신이신 공께서 어찌 이런 선물을 주시는 것이오?"

"당대에 있어서 천하의 영웅이랄 수 있는 분은 여장군 한 분뿐이오. 나는 장군의 관직을 존경함이 아니라, 장군의 재능을 존경한다는 의미에서……."

여포는 대단히 기뻐했다. 왕윤이 정중하게 술을 권하는 한편 입이 닳도록 쉴새없이 동탁과 여포의 덕망을 찬양했더니 여포는 너털웃음을 치며 주는 술을 넙죽넙죽 받아 마셨다.

왕윤은 좌우에 있는 사람들을 물리치고 시녀 몇 명만 남아서 술을 권하도록 했다. 술이 거나하게 돌아갔을 때 왕윤이,

"아가를 좀 불러오너라!"

하고 명령했다.

얼마 안 되어서, 두 하인이 몸단장을 예쁘게 한 초선을 데리고 들어왔다. 여포가 깜짝 놀라며 누구냐고 물으니, 왕윤이 대답했다.

"나의 딸 초선이외다. 나는 평소에 여장군의 애호를 받고 있는

몸인지라, 한 집안과 다름없기에 이 아이에게도 장군을 나와 뵈라고 한 게요."

이렇게 말하면서 초선이더러 여포에게 술잔을 올리라고 했다. 초선은 술을 따르면서 여포를 흘끗 쳐다보고 생긋 매혹적인 눈초리를 해보였다.

왕윤이 술이 취한 체하며 말했다.

"얘, 아가야, 장군께서 몇 잔 죽 통쾌하게 잔을 내시도록 해드려라! 우리 집안은 언제나 장군께 신세만 지고 사는데."

여포가 자못 흐뭇한 기분으로 초선에게 옆으로 가까이 오라고 권하니, 초선은 일부러 쌜쭉해지면서 안으로 들어가려고 했다. 왕윤이 재빨리 그 눈치를 채고 능청스럽게 말했다.

"아가! 장군께서는 나와 막역한 사이시다. 옆에 모시고 앉은들 어떻겠니!"

초선은 그제서야 왕윤의 옆에 도로 앉았다.

여포는 초선을 삼켜 버렸으면 좋겠다는 듯 뚫어지게 들여다보며 눈 한 번 깜짝하려 들지도 않는다. 또 술잔이 몇 번인지 오고 가고 한 뒤 왕윤은 초선을 손으로 가리키면서 넌지시 여포를 쳐다봤다.

"여장군! 나는 내 딸아이를 장군께 첩으로 드릴 생각인데 장군께서는 받아들이겠소?"

여포는 자리에서 벌떡 일어서서 고맙다고 인사했다.

"그렇게만 해주신다면 공을 위하여 견마(犬馬)의 수고라도 다 하겠습니다."

"그러시다면 며칠 안에 길일을 택하여 부중으로 보내도록 하리다."

여포가 비길 데 없이 기뻐하면서 흘긋흘긋 초선의 얼굴만 바라보니, 초선은 부끄러운 듯 두 볼을 살짝 붉히고 매서우리만큼 간드러진 추파를 보냈다.

얼마후 술상을 물리며 왕윤이 말했다.

"본래는 오늘밤 여장군을 여기서 주무시게 할 생각이었으나, 동태사께서 이상하게 생각하실까 두려워서 그리 못하니 그런 줄이나 알아 주시오."

여포는 이 말을 듣더니 재삼 사례하고 돌아갔다.

이런 일이 있은 지 며칠이 또 지나서, 왕윤은 궁중에서 동탁을 만나자 여포가 옆에 없는 기회를 틈타 똑같은 수법으로 동탁을 자기 집에 초청했다.

그리하여 이튿날 점심 때, 동탁이 관저에 나타나자 왕윤은 예복을 입고 위엄을 갖추어 문 밖까지 나가 영접해서 안으로 모셨다.

산해진미로 술상을 굉장하게 차려 놓고 동탁의 성덕(盛德)이라 찬양해 주었으며 온갖 비위를 다 맞추었다. 밤이 되어 술이 거나하게 돌자, 왕윤은 동탁을 자기가 거처하는 방으로 안내해 놓고

촛대에 불을 밝혀 가며 여자들을 불러들여 동탁에게 술을 권하도록 했다. 이때라고 생각한 왕윤이,

"교방지악(教坊之樂—宮樂)만 가지고는 별로 즐겨 하실 일 없으실 테고, 마침 집안에 가기(家妓)가 있으니 태사를 모시도록 하겠습니다."

"흐음! 그거 참, 매우 재미있겠군!"

왕윤이 주렴을 슬쩍 내리니 생황(笙簧) 소리 은은히 울려 퍼지며 초선이 그림처럼 나타나서 주렴 밖에서 춤을 추는 것이었다.

춤이 끝나자 동탁은 초선을 불러들여서 가까이 앉으라고 했다. 초선은 주렴 안으로 들어가서 공손히 허리 굽혔다. 그 용모는 보면 볼수록 아름다웠다. 동탁이 어리둥절해서 물었다.

"이 계집아이는?"

"춤을 추는 계집아이 초선이라 합니다."

"노래도 할 줄 아나?"

왕윤은 초선에게 명령하여 딱다기(檀板)를 쳐 가며 조용조용히 노래 부르라고 했다. 앵두 같은 입술이 움직일 때마다 동탁은 간장이 녹는 것만 같았다. 동탁은 초선이 따르는 술잔을 한 손에 든 채로 물었다.

"올해 몇 살이지?"

"천첩의 나이 올해 이팔(二八)이옵니다."

동탁이 웃었다.

"참말, 신선 속의 사람 같군!"

왕윤은 자리에서 일어서며 말했다.

"제가 이 계집아이를 태사께 바칠까 하옵는데 받아들여 주옵실는지……."

"그런 좋은 일을 해준다면 그 덕을 어떻게 보답해야 할지 모르겠소."

동탁은 재삼 사례를 했다.

왕윤은 당장에 전차(氈車)를 준비시켜 초선을 먼저 동탁의 승상부로 보냈다. 동탁도 자리를 물러나 작별을 고하고, 왕윤은 동탁을 승상부까지 모셔다 주고 되돌아왔다.

말을 타고 도중까지 왔을 때 앞에서 두 줄의 붉은 등불이 어른거리더니 여포가 화극을 손에 들고 말을 타고 이쪽을 향해서 오는 것이었다.

왕윤의 앞까지 달려들더니 여포는 말을 멈추고 다짜고짜로 왕윤의 멱살을 움켜잡았다. 두말 할 것도 없이 어째서 자기에게 주겠다던 초선을 오늘은 동탁에게 주어 버렸느냐고 시비를 걸며 덤비는 것이었다.

이에 왕윤이,

"아니, 이런 사정을 여장군은 여태 모르고 계시오? 동태사께서 어제 궁중에서 상의할 일이 있어서 나의 관저엘 좀 들러야겠다고 하시더니, 오늘 오셨기에 초선이더러 인사를 여쭈라고 했소.

태사께서 보시고 '얘를 나의 양자 봉선(奉先—여포)에게 주겠다고 약속했다니, 내가 이왕 온 김에 오늘은 길일이고 하니 같이 데리고 가지'하시는지라 나도 어찌할 도리가 없었소."

하고 말했다. 여포는 그대로 곧이 듣고 재삼 사과의 인사를 하고 돌아갔다.

그 이튿날 여포는 승상부로 가서 동정을 살펴보았으나 아무런 소식도 없었다. 안으로 들어가서 시녀들에게 물어 보았더니 시녀들이 대답했다.

"어젯밤부터 태사께서는 어떤 신인(新人)과 동침하신 채로 아직 기침하지 않으셨어요."

여포는 화가 벌컥 치밀어서 동탁의 침실 뒤로 돌아들어가서 몰래 엿보았다. 그때 초선은 벌써 일어나서 창가에서 머리를 빗고 있었다. 홀연 창 밖 못 속으로 키가 후리후리하게 크고 속발(束髮)에 관을 쓴 사나이의 그림자가 하나 아른거리는 것을 보고 살며시 바라다보니 바로 여포가 아닌가!

초선은 일부러 눈살을 잔뜩 찌푸려 근심 걱정을 참을 수 없다는 얼굴을 하고 비단 수건으로 쉴새없이 눈물을 씻고 있었다. 여포는 초선의 이런 모습을 한참 동안이나 훔쳐보고 자취를 감추더니 얼마 안 되어서 다시 되돌아왔다.

이때 동탁은 잠이 깨어 대청에 나와 앉아 있었는데, 여포가 나타난 것을 보자 말했다.

"밖에 별다른 일은 없는가?"

"아무 일도 없습니다!"

여포는 얼른 대답하면서 동탁의 옆에 시립했다. 동탁이 식사를 하고 있는 동안에 여포가 슬그머니 그쪽을 살펴보니, 주렴 안으로 여자 하나가 오락가락하면서 이쪽을 기웃거리더니, 나중에는 얼굴을 반쯤 내밀고 눈을 찡긋하며 추파를 보내는 것이었다.

여포는 그것이 초선인 것을 알아채고, 어찌해야 좋을 바를 몰랐다. 동탁은 이런 광경을 내심 수상쩍게 생각하고 대뜸 말했다.

"별일 없으면 봉선이는 물러가거라!"

여포는 뜨끔해서 그 자리에서 물러가는 도리밖에 없었다. 동탁은 초선을 수중에 넣게 된 다음부터는 젊은 여자의 매혹적인 육체에 도취하여 정무를 다스리려 들지도 않았다. 동탁이 대단치 않은 병을 앓아도 초선은 밤중에도 허리 띠를 풀지 않고 비록 진심은 아니라지만 어디까지나 성심성의껏 시중을 드는 체했기 때문에, 동탁은 한층 더 기뻐서 어쩔 줄 몰랐다.

여포가 하루는 문병을 갔더니 마침 동탁은 잠이 들어 있었다. 초선은 침상 뒤에서 상반신을 내밀고 손을 자기 가슴을 가리키고 또 동탁을 가리키며 눈물을 뚝뚝 떨어뜨렸다. 여포가 이 광경을 보고 가슴이 메어지는 듯 어찌할 바를 모르고 서 있을 때, 동탁은 잠이 깰락말락하는 몽롱한 눈으로 여포가 뭣인지 침상 뒤에 서서 노려보고 있는 것을 발견했다. 몸을 홀쩍 돌려보니 거기에는 초선이 말없이 서 있지 않은가!

동탁은 불끈 화가 치밀었다.

"이놈! 네가 감히 내가 사랑하는 여자(愛姬)를 희롱할 작정이냐?"

하고 호통을 치더니 측근자를 불러서,

"이제부터 이곳에 출입하지 못하게 해라!"

하고, 여포를 내쫓아 버리라고 명령하는 것이었다.

여포는 폭발할 것만 같은 분노를 억지로 누르며 돌아오는 도중에 이유를 만나게 되어 이런 기막힌 사정을 호소했다. 이유는 그길로 동탁을 찾아가서, 천하를 수중에 넣으려는 사람이 그런 사소한 일로 여포와 감정을 사면 해로우니 내일 아침 여포를 불러들여서 금백을 주고 좋은 말로 위로해 주라고 권고했다.

동탁은 이유의 의견대로 그 이튿날 사람을 보내어 여포를 불러들였다.

"어제는 내가 몸이 편치 않은 중에 심신이 황홀하여, 말이 잘못 나가 네 마음을 언짢게 해준 모양인데, 그런 일을 가슴 속에 꽁하니 지녀 두지 마라."

하고, 황금 열 근과 비단 스무 필을 주었다.

여포는 고맙다 인사하고 돌아갔지만, 그 후부터는 몸은 동탁의 주변에 있으면서도 안타까운 마음은 항시 초선에게서 떠나갈 수 없었다.

동탁은 얼마 안 가서 병이 완쾌되어 궁중에 나와서 정사를 돌보게 되었다. 어느 날 여포는 화극을 한 손에 잡고 동탁을 따라 같은 자리에 있었는데, 동탁이 헌제와 이야기하고 있는 틈을 타서 화극을 손에 잡은 채로 내궁(內宮)에서 나와 가지고 동탁의 승상부로 달려갔다.

말을 문전에 매 놓고 화극을 손에 든 채, 안으로 뛰어들어 초선을 만났다.

"후원에 있는 봉의정에서 기다려 주셔요!"

초선이 이렇게 말하니 여포는 화극을 한 손에 든 채 정자로 건너가서 난간 옆에 우두커니 서 있었다. 얼마 안 되어서 초선이 나타났다. 꽃을 헤치고 버드나무 가지를 뒤로 젖히며 살며시 나타나는 초선의 모습이야말로 월궁(月宮)의 선녀와 같이 아름다웠다. 눈물을 흘리면서 여포에게 말했다.

"저는 비록 왕사도(王司徒)님의 친딸은 아니라지만 친딸이나 진배없이 귀여움을 받고 자라났습니다. 지난번에 장군님을 뵈옵게 되고 옆에 모실 수 있게 되어서 평생 소원을 풀었다 생각하였더니 뉘 알았겠습니까! 동태사께서 불량한 마음으로 저의 몸을 더럽히실 줄이야. 당장 죽지 못하는 게 원망스럴 뿐이에요. 단지 장군님께 작별의 인사 한 마디도 변변히 여쭙지 못한 것이 늘 마음속에 얽혀서 오늘날까지 욕된 것을 참아 가며 살아온 것뿐이죠. 이제 다행히 만나 뵙게 됐으니 저의 소원도 이루어졌습니다.

이 몸은 이미 더럽혀졌으니 두 번 다시 장군님을 모실 수도 없는 노릇이니 원컨대 장군님 앞에서 목숨을 끊어 저의 뜻이나 밝혔으면 할 따름입니다!"

말을 마치더니 손으로 난간을 붙잡고 연못을 내려다보며 뛰어들려고 했다.

여포, 황망히 얼싸안고 눈물을 흘렸다.

"내, 너의 마음을 알고 있은지 오래 됐으나, 같이 이야기해 볼 수 없는 것을 원통히 여기고 있었다!"

초선이 앙큼스럽게도 덥석 여포의 팔을 잡아당기며 말을 이었다.

"저는 이 세상에서는 장군님의 아내 노릇을 할 수 없으니, 저 세상에 가서나 뜻을 이룰 수 있기만 바랍니다."

"내, 이 세상에서 너를 아내로 삼지 못한다면, 영웅 축에 들지도 못한다!"

"저의 하루는 1년이나 마찬가지입니다. 제발 장군님께서 불쌍히 여기셔서 구출해 주세요!"

"나는 지금 잠시 몰래 빠져나온 길이다. 아마 늙은 도둑놈 같은 게 이걸 알면 의심을 품을 테니 당장 돌아가야만 되겠다."

초선이 옷자락을 움켜잡았다.

"장군님께서 이다지도 늙은 도둑을 두려워하시다니 제가 햇빛을 다시 볼 날은 없겠습니다!"

여포는 떼어놓으려던 발길을 주춤하고 멈춰섰다.

"내가 서서히 좋은 계책을 세우도록 해다오!"

이렇게 말하면서 화극을 손에 잡은 채 그 자리를 뜨려고 했다.

"저는 언제나 집안에 틀어박혀서 장군님의 훌륭하신 명성을 우뢰소리같이 귓전에 들어 왔고, 이 세상에서 다만 한 분이신 영웅으로 생각해 왔더니, 이렇게 남에게 구속을 받으시며 사시는 분인 줄이야 누가 알았겠습니까!"

눈물이 비오듯 하는 초선. 당대의 영웅 여포도 구곡간장이 녹는 듯, 부끄러움이 얼굴에 가득 차서 화극을 한옆에 세워 놓고, 몸을 돌이켜 초선을 부둥켜 안으며 좋은 말로 달래고 위안해 주었다.

한편 동탁은 전상(殿上)에서 머리를 돌려 보니 여포가 보이지 않는지라, 수상쩍게 생각하고 황망히 헌제께 고별하고 수레에 올랐다. 승상부에 돌아와 보니 여포의 말이 문앞에 매여 있었다. 문지기에게 물어 보니, 여포가 후당(後堂)으로 들어갔다고 하여 동탁은 측근자들을 모조리 물리치고 혼자서 후당으로 들어가 찾아보았으나 그림자도 보이지 않았다. 초선을 불러 보았지만 역시 나타나지 않았다. 급히 시녀에게 물어 보니 후원에서 꽃구경을 하고 계시다는 것이었다.

후원으로 돌아들어가 보니, 여포와 초선이 봉의정 아래서 정답게 속삭이며, 화극이 그 옆에 세워져 있지 않은가!

동탁이 대로하여 호통을 치니, 여포는 동탁이 나타난 것을 알고 대경실색하여 훌쩍 몸을 날려 뺑소니를 쳤다. 동탁이 화극을 움켜잡고 단숨에 찔러 버리려고 뒤를 쫓았다. 그러나 여포는 걸음이 빠르므로 살이 쪄서 몸이 둔한 동탁은 여포를 따를 도리가 없었다.

분노가 극도에 달한 동탁이 쉭, 화극을 허공으로 던져서 여포를 찔러 버리려고 했으나, 여포는 날쌔고 재치있게 그것을 받아 넘겨 땅 위에 떨어뜨렸다. 동탁이 화극을 다시 집어들고 그대로 뒤를 쫓아가려고 했을 때는, 여포는 이미 멀찍이 사라져 가고 있었다.

동탁은 그래도 기를 쓰고 뒤를 쫓았다. 후원 문 밖으로 불쑥 나왔을 때, 난데없이 황망히 달려드는 어떤 사나이가 하나 있어, 정면으로 맞부딪치게 되니 동탁은 벌떡 나자빠지지 않을 수 없었다. 이야말로 노기충천하여 그 높이가 천 장이나 되고, 뚱뚱한 몸집은 땅 위에 나둥그러져 뒹굴뒹굴 구르는 판국이다.

# 9.
# 역적과 충신의 최후

충신 왕윤이 최후까지 위풍을 굽히지 않으며
목청을 뽑아 놈들을 매도하니…

徐暴兇呂布助司徒
犯長安李傕聽賈詡

동탁을 나자빠지게 한 어떤 사나이란 바로 이유였다.

이유는 즉시 동탁을 부축해 일으켜 가지고 서원으로 가서 자리잡아 앉혔다.

"그대는 여기 뭣하러 왔나?"

"제가 마침 부문(府門) 앞에 왔을 때, 태사께서 무슨 일인지 역정을 내시고 후원으로 들어가셨으며, 여장군을 찾고 계시다는 말을 듣고 급히 달려들어가는 판이었는데 여장군이, '태사께서 나를 죽이려고 하시오!' 하면서 뛰어나오시는지라 제가 당황해서 빨리 후원으로 들어가 말려 드릴 생각으로 뛰어들어가다가 뜻밖에도 승상을 넘어지시게 해드린 것입니다. 죽을 죄를 저질

렸사오니 용서해 주십시오!"

"그런 배은망덕하는 역적 놈은 내 꼭 죽이고야 말 테다!"

"태사님, 그건 잘못이십니다. 옛날에 초(楚)나라의 양왕(襄王)은 밤중에 연회를 하다가 바람이 불어 불이 꺼진 틈을 타서 애희의 옷자락을 지분거린 장웅(莊雄)이란 자를 관대히 처분하고 모른 체했기 때문에 그 후에 진(秦)나라 군사에게 혼이 나게 됐을 때, 그자가 죽을 힘을 대해서 양왕을 구출했습니다. 초선은 일개 아녀자에 불과하고 여장군은 승상의 심복 명장이 아닙니까. 만약에 이런 때 태사께서 초선을 여장군에게 내주신다면 그는 그 은혜에 감격하여 태사님을 위해서 목숨이라도 바치게 될 것입니다. 제삼 고려하시기 바랍니다."

동탁이 한참 동안이나 이 궁리 저 궁리를 했다.

"그대 말도 그럴 듯하군! 내 좀더 생각해 보지."

이유가 물러간 다음에 동탁은 후당으로 들어가서 초선을 불렀다.

"너는 어째서 여포와 남몰래 정을 통하고 있었느냐?"

초선이 울면서 대답했다.

"제가 후원에서 꽃구경을 하고 있노라니 여장군이 돌연 나타나는 바람에 저는 깜짝 놀라 몸을 피하려고 했습니다. 여장군 말이 '태사의 양자인 나를 어째서 피하려 하느냐?'하면서 화극을 한 손에 든 채로 봉의정까지 쫓아왔습니다. 저는 여장군이 다른 생각이 있어서 저를 성가시게 구는 줄 알고 연못에 몸을 던져 버리려고 했더니 도리어 그 못된 것에게 부둥켜 안기고 말았습니다. 죽을 둥 살 둥 하는 판인데 태사님께서 나타나셔서 저의 목숨을 건져 주신 겁니다."

"나는 너를 여포에게 내주려고 생각하는데 너는 어떻게 생각하느냐?"

초선이 대경실색하고 울부짖었다.

"저의 몸은 이미 귀인을 섬기게 되었사온데 이제 갑자기 그자에게 내주신다니, 저는 죽는 한이 있어도 그런 욕을 당하기는 싫습니다!"

초선은 벽에 걸려 있는 보검을 손에 잡고 제 목을 찌르려고 했다.

동탁이 당황하여 왈칵 덤벼들어 보검을 뺏고 초선을 부둥켜 안았다.

"내가 너에게 농담을 한 거다!"

초선은 동탁의 가슴팍에 얼굴을 파묻고 비벼대며 섧게 우는 것이었다.

"이것은 반드시 이유의 계교일 겁니다. 이유는 여포와 친한 사이인지라 이런 계교를 꾸며 가지고 태사님의 체면이나 저의 목숨도 돌보지 않는 거예요! 저는 그자의 고기를 생으로 씹어 먹고야 말 테예요!"

"내가 너를 버릴 성싶으냐?"

"태사님께 유난히 사랑을 받고 있습니다만, 여기는 오래 살 곳이 못 되는 것만 같아요. 반드시 여포에게 걸려들어서 죽을 거예요!"

"내, 내일은 너를 데리고 미읍(郿邑)에 있는 나의 거처로 돌아가서 함께 즐겁게 지낼 것이니 걱정할 것 없다."

초선은 이 말을 듣고 나서야 눈물을 거두고 감사하다고 절을 했다.

이튿날 이유가 와서 말했다.

"오늘은 좋은 날이니 초선을 여장군에게 보내시도록 하십시오."

"여포와 나와는 부자 관계이니 내줄 수 없소. 내, 그 자의 죄를 따지지는 않을 것이니 그대가 나의 뜻을 전하고 좋은 말로 구스르면 될 게 아닌가!"

"태사님, 여자 때문에 정신을 못 차리시면 안 됩니다."

동탁은 얼굴빛이 붉으락푸르락해졌다.

"그대는 그대의 아내를 여포에게 줄 수 있단 말인가? 초선에 관한 일은 두 번 다시 이러쿵 저러쿵 입 밖에 낼 것이 없어! 자꾸 어쩌니 저쩌니 한다면 목을 베어 버릴 테니까!"

이유가 물러나와서 하늘을 우러러 탄식했다.

"우리들은 모두 여자의 손아귀에 걸려서 죽어야 한단 말인가!"

역사상 기록을 여기까지 읽어 내려오다가, 한 뒤의 사람이 시를 지어 한탄한다.

사도 왕윤이 묘한 계교를
여자의 몸에 맡기니
무기도 군사도 다 필요 없었네.
호로관에서 세 번이나 싸운 것은
헛되이 애썼을 뿐
개가는 도리어 봉의정에서 울려퍼졌네.

司徒妙算託紅裙　不用干戈不用兵
三戰虎牢徒費力　凱歌却奏鳳儀亭

동탁이 그날로 미읍에 있는 자기 거처로 돌아가겠다고 하니, 문무백관들이 모두 굽실거리며 전송했다. 초선이 수레 안에서 멀리 바라다보니 여포가 사람들 틈에 끼여서 수레 안을 노려보고 있었다. 초선은 일부러 얼굴을 가리고 통곡하는 체했다. 수레는 순식간에 멀찍이 사라져 갔지만 여포는 언덕 위에 말을 멈추고 수레바퀴에서 일어나는 먼지만 바라다보며 뼈저린 괴로움을 한탄하고 있었다.

갑자기, 등뒤에서 누군지 이런 말을 했다.

"여장군! 어찌하여 태사님을 따라가시지 않고 여기서 바라다만 보시며 탄식하시는 거요?"

여포가 몸을 돌려 보니 그것은 바로 사도 왕윤이었다. 인사를 마치자 왕윤이 먼저 능청스러운 소리를 했다.

"내, 요즘 며칠 동안 몸이 좀 편치 않아서 밖엘 나오지 못하여 여장군도 한동안 못 뵈었더니 오늘은 태사께서 미읍의 거처로 돌아가신다기에 성치 않은 몸으로 전송하러 나왔다가 다행히 여장군도 만나 뵙게 됐소이다. 그런데 어찌된 일이시오? 여기서 한숨만 쉬고 계시다니?"

"사도님의 따님 때문이오."

왕윤은 깜짝 놀라는 체했다.

"그 뒤로 꽤 오래 됐는데 어째서 여태까지 여장군께 드리지 않았을까?"

"그 늙은 것이 혼자 재미를 본 지 오래 됐소."

왕윤은 더 한층 놀라는 표정을 지었다.

"설마, 그럴 리야?"

여포는 지금까지의 경위를 자세히 이야기했다. 왕윤은 얼굴을 가로 젓고 땅을 구르면서 한동안 말도 못하더니 한참 만에야 입을 열었다.

"태사께서 그렇게 금수만도 못한 짓을 하시다니!"

왕윤은 우선 자기 집으로 가서 자세한 이야기를 하자며 여포를 자기 관저로 데리고 가서 조용한 방에 앉혀 놓고 술상을 차려 낸 다음 격분해서 말했다.

"태사가 나의 딸을 간음하고 여장군의 부인을 빼앗았다는 것은 천하의 웃음거리요. 희롱을 당한 것은 바로 여장군과 나요. 나야 늙은 몸이니 대단한 일이 아니라치더라도 당대의 영웅이라 칭송을 받고 있는 여장군께서 이런 모욕을 당하고 계시다니!"

그 말을 듣자 여포는 노발대발하여 상을 두드리고 소리를 지르고 야단법석을 했다.

왕윤이 또 얼른 말했다.

"이거, 너무 경솔히 떠들었소이다. 언짢게 생각지 마시오!"

"맹세코, 저 늙은 것을 죽여 버리고 설욕을 하고야 말겠소."

왕윤은 당황하여 여포의 입을 막으며 낮은 음성으로 말했다.

"장군, 말조심 하시오. 나까지 휩쓸려 들어가게 될 테니."

"남아대장부가 이 세상에 태어나 언제까지나 남의 밑에서 기를 펴지 못하고 살 수야 있겠소!"

"장군의 재간 앞에서야 동태사인들 어쩔 도리 있겠소."

"내, 저 늙은 것을 죽여 버리고 싶지만, 그래도 부자의 정이란 게 있기 때문에 후세 사람들이 떠들어댈까 봐 걱정하는 것뿐이오."

"장군의 성은 여씨, 태사의 성은 동씨가 아니오! 지난번에 그가 여장군께 화극을 던졌을 때도, 그래 부자의 정이 있었단 말이오?"

이렇게 말하며 왕윤이 입가에 미소를 띠니 여포가 분연히 말했다.

"왕사도의 말씀이 아니었더라면 나는 하마터면 스스로 잘못을 저지를 뻔했소!"

왕윤은 여포가 이미 결심했다는 것을 알아챘다.

"장군께서 만일 한나라 황실을 건질 수 있다면 충신으로 청사에 이름을 전하고 백세(百世) 뒤에까지 찬란한 업적을 남길 것이오. 만약에 동탁을 돕는다면 오명을 만년 후까지 남기게 될 것이오."

여포가 자리에서 내려 앉아서 절하며 말했다.

"이 여포, 이미 결심했으니 왕사도, 의심하지 마시오!"

"그러나 성사치 못했을 경우에는 대단한 화를 초래하게 될 것이오!"

여포가 칼을 뽑아 자기 어깨를 찔러서 피를 떨어뜨리면서 맹세하니, 왕윤도 무릎을 꿇고 앉아서 말했다.

"한나라 조정이 무너지지 않는 것은 오로지 장군의 힘이오! 결코 이런 일이 남에게 누설되지 않도록 하시오! 거사를 하게 될 때에 다시 그 계책을 알려 드리리다."

동탁을 제거하려는 사도 왕윤과 여포의 계획은 착착 진행되었다. 왕윤은 복사사(僕射士) 손서(孫瑞)와 사례교위(司隷校尉) 황완(黃琬)을 불러서 협의한 결과, 말솜씨 있는 사람을 동탁에게 보내서 정사 핑계를 대어 꾀어 내게 하고, 한편 천자의 비밀조서를 여포에게 내리게 해서 왕궁 문안에 무장한 무사들을 미리 숨겨 두었다가 들어오는 동탁을 찔러 버리기로 합의를 보았다. 여포는 동탁에게 파견할 인물을 이숙으로 정하고 그와 상의했더니 그 역시 화살까지 꺾어 보이며 협력하겠다고 맹세했다.

이숙이 동탁에게 가서 칙사 행세를 하고, 지금 천자께서 미앙전(未央殿)에서 문무백관을 소집해 놓으시고 태사께 왕위를 물려주실 준비를 하시고 빨리 나오시라고 한다고 전하니, 동탁은 영문도 모르고 입이 찢어지도록 기뻐했다.

"내, 어젯밤에 용이 내 몸에 친친 감긴 꿈을 꾸었는데 역시 길몽이었도다!"

얼마 안 있으면 자기에게 최후의 순간이 닥쳐온다는 것도 전혀 생각지 못하고, 동탁은 수레를 타고 전후 호위를 받으며 미읍에서 장안으로 향했다. 오는 도중에 별별 해괴한 일들이 연발했다. 수레바퀴가 꺾어져서 말을 갈아 타면, 말이 울부짖으며 고삐줄을 끊어 버리고. 그러나 이럴 때마다 옆을 따라가는 이숙이 능청스럽게도 말솜씨를 발휘하여 모든 것이 동탁에게는 길조의 상징이라고 꾸며댔다.

동탁이 성문 밖에까지 당도했을 때는 문무백관이 영접을 나왔으나, 이유만은 신병으로 그 자리에 나오지 못했고, 승상부에 도착했을 때에는 여포가 버젓이 나와서 축하 인사까지 했다.

그러나 동탁이 궁중으로 들어서자 왕윤과 그밖의 무사들이 보검을 손에 잡고 궁궐 문에 늘어서 있는 것을 보자 동탁은 그제서야 깜짝 놀랐다.

"칼을 들고 서 있다니, 이게 무슨 짓이냐?"

때는 이미 늦었다. 이숙은 대답하지 않고 수레를 안으로 밀쳐 넣어 버렸다.

"국적이 나타났다! 무사들은 모조리 나오라!"

벽력같이 고함을 지르는 왕윤.

양쪽에서 창을 휘두르며 뛰어 내닫는 백여 명의 무사들. 어깨를 찔려 가지고 수레에서 나둥그러져 떨어지는 동탁.

"아! 봉선(여포)이는 어디 가고 없느냐!"

여포, 수레 뒤에서 선뜻 나서며,

"역적을 죽여 버리라는 조칙을 받들었다!"

호통을 치면서 동탁의 목을 찌르니 이숙이 재빨리 목을 뎅겅쳐 버렸다. 모든 사람들은 만세를 드높이 불렀다. 여포가 연거푸 소리를 질렀다.

"동탁의 잔인무도한 소행을 도와 준 것은 이유다! 누가 이유를 산채로 잡아들이지 못할까!"

이숙이 앞으로 선뜻 나섰을 때, 궁궐 문 밖에서 요란스런 함성이 일어났다. 이유의 집 하인배들이 이유를 꽁꽁 묶어 가지고 바치러 왔다는 전갈이 날아들었다. 왕윤은 이유를 끌어내어 목을 베라 명령하고 동탁의 시체를 큰 길거리로 끌어냈다.

시체가 어찌나 살이 쪘던지 그것을 지키는 병사가 배꼽에다 심지를 박고 불을 붙였더니 기름이 지글지글 끓어 올랐다. 오가는 백성치고 그의 머리를 때리고 시체를 짓밟지 않는 자가 없었다. 왕윤은 또 여포에게 명령하여 황보숭 · 이숙과 함께 병력 5만을 거느리고 미읍으로 가서 동탁의 재산과 딸려 있는 집안 사람들을 몰수하기로 했다.

한편에서, 이각 · 곽사 · 장제 · 번주 등 동탁의 심복이었던 무리들은 동탁이 이미 죽었고 여포가 곧 쳐들어오리라는 소문을 듣자 당장에 비웅군(飛熊軍)을 거느리고 밤을 새워 가며 양주(涼州)로 뺑소니를 쳤다. 여포는 미읍에 있는 동탁의 거처에 도착하자, 우선 초선부터 찾아냈다. 그리고 황보숭은 미읍 성안에 있던 양가의 여자들을 모조리 석방시켰다. 그러나 동탁의 친척은 노소를 불문하고 깡그리 죽여 버렸고, 동탁의 어머니까지도 죽음을 면치 못했다.

이런 어지러운 판국에서 하나의 이채로운 인물이 나타났으니, 그는 바로 시중으로 있던 채옹(蔡邕)이었다. 만백성이 동탁의 주검 앞에 침을 뱉고 발길질을 하는 판에, 채옹만은 길바닥에 내동댕이쳐진 동탁의 시체에 쓰러져서 슬프게 흐느껴 우는 것이었다

왕윤이 대노하여 잡아들여 놓고 힐문을 했더니, 채옹은 솔직하게 고백했다. 자기도 대의가 뭣인지쯤은 분간할 줄 알며, 또 국가를 배반하여 역적 동탁을 따르자는 의미에서 눈물을 흘린 것이 아니라, 평소에 동탁에게 많은 신세를 졌기 때문에 그 은혜를 생각하고 운 것뿐이니까, 어떠한 중벌이라도 각오하지만, 목숨만 살려주어서 한사(漢史)라도 계속해서 쓰도록 해준다면 속죄로 생각하고 평생을 이 일에 바치겠다고 애원했다.

글 재주가 놀라운 기재(奇才) 채옹을 위해서 문무백관들이 왕윤에게 그의 목숨만은 살려주자고 권고했고 태부(太傅) 마일제(馬日磾)도 살려 주자고 극력 주장했으나 왕윤은 끝끝내 채옹을 옥에 가두었다가 죽여 버리고 말았다.

권고를 듣지 않는 왕윤의 태도를 보다못해 마일제는 다른 관리들에게 가만히 귓속말을 했다.

"왕윤 일족도 망할 날이 오겠군! 착한 사람은 국기(國紀)라고 할 수 있는데, 그를 멸망시키고 자기만이 오랫동안 무사하라는 법은 없으니까."

동탁의 죽음은 천하대세에 큰 변화를 가져오지 않을 수 없었다. 그와 일당이던 이각 · 곽사 · 장제 · 번주 네 사람은 재빨리 섬서(陝西) 지방으로 몸을 피해 있었는데, 사람을 장안으로 파견하여 특사를 바란다는 계주문을 올렸다. 그러나 왕윤은 이들이 바로 동탁을 도와 준 원흉들이라는 이유로 거기 응하지 않았다.

"특사를 받을 수 없다면 제각기 뿔뿔이 흩어져서 살 길을 찾는 도리밖에……."

이렇게 체념하려는 이각을 부채질하여 발악적인 의견을 제공한 것이 그의 모사인 가후(賈詡)였다.

"어차피 이리 된 바에야 섬서의 백성을 규합해 가지고 장안으로 쳐들어가서 동공의 원수를 갚아 보십시다. 뜻을 이루게 될 때에는 천자를 받들고 천하를 바로잡고, 실패로 돌아갈 때에는 그 때 도망을 쳐도 늦지는 않을 테니."

드디어 10여만의 군사를 거느리고 4면으로 나누어 장안으로 공격을 개시한 이각 일당들은 도중에서 동탁의 사위인 우보(牛輔)를 만나게 되어서 그를 선봉으로 내세우고 곧장 장안을 향해 쳐들어갔다.

싸움판의 정세는 심히 복잡하고 미묘하게 전개되어 나갔다. 이편에서는 사도 왕윤과 자신만만한 맹장 여포가 협의한 결과, 이숙을 선봉으로 내세워서 우보의 군사와 우선 대결시켰다. 처음에는 이숙이 힘들이지 않고 우보를 물리쳤으나, 밤중에 드디어 우보의 군사에게 기습을 당하여 이숙의 군사는 고배를 마시고 30여 리나 퇴각하고 군사의 절반을 잃게 되니 여포는 대로하여 이숙의 목을 베게 하고 그 머리를 군문(軍門)에 매달았다.

그 이튿날은 여포가 친히 군사를 몰아 우보와 대적하고, 우보는 감당할 도리가 없어 대패하고 도주했다. 그날밤 우보는 그의 심복인 호적아(胡赤兒)를 몰래 불러 가지고 여포를 당해낼 도리가 없으니 숫제 이각 일당을 배반하고, 황금 주옥을 훔쳐 가지고 둘이서 도주하자고 꾀었다. 두 놈이 부하 3, 4명을 거느리고 도주하다가 강을 건너게 됐는데, 이번에는 호적아가 황금 주옥에 욕심이 동해서 우보를 죽여 버리고 그 목을 여포에게 바쳤다. 그러나 보물을 훔친 사실을 따라간 부하가 여포에게 고해 바치니, 여포는 또 호적아의 목을 베어 버렸다.

여포는 앞으로 진군을 계속하다가 결국 이각 일당의 군사와 맞닥뜨렸다. 이각의 군사는 대항하려 들지도 않고 대뜸 50여리나 퇴각하여 어느 산등성이에다 진을 치게 됐는데, 여기서부터 그들은 미묘한 작전 계획을 세워 여포를 궁지에 빠지게 하고야 말았다.

여포가 군사를 거느리고 산기슭으로 쳐들어가면 이각이 막아내고, 여포가 그것을 단숨에 쳐부수려고 돌진하면 이각은 산꼭대기로 달아나서 화살과 돌을 빗발치듯 퍼붓고. 또 곽사가 배후에서 쳐들어온다 해서 여포가 급히 되돌아오면, 북소리가 요란하게 울리며 곽사의 군사는 조수처럼 후퇴해 버리고.

여포가 다시 군사를 수습하고 한숨을 돌리려면 또다시 이각의 군사가 쳐들어오고. 여포가 달려들어가면 징소리에 맞추어서 슬쩍 후퇴해 버렸다.

여포가 이런 틈에 끼여서 미친 듯이 날뛰고 있을 때, 한 필의 말이 난데없이 달려들더니 장제와 번주의 군사들이 장안으로 습격해 들어가서 수도의 운명도 경각에 달렸다는 정보를 제공했다.

여포가 발길을 돌려서 장안을 향하여 군사를 몰자니 배후에서는 또 이각 · 곽사의 군사가 추격해 왔다. 여포는 완전히 싸울 만한 의기를 상실했고, 속속 적군에 투항하는 부하들을 막아낼 도리가 없었다.

며칠 후에는 동탁의 잔당인 이몽(李蒙) · 왕방(王方)이 성 안에서 적군과 내통하여 성문을 활짝 개방해 버리니, 여포는 속수무책으로 청쇄문(青瑣門) 밖에 이르러 사도 왕윤을 불러내 가지고, 말을 달려 관외(關外) 지방으로 몸을 피하여 다시 좋은 계책을 세워 보자고 상의했다.

그러나 왕윤이 말했다.

"만약 사직(社稷)의 영(靈)이 보살펴서 국가가 안전하게 될 수 있다면, 이는 나의 소원하는 바요, 그렇지 못하다면 이 왕윤은 죽음으로써 나라에 몸을 바칠 뿐, 위기에 처했다고 구차스럽게 모면하려는 일을 나는 하지 않겠소!"

여포가 재삼 권고했지만, 왕윤은 막무가내로 가지 않겠다는 것이었다. 얼마 안 되어서 성문마다 화염이 충천했다. 여포는 어쩔 수 없이 처자도 버리고 1백 여 기를 거느린 채 관외로 뛰쳐나와 원술에게로 달려갔다.

이각과 곽사는 병사들이 시가지를 약탈하고 제멋대로 짓밟고 돌아다는 것을 그대로 내버려뒀으며, 태상경(太常卿) 중필(??种 禾弗) · 태복(太僕) · 노규(魯馗) · 대홍려(大鴻臚) 주환(周奐) · 성문교위(城門校尉) 최열(崔烈) · 월기교위(越騎校尉) 왕기(王頎) 등도 모두 국난에 죽었다.

적병이 궁궐의 내정(內庭)을 둘러쌀 때가 눈앞에 닥쳐 와서 시신(侍臣)들은 천자를 선평문(宣平門)에 오르게 하여 난폭한 행동을 막아내도록 했다. 이각 일당은 멀리 천자의 황개(黃蓋)를 보자, 군사들을 진정시키고 입으로 만세를 외쳤다.

헌제는 누각에 의지하고 서서 물었다.

"경들은 주청(奏請)도 기다리지 않고 함부로 장안에 난입했으니 어쩌자는 의도인고?"

이각 · 곽사가 천자를 우러러보며 아뢰었다.

"동태사는 폐하의 사직의 신하로서 무단히 왕윤에게 모살 당하였사오니 소신들은 그것을 복수하려고 왔사옵니다. 왕윤을 보게 하여 주옵시면 곧 물러나가리라."

이때 천자의 측근에 있던 왕윤은 이 말을 듣자 아뢰었다.

"소신은 본래가 사직을 위하여 꾀한 노릇이었사온데, 일이 이에 이르렀사오니 폐하께옵서는 소신을 가엾게 여기셔서 나라를 그르치지 마옵소서. 소신은 내려가 두 도적을 만나오리다."

헌제는 망설이고 결단을 내리지 못했다. 왕윤은 선평문 누각 위에서 아래로 뛰어내리며 큰 소리로 외쳤다.

"왕윤이 예 있다!"

이각과 곽사가 칼을 뽑아 들고 호통을 치며 꾸짖었다.

"동태사에게 무슨 죄가 있어 죽게 하였느냐?"

충신 왕윤은 태연자약한 태도로 눈 한 번 깜짝하지 않으며 쩌렁쩌렁 울리는 음성으로 대장부답게 대답했다.

"너희들도 이 나라의 백성이었다면 역적 동탁의 죄가 하늘에 가득차고 땅을 뒤덮었음을 모를 리 있느냐? 그를 주살하던 날에는, 장안의 만백성이 모두 경하하여 마지않았거늘 네놈들만이 그것을 귀로 듣지 못했단 말이냐?"

그러나 이각과 곽사는 추상 같은 음성으로 계속 추궁했다.

"동태사에게는 죄가 있다손치더라도 우리들에게야 무슨 죄가 있었더란 말이냐? 어찌하여 마지막 특사를 애원하는 간곡한 소원을 받아들여 주지 않았느냐?"

왕윤은 최후까지 추호도 충신의 위풍을 굽히지 않으며 목청을 뽑아 놈들을 매도했다.

"역적 놈들아! 무슨 말 같지 않은 소리가 그리 많으냐! 이 왕윤에게는 오늘날 죽음이 있을 뿐이오, 목숨을 나라에 바치는 것뿐이다!"

말이 끝나자 두 역적들은 당장에 손을 써서 왕윤을 누각 아래서 죽여 버리고 말았다.

역적의 무리들은 왕윤을 죽여 버리고 또 사람을 파견하여 왕윤의 가족 남녀노소를 가리지 않고 모조리 살해했다. 관리고 백성이고 눈물을 흘리지 않는 사람이 없었다.

이각과 곽사는 곰곰 생각한 끝에,

"이미 여기까지 온 이상, 천자를 죽여서 대사를 꾀하지 않으면, 어느 때를 또 기다릴 것이랴?"

하면서 그 즉시 칼을 뽑아 들고 궁중으로 달려 들어가려고 했다. 이야말로 역적의 거괴(巨魁)가 죄 앞에 굴복하고, 재난이 바야흐로 가라앉으려는데, 그 부하들이 날뛰어 화가 또 다시 닥쳐오는 셈이다.

# 10.
# 거상을 입은 장수

죽음에 몰린 헌제가 역적들에게 묻는다.
"경들은 어떠한 관작에 봉해지기를 원하는고?"

勤王室馬騰擧義
報父讐曹操興師

역적 이각과 곽사 둘이서 헌제를 죽이려고 하자 왈칵 덤벼들어서 그것을 가로막은 것은 장제와 번주였다.

"그것은 안 될 말이다. 오늘 이 자리에서 천자를 죽인다면 다른 놈들이 잠자코 있지 않을 것이다. 종전대로 천자를 받들어 놓고, 먼저 제후를 관내로 꾀어 들여서 꼼짝도 못하도록 한 다음 천자를 처치하면 천하가 우리 수중에 쉽사리 들어올 것이 아니냐!"

이각과 곽사는 이들의 의견대로 천자를 찌르려던 무기를 도로 거두어 넣었다.

천자가 누각 위에서 물었다.

"왕윤을 이미 주살했는데 어찌하여 군사를 거두지 않는고?"
"소신들은 왕실을 위하여 공로를 세웠사온데 아직 아무런 작(爵)도 받지 못하였사옵기에 군사를 거두지 못하고 있사옵니다."
"경들은 어떠한 관작에 봉해지기를 원하는고?"

이각 · 장제 · 곽사 · 번주 네 사람은 각각 원하는 작위를 적어서 바치고 그대로 벼슬자리를 결정해 달라고 떼를 썼다. 천자는 어찌할 도리가 없어 이각을 거기장군(車騎將軍) 지양후(池陽侯)로 봉하고 사례교위(司隷校尉)로 임명하여 군사의 책임을 맡겼고, 곽사를 후장군(後將軍) 미양후(美陽侯)로 봉하여 역시 군사의 책임을 맡게 했으며, 둘을 다같이 정사에 참여시키도록 했고, 번주를 우장군(右將軍) 만년후(萬年侯), 장제를 표기장군(驃騎將軍) 평양후(平陽侯)로 봉하여 함께 군사를 거느리고 홍농군(弘農郡)에 주둔하라고 명령했다.

그밖에 이몽(李蒙) · 왕방(王方)도 교위 자리에 임명되어서 군사를 거느리고 성 밖으로 물러갔다.

역적의 도당들은 또 동탁의 시체를 찾으라는 명령을 내렸고, 뼈와 살점을 얼마간 주워 모아 가지고 향나무로 비슷한 상(象)을 만들어서 관 속에다 넣어 떠받들어 모시고 의관이며 장구(葬具)며 모두 천자와 똑같이 꾸며 가지고 길일을 택해서 미오(郿塢)에 매장했다.

그런데 그것을 매장하던 날에는 천둥 · 번개 · 비바람이 요란하게 일어나서 평지에도 몇 척이나 물이 괴었고, 관이 벼락을 맞아서 시체가 관 밖으로 튀어나왔다. 날이 개기를 기다려서 이각이 또다시 매장을 했는데, 그날밤에도 전날과 마찬가지였다.

세 번이나 매장을 했건만 파묻지를 못하고 얼마간 남았던 살점과 뼈들도 벼락을 맞아서 흔적도 없어지고 말았다. 하늘의 동탁에 대한 노여움이 이다지도 심했다고 말해야 할 것이다.

이각 · 곽사의 일당들은 온갖 권리를 장악하게 되자 백성을 학대하고 저희들의 심복을 천자의 측근에 배치하여 동정을 살피게 했고, 복종하지 않는 사람이 있으면 거침없이 목을 베어 버렸기 때문에 천자는 마치 바늘방석에 앉아서 그날 그날을 보내는 것만 같았다.

조정의 벼슬자리는 두 역적들이 제멋대로 작정을 했는데, 그래도 인망을 얻고 싶다는 생각에서 특히 주전(朱儁)을 장안으로 불러올려 태복(太僕)에 봉하고 정사에 참여하도록 했다. 이때, 서량 태수 마등(馬騰), 병자 자사 한수(韓遂) 두 장군이 군사 10여만 명을 거느리고 역적을 토벌하기 위해서 장안으로 쳐들어온다는 정보가 날아들었다.

본래, 이 두 장군은 일찍이 사람을 장안으로 파견해서 시중 마우(馬宇), 간의대부(諫議大夫) 충소(种邵), 좌중랑장(左中郞將) 유범(劉範) 세 사람과 내통하고 함께 역적의 도당을 주멸시킬 계획을 세우고 있었는데, 이 세 사람들의 밀주(密奏)에 의하여 마등은 정서장군(征西將軍), 한수는 진서장군(鎭西將軍)에 봉하여져 함께 힘을 합쳐서 역적을 처치해 버리라는 비밀 조서를 받고 있던 참이었다.

이각 · 곽사 · 장제 · 번주 네 역적의 도당은 두 장군이 쳐들어온다는 정보를 받고 그것을 막아낼 대책을 강구했다.

모사 가후가 말했다.

"놈들은 먼곳에서 쳐올라오는 길이니까, 우리들은 중요한 지점을 공고히 해놓고 단단히 사수하는 것이 좋을 것이다. 그러면 백 날도 못 되어서 군량이 없어 저절로 퇴각할 테니까, 그 기회를 노렸다가 추격해 들어가면 놈들 둘을 산채로 잡을 수도 있을 것이다."

이몽 · 왕방이 앞으로 썩 나서며 여기에 반대의사를 표시했다.

"그것은 현명치 못한 생각이오. 정병 1만만 맡겨 준다면 당장에 마등 · 한수의 목을 베어 눈앞에 보여 드리리다."

가후가 또 말했다.

"지금 당장 싸움을 한다면 승산은 서지 않는다."

"우리 편이 만약에 패하게 된다면, 내 이 목을 바칠 것이며, 만약에 승리하게 된다면 공의 목을 내놓기로 합시다!"

사태는 싸움을 회피할 도리가 없게 되었다. 가후가 또 작전계획을 세웠다.

"그렇다면, 장안 서편 2백 리 지점에 주질산(盩厔山)이 있는데,

길이 험준하니 장 · 번 두 장군이 거기에 군사를 주둔시켜 견고히 지키도록 하고, 이몽 · 왕방을 시켜서 군사를 거느리고 적군을 맞아 싸우도록 합시다."

이각과 곽사는 이 계획대로 1만 5천의 병마를 이몽 · 왕방에게 맡겨 주었고, 그들 두 사람은 장안에서 2백 80리쯤 떨어진 지점에 진을 쳤다.

서량 편의 군사들은 바로 길 건너까지 쳐들어와서 진을 치고, 마등 · 한수는 말을 나란히 하고 진두에 서서 호통을 쳤다.

"저 국적 놈들을 산채로 잡아들일 사람은 없느냐?"

말이 떨어지기가 무섭게 한 나이 어린 장군이 진중에서부터 선뜻 내달았다. 얼굴빛이 관옥 같고, 푸른 눈동자가 흐르는 별 같으며, 호랑이 같은 체구, 원숭이 같은 팔, 표복낭요(彪腹狼腰)에 손에는 긴 창을 잡고 준마 위에 올라앉아 있었다.

이는 바로 마등의 아들 마초(馬超)로, 자를 맹기(孟起)라 하며 나이 겨우 열일곱 살이지만 무용이 뛰어난 당당한 대장이었다. 왕방은 마초가 나이 어리다 깔보고 말을 달려 내달았으나 몇 합을 싸우지도 못하고 마초의 칼에 찔려서 말 위에서 나둥그러져 떨어지고 말았다.

마초가 말머리를 돌려 진지로 되돌아오고 있을 때, 이몽은 왕방이 한 칼에 죽어 자빠진 꼴을 보고 격분해서 단기로 마초의 뒤를 추격하는데도 마초는 아랑곳하지 않은 채 뒤를 돌아다보지도 않았다.

"뒤가 위태롭다!"

진지에서 마등이 고함을 지를 사이도 없이 마초는 비호같이 몸을 돌려 이몽을 말 위로 낚아채 버렸다. 마초는 이몽이 등뒤로 추격해 오는 것을 알아차리고 모른 체하고 있었던 것이다.

이몽이 창으로 찌르려는 찰나에, 마초는 전광석화같이 몸을 살짝 빼고, 원숭이같이 긴 팔을 뻗쳐서 이몽을 산채로 움켜잡아 버린 것이다. 이몽의 군사들은 뿔뿔이 흩어지는 수밖에 없었고, 마등과 한수는 패잔병들을 단숨에 산골짜기로 몰아 버리는 한편, 이몽의 목을 베어서 승리의 개가를 드높이 외쳤다.

이각과 곽사는 그제서야 가후의 선견지명을 믿지 않았던 것을 후회하고, 즉시 방비망을 든든히 하여 마초가 도전해 와도 통 응전하지 않았다. 과연 두 달도 못 되어서 서량 편 군사들은 군량이 결핍해 군사를 뒤로 물릴 궁리들을 하며 궁지에 빠지게 됐다.

바로 이 무렵에 장안 성안에 있는 마우(馬宇)의 집 하인배가, 자기 주인이 마등 · 한수와 연락하고 조정의 내부 교란을 꾀하고 있다고 밀고했기 때문에, 이각과 곽사는 분노를 참지 못하고 그들 세 사람의 집안 사람들은 남녀노소 구별 없이 종이나 머슴에 이르기까지 모조리 장터로 끌어내어 목을 베고 세 머리를 성 위에 매달아 햇볕에 시들게 했다.

마등과 한수는 군량도 떨어졌고 조정과 내통하여 교란케 할 계획도 누설되는 바람에 어쩔 수 없이 군사를 수습하고 진지를 거두어 버렸다. 이각과 곽사는 장제에게 명령하여 마등을 추격케 했고, 번주에게 명령하여 한수를 추격하게 했는지라, 서량의 군사들은 뿔뿔이 흩어져서 패주했다. 마초는 뒤를 지키면서 죽을 힘을 다해서 간신히 장제를 물리쳤고, 한수는 번주가 그를 추격해서 진창(陳倉) 근처까지 육박했을 때, 말을 멈추고 이렇게 말했다.

"우리들은 공과 고향도 같은 사람들인데, 어찌하여 이다지도 매정하게 구시오?"

번주도 말을 멈추고 대답했다.

"상부의 명령이니 거역할 수 없소!"

"우리들이 여기까지 온 것도 역시 나라를 위함인데 공은 어찌 이다지도 심하게 뒤를 쫓는 것이오?"

번주는 이 말을 듣자, 말머리를 그냥 돌려 한수를 살려 주고 군사를 거느리고 진지로 돌아왔다. 그런데 이각의 조카되는 이별(李別)이 이런 광경을 목격하고 돌아와서 그의 숙부에게 고해바쳤다. 이각이 대로하여 군사를 정비해 가지고 번주를 치려고 하자 가후가 말했다.

"인심이 안정되지 않았는데 빈번히 군사를 동원하는 것은 부당하오. 차라리 주연을 베풀어서 장제와 번주의 공로를 축하해 주는 체, 둘을 초청해다 놓고 석상에서 번주의 목을 베는 편이 힘 안 들이고 일을 처리할 수 있을 것이오."

이각은 이 의견에 크게 기뻐하고 즉시 연석을 베풀어 두 사람을 초청했다. 두 장수들은 멋모르고 기뻐서 그 자리에 나갔는데, 술이 거나하게 돌아가고 있을 때, 이각이 갑자기 안색이 변하며 소리쳤다.

"번주! 그대는 어째서 한수와 정을 통하고 모반을 꾀했는가?"

번주가 대경실색, 대답할 틈도 없이 벌써 칼과 도끼가 일제히 달겨들어서 번주의 머리를 베어 상 밑으로 뒹굴게 했다. 장제가 간담이 서늘하여 땅 위에 꿇어 엎드리니, 이각이 부축해서 일으키며 말했다.

"번주는 모반을 꾀했기 때문에 주살한 것이오. 그대는 역시 나의 심복인데, 그다지 두려워할 것까지야 없지 않소?"

이리하여 번주의 군사를 장제의 수하로 통합시켰고, 장제는 혼자서 홍농(弘農)으로 돌아갔다.

이각과 곽사가 서량의 군사를 완전히 쳐부순 후부터는 감히 반란을 꾀하는 사람들도 없어졌고, 또 가후가 백성을 편안하게 해주고 현인호족(賢人豪族)을 기용하도록 권고한 까닭으로 조정은 이때부터 다소나마 생기가 돌기 시작했다.

그런데 귀주(貴州)의 황건적이 또다시 난을 일으켜, 종도(宗徒) 수십만을 집결시키고 뚜렷한 두목도 없이 양민을 겁탈하고 있었다.

이때에 태복(太僕) 주전이 황건적의 무리들을 능히 물리칠 수 있는 믿음직한 인물로서 맹덕 조조를 추천했다. 조조는 그때 동군(東郡)의 태수로서 군사 양성에 골몰하고 있었다.

이각은 크게 기뻐하여 그 즉시에 조서를 기초해서 사람을 동군으로 파견하고 조조더러 제북(濟北)의 상(相)인 포신(鮑信)과 힘을 합하여 도적의 무리를 토벌하라는 명령을 내렸다.

조조는 포신과 더불어 군사를 집결해 가지고 수양(壽陽)으로 쳐들어갔다. 그러나 포신은 도적의 진지로 깊숙이 쳐들어 가다가 포위를 당하여 전사하고 말았다.

조조는 그대로 적군을 제북까지 밀어 올렸는지라 투항해 오는 병사가 수만 명에 달했고, 이런 투항병들을 선봉으로 내세워 조조의 군사가 나타나는 곳마다 항복하지 않는 자가 없었다.

이리하여 싸움을 시작한 지 백 일도 채 못 되어서 항복한 도적의 무리가 30만, 남녀 백만여 명이 조조의 수하로 들어왔다. 조조는 그 중 정예만 추려서 청주병(青州兵)이라 일컫고, 나머지 사람들은 농촌으로 돌려보냈다. 이때부터 조조의 용명이 천지를 진동하는 듯 조정에서는 그를 진동장군(鎭東將軍)에 임명했고, 한편 조조 자신이 연주(兗州)에서 널리 현사들을 모아들였는데, 이에 응하여 달려온 사람 중에는 다음 같은 쟁쟁한 인물들이 있었다.

① 순욱(荀彧)—자는 문약(文若). 영주(潁州) 영음현(潁陰縣) 순곤(荀昆)의 아들로서 본래 원소의 밑에 있다가 조카 순유(荀攸—子는 公達)까지 함께 데리고 와서 조조는 순욱을 보고 이야말로 한나라 고조 때 천하통일을 거들어 준 장자방(張子房)같이 소중한 존재라고까지 하며 행군사마(行軍司馬)에 임명하고, 조카 순유는 행군교수(行軍敎授)에 임명했다.

② 정욱(程昱)—동군(東郡) 동아현(東阿縣) 사람. 자는 중덕(仲德). 순욱이 추천해서 불러온 현사이다.

③ 곽가(郭嘉)—순욱과 동향 사람. 자는 봉효(奉孝). 정욱의 추천으로 불러왔다.

④ 유엽(劉曄)—회남(淮南) 성덕현(成德縣) 사람. 자는 자양(子陽). 곽가가 추천해서 불러왔다.

⑤ 만총(滿寵)—산양(山陽) 창읍현(昌邑縣) 사람. 자는 백녕(伯寧).

⑥ 여건(呂虔)—무성(武城) 사람. 자는 자각(子恪). 만총과 함께 유엽이 천거해서 불러왔다. 군중종사(軍中從事)의 직을 주었다.

⑦ 모개(毛玠)—진류군(陳留郡) 평구 사람. 자는 효선(孝先). 만총 · 여건이 천거해서 역시 종사(從事)로 초빙했다.

⑧ 우금(于禁)—태산군(泰山郡) 거평현(鉅平縣) 사람. 자는 문칙(文則). 궁술 · 마술에 능한 것을 알고 조조는 점군사마(點軍司馬)에 임명했다. 부하 수백 명을 거느리고 자진해서 왔다.

⑨ 전위(典韋)—진류군(陳留郡) 사람. 하후돈(夏侯惇)이 데리고 왔는데 무용이 뛰어난 거구의 장정으로서 뚝심이 세기에 천하에 당할 사람이 없었다.

전위는 장막(張邈)의 부하로 있었는데, 다른 부하들과 마음이 맞지 않아 충돌한 끝에 수십 명을 때려 죽이고 몸을 피해 버렸던 무시무시한 사나이로, 하후돈이 어느 날 사냥을 나갔다가, 이 전위란 장정이 호랑이를 쫓아서 산곡간을 자기 세상같이 훌훌 날아다니는 것을 보고 자기 수하로 불러들였다는 괴상한 인물이다.

예전에는 친구의 원수를 갚아 주려고 어떤 사람 하나를 죽여 가지고는 그 머리를 잘라 한 손으로 움켜잡은 채, 시장판을 꿰뚫고 지나갔는데, 그의 체구가 어찌나 거창하고 생김생김이 험상궂었는지, 장터에 들끓고 있는 수백 사람들이 감히 누구 하나 나서서 전위에게 말썽을 부리는 사람이 없었으니, 지금도 80근이나 되는 화극을 두 손에 한 자루씩 한꺼번에 들고도 말을 달리며 휘두를 수 있다는 무지무지한 장정이다. 조조는 당장에 그를 본진에 속하는 도위에 임명했다

이때부터 조조는 수하에 모신(謨臣)과 맹장뿐, 실로 문무를 겸비해 놓고 산동(山東) 지방을 위압하게 되었다. 조조는 태산(泰山)의 태수 응소(應劭)를 낭야군(琅琊郡)으로 보내서 그의 부친을 모셔오도록 했는데, 이것이 뜻하지 않은 비극을 가져오게 될 줄이야

꿈엔들 생각했으랴.

조조의 부친 조숭(曹嵩)은 진류에서 피신하여 이 고을에 은거하고 있었는데, 아들의 서신을 받자 그날로 아우 조덕(曹德)과 함께 일가 남녀노소 40여 명과 하인배 백여 명을 거느리고 수레를 백 대나 동원해서 연주를 향하여 길을 떠났다.

일행이 서주(徐州)에 당도했을 때, 그곳의 태수 도겸(陶謙)이 일찍부터 조조와 통하고 싶다가 적당한 이유가 없던 차에 그의 부친이 이곳을 통과하게 됐다는 소문을 듣자, 먼곳까지 나와서 영접해 들이고 이틀 동안이나 연석을 베풀고 후대하였다. 조숭이 출발한다고 했을 때, 도겸은 친히 성 밖까지 전송했고 또 도위 장개(張闓)에게 명령하여 병력 5백을 거느리고 도중의 경비를 엄중히 하게 했다.

조숭이 일행을 거느리고 화현(華縣)과 비현(費縣)의 경계지대까지 왔는데 별안간 소나기가 퍼붓는 바람에 어쩔 수 없이 어느 절로 들어가서 하룻밤을 쉬게 되었다. 조숭은 당내(堂內)에 자리잡고 장개를 시켜서 병사들은 바깥 복도에서 쉬도록 했더니 비에 젖은 병사들의 불평불만이 대단했다.

장개는 부하 중의 두목 몇을 조용한 곳으로 불러 가지고 말했다.

"우리는 따지자면 황건적의 잔당이다. 지금 갈 데가 없어서 도겸의 밑에 있기는 하지만 마땅치 않은 일이 한두 가지가 아니다.

조숭의 일행은 짐짝을 산더미처럼 가지고 있으며, 돈도 얼마든지 있으니 오늘밤 3경쯤 우리 함께 조숭 일족을 모조리 죽여 버리고 돈을 빼앗아 나누어 가지고 숫제 산적 노릇이나 하자!"

그날밤, 비바람이 그치지 않았고, 조숭이 잠들지 않고 있을 때, 사방에서부터 아우성 소리가 일어나니 조덕이 칼을 손에 잡고 정세를 살피러 머리를 내밀어 보다가 칼을 맞고 거꾸러졌다. 조숭은 당황해서 아내의 손을 끌며 담을 넘어 달아나려고 했지만 아내가 살이 너무 쪄서 허둥지둥 변소로 몸을 피했으나 몰려드는 병사들에게 찔려 죽고 말았다. 응소는 간신히 목숨을 건져서 원소에게로 도망쳤다. 장개는 조숭 일가를 몰살시켜 버리고 금품을 강탈하고 절간에 불을 지른 다음, 부하 5백 명을 거느리고 회남(淮南)으로 도주했다.

응소의 부하 가운데 목숨을 건진 자가 있어서 이 변고를 조조에게 알리니, 조조는 땅을 치며 통곡하고, 이를 갈며 펄펄 뛰었다.

"이놈, 도겸이란 놈이 부하들을 충동해서 우리 아버님을 살해했구나! 내가 아들로서 이 원수를 갚지 못한대서야! 당장에 대군을 일으켜 서주를 재로 만들지 않고는 내 원한을 풀 길이 없다!"

그 즉시 순욱과 정욱에게 병력 3만을 주어서 견성(鄄城) · 범현(范縣) · 동아(東阿)를 지키게 하고 나머지 군사를 총동원하여 서주로 쇄도했다. 하후돈 · 우금 · 전위가 선봉으로 나섰다.

조조는 성이란 성을 모조리 함락시키고 성 안의 백성을 모조리 죽여서 자기 부친의 원수를 갚으라고 명령을 내렸다.

이때, 구강(九江)의 태수 변양(邊讓)이 일찍부터 도겸과 친분이 두터워서 5천의 군사를 거느리고 도겸을 거들어 주러 달려왔다. 조조는 대로하여 하후돈에게 명령하여 변양을 도중에서 죽여 버렸다.

동군(東郡)의 종사(從事)로 있던 진궁(陳宮)이 또한 도겸과 교분이 두터웠는지라, 조조가 복수전을 전개하고 있다는 소문을 듣고 밤낮을 헤아리지 않고 달려왔다.

"이번에 공께서 대군을 거느리고 서주에 임하시어 존부(尊父)님의 원수를 갚으려고 백성을 모조리 살해하신다는 소문을 듣고 의견을 좀 말씀드리려고 왔습니다. 도겸은 인인군자(仁人君子)로서 이(利) 때문에 의리를 저버리는 사람은 아닙니다. 존부님을 해친 것은 장개의 짓이었고, 도겸의 죄는 아닙니다. 또 주현(州縣)의 백성들이 공과 무슨 원한이 있으리까? 이들을 죽인다는 것은 좋지 못한 일이오니 공께서는 재삼 고려하시고 행하시기 바랍니다."

조조는 격분해서 하는 말이,

"그대는 옛날에 나를 버리고 도망쳤던 일을 잊어버렸단 말인가! 뻔뻔스럽게도 내 앞에 어떻게 나타났단 말이냐! 도겸은 나의 일족에게 손을 댄 놈이니 맹세코 간을 뽑아 내고 심장을 발기발기 찢어서 원한을 풀어야겠다! 그대가 도겸을 위해서 무슨 소리를 한들 내가 들을 수 있겠는가?"

진궁이 자리를 물러나며 탄식하는 말이,

"나도 도겸을 다시 뵐 면목이 없구나!"

그길로 말을 달려 진류의 태수 장막(張邈)을 찾아가서 몸을 의탁했다.

조조의 대군이 지나가는 곳마다 백성들은 모조리 학살을 당하고, 무덤이란 무덤은 하나도 남지 않고 파헤쳐졌다. 도겸은 서주에서 조조가 복수하기 위해서 군사를 일으켜 백성을 살해한다는 소식을 듣고 하늘을 우러러 통곡했다.

"내가 하늘에 죄를 져서 서주의 백성이 이렇게 큰 재난을 받게 된 것이구나!"

시급히 중관(衆官)을 모아 놓고 상의했더니, 조표(曹豹)란 자가 말하기를,

"조조의 군사가 이미 쳐들어 오고 있는데 어찌 팔짱을 끼고 앉아서 죽음을 기다리겠습니까? 제가 공을 도와서 그들을 무찔러 버리겠습니다."

도겸은 할 수 없이 군사를 거느리고 내달았다. 멀리 바라다본즉, 조조의 군사는 서리가 덮인 듯, 눈발이 휘날리는 듯 중군(中軍)에는 흰 깃발들이 서 있는데, 거기에는 '보수설한(報讐雪限)'이라는 넉 자가 큼직하게 써 있었다.

부친의 원수를 갚고야 말겠다고 격분한 조조는 그 표정도 비장했거니와, 양군의 진형이 정비됐을 때, 서슴지 않고 진두에 나서는 그의 용감한 모습을 보니 몸에는 하얀 거상(상복)을 입고 있지 않은가.

조조가 채찍을 높이 휘두르며 호통을 쳐 매도하니 도겸도 문기(門旗) 아래까지 말을 타고 나와서 정중히 절하며 말했다.

"이 도겸은 본래 공과 두터운 교분을 맺어 보고 싶은 생각을 했기 때문에 장개에게 부탁해서 호송을 해드린 것이었소. 뜻밖에도 놈이 도둑의 마음을 고치지 못하고 이런 불상사를 저지르고야 만 것이오. 이번 사고는 진실로 이 도겸의 관여한 바 아니니 공께서도 냉정히 통찰하시기 바라오!"

이 말을 듣자 조조는 더 한층 노발대발했다. 분노로 타오르는 두 눈에서는 불똥이 튀어날 것만 같았다. 있는 목청을 다하여 호통을 쳤다.

"네, 이 늙은 놈이! 내 부친을 살해해 놓고 나서 아직도 감히 그따위 주둥이를 놀리느냐! 누가 이 늙은 도둑놈을 산채로 잡을 수 있겠느냐?"

그 음성을 듣자마자 하후돈이 진중에서부터 선뜻 뛰어나와서 조조의 앞에 섰다. 도겸은 이 무시무시하고 긴장된 광경을 목격하자, 겁을 집어먹고 황급히 진중으로 달아났다.

하후돈이 재빠르게 도겸의 뒤를 추격하니 저편에서는 조표가 창을 뽑아 들고 휘두르며 말을 달려 내달아 하후돈과 대결하려고 덤벼들었다.

두 필의 말이 일진일퇴, 이리 몰리고 저리 뛰며 싸우고 있는데 난데없이 모질고 사나운 광풍이 천지를 진동하고 일기 시작하며 모래를 뿌리고 돌을 날리니 양쪽 군사가 다같이 견디기 어려워 대오를 흐뜨러지게 되었고, 마침내는 각자의 진지로 군사를 걷어 가지고 후퇴하지 않을 수 없었다.

도겸은 성 안으로 돌아와서 여러 장수들을 모아 놓고 이런 말을 했다.

"조조의 군사는 수효가 너무 많아서 대적하기 어렵소! 나는 차라리 자승자박하여 나의 잘못을 사죄하고 조조의 진지로 가서 나를 죽이도록 내맡겨 서주 한 고을 백성들의 목숨과 바꾸기로 하겠소!"

도겸이 채 말을 마치기도 전에 한 사람이 앞으로 썩 나서더니 이렇게 말했다.

"공께서는 오랫동안 서주를 다스려서 백성들이 모두 그 은혜에 감사하고 있습니다. 조조의 군사가 제아무리 수효가 많다손 치더라도, 당장에 우리 성을 쳐부술 수는 없을 것입니다. 얼마 동안 백성들과 함께 성을 굳게 지키시고 나가 싸우지 않으시면 제가 비록 재주 없는 몸이기는 합니다만 계책을 좀 써서 조조를 죽여서 매장할 곳도 없도록 만들어 버리겠습니다."

모든 사람들이 깜짝 놀라며, 그 계책이란 어떻게 꾸며질 것이냐고 당장에 질문했다. 이야말로 교분을 맺고자 하다가 도리어 원수가 되었고, 막다른 골목에서 또다시 살 길이 트인다는 격이다.

# 11.
# 벼슬이 싫다는 사나이

우리 집에는 손님이 언제나 가득 차 있고
술독에는 술이 떨어지지 않는 것이 나의 소원이다!

劉皇叔北海救孔融
呂溫侯濮陽破曹操

자기에게 계책이 있다고 나선 사람은 바로 동해군(東海郡) 구현(朐縣) 사람으로 성은 미(糜), 이름은 축(竺), 자는 자중(子仲)이다. 대대로 부호의 집안이었는데, 일찍이 장사를 하러 낙양에 갔던 일이 있었다.

수레를 타고 돌아오는 길에 도중에서 어떤 아름다운 부인을 만나게 됐는데 수레에 함께 태워 달라고 하자 자기는 수레를 내려서 걸어가고 부인에게 자리를 양보해서 앉혀 주었다.

부인이 함께 수레를 타고 가자고 하는 바람에 미축도 수레를 다시 타기는 했으나, 단정히 앉아서 곁눈질 한 번도 하지 않았다.

몇 리 길을 간 다음에 부인은 고맙다는 인사를 하고 가 버렸는데, 작별하게 되자 미축에게 말했다.

"나는 남방의 화덕성군(火德星君)이오. 상제의 명령을 받들고 그대의 집을 태워 버리러 가는 길이었소. 그대가 예의를 갖추어서 나를 대해 주었기 때문에 똑똑히 일러두는 말인데, 빨리 집으로 돌아가서 재물을 옮겨 내시오. 나는 오늘밤에 그대의 집에 갈 것이오."

말을 마치자 부인은 온데간데가 없었다. 그는 깜짝 놀라 집으로 달려가서 집안에 있는 물건들을 급히 옮겨 놓았다.

그 날밤 과연 부엌에서 불이 나 가지고 집을 고스란히 태워 버렸다.

미축은 이런 일이 있은 후에 재산을 널리 남에게 나누어 주고 빈곤한 사람들의 괴로움을 덜어 주었다. 그 후에 도겸에게 초빙을 받아 별가종사(別駕從事)가 되었다.

그날 미축이 계책을 세워서 말했다.

"저는 북해군(北海郡)으로 가서 공융(孔融)께 군사를 일으켜 거들어 달라고 하겠습니다. 또다른 분은 청주(青州) 전해(田楷)에게 구원병을 청하러 가십시오. 만약에 두 곳에서 군사가 일제히 도착만 한다면 조조의 군사는 반드시 물러나고야 말 것입니다."

도겸은 그의 계책대로 그 즉시 편지 두 통을 써 가지고 청주로 구원병을 청하러 갈 만한 사람이 있느냐고 막료들에게 물어 봤더니, 그 말을 듣자 한 사람이 선뜻 나섰다.

여러 사람들이 바라보니 그는 바로 광릉(廣陵) 사람으로 성은 진(陳), 이름은 등(登), 자는 원룡(元龍)이었다.

도겸은 진원룡을 청주로 먼저 떠나 보내고 나서 미축에게 명령하여 편지를 북해로 전달하게 하고 자기는 여러 사람을 거느리고 성을 단단히 지키며 적의 공격에 대비하고 있었다

북해의 공융이란 사람은 자를 문거(文擧)라 하고 노나라 곡부(曲阜) 태생으로 공자의 20세 후손이며, 태산군의 도위 공주(孔宙)의 아들이었다. 어렸을 적부터 총명해서, 열 살 때 하남윤(河南尹) 이응(李膺)을 찾아가서 만나 본 일이 있었는데 문지기가 앞을 가로막자,

"우리 집안과 이씨 집안은 세교(世交)가 있어서 잘 아는 사이오."

하고, 안으로 들어가서 면회를 했다.

"자네 조상과 우리 조상이 무슨 친분이 있었다는 건가?"

이응이 이렇게 물었더니 공융이 대답했다.

"옛날에 우리 조상 공자께서 성이 이씨이신 노자(老子)께 문례(問禮)하신 일이 있었는데, 어째서 댁과 세교의 집안이 아니겠습니까?"

이응이 이 말을 대단히 기특하게 여기고 있는데, 얼마 안 있다가 태중대부(太中大夫) 진위(陳煒)가 나타나자 이응은 손으로 공융을 가리키며,

"애는 기동(奇童)이오."

했더니, 진위가 말했다.

"어렸을 적에 총명했다고 해서 자라나서도 반드시 총명하달 수는 없지요."

공융이 당장에 대꾸했다.

"선생의 말씀대로 한다면, 선생께선 어렸을 적엔 틀림없이 총명하셨겠군요."

그 말을 듣자 진위도 빙그레 웃으면서 말했다.

"애는 자라나면 당대의 훌륭한 그릇이 되겠는걸!"

공융은 이때부터 이름을 떨치기 시작해서 그 후 중랑장이 되었고 여러 벼슬 자리를 거쳐서 북해군의 태수가 된 것이다. 빈객에게 대접하기를 가장 좋아했고, 늘 이런 말을 했다.

"우리 집에는 손님이 언제나 가득 차 있고 술독에는 술이 비지 않는 것이 나의 소원이다."

북해에 있기를 6년 동안, 매우 두터운 민심을 얻고 있었다.

그날도 마침 손님들과 앉아 있었는데, 서주에서 미축이 왔다고 알리는 사람이 있는지라 공융은 안으로 청해 들이고 찾아온 뜻을 물어 봤다. 미축이 도겸의 편지를 꺼내며 말했다.

"조조의 공격과 포위가 대단해서 공께서 싸움을 거들어 주시기를 바라는 바입니다."

"나는 도공조(陶恭祖)와 교분이 두터운 사이요. 또 자중(子仲)이

자네가 여기까지 친히 왔으니 어찌 안 갈 수 있겠나? 단지 조조와 나는 아무런 원한도 없는 사이니, 먼저 사람을 보내서 화해를 구해 봐야겠네. 말을 듣지 않는다면 그때는 군사를 동원하기로 함세."

"조조는 군사의 위력을 단단히 믿고 있기 때문에 결코 화해하려 들지 않을 겁니다."

공융은 군사를 점검하게 하는 한편 사람을 시켜서 편지를 보냈다.

이 일 저 일 상의하고 있는데, 갑자기 황건적의 잔당인 관해(管亥)가 적군 수만 명을 거느리고 쳐들어온다는 보고가 날아들었다. 공융은 대경실색, 시급히 본부의 인마를 점검해 가지고 성 밖으로 나가서 적군을 맞아 대결했다. 관해가 말을 달려나오며 말했다.

"북해에는 양식이 풍족하다는 것을 나는 알고 있다. 1만 석만 돌려주면 당장에 군사를 물리겠다. 응하지 않으면 성지(城池)를 두들겨 부수고 남녀노소 하나도 남겨 두지 않겠다!"

공융이 호통을 치며 꾸짖었다.

"나는 대한(大漢)의 신하로서 대한의 땅을 지키는 자다. 도적에게 줄 양식이 어디 있겠느냐?"

이 말을 듣자 격분한 관해는 말을 몰고 칼을 휘두르며 무서운 기세로 공융에게 덤벼들었다. 공융의 부장 종보(宗寶)가 창을 뻰

치고 말을 달려나왔으나 몇 합도 싸우지 못하고 관해의 칼이 한 번 번쩍하더니 종보의 목을 말 아래로 베어 던졌다.

공융의 군사는 단번에 혼란을 일으키고 성 안으로 몰려들어 갔으며, 관해의 군사가 4면으로 갈라져서 성을 포위하니 공융은 심중이 암담해지고 미축은 수심에 싸이게 된 것은 더 말할 것도 없었다.

이튿날, 성에 올라 먼곳을 바라다본 공융은 적군의 세력이 너무 커서 점점 더 우울하기만 했다. 이때 홀연 성 밖에서부터 어떤 무사 한 사람이 창을 뻗쳐 들고 말을 달려 적진으로 돌입, 좌충우돌 마치 무인지경을 달리듯 단숨에 성문까지 대들더니,

"문을 열어라!"

하고 고함을 질렀다.

공융이 그 정체를 몰라서 주저하고 있는 동안에 적군은 벌써 하변(河邊)에까지 몰려들었다. 그 무사는 홀쩍 말머리를 돌려서 순식간에 적병 10여 명을 말 위에서 동댕이쳐 버렸고 적병이 뒤로 물러서는 틈을 타서 공융은 재빨리 성문을 열어서 그 무사를 성 안으로 맞아들였다.

공융이 그의 성명을 물어 보니, 그는 동래군(東萊郡) 화현(華縣) 사람, 성은 태사(太史) 이름은 자(慈), 자는 자의(子義)라고 했다. 일찍부터 그의 노모가 공융의 신세를 많이 졌다는 것이었고, 어제 비로소 요동(遼東) 지방에서부터 집에 돌아와서야 적군이 성

밖에 쳐들어왔다는 사실을 알게 됐으며, 자기 노모가 이런 때 평소의 은혜를 보답해 달라고 하는지라 노모의 뜻을 좇아 단기를 몰아 달려왔다는 것이었다.

공융은 본래 태사자와 일면식도 없는 사이였지만, 일찍부터 그가 용맹 있는 인물이라는 소문을 듣고, 성 밖 20리나 되는 곳에 살고 있는 그의 노모에게 항시 양식이나 옷감을 보내서 도와 주었던 터라 태사자가 그 은혜를 보답하겠다고 뛰어온 것이었다.

"저에게 힘 있는 병사 1천 명만 내주신다면 성 밖으로 밀고 나가서 도적의 무리를 멀리 몰아내겠습니다."

"그대가 비록 용감하다지만 적의 세력이 굉장하니 경솔히 나가서는 안 될 것이오."

"우리 노모님께서 공의 후덕에 감사하시어 특히 저를 보내셨는데 이 적의 포위진을 풀어 버리지 못한다면 저는 그대로 돌아가서 노모님을 뵐 면목이 없습니다. 한번 싸워 보고야 말겠습니다."

"나는 유현덕이란 분이 당대의 영웅이라는 소문을 듣고 있소. 만약에 그분이 우리 싸움을 거들러 올 수 있다면 이 포위진도 풀어 버릴 수 있다고 생각하지만, 이런 심부름을 해줄 사람이 없어서 걱정하던 중이오."

"공께서 편지만 주신다면, 제가 당장에 달려가겠습니다."

공융은 기뻐하면서 편지를 써 주었고, 태사자는 그 즉시 무장을 든든히 갖추고 길을 떠났다. 관해가 이 소문을 듣고 친히 수백 기를 거느리고 사면팔방으로 태사자를 추격했지만, 태사자가 한 번 활을 쏘면 꼭 한 놈씩은 말 위에서 거꾸러지게 마련이니 도저히 가는 길을 가로막을 도리가 없었다.

태사자는 밤낮을 헤아리지 않고 적의 무리를 헤치며 드디어 평원현(平原縣)에 도착하여 유현덕을 만났다. 여기까지 위험을 무릅쓰고 달려온 형편을 자세히 말했더니, 유현덕도 감격하여,

"공융이 어찌 이 세상에 유현덕이 아직도 있다는 것을 알고 있었을까?"

하고, 경각을 지체치 않고 관운장 · 장비와 함께 정병 3천을 거느리고 북해군으로 떠났다.

원군이 왔다는 것을 알아차린 관해는 친히 군사를 거느리고 진두에 나섰는데, 현덕의 군사 수효가 얼마 안 되자 코웃음을 쳤다. 현덕이 관운장 · 장비 · 태사자와 말을 달려 대들려는 것을 관운장이 앞질러서 관해와 맞부딪쳤다. 말과 말이 맞닥뜨리는 순간 양편에서 함성이 천지를 진동할 때, 관해 따위가 어찌 관운장을 대적할 수 있으랴. 관운장의 청룡도가 한 번 번쩍하고 광채를 발하는 찰나, 관해의 몸뚱어리는 두 동강이 나서 땅바닥으로 나뒹굴었다.

태사자와 장비가 경각을 지체치 않고 말고삐를 나란히 적진을 향해 쳐들어가고 유현덕도 군사를 지휘하면서 총공격을 개시했다. 공융도 성 위에 서서 태사자가 관운장 · 장비와 함께 성난 사자같이 종횡무진으로 적군을 쳐부수는 광경을 내려다보고 있다가, 군사를 거느리고 성문을 열어젖히며 달려드니, 적군은 앞뒤로 공격을 받게 되어 견디다 못해서 순식간에 대패하여 투항하는 자 부지기수, 잔당들도 뿔뿔이 흩어져서 도주하고 말았다.

공융은 유현덕을 성 안으로 영접해 들이고 인사를 치른 다음 축하의 연석을 성대히 베풀었다. 그 자리에서 미축을 현덕에게 소개시키고 장개가 조숭을 살해한 경위도 자세히 이야기했다.

"그래서 조조가 군사를 거느리고 마음대로 악탈을 하고 서주성을 포위했기 때문에 이렇게 먼곳에 계신 분에게까지 원병을 청하게 된 것입니다."

"도공조(陶恭祖)께서는 인의를 존중하시는 군자이신데 이렇게 터무니 없이 남의 죄를 뒤집어쓰시게 됐다니 실로 상상도 할 수 없는 일입니다."

"공께서는 한나라 황실의 혈통을 받으신 분인데, 이렇게 조조가 백성을 괴롭히고 군사의 힘만 믿고 약한 사람을 압박하고 있을 때 도공의 싸움을 좀 거들어 드릴 의향은 없으십니까?"

"나도 본래부터 그런 마음은 간절했지만 병력이 부족해서 경솔히 움직이지 못하고 있었습니다."

여기까지 이야기가 진전된 두 사람은 그 자리에서 의기투합하여, 유현덕은 공손찬에게로 가서 4,5천 기를 빌려 가지고 싸움터로 달려가겠노라고 공융과 굳은 언약을 했고, 공융은 미축에게 답장을 써주고, 즉시 군사를 정비시켜서 먼저 도겸의 진지로 떠나 보냈다.

태사자는 자기 집으로 돌아갔다.

노모가 여간 기뻐하는 것이 아니었다. 그러나 같은 고을 양주자사의 초빙을 받은 뜻을 노모에게 전달하고 그는 집안에 들어가 볼 틈도 없이 즉시 양주를 향하여 길을 떠나게 됐다.

한편, 유현덕이 공손찬을 찾아가서 사정을 이야기했더니, 처음엔 조조와 아무런 원한도 없는 터에 남의 싸움에 나서지 말라고 극력 만류했지만, 사람과 언약한 의리를 배반할 수 없다는 유현덕의 고집에 공손찬도 보기(步騎) 2천을 내주기로 약속했고, 유현덕은 또 조자룡까지 이번 싸움에 가담시켜 달라고 공손찬에게 떼를 썼다.

미축이 답장을 가지고 돌아와서 모든 정세를 보고하자, 그제서야 도겸의 마음은 다소 후련해졌다. 이때 싸움은 교착상태에 빠져 있었다. 공융 · 전해의 양군도 조조 편의 군사들의 용맹을 두려워하여 멀찍이 떨어진 산 기슭에 진을 치고 있을뿐, 감히 쳐들어가질 못했고, 조조도 저편에 원군이 도착했다는 소식을 알고 군사를 전후로 배치만 시켜 놓고 성을 공격하려 들지는 않으며 망설이고만 있었다.

이러는 동안에 드디어 유현덕의 군사가 도착했다. 유현덕은 공융과 대면하여 즉시 작전계획을 세웠다. 관운장과 조자룡에게 군사 4천을 주어서 공융과 행동을 같이 하게 하고 현덕 자신은 장비와 함께 조조의 진중으로 쳐들어가서 군사를 헤치고 서주까지 직행해서 도겸과 전후사를 다시 상의해서 처리하자는 것이었다.

마침내 현덕과 장비는 기마병 1천을 거느리고 조조의 진지로 쳐들어갔다. 돌진에 돌진을 계속하고 있을 때, 갑자기 조조의 진지로부터 북소리가 요란스럽게 일어나더니 기마보졸(騎馬步卒)들이 조수처럼 몰려들었다. 그 선두에 나선 대장은 바로 우금(于禁)이었다.

그러나 우금은 현덕과 장비를 대적할 만한 맹장은 못 됐다. 장비와 불과 수합도 싸우지 못했을 때, 현덕이 군사를 지휘하고 달려드니, 우금은 감당할 도리가 없어서 곧 패주해 버렸고, 장비는 이것을 추격하여 단숨에 서주성 아래까지 밀고 들어갔다.

성 안에서는 적지백자(赤地白字)로 '평원 유현덕(平原劉玄德)'이라 쓴 깃발을 바라다보자, 도겸이 당장에 성문을 열어 현덕을 맞아들였다.

도겸은 유현덕의 점잖은 사람된 품과 뛰어난 용맹에 감탄하여, 미축에게 명령하여 서주목(徐州牧)의 관인(官印)을 가져오게 해서 자기 벼슬자리를 현덕에게 양보하려고 무진 애를 썼다. 그러나 현덕이 그것을 받아들일 리 없었다.

재삼 거절을 하고 옥신각신할 때, 미축이 나서며 조조의 군사부터 물리치고 나서 그런 문제는 결정하자는 권고를 했고, 유현덕은 자기가 우선 조조에게 서신을 보내서 화해를 권고해 보고 듣지 않을 경우에는 몰살을 시켜 버리자는 제안을 하니, 그 즉시 3군에 명령하여 출진을 중지시키고 조조에게 사람을 파견했다.

사사로운 원한을 뒤로 미루고, 우선 조정의 위급을 구출하기 위해서 먼저 서주의 포위진을 풀고, 함께 국난에 대처하자는 현덕의 편지를 보고 조조는 노발대발했다.

"아니꼬운 놈! 제놈이 감히 나를 타이르는 거냐? 뒷구멍에서는 나를 비방하는 놈이! 편지를 가지고 온 놈의 목을 베어 버리고 당장 쳐들어가도록 하자!"

호통을 치고 흥분하는 조조를 곽가가 간신히 말렸다.

"유현덕이 원로에 원병으로 나서서도 먼저 공께 서신을 보냈음은 점잖게 예의를 지키자는 훌륭한 태도이니 공께서도 적당히 회답을 보내셔서 일단 여유를 주어 놓고 서서히 쳐들어 가는 편이 성을 함락시키기에 도리어 힘이 안 들 것입니다."

조조가 이 권고를 받아들이고 대책을 강구하고 있을 때, 홀연 한 필의 말이 달려들며 흉보를 전했다. 그것은 여포가 이미 연주를 쳐부수고 복양??(濮陽)을 탈취했다는 정보였다.

여포는 그동안에 다사다난한 세월을 보냈다. 처음에는 무관(武關)에서 몸을 피하여 원술에게 몸을 의탁하려고 했더니 원술은 여포를 변화가 심한 인물이라 해서 받아들이지 않았다. 그 다음에는 원소를 찾아갔다. 원소는 그를 받아들여 함께 상산군(常山郡)의 장연(張燕)을 쳐부쉈다. 이때부터 여포가 그 공로에 우쭐해서 원소의 부하들을 대수롭지 않게 여기는 바람에 원소는 그를 죽여 버리려고 했다.

그래서 여포는 다시 장양(張楊)을 찾아서 몸을 피했고, 장양은 그를 받아들여 주었다. 이때 방서(龐舒)라는 자가 장안 성 안에 남아서 여포의 처자를 숨겨 주고 있다가 여포에게로 돌려보냈는데, 이각 · 곽사가 그것을 알고 방서를 죽여 버리고 장양에게 편지를 보내서 여포마저 죽여 버리려고 한 것을 알고, 여포는 장양에게서 떨어져 나와 다시 장막(張邈)을 찾아갔다.

바로 이때, 장막의 아우 장초(張超)가 진궁(陳宮)을 자기 형에게 소개했더니 진궁이 당대에 견줄 만한 인물이 없는 용맹한 여포를 시켜서 연주를 탈취하면 천하를 다스릴 대업을 완수하기에 힘이 들지 않을 것이라고 장막에게 권고했다.

장막은 크게 기뻐하며, 그 즉시 여포에게 명령하여 연주를 들이치게 했고, 계속해서 복양??(濮陽)까지 점령시킨 것이었다.

"연주가 적의 수중에 들어갔다면 나는 몸 둘 곳이 없게 됐는걸! 시급히 서두르지 않으면 큰일나겠는데!"

풀이 죽은 조조를 보고 곽가가 권고했다.

"공께서 차제에 유현덕에게 은혜를 베푸시는 체하고 타협하셔서 군사를 물리시고 연주로 돌아가시는 게 좋겠습니다."

조조는 그럴 듯한 의견이라 생각하고 즉시 유현덕에게 답장을 보내는 한편 진지를 수습하고 군사를 뒤로 물렸다.

조조에게 파견했던 사자는 서주로 돌아와서 도겸에게 답장을 올리고, 조조의 군사가 이미 후퇴했다는 사실을 보고했다. 도겸은 크게 기뻐하며 공융 · 전해 · 관운장 · 조자룡에게 사람을 파견해 성 안에서 성대한 잔치를 베풀었다.

연석이 파할 무렵, 도겸은 현덕을 상좌에 앉히고 두 손을 맞잡아(拱手) 여러 사람에게 인사했다.

"노부(老夫)는 이미 연만했고 두 아들이 있다 하나 쓸모 없어 국가의 중임을 감당키 어렵습니다. 유공은 제실(帝室)의 계통을 지니신 후예로서 덕이 높고 재주가 많으니, 가히 서주를 맡으실 만하십니다. 노부는 이제 휴가를 얻어 병이나 휴양하고자 합니다."

"공공(공문거)이 소생을 보내셔서 서주를 구하게 하신 것은 대의를 위한 일입니다. 이제 무단히 소생이 이런 책임을 맡게 된다면 세상 사람들이 현덕은 의리를 모르는 사람이라고 할 겁니다."

옆에서 미축 · 공융 · 진등(陳登)까지 온갖 권고의 말을 다해서 현덕에게 서주를 맡아 달라고 했지만 현덕은 끝까지 완강히 거절했다.

도겸이 결국 눈물까지 흘리면서 말했다.

"공께서 나를 버리고 가신다면 나는 죽어도 눈을 감지 못하겠습니다!"

관운장이 한 마디 했다.

"도공께서 이렇게까지 말씀을 하시니 형님이 잠시 동안이라도 도공을 대신해서 서주를 다스리면 어떻겠소?"

장비도,

"우리들이 강제로 내놓으라고 한 것도 아니고 저편에서 받아 달라고 하는 것이니 그다지 사양할 것까지야 없지 않소?"

현덕이 말했다.

"자네들은 나를 불의에 빠뜨리고 싶단 말인가?"

도겸이 재삼 양보하려고 했으나 현덕은 막무가내로 말을 듣지 않자, 도겸도 어찌할 도리가 없이, 서주 근처에 있는 소패(小沛)라는 곳에 군사를 머무르게 해서 서주를 보호해 달라고 간청하니 현덕도 거기에는 응해 주었다.

현덕은 조자룡이 돌아가려 하자 두 손을 맞잡고 눈물로 작별했으며, 공융 · 전해와 서운한 이별을 고하고, 관운장 · 장비와 함께 소패로 나와서 성벽을 수축하고 백성들을 안정시켰다.

여포는 조조가 군사를 물려 이미 등현(騰縣)을 지났다는 말을 듣자, 부장 설란(薛蘭)에게 연주를 맡기고 자기는 복양으로 출진하겠다고 고집을 부렸다. 이 소식을 듣고 진궁(陳宮)이 달려가서, 설란을 가지고는 연주를 지킬 수 없으니, 그보다는 남쪽 태산 좁은 길에다 군사를 매복시켜 가지고 쳐들어오는 조조의 군사를 무찔러 버리자고 권고했으나, 이를 완강히 물리치고 마침내 연주를 설란에게 맡기고 떠나 버렸다.

또 한편, 조조의 군사가 태산의 험난한 길에 당도했을 때, 곽가가 이곳에는 복병이 숨어 있을지 모르니 조심하라고 했지만 조조는 코웃음을 치고, 조인(曹仁)에게 군사를 주어 연주를 포위시키고 자기는 복양으로 진출해서 여포와 대결하겠다고 고집을 부렸다.

조조의 군사와 여포의 군사는 마침내 복양 근처에서 맞부딪쳤다. 조조가 진두에 나서서 손가락으로 여포를 가리키며 소리쳤다.

"나는 그대에게 아무런 원한을 맺은 일이 없는데 남의 땅을 빼앗으려는 것은 무슨 까닭이냐?"

"누가 빼앗든지 한나라의 성은 한나라의 성이다. 네놈이 혼자서 독점하겠다는 거냐!"

여포는 이렇게 호통을 치면서 장패(臧霸)에게 말을 달려 도전케 했다. 조조의 진중에서는 악진(樂進)이 이에 응하였다. 두 장수, 말을 달려 나가서 칼끝을 맞닥뜨려 30여 합을 싸워도 승부가 나지 않을 때, 하후돈이 말을 달려 싸움을 거들고자 덤벼드니, 여포의 진중에서는 장요(張遼)가 달려나와 네 장수가 뒤범벅이 되어 싸웠다.

"에잇! 시끄러운 놈들!"

여포, 호통을 치며 화극을 한 손에 들고 말을 달려 돌진하니 하후돈과 악진은 말머리를 나란히 하고 달아났다. 여포가 이들을 끝까지 추격하니, 조조 편의 군사들은 형편 없이 패하여 3, 40리나 멀리 후퇴하고 말았다. 여포도 군사를 거두어 들였다. 조조가 한 번 고배를 마시고 진지로 돌아와서 여러 장수들과 대책을 강구하고 있노라니, 우금이 내달으며 말했다.

"내가 오늘 산 위에 올라가 관망해 보니 복양 서편에 여포의 영채가 한 군데 있는데 군사도 대단한 수효가 아닙니다. 오늘밤에는 저편 장수들은 우리 군사가 패주했다고 해서 아무런 준비도 없을 겁니다. 군사를 동원해서 쳐부수고 그 영채를 수중에 넣게 된다면 여포의 군사는 겁을 집어먹을 것이니 이것이 상책일까 합니다."

조조는 이 의견을 받아들여서 조홍(曹洪) · 이전(李典) · 모개(毛玠) · 여건(呂虔) · 우금 · 전위(典韋)의 여섯 장수를 거느리고 마보(馬步) 2만을 뽑아 가지고 밤중에 살며시 지름길로 쳐들어갔다.

한편, 여포는 영채 안에서 군사들을 위로해 주고 있었는데 진궁이 이런 말을 했다.

"서채(西寨)는 요긴한 지점인데 만약에 조조가 밤중에라도 쳐들어오면 어떻게 하시겠습니까?"

"오늘 한판 싸움에 보기 좋게 패했는데 어찌 감히 또 쳐들어오겠느냐?"

"조조는 용병에 매우 능한 사람입니다. 준비 없는 우리를 들이치지 않도록 방비를 해야 할 겁니다."

그래서 여포는 고순(高順) · 위속(魏續) · 후성(侯成)을 보내어 군사를 거느리고 가서 서쪽 영채를 지키도록 하였다.

조조는 날이 어두울 무렵에 군사를 거느리고 서쪽 영채에 도착하여, 사방에서부터 진격을 개시했다. 수비하던 군사들은 막아낼 힘이 없어서 이리저리 도주해 버렸고, 조조는 힘 안들이고 영채를 탈취할 수 있었다.

밤이 4경이나 되어서, 여포 편의 고순이 그제서야 군사를 거느리고 도착하여 막 쳐들어가려고 했다. 바로 이때, 저편에서는 조조가 친히 군사를 거느리고 쳐나오게 되니, 양편 군사들 사이에는 일대 난투가 벌어졌다.

밤이 훤하게 밝아 올 무렵에 서쪽에서 북소리가 요란스럽게 일어나더니 여포가 친히 군사를 거느리고 도착했다는 정보가 날아들었다. 조조가 영채를 포기하고 도망치니, 뒤에서는 고순 · 위속 · 후성이 추격해 오며 정면에서는 여포가 친히 군사를 거느리고 나타났다.

우금 · 악진 두 장수가 여포에게 덤벼들었지만, 당해낼 수 없어서 조조는 북쪽을 향하여 빵소니를 쳤다.

바로 이때, 산 뒤로부터 수많은 군사가 떼를 지어 내달으니, 왼쪽에는 장요, 오른쪽에는 장패. 조조는 여건과 조홍을 시켜서 그들을 막아내도록 했지만 대적하지 못하고 다시 서쪽을 향해서 말을 몰 뿐.

그런데 또 어디선지 하늘을 무찌를 것만 같은 고함소리가 일어났다. 수많은 인마들이 떼를 지어 나타나니, 학맹(郝萌) · 조성(曹性) · 성렴(成廉) · 송헌(宋憲) 등 네 장수들이 조조의 퇴로를 가로막아 버렸다. 여러 장수들이 필사적으로 싸우고 있는 틈을 타서 조조가 제일 먼저 포위진을 돌파하고 빠져나와서 빵소니를 치니, 딱다기(梆子) 소리가 한 번 나자 화살이 빗발치듯 날아들었다.

조조는 그 이상 앞으로 나갈 수도 없고 몸을 뛰칠 계책도 없자 고함을 질렀다.

"누구든지 날 좀 살려다오!"

이 소리를 듣더니 마군대(馬軍隊) 속에서 어떤 대장 하나가 용감하게 뛰쳐나왔다. 그는 다른 사람이 아니라 바로 저 뚝심이 세기로 유명한 장정 전위였다. 손에는 두 자루의 철극을 뻗쳐 들고 있었다.

"주공! 그다지 걱정하실 것 없습니다!"

그는 고함을 지르더니 훌쩍 땅 위에 내려섰다. 철극을 두 겨드랑 밑에 끼고, 단극(短戟) 10여 자루를 손에 잡고,

"적군이 열 발자국 앞까지 다가들거든 내게 알려라!"

하고, 같이 따라가는 자에게 일러두고, 빗발치듯 하는 화살을 무릅쓰고 돌진해 들어갔다.

여포 편에서 뒤를 추격해 오던 10여 기가 가까이 다가들자 같이 따라가던 군사가,

"열 발자국까지 다가들었소!"

했더니, 전위가 또 일렀다.

"다섯 발자국까지 다가들거든 나에게 알려라!"

"다섯 발자국까지……"

같이 따라가던 군사가 이렇게 소리를 질렀더니, 전위는 그제서야 숨도 쉴 겨를이 없이 손에 잡고 있던 단극을 마구 뿌리는 것이었다.

한 자루가 꼭 한 사람을 말 위에서 떨어뜨리며 한 발도 어긋나는 법이 없이, 당장에 10여 명을 거꾸러뜨리니, 여러 사람이 허둥지둥 겁을 집어먹고 도망쳐 버리는 것이었다.

전위가 다시 비호같이 몸을 날려 말을 집어타더니 한 쌍의 철극을 휘두르며 성난 사자같이 덤벼들어 학맹 · 조성 · 후성 · 송헌 네 대장들도 흩어져 버리고 말았다.

전위는 적군을 모조리 물리쳐 버리고 조조를 구출했으며, 여

러 장수들도 또다시 몰려드는 바람에 간신히 달아날 길을 찾아서 진지로 돌아가려고 했다.

그때 이미 날은 어두워졌다.

난데없이, 등뒤에서 천지를 진동할 듯한 고함소리가 일어났다.

생각지도 못한 여포가 화극을 뻗쳐 들고 말을 달려서 추격해 오더니 목청이 터져라고 호통을 치는 것이었다.

"조적(曹賊)아! 도망치지 말고 게 있거라!"

조조를 따르던 모든 장수들은 서로 얼굴만 바라볼 뿐. 사람도 지쳤고 말도 고단해서 모두가 도망칠 생각뿐이었다. 이야말로 잠시 무시무시한 포위진에서 간신히 탈출했으나, 또 다시 추격해 오는 강적을 감당해 낼 도리가 없는 판이었다.

# 12.
# 불 속에서 살아나서

여포의 계책에 죽을 뻔한 조조,
"이제는 계책으로 대항하는 길이 있을 뿐"

陶恭祖三讓徐州
曹孟德大戰呂布

조조가 당황하여 급히 달아나고 있을 때, 정남(正南)의 방향에서부터 일군의 인마가 대들었다. 바로 하후돈이 군사를 거느리고 구원하러 오는 길이었다. 여포의 군사를 가로막고 분투했으나 날이 저물면서 큰 비가 줄기차게 퍼붓게 되자 각각 군사를 거느리고 갈라졌다. 조조는 영채로 돌아와서 전위에게 상을 후하게 내리고 영군도위(領軍都尉)에 임명했다.

여포도 영채로 돌아와서 진궁과 대책을 강구하고 있었는데, 진궁이 한 가지 계책을 제공했다.

그의 말에 의하면 복양 성 안에 전씨(田氏)라는 사람이 있는데 굉장한 부호로서 집안에 거느리고 있는 식솔만도 천여 명이라 한다. 이 사람에게 명령을 내려서 조조의 영채로 밀사를 파견하여 편지를 전달시키는데, 그 편지의 내용인즉, '여포는 원래가 잔인 무도해서 백성들의 원성이 높은 까닭에 지금 고순(高順)에게 성을 맡기고 군사를 여양(黎陽)으로 이동시키려 하고 있으니, 밤중에 군사를 동원해서 들이치면 자기도 성 안에서 내응하겠다.'고 쓰라는 것이었다.

이렇게 조조를 성 안으로 유인해 놓고 사방 문에다 불을 지르고 문 밖에 군사를 매복시켜 두면 조조에게 비록 천하를 제멋대로 할 수 있는 재간이 있다손치더라도 옴쭉달싹도 못하리라는 것이 진궁의 결론이었다.

여포는 이 계책을 받아들여서 비밀리에 전씨에게 명령을 내려 조조의 영채로 사람을 보내도록 했다. 조조는 한판 싸움에 고배를 마시고 나서 어찌해야 좋을지 망설이고 있는 중이었는데, 전씨라는 부호에게서 밀서가 날아들어 서슴지 않고 뜯어보았다.

'여포는 이미 영양으로 향했고, 성 안은 텅 비어 있사오니 시급히 쳐들어오시면 꼭 내응하겠나이다. 성 위에 '의(義)'자를 크게 쓴 흰 깃발을 꽂아 놓을 테니 그것을 암호로 아시옵소서.'

"이야말로 하늘이 복양을 나에게 맡겨 주시는 것이로다."

조조는 크게 기뻐하여 밀서를 가지고 온 사람에게 후하게 상을 내리고, 한편으로 군사를 수습하여 쳐들어갈 준비를 했다.

이때 유엽(劉曄)이 말했다.

"여포는 책략을 쓸 줄 모르는 사람이라고 하지만, 진궁은 상당한 책사입니다. 반드시 무슨 계교를 쓰고 있을 겁니다. 공께서 꼭 출진하실 경우에는 군사를 3분하여 그 3분의 2는 긴급한 경우에 대비하도록 성 밖에 매복시켜 두시고, 3분의 1만을 성 안으로 향하게 하십시오."

조조는 유엽의 의견대로 군사를 3대로 나누어 가지고 복양성 아래에 이르렀다. 우선 말을 달려나가서 정세를 살펴보니 성 벽에 온통 깃발이 꽂혀 있는데 서문 일각으로 '의'자를 쓴 흰 깃발이 휘날리고 있는 것을 발견하고 여간 기뻐하지 않았다.

그날 낮이 되자 성문이 활짝 열리며 두 장수가 도전하며 내달았다. 앞장을 선 것은 후성, 뒤에 버티고 있는 것은 고순이었다. 조조는 당장에 전원에게 명령하여 후성과 대결시켰다.

후성이 대적하지 못하고 말머리를 돌려 성 안으로 도망치니 전위는 구름다리께까지 추격해 들어갔고, 고순 역시 감당해 내지 못하고 성 안으로 도망쳐 버렸다.

이렇게 혼란한 틈에 어떤 병사 하나가 조조의 영채로 달려들더니 전씨가 보낸 사람이라 하며 밀서를 전달했는데, 거기에는 오늘밤 1경 무렵에 성머리에서 징을 울릴 테니 그것을 암호로 즉시 군사를 몰고 나오면 성문을 열어 주겠다고 적혀 있었다.

조조는 하후돈에게 좌익, 조홍에게 우익을 단단히 방비시키고 자신은 하후연 · 이전 · 악진 · 전위 네 장수를 거느리고 성 안으로 들이치려고 했다. 이때 이전이 말했다.

"공께서는 잠시 성 밖에 계시면 저희들이 먼저 성 안으로 들어가겠습니다."

조조가 호통을 쳤다.

"내가 안 가면 누가 앞으로 나가려 들겠느냐!"

마침내 조조는 친히 군사를 거느리고 곧장 쳐들어갔다. 밤이 1경 무렵, 아직 달도 떠오르지 않았다. 이때 서문 성머리에서 소라 껍질 부는 소리가 들리더니 고함소리가 천지를 진동, 횃불이 어른거리며 성문이 활짝 열리고 구름다리(吊橋)가 내려왔다. 조조가 앞장을 서서 말을 몰아 뛰어들며 곧장 주(州)의 아문에까지 쳐들어갔는데 거기에는 사람이라곤 하나도 보이지 않았다.

조조는 그제야 계교에 걸린 줄 알고 선뜻 말머리를 돌리며 소리쳤다.

"후퇴해라."

이때 아문 안에서부터 한 방의 포성이 들리더니 사방 문에서 불길이 하늘을 찌를 듯이 뻗쳤다. 금고(金鼓) 소리가 일제히 일어나며 고함소리에 강도 뒤집히고 바다도 용솟음칠 듯. 거기다 또 동쪽 거리로부터 장요, 서쪽 거리로부터 장패가 협공을 하고 덤벼들었다.

조조가 북문을 향하여 달아나고 있을 때, 옆에서 학맹 · 조성이 또 덤벼들었다. 조조는 당황해서 다시 남문으로 달아나니 거기서는 고순 · 후성이 앞을 가로막았다. 이에 전위가 앞으로 나서서 두 눈을 부릅뜨고 이를 부드득 갈면서 쳐들어가니 고순과 후성이 도리어 성 밖으로 달아나 버렸다.

전위가 구름다리께까지 쳐들어가서 뒤를 돌아다보니 조조가 간 곳이 없다. 그대로 성 안으로 쳐들어가다가 성문 아래서 이전을 만나게 되어 조조의 행방을 물었더니 그도 알 수 없어서 찾아다닌다는 것이었다.

"그러면 공은 성 밖으로 원군을 청하러 가 주시오. 나는 조공을 찾아 모시고 올 테니."

전위가 이렇게 말하고 이전과 헤어진 다음 성 안으로 쳐들어가며 찾아보아도 조조는 보이지 않았다. 다시 하변(河邊)으로 되돌아나오다가 악진을 만나게 되어 조조의 행방을 물었더니 그도 알 수 없어서 찾아다니는 중이라고 말했다.

둘이 성문 가까이 왔을 때, 성 위로부터 화포(火礮)가 퍼부어대니 악진은 말을 그 이상 몰고 나갈 수 없었다. 전위는 연기를 무릅쓰고 불 속에 뛰어들어 여전히 찌르고 들어가며 이리저리 찾아보았다.

조조는 전위가 적군을 찌르고 헤치며 내닫는 것을 보기는 했지만, 사면으로 포위를 당하게 되니 남문을 나서지 못하고 또다시 북문으로 향해 보려고 했을 때, 화염 속을 헤치며 한 손에 화극을 잡고 말을 몰아 달려드는 여포와 맞닥뜨리게 되었다. 조조는 얼른 한 손으로 얼굴을 가리고 말을 채찍으로 후려갈기며 그 앞을 지나쳐 버렸는데, 여포가 다시 뒤를 쫓아오더니 화극으로 조조의 투구를 쿡 찌르면서 물었다.

"조조는 어디 있느냐?"

조조는 손으로 저쪽을 가리켰다.

"저기 누런 말을 타고 앞으로 달리는 게 바로 조조입니다."

여포는 그 말을 듣자, 조조를 내버려두고 그 누런 말을 추격했다. 조조는 말머리를 돌려서 동문을 향해 달리다가 전위와 마주쳤다. 전위가 조조를 보호하고 성문 근처까지 와서 보자니, 화염은 더 한층 하늘을 찌를 듯하고, 성 위에서는 풀이며 나무며 마구 집어 던져서 천지가 온통 불바다가 됐다.

전위가 철극으로 그것들을 헤치며 말을 달려 화염을 무릅쓰고 앞으로 빠져나오니 조조도 그 뒤를 따라나왔다. 간신히 성문 앞까지 왔을 때, 갑자기 불이 활활 붙은 들보가 성 위에서 굴러 떨어져서 바로 조조가 타고 있는 말의 궁둥이를 내리치니 말은 털썩 땅 위에 거꾸러져 버렸다.

조조는 그 들보를 손으로 밀쳐 내느라고 팔이며 수염이며 모두 불에 그을려 상처를 입게 됐다.

전위가 말머리를 돌려 구출해 내고 있을 때, 하후연도 달려들어 함께 힘을 합하여 조조를 불 속에서부터 간신히 건져냈다. 조조는 하후연의 말을 타고, 전위는 혈로를 뚫고 앞장을 서서 달렸다.

이리하여 뒤숭숭하던 싸움은 날이 밝을 무렵까지 계속되었다. 조조는 겨우 목숨을 건져 가지고 영채로 돌아올 수 있었다.

여러 장수들이 앞에 꿇어 엎드리니 조조가 장수들에게 말했다.

"대단치도 않은 놈의 계교에 넘어갔소! 꼭 복수를 해줘야만……."

"계책을 빨리 세우셔야 합니다."

곽가가 이렇게 말하니, 조조가 계책을 말했다.

"이제는 단지 계책으로써 계책과 대항하는 길이 있을 뿐. 내가 화상을 입고 화독이 심해서 5경 때 이미 죽어 버렸다고 거짓말을 꾸며대면, 여포는 반드시 군사를 거느리고 쳐들어 올 테지. 나는 마릉산(馬陵山) 속에 군사를 매복시켜 놓았다가 놈들이 절반쯤 지나갔을 때 들이칠 테니까. 이렇게 하면 여포를 힘 안들이고 잡을 수 있지."

곽가도 정말 좋은 계책이라고 탄복했다. 즉시 병사들에게 명령하여 거상을 입게 하고 조조가 죽었다고 소문을 퍼뜨렸다.

이런 정보가 날아들자 여포는 병마를 준비해 가지고 마릉산으로 달려갔다. 조조의 진지가 눈앞에 바라다보이자 북소리가 한 번 들리더니 복병들이 사방에서 덤벼들었다. 여포는 간신히 포위진을 헤치고 무수한 병마를 잃은 채 복양으로 도망쳐 왔는데, 이때부터 수비만 견고히 하고는 나가서 싸움을 하려 들지 않았다.

그런데 이해에는 황충(蝗蟲)의 피해가 심해서 농작물이 황폐하고 식량난이 극도에 달하게 되어 조조는 진중에 군량이 떨어졌는지라 전성(鄄城)으로 잠시 자리를 옮겨서 주둔했고 여포도 식량을 구하러 산양군(山陽郡)으로 나오게 되니 싸움은 한동안 중단되는 수밖에 없었다.

—

서주에 있는 도겸은 그때 이미 나이 63세. 병상에 눕게 된 것이 병이 날로 위중해 가기만 하자, 미축 · 진등을 불러 상의한 결과, 여하한 일이 있더라도 유현덕에게 서주를 다스리는 책임을 맡기기로 의견이 일치해서 사람을 소패로 파견, 군사상 상의할 일이 있다고 유현덕을 초청해 왔다.

도겸은 전과 같이 여러 가지 이유를 들어서 유현덕이 서주를 맡기에 적임자라는 것을 역설했고, 자기에게 장남 상(商), 차남 응(應) 두 아들이 있기는 하지만 결코 중임을 맡길 만한 위인이 못 된다고 하며, 정 힘에 벅차다면 현덕을 보필할 만한 인물로 북해국(北海國) 사람 손건(孫乾—字는 公祐)을 천거해 주겠다고까지 간곡히 부탁해 봤지만, 현덕은 끝끝내 이를 거절했다.

도겸은 드디어 세상을 떠나고 말았다. 서주의 성 안은 애도의 울음소리로 메워질 듯, 모든 백성들은 아문 앞으로 몰려들어 통곡하며 유현덕이 이 임자 잃은 서주를 꼭 다스려 달라고 애원하는 것이었다.

옆에서 관운장 · 장비의 간곡한 권고도 있고 해서 유현덕은 어쩔 수 없이 서주목의 책임을 맡았다. 손건 · 미축 두 사람을 보필로 삼고 진등을 막관(幕官)으로, 소패에 주둔하던 병마를 모두 서주성 안으로 이동시켜 오고 방문을 내붙여서 민심을 수습했다. 또 장병들과 함께 거상을 입고 성대히 도겸의 장례식을 거행했다. 장례를 치르자, 황하(黃河) 한편에 묘지를 택하여 매장하고, 도겸이 임종시에 쓴 상주문(上奏文)을 조정에 올렸다.

전성에 와 있던 조조는 유현덕이 서주목이 되었다는 소식을 듣고는 격분을 금치 못했다.

"내가 아직 원수도 갚기 전에 활 한 자루도 쏘지 않고 가만히 앉아서 서주를 수중에 넣다니 괘씸한 놈이다! 내 먼저 현덕이란 놈을 죽여 버리고 나서 도겸의 시체를 발기발기 찢어서 선군(先君)의 원한을 풀리라!"

조조는 그 즉시 명령을 내려 서주를 들이치겠다고 서둘렀다. 이때 여러 가지 이유를 들어서 그것이 현명지책이 아니니 생각을 달리 하라고 권고한 것은 바로 순욱이었다.

전성을 버리고 서주를 들이친다는 것은 우선 여포의 역습을 받을 가능성이 많으니 이는 대를 버리고 소를 좇는 우책(愚策)이므로, 그보다는 먼저 진지(陳地)를 수중에 넣어 놓고, 거기서 황건적의 잔당 하의(何儀)·황교(黃劭)가 약탈해 가지고 있는 식량을 수중에 넣는 것이 급선무요, 이렇게 되면 백성들도 기뻐할 것이며, 또한 하늘의 뜻에도 순종하는 일이 될 것이라고 극력 주장했다.

조조는 기뻐하며 이 의견을 받아들여 하후돈·조인을 전성에 남겨 방비의 책임을 맡게 하고, 친히 군사를 거느리고 나서서 진지를 수중에 넣었고, 여남(汝南)·영천(潁川)까지 진출했다. 황건적의 잔당 하의·황교는 조조의 군사가 쳐들어온다는 소식을 듣고 부하를 거느리고 양산(洋山)에 나와 대결했다. 적군은 비록 그 수효는 많다지만, 오합지졸로 대단한 방비도 없었다. 조조는 강궁(强弓) 경노(硬弩)를 쏘게 해 놓고 전위에게 출마를 명령했다.

하의는 부장을 내세워서 싸우게 했지만, 3합도 못 싸우고 전위의 철극에 한 번 맞자 그대로 말 위에서 나둥그러 떨어져 버렸다.

조조, 경각을 지체치 않고 돌진을 계속하여 양산 너머까지 밀고 나가 진을 쳤다.

그 이튿날은 황교가 친히 군사를 몰고 나와서 진을 쳤는데, 그 진두로부터 대장 한 사람이 뚜벅뚜벅 걸어 나왔다. 머리를 누런 수건으로 질끈 동이고 몸에는 푸른빛 옷을 걸쳤는데 손에는 철봉을 잔뜩 움켜쥐고 호통을 쳤다.

"나는 절천야차(截天夜叉) 아만(阿曼)이다! 내게 덤벼들어 싸울 만한 놈은 없느냐?"

이 꼴을 보다 못해, 조홍이 훌쩍 말에서 뛰어내려 칼을 움켜잡고 덤벼드니 진두에서 둘이 싸우기를 4, 50합, 도무지 승부가 나지 않았다. 조홍이 감당하기 어려운 체하고 슬쩍 몸을 피하니 아만이 조홍을 추격, 추격을 당하는 체하던 조홍이 전광석화같이 몸을 돌이키며 한 칼로 내리치니 아만은 움쭉도 못하고 목이 날아갔다.

한편 이전이 적진에 돌입하여 황교를 산채로 잡으니, 조조의 군사들이 일제히 습격하여 황건적 잔당들의 금백(金帛) · 식량을 무수히 탈취했다. 하의는 기진맥진하여 불과 수백 기를 거느리고 갈파(葛陂)로 도망쳤다.

달아나는 도중에 산비탈로부터 일군의 인마가 나타나더니, 선두에 괴상한 사나이가 하나 떡 버티고 섰다. 신장이 8척, 허리 둘레가 열 발이나 되게 굵은 거창한 사나이가 손에는 큰 칼을 움켜잡고 앞을 딱 가로막았다. 하의도 창을 휘두르며 덤벼들었으나 겨우 1합을 싸웠을 때, 그 사나이는 하의를 겨드랑 밑에 껴 버리고 말았다. 그리고 말에서 내린 그 사나이는 다른 적도들을 모조리 꽁꽁 묶어서 갈파에 있는 영채로 몰아 버렸다.

하의를 추격해 온 전위가 갈파까지 왔을 때 그 거창하게 생긴 사나이는 군사를 거느리고 또 앞을 가로막았다.

뚝심이 세기로 유명한 전위, 그대로 있을 리가 없었다. 그는 소리를 질렀다.

"네놈도 황건적 부스러기냐?"

"황건적의 5,6백 기는 모두 나에게 붙잡혀서 영채 안에 있다!"

"왜 이리 내놓지 않느냐?"

"네놈이 나의 칼을 받아넘길 만하다면 내주마!"

"뭐라고! 아니꼬운 놈!"

불덩어리같이 노발대발한 전위, 그 사나이를 상대로 하여 이른 아침부터 날이 저물 때까지 싸웠지만 승부는 나지 않았고, 말들이 피곤해서 양쪽이 다같이 싸움을 중지했다.

그 이튿날도 그 거창한 사나이가 도전했다. 조조는 그 사나이가 전위와 싸우는 품을 보니 이만저만한 맹장이 아닌지라, 전위에게 명령하여 싸움에 패하는 체하고 이편으로 유인해 들이라는 작전을 세웠다. 그리고 조조는 진지를 5리쯤 후퇴해 놓고 중간에 깊은 함정을 파 놓았다.

그 맹장도 결국 조조의 꾀에 넘어가지 않을 수 없었다. 깊은 함정에 빠져서 허덕이다가 꽁꽁 묶여서 조조 앞으로 나오게 됐다.

알고 보니 이 맹장은 초국(譙國) 초현(譙縣) 사람인 허저(許褚)로, 두 필의 소를 한 손에 한 필씩 꼬리를 잡아끌면 백 보쯤은 끌려온다는 거대한 힘으로, 자기 고을에서 날뛰는 황건적을 물리치고 다년간 버텨온 굉장한 공로자였다.

조조는 그를 자기의 수하에 두기를 원했으며, 그도 이를 쾌히 승낙하고 일문(一門) 수백 명을 거느리고 투항했다. 조조는 그를 도위에 임명하고 하의 · 황교를 잡아죽이고 여남 · 영천 일대를 깨끗이 진압했다.

이때, 연주를 지키고 있던 설란(薛蘭) · 이봉(李封)의 군사들이 성은 비워 놓고 성 밖으로 나와서 제멋대로 약탈 행위를 하고 있다는 정보가 조조에게 날아들었다.

조인과 하후돈의 의견을 받아들여, 조조는 당장에 군사를 거느리고 연주로 쳐들어갔다. 허를 찔린 설란과 이봉은 어쩔 수 없이 병사를 몰아 가지고 성 밖에 진을 쳤다.

이편에서는 맹장 허저가 불쑥 나서며 소리를 질렀다.

"제가 저 두 놈을 산채로 잡아서, 공을 만나 뵙게 된 예물로 삼겠습니다!"

조조, 크게 기뻐하며 거리낌없이 출진을 명령했다. 이봉은 화극을 휘두르며 덤벼들었으나 2합도 싸우지 못한 채 허저의 칼에 목이 달아났고, 설란은 황급히 진지로 도망치다가 구름다리 근처에서 이전에게 가로막혀 거야(鉅野)로 도망치려다가 말을 달려서 대드는 여건(呂虔)의 화살을 맞고 쓰러졌으며, 황건적 잔당은 뿔뿔이 흩어져서 종적을 감추었다.

조조는 다시 연주를 수중에 넣게 됐는지라, 정욱이 계속해서 복양을 탈취하도록 제의했다. 조조는 허저 · 전위를 선두로 내세우고 하후돈 · 하후연에게 왼쪽, 이전 · 악진에게 오른쪽을 맡게 하고 자신은 중군을 거느리고 우금 · 여건을 후군에 세웠다.

조조의 군사가 복양에 도착하자 여포는 친히 진두에 나서려고 했지만, 진궁이 그것을 말렸다.

"지금 출전하시는 것은 신중히 고려하셔야 합니다. 다른 장수들이 모이기를 기다려 보시는 게 좋겠습니다!"

그러나 여포는 끝끝내 고집을 부리고 진두로 뛰쳐나가 조조에게 욕설을 퍼부으며, 덤벼드는 허저와 20여 합을 싸웠으나 승부가 나지 않았다. 조조는 전위에게 싸움을 거들도록 명령했고, 또 하후돈 · 하후연 · 이전 · 악진이 양쪽 측면에서, 이렇게 도합 여섯 장수들이 일제히 덤벼드니 여포도 어찌할 도리가 없이 말머리를 돌려 성을 향해 달음질쳤다.

성으로 돌아온 여포는 뜻하지 않은 놀라움에 극도의 분노를 참을 길이 없었다. 그것은 전씨가 배신한 것이었다. 전씨는 여포에게 구름다리를 내려 주지 않고 걷어올리면서 소리쳤다.

"나는 이미 조장군에게 항복했다!"

어처구니 없게 된 여포는 온갖 저주의 욕설을 퍼부으면서 정도현(定陶縣)으로 몸을 피했다. 그리고 진궁이 재빨리 동쪽 성문을 열고 여포의 가족을 보호하고 성 밖으로 나왔다.

조조는 복양까지 수중에 넣게 되니 전씨의 과거의 죄도 용서해 주고, 유엽의 의견을 받아들여 계속해서 친히 군사를 거느리고 정도현으로 향했다.

이때, 여포 편에서는 장막 · 장초만이 성 안에 남아 있었고, 고순 · 장요 · 장패는 군량을 조달하러 나간 채 돌아오지 않고 있었다.

조조는 정도현에 도착해 가지고 40리나 떨어진 먼곳에다 진을 치고, 통 싸우겠다는 기세를 보이지 않으며, 마침 제군(濟郡)의 보리타작 때인지라 그것을 걷어들여 군량을 보충하라고 명령할 뿐이었다.

조조의 동정을 살피고 있던 여포는 조조의 진지 근처까지 쳐들어갔으나 왼쪽으로 깊숙한 숲이 있는 것을 보자 복병을 두려워하여 되돌아오고 말았다.

여포의 군사가 되돌아갔다는 것을 알게 된 조조가 여러 장수들에게 말했다.

"여포란 놈은 숲속에 복병이 있는 줄 안 것이오. 숲속에다 깃발이나 꽂아 놓아서 놈을 좀더 골탕을 먹여야겠소. 우리 진지 서쪽에 있는 제방에는 물이 바싹 말랐으니, 그곳에다 군사를 매복시켜 놓으면, 여포가 내일 반드시 숲에 불을 지르러 올 것이고 이때 복병들이 덤벼들어 그 퇴로를 차단해 버리면 놈을 산채로 잡을 수 있을 것이오."

고수(鼓手) 50명을 영채 안에 남겨 두어 북을 치게 하고, 마을에서 모아들인 남녀들을 시켜서 고함소리를 지르도록 한 다음, 수많은 정예 군사들을 제방 가운데 매복시켰다.

진궁이 조조의 계교에 조심하라고 권고했건만, 여포는 고집을 부리고 이튿날 대군을 거느리고 출진하면서 진궁과 고순에게 영채를 지키고 있으라고 분부했다. 멀리 숲속에서 휘날리는 깃발을 바라다보자, 여포는 일거에 병력을 투입시켜서 사방에 불을 질렀다. 그러나 이상하게도 아무도 뛰쳐나오는 사람이 없었다.

"아차! 조조란 놈의 잔꾀에 내가 넘어갔구나!"

그러나 이미 후회막급이었다.

"어차피, 여기까지 왔을 바에야 조조의 본진으로 쳐들어가자!"

여포가 비장한 결심을 하고 조조의 진지로 돌진하려고 하자, 난데없이 요란스런 북소리가 천지를 진동할 듯이 울려 퍼졌다.

"이건 또 뭐냐!"

진퇴양난. 이렇게도 못하고 저렇게도 못하고, 여포가 두 눈이 휘둥그래져 주저하고 있을 때, 홀연 조조의 진지 뒤쪽에서부터 수많은 병마가 떼를 지어 몰려 나왔다.

여포는 결사적으로 말을 달렸다.

이제 와서 진궁의 권고를 듣지 않은 것을 후회해도 소용없었다. 이미 때는 늦은 것이었다. 조조의 잔꾀에 감쪽같이 넘어간 자기 자신의 어리석음을 뼈저리게 느껴 봐도 이미 소용없는 일이었다.

"죽지 않으면 살 것이고, 살지 못하면 죽는 것뿐이다! 여기까지 온 바에야 저놈들과 사생결단을 하는 수밖에……."

여포는 두 눈을 크게 부릅떴다. 채찍으로 말궁둥이를 힘껏 후려갈기자 성난 말은 비호같이 달렸다. 그대로 일군의 병마를 추격하자는 배짱이었다.

그러나 바로 이때, 포성이 한 번 요란하게 들려 오더니 제방에서 수많은 복병들이 일시에 뛰쳐나왔다. 하후돈 · 하후연 · 허저 · 이전 · 악진 등 여러 장수들이 말머리를 나란히 하고 쳐들어왔다.

여포는 도저히 대적하기 어렵다는 판단을 내리자 재빨리 몸을 돌려 도망쳤으며, 여포를 따르던 종장(從將) 성렴(成廉)은 악진이 쏜 화살에 맞아 죽고 말았다. 여포는 군사의 3분의 2를 상실했다. 패졸이 돌아가서 진궁에게 보고하니 진궁도 성을 지킬 자신이 없어 고순과 함께 여포의 가족을 보호하며 정도현을 떠났다.

조조, 파죽지세로 성 안으로 침입하니 장초는 자살했고, 장막은 원술을 찾아 몸을 피했으며 마침내 산동 일대는 조조의 수중에 들어갔다.

여포는 달아나다가 도중에서 뒤쫓는 여러 장수와 진궁을 다시 만나게 됐는데, 그래도 끝까지 조조와 싸워 보겠다고 군사를 거느리고 되돌아서겠다는 것이었다.

승패는 병가의 상사(常事)라고 하지만 과연 권토중래할 수 있을 것인가.

# 13.
# 천자(天子)를 빼앗는 싸움

현덕이 여포를 당대의 영리한 사람이라며
문무백관을 거느리고 성 밖 30리까지 나가 그를 맞아

李傕郭汜大交兵
楊奉董承雙救駕

패잔병을 수습해 가지고 다시 조조와 자웅을 결하겠다고 격분하는 여포를 가로막은 것은 진궁이었다.

우선 몸둘 곳을 마련한 다음에 싸움을 해도 늦지 않다는 것이 진궁의 주장이었고, 여포는 다시 한번 원소에게 몸을 의탁해 보겠다고 해서, 우선 기주(冀州)로 사람을 보내서 정세를 살펴보고 난 다음에 결정하기로 둘의 의견이 일치됐다.

한편, 원소는 기주에 있으면서 조조와 여포가 다투고 있다는 것을 알고 있었다. 그런데 여포는 시호(豺虎) 같은 자이니까, 연주를 수중에 넣게 되면 반드시 기주를 노릴 것이므로 차라리 조조를 도와서 화근을 없애는 것이 현명하다는 모사 심배(審配)의 권고대로, 장병 5만을 안량(顔良)에게 거느리게 하여 조조를 거들어 주러 보냈다.

이 소식을 알게 된 여포는 결국 서주에 있는 유현덕에게 의지하는 도리밖에 없었다. 서주에서는 여포가 나타나리라는 소문이 돌자, 미축 · 장비 그밖의 여러 사람들이 그를 받아들이지 말라고 현덕에게 권고했다. 호랑이 같은 자를 용납했다가는 무슨 일을 저지를는지 모른다는 것이 여러 사람들의 이유였다.

그러나 현덕은 그런 권고를 끝내 물리쳤다.

"여포는 당대의 영리하고 용맹스런 사람이다. 나는 그를 영접해 들여야 한다!"

고 말하면서, 문무제관을 거느리고 성 밖 30리 지점에까지 친히 나가서 그를 맞아들였고, 서주를 다스리는 책임자의 지위까지 여포에게 양보해 주려고 했다.

그러나 여포는 서주에 오래 머물러 있을 수가 없었다. 사람 좋은 현덕이 그를 아무리 정중하게 대하고 아낀다 해도 주위 사람들이 도무지 마땅치 않게 여기는 것이었다. 현덕이 아무리 그들을 꾸짖어도 그들은 말을 듣지 않았고, 한 번은 술자리에서 여포가 현덕을 '아우님'이라고 불렀다는 것이 시비가 되어 관운장은 괘씸한 놈이라 호통을 치고, 장비는 당장에 죽여 버리겠다고 펄펄 뛰었다.

이런 일이 있던 바로 그 이튿날, 여포는 자진해서 현덕에게

서 물러가겠다고 하니, 현덕은 여포에게 우선 소패에 가서 군사를 수습해 가지고 있으면 군량과 무기를 공급해 주겠다는 언약을 했다. 여포도 너무나 고마워서 현덕의 지시대로 소패로 떠나갔다.

이때, 조정에서는 조조가 산동 지방을 진압하자 그를 건덕장군(建德將軍) 비정후(費亭侯)에 봉하기는 했지만, 이각은 스스로 대사마(大司馬)라는 자리에 앉고 곽사는 대장군이 되어 가지고 조정을 제 집안같이 여기고 제멋대로 날뛰었다.

이런 꼴을 보다못해서 태위 양표(楊彪)와 태사농(太司農) 주전이 비밀리에 헌제에게 한 가지 계책을 제공했다. 그것은 여자 하나를 중간에 넣어 이간책을 써서 이각과 곽사가 암투 끝에 서로 죽이려 들도록 만들어서 두 사람이 자멸의 길을 밟도록 하자는 계교였다.

여기에 등장한 여자가 바로 질투심이 강하기로 천하에 유명한 곽사의 부인이었다. 양표는 그날로 자기 아내를 곽사의 관저로 보내서, 주변에 사람이 없는 틈을 타서 곽사의 부인에게 이런 말을 하도록 계교를 꾸몄다.

"곽장군께서는 이사마(李司馬—이각)의 부인께 마음이 쏠리셔서 두 분의 정이 이만저만이 아니시라는 소문이 들리는데, 만약 이런 사실을 이사마께서 알게 되신다면 장군을 해치려고 하실 게 뻔한 노릇이니, 부인께서 어떻게 해서든지 두 분의 왕래를 끊도록 힘쓰시는 게 좋을 겁니다."

이 말은 마침내 곽사 부인의 질투심에 불을 붙여 놓고야 말았다. 곽부인은 도에 지나칠 정도로 이각과 곽사의 사이를 격화시키려고 애를 쓰며, 심지어는 이각의 집에서 보내온 음식에 자기가 몰래 독약을 섞어 놓고 그것이 이각이 곽사를 죽이려는 음모라고까지 흉계를 꾸미게 됐다.

처음에는 의아하게 생각하던 곽사도 부인의 말을 믿고 격분한 나머지 드디어 부하 군사를 동원하여 이각을 쳐버리려고 했고, 이 소식을 알게 된 이각도 대로하여 부하의 군사를 거느리고 곽사를 습격했다.

마침내 장안성 안에서는 수만 명의 군사들이 일대 난투를 벌였으며 제멋대로 약탈을 했다. 이각의 조카 이섬(李暹)은 군사를 거느리고 궁중으로 침입하여 수레 두 채를 끌어내 가지고 한 채에는 천자, 또 한 채에는 황후를 태워서 싸움판을 헤치며 이각과 힘을 합하여 자기편 진중으로 납치하고 궁전에 불을 질러 버렸다.

곽사는 곽사대로 몇 번이나 이각의 진지에 나타나 천자를 내놓으라고 호통을 쳤으나 이각은 막무가내, 싸움만 점점 심해 가는 것이었다.

불집을 일으켜 놓은 양표는 사태를 수습하기 어려움을 깨닫고, 곽사 · 이각이 각각 진지로 돌아간 틈을 타서 주전과 함께 조정의 관료 60여 명을 거느리고 우선 곽사의 진지로 가서 서로 화해하도록 권고해 봤으나, 곽사는 도리어 그 자리에서 관료들을 전원 감금해 버리고 말았다.

"우리들은 공을 생각하고 왔는데 왜 이런 난폭한 짓을 하시오?"

이렇게 말하는 관료들 앞에서 곽사는 도리어 호통을 쳤다.

"이각은 천자를 겁탈해 갔다! 내가 공경(公卿)들을 감금하는 게 어쨌단 말이냐!"

이리하여 이각과 곽사 사이에 매일같이 싸움이 계속되기를 50여 일. 이 싸움판에 목숨을 버린 자 부지기수였다.

이각은 평소부터 좌도요사지술(左道妖邪之術)을 즐겨하여 항시 무녀를 진중에 동반하고 북을 치게 해서 강신(降神)케 한다고 야단이었다. 가후가 여러번 권고했지만 통 말을 듣지 않았다. 이때 시중 양기(楊琦)가 아무도 몰래 헌제에게 아뢰었다.

"소신이 보옵건대 가후가 비록 이각의 심복이기는 하오나, 망군(忘君)의 위인은 아니오니 폐하께서는 그와 일을 도모하십시오."

이런 말을 하고 있는데, 마침 가후가 그 자리에 나타났다. 헌제는 측근자들을 물러가라 분부하고 눈물을 흘리며 가후에게 말했다.

“경은 한나라 조정을 가엾게 여기고 짐의 목숨을 구해줄 수 없겠는고?”

“이는 본래부터 소신의 원하는 바로소이다. 폐하께서는 아무 말씀도 마소서. 소신이 요량껏 하오리다.”

얼마 안 되어서 이각이 나타났다.

허리에 칼을 찬 채로 뚜벅뚜벅 걸어 나오자 헌제의 얼굴은 흙빛이 되었다. 이각이 헌제에게 말했다.

“곽사는 신하의 본분을 저버리고 공경들을 감금하고 다시 폐하를 겁탈하려고 하였으니 소신이 아니었더면 폐하께서는 포로가 되셨을 것이옵니다.”

헌제, 두 손을 맞잡고 감사의 뜻을 표하니 그제서야 이각은 묵묵히 자리에서 물러나갔다. 이때 황보력(皇甫酈)이 또 나타났다. 헌제는 황보력이 화술이 능란하고 이각과 동향 사람임을 알고 있어서 이각과 곽사 둘을 화해하게 하라고 명령했다. 황보력은 헌제의 명령을 받들고 곽사에게 가서 설복시키려고 했다. 그랬더니 곽사가 하는 말이,

“만약에 이각이 천자를 돌려보낸다면, 나도 공경들을 풀어주겠소!”

하니 황보력은 그 즉시 이각을 찾아가서 이렇게 말했다.

“이번에 천자께서는 내가 서량(西凉) 사람이요, 공과 동향 사람으로서의 친분이 있다는 것을 아시고 특히 나를 보내셔서 두 분

사이를 화해시키도록 분부하셨소. 그래서 곽공은 이미 그 뜻에 응하셨는데 공께서는 어찌하실 의향이시오?"

"나는 여포를 격파한 큰 공로가 있고, 정사를 보필하여 이미 4년, 가지가지 공적이 현저한 것은 천하가 다 아는 바요. 곽아다(郭亞多—곽사)는 말 도둑놈밖에 안 되는 놈이 제멋대로 공경을 감금했으니 나는 그놈과 대결해서 반드시 죽여 버리고야 말테요! 우리 편에 책사가 얼마나 많은가 보시오! 곽아다쯤은 문제없다고 생각지 않으시오?"

"그건 그렇지 않소. 옛적 하(夏)나라 때 유궁국(有窮國)의 후예(后羿)는 자신이 활을 잘 쏘는 것만 믿고 화가 미치는 것을 생각지 못했기 때문에 멸망했고, 근자에 동탁이 강대했었음은 공께서도 잘 아실 것이오. 여포는 은혜를 원수로써 배반했기 때문에 하마터면 목이 잘려 국문(國門)에 매달릴 뻔했소.

강하고 세다는 것만 믿어서는 안 되오. 장군은 상장(上將)의 몸으로서 지월장절(持鉞仗節)하고 정사에 참여하며 자손과 종족이 모두 현위에 계시니 국은이 두텁다 아니할 수 있으리요. 이제 곽아다가 공경을 감금한 것과 장군께서 지존(至尊)을 겁탈하신 것과 죄가 어느 편이 경하고 어느 편이 중하겠소?"

이 말을 듣더니 이각이 대로하여 칼을 뽑아들고 꾸짖었다.

"천자는 그대를 보내서서 나를 욕되게 하시려는 건가? 나는 먼저 네놈의 목을 베어야겠다!"

기도위(騎都尉) 양봉(楊奉), 그리고 가후가 가까스로 말리고, 황보력을 밖으로 끌어냈더니 그는 분을 참지 못하고 고함을 질렀다.

"이각은 천자의 칙명도 거역하고, 천자를 없애고 제놈이 대신 서려는 것이다!"

시중 호막(胡邈)이 당황하여 얼른 황보력을 제지했다.

"말조심 하시오! 아마 신상에 불리하실 거요!"

했더니, 황보력이 도리어 호막을 꾸짖었다.

"호경재(胡敬才—호막)야! 너도 역시 조정의 신하의 몸으로서 어찌 역적을 부추기느냐? 임금이 욕을 보면 신하가 죽어야 한다고 했으니, 나는 이각에게 죽는 것이 나의 본분이다!"

하며, 끊임없이 욕설을 퍼부어댔다. 헌제는 이런 사실을 알고, 황보력에게 명령하여 서량으로 돌려보냈다.

이각의 군사의 태반은 서량 사람이었고 강족(羌族)의 병사들도 거들러 와 있었는데, 황보력은 서량 사람들에게 가서 이런 말을 했다.

"이각은 모반자다. 그놈을 따르는 자는 적당(賊黨)이 되어서 후환이 적지 않을 것이다."

서량 사람들은 황보력의 이런 말을 듣자 사기가 점점 저하됐다. 이각은 이런 소문을 듣고 노발대발, 호분중랑장(虎賁中郎將) 왕창(王昌)에게 뒤를 쫓으라고 명령했다. 왕창은 황보력이 충의 것을 잘 알고 있으니 뒤를 적당히 쫓아가는 체하다가 빈손으로 돌아와서, 황보력은 어디론지 행방을 감추어 버렸다고 보고했다.

한편, 가후도 강족들에게 이런 말을 했다.

"천자께서는 그대들의 충의와 오랫동안 진지에서 고생한 노고를 모르실 리 없소. 그대들을 고향으로 돌려보내라는 밀조(密詔)가 내렸으니 추후에 후하신 상을 베푸실 거요."

강인(羌人)들은 이각이 상을 베풀지 않고 있는 것을 원망하고 있던 중이어서 가후의 말을 믿고 병사를 거느리고 돌아가 버렸다. 가후가 또다시 헌제에게 밀주(密奏)하여 이각에게 중요한 벼슬자리를 주면 당장에 달려오리라고 제의했더니 헌제는 당장에 이각을 대사마(大司馬)에 임명했다.

"이야말로 무녀가 기도를 드려서 강신(降神)한 힘이다!"

이각은 이렇게 말하고, 기뻐하면서 무녀에게는 상을 주고 부하 장수들에게는 모른 체했다.

이각의 이러한 태도에 격분한 기도위 양봉과 송과(宋果) 두 사람이 결탁하고 진중에 불을 질러 역적을 죽여 버릴 계획을 세우고 밤 2경에 거사를 했다. 그러나 사전에 이 소식을 이각에게 밀고한 자가 있어서 송과의 목이 당장에 달아났고, 양봉 혼자서 밤이 4경이 될 때까지 이각의 군사와 난투를 계속했으나 결국 감당하지 못하고 서안으로 몸을 피했다.

그러나 이각의 병력도 이때부터 차츰차츰 수효가 줄기 시작했고, 거기다 또 곽사가 끈덕지게 공격을 가해 오는 통에 사상자가 날로 늘어났다.

이 무렵에,

"장제가 대군을 거느리고 섬서(陜西)로부터 나타나서 곽공 · 이공 두 분의 화해를 도모하겠다고 합니다. 만약에 이 뜻을 받아들이지 않는 자가 있다면 쳐부수겠다고 합니다."

하는 보고가 날아들었다. 이각은 이를 기회로 먼저 장제의 군중으로 사람을 파견하여 화해를 승낙하겠다 했고, 곽사도 어쩔 수 없이 화해를 승낙했다.

장제는 이렇게 해놓고 상주문을 올려 천자가 홍농군(弘農郡)으로 옮겨가도록 권고했다.

"짐은 오래 전부터 동도(東都—낙양)를 그리워하고 있었다. 차제에 거기로 돌아갈 수 있다면 기쁜 일이로다!"

헌제는 이렇게 기뻐하며 장제를 표기장군(驃騎將軍)에 임명했다. 곽사는 공경들을 석방하고 헌제를 태운 왕가(王駕)는 패릉현(覇陵縣)에 도착했는데 난데없이 고함소리가 들려오더니 수백 명의 병사들이 다리 위로 덤벼들며 왕가 앞을 가로막았다.

"뭐하는 사람들이냐?"

시중 양기(楊琦)가 다리 위로 말을 달려 올라오며 말했다.

"무슨 소리냐? 성상께서 거동하심도 몰라보고 길을 가로막는 자가 누구란 말이냐?"

저편에서 두 사람의 장수가 나서더니 그것이 헌제의 왕가임을 확인하자 두말 없이 통과시켰는데, 이 두 장수는 알고 보면 곽사의 부하였다.

곽사는 도중에서 왕가를 탈취하여 미읍(郿邑)으로 뺏어 가려는 흉계를 품고 있어서 왕가를 통과시킨 두 부하 장수를 당장에 목을 베고 군사를 거느리고 추격했다.

왕가가 화음현(華陰縣)에 이르렀을 때 난데없이 뒤에서 고함소리가 요란했다.

"그 수레를 멈추어라!"

곽사의 적군이 습격해 온 것이었다. 위태로운 순간에, 또 어디선지 북소리가 요란스럽게 들려오더니 '대한양봉(大漢楊奉)'이라는 넉 자를 쓴 깃발을 선두로 1천여 기가 산 속에서 내닫더니 곽사의 대군을 순식간에 무찔러서 30여 리 밖으로 후퇴시켰다. 이는 바로 이각의 군사에게 패퇴한 이래 종남산(終南山) 기슭에 주둔해 있던 양봉이 왕가가 도착한다는 소문을 듣고 보호하러 달려온 것이었다.

그리고 이번 싸움에서 제일 큰 공로를 세운 사람은 곽사 편의 적장 최용(崔勇)의 목을 벤 하동군(河東郡) 양현(楊縣) 사람 서황(徐晃)이었다.

헌제는 서황을 불러 후히 상을 베풀어 주었고, 양봉은 왕가를 보호하고 화음현 성으로 들어가 헌제를 그의 본진에서 하룻밤 모셨다.

곽사는 싸움에 패하기는 했지만, 그 이튿날 또다시 군사를 수습해 가지고 양봉의 진지를 습격해 왔다. 이날도 서황이 제일 먼저 진두에 섰는데, 곽사의 대군이 사면팔방에서 몰려들어서 천자와 양봉을 포위해 버렸다.

옴쭉도 할 수 없게 된 위기일발의 찰나에, 별안간 동남쪽에서부터 고함소리가 천지를 진동하더니 대장 한 사람이 군사를 거느리고 말을 달려 쳐들어왔다. 적군이 사방으로 흩어지는 것을 서황이 힘을 얻어 육박해 들어가니 곽사의 군사는 완전히 퇴각하고 말았다. 이 대장은 바로 천자의 외척인 동승(董承)이었다.

이리하여 일행은 밤을 새워 가며 왕가를 간신히 홍농군으로 모셨다.

곽사는 패잔병을 거느리고 돌아가는 길에 이각을 만나게 됐다.

"양봉과 동승은 천자를 모시고 홍농군으로 갔소. 만약에 산동으로 나가서 지반을 견고히 하게 되면 제후를 시켜서 우리를 토벌할 것은 뻔한 일이오. 이렇게 되면 우리 일족은 무사하지 못할 거요."

"지금 장제의 군사는 장안에 앉아서 쉽사리 움직이지는 않을 것이니 이 틈을 타서 부하를 규합해 홍농군을 습격하고 천자를 죽여 없앤 후 천하를 우리 둘이 분배하는 게 어떻겠소?"

곽사는 기뻐하면서 그 의견대로 부하를 규합하기에 눈이 뒤집혀서 가는 곳마다 강탈을 일삼았으니, 그들이 지나간 자리에는 풀 한 포기도 남아 있는 것이 없었다.

양봉과 동승은 도적의 무리들이 다시 먼곳에서 쳐들어온다는 소식을 듣자, 군사를 거느리고 되돌아서서 동간(東澗)에서 한바탕 격전을 했다.

"우리 편은 수효가 많고 적은 얼마 안 되니, 그대로 무작정 밀고 나가면 그만이다!"

이런 생각으로 곽사는 오른쪽에서, 이각은 왼쪽에서 산과 들을 뒤덮으며 쳐들어갔다. 양봉과 동승도 좌우 양편으로 갈려서 미칠 듯이 그들과 대적하여 간신히 헌제와 황후의 왕가만은 구출할 수 있었다, 그런데 문무백관 · 여관(女官) 들과 중요한 서류 등속은 포기하는 도리밖에 없었다.

곽사는 군사를 거느리고 홍농군으로 들어가서 마음대로 약탈을 했고, 동승 · 양봉이 왕가를 보호하고 섬북(陝北) 지방으로 피해가자, 이각 · 곽사는 군사를 나누어서 그것을 또 추격했다.

동승과 양봉은 사람을 파견하여 이각 · 곽사에게 화해를 구하는 한편, 비밀리에 하동군(河東郡)으로 칙령을 내려 본래 백파적(白波賊)의 두목이던 한섬(韓暹) · 이낙(李樂) · 호재(胡才)의 3군에게 빨리 달려와서 싸움을 거들어 달라고 했다.

이낙이란 자는 본래 산적이었는데, 이번 경우에 어쩔 수 없이 부르게 된 것이었다. 그들은 천자께서 옛 허물을 사해 주고 관직을 맡기겠다고 하니 싫다고 할 리가 없었다. 전군을 총동원해서 달려들어 동승과 합류해 가지고 다시 홍농군을 탈환했다.

그러나 이각과 곽사는 끈덕지게도 싸움을 단념하지 않고, 백성 가운데서 힘이 센 장정들을 징발하여 감사군(敢死軍)이란 명목으로 앞장을 세워 끝까지 항거했다.

이낙의 군사는 마침내 이 감사군을 물리치지 못하고 패배해 버렸다. 양봉과 동승도 더 지탱하지 못하고 왕가를 보호하며 북쪽으로 몸을 피했으나 적군은 거기까지 추격해 왔다.

이낙이 하는 수 없이,

"사태는 급박하옵니다. 폐하께서는 말을 타시고 먼저 피하소서!"

했으나 헌제가,

"짐은 백관을 버리고 혼자만 몸을 피할 수는 없다!"

하여서 일행은 엉엉 울면서 눈물에 젖어서 수행하는 도리밖에 없었다.

호재는 분란통에 어떻게 죽었는지 알 수도 없었고, 양봉과 동승은 적군의 추격이 급박해지자 헌제에게 왕가를 버리도록 하고 도보로 황하 강기슭까지 도착하여, 이낙이 나룻배 한 척을 구해서 헌제를 건너게 하려고 했다.

헌제와 황후는 엄동설한에 간신히 강가에까지는 왔으나 비탈진 언덕길을 내려갈 수 없어서 배를 타지 못하고 있는데 추격해 오는 적군은 벌써 눈앞에 박두해 왔다.

"말 고삐줄을 풀어서 기다랗게 이어라! 폐하의 허리를 묶어 배로 내려보내서 타시도록 하겠다!"

양봉이 고함을 지르니 사람 틈에서 국구(國舅) 복덕(伏德)이 나서며 흰 비단 열 필을 내놓으면서 싸움판에서 얻은 것인데 그것으로 허리를 묶도록 하라고 했다. 비단으로 허리를 묶이고 고삐줄에 매달려서 헌제와 황후는 간신히 배를 탔다.

강기슭에 떨어져 있던 사람들이 앞을 다투어 닻줄을 손으로 잡고 매달리니, 뱃머리에 서 있던 이낙이 그것을 모조리 칼로 쳐버렸다.

헌제와 황후를 건네다 놓고 배는 다시 되돌아와서 다른 사람들을 태우고 건너갔는데 배를 못 타고 뱃전만 붙잡고 아우성을 치던 사람들은 모두 손가락이 잘라졌고, 통곡 소리 하늘 높이 메아리쳤다.

강을 건넌 헌제의 일행은 그날밤 어떤 조그마한 기와집에서 하룻밤 신세를 지게 됐다. 시골 노인 하나가 조밥을 갖다가 헌제와 황후에게 올렸는데 도저히 입 속으로 넣을 만한 것이 못 됐다. 그 이튿날 헌제는 이낙을 정북장군(征北將軍), 한섬을 정동장군(征東將軍)에 임명했다.

일행이 또 길을 떠났을 때 뒤를 쫓아오며 통곡하는 두 대신이 있었다. 태위(太尉) · 양표(陽彪), 태복(太僕) · 한융(韓融)이었다.

특히 한융은 이각과 곽사는 자기 말을 잘 듣는 편이니, 자기가 찾아가서 권고해 보겠다고 하며 일행과 헤어졌다.

왕가는 안읍현(安邑縣)에 도착했다. 집이라곤 변변한 것이 한 채도 없어서 헌제와 황후는 어떤 초가집 한 채를 얻어서 거처하게 되었고, 울타리도 없이 벌판 같은 곳에서 임금과 대신들은 국사를 의논하곤 했다.

산적의 두목이었던 이낙은 여기까지 와서도 그의 근성을 버리지 못하는 모양이었다. 그는 자기에게 주어진 권세만 믿고 횡포한 짓을 하기 일쑤였다.

그리고 문무백관 중에서 말 한 마디만 잘못해서 제 비위에 거슬리는 사람이 있으면 헌제의 앞이건 황후의 앞이건 거리낌없이 욕지거리를 퍼부었으며, 헌제와 황후에게 고의로 맛없는 낙주와 거친 음식을 올렸다. 그러나 헌제는 이런 꼴도 참고 견디는 수밖에 없었다.

이낙과 한섬은 또 무뢰한 노복(奴僕) · 무녀 · 하인배등, 닥치는 대로 2백여 명을 천거해서 교위(校尉)니 태사(太史)니 하고 벼슬자리를 함부로 주었다. 관인(官印)을 새길 만한 겨를도 없이 나무에다 송곳으로 파서 사용하게 되니 모든 질서가 극도로 문란해져서 정신을 차릴 수 없었다.

한융이 찾아가서 극력 설복시킨 결과, 이각 · 곽사는 그들이 납치해 간 문무백관과 여관들을 석방했다. 그해에는 굉장한 기근으로 백성들은 대추를 따먹고 풀을 삶아 먹으며 목숨을 간신히 유지했는데, 굶어 죽은 사람들의 시체가 땅을 뒤덮을 지경이었다.

하내 태수 장양은 쌀과 고기를 바쳤고, 하동 태수 왕읍(王邑)은 비단을 바쳐서 헌제는 가까스로 극도의 곤경을 면할 수 있었다.

동승과 양봉은 서로 상의한 결과, 사람을 낙양으로 파견하여 궁전을 수축하게 하고 왕가를 받들어 동도(東都—낙양)로 모시려고 했으나 이낙이 극력 반대하고 말을 듣지 않았다.

동승은 끝까지 설복시키려고 했다.

"낙양은 본래가 천자의 도읍이었소. 안읍같이 협착한 고장은 천자께서 계실 만한 곳이 못 되오. 낙양으로 모시는 것이 이치에 맞소."

이낙은 화를 벌컥 냈다.

"그대들이나 천자를 모시고 가시구려! 나는 혼자서 여기 남겠소!"

동승과 양봉이 왕가를 모시고 출발하자, 이낙은 비밀리에 사람을 파견해서 이각 · 곽사와 결탁하고 왕가를 탈취할 음모를 했다.

동승 · 양봉 · 한섬은 이런 동정을 재빨리 탐지하고 그 즉시 군사를 대비시켜 왕가를 든든히 호위하며 기관(箕關)을 향하여 걸음을 빨리 했다.

이낙은 이런 사실을 알게 되자, 이각과 곽사의 군사가 도착하기를 기다리지도 않고, 단독으로 부하를 거느려 왕가의 뒤를 추격했다.

밤이 4경이나 됐을 때, 기산(箕山) 산기슭까지 쫓아온 이낙이 호통을 쳤다.

"거기 가는 수레를 당장 멈추어라! 이각 · 곽사 예 왔다!"

이낙은 엉뚱하게 이각과 곽사가 추격해 온 것처럼 협박을 하는 것이었다. 헌제가 대경실색했을 때는, 벌써 산 위에서 횃불이 훤하게 비치어 왔다.

처음에는 두 적도(賊徒)가 둘로 갈라졌으나, 이번에는 세 적도가 하나로 합쳐진 셈이다.

# 14.
# 실컷 마시고 보니

헌제는 낙양으로 돌아 왔지만
궁전은 잿더미로 변했고 잡초만 무성하다

曹孟德移駕幸許都
呂奉先乘夜襲徐郡

"저게 정말 이각이란 말인고?"

헌제는 당황하여 물었다.

"아니옵니다. 이낙이란 놈이 미친 짓을 하고 있사옵니다."

양봉은 옆에서 이렇게 헌제를 안심시키는 한편 서황(徐晃)을 시켜서 물리쳐 버리도록 명령했다. 서황이 말을 달려서 뛰어 나가나 보다 하는 순간, 불과 1합도 싸우지 못해서 이낙은 서황의 도끼를 맞고 말 위에서 거꾸로 떨어졌으며, 나머지도 흩어져서 도주해 버렸다.

헌제는 낙양으로 돌아왔다.

궁전은 잿더미로 변했으며 잡초만이 무성했고, 다난하던 과거지사가 눈앞에 되살아나는 것만 같았다. 양봉에게 명을 내려 궁전을 개축하는 한편, 연호를 건안 원년(西紀 196年)이라 고쳐 부르기로 했다.

낙양의 주민은 불과 수백 호인데도 먹을 것이 없어서 나무 껍질과 풀뿌리로 연명하는 판이었고, 상서랑(尙書郞) 이하 백관들도 성 밖으로 나가서 나무를 해들여야만 했다. 그러니 한나라 최후의 쇠락한 기상이 극도에 달해 있는 것 같았다.

어느 날, 태위 양표는 산동에 가 있는 조조를 불러서 황실을 보필케 하자는 제의를 했다. 헌제, 이를 쾌히 승낙하고 그날로 산동에 칙사를 파견했다. 조조는 순욱과 상의한 끝에 날을 택하여 곧 낙양으로 올라가기로 결정했다.

그런데 낙양에서는 산동으로 파견한 칙사가 돌아오기도 전에 이각 · 곽사의 무리가 또다시 침범해 온다는 정보가 날아드니, 동승은 헌제에게 권하여 왕가를 모시고 산동으로 가서 난을 피하기로 했다.

헌제가 낙양을 떠난 지 불과 몇 시간 만에 북소리 · 징소리가 요란하게 울리며 수많은 군사들이 달려들더니 선두에서 말을 탄 무사 하나가 헌제 앞으로 달려들었다. 그가 바로 산동에서 보냈던 칙사였으며, 조조가 대군을 거느리고 낙양으로 올라오리라는 소식에 헌제도 적이 안심하고 있을 때, 또 동쪽에서부터 대군이 진격해 온다는 정보에 간담이 서늘해졌다. 그러나 알고 보니 조조가 선발대로 보낸 조홍 · 이전 · 악진의 군사들이었다.

이리하여 헌제도 흐뭇한 마음으로 가던 길을 되돌아서 낙양으로 다시 왔으며 바로 그 이튿날 조조는 과연 대군을 거느리고 도착했다.

헌제는 조조를 사례교위(司隷校尉)에 임명하고 월(鉞)과 절(節)을 내려 녹상서사(錄尙書事)의 직까지 겸임케 했다.

한편 이각과 곽사는 조조가 원로를 거쳐서 낙양까지 왔다는 소문을 듣자, 피곤이 풀리기도 전에 들이쳐 버려야겠다는 생각으로 부하 가후가 말리는 말도 듣지 않고 도리어 가후의 목을 베겠다고 날뛰니 가후는 그날밤으로 단기를 몰아 자기 고향으로 돌아가 버렸다.

드디어 그 이튿날, 이각의 군사는 그의 조카 이섬(李暹) · 이별(李別)을 선두에 내세우고 쳐들어왔다. 그러나 이편에서는 허저 · 조인 · 전위 세 맹장들이 선두로 내달아 싸움을 정식으로 선포도 하기 전에 이섬 · 이별의 목을 베어 버렸다.

거기다 또 조조가 친히 하후돈 · 조인을 좌우 양쪽으로 거느리고 일시에 돌진해 들어가니 항복하는 자가 무수히 생겼고, 이각 · 곽사는 초상집 강아지처럼 풀이 죽어서 돌아설 곳도 없이 산적이 되어 버리는 수밖에 없었다.

낙양에 도착한 이래 첫 싸움에 혁혁한 공로를 세운 조조는 그대로 낙양성 밖에 주둔해 있었다. 한섬과 양봉은 조조가 큰 공을 세웠으니 권세를 잡게 되면 자기네들을 그대로 둘 리 없으리라는 두려움에, 이각 · 곽사를 추격한다는 명목을 내세우고 휴가를 얻어서 대량(大梁)으로 옮겨갔다.

하루는 30년 동안이나 육식을 하지 않고 채식으로만 살았다는 괴상한 사나이가 나타났다. 천하 만민이 기근으로 쪼들리고 있는 판인데도 이 사나이의 얼굴만은 생기가 넘쳐흐르며 살이 투실투실 쪄 있었다. 정의랑(正議郞)으로 있는 제음군(濟陰郡) 정도현(定陶縣) 사람 동소(董昭)였다.

그는 다른 일로 온 것이 아니라 조조에게 천도(遷都)를 권고하자는 것이었다. 낙양은 첫째 식량난이 심하니 왕가를 모시고 허도(許都)로 옮겨가면 이 지방은 노양(魯陽)에 가깝기 때문에 식량의 반입에 편리할 것이라고 극력 주장했다.

조조는 이날부터 막료를 모아 놓고 천도에 관해서 여러 모로 협의를 거듭했다. 결국, 그곳으로 가면 반드시 흥하리라는 순욱의 의견을 받아들여서 조조는 허도로 천도할 결심을 했고, 헌제 또한 조조의 처사에 반대할 수는 없었다. 여러 대신들도 조조의 권세를 두려워하여 반대 의사가 있다손치더라도 입 밖에도 내놓지 못했다.

드디어 길일을 택하여 왕가는 허도를 향하여 출발했다. 며칠을 가다가, 하루는 높직한 언덕길에 접어들었을 때, 별안간 고함소리가 요란하게 일어나더니 양봉 · 한섬의 군사가 앞길을 가로막았다. 말을 달려 선두로 나서며 호통을 치는 것은 바로 서황이었다.

"조조! 도대체 천자를 탈취해 가지고 어디로 가겠다는 거냐?"

조조가 괘씸한 생각에 성미가 발끈 치밀어서 선두로 말을 몰고 나섰다. 그러다가 조조는 깜짝 놀랐다. 선두에 턱 버티고 서 있는 서황의 위풍당당한 모습이 비록 적이긴 하지만 마음 끌리는 바 있었기 때문이다.

조조는 두 눈을 끔쩍끔쩍.

혼자만의 생각을 가슴 속에 간직해 두고, 대뜸 허저에게 출마를 명령하여 서황과 대결시켰다. 허저, 저편의 칼과 도끼를 막아내며 싸우기를 30여 합. 그러나 좀처럼 승부가 나지 않았다. 조조는 징을 치게 했다. 막료들을 불러들여 상의했다.

"양봉이나 한섬은 보잘것없는 위인들이지만, 서황은 드물게 보는 맹장이오. 나는 힘으로써 그를 정복하느니보다는 계책을 써서 그를 나의 수중에 넣고 싶소!"

이 말을 듣자 선뜻 앞으로 나선 것이 행군종사(行軍從事) 만총(滿寵)이었다.

"공, 걱정하실 것은 없습니다. 이 총은 일찍이 서황과 일면식이 있는 터이니 오늘밤 병졸 속으로 휩쓸려 들어가 언변으로써 그의 마음을 움직여 반드시 우리 편으로 오도록 하겠습니다."

조조는 그 즉시 만총을 파견하기로 결정했다. 그날밤, 만총은 자기 말대로 병졸 틈에 섞여서 슬쩍 서황의 진지로 접근해 들어가서, 투구도 벗지 않은 채 촛불을 대하고 앉아 있는 서황의 앞에 불쑥 나타났다. 점잖게 두 손을 맞잡고 절을 했다.

"그동안 별고 없으셨습니까?"

서황은 깜짝 놀라 몸을 일으키며 노려보더니 말했다.

"공은 산양(山陽)의 만백녕(滿伯寧—만총) 아니오? 어찌하여 여기까지?"

만총은 솔직하게 말을 꺼냈다. 조조가 오늘 그대의 용맹에 탄복하여 차마 맹장을 내보내어 목숨을 빼앗기 아까워 싸움도 중지시킨 것이니 그대도 암주(暗主)를 버리고 명군(明君)을 섬겨서 대업을 완수하도록 하라고 그럴듯하게 유혹을 했다.

서황도 물론 양봉이나 한섬을 훌륭한 인물이라고 생각하는 것은 아니었으나, 역시 그들에 대한 의리를 생각하고 한동안 주저하지 않을 수 없었다. 그러나 만총이 그대로 돌아설 리 없었다.

"좋은 날짐승은 나무를 가려 앉고, 현신(賢臣)은 주인을 택해서 섬긴다 하오. 마땅히 섬길 만한 주인을 만나고도 그것을 포기한다는 것은 대장부의 마땅한 처사가 아니오!"

이렇게 말하면서 만총은 당장에 한섬·양봉의 목을 베어 가지고 조조에게로 가자고 했다. 그러나 서황은 그런 불의의 짓만은 하지 못하겠다고 완강히 거절하며, 부하 수십 기를 거느리고 만총과 함께 조조의 진중으로 귀순했다.

이 소식을 알게 된 양봉은 노발대발하여 경각을 지체치 않고 친히 1천여 기를 거느리고 만총과 서황의 뒤를 추격했다. 그러나 조조가 한번 진두에 나서자 양봉의 군사쯤은 대적할 상대도 되지 않았다. 양봉 · 한섬의 군사들은 순식간에 포위를 당해서 그 과반수는 항복해 버렸다. 양봉은 하는 수 없이 패잔병을 수습해 가지고 원술에게 찾아가 의탁해 보려고 도주해 버렸다.

싸움에 승리를 거둔 조조는 서황까지 수중에 넣고 진지로 돌아와서 다시 왕가를 허도로 모셨다.

궁전을 건축하고, 영묘(靈廟) · 사직을 자리잡고, 아문(衙門)을 세우고, 성벽 · 국고(國庫)를 수복시켰으며, 한편 논공행상과 죄인의 처벌을 임의대로 했으니, 조조 자신은 대장군(大將軍) 무평후(武平侯)이고, 정비된 문무제신(文武諸臣)의 직위는 다음과 같았다.

시중상서령(侍中尙書令)—순욱(荀彧)

사마제주(司馬祭主)—곽가(郭嘉)

군사(軍師)—순유(荀攸)

사공전조(司空椽曹)—유엽(劉曄)

전농중랑장(典農中郎將)—모개(毛玠) · 임준(任峻)

동평국상(東平國相)—정욱(程昱)

낙양현령(洛陽縣令)—범성(范成) · 동소(董昭)

허도령(許都令)—만총(滿寵)

장군(將軍)—하후돈(夏侯惇) · 하후연(夏侯淵) · 조인(曹仁) · 조홍(曹洪)

교위(校尉)—여건(呂虔) · 이전(李典) · 악진(樂進) · 우금(于禁) · 서황(徐晃)

도위(都尉)—허저(許褚) · 전위(典韋)

이리하여, 천하의 온갖 권세는 조조의 수중으로 들어갔고, 조정의 대사도 우선 조조가 알고 나서야 천자에게 계주하도록 되었다.

조조는 대업을 완수한 셈이었다.

성대한 주연을 베풀어 놓고 막료들을 초청한 자리에서 그는 이런 말을 꺼냈다.

"유현덕은 서주에 군사를 주둔시켜 놓고 스스로 주(州)를 다스리고 있는데, 근래에 여포가 싸움에 패하여 그에게 몸을 의탁했더니, 현덕은 소패에 여포를 자리잡게 했소. 만약에, 이들 둘이서 합심 협력하여 쳐들어온다면 이는 큰 화근이 아닐 수 없소. 무슨 묘한 계책들이 없겠소?"

허저가 선뜻 대답했다.

"정예 5만 명을 주실 수 있다면 유현덕과 여포의 목을 잘라 승상께 올리리다."

순욱이 말했다.

"허도에 자리 잡은 지 얼마 되지도 않고 이때에 경솔히 군사를 움직이는 것은 부당합니다. 이 욱에게 묘계가 한 가지 있습니다. 이름하여 이호경식지계(二虎競食之計)라 합니다. 현재, 유현덕이 서주를 점령했다고는 하지만 아직 칙령을 받은 것도 아닙니다. 승상께 아뢰셔서 유현덕에게 서주목의 임무를 정식으로 맡기시는 동시에 밀서를 보내시어 여포에게 손을 대도록 하시면 됩니다. 이 계책이 성공하는 날에는 유현덕이 의지할 만한 맹장을 상실하게 될 것이니 그를 쓰러뜨리기 용이할 것이며, 성공하지 못할 경우라도 여포가 현덕을 죽이게 될 것은 뻔한 노릇입니다. 이것이 범 두 마리를 싸움붙여서 서로 잡아 먹게 하는 계책이 아니겠습니까?"

조조는 이 계책을 받아들여 그 즉시 조서를 내리게 해 가지고, 사람을 서주에 파견하여 유현덕을 정동장군(征東將軍) 의성정후(宜城亭侯)에 봉하고 서주목으로 임명하는 동시에 밀서 한 통을 보냈다.

유현덕은 서주에 있으면서 헌제가 환도했다는 소문을 듣고 축하의 상주문을 올리려던 참이었는데, 난데없이 칙사가 내려왔다는 말에 성 밖까지 나가서 영접했다.

칙사를 위하여 베풀게 된 연석에서 현덕은 밀서를 받아 보고 어둔 밤중에 홍두깨 같은 일에 당황하지 않을 수 없었다. 선뜻

대답을 못하고,

"신중히 고려해 볼 시간의 여유를 주시오."

해놓고, 연석이 끝나자 칙사를 객사에서 쉬도록 하고, 수하 여러 사람을 모아 상의했다.

장비가 대뜸 말했다.

"여포는 본래가 의리를 모르는 위인이오. 거침없이 깨끗하게 처치해 버립시다!"

"그는 올 데 갈 데 없어서 우리를 찾아온 사람일세. 그런 사람에게 손을 댄다는 것은 의리상……."

"사람이 너무 좋기만 해도 탈이오!"

그러나 현덕은 완강히 거부했다.

그 이튿날 여포가 축하하러 왔는지라, 현덕은 아무런 눈치도 뵈지 않고 그를 안으로 맞아들였다.

"공에게 이번에 칙명이 내리셨다 하기에 축하하러 왔소이다."

별안간, 장비가 칼을 뽑아 들고 덤벼들었다. 여포를 찔러 죽이려는 것이다. 현덕이 당황하여 가로막으니 여포가 물었다.

"장공은 어찌하여 나를 죽이려 드시는 거요?"

"조조가 그대를 의리부동한 놈이라 하고 우리 형님더러 처치해 버리라고 했소."

장비가 이렇게 소리를 지르는 것을 현덕이 또 호통을 치며 꾸짖어서 밖으로 내보내고, 여포를 조용한 방으로 데리고 들어가서 여태까지의 경위를 말해 주고 조조가 보낸 밀서를 여포에게 내보였다. 그것을 읽고 난 여포가 눈물을 흘렸다.

"이것은 조조가 우리들 사이를 이간질하려는 간계요."

"노형, 조금도 섭섭히 생각지 마오. 내 맹세코 이런 의리에 배반되는 일은 하지 않을 것이니……"

여포가 돌아간 다음에 관운장 · 장비 두 사람은 현덕에게 추궁했다.

"형님은 어째서 여포를 죽이지 않으시는 거요?"

"이것은 조조가 나와 여포가 힘을 합하여 자기를 공격할 것을 겁내고 꾸며낸 계교일세. 우리 두 사람에게 싸움을 붙여 놓고 자기는 어부지리를 얻자는 수작이니까 이런 잔꾀에 넘어가서는 안 되지."

현덕의 말을 듣자 관운장은 일리가 있는 말이라고 수긍했지만, 장비는 그래도 펄펄 뛰며 흥분했다.

"어찌됐든 나는 그자를 처치해서 후환을 없앴으면 좋겠소!"

이튿날, 현덕은 칙사가 돌아가는 마당에서 천자의 은혜에 감사한다는 상주문을 쓰고, 조조에게 전달해 달라는 답장도 써 주었는데, 그 속에는 여포에 관해서는 서서히 손을 쓰겠다고 했을 뿐이었다. 허도로 돌아온 칙사는 현덕이 여포를 죽이려 들지 않는다는 실정을 보고했다. 조조는 순욱과 또 상의했다.

"이번 계획이 틀어졌다면 어떻게 해야 좋겠소?"

"또 한 가지 계책이 있습니다. 이것은 바로 호랑이를 시켜서 이리를 잡아먹게 하는 계책(驅虎呑狼之計)입니다.

"그 계책이란 어떻게 하는 계책이오?"

"원술에게 밀사를 파견해서, 유현덕에게서 남군(南郡)을 공격하겠다는 상주문이 올라왔다고 하는 겁니다. 이렇게 하면 원술은 대로하여 반드시 유현덕을 공격하려고 할 것이니까, 그때에 승상께서 현덕에게 원술을 토벌하라는 조서를 내리시면 그만입니다. 둘이 싸우게 되면 여포는 반드시 배반하고 싶은 마음이 생길 것입니다."

조조는 이 계책을 받아들여서 그 즉시 사람을 원술에게 파견하고 나서, 가짜 조서를 꾸며 서주로 사신을 보냈다.

현덕은 칙사가 내려왔다는 보고를 받고 성 밖에 나와서 영접했다. 조서를 펼쳐서 읽어보니 바로 원술을 토벌하기 위해서 군사를 일으키라는 내용이었다. 현덕은 칙명을 수락하고 사신을 돌려보냈다. 미축이 말했다.

"조심하십시오! 이것도 또한 조조의 잔꾀에서 나온 일 같습니다!"

현덕은 고개를 끄덕이면서 침통하게 말했다.

"그야 나도 잘 알고 있지만, 칙명을 거역할 수는 없지 않소?"

이리하여 군사를 정비하는 한편 기일을 정해 가지고 떠나기로 작정했다.

이때 손건이 말하기를,

"우선 성을 지킬 사람을 결정해야 되겠소."

라고 하니, 현덕의 말이,

"두 아우들 중에 누가 남아서 성을 지키겠나?"

하니 관운장이 대답했다.

"나에게 명령해 주시오!"

"자네는 조석으로 나와 상의할 일이 많으니까 내 곁을 떠날 수는 없네."

장비가 불쑥 나섰다.

"내가 성을 지키고 있도록 해주시오!"

"자네는 지키기 어려울 걸세. 술버릇이 고약해서 술만 마시면 병졸들을 두들겨 패고 또 하는 일이 경솔한데다가 남의 권고라곤 통 듣지 않으니, 선불리 맡겼다가는……."

"앞으로는 술을 마시지 않고 병졸들도 때리지 않고, 모든 일에 여러 사람의 권고를 들으면 되지 않겠소?"

장비가 이렇게 말하니까 미축이,

"입으로만 떠들지 말아 줬으면 좋겠는데."

하니 장비가 화를 불끈 냈다.

"나는 다년간 우리 형님을 모셔 오는 동안에 한 번도 신의에 어긋나는 짓을 한 일이 없는데, 네놈은 어째서 나를 업신여기는 거냐?"

현덕이 가로막았다.

"아무리 화를 내도 역시 믿음직스럽지 못하니까, 진공(陳登)이 같이 이곳에 남으셔서 아침 저녁으로 술을 마시지 못하도록 해 주시고 실수가 없도록 돌봐 주시오."

진등이 쾌히 승낙하자 현덕은 제반사를 적당히 수배해 놓고 보병 · 기병 3만을 거느리고 남양(南陽)을 향하여 서주를 떠났다.

원술은 이 소식을 알자 대로하여 상장(上將) 기령(紀靈)에게 명령하여 10만 대군을 거느리고 서주를 들이치게 했다. 기령은 산동 사람으로 중량이 50근이나 되는 삼첨도(三尖刀)를 잘 쓰기로 유명한 장수였다.

현덕과 기령은 우이현(盱眙縣)에서 대결하게 됐는데, 관운장이 선두에 나서서 30여 합이나 격투을 했으나 승부가 나지 않은 채, 기령은 잠시 휴식을 선포하고 대신 부장 순정(荀正)을 출마시켰다. 관운장은 한칼에 순정의 목을 베어 던졌다.

현덕이 또 군사를 지휘하며 돌격해 들어가니 기령의 군사는 산산이 흩어져서 패퇴해 가지고 가끔 야습을 해오다가는 번번이 패하기만 했고, 이래서 양군은 한동안 대치 상태에서 노려보고만 있게 되었다.

장비는 현덕이 떠나간 뒤에, 모든 잡무는 진등에게 맡기고 자기는 군사상의 용무만 맡아보고 있었는데, 하루는 주연을 성대히 베풀어 놓고 여러 사람을 초청했다. 이 자리에서 장비가 말했다.

"우리 형님은 떠나갈 때 날더러 술을 조심하고 실수가 없도록 하라고 신신당부하고 갔지만, 여러분, 오늘 하루만은 마음껏 마시고 내일부터는 술을 끊고 나를 잘 도와서 성을 지키도록 해주시오! 자, 오늘밤은 통쾌하게 마시기로 합시다."

이렇게 말하더니 자리를 떠서 한 사람 한 사람마다 술을 따라주면서 돌아다니다가 조표(曹豹)의 차례가 되어서 그의 앞으로 갔다.

"저는 금주를 했는지라 마시지 못하겠습니다."

"이런 변변치 못하게, 못 마시겠다고? 무슨 일이 있어도 마셔야 된단 말야!"

조표는 부들부들 떨면서 한잔을 받아 마셨다. 장비는 자기도 큰 잔에다가 술을 가득 따라서 수십 잔을 단숨에 마셔 버리고 또 한번 돌아다니며 두 차례나 여러 사람의 술잔에 술을 따랐다. 또 조표의 차례가 됐을 때 조표가 말했다.

"저는 사실 술을 마실 줄 모릅니다!"

"아까도 한 잔 마셨는데, 마실 줄 모르다니, 그게 무슨 소리야? 대장의 명령을 거역하는 거냐? 매를 백 대만 때려라!"

술기운이 벌써 거나해진 장비는 병졸에게 명령하여 조표를 때리려고 밖으로 끌어냈다. 진등이 달려들어서 말려도 장비는 막무가내. 조표는 할 수 없이 용서해 달라고 빌었다.

"장장군! 제 사위의 체면을 생각하시더라도 한 번만 용서해 주십시오!"

"그 사위란 건 누구냐?"

"여포입니다!"

장비가 대로했다.

"나는 당초에 네놈을 때릴 생각은 없었지만, 여포를 끄집어내 가지고 나를 겁내게 하려는 소행이 미워서 참을 수 없다!"

하면서, 기어이 조표를 채찍으로 50대 때렸을 때 간신히 여러 사람들이 뜯어 말렸다. 원한이 뼈에 사무친 조표는 그 즉시 사람을 소패에 있는 여포에게 파견하여 장비의 무례함을 낱낱이 설명하고, 장비가 술만 퍼먹고 있으니 현덕이 성을 빈 틈을 타서 군사를 거느리고 서주를 습격하라고 했다.

여포가 이런 서신을 받고 진궁을 불러서 상의해 보았더니, 서주를 점령할 절호의 기회니 놓치지 말라고 권하는 것이었다.

여포는 당장에 갑옷 투구로 몸을 단단히 차리고 말 위에 올라 5백 기를 거느리고 앞장을 섰다. 뒤로는 진궁이 대군을 거느리고, 또 그 뒤를 고순(高順)이 따랐다.

소패는 서주에서 불과 4, 50리. 순식간에 다다랐다. 여포가 성 아래 당도했을 때는 밤도 4경이 됐을 무렵. 싸늘한 달빛이 뒤덮인 성 안에 이것을 아는 사람이라곤 하나도 없었다.

여포가 성문으로 달려들며,

"유장군한테 기밀이 있어 성 안으로 들어오라 하신 사람이다!"

하고 소리를 지르니 조표, 순식간에 정보를 입수하고 병졸에게 성문을 열게 했다.

"전진해라!"

여포의 호통소리에 대군이 함성을 지르며 조수같이 밀려드는데, 그때 장비는 술이 잔뜩 취해서 침실에 누워 있었다.

여포가 쳐들어온다는 소식에 격분한 장비, 갑옷을 몸에 걸칠 겨를도 없이 1장 8척의 사모(蛇矛)를 움켜잡고 아문 밖으로 나와서 막 말 위에 올랐을 때, 쳐들어오는 여포의 군사와 맞닥뜨렸다.

장비는 술이 아직도 덜 깨서 몸을 맘대로 못 쓰지만, 여포도 장비의 용맹을 잘 아는지라 선불리 덤벼들지 못하고 멀리서 대치하고 있을 때, 측근의 18기가 장비를 호위하고 동문으로 빠져나왔는데, 현덕의 가족은 아문 안에 남겨 둔 채 손을 쓸 만한 겨를이 없었다.

장비는 당돌하게 뒤를 쫓는 조표를 강가에서 등을 찔러 말과 함께 물 속에 처박아 버리고, 간신히 빠져나온 병사들을 거느리고 회남으로 몸을 피했다. 여포는 성 안으로 들어가서 백성들을 안정시키고, 병사 백 명을 풀어서 현덕의 관저에 함부로 손을 대지 못하도록 보호했다. 장비는 수십 기를 거느리고 우이(盱眙)로 가서 현덕을 만나 보고 야습을 당하게 된 전말을 자세히 보고했다. 현덕이 말했다.

"수중에 넣었댔자 과히 탐탁지도 않은 곳이었으니 잃어버렸다고 해서 서운할 것도 없네."

관운장이 물었다.

"형수님은 무사하신가?"

"성 안에 계신 채, 미처 돌볼 사이가 없어서……."

관운장이 화가 치밀어서 소리쳤다.

"자네가 성을 지키겠다고 했을 때 형님이 뭐라고 하셨나? 성도 뺏기고 형수님마저 적의 수중에 넣어 놓고 나서 무슨 낯짝으로 여길 왔나?"

그러나 현덕은 묵묵히 말이 없었다.

장비는 너무나 부끄러워서 후닥닥 칼을 손에 잡더니 자기 목을 베어 버리려고 했다.

술잔을 들어 통쾌하게 마신 것이야 어떠하리요만, 칼을 뽑아 목을 베고 후회해도 때는 이미 늦었다.

# 15.
# 옥새의 기구한 운명

손책은 손견의 유물인 옥새를 원술에게 맡기고
군사를 빌려 강동 땅을 수중에 넣고 다시 옥새를…

太史慈酣鬪小霸王
孫伯符大戰嚴白虎

자기 목을 자기 칼로 베겠다는 장비의 팔목을 벌컥 움켜잡은 유현덕은 그 칼을 재빨리 빼앗아서 땅바닥에 동댕이쳤다.

"형제는 수족과 같고, 처자는 의복과 같다고 옛사람도 말했는데 이게 무슨 짓인가! 의복은 찢어져도 꿰맬 수가 있지만 수족이란 한 번 잘라지면 도로 붙일 수 없는 걸세! 우리 세 사람은 도원에서 의형제를 맺고 같은 날 태어나지는 못했을망정 같은 날 죽기를 맹세한 사이가 아닌가.

이제 비록 성을 빼앗기고 처자를 잃어버렸다고 하지만 형제를 이만한 일로 죽일 수가 있단 말인가? 하물며 그 성이란 것도 처음부터 우리의 것이 아니었고, 처자가 붙잡혔다고는 하지만 여포가 결코 손을 댈 사람이 아니고 보면 다시 구출할 길이 없는 것도 아닌데, 자네는 한때 실수를 범했다고 해서 목숨을 끊을 것까지야 없지 않은가?"

유현덕이 이렇게 말하며 흐느껴 우니, 관운장 · 장비도 감격의 눈물을 금치 못했다.

원술은 여포가 서주를 습격했다는 사실을 알게 되자, 그 즉시 사람을 여포에게 보내어 군량 5만 석, 말 5백 필, 금은 1만 냥, 옷감 1천 필을 보내 줄 것이니 유현덕을 협공하자고 제의했다.

여포는 기뻐하며 고순에게 명령하여 병력 5만을 거느리고 유현덕의 배후를 습격하게 했다. 그러나 현덕은 이런 소식을 미리 알아채고 우이를 포기하고 동쪽에 있는 광릉(廣陵)을 점령하려고 했다.

고순의 군사가 도착했을 때에는 이미 현덕이 떠난 뒤였는지라, 고순은 기령(紀靈)을 만나 약속한 물건을 달라고 했다.

그러나 고순은 주인이 없어서 맘대로 못하겠다는 기령의 말만 듣고 빈 손으로 돌아왔으며, 나중에 원술의 편지를 보니, 유현덕을 처치한 뒤라야 약속을 이행하겠다는 것이었다.

여포는 대로하여 당장에 원술을 죽여 버리겠다고 했으나, 진궁의 권고를 듣고 먼저 유현덕을 불러서 소패에 주둔시켜 자기 편을 만들어 놓은 다음에 원술을 쳐부수고 천하를 수중에 넣는 것이 현명하다는 판단을 내리고, 사람을 시켜서 현덕에게 편지를 전달했다.

현덕은 광릉을 점령하려다가 원술의 야습을 받고 군사의 태반을 잃은 채 되돌아오는 도중에 여포의 부하를 만나 편지를 받자 여간 기뻐하지 않았다.

관운장 · 장비의 권고도 물리치고 유현덕이 서주에 도착했을 때, 여포는 유현덕의 환심을 사려고 우선 가족들을 돌려보내 주었으며, 감(甘) · 미(糜) 두 부인에게서 그동안 여포가 매우 고맙게 대접해 주었다는 사실을 알게 되었다.

현덕이 여포를 찾아가서 사례를 했더니, 여포는 마음에도 없는 것을, 서주를 다시 현덕에게 내주겠다고 했다. 현덕은 끝까지 이를 사퇴하고 소패로 돌아갔다.

관운장 · 장비가 화가 나서 참지 못하는 것을 보고 유현덕이 말했다.

"몸을 굽혀 분을 지키고(屈身守分), 하늘이 주시는 때를 기다릴 것이지(以待天時), 운명하고 싸워서는 안 된다."

한편에서는 원술이 수춘(壽春)에서 장수들을 모아 놓고 성대한 주연을 베풀었을 때 손책이 표연히 나타났다. 원술은 자기에게도 손책만한 아들이 있다면 언제 죽어도 한이 없겠다 하며, 손책을 극진히 사랑했다.

그날, 손책은 연석이 파한 다음에 자기 영채로 돌아와서 원술의 오만한 태도를 생각하니, 내심 우울하기 비길 데 없었다. 교교한 달빛 아래 넓은 뜰을 혼자서 거닐자니 일대의 영웅이었던 망부(亡父) 손견의 생각이 나서 자신도 모르게 통곡을 하고 말았다.

이때 홀연 나타난 인물이 단양군(丹陽郡) 고장(故漳) 사람 주치(朱治). 손책이 안타까운 심정을 호소하자 그는 원술에게 청을 들여 군사를 빌려 가지고 강동으로 나가서, 양주 자사 유요(劉繇)에게 몰리고 있는 손책의 외숙을 구출하는 것이 상책이라고 권고해 주는 것이었다.

이야기를 하던 중에 또 한 사람이 뚜벅뚜벅 나타났는데 바로 원술의 막료인 여남군(汝南郡) 세양(細陽) 사람 여범(呂範)이었다. 그는 힘센 장정 백 명을 내주어 손책을 도와주겠다는 것이었다. 손책은 여기에 용기를 얻어서 그 이튿날 원술을 다시 찾아가서, 자기 외숙의 처지 때문에 불가피하다는 사정을 말하고 망부 손견의 유물인 전국의 옥새를 맡길 테니 수천의 병력을 빌려 달라고 했다.

옥새 말을 듣자 원술은 그것을 손에 받아 들고 금방 얼굴빛이 변했다.

"정 사정이 그렇다면 잠시 맡아 두기로 함세. 병사 3천 명과 말 5백 필을 빌려 줄 텐데 자네 관직을 가지고는 벅찰 일이어서 말인데, 내가 상부에 절충하여 교위 진구장군(殄寇將軍)을 봉해 줄 테니 날을 택하여 떠나 보게."

이리하여 손책은 군사를 거느리고 역양현(歷陽縣)에 도착하니, 도중에서 그를 따르게 된 사람으로 여강군(廬江郡) 서성(舒城) 사람 주유(周瑜)가 있었다. 또 주유의 천거로 팽성(彭城)의 장소, 광릉(廣陵)의 장굉, 막료로는 정보 · 황개 · 한당 등 쟁쟁한 여러 맹장들을 거느리게 되었다.

손책의 외숙 오경(吳景)을 핍박하고 있다는 유요는 양주 자사로서 수춘에 주둔해 있다가 원술에게 쫓겨 강동을 건너서 곡양(曲陽)으로 온 사람이다

손책이 쳐들어온다고 해서 부하들과 협의했을 때, 제일 먼저 나선 사람이 장영(張英)이었고, 그 다음으로 자기가 선봉에 나서겠다고 호통을 치고 내달은 사람은 바로 동래군(東萊軍) 황현(黃縣) 사람 태사자(太史慈)였다.

그러나 유요가,

"그대는 아직 나이가 너무 어려 대장감이 되기는 어려워!"

하는 바람에, 태사자는 투덜투덜 불평을 말하면서 뒤로 물러서고 말았다.

싸움은 시작되었다.

이편에서 손책이 말을 달려 나서니 저편에서는 장영이, 또 이편에서는 황개. 얼마 싸우지도 못했을 때, 장영의 진지에 불을 지른 두 사람이 있었으니, 그들은 본래가 강도의 두목 노릇을 하다가, 강동의 영걸(英傑) 손책이 현사(賢士)를 포섭한다는 소문을 듣

고 부하 3백여 명을 거느리고 달려든 장흠(將欽)·주태(周泰)였다. 손책은 크게 기뻐하여 그들을 수하에 넣고 군사를 신정(神亭)으로 몰았다.

장영이 패하고 돌아가니 유요는 대로하여 목을 베라고 호령을 했다. 모사인 책융(笮融)·설례(薛禮)가 간신히 말려서 영릉성(零陵城)으로 보내 적군을 막고 있으라고 했다.

유요는 친히 군사를 거느리고 신정령 남쪽 기슭에, 그리고 손책은 북쪽 기슭에 진을 쳤다. 어느 날, 손책은 막료들이 말리는 말도 듣지 않고 묘(廟)를 구경하겠다고 높직한 언덕 위에 올라 남쪽 마을과 숲을 바라다보고 있었다.

이런 정보가 유요의 편에 날아들자 흥분을 참지 못하고 뛰어 내달은 사람이 바로 나이 어리다는 태사자였다. 그는 유요의 명령도 기다리지 않고 갑옷 투구로 몸차림을 든든히 한 다음 진두로 달려나가 손책에게 덤벼들었다. 30여 합을 싸워도 승부가 나지 않았다.

두 장수는 육탄전을 시작하여 서로 꽉 부둥켜 안은 채 말 위에서 땅으로 뒹굴었다. 말은 어디론지 뺑소니를 쳐버리고, 두 장수는 칼도 창도 집어던지고 서로 멱살을 움켜 잡고 주먹다짐을 하니 전포(戰袍)가 갈가리 찢어지는 꼴이 실로 가관이었다. 다행히 날이 저물고 사나운 바람이 일게 되어서 쌍방이 다같이 군사를 수습해 가지고 후퇴했다.

그 이튿날도 태사자와 손책 양군의 싸움은 끊임없이 계속되었다. 이날은 정보가 손책 편의 진두에 먼저 나서자 태사자가 호령을 했다.

"네깐 놈은 상대가 안 된다. 손책을 내보내라!"

바로 이때였다. 유요가 별안간 징을 쳐서 싸움을 중지하라는 신호를 보냈다. 태사자가 못마땅해서 투덜투덜하면서 영채로 돌아와서 그 까닭을 물었다. 이에 주유(周瑜)가 군사를 거느리고 곡아(曲阿)를 습격하고, 여강군 송자현(松滋縣)의 진무(陳武)가 내응하여 주유를 맞아 들였다는 정보를 입수했다는 것이었다.

"우물쭈물할 때가 아니다. 경각을 지체치 말고 말릉(秣陵)으로 가서 설례 · 책융의 군사와 합류해서 탈환하러 나서야만 되겠다!"

유요의 군사들이 사면팔방으로 흐트러진 뒤에도 태사자는 단기로써 버티어 봤지만 도저히 감당할 도리가 없어 10여 기를 거느리고 밤중에 경현(涇縣)으로 피해 버렸다.

손책은 진무라는 장수를 또 수하에 넣게 됐는데, 신장이 7척, 얼굴이 누런데다가 눈은 붉고 용모가 괴상한 사나이였다. 손책은 그를 굉장히 존경하고 교위 자리를 주어 설례와 대적하게 했다.

진무는 10여 기를 거느리고 적진에 돌입, 적수(敵首)를 50여 개나 베어 버렸다. 이에 설례는 문을 단단히 잠그고 나와 싸우려

들지 않았다. 손책이 일거에 적진을 쳐부술 생각을 하고 있을 때, 뜻밖에도 유요가 책융과 합류해서 우저(牛渚)를 점령하려 한다는 정보가 들어왔다.

손책은 격분하여 친히 대군을 거느리고 우저로 쳐들어갔다. 유요·책융, 둘이 말을 달려나와 대결하려 하니 손책이 호령을 했다.

"내가 왔는데 어째서 빨리 항복하지 않느냐?"

이때, 유요의 등덜미로부터 어떤 우락부락하게 생긴 장수 한 사람이 창을 휘두르며 뛰쳐나왔다. 이는 바로 부장 우미(于糜)였다. 그러나 손책은 3합도 싸우지 않고 우미를 산채로 잡아 가지고 말머리를 돌려서 진지로 돌아왔다.

유주의 부장 번능(樊能)은 우미가 잡혀가는 것을 보자, 창을 단단히 움켜잡고 뒤를 바싹 좇았다. 그 창끝이 손책의 등덜미를 찌를 듯 찌를 듯하는 아슬아슬한 찰나에, 손책의 진중에서부터 어떤 병사가 소리를 질렀다.

"뒤에서 노리고 있습니다! 위험합니다!"

홱 머리를 돌이킨 손책.

코끝까지 다가드는 번능의 말을 보고, 백 개의 벼락이 한꺼번에 내리치는 것 같은 무서운 음성으로 호통을 한 번 치니, 번능은 '아아앗!'하는 처참한 비명을 지르고는 그대로 말 위에서 떨어져 두개골이 깨져서 죽어 버렸다.

손책이 문기(門旗) 아래까지 와서 잡아 가지고 온 우미를 땅바닥에 내동댕이쳐 놓고 보니 이자도 억센 힘에 못 이겨서 숨이 막혀 죽어 버리고 말았다. 순식간에 한 장수를 손으로 움켜잡아서 죽여 버렸고, 또 한 장수는 호통을 쳐서 죽여버리니, 이때부터 사람들은 손책을 '소패왕(小覇王)'이라 불렀다.

그날 유요의 군사는 형편없이 패하여 인마의 태반이 손책에게 항복했고, 전사자만도 만여 명이 되었다. 유요와 책융은 예장(豫章)에 있는 유표(劉表)를 의탁하고 떠나갔다.

손책은 군사를 뒤로 물려 또 다시 말릉(秣陵)을 공격하고 진지에 있는 하변(河邊)까지 말을 몰아 설례에게 항복하라고 권유했다. 이때 성 안에서 날아든 화살 한 개가 손책의 왼쪽 발에 꽂혀서 손책은 말에서 떨어졌다. 여러 장수들은 급히 손책을 부축해 일으켜 영채로 들어가서 화살을 뽑고 금창약(金瘡藥)을 발랐다.

손책은 자기편 사람들을 시켜서 대장이 화살을 맞아 죽어 넘어졌다는 소문을 퍼뜨리게 하고 진중에서는 슬퍼하는 통곡소리를 내도록 해놓고 나서 일제히 퇴각했다. 설례는 손책이 죽었다는 소리를 듣자 그날밤에 성 안의 군사들을 동원해서 명장 장영 · 진횡(陳橫)과 함께 성문에서부터 일제히 추격해 들어왔다.

이때 복병이 사방에서 아우성을 치며 덤벼들고 손책이 말을 달려 선두에 나서며 고함을 질렀다.

"손책이 예 있다! 꼼짝 말아라!"

추격해 오던 군사들은 '아앗!'하는 비명소리와 함께 모조리 땅에 꿇어 엎드렸고, 손책은 한 놈도 남기지 말고 죽었다.호통을 쳤다.

장영은 말머리를 돌려서 도망쳤지만, 진무의 창에 찔려 죽었고, 진횡도 장흠의 화살을 맞고 쓰러졌으며 설례는 분란통에 목숨을 빼앗겼다. 손책은 말릉에 입성하여 주민을 안정시키고, 군사를 경현으로 몰아서 태사자를 잡으려고 했다.

태사자는 나이 어린 몸으로 당돌하게도 유요의 원수를 갚겠다고 젊은 장정 2천여 명을 규합해 가지고 나섰지만, 결국 손책에게 산채로 잡혀서 영채로 끌려왔다. 그러나 손책의 관대한 태도와 후한 대접에 감격하여 드디어 태사자는 손책에게 항복하고 말았다.

이때부터 강동 백성들은 손책을 손랑(孫郞)이라고 부르게 됐다. 손책은 가족을 불러서 곡아로 돌려보내고, 아우 손권(孫權)과 주태에게 의성(宜城)의 수비를 명령하고, 친히 군사를 거느려 남쪽에 있는 오군으로 진출했다.

이때, 엄백호(嚴白虎)라는 사나이가 자칭 동오(東吳)의 덕왕(德王)이라 하며 오군을 근거지로 하고 부장을 내세워서 오정(烏程)·가흥(嘉興)을 지키게 하고 있었다.

손책은 즉시 출마하여 엄백호를 쳐부수려다가 장굉의 권고를 받아들여 대신 한당을 출마시켰다. 한당이 다리 위에 나서서

채 싸우기도 전에, 벌써 장흠 · 진무가 나룻배를 저어서 다리 밑에 이르러 공격을 가하는 바람에 엄백호는 견디지 못하고 패주했다.

손책은 적군이 성 안으로 도주하자 수륙 양면에서 사흘 동안이나 오성(吳城)을 포위했지만, 아무도 싸우러 나오지 않았다. 손책이 군사를 거느리고 창문성(閶門城)까지 습격해 들어갔을 때, 성 위에서 적군의 부장 하나가 아래를 내려다보고 왼손으로 손책을 가리키며 욕설을 퍼부었다.

이것을 본 태사자, 당장에 화살 한 자루로 그 부장의 왼손을 맞혀서 옴쭉도 못하게 하니, 엄백호도 혀를 내두르며 그 이튿날 엄흥(嚴興)을 손책의 진지로 보내서 화해를 구하게 됐다.

영채에서 손책이 엄흥에게 술을 한잔 냈을 때, 그는 오만불손하게도 자기편이 원하는 것은 손책과 강동 땅을 절반씩 나누는 것이라고 하니, 손책은 어느 틈에 뽑았는지도 모르게 재빨리 칼을 손에 잡고 엄흥을 찔러 죽여서 그 머리를 성 안으로 돌려보냈다.

엄백호는 여항현(餘杭縣)으로 도주하면서 약탈을 일삼다가 능조(凌操)라는 토착민이 백성들을 거느리고 항거하는 바람에 회계(會稽)를 향하여 몸을 피했다. 능조 부자가 손책을 맞아 들이니 손책은 그에게 종정교위(從征校尉)의 직책을 주어서 함께 전당강(錢塘江)을 건너섰다.

이때, 회계의 태수 왕랑(王朗)이란 자가 엄백호와 합류해 가지고 산음현(山陰縣) 벌판에 진을 쳤다. 손책은 말을 멈추고 왕랑에게 호통을 쳤다.

"내, 인의(仁義)의 군사를 일으켜서 절강 땅을 안정시키려 하는데, 네놈은 어찌하여 적군을 돕는 거냐?"

왕랑도 매도하며 덤벼들었다.

"네놈이야말로 지나친 욕심쟁이다! 오군(吳郡)을 손에 넣고도, 또 우리 경계선을 침범함은 무슨 까닭이냐? 오늘은 엄씨의 원수를 갚고야 말 테다!"

이리하여 싸움은 또 벌어졌다.

이쪽에서 태사자가 뛰쳐나가면, 저쪽에서는 왕랑이 말을 달려 나오고, 또 이쪽에서 황개가 내달으면, 저쪽에서는 부장 주흔(周昕)이 덤벼들고, 또 손책의 편에서는 주유 · 정보까지 측면에서 공격을 가하니, 왕랑은 드디어 손책의 군사를 당해 낼 도리가 없어 회계성으로 몰려들어가서 다시 나와 싸우려 들지 않았다.

손책은 며칠 동안 계속해서 공격을 가했으나 성공할 기미가 보이지 않자 여러 장수들과 타개책을 협의했다.

이때 손정(孫靜)이 말했다.

"왕랑이 이렇게 견고한 성을 사수하고 있는 이상, 조급히 함락시키기는 어려울 걸세. 회계의 군자금이나 군량은 대부분 사독(渣瀆)에 두었는데, 여기서 불과 수십 리 길이니, 우선 그 곳을 점령하는 것이 좋을 성싶군."

손책은 크게 기뻐했다.

"숙부님! 그거 정말 묘계입니다. 이제는 적군을 완전히 쳐부술 수 있습니다!"

그 즉시 사방 문의 파수병들에게 횃불을 밝히게 하고 깃발을 꽂아 놓아서 군사가 주둔해 있는 것처럼 가장하라 명령해 놓고, 그날밤 중으로 포위진을 풀어서 남쪽으로 향하기로 했다.

"공께서 대군을 일거에 이동하신다면 왕랑이 쳐들어올 것은 뻔한 노릇이니 기병의 작전법으로 쳐부수시는 게 좋을 듯합니다."

주유가 이렇게 말했더니 손책은,

"다 좋도록 수배했소. 성은 오늘밤 안으로 우리 수중에 들어올 것이오!"

하면서, 군사들의 출발을 명령했다.

한편, 왕랑은 손책의 군사가 물러났다는 소식을 듣자, 친히 병사들을 거느리고 성 위에 올라서 내려다보았다. 성 아래에서는 여전히 횃불이 타오르고 수많은 깃발들이 휘날리고 있는지라 이상하게 생각하고 있을 때, 주흔이 말하기를,

"손책은 도망친 게 분명합니다. 그래서 일부러 저런 수법을 쓰고 있는 겁니다. 추격해 들어가는 게 마땅합니다."

엄백호가 말하기를,

"손책이 군사를 이동하는 것은 사독에 눈독을 들인 게 아닐까? 나도 부하를 내놓아 주장군과 함께 추격하게 하리다."

왕랑의 말이,

"사독은 우리 편의 군량을 쌓아 둔 곳이니 무슨 일이 있더라도 추격해야 되오. 공이 먼저 군사를 거느리고 쫓아가 주시오. 우리들도 뒤를 따라 나서리다."

엄백호와 주흔은 병력 5천을 거느리고 성 밖으로 추격했다.

밤이 1경쯤 됐을 때, 성 밖 20리쯤 되는 지점에서 별안간 밀림 속에서부터 요란한 북소리가 울리며 횃불이 훤하게 타올랐다.

엄백호가 깜짝 놀라 말머리를 돌려서 도망치려고 하는 순간에,

"이놈! 꼼짝 말고 게 있거라!"

하며 찌렁찌렁 울리는 호통소리와 함께 엄백호의 앞에 우뚝 서는 대장 한 사람.

그는 바로 손책이었다.

"아니꼬운 놈! 뭣이라고 주둥이를 놀리느냐?"

이편에서도 주흔이 대꾸를 하면서 칼을 휘두르고 덤벼들었다.

"하하하! 핫! 핫!"

통쾌한 웃음소리와 함께 손책의 창이 번쩍하고 시퍼런 광채를 발사했다.

"으흐흐흐읏!"

처참한 비명소리를 울리며 주흔이 말에서 떨어져 땅 위에 나뒹굴게 되니, 다른 놈들은 땅 위에 꿇어 엎드려 손책에게 항복하는 도리밖에 없었다.

왕랑은 선두로 나선 주흔이 이 꼴이 되는 것을 목격하고는 또다시 성으로 되돌아갈 형편도 못 된다고 판단하자, 재빨리 부하를 거느리고 바닷가로 뺑소니를 쳤으며, 엄백호는 간신히 쥐구멍을 찾아서 여항(餘杭)으로 몸을 피했다.

손책은 다시 대군을 불러들이고 나머지 군사들을 수습하여 성을 점령하고 백성들을 안정시켰다.

그 이튿날, 어떤 사람 하나가 엄백호의 목을 베어 가지고 와서 손책에게 바쳤다. 손책이 그 사람을 만나 보니, 그는 신장이 8척, 네모 반듯한 얼굴에 입이 큼직했다. 성명을 물으니 회계군 여요(餘姚) 사람인 동습(董襲)이었다. 손책은 기뻐하며 그를 별부사마(別部司馬)에 임명했다.

이때부터 동방의 각지는 평온해졌는지라, 손책은 숙부 손정에게 이 성을 지키도록 하고 주치(朱治)를 오군(吳郡) 태수로 두고, 군사를 거두어서 강동으로 돌아갔다.

손권이 주태와 함께 의성(宜城)을 지키고 있었는데, 별안간 산적들이 분란을 일으키고 사방에서 쳐들어왔다.

깊은 밤중의 일이라, 싸움에 응할 만한 준비도 겨를도 없었다.

주태가 손권을 부둥켜 안아 말 위로 올려 앉히려는데, 수십 명의 산적들이 덤벼들었다. 주태는 몸에 갑옷도 입지 못하고 도보로 걸어가면서 한 손에 잡은 칼로 10여 명을 베어 버렸다.

이때, 산적 하나가 말 위에서 창을 휘두르며 덤벼들었는데, 주태는 비호같이 그의 창을 자루째 움켜잡고 말 위에서 질질 끌어 내렸다. 그러고는 날쌔게 창과 말을 빼앗아 가지고 살 길을 찾아 도망쳐서 간신히 손권을 구출했으며, 산적들도 그 놀라운 솜씨에 겁을 집어먹고 도주해 버렸다.

주태는 몸을 열두 군데나 창으로 찔려서 그 상처가 부풀어올라 생명이 위독하게 되었다.

손책은 이 소식을 듣고 대경실색했다. 이때 막료인 동습이 이런 말을 했다.

"소생이 과거에 해적과 싸움을 했을 적에 몸에 여러 군데 창을 맞았습니다. 그런데 회계군리(會稽郡吏) 우번(虞翻)이란 사람이 의사 한 사람을 천거해 주어서 반 달 만에 완치된 일이 있습니다."

"우번이란 우중상(虞仲翔) 말인가?"

"그렇습니다."

"그 위인이 출중하다는 것을 잘 알고 있었는데 꼭 한 번 수고해 줬으면 좋겠소."

손책은 이렇게 말하고 장소에게 명령하여 동습과 함께 우번을 초청하러 보냈다.

우번이 나타나자 손책은 예의를 갖추어 그를 영접했고 공조(功曹)에 임명했다. 또 의사를 구하고 있다는 뜻을 표시했더니 우번은 서슴지 않고 패국(沛國) 초군(譙郡) 사람 화타(華陀)를 청해 왔는데, 그는 당대의 신의(神醫)라고 했다.

화타는 동안에 학같이 흰 머리로 표연히 나타나는 모습이 다른 세상 사람 같은 위엄 있는 풍채였다. 이 화타라는 신의의 약으로 주태의 상처는 한 달도 못 되어서 완치되자, 손책은 기뻐하며 군사를 몰아 산적의 무리들을 뿌리 뽑고 강남 땅을 진압했다.

손책은 장병을 배치하여 요로를 수비하게 하고, 조정에 상주문을 올려 보고를 끝내는 한편 조조와도 우의를 통하고, 원술에게 편지를 보내서 맡겨 둔 옥새를 돌려보내 달라고 했다.

원술은 남몰래 제위에 오르고 싶은 야심을 품고 있어서 다른 핑계를 대고 이를 거절했으며, 시급히 장사(長史) 양대장(楊大將) · 도독(都督) 장훈(張勳) · 기령(紀靈) 교수(橋蕤) · 상장(上將) 뇌부(雷簿) · 진란(陳蘭) 등 30여 명을 모아 놓고 상의했다.

"손책은 나의 군사를 빌려, 오늘날 강동의 땅을 모조리 수중에 넣었다 하는데, 그 은혜를 저버리고 옥새를 돌려보내라 하오. 실로 괘씸한 놈! 어찌했으면 좋겠소?"

이때 장사 양대장은, 먼저 까닭없이 공격해 왔던 유현덕을 토벌하고 나서 손책을 공격해도 늦지 않다고 주장하며, 자기에게 좋은 계교가 있으니 오늘이라도 그를 잡을 수 있다고 했다.

# 16.
# 여자 뒤에 오는 것

술에 취해 들어온 조조가 측근에게 물었다.
이 성 안에는 기녀가 없는가?

呂奉先射戟轅門
曹孟德敗師淯水

유현덕을 문제 없이 쳐부수겠다는 양장군의 계책이란 것은

첫째, 유현덕의 군사는 소패에 있으니까, 이것을 격파하기는 문제 없지만, 제일 걱정스러운 것은 여포가 서주에 있다는 것.

둘째, 여포에게는 먼저 금백과 군량과 말을 준다 해놓고, 지금까지 실행해 주지 않았으니, 자칫하면 유현덕에게 가담할지도 모른다는 것.

이런 관계를 고려하여 우선 사람을 파견해서 여포에게 군량을 보내 주며 구슬러서 군사를 움직이지 못하게 한다면, 유현덕은 쉽사리 이편 수중으로 들어올 것이니, 유현덕을 눌러 놓고 나서 다시 여포를 공격하면 서주를 장악하기는 힘들지 않다는 의견이

었다.

원술은 이 계책을 쾌히 받아들여, 그 즉시 좁쌀 20만 석을 준비하고 한윤(韓胤)에게 밀서를 주어서 여포에게 보냈더니 여포는 크게 기뻐하며 한윤을 후히 대접했다. 한윤이 돌아와서 그 사실을 원술에게 보고하자 원술은 기령(紀靈)을 대장으로, 뇌부(雷簿) · 진란(陳蘭)을 부장으로 삼고 수만의 병력을 주어서 소패를 공격케 했다.

이 소식을 알게 된 유현덕은 손건(孫乾)의 의견을 받아들여 당장에 여포에게 서신을 보내서 후원을 청했다.

여포는 진궁과 상의한 결과 군사를 정비해 유현덕을 도와 주러 떠나기로 작정했다. 그는 원술이 이제와서 군량을 보내고 편지를 보낸 것은 유현덕에게 가담치 못하게 하려는 계획임을 알아차렸고, 소패에 있는 유현덕보다는 유현덕을 누른 다음에 자기에게 미칠 원술의 압력이 더 크리라는 판단을 내렸기 때문이다.

원술이 파견한 기령의 군사는 패현(沛縣) 동남쪽에 진을 치고, 낮에는 수많은 깃발을 휘날리고 밤이 되면 횃불을 밝히고 북을 울리며 그 기세가 자못 가관이었다. 유현덕은 그때 성 안에 겨우 6천의 병력을 거느리고 있는데 불과했지만, 어쩔 수 없이 성 밖으로 나와서 진을 쳤다.

이때 여포가 군사를 거느리고 서남쪽 10리 지점까지 현덕을 도우려고 나타났다는 소식이 들리자, 기령은 급히 여포에게 사람을 파견해서 그 배신 행위를 추궁했다.

그러나 여포는 껄껄대고 웃기만 했다.

"나도 생각이 있어. 현덕도 원술도 다같이 나를 원망하지 않도록 일을 무사히 수습할 테니까."

이렇게 혼자 말을 하고 그 즉시 유현덕과 기령을 똑같은 시각에 자기의 영채로 초청했다. 현덕의 편에서는 물론 관운장과 장비도 따라갔다.

진을 쳐놓고 싸움을 시작하려는 원수와 원수가 한 자리에서 만나게 되니 피차간에 대경실색하는 수밖에 없었다.

"내 체면을 생각하시고 두 분은 당장 싸움을 중지해 주시오!"

이렇게 말하는 여포의 권고에, 유현덕은 대답도 없이 묵묵히 있었지만 기령은,

"주군의 명령을 받들고 10만 대군을 거느려 유현덕을 잡으러 왔는데 군사를 뒤로 물리다니 그게 어디 될 말이오?"

하며 완강한 태도를 굽히려 들지 않았고, 한편에서는 장비가 펄펄 뛰었다.

"우리들은 비록 수효가 적다지만, 네 따위 놈들쯤 발사이에 낀 때만큼도 안 여긴다! 네깟 놈이 황건적 백만 명을 쳐부술 수 있겠느냐 말이다! 우리 형님한테 손만 댄다면 네놈을 가만두지는 않을 테니까!"

여포의 얼굴이 심각해졌다. 얼굴에 노기를 띠고 측근자에게 명령하여 화극을 가져오게 하더니 멀찍이 떨어져 있는 영채 문 밖에 꽂아 놓으라고 했다. 그리고 위엄 있는 음성으로 말했다.

"원문(轅門)은 여기서 백50보쯤 되는 거리에 있소. 내가 만일 화살 한 자루로 저 화극을 쏘아 맞힌다면 공들은 싸움을 중지하기로 하고, 만약에 화살이 빗나가서 맞히지 못한다면, 각기 진지로 돌아가서 대결하셔도 좋소. 이것은 내 개인의 의사가 아니고 하늘의 뜻을 따르자는 것이니, 이래도 두 분 중에 누구든지 응하지 않는다면, 나도 군사를 풀어서 그대들을 공격할 뿐이오!"

이 말을 듣자 기령은 150보나 떨어진 곳에서 제아무리 활을 잘 쏜다 해도 화극을 맞힐 수 없을 것이니, 그때 들이치면 될 것이라 안심하고 있었으며, 유현덕은 제발 맞혀줬으면 하는 생각으로 내심 기도를 올리고 있었다.

쉬익!

여포의 활은 마치 가을 하늘에 떠 있는 둥근 달처럼 벌어지더니, 화살은 별이 흘러서 땅에 떨어지듯이 화극의 한편 가지에 보기 좋게 명중했다.

"와아!"

영채 안팎에서 모든 사람들이 두 눈이 휘둥그래지며 환호성을 터뜨렸다.

여포는 통쾌하게 웃으면서 활을 땅 위에 홀쩍 던지더니 유현덕과 기령의 손을 덥석 잡았다.

"이것은 두 분께서 싸움을 그만두시라는 하느님의 계시요!"

현덕은 내심 고마움을 금치 못했지만, 기령은 한참 동안이나 묵묵히 있더니 입을 열었다.

"장군의 말씀은 잘 알겠소이다만 나는 돌아가서 주군께 뭐라고 한단 말이오!"

"내가 편지를 써 올리리다."

기령이 편지를 가지고 돌아간 다음에 여포가 유현덕을 보고 말했다.

"내가 아니었더라면 위험할 뻔했소!"

유현덕은 깊이 사례하고 관운장 · 장비와 함께 소패로 돌아갔으며, 다음날 3군은 다같이 군사를 거둬들였다.

기령이 회남으로 돌아가서 이런 사실을 보고했더니 원술은 격분해서 펄펄 뛰고 야단을 쳤다. 자기에게서 군량을 많이 받고 나서 이따위 눈가리고 아옹하는 짓을 하는 여포가 괘씸해서 견딜 수 없다는 것이었다.

이 자리에서 기령이 한 가지 계책을 생각해 냈다. 그것은 덮어놓고 서주를 들이쳐서 여포와 유현덕을 도리어 손을 잡게 하는 것이 능사가 아니고 여포의 부인 엄씨(嚴氏)에게 묘령의 따님이 한 분 있으니 원술의 아들과 혼사를 성립시켜 놓으면 반드시 여포가 유현덕을 가만두지는 않을 것이라는 기발한 제안이었다.

그날로 한윤이 선물을 가지고 서주로 향했다. 여포의 둘째 부인인 조표(曹豹)의 딸은 일점 혈육도 낳아 보지 못하고 세상을 떠났으며, 첩으로 맞이한 초선의 몸에서도 소생이 없었고, 이 묘령의 딸이란 첫째 부인 엄씨의 무남독녀로서 여포가 애지중지하는 딸이었다.

엄씨는 여포가 딸의 문제를 상의하자, 원술이 장차 천자의 위치에 오를지도 모르는 사람이요, 그것이 설사 불가능하다손 치더라도 적어도 서주만은 편안하게 지킬 수 있으리라는 점에서 혼사를 쾌히 승낙했고, 한편 진궁이 한윤과 둘이서 짜 가지고 여포에게 권고하여 그 이튿날로 딸을 떠나 보내기로 작정했다.

하룻밤 사이에 만반의 준비를 갖추고 혼사도구도 마련해서, 송헌(宋憲) · 위속(魏續)을 파견하여 한윤과 함께 떠나 보내고 여포 자신이 성 밖까지 전송해 주었다. 꽃마차도 찬란했거니와 울리는 풍악소리 또한 천지가 떠나갈 것만 같았다.

이때 진등의 노부 진규(陳珪)가 집에서 휴양하고 있던 중에, 울려 오는 풍악소리를 듣고 그 사연을 동네 사람들로부터 들어 알게 되자 벌떡 자리에서 뛰어 일어났다.

"허어, 이건 유현덕 장군에게 위험천만한 일인걸!"

그는 혼자 이렇게 중얼거리며 여포에게로 달려가서 미묘한 관계를 사실대로 설명하고 혼사를 중지시키도록 권고했다.

"먼저 원술은 공께 금백을 보내어 유현덕을 없애 버리려는 계교를 썼습니다. 공께서 화극을 쏘아서 화해를 시키셨더니 이제 와서 어둔 밤중의 홍두깨격으로 혼담을 꺼낸다는 것은 댁의 따님을 인질로 삼고 유현덕을 공격해서 소패를 자기 수중에 넣자는 야심 때문입니다. 소패가 망하면 서주도 위태로워집니다. 또 원술은 제위를 노리고 있는 인물이니, 이는 분명히 모반입니다. 이렇게 될 때에는 공께서는 역적의 친척이 되셔서 몸 두실 곳도 없게 되시지 않는다고 누가 장담하겠습니까?"

여포는 무릎을 탁 치고, 하늘을 우러러보며 자기의 경솔한 처사를 뉘우쳤다.

"진궁의 말만 듣다가 큰일날 뻔했구나!"

그 즉시 장요에게 명령하여 군사를 거느리고 꽃마차의 뒤를 쫓게 하여 딸을 되찾고 한윤까지 데리고 오도록 했다. 한윤은 감금을 해두고 원술에게는 사람을 보내서 혼인 준비가 되는 대로 떠나 보내겠다고 적당히 대답해 두었다.

이러고 있을 무렵에 이상한 정보가 날아들었다. 그것은 유현덕이 소패에서 병정을 모집하고 있는데 무슨 의도인지 알 수 없다는 것과, 산동 지방으로 말을 구하러 나섰던 여포 편의 송헌·위속이 말 3백 필을 구해 가지고 패현 경계선까지 왔을 때, 산적을 만나 말을 절반이나 빼앗겼다는데 알고 보니 그것은 유현덕의 아우 장비가 산적이라 사칭하고 행한 짓이라는 것이었다.

여포가 대로하여 군사를 거느리고 소패로 달려가 장비를 붙잡고 도전하니, 장비는 태연자약하게 말하는 것이었다.

"내가 그대의 말 몇 필을 빼앗았다고 그다지 화낼 거야 없잖아? 그대도 우리 형님의 서주를 먹어 버리지 않았어?"

여포는 두 말이 없이 선뜻 화극을 휘두르며 장비에게 덤벼들었고, 장비 역시 창을 움켜잡고 무시무시한 육박전을 전개하기 백여 합, 도무지 승부가 나지 않았다. 유현덕이 사람을 여포의 진지로 보내서 말을 돌려줄 테니 군사를 물려 달라고 했다. 그랬더니 여포는 승낙했으나 진궁이 반대하며 차제에 유현덕을 처치해 버리지 않으면 두고두고 화근이 되리라는 것이었다.

또 한편에서 유현덕도 미축 · 손건과 상의한 결과, 조조가 여포를 몹시 미워하고 있으니 이번에 성을 버리고 허도로 피해 가지고 일단 조조에게 의탁한 후 군사를 빌려서 여포를 쳐부수자는 데 의견이 일치했다.

이리하여, 유현덕은 장비를 선두에 세우고 관운장을 후군에, 자기는 가운데 가족들을 지키면서 그날밤 3경을 기하여 밝은 달빛 아래 북문에서부터 진격을 개시했다. 제일 먼저 여포 편의 송헌 · 위속과 충돌했으나 장비가 힘 안 들이고 물리쳤으며 뒤를 쫓는 장요는 관운장이 막아내면서 포위진을 돌파했다.

여포는 유현덕이 몸을 피하는 것을 알고도 더 추격하려 들지 않고 그대로 성 안으로 돌아와서 백성들을 안정시키고, 고순에게 명령하여 소패의 수비를 견고히 해놓고 서주로 돌아오도록 했다.

허도로 몸을 피한 유현덕은 우선 성 밖에 군사를 주둔시켜 놓고 손건을 조조에게 보내어 여포에게 쫓겨왔다는 소식을 전달시켰다.

조조 편에서는 의견이 구구했다. 유현덕을 받아들이느냐, 물리치느냐. 순욱과 정욱은 차제에 없애 버리자고 하였고, 곽가는 의리를 지킬 줄 아는 유현덕 같은 영웅적 인물을 해친다는 것은 천부당 만부당한 소리라고 그들의 의견에 반대했다. 조조도 호걸다운 태도를 보였다.

"이제야말로 영웅을 등용해야 할 때다. 이런 인물을 죽여서 천하의 인심을 잃어버릴 수는 없다!"

하면서, 이튿날 상주문을 올려 유현덕을 예주목(豫州牧)으로 천거하고, 병졸 3천, 군량 1만 석을 주어서 그곳으로 부임케 하고, 소패로 군사를 파견하여 흩어진 부하들을 수습해 가지고 서서히 여포를 토벌하자고 약속했다. 예주에 도착한 유현덕은 곧 출전할 시일까지 미리 통지했다.

이때 또 시끄러운 정보가 조조에게 날아들었다. 그것은 장제가 관중(關中)으로부터 군사를 거느리고 남양으로 쳐들어왔는데, 그 자신은 화살을 맞고 쓰러졌지만, 그의 조카인 장수(張繡)가 군사를 통솔하고 가후가 막료가 되어서 유표와 결탁하고 완성에 주둔하면서 천자를 탈취하려고 중앙으로 쳐들어오리라는 것이었다.

조조는 대로하여 당장에 토벌군을 일으키려고 했으나, 이 틈을 타서 여포가 허도를 습격할까 겁내고 망설이는 데 순욱이 의견을 제출했다. 그것은 우선 서주로 사람을 보내서 여포의 관직을 올려주고 유현덕과 화해를 시켜 놓으면 거기 만족해서 앞일을 더 생각지 않으리라는 것이었다.

조조는 마침내 봉군도위(奉軍都尉) 왕측(王則)을 사신으로, 임관의 칙명과 화해의 권고장을 주어서 서주에 있는 여포에게 보내 놓고, 한편 15만 대군을 동원하여 친히 장수를 토벌하러 나섰다.

하후돈이 선봉으로 나서서 육수(淯水)에 진을 쳤다. 그러나 저편에서는 조조는 대적하기 힘들다는 판단을 내리고 가후가 권고해서 장수는 그 즉시 항복하고 말았다. 조조는 가후와 장수까지 수하에 거느리고 일부 병력을 동원해서 완성에 입성하여 며칠 머무르게 됐고, 장수는 연일 주석을 베풀고 조조를 대접했다.

어느 날 밤, 조조가 술이 취해서 잠자리로 돌아오더니 넌지시 측근자에게 물었다.

"이 성 안에 기녀는 없느냐?"

조조의 형의 아들인 조안민(曹安民)이 그 뜻을 재빨리 알아차리고 가만히 귓전에다 속삭였다.

"제가 어젯밤에 객사 근처에서 여자 하나를 봤는데, 제법 미인이길래 누군가 물어 봤더니 바로 장수의 숙부인 장제의 아내라더군요."

조조가 당장에 조안민에게 명령하여 무장을 갖춘 병사 50명을 보내서 그 여자를 데려다 놓고 보니 과연 뛰어난 미모였다. 성을 물으니 추씨(鄒氏).

"나는 그대를 생각했기 때문에 장수의 항복도 두말 없이 받아들인 거요. 그렇지 않았다면 그대들 일족은 지금쯤 하나도 남아 있지 못했을 거요."

조조의 협박적인 언사에 추씨부인은 그저 감지덕지해서 조조와 하룻밤 자리를 같이하는 도리밖에 없었다.

조조는 이날부터 연일 추씨부인과 재미를 보기에 골몰해서 중앙으로 돌아갈 생각도 잊은 채 세월이 가는 줄도 모르고 있었다.

이런 소문이 장수의 귀에 안 들어갈 리 없었다.

"이런 죽일 놈! 조조란 놈! 사람을 멸시해도 분수가 있지!"

격분한 장수는 가후와 결탁하고 부장 호거아(胡車兒)와 계교를 짜서 깊은 밤중에 조조의 진지에다 불을 질러 버리고 말았다. 그날밤에도 조조는 추씨부인을 옆에 앉히고 술을 마셔 가며 그 미모에 도취하여 시간이 가는 줄도 모르고 있었다.

난데없이 일어나는 아우성 소리와 함께 군량을 싣고 있는 차에서 불이 났다는 보고에 조조는 그제서야 부둥켜 안고 있던 추씨부인을 밀쳐 버리고 고함을 질러 전위(田葦)를 불렀다. 전위도 술이 취해서 정신을 못 차리고 있었다.

꿈인지 생시인지 분간하기 어려운 가운데서 북소리, 아우성 소리를 듣고 벌떡 뛰어 일어난 전위는 대뜸 그의 유일한 무기인 철극을 더듬어 찾아봤으나 철극이 온데간데 없었다. 이는 미리부터 전위에게 술을 마시도록 계책을 꾸며 놓고, 장수의 부장 호거아가 훔쳐낸 것이니, 제 자리에 있을 리 없었다.

전위는 미칠 것만 같았다.

벌써 적병이 영채 문 밖에 육박해 들어오고 있지 않은가! 전위가 손에 잡히는 대로 부하의 무기를 움켜잡고 나섰을 때에는 무수한 기마병들이 긴 창을 휘두르며 쇄도해 들어왔다.

전위는 갑옷도 몸에 걸치지 못한 채 미친 듯이 날뛰며 닥치는 대로 찌르고 휘두르고 단숨에 20여 명을 거꾸러뜨렸다. 몸에는 벌써 상처투성이다. 칼날이 무디져서 소용이 없게 됐을 때, 전위는 그것을 팽개쳐 버리고 맨 주먹으로 8, 9명을 때려 잡아서 땅바닥에 거꾸러뜨렸다. 그러나 워낙 수효가 많은 적병을 어찌 일일이 대적해 낼 수 있을 것이냐. 비가 퍼붓듯이 화살이 날아 들었다.

"아앗!"

전위의 등덜미에 꽂히는 화살 한 자루.

힘이 세기로 천하에 당할 사람이 없는 명장 전위도 처참한 비명소리를 지르며, 용솟음쳐 쏟아지는 선혈 속에서 목숨을 잃고 말았으니, 그가 숨진 뒤에도 감히 그 문 안으로 들어서려는 자가 없었다.

조조는 전위가 영채 문을 막고 싸우는 틈을 타서 뒷문으로 말을 타고 빠져나왔는데, 단지 조안민 혼자만이 걸어서 그 뒤를 따랐다. 조조는 오른팔에 화살을 맞고, 말도 세 번이나 화살을 맞았는데, 다행히 그 말이 대완(大宛)의 양마(良馬)였기 때문에 아픔을 견디고 달릴 수 있었다.

육수(淯水) 근처까지 왔을 때, 적병의 추격을 받아 조안민은 칼에 찔려 목숨을 빼앗겼고, 조조가 간신히 말을 몰아 강물을 헤치고 저편 언덕으로 건너갔을 때에는 날아드는 화살이 말의 눈에 꽂혀 말마저 거꾸러졌으며, 장남 조앙(曹昻)이 타고 가던 말을 내주는지라 다시 바꿔 탔는데, 조앙은 마침내 빗발치듯 하는 화살을 피할 도리가 없이 맞아 죽고 말았다.

조조는 구사일생, 간신히 생명을 유지하며 도중에서 도망친 여러 장수들을 만나게 되어 다시 패잔병들을 수습할 수 있었다.

이런 분란 통에 하후돈이 거느리는 청주(靑州)의 병사들이 점령 지역의 백성들에게 약탈을 마음대로 강행하게 된 것을 평로교위(平虜校尉) 우금(于禁)이 부하를 거느리고 토벌했는데, 청주의 병사들이 조조에게 도망쳐 와서 도리어 우금의 비행을 고발하는 바람에 조조도 일시 오해를 품고 격분했지만, 우금은 역시 조조를 위해서 다시 청주로 쳐들어오는 장수의 군사를 무찔러 큰 공로를 세웠다.

우금에게 패한 장수의 군사는 병력의 태반을 잃어버리고, 하는 수 없이 패잔병들을 수습해 가지고 유표를 찾아가서 의탁하게 됐다.

조조가 군사를 정비하고 부장들을 점호하고 있을 때, 우금이 나타나서 청주의 병사들이 제멋대로 강도질을 하고 백성을 약탈했기 때문에 참다못해서 그들을 쳐부순 것이라고 보고했다.

조조가 말하기를,

"내 허락도 없이 진을 치고 싸움을 한 것은 무슨 까닭인가?"

하자 이런 힐문을 받자 우금이 대답했다.

"승상의 말씀도 당연하십니다만, 만약에 청주 병사들 때문에 어지러워지고 동요를 일으키려는 민심을 우선 수습하지 않았다면, 사태는 매우 위태로울 뻔했습니다. 장수의 군사가 곧 뒤를 치고 있었습니다. 아무런 준비도 없이 이를 대적했다면 패할 것은 뻔한 노릇이었기 때문에, 먼저 질서를 유지하기 곤란한 청주병들을 진압시키고 나서 적을 무찌르자는 계획에서 그리 된 것입니다."

조조는 그 경위를 듣고 보니 우금에게 도리어 고마워해야 할 형편이었다.

"장군이 위급할 때에 병사를 정비하여 질서를 유지하고 진지를 견고히 하여 다른 사람들의 비방도 무릅쓰고 장수의 군사를 물리쳐 승리를 거둔 것은 옛날의 명장들도 쉽사리 할 수 없는 일이었소."

조조는 이렇게 말하며 우금에게 금기(金器) 한 쌍을 상으로 주고 익수정후(益壽亭侯)에 봉했으며, 하후돈의 감독이 주도하지 못했음을 꾸짖었다.

그리고 전위를 위하여 장례식을 거행하고 조조, 친히 제물을 바치면서 눈물 섞인 음성으로 그의 죽음을 슬퍼했다.

"나는 이번 싸움에 나의 장남과 귀중한 조카를 잃어버렸지만, 이것을 그다지 슬퍼하지는 않소. 다만 우리의 힘세고 용감무쌍하던 용사 전위 장수를 위하여 애도의 눈물을 금할 수 없을 따름이오!"

모든 사람들이 감격하지 않는 이 없었다. 장례를 치른 다음, 조조는 그 이튿날로 본진인 허도로 돌아가도록 명령을 내렸다.

한편, 조조가 파견한 왕측(王則)은 조서를 받들고 서주에 도착했다.

여포가 그를 아문에서 영접하여 조서를 펼쳐보니 평동장군(平東將軍)에 봉하기로 인수(印綬)를 특사한다 했으며, 조조의 편지 한 장도 동봉해 있었다.

"우리 승상께서는 여장군을 얼마나 존경하고 계신지 모릅니다."

옆에서 왕측이 입이 닳도록 여포를 칭찬해 주니, 여포도 자못 만족해서 만면에 웃음을 띠고 있을 때, 난데없이 날아드는 급보가 있었다.

원술에게서 사람이 왔다는 것이다.

여포는 당장에 앞으로 불러들였다.

"원공께서는 불원간 왕위에 오르시게 된다 하오며 아드님을 동궁으로 세우실 것이므로 비가 되실 따님을 시급히 회남으로 보내 주십사 하는 것입니다."

"이런 천하의 역적 놈아! 또 무슨 수작이냐?"

여포는 격분한 나머지, 서신을 가지고 온 자를 당장에 목을 베어 버렸다. 혼사를 연락하러 왔다가 붙잡혀 있던 한윤에게는 목에 칼을 씌워 진등에게 호송하게 하여 왕측과 함께 허도로 올라가서 사례의 인사를 하도록 했다. 그와 동시에 조조에게 답장을 보내서 정식으로 서주목에 임명해 달라고 부탁했다.

조조는 여포가 원술과의 혼담을 중지했다는 사실을 만족하게 여기고, 한윤을 거리에 내놓고 목을 벴다. 진등이 넌지시 조조에게 권하는 말이 있었다.

"여포는 시랑(豺狼)과 같은 위인입니다. 용감하지만 꾀가 없고 거취를 경솔히 하는 인물이니 일찌감치 처치해 버리는 게 좋을 겁니다."

"여포가 엉뚱한 야심을 품고 있어서 오래 상종할 위인이 못 된다는 것은 나도 평소부터 잘 알고 있소. 공과 공의 아버지가 아니면 능히 그 점을 살필 길이 없으니 공이 마땅히 나를 위해서 일을 도모하도록 해주시오!"

"승상께서 손을 쓰시기만 하신다면 물론 내응해 드리겠습니다."

조조는 기뻐하며 진규에게 치중(治中) 2천 석의 녹을 주고 진등을 광릉(廣陵) 태수로 봉했다.

진등이 조조와 이런 밀약을 하고 서주로 돌아와서 여포를 만나 봤더니, 여포는 격분해서 펄펄 뛰는 것이었다.

진등 부자가 조조 편이 되어서 자기와 원술과의 혼담도 중지시켜 놓고 부자만이 벼슬자리를 차지하려고 자기를 팔아 먹었다고 화를 냈다.

여포가 칼을 뽑아들고 찌르려고 하니 진등이 깔깔깔 웃으며 말했다.

"장군은 어째서 이다지도 벽창호시오?"

"나더러 벽창호라니?"

"나는 조공을 보고 말하기를, '장군을 기르는 것은 비유하자면 범을 기르는 것 같아서, 항시 고기를 배불리 먹여 놓아야지, 배를 주리게 되면 사람을 물어 덤빌 겁니다.'했더니 조공이 웃으시며 하는 말이, '나는 여포를 기르기를 매를 기르듯 하는 터이니, 여

우나 토끼가 아직 남아 있을 때는 먹이를 많이 줄 수도 없소. 매란 놈은 배가 고프면 사냥을 하지만, 배가 부르면 달아나기 일쑤니까.'하며, 그 토끼나 여우란 바로 회남의 원술, 강동의 손책, 기주의 원소, 형양의 유표, 익주의 유장, 한중의 장로 등이라고 하더군요."

"과연 조조가 나를 잘 알고 있군!"

여포가 칼을 던지고 웃음을 참지 못할 때, 원술의 군사가 서주로 쳐들어온다는 보고가 날아들었다. 이야말로 혼담도 성사 안 되고 그것 때문에 또 싸우게 되는 셈이다.

# 17. 목 대신 머리털을 자르다

원술이 옥새 맡은 것을 기화로 위에 올라,
장훈을 대장군으로 임명하고 7로군을 편성, 서주 토벌에 나서다

袁公路大起七軍
曹孟德會合三將

원술은 회남에 있으면서, 점령한 땅이 넓고 식량이 풍부한 데다가 손책에게서 맡은 전국의 옥새까지 지니고 있어서 제호를 참칭(僭稱)해 보겠다는 엉뚱한 야심을 품고 드디어 부하들을 일당에 모아 놓고 의견을 타진했다.

주부(主簿) 염상(閻象) 같은 사람은 그 부당함을 지적하고 극력 반대했다. 그러나 원술은 제 고집을 굽히려 들지 않고 대로하여 자기는 이미 결심했으니 자기의 의사에 복종하지 않는 사람은 참(斬)할 따름이라고 횡포를 부리며, 연호를 중씨(仲氏)라 고치고 제멋대로 조정 안에 여러 관직을 설정했다. 그리고 용봉련(龍鳳輦)을 타고 남북쪽 교외에서 제신(諸神)에게 제사를 지내고, 풍방

(馮方)의 딸을 황후로 삼고 아들을 동궁으로 세웠다.

한편 여포에게 사신을 파견하여 그의 딸을 데려다가 동궁의 비로 삼고자 했는데, 뜻밖에도 여포가 이미 한윤을 허도로 보내어 조조로 하여금 목을 베게 했다는 소식을 들었다.

원술은 대로하여 즉시 장훈(張勳)을 대장군에 임명해 20만 대군을 통솔시켜 서주 토벌에 나서게 했으니, 7로군(七路軍)으로 나눈 진용은 다음과 같았다.

제1로군—대장 장훈(張勳)—본진.
제2로군—상장 교수(橋蕤)—좌군.
제3로군—상장 진기(陳紀)—우군.
제4로군—부장 뇌부(雷簿)—좌군.
제5로군—부장 진란(陳蘭)—우군.
제6로군—항장 한섬(韓暹)—좌군.
제7로군—항장 양봉(楊奉)—우군.

이 밖에 연주 자사 김상(金尙)을 태위로 삼아서 7로군 전체의 전량운수(錢糧運輸)의 감독 책임을 맡기려고 했으나, 이에 응하지 않는지라, 원술은 자기의 명령에 거역한다고 대로하여 당장에 목을 베어 죽여 버리고, 기령(紀靈)을 7로도구응사(七路都救應使)로 임명했고, 원술 자신은 3만의 병력을 거느리고 이풍(李豊)·양강(梁剛) · 악취(樂就)를 최진사(催進使)로 삼아서 7로군 전체의 독전(督戰) 책임을 맡겼다.

여포에게 원술이 서주 토벌을 나섰다는 정보가 날아들었다. 또 보고에 의하면, 장훈의 군사는 일로 서주로 직행했으며, 교수의 군사는 소패를, 진기의 군사는 기도(沂都)를, 뇌부의 군사는 낭야(瑯琊)를, 진란의 군사는 갈석(碣石)을, 한섬의 군사는 하비(下邳)를, 양봉의 군사는 준산(浚山)을 목표로 7만의 병사가 하루 50리 길을 달리면서 도중에서 닥치는 대로 약탈을 하며 밀고 들어온다는 것이었다.

여포는 한동안 어리둥절.

그러나 곧 정신을 가다듬어 가지고 여러 모사들과 상의했다. 그 자리에는 진궁과 진규 및 그의 아들 진등도 합석했다.

"이번 서주가 위태로운 지경에 빠지게 된 것은 모두가 진규 부자가 이렇게 만든 것이오. 이 두 사람은 조정에 아첨하여 녹을 받아먹고 있으면서도 장군에게 화가 돌아오게 한 것이니 이 둘의 목을 베어서 원술에게 바치면 그도 군사를 뒤로 물릴 것입니다."

대담한 발언을 한 사람은 바로 진궁이었다. 여포는 진궁의 말이 과연 일리있다 생각하고 당장에 진규 · 진등 부자를 체포하라는 명령을 내렸다. 이때 진등이 호탕하게 웃어젖히며 말했다.

"이 무슨 변변치 못한 말씀이십니까? 내가 보건대 그들의 소위

7로군이라고 떠드는 것쯤은 일곱 다발의 썩은 풀과 마찬가지니 개의할 만한 게 못 된다고 생각합니다."

"그대에게 만약 적군을 쳐부술 만한 계책이 서 있다면 죽을 죄를 용서해 주겠노라."

"장군께서 이 우부(愚夫)의 말을 받아들이신다면 서주는 아무 염려도 없을 겁니다."

"말해 보라!"

"원술의 군사는 비록 그 수효가 많다고는 하지만 모두가 오합지졸입니다. 서로 신뢰하고 모여든 군사들이 아닙니다. 우리 편에서 정병(正兵)으로써 수비를 든든히 하여 지키고, 기병 전술을 써서 승리를 거두도록 하면 성공 못할 것이 없습니다. 또 한 가지 서주의 안전을 보장할 수 있을 뿐더러 나아가서는 원술을 산 채로 잡을 수 있는 계책도 있습니다."

"그건 어떤 계책이오?"

"한섬과 양봉은 다같이 본래가 한나라 조정을 섬기던 자들로서, 조조를 두려워하여 몸을 피했으나 의탁할 만한 곳이 없어서 부득이 원술을 의지하러 온 자들이니, 원술은 반드시 이 두 인물을 소원히 할 것이오, 그들도 또한 만족해서 있는 것은 아닐 겁니다. 서신을 보내어 그들과 내통을 상약하고, 한편 유현덕에게 거들어 달라고 부탁한다면 원술을 수중에 넣기란 지극히 쉬운 노릇입니다."

"그렇다면 그대가 즉시 한섬 · 양봉에게 서신을 전달하도록 해 주시오."

진등은 쾌히 승낙했다.

여포는 허도로 상주문을 올리고, 예주(豫州)에 있는 유현덕에게 서신을 보내는 한편, 진등에게 몇 기를 딸려 보내서 하비로 통하는 길목을 지키면서 한섬이 나타나기를 기다리도록 했다.

얼마 안 되어서 한섬이 군사를 거느리고 나타나 진을 쳐 놓자 진등이 찾아갔다.

"그대는 여포 편의 사람이 아닌가? 뭐하러 여기 나타났는고?"

"나는 대한(大漢) 나라의 공경(公卿)인데, 어째서 여포의 사람이라 하시오? 장군 역시 본래는 한나라 조정의 신하로서 이제 역적을 섬기시게 됐으니 이는 예전에 관중(關中)에서 천자를 구출해 올린 큰 공로가 오유(烏有)로 화하여 아무런 보람도 없게 된 것입니다. 나는 장군을 위하여 심히 섭섭하게 여기는 바이며, 또 원술이란 분은 본래가 남을 못미더워하는 성품인지라 장래에 반드시 피해를 입게 되실 것이니, 일찌감치 다른 마련을 보셔야지 그렇지 않으면 후회막급이실 겁니다."

"나 역시 한나라 조정으로 되돌아가고 싶지만, 주선해 주는 사람이 없어서……."

한섬이 한숨 짓는 것을 보고 진등은 선뜻 여포의 서신을 꺼냈다. 한섬이 그것을 다 읽고 나더니,

"잘 알았소! 그대는 먼저 돌아가 주시오. 내 양장군과 상의하여 내응할 것이니, 불길이 일어나면 그것을 신호로 알고 여장군도 즉시 공격을 개시하도록 해주시오."

한섬에게서 돌아온 진등은 이런 사연을 보고하자, 여포는 군사를 다섯 갈래로 배치시켰다. 즉, 고순(高順)의 군사는 소패로 진출하여 교수(橋蕤)와 대적하게 하고, 진궁의 군사는 기도로 진출하여 진기(陳紀)와 대적하게 하고, 장요(張遼) · 장패(臧覇)의 군사는 낭야로 진출하여 뇌부(雷簿)와 대적하게 하고, 송헌(宋憲) · 위속(魏續)의 군사는 갈석으로 진출하여 진란(陳蘭)과 대적하게 했다. 그리고 여포 자신은 정면으로 나서서 장훈(張勳)과 대결하기로 하고 각각 병력 1만 명씩을 거느렸으며, 나머지 군사로 성을 지키도록 했다.

여포는 성 밖 30리 지점에 친히 진을 쳤다. 쳐들어온 장훈의 군사는 여포를 두려워하여 20리를 후퇴한 지점에다 진을 치고, 각군이 싸움을 도우러 도착하기만 기다리고 있었다.

그날밤, 2경쯤 될 무렵.

과연, 한섬과 양봉이 군사들을 분산시켜 버리고 닥치는 대로 불을 질러서 여포의 군사를 진중으로 끌어들여 장훈의 군사들은 갈팡질팡 일대 혼란을 일으켰고, 이 틈을 타서 여포가 힘차게 밀고 나가니 장훈의 군사는 순식간에 지리멸렬하게 되어 패주하고 말았다.

여포가 날이 샐 무렵까지 추격해 가고 있는 데, 장훈을 도우러 기령이 원군을 거느리고 달려들어서 양군은 정면충돌을 면치 못했다. 처참한 혈투가 시작되려는 아슬아슬한 순간에, 한섬과 양봉이 좌우 측면에서 덤벼드니 기령의 군사, 우수수 낙엽처럼 흩어지는 것을 여포가 또 줄기차게 쳐부수면서 돌진했다.

바로 이때.

앞으로 바라다뵈는 산비탈로부터 무수한 군마가 나타나더니 일대의 인마가 용봉일월(龍鳳日月)의 비단 깃발에 사두오방(四斗五方)의 표지를 뚜렷이 하고, 마치 천자의 행렬처럼 다가왔다. 황금 갑옷으로 위풍당당하게 몸차림을 든든히 한 원술, 두 손에 칼을 움켜잡고 진두에 나서는 것이었다.

"주인을 배반하는 못된 놈!"

무서운 음성으로 여포를 매도했다. 격분을 참지 못하는 여포, 당장에 화극을 번쩍거리며 내달으니 원술의 부장 이풍(李豐)이 창을 휘두르며 덤벼들었다. 3합도 못 싸우고 이풍은 여포의 날카롭고 매서운 화극 끝에 견디다 못하여 창을 던지고 도망쳤다.

여포, 부하를 지휘하면서 그대로 밀고 나가니 원술 편의 군사들이 우수수 흩어지며 혼란을 일으키는 바람에 여포는 이를 깡그리 쫓아 버리고 무수한 말과 무기를 빼앗았다.

원술이 패잔병을 거느리고 몇 리 길도 가지 못했을 때, 산 비탈로부터 1군의 군마가 조수처럼 밀려들더니 퇴로를 차단해 버렸다. 진두에 떡 버티고 선 사람은 관운장.

"역적 놈아! 아직도 죽지 못하고 남아서……"

하고 호통을 치니, 원술은 당황하여 허둥지둥 회남 지방으로 빼소니를 쳐버렸고, 관운장은 통쾌하게 사면팔방으로 갈팡질팡 하는 적군을 무찔러 버렸다.

여포는 싸움에 크게 승리하고 관운장 · 한섬 · 양봉을 맞이하여 서주로 돌아간 다음 성대한 주연을 베풀어 그들을 위로했고, 병사들에게도 빠짐없이 상을 주었다. 그 이튿날 관운장이 돌아간 뒤에, 여포는 한섬을 기도목(沂都牧), 양봉을 낭야목(瑯琊牧)으로 천거하는 한편, 이들을 서주에 오래 머물러 있도록 하고 싶어서 진규를 불러서 상의했다.

"그건 부당합니다. 한섬과 양봉을 산동(山東)으로 보내 두면 1년도 못 가서 산동 땅은 장군의 수중으로 들어오게 될 겁니다."

여포는 과연 일리 있는 의견이라 생각하고 두 장군에게 잠시 기도 · 낭야에 주둔하도록 명령을 내리고 관직이 결정되기를 기다리라고 했다. 진등이 넌지시 그의 부친에게 물었다.

"어째서 두 사람을 서주에 머물러 있게 해서 여포를 죽이는 일을 돕도록 하시지 않았습니까?"

"만약에 두 사람이 여포에게 협조하게 된다면 도리어 그것은 범에게 이빨과 발톱을 제공해 주는 격이 될 테니까."

진등은 부친의 고명한 견해에 탄복했다.

회남으로 몸을 피해 온 원술은 사람을 강동에 있는 손책에게 보내어 복수를 하고 싶으니 군사를 빌려 달라고 했다. 손책이 노발대발했다.

"네놈은 나의 옥새를 믿고 제호를 참칭하여 한나라 황실을 배반한 대역 무도한 놈이다. 내가 마침 군사를 풀어서 네놈의 죄를 따지려고 하던 판인데 도리어 반적(叛賊)을 도우라니 이게 될 말이냐!"

하고, 답장을 써 보내서 거절해 버렸다. 답장을 받아 본 원술은 새파랗게 질리며 격분을 참지 못했다.

"요런 젖비린내 나는 어린 녀석이 감히 이런 버릇 없는 수작을……. 그렇다면 먼저 네놈을 처치해야겠다!"

펄펄 뛰는 원술을 장사(長史) 양대장(楊大將)이 가까스로 권고를 해서 말렸다.

한편, 손책은 답장을 보내 놓고 원술의 공격에 대비하여 군사를 수습해서 장강(長江) 어귀를 단단히 지키고 있었다. 이때 조조에게서 사신이 와서 손책을 회계(會稽) 태수로 봉할 것이니 원술 토벌의 군사를 일으키라는 조서를 전달했다. 손책이 조서를 받고 즉시 군의(軍議)를 열어 군사를 일으키려고 했더니 장사 장소가 의견을 제시했다.

"원술은 싸움에 패한 지 얼마 안 된다 하지만, 아직도 풍부한 병력과 군량을 지니고 있습니다. 경솔히 대적하지 않으시는 게 좋겠습니다. 차제에 조조에게 서신 연락을 해서 남쪽을 치도록 권하고 우리는 북쪽으로 공격해 올라가겠다고 하심이 마땅한가 합니다. 이렇게 되면 남북의 사이에 끼여서 원술이 패할 것은 필연의 형세고, 만일에 우리 편이 설사 패한다 할지라도 조조의 구원을 받을 수 있을 게 아닙니까?"

손책은 이에 동의하고 사람을 보내서 이런 뜻을 조조에게 전달했다.

조조는 허도로 돌아와서도 전위를 생각하는 간절한 마음을 버리지 못하고 사당을 세워서 그 영혼을 모시고, 그의 아들 전만(典滿)을 중랑(中朗)에 봉하여 측근에 두었다.

이때, 별안간 손책의 사람이 서신을 가지고 와서 그것을 막 읽고 났는데, 또 한 가지 뜻하지 않은 보고가 날아들었다. 원술이 식량이 궁해져서 진류(陳留)로 약탈을 하러 나왔다는 것이다. 조조는 이 틈을 타서 남쪽 토벌을 실행할 생각으로 조인에게 허도의 방비를 명령하고, 그밖의 군사를 전부 거느리고 보병 · 기병 도합 17만, 양식치중(糧食輜重) 천여 수레를 거느리고 허도를 떠났다.

또 한편으로는 손책과 여포 · 유현덕에게 사람을 보내서 출진하도록 전달해 놓았다. 그랬더니 예장군(豫章郡) 경계 지대에 도착했을 때, 유현덕이 재빨리 군사를 거느리고 영접해 주는지라, 조조는 즉시 본진으로 인도하도록 명령했다.

현덕은 인사를 마치자마자 수급(首級) 두 개를 내놓았다. 조조가 깜짝 놀라며 물었다.

"이게 누구의 머리요?"

"한섬 · 양봉의 두 머리요!"

"어떻게 해서 이것들을 얻으셨소?"

유현덕의 말에 의하면 한섬과 양봉에게 기도 · 낭야의 두 현을 맡겨서 그들의 군사를 주둔시키게 했더니 약탈만을 일삼아서 그대로 내버려둘 수 없어서, 주연을 베풀어 그들 둘을 초청해 놓고 술을 마시게 해서 관운장 · 장비를 시켜 목을 베고, 그 수하 병사들을 모조리 항복시켰다는 것이었다.

조조는 유현덕이 나라를 위해서 화근을 뿌리 뽑아 버린 데 대해서 치하를 하고, 군사를 합쳐 가지고 함께 서주 경계선에 이르렀다. 영접하러 나온 여포를 좋은 말로 비위를 맞추어 주며 좌장군(左將軍)에 봉하고, 허도로 돌아가서 관인(官印)까지 맡겨 주겠다고 하니 여포도 대단히 기뻐했다.

이리하여 조조는 여포를 좌장군으로, 유현덕을 우장군으로 삼아 좌우 양익을 담당하게 하고, 친히 대군을 중군으로 거느리고 하후돈 · 우금을 선봉으로 삼았다.

원술은 조조의 군사가 쳐들어온다는 것을 알자, 대장 교수에게 병력 5만을 맡겨서 선봉으로 내세웠다. 양군은 수춘현(壽春縣) 경계 지대에서 맞닥뜨려, 교수가 먼저 말을 달려 덤벼들었으나 하후돈과 3합도 못 싸우고 감당하지 못하여 원술의 군사는 대패하여 성 안으로 달아나 버렸다.

이때 손책이 수군(水軍)을 거느려 장강 물줄기를 서쪽에서부터 쳐올라오니, 여포는 군사를 거느려 동쪽에서 합세하고, 유현덕 · 관운장 · 장비는 남쪽에서, 조조는 친히 14만 대군으로 북쪽에서 노도같이 밀고 들어가니 원술은 대경실색. 문무백관을 소집하여 협의한 결과, 양대장의 제안을 받아들여, 차라리 농성을 하고 싸우지 않으면, 상대편이 식량이 모자라서 소동을 일으킬 것이니, 이 틈을 타서 원술은 어림군(御林軍)을 거느리고 회수(淮水)로 건너가서 적을 피하자는 데 의견이 일치되었다.

원술은 이 의견대로 이풍 · 악취 · 양강 · 진기 네 장수에게 10만 병력을 주어서 수춘을 지키도록 하고, 그밖의 장병들을 거느리고 창고에 넣어 두었던 금은 보물들을 거두어 가지고 회수로 건너갔다.

조조의 17만 대군은 나날이 군량의 위협을 받게 되었고, 이풍은 농성을 하고 좀처럼 싸움을 하려 들지 않으니 빨리 결말이 나기 어려웠다. 손책에게 편지를 보내서 쌀 10만 석을 꾸어다 보충도 해봤으나 이는 새 발의 피요, 창관(倉官) 왕후(王垕)는 속수무책이었다.

조조는 종전 분량을 절반으로 줄여서 공급하라고 명령하니 병사들의 원성이 자자했다.

조조는 꾀가 많은 반면 지극히 잔인한 인물이었다. 병사들의 원성을 억누르기 위해서, 그것이 창관 왕후의 잘못인 양, 왕후의 목을 베어서 장대 위에 높이 매달아 놓고,

'왕후가 고의로 되질을 적게 하여(王垕故行小斛) 관량을 훔친 까닭으로(盜竊官糧) 삼가 군법대로 처리한다(謹按軍法).'

라는 방문을 내붙여서 효시(曉示)케 했다. 그리고 사흘 안에 이 성을 함락시킬 것이며, 협력하지 않는 자는 모조리 목을 베겠다고 각영의 장령들에게 명령을 전달했다.

결국 조조의 강권 발동으로 이풍 · 진기 · 악취 · 양강은 모조리 산채로 잡혔으며, 조조는 그들을 장터로 끌어내어 목을 치라고 명령했다. 그리고 원술이 도읍을 모방하여 지은 궁전이며 건물을 모두 불질러 버렸고, 수춘성 안은 병사들에게 약탈당하여 폐허로 변하고 말았다.

조조는 그대로 계속해서 군사를 이끌고 회수를 건너서 원술을 추격하려고 했으나, 순욱이 봄에 보리라도 충분히 입수한 다음에 싸움을 하는 것이 좋겠다고 반대했다. 조조가 어떻게 해야 좋을지 망설이고 있는 데 급보가 하나 날아들었다.

장수가 유표와 결탁해서 또다시 군사를 수습하여 남양 · 강릉의 두 현을 탈환했으며 조홍은 적군에게 몰려서 패전을 거듭할 뿐, 극도의 위기에 빠져 있다는 것이었다.

조조는 그길로 손책에게 서신을 보내어 장강을 건너가 진을 쳐서 유표를 견제해서 발을 묶어 놓도록 명령하고, 자신은 그날로 진을 걷어들이고 장수를 토벌할 계획을 세우기로 했다. 떠나기 전에 예전과 같이 유현덕에게 소패를 지키도록 하고 여포와 의형제의 정리를 맺어 앞으로는 서로 협조하고 다시 싸우는 일이 없도록 잘 일러두었다.

여포가 군사를 거느리고 서주로 되돌아간 다음에 조조가 유현덕에게 말했다.

"유장군을 소패에 머무르도록 한 것은 함정을 파고 호랑이를 기다리자는 계책(掘坑待虎之計)이었소. 유장군은 진규 부자와 상의해서 실수 없도록 해주시오. 나도 장군을 위해서 간접적으로라도 도와 드리도록 하겠소."

말을 마치자 서로 헤어졌다.

조조가 군사를 거느리고 허도로 돌아가니, 단외(段煨)는 이각을 죽였고, 오습(伍習)이 곽사를 죽여서 각각 수급을 바치러 왔다는 보고가 있었다. 그뿐만 아니라 단외는 이각의 일족 남녀노소 2백여 명을 모조리 허도로 압송해 왔다는 것이다.

조조가 그들을 장안의 각 성문에다 분배해서 목을 베어 높이 매달고 호령하니 백성들은 통쾌하다고 아우성을 쳤다. 천자도 궁전에 나와서 문무백관을 소집해 놓고 태평천하를 경축하는 연회를 베풀고 단외를 탕구장군(盪寇將軍), 오습을 진로장군(殄虜將軍)에 봉하고 함께 장안을 수호하도록 명령했다.

이렇게 되자, 조조는 장수(張繡)가 반란을 일으킨 경위를 아뢰고, 토벌군을 일으켜야겠다고 했더니 천자는 친히 먼곳까지 나와서 조조의 출진을 전송해 주었다. 때는 건안 3년(서기 198년) 4월이었다.

조조는 순욱을 허도에 남겨 장병을 지휘하도록 하고 친히 대군을 거느리고 출발했는데, 행군 도중에 가는 곳마다 보리가 익어서 고개를 축 늘어뜨리고 있으나 백성들이 병사들이 지나가는 것이 겁이 나서 감히 수확을 못하고 먼곳으로 피신해 버렸다는 사실을 목격하게 됐다. 조조는 사람을 시켜서 원근 여러 마을의 노인들과 지방의 관리들에게 통고했다.

"본관은 천자의 어명을 받들고 역적을 물리치고 백성에게 해로운 것을 뿌리 뽑고자 하는 자로서, 이제 보리 수확을 해야 할 무렵에 부득이 군사를 이끌고 나섰으나, 장령에서 병졸에 이르기까지 누구나 보리밭을 지나갈 때 한 발자국이라도 보리를 짓밟는 자는 참형에 처할 것이므로 백성들은 겁내지 말고 집으로 돌아오라고 했다."

백성들은 이런 소문을 듣자 조조의 덕을 찬양하지 않는 사람이 없었고, 멀리서 조조의 군사가 지나가는 것만 바라다봐도 땅바닥에 꿇어 엎드려 절을 할 지경이었다. 관군은 보리밭을 지나갈 때에는 모두 말을 내려서 손으로 보리 이삭을 잘 비켜 가면서 감히 짓밟는 사람이 없었다.

그런데 일이 공교롭게 되느라고 조조가 말을 타고 지나가는 판에 비둘기 한 마리가 밭두둑 사이에서 푸드득하고 날아 달아났다. 그 바람에 깜짝 놀란 말이 밭 안으로 뛰어들어서 보리밭을 엉망진창으로 만들어 버렸다.

조조는 당장에 행군주부(行軍主簿)를 불러서 자기가 보리밭을 짓밟은 죄에 대해서 어떠한 처분을 받아야 할 것인가 물어 봤다. 주부가 대답했다.

"승상을 벌하는 법이 어디 있겠습니까?"

조조가 또 말하기를,

"나는 내 스스로 법을 마련해 놓고 그것을 내 자신이 지키지를 않았으니 다른 사람들을 어떻게 복종시킬 수 있단 말인가?"

하며 칼을 뽑아 자기 목을 쳐버리려고 했다. 여러 사람들이 당황해서 달려들며 가로막았다.

"옛날《춘추(春秋)》속에는 법이란 존자에게는 가하는 것이 아니라(法不加於尊)는 뜻이 있습니다. 승상께서는 대군을 통솔하시는 몸으로 자진하셔야 할 까닭이 없지 않습니까?"

곽가가 이렇게 말하자 조조는 한참 동안이나 묵묵히 있더니

문득,

"《춘추》에 그런 뜻이 있다면, 나는 잠시 죽는다는 것은 그만두기로 하지."

하면서, 자기 머리털을 잘라 땅에 내동댕이쳤다.

그리고는 그 머리털을 3군에 돌려서 보이며 말했다.

"승상께서 보리밭을 짓밟으신 까닭에 참수하여 모범을 보이셔야 할 일이지만 머리털을 잘라서 대신하시는 것이다."

이런 사실을 눈앞에 보자, 3군의 병사들은 부들부들 떨며 군율을 지키지 않는 자가 없었다.

한편, 장수는 조조가 군사를 거느리고 쳐들어온다는 소식을 듣자, 시급히 유표에게 서신을 보내어 후원을 청하는 동시에 뇌서(雷敍) · 장선(張先) 두 장수와 더불어 부하 장병을 이끌고 성 밖으로 출진했다.

양군이 진을 치고 나자, 장수는 말을 몰아 진두에 버티고 서서 손가락질을 하면서 매도했다.

"조조! 네놈은 인의의 가면을 쓴 몰염치한 놈이다! 금수와 뭣이 다르단 말이냐!"

조조는 노발대발하며 허저에게 출마를 명령했고 장수는 장선을 시켜서 대결하도록 했으나 그는 3합도 싸우지 못하고 말 위에 앉은 채로 목이 달아났다. 우수수 흩어지는 장수의 군사를 조조는 남양성 아래까지 밀고 나갔다.

장수는 성 안에 틀어박혀 문을 잠그고 나오려 들지도 않는지라, 조조는 성을 포위하고 공격을 가했으나, 성호(城壕)가 매우 넓고 물이 깊어서 쉽사리 접근하기 어려웠다. 병사들을 동원해서 흙으로 메우고, 흙부대 · 나뭇단 · 짚더미를 쌓아 올려서 발디딜 자리를 만들어 성 안의 동정을 살피게 했다.

조조는 친히 말을 타고 성 주위를 세밀히 살피고 돌아다니다 사흘째 되는 날에는 서쪽 성문 한곳에 나뭇단을 쌓아 올리고 여러 장수들에게 성으로 기어올라가도록 명령했다. 성 안에서는 가후가 이 광경을 바라보며 장수에게 말하기를,

"조조의 의도를 이미 알았습니다. 이제는 우리도 조조보다 더 묘한 계책을 써서 대결해 봅시다."

라고 했다.

# 18.
# 눈에 꽂힌 화살

하우돈은 빠진 눈동자를 부정모혈(父精母血)이니
버릴 수 없다며 입에다 넣고 꿀떡 삼켜버렸다

賈文和料敵決勝
夏侯惇拔矢啖睛

"조조는 사흘 동안 성의 주변을 돌면서 살펴본 결과, 동남각(東南角)의 벽돌 빛깔이, 새것과 낡은 것이 다르고 녹각(鹿角—나무를 사슴뿔처럼 삐죽삐죽 꽂아 놓은 방어선)이 태반이나 부서진 것을 보고서 이리로 쳐들어올 작정을 하고 있는 것입니다. 그런 까닭에 서북쪽으로 풀더미를 쌓아서 기세를 올려 우리 편을 서북쪽으로 집중시키려 하고 있습니다. 밤중에 살며시 동남각으로 쳐들어올 것이 뻔한 노릇입니다."

가후가 장수에게 이런 의견을 말했다.

"그렇다면 어찌해야 좋겠소?"

"내일 힘이 센 병사들을 배불리 먹이고 몸차림을 가볍게 시킨 다음, 동남쪽에 있는 민가에 잠복시켜서 백성들에게도 병사의 몸차림과 같이 해가지고 서북쪽을 견고히 지키는 것처럼 보이면서, 밤중에 저편에서 동남쪽에서 덤벼들어도 상대를 하지 말다가, 성벽을 넘어서는 기색이 있을 때 일성포향(一聲礮響)과 함께 복병이 일제히 일어나면 조조는 그대로 잡을 수 있습니다."

장수는 기뻐하며 이런 계책대로 만반의 준비를 갖추었다. 탐마(探馬)가 이런 눈치를 재빨리 알아차리고 즉시 조조에게 보고하기를, 장수가 성 안의 병사를 몽땅 서북쪽으로 집중시켜서 기세를 올리고 동남쪽은 텅 비어 놓고 있다고 했다.

"내 계책에 떨어진 것이구나!"

조조는 이렇게 말하면서, 성에 올라갈 연장을 비밀리에 준비하라는 명령을 내리고, 낮에는 군사를 시켜서 서북쪽만 공격케 하고, 밤 2경쯤 됐을 무렵에 정병을 이끌고 동남쪽의 성호(城壕)를 기어 넘어서 녹각을 찍어 헤쳤다. 그래도 성 안에서는 잠잠하기만 하고 아무 소리도 없었다.

조조의 군사들이 일제히 몰려 들어가고 있을 때, 일성포향, 복병이 사방에서 덤벼들었다. 조조가 당황해서 군사를 뒤로 물리니, 장수가 친히 정병을 이끌고, 추격해 오는 바람에 조조의 군사는 꼴사납게 패배하여 성 밖으로 수십 리나 도주했다.

장수는 새벽녘까지 밀고 나가다가 그제서야 군사를 수습해 가지고 성 안으로 돌아왔다. 조조가 손해를 조사해 보니 꺾여 버린 병력이 5만 이상, 잃어버린 치중(輜重)이 무수했고 여건 · 우금까지 부상을 입었다.

한편, 가후는 조조가 패주한 것을 알자 유표에게 사람을 보내서 그 퇴로를 막아버리라고 장수에게 권고했다. 유표가 편지를 받아 보고 그길로 출마하려는데, 손책이 호구(湖口)에 군사를 내세우고 있다는 급보가 날아들었다.

"손책이 호구에 군사를 집결시킨 것은 조조의 계책에서 나온 겁니다. 이제 조조가 패전한 틈을 타서 쳐부수지 않는다면 반드시 후환을 면치 못할 겁니다."

괴량이 이렇게 말하니 유표는 황조에게 명령하여 장강으로 통하는 도로를 든든히 지키도록 했다. 그리고 친히 군사를 이끌고 안중현(安衆縣)으로 출진하여 조조의 퇴로를 가로막기로 하고, 이런 의도를 장수에게 통지했다. 장수는 유표가 출진했다는 것을 알자 가후와 함께 군사를 거느리고 조조를 추격했다.

이때, 조조의 군사가 서서히 후퇴하고 있었는데 양성현(襄城縣)에 도착하여 육수에 접어들었을 때, 조조가 갑자기 말 위에서 소리를 내며 흐느껴 우는 것이었다. 여러 사람이 깜짝 놀라서 그 까닭을 물어 보니 조조가 대답했다.

"작년에 여기서 목숨을 잃은 대장 전위를 생각하고 나도 모르게 눈물이 복받쳐 오른 것이오!"

진군을 멈추고 추도 제사를 성대히 지냈는데, 조조가 친히 향불을 피우고 눈물을 흘리며 절하는 광경을 보자, 모든 병사들도 감격하여 마지않았다.

전위의 제사가 끝난 다음 조카 조안민(曹安民)과 장자 조앙(曹昻) 그리고 전사한 장병들을 위해서도 제물을 올리고 화살을 맞고 죽은 그 대완마(大宛馬)에게도 제사를 지냈다.

이튿날 갑자기 순욱에게서 연락이 왔다. 유표가 장수에게 가담하여 군사를 안중에 집결시켜서 이편의 돌아가는 길을 차단하려 한다는 것이다. 조조는,

"내가 하루에 몇 리 길도 진군을 하지 않는 것은 적군이 추격해 온다는 것을 몰라서 그러는 것은 아니오. 달리 생각이 있어서 하는 일이니까 안중에 도착하면 반드시 장수의 군사를 쳐부수고 말 테니 걱정할 것은 없소."

하고 답장을 주어서 돌려보내고, 군사를 급히 몰아 안중현으로 접어들었다. 이때, 유표의 군사는 이미 요새지대를 견고히 해 놓았으며, 배후에서는 장수의 군사가 추격해 오고 있었다. 조조는 깊은 밤을 이용해서 산길을 헤치고 복병을 숨겨 놓았다.

동녘 하늘이 훤히 밝아 올 무렵에 유표와 장수의 군사들은 합류했는데, 조조의 군사 수효가 얼마 안 되는 것을 보자 조조가 어디로 빼소니를 쳐버린 줄로만 알고 군사를 몰아 산곡간이 좁은 길로 쳐들어갔다.

이때, 조조는 복병을 일제히 동원시켜서 적군을 모조리 쳐부

수고 안중현 경계선의 요새지대를 돌파한 후 다시 평지에 진을 쳤다. 유표와 장수는 각각 패잔병을 수습해 가지고 다시 뭉쳐졌다.

"분하게도 조조의 간계에 빠져 버리고 말았는걸!"

유표의 말에 장수가,

"조급히 굴 건 없소. 서서히 또 해봅시다!"

하니 양군은 안중으로 집결했다.

순욱은 원소가 군사를 일으켜 허도를 침범하려는 사실을 탐지하고는, 시급히 조조에게 이를 통지했다. 조조는 그 서신을 보고 당황하여 그날로 군사를 물리기로 했다. 장수에게도 이런 정보가 날아 들었는지라 당장에 조조를 추격하려 했더니 가후가 말렸다.

"뒤를 쫓으면 안 됩니다. 추격하면 반드시 패할 것입니다."

라고 했다. 이에 유표는,

"오늘 추격하지 않다니 이렇게 좋은 기회를 그대로 놓칠 수는 없소!"

하면서 장수를 권유해 1만여 명의 병력을 이끌고 함께 뒤를 추격했다. 10리 남짓하게 쫓아가서 조조의 후군을 잡기는 했지만, 뜻밖에도 조조의 군사들이 어찌나 용감히 싸웠던지, 추격해 간 양군은 고배를 마시고 대패하여 되돌아왔다.

장수가 가후에게 말했다.

"공의 말을 듣지 않았더니 무참하게 패하고 돌아오게 됐소!"

가후가 말했다.

"이제야말로 군사를 다시 정비해 가지고 추격하시오."

"패하고 돌아온 이때에 또다시 추격하라는 것이오?"

"이번에 추격하면 기필코 승리할 겁니다. 승리하지 못한다면 내 목을 바치리다!"

장수는 그 말을 믿었지만, 유표가 의아하게 생각하고 움직이려 들지 않아서, 장수 혼자서 군사를 몰고 추격했더니, 과연 조조의 군사는 형편없이 쫓겨서 달아나 버렸다. 장수가 그대로 계속해서 추격하려고 했을 때, 저쪽 산비탈로부터 일군의 군마가 몰려 들어오는 바람에 추격을 단념하고 안중으로 군사를 철수시켰다.

유표가 가후에게 물었다.

"지난번에는 정병을 가지고 후퇴하는 군사를 추격했는데도 공은 반드시 패할 것이라 했고, 다음번에는 패잔병을 가지고 승리한 군사와 대결하는데도 공은 반드시 승리할 거라고 했는데 과연 그 말대로 됐으니 모두 역리(逆理)가 들어맞은 셈이니 그 까닭을 좀 가르쳐 주시오."

"이것은 아주 쉬운 이치입니다. 장군은 전략에는 능하시다지만 내가 뵙기에는 조조의 적수가 못 되시겠습니다. 조조는 싸움에 패했다고는 하지만 맹장들을 후군에 밀어서 추격하는 군사를 막아낼 것은 뻔한 노릇이니 이편이 아무리 세다 해도 대적하기는 힘이 듭니다. 그러니까 기필코 패하리라고 생각했습니다.

또 조조가 급히 진을 걷어가지고 돌아갈 때는 반드시 허도에 무슨 변고가 생긴 것이니까, 우리 편에서 추격하는 군사를 한 번 격퇴시킨 다음에는 후군의 방비도 소홀히 하고 앞으로만 달아날 것이 뻔한 노릇입니다. 이 허를 찌르고 다시 추격했으니까 승리할 수 있었던 겁니다."

장수 · 유표 다같이 그의 탁월한 견해에 탄복했는데, 가후가 또 권고하기를 유표는 형주로 돌아가고, 장수는 양성을 지켜서 이와 입술처럼 서로 협력하라고 하는지라 양군은 각각 헤어졌다.

조조는 앞으로만 말을 달리다가, 후군이 추격을 받고 있다는 소식을 듣고 싸움을 거들려고 달려왔더니 이미 장수의 군사가 철수한 뒤였다. 어떤 패잔병이 말했다.

"만약에 산 뒤로부터 밀려 내려온 군사들이 도와 주지 않았다면 우리는 고스란히 붙잡힐 뻔했습니다."

조조가 당장에 산 뒤에서 나타났다는 장수를 불러들이니, 창을 한옆에 끼고 말에서 내리며 조조와 대면하는 그 장수는 바로 진위중랑장(鎭威中郎將) 강하군(江夏郡) 평춘(平春) 사람 이통(李通—字는 文達)이었다.

조조가 그 연유를 물어 보았다.

"소생은 여남을 지키고 있었는데 이번에 승상께서 장수·유표와 싸움을 하신다는 소식을 듣고 힘이 돼 드릴까 하여 달려온 길입니다."

조조가 한층 더 기뻐하여 그를 건공후(建功侯)에 봉해서 여남군의 서쪽 경계 지대를 든든히 하게 하고, 유표·장수를 지키도록 명령했더니, 이통은 감사하다 인사하고 즉시 떠나갔다.

조조는 허도로 돌아와서 손책의 큰 공로를 칭찬하고 토역장군(討逆將軍)에 봉했으며, 오후(吳侯)의 작위를 하사하도록 상주문을 올리고 칙사를 강동으로 내려보내서 유표를 토벌하라는 조서를 전달했다. 조조가 승상부로 돌아와서 여러 장수들과 인사를 마치고 있을 때, 순욱이 나타났다.

"승상께서 안중까지 철수했을 때, 일부러 진군을 천천히 하시면서 반드시 승리하리라고 말씀하신 것은 무슨 까닭입니까?"

"그때엔 앞뒤로 가로막혀서 나갈 길이 없었고, 사느냐 죽느냐 양단간에 하나밖에 없는 싸움이었기 때문에 기묘한 수법을 써 보려고 일부러 적군을 유인해 낸 것이오. 그래서 반드시 승리하리라고 말한 것이었소."

순욱이 조조의 말에 감탄하고 있을 때 곽가가 문안을 드렸다.

"무슨 일로 이렇게 늦었소?"

하는 조조의 말을 듣더니 편지 한 통을 내놓았다. 원소에게서 사람이 왔는데 공손찬을 공격하기 위해서 군사와 군량의 편의를 좀 봐 달라는 내용이었다. 그런데 그 편지투가 오만불손하기 짝이 없었다.

"이런 무례한 놈이 천하에 어디 있단 말인가? 이놈을 처치해 버려야겠는데 힘이 모자라니, 어찌하면 좋겠소?"

곽가가 말했다.

"유방(劉邦)이 항우(項羽)의 적이 아니었다는 것은 승상께서도 잘 아실 겁니다. 유방은 지(智)로써 승리를 한 것이니 항우와 같이 힘이 센 사람도 마침내 그의 손아귀에 들고 말았습니다. 이제 따져 보자면 원소에게는 열 가지의 패인(敗因)이 있지만, 승상께서는 열 가지의 승인(勝因)이 있습니다.

원소가 제아무리 수많은 병력을 지니고 있다손치더라도 무서울 것은 없습니다. 원소는 예의와 형식에만 치중하지만, 승상께서는 무슨 일이나 자연의 형세대로 하시니 이것이 도(道)에 있어서 승리하시는 길이요, 그는 천하에 거역하는 행동을 하는데 승상께서는 백성의 희망을 따라서 천하가 나를 따르도록 하시니 이것이 의(義)에 있어서의 승리요, 환(桓)·영(靈) 두 임금께서 정사에 실수가 있으신 점에 그는 관대하게 임하고 있지만, 승상께서는 추호도 법을 소홀히 하심이 없으시니 이는 치(治)에 있어서의 승리요.

그는 너그럽게 포섭하는 체하면서도 속으로는 깊은 질투를 감추고 사람을 기용하는데도 연고자만을 치중하는데, 승상께서는 일견 일을 거칠게 하시는 듯하면서도 사실은 탁월한 식견을 가지시고 사람을 쓰는데도 그 재간을 제일로 삼으시니, 이는 도량에 있어서의 승리입니다. 또 그는 궁리가 많고 결단성이 부족하지만, 승상께서는 계책이 서면 즉시 실천으로 옮기시니 이는 모(謀)에 있어서의 승리요, 그는 명성만을 생각하고 사람을 보지만 승상께서는 진심으로 사람을 대하시니 이는 덕(德)에 있어서의 승리입니다.

그리고 그는 눈앞에 보이는 곤궁한 사람을 구할 줄 아나 눈에 보이지 않는 사람은 생각지 못하는데, 승상께서는 이런 사람들에게 살살이 마음을 쓰시니 이는 인(仁)에 있어서의 승리입니다. 또 그는 하잘것없는 아랫사람들의 아첨하는 말에도 현혹되지만, 승상께서는 남의 말에 빠지시는 일이 없으시니 이는 명(明)에 있어서의 승리요, 그는 시비곡직을 명백히 하지 않는데, 승상께서는 법을 굽히는 일이 없으시니 이는 문(文)에 있어서의 승리요, 그는 허세를 부리기 좋아하며 용병(用兵)의 기술을 모르지만 승상께서는 능히 적은 수효로 많은 수효를 제압하시며 그 용병이 신(神)과 같으시니 이는 무(武)에 있어서의 승리입니다. 승상께 이 열 가지 승인이 있으신 이상, 원소를 격파하기는 아주 수월한 일입니다."

조조는 빙그레 웃으면서 말했다.

"나는 그대가 말하는 것 같은 위인도 못 되는데……."

순욱이 말했다.

"곽공의 십승십패의 말씀에 대해서는 나도 이의가 없소. 원소의 군사쯤을 두려워할 게 없습니다."

이때, 곽가는 서주의 여포야말로 가장 거추장스러운 인물이니, 이제 공손찬을 토벌하기 위해 북쪽으로 올라가는 기회에 우선 여포를 토벌해서 동남 각지를 진압하고 그 다음에 원소를 토벌하러 나서는 것이 상책이요, 그렇지 않고 이편에서 원소와 맞붙는다면 그 틈을 타서 여포가 허를 찌르고 허도를 습격할 것이 틀림없으니, 이리 되면 사태가 시끄럽게 될 것이라고 제안했다.

조조가 그 말대로 여포를 토벌할 대책을 협의했더니, 순욱이 말했다.

"우선 유현덕에게 사람을 보내셔서 상의해 보시고 그 답장을 받고 나서 출진하는 것이 지당할까 합니다."

조조가 유현덕에게 편지를 보내는 한편 원소가 보낸 사람을 후히 대접하고, 원소를 대장군(大將軍) 태위에 봉해서 기(冀)·청(青)·유(幽)·병(幷) 4주(州)의 도독(都督)을 겸임 시키도록 천자께 상주문을 올렸다. 그리고 원소에게는,

'공은 곧 공손찬을 치라. 내 군사를 보내서 도우리라.'

라는 내용의 밀서를 보냈다. 원소는 이 밀서를 보고 크게 기뻐

하며 그 즉시 공손찬 토벌에 나섰다.

여포는 서주에 있으면서 가끔 막료들을 모아 놓고 연석을 베풀었는데, 이럴 때마다 진규 부자가 입이 닳도록 여포가 덕망 있는 인물이라 찬양하는 바람에 진궁은 이것이 항시 비위에 거슬려서 어떤 기회에 여포에게 이런 말을 했다.

"진규 부자가 장군께 아첨을 하는데는 무슨 야심이 있는지도 모르니 조심하시는 게 좋을 겁니다."

"무슨 소리야? 죄 없는 사람을 무고하려는 건가?"

여포가 이렇게 호통을 치리라고는 꿈에도 생각지 못한 진궁은 밖으로 나와서 혼자 중얼거리며 한숨을 내쉬었다.

"충고도 받아들이지 않는데, 여기 있다가는 나의 목숨도 위태롭겠다."

여포를 버리고 떠나가고 싶은 생각이 간절했지만 그것도 용이한 노릇이 아니고, 그렇다고 사람들의 웃음거리가 될 수도 없고, 이 궁리 저 궁리 하면서 하고 많은 날 우울하게 지내고 있었다. 어느 날, 말 몇 필을 끌고 소패성 안으로 울적한 기분도 풀 겸 사냥을 나갔다가, 관도(官道)를 나는 듯이 지나쳐 가는 역마(驛馬) 한 필을 보았다.

이상한 생각이 들어서 진궁은 사냥도 집어던지고 말을 달려 지름길로 쫓아가서 물어봤다.

"그대는 어느 곳에서 사명을 띠고 온 사람인가?"

그 사람은 진궁이 여포의 부하라는 것을 알아채고 당황해서 대답도 못하고 우물쭈물하고 있었다. 몸을 뒤져 보니 유현덕에게서 조조에게 보내는 밀서가 나왔는지라, 진궁은 그 사람을 잡아 가지고 밀서를 가지고 여포 앞으로 끌고 나갔다.

바른 대로 대라고 야단을 쳤더니 그 사람의 말이, 조승상이 예주에 있는 유현덕에게 보내는 편지를 전하고 그 답장을 받아 가지고 가는 길인데 자기는 답장의 내용은 전혀 모른다는 것이었다.

편지를 빼앗아서 읽어보니, 여포를 치라는 명령을 받고 기회만 노리면서도, 군사력이 부족해서 경거망동도 못하고 있던중, 조승상이 대군을 일으킨다면 선봉에 서서 나갈 명령만 기다리고 있겠다는 것이었다.

"조조, 요 발칙한 놈! 감히 이따위 괘씸한 짓을 하다니!"

여포는 격분을 참지 못하고 당장에 사람을 파견하여 진궁 · 장패에게 태산의 산적 손관(孫觀) · 오돈(吳敦) · 윤례(尹禮) · 창희(昌豨) 등과 결탁해서 산동 · 연주 각 군을 즉시 공격하도록 명령했다. 또 한편으로는 고순 · 장요를 패성으로 보내서 유현덕을 습격하게 하고, 송헌(宋憲) · 위속(魏續)을 서쪽으로 파견해서 여남(汝南) · 영주(潁州)를 공격케 했다. 그리고 여포 자신은 중군을 통솔하고 이 3군이 위급할 경우에 대비하기로 했다.

고순이 군사를 거느리고 서주를 떠나 소패로 접어들 무렵, 벌써 이 사실을 현덕에게 알려주는 사람이 있었다. 현덕이 여러 사람을 모아 놓고 대책을 강구하던 중 손건이 말했다.

"시급히 조승상께 급보를 띄우는 것이 좋겠습니다."

"허도에 가 줄 사람은 없는가?"

"소생을 보내 주십시오!"

섬돌 아래서 내닫는 사람이 있었다. 이는 현덕과 동향 사람 간옹(簡雍一字는 憲和)으로 현덕의 막빈(幕賓)으로 있었다. 현덕은 즉시 편지를 써서 간옹에게 주고 빨리 허도로 가서 싸움을 거들어 달라고 했다.

현덕 자신은 남문, 손견이 북문, 관운장이 서문, 장비가 동문을 각각 지키고, 미축과 그 아우 미방에게 중군을 지키도록 했다. 본래 미축에게는 누이동생이 하나 있었는데 현덕의 둘째부인이 되었으므로 이 형제들과 남매지간이니 중군의 수비를 명령해서 가족을 지키도록 한 것이다.

고순의 군사가 도착되자 현덕은 적루(敵樓) 위에서 외쳤다.

"나는 여포와 아무런 원한도 맺은 일이 없는데 어째서 쳐들어온 건가?"

"네놈은 조조와 결탁해서 우리 주군을 해치려고 하다가 일이 이미 탄로났으니 어째서 네놈을 잡지 않겠느냐?"

고순이 호통을 치며 군사를 몰고 성을 공격했으나 현덕은 문을 잠그고 나오지 않았다. 장요가 군사를 거느리고 서문으로 쳐 들어왔을 때, 관운장이 성 위에서 말했다.

"그대는 의표(儀表)가 그리 속되지 않은 사람인데 어찌하여 적군에 끼여서 몸을 망치고 있는가?"

이 말을 들은 장요, 머리를 수그리고 묵묵부답이었다. 관운장은 이 사람이 충의의 기개가 있는 사람임을 잘 아는 까닭에 그 이상 욕설을 퍼붓지 않고 또 대적하여 싸우지도 않았다.

장요가 군사를 끌고 동쪽 문으로 돌자, 장비는 당장에 덤벼들어서 싸움을 했다. 이 소식을 재빨리 안 관운장은 얼른 동쪽 문으로 달려갔다. 그러나 그때에는 이미 장요가 장비에게 몰려서 후퇴한 뒤였다. 장비가 또 뒤를 추격하려고 했더니 관운장이 급히 장비를 성 안으로 도로 불러들였다.

"그놈이 겁을 내고 달아나고 있는데 어째서 추격하지 못하게 하는 거요?"

장비가 펄펄 뛰니 관운장이 말했다.

"그는 제법 훌륭한 무인일세. 내가 정의로써 설복시켰더니 자기도 수치스러워서 우리들과는 싸우려 들지를 않는 걸세."

장비는 그 말의 뜻을 깨닫고 병사들에게 성문을 든든히 지키라 명령하고 공격을 가하려고 하지 않았다.

한편 간옹은 허도에 도착하자마자 조조를 만나보고 사정을 자세히 전달했다. 조조는 즉시 막료들을 불러 놓고 대책을 강구했다. 여포를 공격했을 때, 원소가 손을 뻗칠 것은 차치하고라도 유표와 장수가 빈 틈을 쳐들어오지 않을까 그것이 걱정이라는 조조의 말을 듣고, 순유가 말했다.

"그들 둘은 싸움에 패한 지 얼마 안 되니 경솔히 나서지는 못할 겁니다. 여포는 용감한 장수니 만약 원술과 결탁해서 회수 · 사수 일대에 손을 뻗친다면 사태는 점점 더 시끄러워집니다."

조조는 이 의견을 받아들여서 당장에 하후돈 · 하후연 · 여건 · 이전에게 병력 5만을 주어서 선발대로 내보내고 자기는 친히 대군을 거느리고 그 뒤를 쫓았다. 간옹도 조조를 수행했다.

고순에게도 이런 정보가 날아들게 되니, 그는 여포에게 급보를 띄웠다. 여포는 급한 대로 후성 · 학맹 · 조성에게 2백 기를 주어서 싸움을 거들러 보내고 소패성에서 30리쯤 떨어진 지점에서 조조의 군사와 대결하도록 명령하고 자신은 대군을 거느리고 후군을 책임졌다.

유현덕은 소패성 안에서 고순이 후퇴하는 것을 보자 조조의 군사가 들어온 줄 알았는지라 손건에게 성을, 미축 · 미방에겐 가족을 맡기고, 자기는 관운장 · 장비와 함께 성 안의 전군을 이끌고 성 밖으로 나와서 조조의 군사와 호응하려고 좌우 양편으로 갈라져서 진을 쳤다.

군사를 거느리고 돌진해 오던 하후돈은 고순의 군사와 맞닥뜨렸다. 말과 말이 뛰고 으르렁대고, 쫓고 쫓기고 4, 50합이나 치열한 격전이 계속됐다.

고순이 감당해 내지 못하고 자기 진지로 빼소니를 치려고 했을 때, 하후돈이 짓궂게도 저편 진지 근처까지 추격해서 달려들어갔다. 이때 여포의 진지에서 조성이 쏜 한 자루의 화살.

그것은 처참하게도 하후돈의 왼쪽 눈에 꽂혔다.

하우돈은 비명소리와 함께 대뜸 그 화살을 손으로 뽑았다. 이 처참한 광경이 보는 사람을 소름끼치게 했다. 꽂혔던 화살은 활촉에 눈동자를 물고 나온 것이었다.

"이것은 부정모혈(父精母血)이니 버릴 수 없다!"

하후돈은 이렇게 외치면서 그 눈동자를 입에 넣고 꿀떡 삼켜 버렸다. 그리고 쏜살같이 창을 휘두르며 말을 달려 쳐들어가니 조성은 방심하고 있던 차인지라, 피할 겨를도 없이 얼굴 한복판에 정통으로 창끝을 맞고 거꾸러져 버렸다. 양군의 병사들이 똑같이 마른 침을 삼키는 긴장된 순간이었다.

그러나 조조의 군사는 결국 대패했다.

하후연은 형 하후돈을 도와서 간신히 몸을 피했고, 여건과 이전도 패잔병을 거느리고 제북(濟北)까지 철수해 가지고 겨우 군사를 수습했다.

고순은 투지만만하여 기세를 올리며 그대로 계속해서 유현덕을 공격할 배짱이었다.

바로 이때 여포의 대군도 도착했다. 여포는 장요 · 고순과 더불어 3면으로 갈라져서 현덕 · 관운장 · 장비를 공격하며 덤벼든다. 눈동자를 삼켜 가며 싸움을 할 수는 있었지만 화살이 빗발치듯 하는 선봉의 위치를 오래 버티기는 어려웠다.

# 19.
# 주색을 엄금하라

유현덕이 여포에 패하여 혈혈단신 정처 없이 피해 다니고 있었는데…
그러나 여포는 다시 최후를 맞았고…

下邳城曹操鹿皿兵
白門樓呂布殞命

고순이 장요를 이끌고 관운장의 진지를 습격하자, 여포는 또 장비의 진지를 습격했다. 관운장 · 장비, 각각 그들을 맞아 대결했고, 유현덕은 군사를 거느리고 양군의 뒷받침을 하고 있었으나 여포가 군사를 나누어서 배후로 습격해 오는 바람에 관운장 · 장비의 양군도 우수수 흩어졌고 유현덕도 불과 수십 기를 거느리고 패성으로 몸을 피하는 수밖에 없었다.

유현덕은 시급히 성 위의 군사들을 불러서 구름다리를 내려보내도록 했는데, 그때 벌써 뒤쫓아온 여포가 바로 등뒤까지 육박해 들어오고 있었다.

성 안에서는 활을 쏘려 해도 유현덕에게 맞을까 겁이 나서 쏘지 못하고 허둥지둥하고 있는 데 여포가 단숨에 성문으로 쳐들어와서 문을 지키고 있던 병사들은 사방으로 몸을 피해 숨어 버렸고 여포는 쉽사리 자기 편 군사들을 성 안으로 몰아 들였다.

유현덕은 이제는 마지막이구나 하는 생각으로 집에 들를 것도 단념하고 가족을 버린 채 성 안의 큰 길로 재빨리 빠져나와 서문 밖으로 뛰쳐나온 다음 단기로 도주해 버렸다.

여포가 현덕의 집으로 달려갔을 때에는 미축이 그를 황망히 맞이했다.

"대장부는 남의 아내를 죽이지 않는다고 합니다. 이제 장군과 천하를 다투는 사람은 조조밖에 없습니다. 유장군께서는 옛날에 여장군께서 원문(轅門)에 화극을 꽂아 놓고 화살로 쏘시어 목숨을 건져 주신 은혜를 한시도 잊어버리신 일이 없습니다. 또 여장군께 거역한다는 것은 꿈에도 생각지 못하신 일이었는데 이번에 조조가 성화같이 조르니 마지못해 가담하신 겁니다. 한 번만 슬쩍 넘겨주시기 바랍니다."

"나도 현덕과는 친분이 있는데 어찌 그의 처자에게 해를 끼치겠소."

여포는 이렇게 말하고 미축에게 명령하여 현덕의 가족을 서주로 옮겨가서 살도록 했다. 또 여포는 고순과 장요에게 소패를 지키도록 하고, 자신은 군사를 거느리고 산동 · 연주의 경계지대로 출진했다.

이때, 한편에서 손건은 재빨리 성 밖으로 피신하였고, 관운장·장비도 각각 얼마간의 병력을 이끌고 산 속으로 숨어 버렸다.

유현덕은 혈혈단신으로 정처 없이 몸을 피해 다니고 있었는데, 누군가 뒤를 부지런히 쫓아오는 사람이 있기에 살펴보니 바로 손건이었다.

"두 아우의 생사도 모르고 집안 식구들도 어떻게 됐는지? 이제부터는 어찌하면 좋겠소."

"잠시 조조에게 몸을 의탁하시고 재기하실 계책을 세우시는 게 좋겠습니다."

유현덕은 손건의 말대로 지름길을 찾아서 허도로 향했다. 가는 도중에 식량이 떨어지면 마을로 나가서 얻어먹었는데, 어딜 가나 예주의 유현덕인 줄 알면 누구나 서로 앞을 다투어서 음식을 권해 주었다.

양성을 향하여 길을 걸어가고 있는데, 난데없이 하늘을 무찌를 것같이 모래와 먼지를 휘날리며 무수한 인마가 달려들었다. 현덕은 그것이 조조의 군사임을 알아차리고 본진의 깃발을 찾아내서 조조를 만나 보고, 패성을 잃게 된 사연과 두 아우와도 뿔뿔이 헤어졌고 가족까지 적군의 수중에 빼앗기게 된 형편을 자세히 알려 주었다. 이 슬픈 사정에 조조도 부지중 두 눈에 눈물이 글썽글썽했다.

조조의 군사가 제북까지 진출했을 때, 하후연이 영접해서 진중으로 안내하며 형 하후돈이 한쪽 눈이 없어진 채 자리에 누워 있다는 사정을 보고했다.

조조는 하후돈을 위문하고, 남보다 빨리 허도로 돌아가서 치료를 하도록 명령했다.

한편으로 사람을 파견하여 여포의 행방을 탐지해 봤더니 탐마가 돌아와서 전했다.

"여포는 진궁 · 장패와 함께 태산의 산적과 결탁하고 연주의 여러 군을 침범하고 있습니다."

조조는 그 즉시 조인에게 병력 3천을 주어서 패성을 공격하게 하고 친히 대군을 거느리고 유현덕과 함께 여포를 토벌하러 나섰다.

산동으로 진출해서 소관(蕭關)에 다다랐을 때, 태산의 산적 손관 · 오돈 · 윤례 · 창희가 3만여 명의 병사를 이끌고 앞을 가로막았다.

조조가 허저에게 출마를 명령하니 적군의 대장 네 사람도 말을 달려 내달았지만, 허저의 용감한 분투에 견디지 못하고 사방으로 흩어졌으며, 조조는 그대로 앞으로 앞으로 밀고 나가서 소관까지 육박해 들어갔다.

이때, 여포는 이미 서주로 되돌아가서 진등과 함께 소패를 구원하러 나서려고 진규에게 서주의 수비를 명령했다. 그러나 이것이 여포에게는 기막힌 화근이 될 줄은 몰랐다.

진등의 출진에 앞서서 아버지 진규가 이런 말을 아들에게 했다.

"전에 조승상께서는 동쪽 일이라면 모든 일을 나에게 맡기시겠다고 말씀하신 적이 있었다. 여포의 운명도 오늘 내일하고 있다. 너도 정신차려서 일을 해라!"

"다른 일은 제가 잘 알아차려서 처리하겠습니다만, 여포가 패하고 돌아오면 아버님께서는 미축과 성을 든든히 지키셔서 여포를 성 안에 들여놓지 마시도록 해주십시오. 그 때에는 저는 저대로 달아날 구멍이 있을 테니까요."

"그런데 여포의 가족들이 이곳에 있고, 심복의 부하들이 많으니 이는 어찌하면 좋겠느냐?"

"그 문제에 관해서는 저에게 따로 생각이 있습니다."

그들은 부자끼리 결탁하고 온갖 농간을 부렸으니, 우선 진등은 여포를 꾀어서 군자금과 군량을 하비(下邳)로 옮겨 놓게 하고, 조조 편과 내통하기 위해서 세 통의 편지를 써서 화살에 꽂아 밤중에 관 아래 조조의 진중을 향해 쏘았다. 그리고 진궁으로 하여금 군사를 거느리고 관을 버리고 달아나게 하는 등, 온갖 계교를 써서 여포를 골탕먹였다.

여포가 마지막 판에야 진등의 계책에 넘어간 줄 알고 격분해서 말을 달려 소패에 다다랐을 때에는 성벽에는 이미 조조의 군사가 꽂은 무수한 깃발들이 휘날리고 있었다. 이것은 조조가 앞질러서 조인에게 명령하여 점령시키고 농성하고 있도록 한 것이었다.

여포가 성 아래에서 격분하여 진등을 매도하니 진등은 성 위에서 여포에게 손가락질하면서,

"나는 한나라의 신하다! 너 같은 역적 놈의 밑에 있을 수 있겠느냐?"

하며 욕설을 퍼부었다. 여포가 대로하여 쳐들어가려고 하는 찰나에, 난데없이 등뒤에서 요란한 고함소리가 일어나더니 일군의 인마가 덤벼들었다. 선두에 나서는 대장은 다른 사람이 아닌 바로 장비였다.

고순이 말을 달려서 내달으며 도전했지만 도저히 감당해 내지 못했고, 여포 자신이 고순과 교대해서 격전을 전개하고 있는 판에 별안간 옆쪽에서 또 한번 요란스런 고함소리가 일어나더니 이번에는 조조 자신이 대군을 거느리고 쳐들어왔다.

여포는 대적하기 어렵다는 단정을 내리자 군사를 거느리고 동쪽으로 도주했고, 조조의 군사들은 놓치지 않으려고 뒤를 맹렬히 쫓았다. 여포는 기진맥진했고 말도 지쳐서 힘을 못 쓰게 된 판에 공교롭게도 또 일군의 인마가 달려들더니 여포의 퇴로를 막았다. 선두에 버티고 나서는 대장이 긴 칼을 한 손에 들고 호

통을 쳤다.

"여포! 꼼짝 말고 게 있거라! 관운장 예 왔다!"

여포가 당황하여 선뜻 대결하려고 덤벼드는 찰나에, 장비가 재빨리 등뒤로 덤벼든다. 여포는 '이게 마지막이로구나'하는 비장한 생각으로 간신히 살 구멍을 찾아서 하비를 향해 도주하니 후성이 군사를 거느리고 있다가 맞아들였다.

관운장과 장비는 또다시 서로 만나게 되어서 눈물을 흘리며 헤어진 뒤의 일들을 이야기했다. 이야기가 끝난 다음 함께 병사를 거느리고 현덕의 앞으로 나오자, 두 사람은 흑흑 흐느껴 울면서 땅바닥에 엎드렸다. 현덕은 희비가 교차되는 심정으로 두 아우를 조조와 만나게 하고, 그를 따라서 서주로 들어섰더니 미축이 맞아 주면서 가족들이 무사하다고 알려 주어서 현덕은 심히 기뻐했다.

진규 부자들도 조조와 대면했다. 조조는 성대한 주연을 베풀고 여러 장수들을 위로했으며 연회가 끝나자 조조는 진규 부자의 공로를 특히 표창해서 십현(十縣)의 봉록(封祿)을 물려주었고, 진등을 복파장군(伏波將軍)에 임명했다.

조조는 서주를 수중에 넣게 되자 기뻐서 어쩔 줄 모르며, 다시 하비를 공격할 대책을 강구했다.

그런데 정욱이 의견을 제시했다. 그것은 여포를 너무 혹독하게 공격하면 원술에게 몸을 의탁할 것이 분명하고, 만약 여포와 원술이 결탁하게 되면 만만치 않은 세력이 될 것이므로, 우선 유능한 인물을 시켜서 회남으로 통하는 요로를 견고히 지키게 하고 안으로는 여포를 방비하고 밖으로는 원술과 대적하는 것이 상책이라는 것이었다.

결국, 산동 방면의 요로는 조조 자신이 맡고, 회남 방면의 요로는 유현덕이 맡기로 결정했다.

이튿날, 유현덕은 미축과 간옹 두 장수를 서주에 남겨 두고, 손건 · 관운장 · 장비를 거느리고 회남 방면의 요로로 출진했으며, 조조는 친히 군사를 이끌고 하비 공격에 나섰다.

여포는 하비에 있으면서 충분한 군량을 믿었고, 또 사수(泗水)의 지리적인 요새도 있으니 농성을 하고 나오지 않으면 싸움에 패할 까닭이 없다고 안심하고 있었다.

이때, 조조의 군사가 바로 성 아래까지 육박해 들어가서 '여포야, 나오라!' 하고 호통을 치며 몰려드는 것이었다. 조조는 순순히 항복하라고 권고해 봤으나, 진궁이,

"간적(奸賊) 조조, 무슨 주둥아리를 놀리느냐?"

하면서 격분해 가지고 대뜸 활을 손에 잡고 쏘았다. 그 화살이 조조의 휘개(麾蓋)를 맞히니, 조조는 대로하여,

"내 맹세코 네놈을 죽이리라!"

하면서 즉시 군사를 지휘하여 성을 공격하게 했다.

사태가 급박해지는 것을 보자 여포도 집으로 달려가서 무장을 갖추고 몸차림을 단단히 하게 됐는데, 때가 마침 엄동설한이어서 부하들에게 솜옷을 많이 지니고 나가도록 분부했다. 이런 사실을 알게 된 부인 엄씨가 안에서 나오면서 물었다.

"어디를 가시려는 겁니까?"

여포가 싸우러 나간다는 말을 솔직하게 해주었더니, 부인 엄씨가 말했다.

"당신께서 성을 다른 사람에게 맡기시고 먼곳으로 떠나신다면, 만약에 변고가 생겼을 때에는 두 번 다시 당신을 만나 뵐 수 없게 되는 게 아닐까요?"

엄씨의 이런 말을 듣자, 여포는 사흘 동안이나 집안에 틀어박혀서 나오질 않았다. 이에 진궁이 나타나서 사태의 긴박함을 알렸다.

"조조의 군사는 이미 사방을 포위하고 있습니다. 지금 출진하시지 않는다면 빠져나갈 구멍도 없게 되기 쉽습니다."

"나는 멀리 출진하느니보다는 성을 더 견고히 지키는 게 좋을 것 같소."

"근래에 조조의 군사는 군량의 결핍을 느끼고 사람을 허도로 파견해서 근근히 군량을 운반해 올 것입니다. 장군께선 정병을 거느리시고 그들의 양도(糧道)를 끊어 버리시면 그대로 적군을 무찌르실 수 있습니다."

여포는 지당한 의견이라 생각하고 또다시 안으로 들어가서 부인 엄씨에게 이런 의사를 표시했다. 엄씨는 눈물을 흘리면서 슬픔을 참지 못하니, 여포는 역시 결단을 내리지 못하고 어지러운 마음으로 이번엔 애첩 초선을 만나 보았다. 초선도 역시,

"저를 위해서라도 경솔한 행동을 삼가 주세요."

하는 것이었다.

"그만둬, 그만둬! 걱정할 것은 없어. 나에게는 화극도 있고 적토마도 있으니까 감히 내게 침범할 놈은 없을 테니……."

이렇게 말하고는 밖으로 나와 진궁을 또 만났다.

"조조에게 군량이 도착한다는 것은 거짓말이오. 조조는 잔꾀를 부리는 놈이니까, 나는 그 꾀에 넘어가지 않겠소!"

진궁은 여포의 앞에서 물러나오자 혼자서 한탄하는 것이었다.

"이렇게 되면 나는 죽어서 몸을 파묻을 곳도 없게 되겠구나!"

이때부터 여포는 진종일 밖에도 나오지 않고 엄씨와 초선을 데리고 술을 마시며 심중의 고민을 덜려고만 했다.

하루는 허사(許汜)·왕해(王楷)가 나타나서 말했다.

"원술은 지금 회남에서 굉장히 위력을 과시하고 있습니다. 장군께선 예전에 그와 따님의 혼담이 오가고 한 일이 있었는데, 어째서 결말을 보시지 않은 채로 내버려두십니까? 만약에 원술의 군사가 도착하여 안팎으로 협공을 해버리면 조조의 군사를 무찌르기도 쉬운 일이 아닙니까?"

여포는 그 계책대로 그날 중으로 편지를 써서 그들 두 사람을 파견하기로 했다. 그랬더니 곽사가 말했다.

"선봉을 서서 나서는 사람이 없으면 도저히 길을 떠날 수 없습니다."

여포는 장요 · 학맹 두 사람에게 병력 1천을 주어서 현덕이 견고하게 지키고 있는 산골짜기 저편까지 전송해 주도록 했다.

그날밤 2경쯤 됐을 무렵에 장요가 선두로 나서고 학맹이 후군을 지키며 허사 · 왕해를 보호하며 성 밖으로 군사를 몰았다. 현덕 편의 여러 장수들이 그들의 진지를 통과할 때 추격해 오는지라, 간신히 뿌리치고 산골짜기를 돌파했다.

학맹이 5백 명을 거느리고 허사 · 왕해와 함께 앞으로 달리고, 장요는 나머지 군사를 이끌고 되돌아섰는데, 산골짜기에 다다랐을 때 관운장이 길을 가로막았다. 하마터면 싸움이 벌어질 뻔했는데, 고순이 군사를 거느리고 나타나서 그를 성 안으로 맞아들였다.

한편, 허사 · 왕해는 수춘(壽春)에 도착해서 원술을 만나 편지를 전달했다. 편지를 뜯어보고 난 원술은 대뜸 이것은 여포가 조조의 공격을 감당 못해서 딸을 내놓겠다는 수작이라고 하면서, 여포의 말을 믿을 수 없으니 먼저 딸을 보내면 군사를 내놓겠다는 대답이었다.

허사 · 왕해 · 학맹 일행이 여포에게로 되돌아가는 도중에, 유현덕의 진지 근처에서 허사와 왕해는 먼저 교묘하게 빼소니를 쳐버렸고, 학맹은 장비에게 산채로 잡혀서 조조의 앞에 끌려나가는 신세가 돼버렸다.

조조는 학맹의 목을 베어 버리고, 각진에 방비를 한층 견고히 하도록 분부하는 한편, 만약에 여포나 그 부하를 놓쳤을 경우에는 군율에 의하여 처단하겠다는 뜻을 전달시키자 진지의 모든 장병들은 부들부들 떨고 겁을 집어먹었다.

허사와 왕해가 여포에게 돌아와 원술의 회답을 전달하자, 하는 수 없이 여포는 마침내 딸을 내주기로 결심했다. 이튿날 밤이 2경이나 됐을 무렵에 여포는 딸을 비단옷으로 곱게 차려입히고 겉에는 갑옷을 들씌워서 등에다 업고 화극을 한 손에 잡은 채 말에 올랐다.

성문이 활짝 열리자, 여포가 앞장을 서서 뚫고 나갔으며, 장요 · 고순이 그 뒤를 따랐다. 현덕의 진지 근처까지 접어들었을 때, 북소리가 한 번 울리더니 관운장 · 장비가 앞을 가로막았다.

"옴쭉 말고 게 있거라!"

호통 소리에 여포가 싸울 만한 정신도 없이 그대로 밀고 나가려 하는데 유현덕이 친히 군사를 거느리고 달려들어 양군 사이에는 일대 혼전이 벌어졌다. 맹장 여포도 딸이 등에 업혀 있으니 부상이라도 입게 될까봐, 열 겹, 스무 겹의 포위진을 미친 듯이 뚫고 나갈 수도 없는 형편이었다. 그러는 동안에 뒤로부터 서황 · 허저가 달려들더니 고함을 질렀다.

"여포를 놓쳐서는 안 된다!"

여포는 그 이상 도저히 앞으로 뚫고 나갈 수가 없어서 일단 성 안으로 되돌아오고 말았다. 성 안으로 돌아와서는 또 다시 답답한 심정으로 하고 많은 날 술만 마시고 시간을 보냈다.

조조가 성을 포위한 지도 2개월 가량, 도저히 함락시킬 가망이 보이지 않는지라, 하루는 모사들을 모아 놓고 여포를 포기하고 허도로 돌아가서 싸움을 일단 중지하고 좀 쉬고 싶다는 의사를 표시했다. 그랬더니 여러 모사들은 적극 반대하며 순욱이 한 가지 계책을 제공했다.

그것은 기수(沂水) · 사수(泗水) 두 강의 제방을 끊어 놓아서 적을 물로 공격해 보자는 생각이었다. 조조는 크게 기뻐하여 그 즉시 병사에게 명령해서 두 강의 제방을 일시에 터놓았다. 하비의 성은 단지 한 군데 동쪽 문을 남겨 놓고 그 외에는 온통 물바다 속에 잠겨 버리고 말았다.

병사들이 여포에게 달려가서 이런 사태를 보고했더니, 여포가 말했다.

"내게는 물 속이든 육지든 달릴 수 있는 적토마가 있다. 그까짓 것쯤은 두려울 것이 없다!"

그리고는 연일 처첩을 옆에 앉히고 맛있는 술에만 도취해 있었다. 주색의 향락이 너무 지나쳐서 몸도 나날이 수척해 갔고 꼴

이 말이 아니었다. 하루는 스스로 거울을 손에 들고 자기의 얼굴을 비쳐 보더니,

"나는 주색 때문에 몸을 망쳤다! 오늘부터 결단코 손을 대지 않겠다!"

하면서, 누구든지 술을 마시는 사람은 목을 베어 버리겠다고 성 안에다 공포했다.

이런 억지의 처사에 실망하고 분개한 것이 위속(魏續) · 송헌(宋憲) · 후성(侯成) 세 사람이었다. 후성은 우선 적토마를 훔쳐내 가지고 조조에게 달려갈 계책을 꾸몄고, 위속 · 송헌을 시켜서 여포를 산채로 잡아 성을 빼앗기로 작정했다.

마침내 그날밤, 후성은 적토마를 훔쳐내 조조에게로 달려가서 그것을 바치고, 송헌과 위속이 백기(白旗)를 신호로 하고 성문을 열어 놓기로 하였다는 자세한 사정을 알려주었다. 조조는 그 말을 믿고 친히 서명을 해서 포고문 수십장을 작성하여 화살을 꽂아 성 안으로 쏘아 들여보냈다.

'대장군 조조, 이제 칙명을 받들고 여포를 토벌함. 만약에 관군에 항거하는 자 있다면 성이 함락되는 날 일족을 주멸할 것이다. 위는 장수들로부터 아래는 서민에 이르기까지 여포를 산채로 잡아서 바치거나, 혹은 그 목을 베어서 바치는 자 있다면 후히 상을 베풀 것이다.'

그 이튿날, 날이 밝을 무렵에야 여포는 성 밖에서 일어나는 천

지를 뒤엎을 것 같은 함성을 들었다. 이에 대경실색하여 화극을 손에 잡고 성벽에 올라 성문을 시찰했으나 그때는 이미 아끼던 적토마도 없어진 뒤였다. 후성의 소행임을 알고 격분하여 마지않았으나 이미 아무 소용 없는 일이었다.

성 아래서는 조조의 군사들이 성벽에 꽂힌 백기를 신호로 일제히 덤벼드니, 여포도 이에 응하여 싸우는 도리밖에 없었다.

새벽녘부터 자정까지 싸우고 보니 조조의 군사가 다소 후퇴했고, 성 위에서 한숨을 돌리고 앉았던 여포는 어느 틈엔지 잠이 들고 말았다.

천재일우의 기회라고 생각한 송헌이 측근자들을 쫓아 버리고 위속과 함께 왈칵 달려들어 화극을 빼앗고 여포를 꽁꽁 묶어 버렸다. 꿈에서 깨어난 여포는 당황하여 측근자를 불렀으나, 위속 · 송헌은 그들을 물리쳐 버리고 미리 약속해 두었던 백기를 신바람 나게 휘둘렀다. 조조의 군사가 성 아래로 노도같이 밀려들었고, 위속은 고함을 질렀다.

"여포를 산채로 잡았다!"

하후연이 아직도 의아하게 여기고 있을 때 송헌이 여포의 화극을 성 아래로 내동댕이치며 성문을 활짝 여니 조조의 군사가 일제히 조수처럼 몰려들었다.

서문을 지키고 있던 고순 · 장요도 물 때문에 도주하지 못하고 조조의 군사에게 붙잡혔으며, 진궁은 남문까지 달아났으나 서황에게 잡히고 말았다.

조조는 성 안으로 들어서자 동쪽 성문 위에 있는 백문루(白門樓)에 유현덕과 함께 자리 잡고 앉아서 관운장 · 장비를 좌우에 거느리고 산채로 잡은 적병들을 끌어내도록 했다.

대장부 여포도 손발을 꽁꽁 묶이고 보니 숨도 제대로 쉬지 못하고 큰 소리로 아우성을 쳤다.

"이건 견딜 수 없소! 묶은 걸 좀 늦추어 주오."

"호랑이를 묶는 데는 그쯤은 해둬야지!"

조조는 이렇게 말하면서 상대도 하려 들지 않는다. 여포는 후성 · 위속 · 송헌이 조조 옆에 나란히 서 있는 것을 보자 이런 말을 했다.

"나는 그대들을 소중히 여겨 왔는데 어째서 이렇게 배반하는가?"

"여편네나 첩의 말에 혹해서 대장들의 말도 듣지 않은 주제에 소중히 여겼다니 어처구니없는 소리다!"

송헌이 이렇게 말하자 여포는 대답할 말이 없는 판인데, 병사들이 고순을 끌어냈다. 조조가 무슨 할말이 없느냐고 물었더니, 고순은 묵묵부답이다. 조조는 노발대발, 당장에 목을 베라고 명령했다.

서황이 진궁을 끌어내자 조조가 물었다.

"그 후 별일은 없었나?"

"그대가 심술이 부정해서 나는 그대를 버린 것이다!"

"내가 심술이 부정하다면 그대는 어찌하여 여포를 섬긴 것인가?"

"여포에게는 꾀가 없다 하지만, 그대와 같이 궤사간험(詭詐奸險)하지는 않다!"

"그대는 스스로 지혜가 풍부하고 꾀가 많다(足智多謀)고 하더니 오늘은 이게 어찌된 셈인가?"

진궁이 여포를 돌아다보며 말했다.

"이자가 내 말을 듣지 않았기 때문에 오늘날 이 꼴이 된 거요!"

진궁은 대장부답게 죽음을 각오하고 있었다. 노모나 처자에 대해서 어떻게 생각하느냐는 조조의 질문에도, 그것은 조조의 마음 여하에 맡긴다고 태연히 말하면서 자진해서 목을 내밀고 형을 받았다. 조조는 진궁의 노모와 처자를 허도로 보내서 안락하게 살도록 하라고 엄명을 내렸다.

여포는 최후의 발악이나 하듯 소리를 질렀다.

"그대의 속을 썩이던 것은 바로 나였는데, 나도 이제는 이렇게 항복했으니 그대가 대장이 되고 내가 부장이 되면 천하를 다스리기 어렵지 않겠는데."

조조가 현덕을 돌아다봤다.

"어쩌면 좋겠소?"

"정건양(丁建陽) 동탁의 경우를 잊어버리셨습니까?"

현덕이 이렇게 대답하니, 여포가 현덕을 노려보았다.

"가장 신의를 모르는 놈아! 이 귀가 무지하게 큰 놈아! 원문(轅門)에서 내가 화극을 쏘았던 때 일을 저버렸느냐?"

"여포는 역시 필부로구나! 죽을 때는 죽는 것뿐이다! 무슨 두려움이 그다지 많으냐?"

이렇게 소리를 벌컥 지르는 것은 참형수(斬刑手)들에게 끌려나온 장요였다. 드디어 조조는 여포의 목을 졸라서 죽여 버렸다. 끌려나온 장요는,

"복양성 안에서 만났을 적에 불이 적어서 너 같은 국적을 태워 죽이지 못한 게 한이다!"

조조가 대로하여 칼을 뽑아 들고 장요의 목을 치려고 하는 아슬아슬한 찰나에 한 사람이 위에서 그 팔을 꽉 잡고, 또 한 사람은 조조의 앞으로 나와서 꿇어앉아 말했다.

"승상! 잠깐만 참으십시오!"

# 20.
# 황제의 혈서

유현덕은 헌제의 숙부뻘이라 헌제는 크게 기뻐
편전으로 청해드리고 숙질의 예의를 갖춰 새삼 인사를 치렀다

曹阿瞞許田打圍
董國舅內閣受詔

장요를 죽이려고 칼을 뽑아든 조조의 오른쪽 팔을 덥석 붙잡은 것은 유현덕이었고 그 앞에 무릎을 꿇고 앉은 것은 관운장이었다.

유현덕이 말하기를,

"이렇게 참되고 곧은 사람은 남겨 두시어 잘 쓰는 것이 옳다고 생각합니다."

관운장이 말하기를,

"이 운장은 평소부터 문원(文遠—장요)이 충의지사임을 잘 알고 있습니다. 목숨만은 살려 주시기 바랍니다."

하니 조조가 칼을 집어던지고 껄껄 웃었다.

"문원이 충의지사임은 나도 잘 알고 있소. 일부러 한 번 그래 본 것뿐이오!"

친히 묶은 것을 풀어 주고 자기가 입고 있던 옷을 벗어서 장요에게 입혀 주며 상좌로 데리고 가서 앉혔다.

장요가 조조의 후의에 감격하여 항복하겠다는 의사를 표명하니, 조조는 그를 중랑장에 임명하고 관내후(關內侯)의 작위를 주어서 장패도 무마시켜 안전한 길로 이끌도록 하라고 명령했다.

여포가 죽고 장요가 항복했다는 소식을 듣고, 장패 역시 부하를 거느리고 투항해 왔는데 조조가 후히 상을 베풀어 주었더니, 그가 또다시 손관(孫觀) · 오돈(吳敦) · 윤례(尹禮)에게 항복을 권고했는지라, 남은 것은 단지 창희(昌狶) 한 사람뿐이었다.

조조는 장패를 낭야상(瑯琊相)으로 봉해 주고, 손관과 그 밖의 사람들에게도 벼슬자리를 주어서 청주 · 서주의 연해(沿海) 지방을 지키도록 했다.

조조는 또 여포의 처자를 허도를 돌려보내고 삼군(三軍) 병사들을 충분히 위로해 준 다음 진지를 철수하고 돌아왔다. 도중에 서주를 지났을 때 백성들은 거리에 향불을 피우고 그를 영접했으며, 유현덕을 서주의 목(牧)으로 유임하게 해 달라고 애원했다.

조조가 말했다.

"유장군은 나라를 위하여 큰 공을 세우셔서 우선 천자께 배알하고 작위를 받으신 다음에 다시 서주로 돌아오실 것이다."

이 말을 듣고 백성들은 모두 머리를 조아리며 기뻐했고, 조조는 거기장군(車騎將軍) 차주(車冑)에게 잠시 서주를 다스리도록 명령했다. 그리고 허창(許昌)에 개선하여 출정 인원들을 봉상(封賞)하고, 유현덕은 승상부 근처에 있는 관제에 머무르게 하여 쉬도록 했다.

그 이튿날 헌제가 조정에 나오자, 조조는 유현덕의 공로를 표주(表奏)하고 앞으로 불러내어 헌제에게 배알하도록 했다. 현덕이 예복을 갖추어 입고 섬돌 아래 꿇어앉으니, 헌제는 전(殿) 위로 올라오라 하며 현덕의 조상이 누군가 물었다.

"소신은 중산정왕(中山靖王)의 후예로, 효경황제각하(孝景皇帝閣下)의 현손(玄孫) 유웅(劉雄)의 손자 유홍(劉弘)의 아들이옵니다."

헌제가 황실의 종족세보(宗族世譜)를 가져오게 하며 종정경(宗正卿)에게 읽어 보라 했더니, 유현덕은 헌제의 숙부뻘이 되는지라, 크게 기뻐하며 편전으로 청해 들이고 숙질의 예의를 갖추어 새삼스럽게 인사를 치렀다.

그리고 헌제는 내심 이런 생각을 하고 있었다.

'조조가 권력을 장악하고 국가의 정사가 모두 나의 뜻대로 되지 않는 이때에 이렇게 믿음직한 숙부를 얻게 된 것은 정말 다행한 일이다.'

그 자리에서 헌제는 유현덕을 좌장군(左將軍) 의성정후(宜城亭侯)에 봉했다. 연석이 필한 다음 현덕은 천은에 감격하여 자리를 물러났는데, 이때부터 사람들은 유현덕을 유황숙이라고 부르게 되었다.

조조가 관저로 돌아오니 막료 순욱이 이런 말을 했다.

"천자께서 유현덕을 숙부뻘이 된다고 인정하신 것은 승상께 불리한 점이 되지나 않을까 합니다."

"황숙이라는 인정을 받은 이상에는, 내가 천자의 칙명이라 하고 명령하는 일에 그는 더 한층 거역할 수 없게 될 것이오. 또 그를 허도에 잡아 둔다면 명목상으로는 천자께 접근해 있는 게 되지만, 사실상 나의 수중에 들어 있는 것이니까 추호도 두려워할 것은 없소. 도리어 내가 꺼림칙한 것은 태위 양표(楊彪)가 원술의 친척이라는 점이오. 만약에 그가 원술 · 원소하고 내통하는 일이라도 생긴다면 중대한 문제니까 일찌감치 처치해 버려야겠소."

조조는 마침내 비밀리에 사람에게 명령하여 양표가 원술과 내통하고 있다는 무고를 꾸며내서 그를 잡아 옥에 가두고, 만총에게 명령하여 적당히 다스리도록 했다. 이때 마침 북해 태수 공융(孔融)이 허도에 올라와 있었는데, 이런 사실을 알고 조조에게 간했다.

"양공은 4대나 걸쳐서 청덕(淸德)을 지켜온 분인데 원씨 일 때문에 죄를 받아서야 되겠습니까?"

"이는 조정의 뜻이오."

"성왕(成王)을 시켜서 소공(召公)을 죽이게 하고 주공(周公)이 나는 모르는 일이라고 할 수 있겠습니까?"

조조는 어쩔 수 없이 양표를 관직에서 파면시켜서 고향으로 쫓아 버렸다.

조조의 횡포한 꼴을 보고 의랑(議郞) 조언(趙彦)이 격분을 참지 못하고 조조가 칙명도 받지 않고 제멋대로 대신을 투옥시킨 죄를 천자께 상소하여 탄핵했다. 그랬더니 조조는 대로하여 조언을 잡아들여 죽여 버렸다. 이에 백관들이 겁을 집어먹고 공포에 떨지 않는 사람이 없었다.

하루는 모사 정욱이 조조에게 말했다.

"이제 공의 위명은 나날이 천하에 떨치게 됐는데, 이 기회에 왕패(王覇)의 대사를 이룩하심이 좋지 않겠습니까?"

"조정에는 아직도 팔다리 같은 충신들이 많아서 경솔한 행동을 할 수는 없소. 내 한번 천자를 전렵(田獵)에 청하여 동정을 살펴보겠소."

이리하여 조조는 좋은 말과 사냥 잘하는 매와 개를 고르고 활과 화살을 준비하고 먼저 성 밖에 병사들을 집결시켜 놓았다. 그리고 나서, 궁중으로 들어가 천자께 사냥 나가기를 청했다.

"전렵이란 아마 정도(正道)가 아닌 성싶소."

"옛날의 제왕은 춘수(春蒐) · 하묘(夏苗) · 추선(秋獮) · 동수(冬狩)라 해서 사시로 교외에 나가 천하에 무위(武威)를 보였습니다.

이제 사해(四海)가 어지러운 이때에 전렵을 빌려 강무(講武)하심이 마땅하올까 합니다."

황제는 감히 싫다고 할 수 없어서, 즉시 소요마(逍遙馬)를 타고 보조궁(寶雕弓) · 금비전(金鈚箭)을 가지고 난가(鑾駕)를 마련하여 성 밖으로 나갔다. 유현덕 · 관운장 · 장비도 활과 화살을 등에 메고 가슴에는 엄심갑(掩心甲)을 입고 수십 기를 이끌고 천자를 수행하여 허창(許昌)을 나왔다.

조조는 조황비전마(爪黃飛電馬)를 타고 10만여 기를 거느리고 천자와 함께 허전(許田)에 나와서 사냥을 했다.

군사들이 사냥할 터를 마련하니, 그 주위가 2백여 리. 조조는 천자와 말을 나란히 하고 나가는데 불과 말머리 하나쯤 되는 거리를 뒤로 떨어졌을 뿐이었다. 그 배후로는 모두가 조조의 심복인 장수들만이 따르고 문무백관들은 멀리서 따라갈 뿐 어떤 사람도 감히 접근하지 못했다.

그날, 헌제가 말을 타고 허전에 도착하자, 유현덕은 길가에 서서 맞이했다.

헌제가 말했다.

"나는 오늘 황숙의 사렵(射獵)하는 솜씨를 한 번 보고 싶소."

유현덕이 헌제의 명령대로 말 위에 올라탔을 때, 난데없이 숲 속에서부터 한 마리의 토끼가 까불고 내달았다. 현덕은 재빨리 활을 겨누어 쐈더니 그대로 명중하여 헌제는 칭찬이 대단했다.

한편 언덕길을 돌아섰을 때, 이번에는 숲속에서 거창한 사슴 한 마리가 튀어나왔다. 헌제가 연방 화살을 세 자루나 쏘았건만 모두 빗나가 버렸다. 조조를 돌아다보며 말했다.

"경이 한번 쏴 보시오."

조조가 천자의 보조궁과 금비전을 빌려 가지고 힘껏 잡아당겨 쏘았더니 화살이 멋들어지게 사슴의 등에 꽂히며 당장에 숲속에 쓰러지고 말았다.

여러 대신 · 장수들은 금비전 화살을 맞고 쓰러진 사슴을 보자, 그것이 헌제가 쏜 것인 줄만 알고 요란스럽게 만세를 부르며 몰려들었다. 이 때 조조가 말을 달리더니 천자의 앞으로 나서면서 가로막고 그 만세 소리를 자기가 받아들이니, 모든 사람들은 그 당돌하기 짝이 없는 태도에 놀라움을 금치 못하고 어리둥절할 뿐이었다.

현덕의 등뒤에서 이 꼴을 보고 있던 관운장이 격분을 참지 못하여 눈썹을 무섭게 위로 치올리며 눈을 부릅뜨고 긴 칼을 선뜻 움켜잡고 말 위로 올라앉아 조조를 당장에 목베어 버리려고 서둘렀다. 현덕이 그것을 보자 당황하여 대뜸 손을 휘저으며 눈짓을 하자, 관운장은 간신히 흥분한 마음을 스스로 달랬다.

현덕이 몸을 굽히며,

"승상의 솜씨, 실로 신기라 할 만합니다!"

했더니, 조조가 웃으면서 말했다.

"이 또한 천자의 홍복(洪福)이실 뿐이오!"

말머리를 돌려서 헌제에게 축하 인사를 하면서도 활과 화살을 돌려주지 않고 그대로 자기의 허리에다 차고 있었다. 사냥도 끝나고 연석도 파하고 여러 사람들이 각각 돌아간 뒤에 관운장이 유현덕에게 말했다.

"조적(曹賊)은 천자를 업신여기기 이만저만이 아니오. 내 죽여 없애서 나라를 위하여 해로운 것을 제거하려는데 형님은 왜 나를 말리셨소?"

"쥐를 잡으려고 그릇을 던지고 싶어도 그릇이 깨질까 겁난다(投鼠忌器)는 말이 있네. 자네가 경솔한 짓을 하다가 만약에 실수라도 해서 천자께 피해가 미치기라도 한다면 도리어 우리들이 죄를 뒤집어쓸 게 아닌가?"

"오늘 이 적을 죽여 버리지 않는다면 반드시 이후에 화근이 될 것이오."

"마음속에만 간직해 두고 경솔히 입 밖에 내서는 안 되네!"

한편, 헌제가 회궁(回宮)하여 복황후(伏皇后)에게 눈물로 호소했다.

"조정이 오랫동안 어지럽다가 조조 같은 인물을 얻게 되어 대견하게 여겨 왔더니, 뜻밖에도 권세를 장악하고 그 행동거지가 해괴망측하니 실로 바늘방석에 앉아 있는 것과 같소. 오늘 사냥을 나가서도 자기가 나를 제쳐놓고 대신들의 축사를 받았으니 머지않은 앞날에 모반할 것이 뻔하오."

"만조(滿朝)의 공경들이 모두 한나라의 녹을 먹고 있으면서, 나라를 건질 인물이 하나도 없단 말씀이옵니까?"

이 말이 채 끝나기도 전에 어떤 사람 하나가 불쑥 나타났다.

"너무 상심치 마십시오. 한 사람을 천거하여 국해(國害)를 제거하오리다."

이 사람은 복황후의 부친 복완(伏完)이었다. 그리고 복완이 천거한다는 사람은 거기장군이요 국구(國舅)인 동승(董承)이었다. 또 동승과 통하는 방법으로는, 조정 안의 복잡한 사람들의 눈을 피하기 위해서, 헌제더러 의복을 한 벌 만들어 가지고 옥대까지 겸해서 동승에게 하사하되, 그 옥대 속에다 밀조(密詔)를 꿰매 넣어서 집에 가서 읽어볼 수 있도록 하면 감쪽같이 일을 꾸밀 수 있을 것이라는 계책을 제공했다.

헌제는 복완의 계책대로 즉시 한 통의 비밀조서를 작성하고자 손가락을 깨물어, 혈서를 쓴 다음 그것을 복황후를 시켜서 옥대 안의 자금친(紫金襯) 속에다 꿰매 넣도록 한 다음, 친히 금포(錦袍)를 입고 그 옥대를 자기가 두르고 나서 내사(內司)에게 명령하여 동승을 불러들이도록 했다.

"나는 어젯밤에도 황후와 더불어 패하(覇河)에서 겪은 고생을 생각하고 국구의 큰 공로에 감사한 마음이 들어 사례라도 하고 싫어서 들어오시게 한 거요."

헌제는 이렇게 말하며 동승과 더불어 궁전 밖으로 나와 태묘(太廟) 안으로 들어가 공신각(功臣閣)으로 올라갔다. 향불을 피우고 참례를 마친 다음,

"나는 그대가 서도에서 나를 구해 준 공적을 생각하고 무슨 선물이라도 한 가지 해주고 싶었지만 적당한 게 없어서……"

하더니, 금포와 옥대를 가리키면서 말했다.

"내 이 금포를 입고, 이 옥대를 두르고 언제나 나의 좌우에 함께 있는 것처럼 생각해 주시오."

동승이 꿇어 엎드려 사례하니, 헌제는 금포를 벗어서 동승에게 주면서 조용히 말했다.

"귀가하여 이 의복을 잘 살펴보시오, 나의 호의를 헛되이 하지 않도록……."

동승이 그것을 받아 입고 물러나니, 벌써 그 소문이 조조의 귀에 들어갔다. 조조는 심상치 않은 동정을 살피려고 경각을 지체치 않고 궁중으로 달려들었다. 동승이 공신각을 내려와서 궁전문 밖으로 나오려 했을 때 공교롭게 조조와 맞닥뜨렸으니, 창졸간에 몸을 숨길 수도 없어 길 한옆으로 비켜서서 인사를 했다.

"국구께서는 무슨 일로 들어오셨소?"

"천자께서 부르시므로 들어가 뵈었더니 이 금포와 옥대를 하사하셨소."

"무슨 까닭으로 하사하신 거요?"

"예전에 내 서도에서 왕가(王駕)를 구출해 올린 공로를 생각하시고 하사하신 거요."

"그 옥대를 좀 보여 주시오."

동승은 금포와 옥대 속에 반드시 비밀조서가 들어 있으리라는 짐작을 했기 때문에 그것이 탄로날까 겁나서 망설이고 있었다. 조조는 측근자에게 명령하여 옥대를 풀어 놓으라고 하더니, 한참 동안 바라보고만 있다가 이윽고 간드러지게 웃었다.

"과연 훌륭한 옥대인걸! 그 금포마저 벗어서 구경시켜 주시오."

동승은 겁이 나서 견딜 수 없었으나 감히 그 명령에 복종하지 않을 수도 없었다. 금포를 벗어서 내주었다. 조조는 그것을 받아서 햇빛에 비춰 보고 샅샅이 조사해 보더니, 제몸에다 금포를 걸치고 옥대를 두르고는 측근자에게 물었다.

"어때? 내 몸에 잘 어울리는가?"

측근자들이 잘 어울린다고 대답했더니, 조조가 물었다.

"이 금포와 옥대를 내게 주실 순 없겠소?"

"천자께서 하사하신 물건이니 감히 타인에게 줄 수는 없소. 내 따로 한 벌을 지어서 올리리다."

"국구께서 이것을 하사받으신데는 무슨 비밀이 있을 것이오!"

"어찌 감히? 승상께서 필요하시다면 그대로 가져가서도 좋소이다."

"천만에, 국구께서 하사받으신 물건을 내가 뺏을 리야 있으리까. 단지 농담을 해본 것뿐이오."

조조는 금포와 옥대를 동승에게 도로 돌려주었다. 동승은 집으로 돌아와서 밤이 될 때까지 서원에 혼자 앉아서 금포를 몇 번이나 자세히 살펴봤건만 아무것도 없었다. '천자께서 이것을 하사하실 때 잘 살펴보라 하셨으니 틀림없이 뭣이 있을 텐데 이상한 일이다!'하면서 옥대를 살펴보았다.

그것은 백옥이 영롱하게 빛나며 조그마한 용이 꽃 속을 휘젓고 돌아다니는 무늬로 뒤덮여 있으며, 자금(紫金)으로 안을 받쳐서 꼼꼼하게 꿰맨 것인데 거기서도 역시 아무것도 찾아낼 수 없었다.

동승은 의아하게 생각하며 그것을 탁상에 놓고 안팎을 세밀히 조사하다가 피곤해져서 쭈그리고 앉은 채 잠이나 한잠 자볼까 했다. 이때 공교롭게도 등잔불이 옥대 위에 쓰러져서 안을 받친 자금 비단을 태웠다.

깜짝 놀라서 불에 탄 자리를 털고 있노라니 한 군데가 벌써 구멍이 뚫렸고, 그리고 흰 비단 끝이 살며시 들여다뵈는데 피의 흔적이 은은히 드러났다. 급히 칼을 가져다가 찢어 보았더니 그것이 바로 천자가 친수로 쓴 혈서의 비밀조서였다.

내용인즉, 조조가 권세로써 조정을 농락하고 도당을 만들어 정사를 제멋대로 어지럽게 하고 있으니 충의양전(忠義兩全)한 열사는 간당(奸黨)을 진멸하여 주기 바란다는 것이었다.

조서를 읽고 난 동승은 그날밤 눈물에 젖어 잠을 이루지 못했다.

이튿날 아침에 침실에서 나오는 길로 다시 서원으로 가서 재삼 되풀이해 읽어 봤지만 어떻게 했으면 좋을지 계책이 서지 않아 조서를 책상 위에 펼쳐 놓은 채 이 궁리 저 궁리 조조를 거꾸러뜨릴 생각을 하다가, 책상에 의지한 채 꾸벅꾸벅 잠이 들고 말았다.

이때, 아무런 사전 전갈도 없이 시랑 왕자복(王子服)이 찾아왔는데, 문지기는 그가 동승과 가까운 사이인 것을 알고는 그대로 안으로 들어가게 한 것이다. 그가 서원으로 들어서니 동승이 책상에 쭈그리고 앉아서 잠이 들었는데, 그 소맷자락 밑에 깔린 흰 비단에서 짐이라고 쓴 글자가 살짝 내다보였다. 이상하게 생각한 왕자복은 그것을 슬쩍 뽑아 보고 소맷자락 속에 감추고 나서 동승을 흔들어 깨웠다.

"동국구! 아주 고단하게 잠이 드셨군요?"

깜짝 놀라 눈을 뜬 동승, 조서가 없어진 것을 알고 간담이 서늘하여 허둥지둥 찾아보았다. 이때 왕자복이 말했다.

"국구께서는 조조를 죽여 없앨 궁리를 하고 계시군! 내가 출수(出首)해서 고해 바치겠소!"

동승이 눈물을 흘렸다.

"아아! 그렇게 하신다면 이 한나라 황실의 운명도 끝장이 나고 마는 것이오!"

그제서야 왕자복은 혼자서 빙그레 웃으며 또 입을 열었다.

"내가 농담을 했소이다! 나 역시 대대로 한나라 녹을 먹고사는 자인데, 어찌 충의지심이 없대서야 말이 되겠소. 나도 형장을 도와 미약하나마 힘이 되고자 하니 우리 함께 국적을 주멸하십시다!"

"형에게 그런 마음이 있으시다면 그건 나라를 위하여 크게 다행한 일이오!"

"밀실에 가서 함께 의장(義狀)을 작성하고 각각 삼족(三族)을 버리고 한나라 군족의 은혜에 보답하도록 하십시다."

동승은 기뻐하며 흰 비단 한 폭을 꺼내서 서명하고 자(子)까지 써넣으니, 왕자복도 역시 똑같이 서명하고 자를 써넣었다. 다 쓰고 나서 왕자복이 말했다.

"장군, 오자란(吳子蘭)은 나와 절친한 사이니 같이 일을 도모해도 좋을 만하오."

그 말을 듣자, 동승이 말했다.

"만조대신 가운데서 장수교위(長水校尉) 충집(种輯), 의랑(議郎) 오석(吳碩)은 나의 심복이니 반드시 나와 일을 같이할 수 있을 것이오."

이렇게 상의하고 있을 때, 가동(家僮)이 들어와 충집과 오석이 찾아왔다고 알린다. 동승이 말했다.

"이야말로 하늘이 우리를 도와 주시는 것이오."

동승은 왕자복을 병풍 뒤에 숨게 하고 두 사람을 서원으로 맞아들였다. 자리잡고 앉아서 차를 권하고 난 다음에 충집이 말했다.

"허전에서 사냥하던 때 일을 군께서도 괘씸하게 생각하시오?"

동승이 대답했다.

"괘씸하다고 생각했지만 어찌할 도리가 없소."

이때 오석이 말하기를,

"나는 맹세코 국적을 죽여 버리겠소. 단지 나에게 힘이 돼 줄 사람이 없는 것이 원망스럽소."

하니 충집이 말했다.

"나라를 위하여 해로운 것을 제거하는 일이라면 죽더라도 원한이 없겠소!"

이때, 왕자복이 병풍 뒤에서 불쑥 뛰쳐나왔다.

"그대들 둘은 조승상을 죽이려는 것이니 내가 출수하여 고해바치겠소. 동국구께서 증인이시오."

충집이 격분했다.,

"충신은 죽음을 두려워하지 않소. 우리는 죽더라도 한나라 귀신이 될 것이오! 그대같이 국적에게 아부하는 자보다는 훨씬

낫소!"

그제서야 동승이 웃으며 말했다.

"우리들은 바로 이 일 때문에 두 분을 만나 보고 싶어하던 차요. 왕시랑이 하신 말은 농담이었소."

소맷자락 속에서 비밀조서를 꺼내서 두 사람에게 보여 주었다. 두 사람은 그 조서를 읽고 나더니 눈물이 비오듯. 동승은 그들에게도 서명하도록 했고, 왕자복은 이렇게 말했다.

"두 분께서는 잠시 여기 계시오. 내 오자란 장군을 모셔올 테니."

왕자복은 얼마 안 되어서 오자란을 데리고 왔다. 오자란도 여러 사람을 만나 보고 역시 서명했다. 동승은 일동을 깊숙한 방으로 청해 들이고 술잔을 나누었다. 이때, 돌연 서량 태수 마등이 찾아왔다는 통지가 있어, 동승이 말하기를,

"나는 몸이 불편해서 만나뵐 수 없다고 해라!"

문지기가 이런 의사를 전달했더니 마등은 화를 벌컥 냈다.

"난 어젯밤에 동화문 밖에서 동국구가 금포에 옥대를 두르고 나오시는 것을 봤다. 어째서 몸이 불편하다는 핑계를 대는가? 나는 아무 일도 없이 찾아온 사람이 아닌데 왜 면회를 거절한단 말이냐?"

문지기가 안으로 들어와서 마등이 노했다고 전하니, 동승은 자리에서 일어 서며 말했다.

"여러분, 잠시 기다려 주시오. 내 나가서 만나 보고 올 것이니……."

동승은 대청으로 나가서 마등을 만나 봤다. 인사가 끝나고 자리 잡아 앉은 다음, 마등이 말했다.

"나는 한 번 만나 뵙고 서량으로 돌아가려고 인사나 여쭈러 왔는데 어찌하여 면회를 거절하려 하셨습니까?"

"별안간 몸이 좀 불편해서 영접해 들이지 못했으니 심히 죄송하오!"

"얼굴에는 춘색(春色)을 띠신 듯, 편찮으신 모습은 정말 뵐 수 없는데요?"

동승이 대답이 막혀서 입을 꽉 다물고 묵묵히 있노라니, 마등이 소맷자락을 뿌리치며 벌떡 자리를 뜨더니, 섬돌 아래로 내려서며 한탄했다.

"모두 나라를 건질 만한 위인들은 못 되는군!"

동승은 그 말에 감격하여 그를 붙잡고 말했다.

"누가 나라를 건질 수 없는 위인이란 말씀이오?"

마등은 격분해서, 주색에만 도취해 있는 그대들이 어찌 나라를 건질 수 있겠느냐고 공격을 했지만, 결국은 그 비밀조서를 보게 되자, 거기 쾌히 서명하고,

"여러분께서 거사를 하실 때에는 나도 서량의 군사를 거느리고 곧바로 달려오리다!"

하면서, 자기의 핏방울을 떨어뜨린 술잔을 높이 들고 단숨에 죽 들이마셨다.

"우리들은 죽더라도 약속을 어기지 않을 것을 맹세한다!"

그리고 나란히 앉아 있는 다섯 사람을 가리키며 말했다.

"열 사람만 된다면 대사는 거침없이 이루어질 텐데!"

"충의지사란 그렇게 많이 얻을 수 있는 게 아니오. 섣불리 사람을 가담시키면 도리어 일을 그르치기 쉽소."

마등은 원행로서부(鴛行鷺序簿—명부)를 집어 들고 뒤적거리다가 유씨 종족(劉氏宗族)까지 더듬어 왔을 때, 손뼉을 치면서 말했다.

"어째서 이 사람과 상의하지 않을까?"

여러 사람들이 똑같이 그게 누구냐고 물었다. 마등은 조금도 황망한 기색이 없이 그 사람의 말을 꺼냈다.

# 21.
# 꿀물을 마시고 싶다

"핏물 밖에 없는데 꿀물이 어디 있습니까?"
제왕을 꿈꾸던 원술의 최후

曹操煮酒論英雄
關公賺城斬車胄

마등(馬騰)의 말은 별다른 말이 아니었다. 유현덕이 지금 서울에 와 있는데, 어째서 불러내지 않느냐는 것이었다.

동승(董承)이 말했다.

"그는 황숙이라고는 하지만, 근래에 조조의 눈치만 살피고 있소. 그리 쉽사리 가담하지 않을 것이오."

"지난번에 사냥을 나가서 조조가 여러 대신들의 만세 소리를 받고 있었을 적에, 관운장이 현덕의 뒤에 있다가 칼을 뽑아 들고 조조에게 덤벼들려고 했는데, 이것을 유현덕이 눈짓을 해서 말리는 광경을 나는 목격했소. 이것은 현덕에게 조조를 죽이고 싶은 생각이 없는 탓이 아니고, 그때에 조조의 심복들이 그 자리에 너무나 많이 있었기 때문에 힘이 부족한 것을 겁낸 까닭이었으리다. 동국구께서 한번 의사를 타진해 보시면 반드시 응할 것입니다."

마등의 말을 듣더니, 오석(吳碩)이 말했다.

"너무 조급히 서두를 일이 아니오. 서서히 상의하기로 합시다."

여기까지 의견이 일치되자 여러 사람은 그대로 헤어졌다. 이튿날 밤에 동승은 조서를 품 속에 간직하고 현덕의 저택을 찾아갔다. 인사를 마치고 자리에 앉으니 관운장 · 장비도 한옆에 시립했다.

유현덕이 술대접을 하고 밤중에 찾아온 까닭을 물으니, 동승이 대답했다.

"지난번에 사냥을 나갔을 때, 관운장이 조조를 죽이려고 하자 장군께서 눈짓을 해서 말리신 것은 무슨 까닭이었소?"

현덕은 얼굴빛이 당장 변했다.

"동국구께선 그것을 어찌 눈치채셨소?"

"다른 사람들은 눈치채지 못했는지 몰라도 나는 분명히 목격했소이다."

현덕은 어쩔 수 없다 생각하고,

"내 아우는 조조의 지나친 행동거지에 자기도 모르는 사이에 격분했던 까닭이었소."

하니 동승은 소맷자락에 얼굴을 파묻고 흐느껴 우는 것이었다.

"조정의 신하가 모두 관운장만 같다면 천하가 어지러울 까닭이 없으련만……."

현덕은 조조가 일부러 속을 떠보려고 보낸 인물이나 아닌가 해서 시치미를 뚝 뗐다.

"조승상께서 나라를 다스리고 계신데 천하가 어지럽다 걱정하실 것은 없지 않소?"

동승은 침통한 표정을 하고 벌떡 일어섰다.

"유장군께서는 한나라의 황숙이시기 때문에 나의 심정을 솔직히 털어놓은 것이오. 어찌 그다지 마음에도 없는 말씀을 아무렇게나 하시오?"

"동국구를 의심해서 대단히 죄송하게 됐소!"

그제서야 동승은 품 안에서 비밀조서를 꺼내어 현덕에게 보였다. 현덕이 비분강개함을 참지 못하고 있으니 다시 여러 사람이 서명한 명단도 보여 주었다.

"동국구께서 이렇게 국적 토벌의 조서까지 받으셨다면, 나 역시 견마지로도 사양치 않으리다."

마침내 현덕도 '좌장군 유비'라고 당당히 서명을 해서 동승에게 돌려주었다. 동승이 열 명을 채웠으면 일하기 수월하겠다는 의사를 표시하자 현덕은,

"결코 조급히 서두를 일은 아니오. 경솔히 하여 누설되지 않으

시도록…….”

하며 두 사람은 밤이 5경이 되도록 이야기를 주고받다가 헤어졌다.

유현덕은 이런 일이 있은 뒤부터 조조의 의심을 사지 않기 위해서 임시로 있는 집의 뒤뜰에다 푸성귀를 심어 놓고 손수 가꾸고 있었다. 관운장 · 장비가 천하대사는 돌보지 않고 그런 하잘것없는 일을 왜 시작하느냐고 질문할 때마다 현덕이 대답했다.

"이건 자네들이 알 필요가 없는 일일세."

두 사람은 그 이상 추궁할 수도 없었다.

하루는 관운장 · 장비가 밖에 나가고, 현덕 혼자서 밭에 물을 주고 있는데 난데없이 허저(許褚)와 장요(張遼)가 수십기를 거느리고 정원으로 들어오더니 조승상이 출두하라고 한다는 명령을 전달했다.

현덕이 두 사람을 따라서 조조의 관저에 나타나자 조조가 말했다.

"유장군은 요즘 집안에서 무슨 좋은 재미만 보고 계시오?"

현덕은 가슴이 뜨끔했다.

그러나 조조가 현덕을 뒤뜰로 데리고 가더니 하는 소리가 얼토당토않은 말이었다.

자기 집 뒤뜰 매화나무에 열매가 파랗게 열렸다는 것, 그래서 몇 해 전에 장수(張繡)를 토벌하던 때, 병사들이 하도 목이 말라 하길래 채찍으로 앞을 가리키며 저기 매화나무 숲이 있다고 거짓말을 했더니 병사들은 말만 듣고도 입에 침이 괴어서 갈증을 잊어버렸다는 것, 그래서 이제 매화 열매를 보니 문득 현덕을 청하여 정자에서 술이라도 한잔 같이 나누고 싶어졌다는 것이었다.

현덕은 그제서야 두근거리던 가슴을 진정시키고 조조를 따라서 정자로 갔다. 거기에는 벌써 술상이 마련되어 있으며, 푸른 매실이 쟁반에 담겨져 있고 술도 준비되어 있어서, 두 사람은 마주 앉아서 즐겁게 마셨다.

주석이 한창 어우러져 들어가고 있을 때 갑자기 먹장 같은 구름이 하늘을 온통 뒤덮었다. 옆의 한 사람이 하늘의 한 곳을 가리키면서 용이 몸을 휘말고 올라가는 것이 보인다고 하는지라, 조조와 현덕은 난간에 의지하고 서서 그것을 바라다보고 있었다.

"유장군은 용의 변화를 잘 아시오?"

"아직 자세히 모릅니다."

"용의 몸은 커질 수도 있고, 작아질 수도 있소. 하늘로 올라갈 수도 있고, 물 속에 숨을 수도 있소. 몸이 커지면 능히 구름을 불러일으키고 안개를 뿜어내며, 작아지면 먼지 속에 몸을 감출 수도 있소. 하늘로 올라가면 우주를 날아다니고 몸을 감추면 물결

속으로도 파고들어간다 하오. 봄이 한 고비에 이르고 용이 변화를 나타낼 때면, 바로 사람이 뜻을 이루어 사해(四海)를 종횡으로 무찌르고 돌아다니는 것과 같소. 용이란 인간 세상의 영웅과도 비교할 만한데, 장군은 다년간 여기저기 돌아다니셨으니 당대의 영웅들을 잘 아실 것이오. 나에게 좀 가르쳐 주시오."

현덕은 흥미도 없는 이야기였지만 조조의 비위를 맞추어 주지 않을 수 없어서 몇 사람을 지적해 봤다. 회남(淮南)의 원술, 하북(河北)의 원소, 구주(九州)에서 명성을 떨치고 있는 유표(劉表), 강동(江東)의 영수(領袖) 손책, 익주(益州)의 유장(劉璋), 그리고 장수(張繡) · 장로(張魯) · 한수(韓遂) 등등.

그랬더니 조조는 이 여러 사람들의 결점이나 단점을 들추어 내어서 간단히 말해 치우며, 이 중에는 한 사람도 가히 영웅이라 일컬을 만한 인물이 없다고 냉소하는 것이었다.

조조가 손가락으로 현덕과 자기를 가리키면서 말했다.

"당대에서 천하의 영웅이랄 수 있는 인물은 유장군과 그리고 나요!"

이 말을 듣자 현덕은 가슴이 섬뜩해져서 손에 들고 있던 젓가락을 땅바닥에 떨어뜨렸다. 바로 이 때에 천둥 번개가 요란하게 일어나며 비가 죽죽 마구 퍼부었다. 현덕이 태연자약하게 젓가락을 집어들며 말했다.

"아, 천둥 번개가 어찌나 심한지, 그만 승상 앞에서 추태를 보여 드렸습니다."

조조는 통쾌하게 웃어젖혔다.

"핫! 핫! 핫! 천하의 대장부도 역시 천둥 번개란 두려운 것일까!"

"성인도 신뢰풍렬(迅雷風烈)이면 필변(必變)이라 했거늘 어찌 두렵지 않겠습니까?"

현덕이 이렇게 조조의 말 때문에 젓가락을 떨어뜨린 사실을 슬쩍 둘러쳐 버린 것을 조조는 무슨 뜻인지도 모르고 그대로 지나쳐 버렸다.

비가 뜸해졌을 때, 난데없이 두 사나이가 뒤뜰에 침입하여 측근자가 말리는 것도 물리치고 보검을 손에 든 채 정자 앞으로 뛰어들었다. 조조가 얼핏 바라보니, 바로 관운장과 장비였다.

두 사람은 성 밖에 나가서 사냥을 하고 돌아온 길이었는데, 현덕이 허저와 장요에게 끌려갔다는 말을 듣자 당황하여 승상부로 달려왔다가 후원에 있다는 말을 듣고 달려든 판이었다. 그런데 현덕이 조조와 마주 대하고 앉아서 술을 마시고 있으니, 칼을 손에 든 채 주춤하고 그 자리에 서 버렸다. 무슨 일이냐고 조조가 묻는 말에 관운장이 천연스럽게 대답했다.

"승상께서 형님과 술을 들고 계시다기에, 주흥이나 돋우어 드리기 위해 검무(劍舞)라도 추어 드릴까 하고 달려온 길입니다."

"이건 홍문회(鴻門會)가 아니니까 항장(項莊)도 항백(項伯)도 소용없소."

홍문회라 하는 것은, 진나라가 멸망하던 해(BC 206년)에 한나라의 고조(高祖) 유방(劉邦)과 항우(項羽)가 홍문에서 주연을 베풀고 있을 때, 항우의 종제인 항장이 유방을 죽이려고 검무를 추었고, 유방을 구출하려던 항백 역시 검무를 추고 있을 때 유방의 부하 번쾌(樊噲)가 뛰어들어 유방을 구출했다는 옛날 일을 비유하는 말이었다.

조조가 껄껄대고 웃으니 현덕도 따라 웃을 수밖에 없었다.

"저 두 번쾌에게도 술을 주어라!"

눈치 빠른 조조, 이렇게 슬쩍 비꼬아서 말을 하니 관운장 · 장비도 꿇어앉아서 술잔을 받았다.

얼마 있다가 연석을 물리자 현덕도 두 사람과 함께 돌아왔다.

"하마터면 우리 둘은 놀라서 죽을 뻔했소!"

관운장이 이렇게 말하자 현덕은 젓가락을 떨어뜨렸던 일을 두 사람에게 이야기해 주었더니 무슨 의미인지 잘 알아듣지 못했다. 현덕이 또 설명해 주었다.

"내가 푸성귀를 가꾸고 있는 것은 조조의 눈을 속이려고 하는 노릇인데, 어둔 밤중의 홍두깨 격으로 덮어 놓고 영웅이라고 떠드니 하도 쑥스러워져서 그만 젓가락을 떨어뜨린 것일세. 조조가 무슨 의심이라도 품게 되면 큰일이겠기에 천둥 번개를 핑계하고 어물어물해 버린 거지!"

조조는 그 이튿날도 현덕을 초청해서 둘이 술을 마시고 있었다. 원술의 동정을 살피러 보냈던 만총이 돌아왔다는 보고를 받고, 조조는 곧 불러들여서 결과를 물어 봤다. 만총의 말에 의하면 공손찬이 원술에게 패하여 처참한 최후를 마쳤다는 것이었다. 현덕은 깜짝 놀라 자세한 이야기를 해달라고 했다.

공손찬은 원소와의 몇 차례 싸움에 패하여 기주(冀州)로 물러간 다음에, 성을 쌓고 성벽을 단단히 하고 역경루(易京樓)라는 높이 10장(丈)이나 되는 누각을 짓고, 좁쌀 30만 석을 성 안에 저장해 둔 다음 농성을 하면서 빈번히 군사를 내보내서 싸움을 시키고 있었다. 그런데 결국은 원소의 군사에게 포위를 당하게 되어, 공손찬 자신이 진두에 나섰다가 사방에서 몰려드는 복병 때문에 병력의 절반을 상실했고, 게다가 또 원소의 군사들이 공손찬의 본진인 누각 밑까지 갱도(坑道)를 파고 불을 질렀기 때문에 공손찬은 몸을 피할 겨를도 없이 처자를 죽이고 자기도 목을 매어 죽어 버려서, 한 집안이 몽땅 재가 돼 버리고 말았다는 것이었다.

이렇게 되자 원소는 공손찬의 군사까지 수중에 넣고 위세가 대단하며, 한편 원소의 아우 원술은 회남에서 온갖 영화를 혼자 누리며 백성과 병사들은 전혀 잊어버리고 있기 때문에 민심이 이탈돼 가고 있는 까닭에, 원술이 원소에게 사람을 보내서 제호(帝號)를 양보했다. 원소가 옥새까지 갖고 싶다고 해서 그것을 원술이 친히 전해 주려고 회남을 버리고 하북으로 돌아가려는 중이라 하며, 이 두 사람이 협력하면 일이 시끄러워질 테니 조승상은 시급히 손을 쓰는 것이 좋으리라는 만총의 보고였다.

현덕은 공손찬이 이미 세상을 떠났다는 말을 듣자 그가 자기를 천거해 준 옛날 일을 회상하면서 슬픔에 잠기지 않을 수 없었다. 또 한편 조자룡(趙子龍)의 안부도 간절히 알고 싶었다.

이 순간에 현덕은 비장한 각오를 했다.

'좋은 기회다! 여기에서 탈출을 하려면, 이번 기회를 놓치면 두 번 다시 얻기 어려울 것이다!'

이런 생각을 하고 현덕은 자리에서 선뜻 일어서며 말했다.

"원술이 원소에게 의지하려고 떠나간다면 반드시 서주를 통과할 것입니다. 군사만 풀어 주시면 내 친히 도중에까지 나가서 그를 잡아오겠습니다."

조조의 얼굴에는 만족한 미소가 떠올랐다. 서슴지 않고 대답했다.

"좋소! 그러면 내일 성상께 상주하고 곧 군사를 일으켜 떠나가도록 하시오."

이튿날, 현덕이 헌제를 배알하고 이런 뜻을 아뢰자 조조는 보병 · 기병 5만을 주어서 주령(朱靈) · 노소(路昭)에게 현덕과 동행하도록 명령했다.

현덕이 헌제와 작별의 인사를 하게 되니, 헌제는 눈물이 글썽글썽해서 그를 전송했다. 현덕은 거처하던 집으로 돌아와서 시급히 출진할 채비를 차리고, 장군의 인(印)을 허리에 차고 길을 재촉하여 떠났다. 동승은 십리장정(十里長亭)까지 따라 나와서 현덕을 전송했다. 현덕이 말했다.

"국구께서는 아무 걱정 마시고 참아 주시오. 이번 떠나가는 길에 반드시 좋은 소식을 전해 드릴 수 있으리라고 믿습니다."

동승도 말했다.

"유장군도 유의하셔서 천자께서 생각하심에 어긋나지 않도록 해주시오."

이렇게 말하고 두 사람은 작별했다.

관운장 · 장비가 말 위에서 물었다.

"형님, 이번 출진은 왜 급히 서두시는 거요?"

"나는 새장 속에 든 새였네. 그물 속에 들어 있는 물고기였어. 이번에 떠나는 길은 마치 물고기가 큰 바다로 뛰어드는 거요, 새가 푸른 하늘로 날아가는 것과 같은 일일세! 이제는 새장이나 그물의 속박을 받지는 않을 걸세!"

현덕은 이렇게 말하면서 관운장과 장비더러 주령 · 노소에게 명령해서 군사를 빨리 전진시키도록 명령하라고 했다.

이때 곽가(郭嘉)와 정욱(程昱)은 지방의 전량(錢糧) 상황을 시찰하고 돌아왔는데, 조조가 이미 현덕을 파견하여 군사를 서주로 출동시켰다는 말을 듣고 당황하여 조조에게 질문했다.

"승상께서는 어찌하여 현덕에게 군사를 풀어 주셨습니까?"

"원술을 도중에서 가로막자는 계획이오."

정욱이 말했다.

"지난번에 유현덕이 예주(豫州) 목(牧)으로 있었을 적에 우리들이 그를 죽이자고 했더니 승상께서는 받아들이지 않으시더니, 이제 또 군사를 풀어서 그에게 주시는 것은 마치 용을 바다에 놓아주고 호랑이를 산으로 보내시는 것과 같습니다. 나중에 다시 수중에 넣으시려 해도 만만치 않을 겁니다."

곽가도 말리고 나섰다.

"승상께서 설사 유현덕을 차마 죽이실 수 없다 하시더라도 그를 놓아 보내시다니 될 말입니까? 옛사람도, 하루라도 적을 마음대로 놓아준다는 것은 만세지환(萬世之患)이라고 했습니다. 승상께서도 통찰하시기 바랍니다."

조조가 그 말이 옳다 생각하고 허저에게 명하여 군사 5백 명을 거느리고 시급히 현덕을 쫓아가 도로 데려오라 하니, 허저는 당장에 응낙하고 떠나갔다.

현덕이 군사를 전진시키고 있는데 갑자기 후방에서 먼지가 뽀얗게 일어나는 것을 보고 관운장·장비에게 말했다.

"조조의 군사들이 추격해 오는 게 분명하지!"

즉시 두 사람에게 영채를 마련하도록 하고 각각 무기를 들고 좌우 양편에서 대기하도록 명령했다. 현덕을 쫓아온 허저는 무시무시한 진용을 바라다보면서 말을 내려 영채 안으로 들어

왔다.

현덕이 대뜸 물었다.

"공께선 무슨 일로 여기 오셨소?"

"승상의 분부로 왔소이다. 급히 상의할 일이 있으니, 수고스럽지만 곧 되돌아오시라고 하십니다."

"장수란 밖에 있어서는 군명(君命)이라 할지라도 받을 수 없을 경우가 있다 하오. 나는 천자께 배알했고, 승상에게도 여러 말을 들었으니까 새삼스럽게 상의할 일은 없을 것이오. 빨리 돌아가셔서 이렇게 전달해 주시오."

허저는 그 이상 무슨 말을 더 할 수가 없었다. 현덕은 조조와 지극히 친한 사이일 뿐더러, 현덕을 죽이고 오라는 명령은 없었으니 그대로 돌아가는 수밖에 없었다. 허저가 돌아와서 보고하는 말을 듣고 조조는 여러 가지 망설이기는 했으나 주령과 노소가 붙어 있다는 점에서 안심을 하고 두 번 다시 유현덕의 뒤를 쫓고자 하지 않았다.

마등은 유현덕이 떠난 지 얼마 안 되어서 변경지대인 서량주(西涼州)로 돌아갔고, 현덕이 서주에 도착했을 때, 벌써 정보가 날아들었다.

원술이 극도로 사치와 방종된 생활만 계속하니 뇌부(雷簿)·진란(陳蘭)은 숭산(嵩山)으로 들어가 버렸고, 원소에게 제위를 양보하려던 원술은 원소에게서 직접 와 달라는 통지를 받고 군사와 궁중의 물건들을 수습해 가지고 서주를 통과하려고 한다는 것이었다.

유현덕은 관운장 · 장비와 모든 준비를 갖추었으며, 결국 양군은 서주에서 맞부딪치지 않을 수 없었다. 원술의 선봉 기령(紀靈)이 결사적으로 싸웠으나 장비를 당해 낼 도리가 없이 말에서 뒹굴어 떨어졌고, 원술이 친히 선두에 나서자 주령 · 노소가 좌익에서, 관운장 · 장비가 우익에서 협공을 가하니, 원술의 군사는 대패하여 시체가 산과 들을 뒤덮고 피가 흘러 강이 될 지경이었다.

그러나 그뿐이랴. 숭산에 틀어박혔던 뇌부 · 진란까지 뛰쳐 나와서 금은 · 양식 등을 약탈하여 수춘(壽春)으로 되돌아서려 했지만, 도둑의 무리들의 습격을 받아 강정(江亭)에 머무르게 됐는데, 살아난 병력은 불과 1천여 명이었다.

여름도 한 고비에 다다른 무렵이었다.

겨우 간직하고 있는 보리 30석을 병사들에게 나누어 주고 나니 원술의 가족들은 먹을 것도 없이 차례차례 굶어 죽고 말았다. 제왕을 꿈꾸던 원술의 최후는 실로 처참했다. 밥이 모래알 같아서 목구멍을 넘어갈 리 없었고, 목이 하도 말라서 음식을 맡아보는 사람에게 꿀물을 좀 가져오라 하여 갈증을 면해 보려고 했더니 대답하는 말이,

"핏물밖에 없는데 어떻게 꿀물을 구해 오란 말씀이십니까?"

원술은 침상 위에 앉은 채 소리를 버럭 지르더니 땅바닥에 쓰러지며 피를 한 말이나 더 되게 토하고 죽어 버렸다.

때는 건안(建安) 4년(199년) 6월.

원술이 세상을 떠나자, 여강군(廬江郡)의 서구(徐璆)는 그 유족을 하나도 남기지 않고 죽여 버린 다음, 옥새를 빼앗아 가지고 허도로 올라와서 조조에게 바쳤다. 조조는 크게 기뻐하여 그를 고릉(高陵) 태수로 봉했으며, 이때부터 옥새는 조조의 수중에 들어가고 말았다.

한편, 유현덕은 원술이 죽었다는 소문을 듣자, 그 즉시 조정으로 상주문을 보내고 조조한테도 편지를 했다. 주령 · 노소를 허도로 돌려보냈으나 군사는 그대로 거느리고 서주를 방비하도록 분부했고, 자기는 성 밖으로 나와서 흐트러진 백성들의 민심을 수습하기에 전력을 기울이고 있었다.

주령과 노소가 허도로 돌아와서 유현덕이 서주에서 군사를 물리지 않고 있다는 보고를 하니, 조조는 비밀리에 차주(車冑)에게 사람을 보내서 선후책을 강구하도록 명령했다. 차주가 다시 진등(陳登)을 불러서 상의했더니, 진등은 성 밖에 나가 있는 유현덕이 돌아오는 길에 복병을 숨겨 두었다가 쉽사리 잡도록 하라는 계책을 말해 주고, 당장에 이 사실을 부친 진규(陳珪)에게 보고했다. 진규는 사전에 아들에게 이 사실을 현덕에게 연락해 주라고 명령했다. 진등이 말을 달려가는데 공교롭게도 밖에서 돌아오는 관운장 · 장비를 만나는 바람에 사태가 이만저만하게 되었다는 것을 자세히 알려 주었다.

관운장과 장비는 현덕보다 몇 걸음 먼저 성으로 돌아오게 되었다. 성미 급한 장비는 당장에 성을 공격하고 쳐들어가자는 것이었다.

관운장이 말했다.

"저편에서 놈들이 성 밖에 있는 옹성(雍城)에서 우리를 기다리고 있다니까, 지금 나갔다가는 도리어 불리하니 서서히 하기로 하세. 내가 차주를 유인해 내서 죽여 버릴 계책이 섰으니까 걱정 말게. 밤중에 조조의 군사가 서주에 도착한 것처럼 속이고 차주란 놈을 유인해 내서 처치해 버릴 테니까."

이 말을 듣고서야 장비는 흥분을 참고 잠시 주저앉았으며, 그들의 부하들은 조조의 군사와 똑같은 깃발을 전부터 준비해 놓고 있었다. 군복이나 갑옷이 또한 똑같은 것이었는지라, 그날밤 3경이 되어서 성 아래로 몰려들어가 문을 열라고 고함을 질렀다. 성 위에서 누구냐고 묻자, 조승상이 파견하신 장문원(張文遠)의 군사라고 대답했다. 이런 보고를 받은 차주가 시급히 진등을 불러서 상의했다.

"맞아들이자니 의심을 받기 쉽고, 또 섣불리 굴다가 계책에 빠지게 될지도 모르니 난처하오."

차주는 성 아래가 칠흑같이 어두워서 잘 분간키 어려우니 날

이 밝은 다음에 태도를 결정하려고 망설이고 있었으나, 성 아래서는 성화같이 악을 쓴다

"유현덕이 알게 되면 큰일이오! 어서 성문을 열어 주시오!"

차주는 결국 속아넘어가고 말았다.

그 이상 버티기 어려워서 마침내 갑옷을 입고 말을 타고 병사 1천여 명을 거느리고 나갔다. 성문을 활짝 열어젖히고 구름다리를 단숨에 건너가서,

"문원 장공은 어디 계시오?"

하고 소리를 질렀다.

이때 관운장, 불빛이 번쩍이는 사이 긴 칼을 힘있게 움켜잡고 말을 달려 차주에게 덤벼들었다.

"이놈! 괘씸한 놈! 우리 형님을 죽이려고 섣불리 수작을 하다니, 네놈이 먼저 죽어 봐라."

차주는 대경실색, 몇 합을 싸우지도 못하고 도저히 감당하기 어렵다는 판단을 내리자 말머리를 돌려서 뺑소니를 쳤다. 구름다리까지 왔을 때, 진등이 화살을 빗발치듯 퍼부었다. 성벽을 밖으로 돌아서 도주해 볼까 했으나, 뒤를 쫓아서 덤벼드는 관운장, 한 칼에 말 위에 앉은 차주의 목을 뎅겅 베어 던졌다. 땅에 뒹구는 차주의 목을 손에 들고 성문 앞까지 되돌아온 관운장은 성 위를 향해서 크게 외쳤다.

"반적(反賊) 차주란 놈을 내가 죽여 버렸다. 죄없는 여러 사람

들은 우리에게 항복하면 죽이지 않을 것이다!"

관운장은 차주의 목을 손에 든 채로 유현덕이 돌아오기를 기다려서 여태까지의 경과를 자세히 보고했다. 현덕이 깜짝 놀라며 물었다.

"조조가 나타나면 어찌할 작정인가?"

"내가 장비와 함께 처치해 버리겠소!"

현덕은 이번 사태를 여간 우려하지 않았다. 그러나 서주성 안으로 들어서니 장로(長老)며 백성들이 모두 길바닥에 꿇어 엎드려서 그를 영접했다. 부(府)에 도착하여 장비를 찾아보았더니, 그는 벌써 차주의 일가를 몰살시켜 버리고 난 뒤였다.

"조조의 심복을 죽였으니, 어떻게 무사할 수 있겠나?"

현덕의 말을 듣더니 진등이 말했다.

"나에게 한 가지 계책이 있습니다. 조조를 능히 물리칠 수 있습니다!"

이야말로 호랑이 굴에서 단신이 뛰쳐나왔는데도 또 묘한 계책이 있어서 낭연(狼煙)을 꺼 버리겠다는 것이다.

# 22.
# 천하에 뛰어난 문장(文章)

명주(明主)는 위험한 일을 잘 헤아려 변고를 제압하고,
충신은 어려운 일을 근심하여 권(權)을 세운다

袁曹各起馬步三軍
關張共擒王劉二將

진등이 유현덕에게 계책을 말했다.

"조조가 가장 겁내고 있는 것은 원소입니다. 원소는 기주(冀州)·청주(靑州)·유주(幽州)·병주(幷州)등 여러 고을에 위력을 펼치고, 그 병력이 백만, 수하에 문관·무장을 무수히 거느리고 있으니 사람을 파견하여 그에게 서신을 보내서 협력을 구하면 좋으실 겁니다."

"원소하고는 여태까지 특별한 우정 관계가 있는 터도 아니오, 또 아우 원술을 쳐부순 지 얼마 안 되는데 도저히 응할 것 같지 않소."

"이 고장에 원소와 3대에 걸쳐서 절친하게 지내시는 분이 계

십니다. 그분께서 편지 한 통만 써 주신다면 원소도 반드시 가담해 줄 것입니다."

현덕이 그 사람이 누구냐고 물었더니 진등이 대답했다.

"그분은 유장군께서 평소부터 깍듯이 존경하시는 분입니다. 잊어버리시지는 않으셨을 텐데요."

"아, 바로 정강성(鄭康成)선생 말씀이 아니시오?"

"맞히셨습니다!"

정강성은 이름이 현(玄), 글을 좋아하고 재간이 많은 사람으로서 일찍이 마융(馬融)의 문하에서 수업한 사람이다. 마융은 글을 가르칠 때는 언제나 붉은 휘장을 쳐 놓고 그 앞에 문하생들을 모아 놓았다. 자기 등뒤에는 노래부르는 기생을 앉혀 놓고, 또 좌우에는 시녀들을 죽 둘러앉혔다. 정현(鄭玄)은 3년이나 공부하는 동안에 여자들에게 곁눈질 한 번 한 일이 없었기 때문에, 마융이 기특히 여기고 수업이 끝나서 돌아가게 됐을 때 탄식하면서 이런 말을 했다고 한다.

"나의 학문의 심오한 점을 터득한 사람은 아마 정현 하나뿐일게다!"

정현의 집안에 있는 시녀들도 모두 모시(毛詩)에 능통했다. 어떤 시녀 하나가 정현의 말을 거역하여 뜰 앞에 꿇어앉아 벌을 받게 됐을 때, 그 동무 하나가 조롱을 했다.

"그렇게 까불더니 진흙 속에 앉게 됐구나(胡偶乎泥中)."

했더니 그 시녀가 당장에 대꾸했다.

"사정을 하러 갔다가 화풀이만 당했다(薄言往愬, 逢彼之怒)."

그 풍아함이 이런 정도였다.

환제조(桓帝朝) 때 정현은 상서(尙書) 벼슬에 올랐는데, 그 후 십상시의 난리를 만나서 벼슬을 버리고 고향인 서주에서 은거 생활을 하고 있었다. 현덕은 탁군에 있을 때 그를 스승으로 섬긴 일이 있었는데, 서주의 목(牧)이 된 이후에도 항시 그의 집을 찾아가서 가르침을 받았고, 무척 존경하는 사이였다.

현덕은 그를 생각하자 크게 기뻐하며 즉시 진등과 함께 그의 집을 찾아가서 편지를 한 통 써 달라고 부탁했다. 정현도 그 자리에서 쾌히 승낙하고 편지 한 통을 써서 현덕에게 주었다. 현덕은 손건(孫乾)에게 명령하여 그 편지를 곧 원소에게 전달하게 했다.

편지를 다 읽고 난 원소가 생각했다.

'유현덕은 나의 아우를 쳐부숴 없앤 놈이니 본래는 가담할 수 없는 일이지만, 정현선생의 부탁이 있으니 도와 주러 가지 않을 수 없다.'

그래서 문무백관을 모아 놓고 조조 토벌의 시비를 상의했더니, 모사 전풍(田豊)이 간했다.

"끊임없는 난리 때문에 백성은 지칠 대로 지쳤고, 군량도 떨어져 가는 이때 대군을 또 일으키신다 함은 신중히 고려하실 문제입니다. 우선 사신을 파견하셔서 천자께 공손찬을 토벌하여 승리를 거둔 사실을 아뢰시고 나서, 다음으로 조조가 우리들의 왕로(王路)를 가로막는다는 상주문을 올려서 군사를 여양(黎陽)에 내보내어 주둔하게 하시고 다시 하내(河內)에서는 선박을 증가하고 군기를 정비하여 정병을 변경 각지에 주둔하게 하심이 좋겠습니다. 이렇게 하면 3년 이내에 대사는 결정될 것입니다."

모사 심배(審配)가 또 말했다.

"그렇지 않습니다! 원공의 신무(神武)로써 하삭(河朔)의 강성(强盛)을 진압한 이상, 군사를 일으켜 조조를 토벌하기는 여반장입니다. 시일을 지연시킬 필요가 어디 있습니까?"

모사 저수(沮授)가 나섰다.

"적을 제어하고 이기는 계책은 강성한 데만 있는 게 아닙니다. 조조의 법령은 이미 실행되고 사졸들도 훈련이 잘 돼 있으니 공손찬이 앉아서 포위당하기를 기다리던 것과는 딴판입니다. 이제 말씀드리는 좋은 계책을 버리시고 명분도 서지 않는 군사를 일으키신다면 원공을 위해서도 부당한 일인가 합니다."

모사 곽도(郭圖)도 한 마디 했다.

"아닙니다. 조조 때문에 군사를 푸는 것이 어째서 명분이 서지 않습니까? 공께서는 이제야말로 마땅히 대업을 결정지으셔야 합니다. 곽상서(郭尙書)의 말을 받아들이셔서 유현덕과 함께 대의에 입각하여 국적 조조를 토벌한다는 것은 위로 천의(天義)에 합치는 일이요, 아래로는 민정(民情)에 합치는 일이니, 실로 천만 다행입니다!"

네 사람의 논쟁이 시비를 가릴 수 없어서 원소도 망설이기만 하고 있을 때 허유(許攸) · 순심(荀諶)이 나타나서, 원소는 정현의 편지를 받았다는 사실과 조조 토벌의 가부를 상의했더니, 두사람이 일제히 말했다.

"이제 공께서는 중(衆)으로써 과(寡)를 이기고 강함으로써 약함을 공격하셔서 한적(漢賊)을 토벌하시고 왕실을 떠메고 일어서시려면 군사를 일으키셔야만 됩니다."

"두 사람의 소견이 내 마음과 똑같군!"

원소는 당장에 군사를 일으킬 일을 상의하고, 우선 손건을 돌려보내서 이런 뜻을 정현에게 전달하게 하고 또 유현덕에게도 준비를 갖추라고 연락했다. 또 심배 · 봉기를 총지휘(統軍)로, 전풍 · 순심 · 허유를 모사로, 안량(顔良) · 문추(文醜)를 장군으로 삼고 마군(馬軍) 15만, 보병 15만, 도합 정병 30만을 일으켜 여양을 향하여 떠나도록 명령을 내렸다.

떠나기로 결정되었을 때, 곽도가 나타나서 말했다.

"공께서는 군사를 크게 일으켜 조조를 토벌하시게 됐으니 반드시 조조의 비행을 샅샅이 들추어서 각 군으로 격문을 뿌리셔서 죄과를 성토하셔야 합니다. 그래야만 명분이 정정당당해질 겁니다."

원소는 그 말대로 서기(書記) 진림(陳琳)에게 격문을 기초하라고 명령했다. 진림은 자가 공장(孔璋)으로, 평소부터 재명(才名)이 있어서 환제(桓帝) 때는 주부(主簿)를 지낸 일이 있었다. 하진(何進)에게 간언을 해서 용납되지 못했고, 또 동탁의 난리를 만나서 기주로 피난 가 있는 것을 원소가 기실(記室) 자리를 주어서 쓰고 있었다.

격문을 기초하라는 명령이 내리자 당장에 써 내놓으니 실로 천하의 명문이었다.

대개 듣자면, 명주(明主)는 위험한 일을 잘 헤아려서 변고를 제압하고, 충신은 어려운 일을 근심하여 권(權)을 세운다 한다. 그러므로 비상한 인물이 있은 연후에야 비상한 일이 있는 것이며, 비상한 일이 있은 연후에야 비상한 공고를 세울 수 있는 것이다. 대체로 비상하다는 것은 비상한 인물만이 헤아릴 수 있는 바이다.

전에, 진나라는 강했으나 임금이 나약해 조고(趙高)란 자가 권세를 잡고 조정의 권력을 전제하고 상과 벌을 제 마음대로 했으나, 당시의 사람들은 겁을 집어먹고 감히 바른 말을 하지 못했으니, 마침내 망이궁(望夷宮)에서 조고에게 살해를 당하여 조종(祖宗)이 전멸하고 그 오욕이 오늘날에 이르러서도 길이 세감(世鑒)이 되어 있는 것이다. 여후(呂后)의 말년에 이르러 여산(呂産) · 여록(呂祿)이 정사를 멋대로 휘둘러, 안으로는 이군(二軍)을 겸하고 밖으로는 양(梁) · 조(趙) 두 나라를 통치하여 만기(萬機)를 임의로 결단하고, 일을 결정함에 궁중을 무시하고 상하가 뒤죽박죽이 되어서 나라 꼴이 한심스럽기 이를 데 없었다.

이때에 강후(絳侯—周勃) · 주허후(朱虛侯—劉章)가 군사를 일으키고 분노하여 역적을 주살하고 태종(太宗)을 세웠다. 그래서 왕도(王道)가 흥륭(興隆)했고 광명이 현융(顯融)했으니 이는 바로 대신입권(大臣立權)을 명백히 표시하는 사실이다.

사공(司空) 조조의 조부 중상시(中常侍) 조등(曹騰)은 좌관(左悺) 서황(徐璜)과 더불어 요사스런 짓을 함부로 하고 탐욕과 방종, 정사를 그르치고 백성을 학대했다. 아비 조숭(曹嵩)은 양자가 되어서 뇌물로써 벼슬자리를 얻었으며 금은 주옥으로 여련(輿輦)을 휘감고 온갖 것을 권문(權門)으로 끌어들여 정사(鼎司—三司)의 지위를 절도질하고 중기(重器)를 뒤집어 엎어 버렸다.

조조는 또 제멋대로 방종한 뜻을 품고 협박을 일삼아 황제를 천도케 하고 궁중을 무시하고 왕실을 모욕했으며, 법기(法紀)를 패란(敗亂)케 하였고, 앉은 채로 삼대(三臺—尙書 · 御史 · 謁者)를 좌지우지했으며, 조정의 정사를 전제하고 작상(爵賞)을 마음대로 형벌과 살육을 입이 벌어지는 대로 해버렸고, 사랑하는 자에게는 오종(五宗)이 혜택을 입게 했고, 미워하는 자는 3족을 멸했다.

무리를 이루고 불평을 말하는 자는 면전에서 살해해 버렸고,

불평을 품고 복의(腹議)하는 자는 아무도 모르게 죽여 버렸다. 백료(百僚)들은 입을 다물고, 길을 가며 서로 눈짓을 할 뿐, 상서(尙書)는 조회(朝會)를 기록할 뿐이요, 공경(公卿)은 사람 수효만 채우는 물건이 되어 버렸다.

조조는 또한 발구중랑장(發丘中郞將), 모금교위(摸金校尉)라는 관직을 특별히 두어서 닥치는 대로 금은 보물을 탈취하고 남의 해골을 아무데나 동댕이쳤다. 몸이 삼공(三公)의 위치에 처해 있으면서도 도둑과 같은 짓을 감행하여 나라를 더럽히고 백성을 해롭게 하여 그 악독함이 인귀(人鬼)보다 더하다!

이제 한나라 황실은 쇠퇴하여 강기(綱紀)가 이절(弛絶)되었으나 성조(聖朝)에는 일개의 보필할 만한 인물이 없고, 팔과 다리가 서로 절충할 만한 힘이 없고, 장안의 마음 있는 신하들도 모두 머리를 수그리고 날개를 처뜨리어 의지하고 믿을 곳이 없다. 비록 충의지신이 있다손치더라도 포학한 신하의 협박을 받고 있으니, 어찌 그 충의를 발휘해 볼 수 있으랴!

또 조조는 수하의 정병(精兵) 7백을 가지고 궁궐을 포위하고 지키며 겉으로는 숙위(宿衛)라고 핑계대지만 사실에 있어서는 천자를 구금하고 있는 것이니 찬역(簒逆)의 싹이 이로써 움트고 있음이 두려운 바이다.

이제야말로 충신된 자 간뇌(肝腦)로 땅을 문지르며 일어설 때요, 열사된 자 공을 세울 때니 어찌 힘쓰지 않을 것이냐. 조조의 목을 얻는 자는 5천 호의 후(侯)에 봉하고 5천만의 상금을 주리라. 각 장군영하(將軍領下)의 부(部)와 곡(曲) · 편장(偏將) · 장교 제리(將校諸吏) 가운데서 투항한 자는 그 죄를 묻지 않겠다. 이 은혜로운 소식을 널리 선포하고 부상(符賞)을 골고루 분별하여 천자께서 구박하는 어려움에 빠지셨음을 모든 사람에게 알리고자 하는 바이다.

원소는 이 격문을 읽고 자못 기뻐했다. 그 즉시 명령을 내려서 각 주와 군으로 발송케 하고 관진(關津) 각처와 교통의 요소마다 붙이도록 했다.

이 격문이 허도에도 뿌려졌다.

조조는 두통이 나서 침상에 누워 있었다. 측근자가 가져다 준 이 격문에 눈을 옮기자, 당장에 등줄기에 냉수를 끼얹는 것같이 소름이 오싹 끼쳤고, 전신에 식은땀이 비오듯했다. 두통이 문제가 아니었다. 자리에서 벌떡 미친 사람같이 일어났다. 옆에 있던 조홍을 돌아다보며 떨리는 음성으로 물어 봤다.

"이 글을 쓴 자는 누굴까?"

"진림(陳琳)이 썼다고 알려져 있습니다."

"흐음!"

조조는 한참 동안이나 침통한 표정을 하더니 이윽고 껄껄 웃으면서 입을 열었다.

"글 줄이나 잘하는 자에게는 반드시 무략(武略)으로 손발이 맞아야 하는 법인데, 진림의 글이 비록 잘 됐다고는 하지만 원소는 무략이 부족하니 어찌할 것이오?"

드디어 여러 모사들을 소집해 가지고 적을 맞아 싸울 것을 상의했다.

이때, 북해의 태수로 가 있는 공융(孔融)이 이 소식을 듣고 조조를 만나 보러 왔다.

그가 말했다.

"원소의 세력은 대단합니다. 그와 더불어 싸울 것이 아니라, 화해를 구하는 것이 좋을까 합니다."

이 말을 듣더니 순욱(荀彧)이 반대하고 나섰다.

"원소는 무용지물이오. 화해를 구할 필요가 어디 있겠소?"

"원소는 영토가 넓고 백성이 강하오. 그의 부하 허유 · 곽도 · 심배 · 봉기 같은 사람들은 모두 지모가 있는 사람들이오. 전풍 · 저수는 모두 충신이요, 또 안량 · 문추 같은 사람은 3군에서 뛰어나는 맹장들이오. 그밖에도 고람(高覽) · 장합(張郃) · 순우경(荀于瓊) 등은 모두 일대의 명장들인데 어째서 원소를 무용지물이라 하시오?"

순욱이 웃으면서 말했다.

"원소의 군사는 비록 그 수효는 많다고 하지만 군율이 어지러워졌고, 전풍은 강직해서 상관의 말을 잘 듣지 않고, 허유는 욕심이 많아서 미련하고, 심배는 고집만 세고 꾀가 없으며, 봉기는 과감하지만 쓸모가 없소. 이 몇 사람들은 서로 의견이 일치되기 어려운 형편이니 반드시 내분이 생길 것이오. 안량과 문추는 필부(匹夫)의 하잘것없는 용기에 지나지 못하니 한번 싸우기만 하면 당장 잡을 수 있고, 그 나머지는 모두 변변치 않은 위인들이니, 백만 명이 있다 해도 겁낼 만한 것이 뭣이 있겠소?"

공융은 시무룩해서 묵묵히 있을 뿐. 조조가 호탕하게 웃어젖혔다.

"순문약(荀文若—순욱)의 생각에 과히 어긋남이 없을 거요."

결국, 유대(劉岱)를 선봉으로 내세우고, 왕충(王忠)에게 후군을 명령하여 병력 5만을 맡기고, 승상의 기치를 높이 올리게 하여 서주로 유현덕을 토벌하러 떠나 보내기로 결정했다.

이 유대란 자는 본래 연주(兗州)의 자사 노릇을 하고 있었는데, 조조에게 연주를 공격당하자 항복해 버린 위인이었다. 조조는 그를 부장으로 기용하고 있었는데, 이번에 왕충과 같이 군사를 통솔시킨 것이다.

한편, 조조 자신은 20만 대군을 거느리고 여양으로 진출하여 원소의 군사를 막아 버릴 작정이었다.

이때 정욱이 이상한 말을 했다.

"유대 · 왕충을 가지고는 일을 치를 것 같지 않습니다."

조조가 말했다.

“그들이 유현덕의 적수가 될 수 없음은 나도 잘 알지만, 우선 허장성세(虛張聲勢)를 해보자는 것뿐이오.”

이렇게 대답하고 나서, 유대 · 왕충에게 간곡히 부탁을 했다.

“경솔히 쳐들어가기만 하면 안 되오. 내가 원소를 격파하고 다시 유현덕을 치러 군사를 끌고 갈 때까지 기다려야 하오.”

유대와 왕충은 군사를 거느리고 떠났다.

조조도 친히 군사를 몰고 여양으로 출진하여 양군은 80리를 격한 지점에서 서로 대진했다. 두 진지가 똑같이 참호를 깊이 파고 보루만 높이 쌓아올리고, 나와서 대결하려 들지는 않았다. 이런 상태로 8월부터 10월까지 끌었다.

애당초부터, 허유는 심배가 군사를 지휘하는 것을 못마땅하게 여겼고, 저수는 저수대로 원소가 자기 계책을 용납해 주지 않는 것을 원망했고, 제각기 마음속에 불평 불만을 간직하고 있던 차라서, 애써서 나가 싸우려 들지 않았으며, 원소 역시 믿음직하게 생각지 않아서 군사를 내보내 주려고 생각지 않았던 것이다.

그래서 조조는 항복한 여포의 부장 장패(臧覇)에게 청주 · 서주 방면을 든든히 지키게 했고, 우금(于禁) · 이전(李典)을 황하(黃河) 하변에 머무르게 했으며, 조인(曹仁)에게 대군을 총지휘하게 하여 관도(官渡)에 주둔시킨 것이었다. 그리고 조조 자신은 일군을 거느리고 허도로 돌아와 버리고 말았다.

유대와 왕충은 병력 5만을 거느리고 서주에서 백 리쯤 떨어진 지점에다 진을 쳤다. 그러나 본진에다 조승상의 깃발만 휘날려 놓고 그 이상 전진하려 들지는 않았으며, 하북(河北)의 전황에만 신경을 집중시키고 있었다.

한편, 유현덕은 조조의 심중을 알 수 없어서 역시 경솔히 움직이려 들지 않고 하북의 정세만 살피고 있었다.

이때, 별안간 조조에게서 사람이 파견되어 왔다. 유대·왕충더러 군사를 전진시키라는 것이었다. 두 사람은 진중에서 상의했다. 유대가,

"승상께서 성을 공격하라는 명령인데, 공이 먼저 나서시오."

하니 왕충이 말했다.

"승상께서는 공더러 선두에 나서라고 명령하신 게 아니오."

"그렇다면 제비를 뽑아서 누구든지 먼저 나서기로 합시다."

결국, 제비를 뽑아 보니 왕충이 선(先) 자를 뽑는 바람에 어쩔 수 없이 군사의 절반을 거느리고 서주로 쳐들어갔다.

유현덕은 적군이 쳐들어온다는 정보를 입수하자, 진등을 불러서 상의했다.

"원소는 여양에 진을 치고 있기는 하지만, 모사들의 불화 때문에 군사를 전진시키려 들지 않고, 조조가 있는 곳도 잘 모르오. 듣자니 여양의 진지에는 그의 깃발이 꽂혀 있지 않다는데 이곳에는 그것이 꽂혀 있으니 어찌된 까닭일까?"

"조조는 궤계백출(詭計百出), 반드시 하북에 치중해서 친히 감독하고 있을 겁니다. 그래서 일부러 기호(旗號)를 내세우지 않고 이곳에다 기호를 세워 두는 체하는 겁니다. 내 생각으로는 조조는 반드시 여기 있지 않습니다."

"두 아우님들 중에서 누가 진상을 탐지하러 가 주겠소?"

장비가 말했다.

"내가 가고 싶소."

"자네는 위인이 우락부락하고 너무 성급해서 가면 안 되네."

"조조가 있기만 하다면 붙잡아 가지고 오겠소."

관운장이 말했다.

"내가 가서 동정을 살펴보겠소."

"운장이 가 준다면 나도 마음을 놓을 수 있네."

이리하여 관운장은 병력 3천을 거느리고 서주를 나왔다. 때는 첫겨울이라서 음산한 구름이 뒤덮이고 눈발이 어지럽게 휘날리는데, 군마는 눈을 무릅쓰고 진을 쳤다.

운장이 말을 달려 칼을 움켜잡고 내달으며 왕충더러 선뜻 나서라고 호통을 쳤다. 왕충이 나와서 말했다.

"승상이 이곳에 나타나셨는데 어째서 항복하지 않는가?"

관운장이 말했다.

"승상께 출진토록 해라. 내 할말이 있으니."

"승상께서 어찌 그대 같은 인물을 간단히 만나 보실 것인가?"

관운장은 대로하여 말을 달려 앞으로 쳐들어갔다.

왕충도 창을 휘두르며 덤벼들었다.

두 필의 말이 맞부딪칠 지경으로 접근한 찰나에, 관운장은 재빨리 말을 홀쩍 날려서 빠져 달아났다.

그것을 결사적으로 추격하는 왕충.

산기슭을 돌아서는 순간, 관운장은 비호같이 말머리를 돌리더니 천지가 진동할 듯한 큰 목소리로 호통을 쳤다. 그리고 긴 칼을 휘두르며 육박해 들어갔다.

왕충이 감당하기 어려워서 말을 달려 도주하려는 것을, 긴 칼을 왼손으로 바꿔 잡더니 오른손으로 왕충의 갑옷에 두른 띠를 벌컥 움켜잡고 안장에서 끌어 내렸다.

무슨 물건 짝이나 다루듯 왕충을 한편 겨드랑 밑에 끼고 쏜살같이 본진을 향해서 말을 달리니 왕충의 군사들은 사면팔방으로 뿔뿔이 흩어져서 도주하는 도리밖에 없었다.

관운장은 왕충을 앞장세우고 서주로 돌아와서 현덕의 앞에 나섰다.

현덕이 물었다.

"그대는 누구요? 현재 무슨 직에 있는가? 감히 조승상이라 사칭하다니?"

"어찌 감히 사칭을 했겠습니까? 허장성세하라는 조승상의 명령을 받들고 의병(疑兵) 작전을 써본 것이고 승상께서는 이곳에 계시지 않습니다."

현덕은 왕충에게 의복과 술, 음식을 주어서 잠시 감금해 두도록 명령하고, 유대를 붙잡은 다음에 다시 선후책을 상의하도록 했다.

관운장이 말했다.

"나는 형님이 저자와 화해하실 의사가 있는 줄 알았기 때문에 일부러 산채로 잡아온 것이오."

현덕이 대답했다.

"나는 장비가 성급하고 무뚝뚝해서 왕충을 죽여 버릴까 두려워했기 때문에 보내지 않았던 걸세. 이런 위인은 죽여 봤댔자 이로운 것이 없으니까 살려 둬 가지고 화해에 써 먹는 게 좋을 걸세."

장비가 불쑥 나서며 말했다.

"둘째형이 왕충을 붙잡았으면 나도 가서 유대를 산채로 잡아오겠소!"

현덕은 두 눈이 휘둥그래졌다.

"죽여 버리기라도 한다면 산통을 깨뜨려 버리는 결과가 될 테니, 자넨 그만두는 게 좋을 걸세."

한번 욱 하고 고집을 부리기 시작한 장비인지라 그대로 호락호락 주저앉을 리 없었다.

"원 제길! 만약에 그놈을 죽여 버리게 되면, 내 목을 대신 내놓으면 될 게 아니겠소!"

현덕은 말리다 못해서 드디어 3천의 병력을 맡겨 주었고, 장비는 그 길로 군사를 거느리고 떠나갔다.

저편에서는 유대가 왕충이 잡혀간 것을 알게 되자, 진지를 견고히 지키기만 할 뿐 통 나와서 싸우려 들지는 않았다.

장비는 매일 유대의 진지 앞에 가서 온갖 욕설을 퍼붓고 어떻게든지 유인해 내려고 애썼지만, 그것이 만만치 않은 장비라는 것을 알게 되자, 유대는 점점 더 죽은 듯이 틀어박혀서 나올 기색이라곤 추호도 보이지 않았다.

며칠 경과하도록 이 지경이고 보니, 호언장담하고 달려온 장비는 초조하지 않을 수 없었다. 머리를 짜고 또 짜며 이 궁리 저 궁리하던 장비는, 무릎을 탁 치고 만면에 회심의 미소를 띠었다.

"됐어! 이래도 이놈이 옴쭉도 않고 있지는 못하겠지!"

그날밤 2경만 되면 결단코 야습을 감행하리라고 진중에다 헛소문을 퍼뜨려 놓았다. 그리고 낮에는 진종일 영채 안에서 술만 마시고 취한 체하고 있었다. 병사 하나를 잡아다 놓고 대단치도 않은 잘못을 꾸짖어서 한바탕 야단을 치고 때려준 다음 영채 안에 묶어 놓고 호통을 쳤다.

"오늘 밤중에, 내가 싸우러 나갈 때에는 네놈을 깃발에 제사나 지낼 겸 죽여 버릴 테다!"

그리고 나서 아무도 모르게 측근자를 시켜서 그 병사를 풀어 주게 하고 도망치도록 했다. 이 병사는 꽁꽁 묶였던 밧줄이 풀어지자, 살며시 진지를 탈출해서 유대의 진지로 빼소니를 쳤다. 물론, 그날밤 2경이면 장비가 야습을 감행한다는 계획을 자못 의기양양하게 유대에게 고해 바쳤다.

매를 맞아서 중상을 입은 채 탈출해 나온 적병이 이미 자기 진영에 항복하고 들어왔으니 그가 하는 말을 정말이라고 믿지 않을 수 없었다.

유대는 마침내 진지를 텅 비워 놓고, 전체 군사들을 영채 밖에다 잠복시켜 버렸다.

그날밤 장비는 물샐 틈 없는 작전계획을 세웠다. 군사를 3분해 가지고 한 가운데 서게 되는 30명을 시켜서 야습의 선봉으로 내세우고 불을 지르게 했다.

그리고는 좌우 옆의 군사들을 시켜서 살짝 적진의 배후로 돌아들어가게 해놓고, 치밀어오르는 불길을 신호로 일제히 쳐들어갈 작정을 했다.

그날밤 3경쯤 돼 올 무렵에 장비는 친히 정예 부대를 거느리고 미리 돌아가서 유대의 퇴로를 막아 버리고, 한 가운데 서 있는 30명의 병사들이 적진으로 쇄도해 들어가면서 불을 질렀다.

유대가 배치해 놓은 복병들이 우르르 몰려 나와서 덤벼들려고 했지만, 장비가 먼저 손을 써 놓은 좌우 옆의 군사들이 일제히 공격을 가하는 바람에 유대의 군사는 우수수 흩어져서 장비의 병사의 수효가 얼마나 되는지도 모르니 선불리 덤비지도 못하고 지리멸렬이 돼 버리고 말았다.

유대는 간신히 목숨만 살아난 일부의 군사들을 거느리고 쥐구멍이라도 찾아서 뺑소니를 치려고 했다.

이때 공교롭게도 앞에서 달려드는 장비와 맞닥뜨렸다. 좁디좁은 길인 까닭에 그 이상 달아날 도리도 없어 장비와 대결해 보았지만, 단 1합도 못 싸워서 장비의 손에 붙잡혀 버렸고, 나머지 병사들도 모조리 항복했다.

장비는 사람을 서주로 급히 파견하여 첩보(捷報)를 전달시켰다. 장비가 싸움에 이겼다는 소식을 듣고 현덕이 관운장에게 말했다.

“장비는 여태까지 자칫하면 난폭한 짓만 해왔는데, 이번같은 계책을 쓸 수 있게 됐다니 나도 안심하겠는걸!”

현덕이 친히 성 밖으로 나가서 장비를 영접했더니 장비는 제법 우쭐했다.

“형님은 나더러 무지막지하다고 하지만 오늘 싸운 일은 어떻소?”

“내가 호되게 야단을 치지 않았더면 자네가 그런 계책을 쓰려고 했겠나?”

장비는 이 말을 듣더니 껄껄대고 통쾌하게 웃었다.

현덕은 유대가 꽁꽁 묶여 끌려온 것을 보고 급히 말을 내려 줄을 풀어 주었다.

"아우 장비가 잘못 생각하고 심히 무례한 짓을 했소이다. 죄송하오."

그를 서주성 안으로 맞아들이고 왕충도 불러내서 잘 대접했다.

"먼젓번에는 차주가 나의 목숨을 노렸기 때문에 어쩔 수 없이 토벌했는데, 조승상께서는 내가 모반하고 있다고 오해를 하셔서 두 분을 파견했지만, 나는 승상께 큰 은혜를 입고 있는 몸이니 거기 보답할 생각뿐이지 어찌 모반할 꿈인들 꾸겠소? 허도로 돌아가시거든 나를 위해서 잘 말씀해 주시오."

그들 두 사람은 목숨을 살려 준 은혜에 감격하여 물불을 헤아리지 않고 현덕을 위해서 힘쓰겠다 맹세했으며, 현덕도 바로 그 이튿날 두 사람과 나머지 군사를 모두 성 밖으로 전송해서 내보냈다.

유대와 왕충이 10리 길도 못 갔을 때, 북소리가 요란하게 들리더니 장비가 눈을 부릅뜨고 나타났다. 한번 붙잡은 적병을 놓아 보낼 수 없다는 것이었다. 바로 뒤쫓아서 관운장이 나타나서 현덕의 명령을 존중하라는 의미로 가까스로 장비를 권고해서 두 사람을 돌려보냈다.

관운장과 장비가 돌아와서 현덕에게 말했다.

"조조는 반드시 쳐들어올 것이오!"

이 말을 듣더니 손건도 서주는 공격하기 쉬운 고장이니 오래 머무르지 말고, 군사를 나누어서 소패(小沛)와 하비(下邳)를 지키는 한편 군사를 정비해서 조조의 공격에 대비하자고 했다.

현덕은 그 말대로 관운장에게 하비를 지키게 하고 감(甘)·미(糜) 두 부인도 그곳에 자리잡고 있게 했다. 감부인은 본래가 소패 사람이었고, 미부인은 바로 미축의 매씨였다. 손건·간옹·미축·미방에게 서주의 수비를 명령하고, 현덕은 장비와 함께 소패에 주둔했다.

유대와 왕충은 허도로 돌아가 유현덕에게 모반할 마음이 없다고 했더니, 조조는 대로하여 측근자에게 당장 그들을 끌어내어 목을 베라고 명령했다.

이야말로 개가 호랑이와 싸울 수 없고, 물고기가 용과 싸운다는 게 당치도 않다는 격이다.

# 23.
# 독약을 먹이려다

수포로 돌아간 조조 독살 계책

禰正平裸衣罵賊
吉太醫下毒遭刑

조조가 유대와 왕충을 죽이겠다고 날뛰는 판에 그것을 말린 사람은 공융이었다.

"그들은 유현덕을 대적할 위인이 못 됩니다. 만약에 그들의 목을 벤다면 장병들의 마음이 이탈될 것입니다."

조조는 공융의 의견대로 그들의 죽을 죄를 용서해 주어 작록(爵祿)을 빼앗는 데 그치고, 자기가 친히 현덕 토벌의 군사를 일으킬 작정을 했다.

그러나 때가 마침 엄동설한이어서, 공융은 또 시기가 적당하지 않다는 이유로 현덕 토벌을 내년 봄으로 미루더라도 늦지 않다 권고하고, 우선 사람을 파견해서 장수(張繡)와 유표(劉表)를 수하에 넣도록 하는 것이 급선무라고 역설했다.

조조는 공융의 의견을 옳게 여기고, 우선 유엽(劉曄)을 장수에게 보내서 설득시켜 보기로 했다.

유엽은 양성(襄城)에 도착하자 먼저 가후(賈詡)를 찾아갔다. 가후는 유엽을 자기 집에 머무르게 하고, 그 이튿날 장수에게 가서 조조가 유엽을 파견해서 귀순하라는 권고가 왔다는 연유를 이야기해 주었다.

이런 이야기를 하고 있는 중인데, 돌연 원소에게서도 사람이 파견되어 왔다는 소식이 들어왔다. 장수가 그 사람을 안으로 불러들였더니 한 통의 편지를 내놓았다. 편지의 내용은 역시 귀순을 권하는 것이었다.

가후는 거침없이 냉소를 터뜨렸다.

"그대는 돌아가서 원공께 말씀해 주시오. 자기 아우도 믿지 못하는 위인이 어찌 천하의 국사(國士)를 거느릴 수 있겠느냐고 하더라고……."

이렇게 말하면서 원소의 편지를 북북 찢어 버리고 심부름 온 사람을 쫓아 보냈다.

원소의 힘이 조조를 누를 지경인데 그렇게 무례한 짓을 해서 쓰겠느냐는 장수의 말에 가후는 서슴지 않고,

"조조 편에 붙으면 그뿐이오!"

하면서, 조조에게 복종하는 게 유리하다는 세 가지 이유를 구

체적으로 설명했다.

첫째로는, 천자의 칙명에 의하여 천하를 다스리는 사람이라는 점. 둘째는, 원소는 세력이 굉장해서 우리들이 웬만한 병력을 가지고 가서 복종한댔자 대단하게 여기지 않을 것이지만, 조조는 세력이 그만 못하니까 우리가 자기 편이 돼 주면 기뻐하리라는 점. 셋째로는, 조조는 천하를 수중에 넣고 싶은 야망이 있으니, 그의 덕망을 널리 세상에 알리려고 애쓴다는 점이었다.

장수는 가후의 의견대로 유엽을 만났다. 유엽이 침이 마르도록 조조를 찬양하고, 조승상은 옛날의 원한 같은 것은 깨끗이 잊어버린 지 오래라고 하며 귀순하기를 역설하니, 장수도 크게 기뻐하며 그 즉시 가후를 따라서 허도로 올라와 조조에게 투항했다.

조조는 관대하게 장수를 받아들여서 그를 양무장군(揚武將軍)에 봉했으며, 가후를 집금오사(執金吾使)에 임명했다. 그리고 당장에 유표에게 투항을 권고하는 서신을 장수보고 쓰라는 명령을 내렸다. 그러자, 가후가 문필의 재간이 뛰어난 사람을 시키라는 이유로 반대하니, 다시 순유가 공융을 천거했다.

그래서 공융은 이런 방면의 가장 적임자라 해서 예형(禰衡—字는 正平)이란 사람을 천거하겠다고 천자께 장문의 상주문까지 올렸다.

공융의 상주문에 의하면 예형이란 사람은 나이 겨우 24세. 성

품이 선량하고 재간이 발군(拔群). 한번 눈에 스친 글이면 당장에 줄줄 외고, 한번 귀로 들은 일이면 마음속에 새겨서 잊어버리는 일이 없고, 사려하는 바 신(神)과 같으며, 충성심과 뜻이 결백하기가 상설(霜雪)과 같고, 선을 보면 자기의 미흡함을 부끄러워하고, 악을 미워하기 원수같이 여긴다는 인물인데, 확실히 보기 드문 인물이었다.

상주문이 천자를 거쳐서 조조에게 내려오자, 조조는 당장에 예형을 불러들였다. 초대면의 인사가 끝난 다음 조조는 자리를 권하려고 하지 않았다.

예형이 하늘을 우러러 탄식했다.

"천하가 넓다고 하지만, 사람다운 위인은 하나도 없구나!"

"내가 수하에 거느리고 있는 수십 명은 모두 당대의 영웅들인데 인물이 없다니 무슨 말인고?"

"그건 누구 누구를 말씀하시는 것이오?"

"심려원모(心慮遠謀)의 순욱 · 순유 · 곽가 · 정욱, 그 용맹에 있어 당해 낼 자 없는 맹장 장요 · 허저 · 이전 · 악진, 종사(從事)로 유명한 여건 · 만총, 선봉의 명장 우금 · 서황, 천하의 기재(奇才) 하후돈, 맹장 조인, 어째서 인물이 없단 말이냐?"

예형이 껄껄대고 냉소하며 말했다.

"공의 말씀은 틀립니다. 이 인물들은 제가 모두 잘 알고 있습니다. 순욱은 조상 · 문병에나 쓸 만하고, 순유는 분묘지기, 정욱은 문지기, 곽가는 글이나 읽는데, 장요는 북이나 두드리는데, 허저는 소나 말을 기르는데, 악진은 공문서 따위를 읽거나 조서를 읽는데, 이전은 편지 심부름이나 하는데, 여건은 칼이나 갈고 달구는 대장장이로, 만총은 술지게미나 퍼먹는 데, 우금은 목수나 미쟁이로, 서황은 개 · 돼지나 잡는데 각각 쓸 만하고, 하후돈은 뻐기기만 하는 대장군, 조인은 돈이나 먹자는 태수, 그 나머지야 모두 바지 · 저고리뿐이 아니면 밥통 · 술통 들이나 고기 주머니들 뿐입니다."

조조가 발끈 화를 냈다.

"그러면 너는 무슨 대단한 재간이 있단 말이냐?"

"천문 지리 통하지 않는 게 없고, 삼교구류(三教九流) 모르는 것이 없소. 위로는 임금이 되자면 요순(堯舜)이 될 만하고, 아래로는 공자 · 안연의 덕을 짝지을 만하니 어찌 속된 사람들과 함께 논할 수 있겠소!"

너무나 제멋대로 지껄이는 괘씸한 태도에 분개한 장요가 옆에서 있다가 칼을 뽑아서 목을 베려고 했다. 그것을 조조가 말려서 장고잡이를 시키게 됐다. 예형은 허명만 퍼뜨리고 다니는 자로서 제 재간을 지나치게 믿고 있는 놈이니 이렇게 장고잡이를 시켜서 한번 망신을 주자는 조조의 꾀였다.

그 이튿날, 조조는 성대한 연석을 마련하고 예형더러 북을 치라고 명령했다. 예형은 옷도 갈아입지 않고 입고 온 옷을 그대로 걸치고 연석에 나타나더니 〈어양삼과(漁陽三撾)〉 한 곡을 쳤는데 그 음절이 매우 묘했다. 좌객들은 그 소리를 듣고 감격하여 눈물까지 흘렸다.

"왜 의복을 갈아입지 않았느냐?"

고 옆에 있던 사람이 한 마디 했더니, 예형은 당장에 옷을 훌훌 벗어버리고 알몸으로 여러 사람 앞에 섰다. 좌객들이 으악 소리를 지르며 소맷자락으로 얼굴을 가리자 예형은 다시 바지를 주워 입었다. 조조가 벌컥 소리를 질렀다.

"조정 안에서 이게 무슨 무례한 짓이냐?"

"임금을 속이고 괴롭게 구는 짓이야말로 무례한 짓이오! 나는 나의 부모님한테 받은 몸을 내놓고 내가 결백하다는 것을 보였을 뿐이오!"

"네놈이 결백하다고 한다면 더러운 사람이란 누구냔 말이냐?"

"그대가 어리석고 현명한 것을 분간 못하는 것은 눈이 흐리멍덩해졌기 때문이요. 시서(詩書)를 읽지 않는 것은 입이 더러워진 것이요, 충언을 용납하지 않는 것은 귀가 더러워진 것이요, 고금에 통하지 못하는 것은 몸이 더러워진 것이요, 제후를 받아들이지 못하는 것은 뱃속이 더러워진 탓이요.

항시 찬탈의 마음만 먹고 있는 것은 마음이 더러워진 증거요, 나와 같은 천하의 명사를 장고잡이를 시킨다는 것은 양화(陽貨)가 중니(仲尼—공자)를 업신여기고, 장창(藏倉)이 맹자를 욕하는 것과 같을 뿐이오! 왕이 되려는 패업(霸業)을 하려는 이가 이렇게 사람을 멸시하시오?"

이런 모욕적인 언사를 듣고도 꾀가 많은 조조는 예형의 목을 베지는 않았다. 그리고 그 자리에서,

형주(荊州)로 심부름을 보낼 것이니 유표가 투항해 오도록 만들기만 하면 공경(公卿) 대우를 하겠다고 하고는, 문무백관들을 시켜서 동문 밖에까지 전송하도록 명령을 내렸다.

예형은 형주에 도착해서 유표와 대면하기는 했으나, 그의 덕망을 칭찬해 주는 체하면서도 비웃음과 풍자만 늘어놓으니 유표는 마땅치 않아서 강하군(江夏郡)에 가서 황조(黃祖)를 만나라고 명령했다. 예형이 조조에게 욕을 뵈어 주었는데 조조가 죽이지 않은 것은 자기의 덕망을 상실하기 싫다는 약은 꾀에서였고, 그것을 남에게 시켜서 죽이게 하자는 계획임을 간파한 유표였기 때문에, 황조에게로 떠맡겨 버리자는 배짱이었다.

바로 이때, 원소에게서도 사람이 왔다. 유표는 과연 어느 편에 붙어야 옳을지 몰라서 망설이기만 하면서 여러 모사들과 상의한 끝에, 결국 종사 중랑장(從事中郎將) 한숭(韓嵩)의 의견을 받아들여서 그를 허도에 파견해서 동정을 살펴보기로 했다.

한숭의 의견이란 조조의 수하에는 쟁쟁한 맹장들이 많아서 어느 때고 원소를 쳐부수고 강동(江東) 땅에도 토벌하러 나설 것이니, 일찌감치 형주를 내준다는 조건 아래 조조에게 붙어 두는 것

이 현명한 방법이라는 것이었다.

한숭은 유표의 곁을 떠나 허도로 올라가서 조조를 만났다. 조조는 한숭을 시중(侍中)에 임명하고 영릉(零陵) 태수를 봉해 주었다. 그래 가지고 유표를 다시 설득시키기 위해서 한숭을 형주로 되돌려보냈다. 한숭은 돌아와서 유표를 만나 보고 조정의 성덕(盛德)을 찬양하고, 유표더러 그의 아들을 조정에 내보내어 벼슬자리에 나가도록 하라고 권고했다.

유표가 그 말을 듣더니 격분했다.

"너는 다른 배짱을 가졌구나!"

하고 한숭의 목을 베려고 했다. 옆에 있던 괴량(蒯良)이 나서서 가까스로 말려 그대로 용서해서 돌려보내도록 했다.

이렇게 복잡한 가운데, 황조가 예형을 죽여 버렸다는 소식이 유표에게 전달되었다.

황조를 찾아간 예형은 어느 날 술상 앞에 마주 앉아서 술을 마시게 되었다. 둘이 다 거나하게 취했을 때, 황조가 예형에게 이런 말을 물었다.

"공은 허도에서 인물다운 인물이 누구라고 생각하시오!"

예형이 대답했다.

"굵직한 인물은 공융, 좀팽이로는 양표(楊彪)의 아들 양덕조(楊德祖). 두 사람외에는 별로 인물다운 인물은 없다고 생각하오."

"나 같은 사람은 어떻소?"

"그대는 마치 묘중지신(廟中之神)같이 제사만 받아먹고 영험이라곤 통 나타낼 줄 모르는 사람이오."

"네놈은 나를 흙이나 나무로 만든 물건인 줄 아느냐!"

황조는 격분을 참지 못하고 당장에 칼을 뽑아 예형의 목을 베어 버렸다.

유표는 예형이 죽은 것을 알자, 한탄하여 마지않으며 앵무주(鸚鵡洲) 근처에 매장하게 했다.

조조는 예형의 목이 달아난 것을 알고 웃음을 금치 못했다.

"돼먹지도 않은 선비녀석이 주둥이를 놀리고 까불더니 제 목숨을 제 손으로 끊어 버렸구나!"

이렇게 말하면서, 유표가 투항해 오지 않자 한번 혼을 내주기 위해 군사를 동원시키겠다고 하니 순욱이 말했다.

"먼저 원소를 토벌하고, 그 다음에 유현덕을 쳐부수시면 강한(江漢) 땅은 단숨에 진압할 수 있을 겁니다."

한편 동승은 유현덕이 떠나가고 나서 주야로 왕자복(王子服) 등과 상의를 해봤으나 손을 댈 만한 좋은 계책이 없었다. 건안 5년(西紀 200년) 원단에 조하(朝賀)의 자리에서 조조의 횡포가 점점 더 격심해지는 꼴을 보고 분개한 나머지, 동승은 병이 나고 말았다.

천자는 국구(國舅)가 병이 났다는 것을 알고 태의(太醫—侍從醫

務官長)를 파견했다. 이 태의는 낙양 사람으로 성이 길(吉), 이름이 태(太), 자는 칭평(稱平)이었는데, 사람들은 흔히 길평(吉平)이라고 불렀다. 당대에 드물게 보는 명의였다.

길평은 동승의 관저에 가서 약을 지어 가며 병을 치료해 주고, 낮이나 밤이나 곁을 떠나지 않았다. 언제나 동승이 왜 그런지 긴 한숨을 내 쉬는 것을 보고도 그 까닭을 물어 볼 수가 없어서 궁금하게 지냈었다.

정월 보름날(元宵節) 밤의 일이었다. 태의 길평이 집으로 돌아가려는 것을 동승이 붙들어 앉히고 술상을 벌였다. 밤이 깊도록 두 사람은 술을 마셨는데, 동승은 피곤함을 못 이겨 의복을 입은 채 잠이 들어 버렸다. 그리고 꿈을 꾸었다.

꿈 속에서, 돌연 왕자복이 나타나서 거사할 기회가 왔다고 서둘렀다. 오늘밤, 조조는 승상부에서 정월 보름날 축하연을 열고 있으니 포위를 하고 습격해 버리면 쉽사리 성공하리라는 것이었다.

동승은 어찌나 기뻤던지 집안 식구들까지 무장을 든든히 시켰다.

밤이 깊어서 2경을 알리는 북소리가 들리자 동승은 보검을 들고 술상이 벌어진 조조의 방으로 뛰어들어,

"조조야, 꼼짝 말고 있거라!"

하고 고함을 지르며, 목을 단숨에 치니 조조는 찍 소리도 못하

고 고꾸라져 버렸다. 이 찰나에 동승은 눈이 번쩍 떠졌는데, 모든 것이 일장춘몽이요, 입으로만 쉬지 않고 잠꼬대를 중얼중얼하고 있는 것이었다. 정신을 차렸을 때에는 길평이 앞에 서 있었다.

"국구께서는 조조의 목숨을 노리고 계십니까?"

동승은 대경실색, 대답할 말을 모르고 얼이 빠져 있는데 길평이 말했다.

"진정하십시오. 저는 일개 의사에 불과합니다만, 한나라 일을 저버린 날이 없었습니다. 매일 국구께서 한탄하시는 모습만 뵙다가 까닭을 여쭈어 볼 수도 없던 차에, 방금 주무시면서 잠꼬대하시는 말씀을 듣고 본심을 알게 됐습니다. 조금도 숨기실 것 없이 저도 힘이 될 수 있는 일이라면 구족(九族)을 멸한다 할지라도 후회하지 않겠습니다."

동승은 소맷자락에 얼굴을 파묻고 울었다.

"그게 진심일까?"

길평은 손가락을 하나 입으로 깨물어서 맹세했다. 그제서야 동승은 안심하고 천자의 비밀조서를 길평에게 내보였다. 길평이 선뜻 말했다.

"과히 심려하실 것은 없습니다. 조조의 목숨은 저의 수중에 있습니다. 조조는 늘 두통이 심해서 그럴 때마다 저를 부릅니다. 요 며칠 안에 저를 또 부를 날이 있을 것이니, 그때 독약을 약 속에 조금만 타면 목숨이 없어질 것은 틀림없습니다."

"만약에 그렇게만 성사가 된다면, 한나라 왕실을 구하는 일은 모두 그대에게 맡기겠소."

길평이 돌아가고 동승이 기쁨을 참지 못하며 후당으로 들어가고 있을 때, 뜻하지 않은 공교로운 일이 생겼다. 홀연 하인배 진경동(秦慶童)이 시첩(侍妾) 운영(雲英)과 어두컴컴한 곳에서 무엇인지 속삭이고 있었다.

동승은 대로하여 측근자를 불러서 둘 다 붙잡아 죽여 버리려고 했으나, 부인이 용서해 주라고 간곡히 부탁하는 바람에, 매를 40대쯤 때려서 진경동을 빈 방에다 감금했다. 그랬더니 진경동은 여기에 앙심을 먹고 그날 밤중에 자물쇠를 비틀어 버리고 담을 넘어서 조조의 관저로 도주했다. 그리고는 이즈음 동승의 집안 일을 모조리 고해 바쳤다.

왕자복 · 오자란 · 충집 · 오석 · 마등, 다섯 사람이 주인과 함께 매일 뭣인지 쑥덕쑥덕하고 있으며, 주인은 흰 비단 한 필을 가지고 있는데, 뭣이 써 있는지 알 수는 없으나, 조조의 목숨을 노리는 것 같고 길평도 손가락을 잘라서 맹세하는 것을 목격했다고 했다.

이튿날, 조조는 두통이 난다고 핑계하고 길평을 불러들였다. 길평은 '드디어 이 국적 놈의 마지막 날이 왔구나!'하는 생각으로 독약을 준비해 가지고 관저로 들어갔다. 조조는 태연히 드러누워서 약을 지으라고 분부했다. 길평이 독을 탄 약을 조조의 눈앞에서 달여서 권하니 눈치 빠른 조조는 벌써 독약이 들어 있음을 알고 마시려 들지 않았다.

"그대는 유서(儒書)를 읽은 일이 있을 테니 예의라는 것을 알겠지. 인군이 병이 있어 약을 마실 때는 신하가 먼저 맛을 보고, 어버이가 약을 마실 때는 아들이 먼저 마셔 본다 했으니 그대는 나의 심복인데 어째서 먼저 마셔 보지 않는가?"

길평은 일이 이미 다 틀어진 줄 알고 왈칵 덤벼들어서 조조의 귀를 움켜잡고 강제로라도 약을 목구멍에 부어 넣으려고 했다. 그러나 조조가 약삭빠르게 약그릇을 홱 뿌리쳐 버리며 야단법석이 일어났는지라, 조조가 명령할 새도 없이 좌우에서 측근자들이 대들어서 길평을 덮쳐 버렸다.

조조는 힘센 옥졸 20명에게 명령하여 길평을 뒤뜰로 끌어 내어 고문 하도록 했다. 길평은 팔다리를 꽁꽁 묶인 채 땅바닥에 내동댕이쳐져 있었는데 태연자약하게 조금도 두려운 빛이 없었다.

조조가 웃으면서 말했다.

"네놈이야 의사의 몸이니 어찌 감히 나를 독살할 생각이나 했으랴? 반드시 다른 놈이 시켰을 것이다. 그놈이 누군지 말만 하면 네놈은 용서해 주마."

길평은 막무가내, 고함을 질렀다.

"네놈은 인군을 속이고 윗사람을 괴롭히는 역적! 온 세상 사람이 모두 너를 죽이고 싶어하는데 어찌 나 하나뿐이랴!"

조조가 재삼 힐문했지만 길평은 끝내 자기 혼자서 한 일이라며 버텼다. 결국 길평은 옥졸들에게 두 시간 동안이나 매를 맞아서 피부가 터지고 살이 찢어져 섬돌을 피로 물들였다. 조조는 그를 때려죽인다면 대증(對證)시킬 수 없는 까닭에 옥졸에게 명령하여 조용한 곳에다 가두게 했다.

이튿날, 연회를 핑계하고 조조는 대신들을 초청했는데, 동승은 몸이 불편하다고 출석하지 않았다. 왕자복 외에 몇 사람만이 의심을 살까 두려워서 그 자리에 나갔다. 술잔이 한창 돌아가고 있을 때, 조조는 옥졸 20명에게 명령하여 옥에서 칼을 쓴 길평을 뜰 앞으로 끌어냈다.

"여러분은 모르실 일이요만, 이놈이 악당들과 결탁하여 조정을 배반하고 나를 죽일 음모를 했소. 오늘 하늘이 이놈의 죄를 탄로시키셨으니 여러분도 놈의 자백하는 말을 들어보시오."

한바탕 호되게 매질을 하니 길평이 기절해서 쓰러져 버리자 얼굴에다 물을 뿌렸다. 길평은 숨을 돌리는 듯하더니 눈을 부릅뜨고 이를 갈며 조조를 매도했다.

"조조, 역적 놈아! 나를 왜 당장 죽이지 않고 또 무슨 때를 기다리는 거냐?"

"공모한 놈들은 먼저 여섯 놈들이었는데 너까지 도합 일곱 놈이지?"

길평은 한결같이 조조를 매도할 뿐.

왕자복 등 네 사람들은 서로 얼굴만 쳐다보며 바늘방석에 앉아 있는 심정이었다. 조조는 연거푸 때리는 한편 물을 뿜게 했지만 길평이 조금도 수그러지는 빛이 없자, 항복시킬 수 없음을 알고 밖으로 끌어내게 했다.

여러 사람들이 주석에서 헤어진 후, 조조는 왕자복 등 네 사람만 야연(夜宴)에 남아 있으라 했다. 네 사람은 얼이 다 빠져서 남아 있는 도리밖에 없었다.

"남아 있으랄 일도 아니지만, 좀 물어 보고 싶은 일이 있기에. 그대들 넷은 동승과 무슨 일을 상의했소?"

왕자복이 대답했다.

"아무것도 상의한 일이 없습니다."

"흰 비단에 써 있는 것은 뭐지?"

왕자복 등이 끝끝내 바른 말을 하지 않자 조조는 진경동을 불러내서 물었다.

"너는 어디서 봤다고 그랬지?"

"네놈들은 사람의 눈을 피해 가면서 여섯 놈이 한데 어울려서 서명을 하지 않았느냐? 아무리 숨기려 들어도 안 된단 말이야!"

진경동이 이렇게 떠들어대니 왕자복이 말했다.

"이놈은 국구의 시첩을 간통했기 때문에 꾸지람을 들었는데, 거기 앙심을 먹고 터무니없는 말을 고해 바쳤으니 이놈의 말을 들으실 필요 없습니다."

조조는 또 호통을 쳤다.

"길평이 독약을 탄 것은 동승이 시킨 짓이 아니면 누가 했단 말이냐?"

왕자복과 그밖의 몇 사람이 끝까지 모른다고 고집을 부리니 조조가 으름장을 놓았다.

"순순히 자백을 한다면 용서할 방법도 있지만, 진상이 드러나면 그대로 두지는 않겠다!"

왕자복과 몇 사람들은 끝까지 그런 일이 절대로 없다고 버티는 바람에 조조는 측근자에게 명령하여 그들을 감금시켰다.

그 이튿날, 조조는 여러 사람들을 거느리고 동승의 관저로 병문안을 갔다. 동승이 마지못해서 밖으로 나와 영접을 하니 조조가 대뜸 말했다.

"어젯밤에는 연회에도 참석하지 않으셨으니 어찌된 일이오?"

"몸이 좀 불편해서 외출을 삼가고 있었소이다."

"그것은 나라를 근심하시는 병이시겠지만……."

동승이 깜짝 놀라며 표정이 이상해지는 것을 보자 조조는 대뜸 물었다.

"국구께서는 길평의 일을 아시오?"

"모르오!"

조조가 싸늘하게 냉소를 터뜨렸다.

"국구께서 어째서 모르신단 말이오?"

조조는 이렇게 반문하더니 좌우의 사람을 불렀다.

"그놈을 이리 끌어내다가 국구의 병환을 고쳐 드리도록 해라!"

동승과 그밖의 몇 사람들은 어찌해야 좋을지 모르고 당황하기만 했다. 얼마 안 되어서 20여 명의 옥졸들이 몰려들어서 길평을 뜰 앞으로 질질 끌어냈다. 길평의 태도는 추호도 변함이 없었다. 여전히 목청이 터져라고 고함을 지를 뿐이었다.

"조조, 역적 놈아!"

조조가 길평을 가리키며 동승에게 말했다.

"이놈이 왕자복 등 네 명의 이름을 실토했기 때문에 이미 정위(廷尉)에게 맡겨 감금했으나 또 한 놈을 아직 잡지 못하고 있소."

다시 길평을 보고 힐문했다.

"누가 나한테 독약을 타서 먹이라고 했느냐? 냉큼 실토하지 못할까?"

"하늘이 나한테 나라의 역적을 죽여 없애라고 하신 것뿐이다!"

조조는 분함을 참지 못하여 또 매를 때리라고 명령했지만, 이미 매를 댈 여지도 없었다.

"네놈의 손가락이 아홉 개밖에 없는 것은 무슨 까닭이냐?"

"입으로 깨물어서 역적을 죽이기로 맹세했기 때문이다!"

조조는 칼을 가져다가 길평의 나머지 아홉 손가락을 잘라 버리게 하고 혓바닥까지 뽑으라고 야단을 치니, 길평은 자백하겠다고 묶은 것을 풀어 달라고 했다. 묶었던 줄을 풀어 놓았더니 길평은 궁궐 쪽을 바라다보고 절을 했다.

"신은 나라를 위하여 역적을 제거하지 못했사오니 이는 하늘이 시키시는 운수입니다!"

말을 마치자 섬돌 모퉁이에 머리를 부딪고 죽었다. 그때가 바로 건안 5년 정월이었다.

조조는 길평의 죽음을 보더니 측근자에게 명령하여 진경동을 끌어냈다.

"국구께서는 이자를 아시오?"

동승이 진경동을 보자 대로했다.

"네 이놈, 여기 있었구나! 당장 목을 벨 놈!"

동승이 아무리 펄펄 뛰며 흥분해도 모든 일은 이미 완전히 탄로났으니 도저히 변명할 도리가 없었다. 조조는 측근자에게 명령해서 동승의 침실에 가서 옥대와 비밀 조서와 서명한 것까지 들추어 내어 증거물을 제시했다.

"동승의 일족을 모조리 잡아서 가두어라!"

추상같은 조조의 명령이었다. 조조는 관저로 돌아와서 헌제를 폐하고 새 인군을 세울 계책을 강구하게 됐다. 이야말로 몇 줄의 조서가 헛된 꿈이 됐고, 한 장의 맹서(盟書)가 화근이 된 셈이다.

# 24.
# 잔인한 죽음

춘전(春殿)에서 은혜를 받은 일도
허사였으니 슬프도다!

諸葛亮舌戰群儒
魯子敬力排衆議

조조는 옥대 속에 감추어진 천자의 비밀 조서를 보자, 당장에 여러 모사들을 소집했다. 자기의 목숨을 노린 것이 동승과 그밖의 몇 사람이라고는 하지만, 이렇게 일을 꾸민 데는 동기가 헌제에게 있다 해도 과언이 아니고 보니, 가장 미운 것이 또한 헌제였다.

"이 기회에 갈아치우자!"

조조는 앙큼스런 결심을 하고 여러 모사들과 협의한 결과 거침없이 헌제를 폐해 버리고 유덕한 새 인군을 세우자고 강경히 주장했다.

이때, 정욱이 간했다.

"공께서 위엄을 사방에 떨치시고 천하를 호령하실 수 있는 것도 한나라 왕실의 명호(名號)를 받들고 계시기 때문입니다. 아직 제후도 원만히 다스리지 못하고 있는 이때에 갑자기 황제 폐립을 시행하신다면 반드시 전란을 일으키는 도화선이 될 것입니다."

이 말을 듣고 조조는 일단 이 문제를 중지해 버렸지만, 그 대신 잔악 무도한 짓을 제멋대로 해치우고야 말았다.

동승의 무리 다섯 사람과 그들 일족을 남녀노소를 불문하고 모조리 각 성문으로 압송해다가 목을 베어 죽여 버린 것이었다.

이통에 억울하게도 목숨을 빼앗긴 자 도합 7백여 명. 성 안의 관민을 막론하고 이 광경을 본 사람은 눈물을 흘리지 않은 자 없었다.

후세 사람이 동승의 죽음을 슬퍼하는 다음과 같은 시구가 있다.

비밀조서를
금포(錦袍)와 옥대 속에 전하니
천자의 말씀이 금중(禁中) 문 밖으로 새어나오다.
당년에 일찍이
왕가(王駕)를 구출했으며
오늘날 또다시

은혜를 받았도다.
나라를 근심함이
마음속의 병이 되었고
간악한 역적을 뿌리뽑고 싶은 마음
꿈 속 혼백까지 사무쳤도다.
충성된 절개
천년을 두고 남아 있으리니
그 성패야 다시 또 누가 논하여
무엇하리.

密詔傳衣帶　天言出禁門　當年曾救駕　此日更承恩
憂國成心疾　除奸入夢魂　忠貞千古在　成敗復誰論

또 왕자복 등 네 사람의 죽음을 슬퍼하는 후세 사람의 다음과 같은 시구도 있다.

이름을
한 자 흰 비단에 써넣어
충성된 모의를 맹세했고,
비분강개하여
군부에 은혜를 보답하려 했도다.

변할 리 없는 붉은 담이
가련하게도 백 번 천 번 입만 닳게 했으나,
일편단심이야
이때부터 족히 천추에 남으리라.

書名尺素矢忠謀　慷慨思將君父酬
赤膽可憐捐百口　丹心自是足千秋

조조는 이렇게 처참하게 동승의 무리를 몰살시켜 버리고도 오히려 분노가 쉽사리 사라지지 않았다.

동승에 대한 나머지 분노와 저주가 궁중으로 불똥이 튀었다. 조조는 허리에 칼을 찬 채로 당돌하게도 궁중으로 뛰어들었다.

동귀비(董貴妃)를 마저 죽여 없애자는 결심을 한 것이었다. 귀비는 동승의 누이동생으로 유난히 헌제의 총애를 받고 있었으며, 그때 이미 잉태한 지 다섯 달이나 되는 몸이었다.

그날, 헌제는 후궁에서 복황후와 더불어 은근히 동승에 관한 일을 이야기하고 있었으며 여태까지 아무런 소식이 없음을 이상하게 여기고 궁금해했다.

이때, 불쑥 뛰어든 조조.

허리에 칼을 찬 채 뚜벅뚜벅 앞으로 썩 나서며 죄송하다는 기색은 고사하고, 그의 두 눈은 새파란 광채를 발하면서 사람을 잡아 삼킬 것만 같이 노기에 가득 차 있었다.

그 당돌하고 대담하고 교만한 태도에 헌제는 당장 얼굴빛이 핼쓱해졌다.

"동승이 반란을 음모한 사실을 성상께서도 아시옵니까?"

"뭐? 뭐라고? 동탁은 이미 주살하지 않았소?"

"동탁이 아니라 동승 말씀을 드리고 있습니다!"

조조의 음성은 칼날같이 서슬이 시퍼랬다.

"뭐라고? 동승이? 뭣을, 짐은 전혀 모르는 일이오!"

얼떨결에 이렇게 대답하면서, 헌제는 몸을 와들와들 떨었다.

"손가락을 깨무셔서 비밀 조서를 쓰신 일은 잊어버리셨단 말씀입니까?"

헌제는 대답할 말을 잊은 채 묵묵히 입을 다물었다. 조조는 측근자에게 명령하여 동귀비를 불러들이라고 했다.

제왕이 승상에게 애원을 하지 않을 수 없었다.

"귀비는 홀몸이 아니오, 이미 잉태 5개월이나 되는 몸이니, 승상은 가엾게 생각해 주오."

그러나 조조는 눈 하나 깜짝하지 않았다.

"하늘이 도와 주지 않았다면, 이 조조는 벌써 죽은 몸이 되고 말았을 것이오. 이 여자를 그대로 살려 두고 후환을 받으란 말씀이시오?"

옆에서 이 광경을 보고 있던 복황후가 애절한 음성으로 호소했다.

"냉궁(冷宮)으로 쫓아서 벌을 내리고 몸이나 풀고 난 다음에 죽이셔도 늦을 거야 없지 않겠소?"

"역적의 씨를 그대로 남겨 뒀다가 나중에 제 어미의 원수를 갚게 하란 말씀이시오? 흥!"

조조는 이렇게 싸늘하게 거절하면서 마침내 코웃음까지 쳤다.

"원컨대 죽은 후에 시체나마 온전하게 해주시오! 아무데나 함부로 뒹구는 몸이 되지 않도록……."

말을 마치지 못하고, 동귀비는 목이 메어 흐느끼는데도, 조조는 여전히 버티고 서서 흰 비단을 품 속에서 꺼냈다.

그것을 눈앞에 보는 헌제가 만사가 이제 끝났다는 비장한 심정으로 눈물이 왈칵 북받쳐오를 뿐이었다.

"그대는 구천지하(九泉之下)에서라도 짐을 원망하지 마라!"

눈물에 젖은 음성으로 헌제가 이렇게 동귀비에게 한 마디를 하니, 복황후도 따라서 통곡할 뿐이었다.

조조는 노기가 가득 찬 음성으로 또 한번 매섭게 쏘아붙였다.

"아직도 꼴사납게 아양을 떠는 거요?"

당장에 무사에게 호령하여 끌어내라고 했다. 그리고 궁궐 문밖에서 목을 베어 뒷 사람이 동귀비의 죽음을 슬퍼한 다음과 같은 시구가 있다.

춘전에서 은혜를 받은 일도
역시 허사였으니
슬프도다!
천자의 핏줄이 한때에
나란히 없어지다니.
당당한 인군도 서로 구해 내기 어려우니
얼굴을 가리고
샘솟듯하는 눈물을
바라다볼 뿐이로다.

春殿承恩亦枉然　傷哉龍種並時捐
堂堂帝主難相救　掩面徒看涙湧泉

인군의 앞에서 귀비도 죽여 버리는 조조. 또 다시 감궁관(監宮官)을 불러서 일러두었다.

"이후부터는 외척이건 종족이건, 나의 승낙 없이 함부로 궁중에 출입하는 자가 있으면 그 즉시 목을 베라. 수비를 엄하게 하지 않는 자도 똑같은 죄로 다스린다!"

추상같은 명령을 내려놓고 다시 심복 3천 명을 어림군(御林軍)에 충당하고 조홍에게 지휘의 책임을 맡겨서 엄중하게 궁중을 감시하게 했다.

조조는 가장 중대한 일을 처리한 셈이었다. 그러면서도 그의 마음속은 항시 불안하고 초조했다. 그것만으로는 마음이 놓이지 않는 탓이었다.

하루는 정욱에게 이런 말을 했다.

"이것으로써 동승의 일당은 처치했지만, 아직도 마등과 유현덕이 남아 있소. 이런 위인들도 불가불 처치해 버려야만 되겠소."

"마등은 서량에 제법 든든한 군사력을 지니고 있으니 일조에 쳐부순다는 것은 용이하지 않을 줄 압니다. 그보다는 공로를 표창하는 것처럼 서신을 보내셔서 방심하게 한 다음,이곳으로 유인해 올려다 놓고 처치해 버리는 것이 좋겠습니다. 유현덕으로 말하자면, 서주에 있어서 앞으로는 내밀고 뒤로는 잡아당기는 의각지세(犄角之勢)를 펼쳐 놓고 있으니, 이 역시 쉽사리 쳐부술 수는 없습니다. 하물며 원소가 관도(官渡)로 군사를 내몰고 허도를 넘겨다보고 있는 이때에, 우리 편에서 만약에 동쪽을 치고 나간다면 유현덕이 원소에게 원군을 청할 것이오, 원소도 우리 편의 허를 찌르려고 습격해 올 것이니, 그때는 뭣으로 이걸 막아내겠습니까?"

"그렇지 않소. 유현덕은 그래도 인걸 축에 드는 인물이니 이제 쳐부수지 않고 그 우익(羽翼)이 기운을 쓰게 되기를 기다려 주다가는 급히 손을 대기 어려워질 것이오. 원소는 비록 힘이 세다지만, 무슨 일에나 회의가 많아서 결단을 내리지 못하는 위인이니 그다지 걱정할 거야 뭐 있겠소?"

이렇게 상의하고 있을 때, 곽가가 밖에서부터 들어왔다. 조조가 그에게도 물어 봤다.

"유현덕을 토벌해야겠는데, 원소란 위인이 걱정스러우니 어찌 했으면 좋겠소?

"원소는 성질이 느리고 의심이 많은 사람입니다. 그의 모사라는 위인들도 서로 시기 질투가 심해서 걱정스러울 것은 별로 없습니다. 유현덕은 군병(軍兵)을 정비한 지 얼마 안 되니 아직도 중심(衆心)을 복종시키지 못했습니다. 승상께서 군사를 거느리시고 동정(東征)하신다면 단 한 번의 싸움으로도 눌러 버리실 수 있을 겁니다."

곽가에게서 이 말을 듣자 조조는 여간 기뻐하는 게 아니었다.

"바로 나의 의사와 똑같은 말이군!"

조조는 드디어 20만 대군을 일으켜 5로(路)로 군사를 벌여 가지고 서주로 떠났다.

세작(細作—諜者)이 재빨리 이 소식을 탐지하고 서주에 보고했다. 손건은 먼저 하비로 가서 관운장을 만나 이런 사태를 알려주고, 내친 걸음에 소패까지 가서 현덕에게도 알렸다.

유현덕은 손건과 상의했다.

"일이 이렇게 되고 보면 반드시 원소에게 원군을 청해야만 될 것 같소."

즉시, 편지 한 통을 써서 손건을 하북으로 파견했다.

손건은 먼저 전풍을 만나 보고 상세한 형편을 알려 주고, 원소와의 타협이 성립되도록 힘써 달라고 부탁했다. 전풍은 손건을 데리고 가서 원소를 만나게 해주었고, 그 자리에서 편지도 전달했다.

원소는 웬일인지 용모가 몹시 초췌해 있었다. 의관조차 단정하지 못했다. 그것을 보자 전풍이 깜짝 놀라며 물었다.

"오늘, 주공께서 어찌 되신 일입니까?"

"나는 머지않아서 죽을 거요!"

"주공, 어찌하여 그런 말씀을 하십니까?"

"나는 아들 다섯을 낳았는데 제일 어린 놈만이 내 마음에 꼭 드는 놈이었소. 그런데 이놈이 지금 개창(疥瘡) 병에 걸려서 생명이 위태로우니 내 무슨 마음이 있어서 다른 일을 논하고 싶겠소?"

"지금 조조가 동쪽으로 유현덕을 치려고 해서 허창(許昌)은 텅 비었습니다. 만약에 이 틈을 타서 의병으로 그 허를 찌르고 공격해 들어간다면, 위로는 천자를 보호하고 아래로는 만 백성을 구출할 수 있습니다. 이건 정말 쉽사리 얻을 수 없는 기회입니다. 공께서는 결단을 내리시기 바랍니다."

"그게 가장 좋은 방법인 줄은 나도 잘 알지만, 어찌하겠소! 나의 마음속이 어수선해서 일이 제대로 될 것 같지 않으니."

"무슨 어수선한 일이 있으십니까?"

"아들 놈 다섯 가운데서 이놈 하나가 가장 기특한 놈인데, 만약에 손을 쓰지 못해서 무슨 일이 생긴다면 나의 목숨은 끝장이 나는 거요."

원소는 드디어 군사를 동원하지 않기로 결심하고, 손건에게 이렇게 말했다.

"돌아가셔서 유장군에게 이런 까닭을 잘 말해 주시오. 만약에 일이 여의치 않을 경우에는 나를 의지하고 찾아 준다면 서로 도와 나갈 방법도 있소."

전풍은 지팡이로 땅을 두드리며 안타까워했다.

"이렇게 좋은 기회를 만났는데, 어린아이의 병 때문에 놓쳐 버리다니, 대사는 다 틀렸습니다! 원통한 일입니다."

발을 구르고 탄식하면서 물러나갔다.

손건은 원소가 군사를 움직이지 않으려는 것을 알고, 별 도리 없이 낮밤을 헤아리지 않고 계속 길을 재촉하여 소패로 돌아왔다. 현덕을 만나 보고 이런 사정을 보고했다.

현덕이 너무나 뜻밖이라서 대경실색하여 말했다.

"그렇게 됐다면, 이제 어찌했으면 좋겠소?"

장비가 자신만만하게 나섰다.

"형님, 걱정하실 것 없소. 조조의 군사는 먼 길을 고생해 가며 달려왔으니 지쳤을 것이 뻔하오. 그러니까 여기까지 오자마자 당장에 우리 편에서 영채를 습격해 버리면 조조 따위는 쉽사리 쳐부술 수 있소."

"평소에, 자네는 우락부락한 용부(勇夫)로만 여겼더니 저번에 유대를 붙잡았을 때에 제법 계책을 썼고, 이번에 말하는 계책도 병법에 들어맞는 것일세."

현덕은 장비의 계책을 받아들여 군사를 갈라 가지고 영채를 습격하기로 했다.

한편, 조조는 군사를 거느리고 소패에 다다랐다. 그런데 이상한 일이 일어났다. 전진을 계속하고 있는데, 난데없이 광풍이 휘몰아쳐 일더니 요란스런 소리와 함께 한쪽의 아기(牙旗)를 꺾어 뜨리고 말았다.

조조는 그 즉시 행군을 멈추고 모사들을 소집해서 길조냐 흉조냐 질문을 했다. 그랬더니 순욱이 대답했다.

"바람이 어느 쪽에서부터 불어와서 무슨 빛깔의 깃발을 꺾어 뜨렸습니까?"

"바람은 동남쪽에서 불어와서 한편 모퉁이에 있는 아기를 꺾어뜨렸는데, 빛깔은 청홍(青紅) 두 가지요."

"그렇다면, 오늘밤에 유현덕이 반드시 영채를 습격하러 올 것입니다."

조조가 머리를 끄덕끄덕하고 있을 때 모개(毛玠)도 앞으로 나서면서 말했다.

"방금, 동남쪽에서 바람이 일고, 청홍색의 아기를 꺾어뜨렸는데 주공께서는 그 길흉을 어떻게 생각하십니까?"

"공의 생각은 어떠시오?"

"저도 역시 오늘밤에 반드시 영채를 습격하는 사람이 있으리라고 생각합니다."

조조는 자못 만족한 듯이 회심의 미소를 빙그레 입가에 띠었다.

"이건 하늘이 나를 도와 주심이다! 당장에 방비를 해야만 되겠다!"

군사를 9대(隊)로 갈랐다. 그 중 한 대만을 남겨서 앞으로 나서서 영채를 꾸미게 하고 나머지 여덟 대는 모두 매복시켰다.

그날밤에는 달빛이 어슴프레했다.

현덕은 왼쪽에 장비는 오른쪽에, 두 갈래로 갈라져서 대열을 짜고 떠났다. 손건 혼자만이 남아서 소패를 지켰다.

장비는 자신만만하게 스스로 계책이 섰다 생각하고, 몸차림을 가뜬히 한 기마병을 거느리고 선두를 달려서 조조의 영채로 돌입했다.

그런데 이상한 일이었다.

쓸쓸하리만큼 텅 빈데다가 인마의 그림자도 별로 찾아볼 수 없었다. 그런데 난데없이 사방에서 불길이 일제히 치밀어오르며 고함소리가 천지를 뒤흔들었다. 계교에 빠진 것을 안 장비가 당황하여 급히 몸을 뛰쳐나가려고 하는 판인데, 조조의 군사가 노도처럼 대거 습격해 왔다.

동쪽에서 장요, 서쪽에서 허저, 남쪽에서 우금, 북쪽에서 이전, 동남쪽에서 서황, 서남쪽에서 악진, 동북쪽에서 하후돈, 서북쪽에서 하후연, 이렇게 팔방에서부터 쇄도해 들어왔다.

장비는 이미 죽음을 각오하고 전후좌우 닥치는 대로 미친 사람같이 치고 찌르고 베고 했지만, 거느린 부하들이 대부분 예전의 조조의 부하였던 까닭에 위험하다는 눈치를 채자 재빨리 적군에게 항복해 버렸다.

장비는 그래도 끈덕지게 악전고투. 서황과 맞닥뜨려서 결사적인 육박전을 전개하고 있는 데 등뒤에서 악진이 또 덤벼들었다.

'이제는 별수없다! 잠시 몸을 피하는 수밖에.'

장비는 이런 판단을 내리고 비호같이 몸을 날려 포위망을 탈출해 놓고 보니 뒤를 따라온 군사는 겨우 수십 기에 불과했다.

소패로 돌아갈 생각을 했지만 이미 퇴로가 적에게 가로막혔으며, 서주나 하비로 몸을 피해 볼까 해도 그 길 역시 적군에게 차단돼 버렸다. 그러니 달리 방법이 없어서 곧장 망탕산(芒碭山)을 향해 달아나 버렸다.

현덕은 군사를 거느리고 영채를 습격하러 나섰다. 그런데 뜻밖에도, 적의 진지 가까이 육박해 들어갔을 때, 별안간 고함소리가 요란하게 일어나더니 배후로부터 일대의 군사가 덤벼들어서 진열의 중간을 끊어 버렸다.

거기다 또 하후돈이 꼬리를 물고 쳐들어왔다. 현덕은 포위진을 돌파하고 도망쳤다. 그러나 하후연이 어디선지 나타나서 뒤를 쫓아왔다.

뒤를 슬쩍 돌아보니, 자기를 따라오는 것은 불과 30여 기. 재빨리 소패로 되돌아갈 생각을 했지만, 그때에 벌써 소패성에서는 불길이 하늘을 찌르고 있었다. 그 광경을 바라다본 현덕은 소패를 버리고, 서주나 하비로 도망칠 생각을 하고 있었다. 그러나 조조의 대군은 벌써 산과 들을 뒤덮고, 현덕의 퇴로를 가로막고 있는 것이었다.

'이제 몸을 피할 방법이 없단 말인가?'

아무래도 살아날 수 있을 것 같지 않았다. 현덕은 또 한번 곰곰 생각했다.

'옳지! 원소가 일찍이 말한 바 있다. 일이 여의치 않을 경우에는 자기를 의지하고 찾아오라고. 이렇게 된 바에야 잠시 그의 신세를 지고 재기할 계획을 세우는 수밖에 없겠다!'

현덕은 이렇게 할 작정으로 청주(青州)로 향하는 길을 찾아서 재빨리 말을 달렸다. 그러나 바로 그때, 또 이전이 난데없이 나타나서 정면으로 덤벼들었다. 아슬아슬한 찰나였다. 현덕은 비장한 각오를 하고 단기(單騎), 말머리를 북쪽으로 돌려서 뺑소니를 쳤다. 나머지 군사들은 모조리 이전에게 포로가 돼 버리고 말았다.

현덕은 단지 혼자서 청주를 향하여 하루에 3백리 길이나 말을 달렸다. 성 아래까지 도착하자 문을 열어 달라고 고함을 질렀다. 문지기는 성명을 확인하고 나서야 자사(刺史)에게 보고했다. 자사란 바로 원소의 장자 원담(袁譚)이었다.

원담은 평소부터 현덕을 존경해 왔기 때문에 그가 단기로 여기까지 왔다는 보고를 받자, 즉시 성문을 열어서 영접하고 아문으로 안내하며 연유를 물었다.

"부끄러운 일이지만, 싸움에 패하고 달리 몸을 피할 길이 없어서……."

현덕이 자세한 사정을 이야기했더니 원담은 현덕을 잠시 객사(客舍)에서 쉬도록 하고 부친 원소에게 이런 사실을 보고하는 한편, 부하의 병사를 파견해서 현덕을 전송하도록 해주었다. 평원현(平原縣) 경계지대에 이르렀을 때, 원소는 친히 많은 부하들을 거느리고 업군(鄴郡)에서 30리나 되는 먼곳까지 현덕을 영접하러 나와 있었다.

현덕이 감사하다고 절을 했더니 원소가 얼른 답례했다.

"전에는 어린 놈의 병 때문에 구해 드리지 못해서 내심 여간 미안한 게 아니었소. 이제 다행히 만나 뵙게 됐으니 평생 뵙고 싶던 마음이 아주 흐뭇해지오."

"변변치 못한 유비지만, 오래 전부터 공의 문하에 들어오고 싶었소. 그러나 기회를 만나지 못하고 인연이 없어서 뜻을 이루지 못하다가 조조가 공격하는 바람에 처자까지 모두 빼앗기고, 장군께서 사방의 인사를 용납하신다는 생각을 했기 때문에 부끄러움도 무릅쓰고 찾아온 길이오. 받아들여 주신다면 맹세코 은혜에 보답할 생각이오."

원소는 현덕을 후대하고 자기와 동거하기로 했다.

조조는 그날밤에 소패를 수중에 넣고 나서 그 즉시 군사를 몰아 서주를 공격했다. 미축과 간옹은 성을 지켜 내지 못하고 어쩔 수 없이 도주해 버렸고, 진등이 서주를 조조에게 내주었다.

조조는 대군을 거느리고 성 안에 들어가 백성들을 안심시키고 나서 모사들을 소집해 놓고 하비를 공격할 대책을 강구했다. 이때, 순욱이 말했다.

"관운장은 유현덕의 처자를 맡아 가지고 있기 때문에 성을 결사적으로 지킬 것입니다. 재빨리 함락시키지 않는다면 원소가 이 틈을 노리고 빼앗아 버릴 것입니다."

"나는 평소부터 관운장의 무예와 인재를 사랑하고 있었는데, 어떻게 해서 수하에 넣어 내가 써 보고 싶은데, 사람을 시켜서 항복하라고 말해 보는 게 공격하는 것보다 나을 것 같소."

"운장은 의기 심중한 사람입니다. 반드시 항복하려 들지 않을 겁니다. 사람을 시켜서 말을 해봤댔자, 아마 목숨이나 빼앗기고 말 것 같습니다."

곽가 역시 이렇게 말하고 있는데, 또 한 사람이 선뜻 나서는 것이었다.

"나는 관운장과 한 번 만나 본 교분이 있는데, 내가 가서 말해 보도록 해주시오."

여러 사람이 바라다보니, 다른 사람이 아니라 바로 장요였다.

정욱이 이렇게 말했다.

"문원(文遠—장요)이 비록 관운장과 옛날 교분이 있다손치더라도 내가 보건대 그 사람은 말만 가지고 설복시킬 수 있는 사람이 아니오. 나에게 한 가지 계책이 있는데, 이 계책을 써서 그 사람을 앞으로 나갈 수도 없고 뒤로 물러설 수도 없게 만들어 놓고 나서, 문원을 보내서 말해 보도록 하면 그는 반드시 승상께로 돌아올 것이오."

이야말로 와궁(窩弓)을 매만져서 무서운 호랑이를 쏘고, 맛있는 미끼를 마련해서 큰 자라를 낚아 보자는 격이었다.

# 25.
# 수염을 담는 주머니

헌제는 관운장의 긴 수염을 보고
"허어! 그거 참! 미염공(美髥公)이라 해야겠군!

屯土山關公約三事
救白馬曹操解重圍

정욱이 말하는 계책이란, 첫째로 관운장은 아무도 당해 낼 자 없는 용맹한 장수이므로, 머리를 쓰고 모략을 쓰지 않고는 도저히 항복시키기는 어렵다는 것이다.

그러니까 유현덕에게서 항복해 온 병사들을 하비로 보내서, 도망쳐서 되돌아온 것처럼 보이게 하고, 나중에 성 안에서 그들과 내통하도록 할 것. 이렇게 해놓은 다음에 관운장을 싸움터로 유인해 놓고, 이편이 지는 체하고 유도작전을 써서 먼곳까지 끌어다 놓고 정예 병사들을 동원해서 그의 퇴로를 막아 버리고 항복시키자는 것이었다.

조조는 이 계책대로, 즉시 서주에서 투항해 온 병사 수십 명을 하비로 보내서 관운장에게 항복하도록 시켰다.

관운장은 그들이 본래 자기 부하로 있던 병사들이라서 그대로 성 안에 둬두고 아무런 의심도 하지 않았다.

그 이튿날, 하후돈이 선봉으로 나서서 병력 5천을 거느리고 도전해 왔다. 관운장이 덤벼들지 않고 잠자코 있었더니 하후돈은 사람을 성 아래로 보내서 미처 입에 담지 못할 욕설을 퍼부으며 관운장을 매도하게 했다.

불끈 성미가 치밀어오른 관운장은 3천의 병마를 몰고 나가서 하후돈과 마주 대결했다.

10여 합을 싸웠을 때 하후돈은 슬쩍 말머리를 돌려서 도망쳤다. 관운장이 그대로 뒤를 추격했더니, 하후돈은 싸우는 체하면서 빵소니를 쳤다.

관운장은 20리나 쫓아갔는데 하비를 빼앗기게 될까 걱정이 되어서 군사를 거느리고 되돌아서 오려고 했다.

쾅! 난데없이 들려오는 포성.

왼쪽에서 서황이, 오른쪽에서 허저가 달려들더니 퇴로를 가로막았다. 관운장이 덤빌 테면 덤비라는 배짱으로 무작정 밀고 나가니, 이번에는 양편에 숨어 있던 복병들이 경노(勁弩) 백 개를 배치했다가 쏘는 바람에 화살이 황충(蝗蟲)이 날아드는 듯했다.

관운장이 견디다 못해, 또다시 군사를 뒤로 물리려고 했을 때에는 허저와 서황이 앞을 가로막고 버티고 서 있었다.

관운장은 그래도 굴하지 않고 악전고투, 간신히 두 장수를 물리치고 하비로 되돌아가려고 했다. 이때, 하후돈이 또 덤벼들어서 일진일퇴를 거듭하며 격전을 계속했다.

날이 저물 때까지 싸움을 하다 보니, 관운장은 어디로 돌아갈 도리가 없자, 근처에 있는 토산(土山)으로 올라가서 잠시 군사들을 쉬도록 했다.

그러나 조조 편의 군사들은 그 산기슭으로 몰려들어서 물샐 틈도 없이 포위해 버렸고, 산꼭대기에서 멀리 바라보자니 하비성 안에서는 불길이 하늘을 찌르며 뻗쳐오르고 있었다.

이것은 먼저 침투시킨 투항병들이 살며시 성문을 열어 주었기 때문에, 친히 대군을 거느리고 성 안으로 돌입한 조조가 일부러 관운장의 마음을 산란하게 만들려고 불을 지르게 한 것이었다.

관운장은 하비에서 불길이 치밀어오른 것을 보자, 큰일났다 싶어서 밤중에 몇 번이나 산 아래로 쳐내려가 봤다. 그러나 그럴 때마다 빗발치듯 하는 경노의 화살에 견디지 못하고 쫓겨 올라오곤 했다.

이러는 동안에 먼동이 훤하게 터 오기 시작했다. 관운장이 다시 군사를 정비해 가지고 산 아래로 쳐내려갈 작정을 하고 있는데, 난데없이 무사 한 사람이 말을 달려서 산 위로 올라오는 것이었다. 자세히 살펴보니 바로 장요였다.

관운장은 그의 앞을 가로막고 떡 버티고 섰다.

"누군가 했더니, 이건 문원, 나하고 승부를 결해 보려고 여기까지 올라오신 거요?"

"천만에. 옛 정리를 생각하고 오래간만에 이야기라도 해볼까 해서 올라온 길이오."

장요는 칼을 집어던지고는 말에서 내리더니 인사가 끝나자 산에 올라 앉았다.

관운장이 대뜸 말을 꺼냈다.

"공은 나더러 투항하라고 설복시키러 오신 것은 아니겠지?"

"아니오. 전에 내가 위급했을 때 구출해 주신 은혜를 갚고자 찾아온 길이오."

"그렇다면 우리 편을 거들어서 싸워 주겠다고 하시는 거요?"

"그런 건 아니오."

"싸움을 거들어 주러 오신 게 아니라면 뭣하러 오셨단 말이오?"

"유현덕과 장비는 지금 생사도 알 수 없소. 어젯밤에 조승상께서는 벌써 하비를 함락시키셨는데, 성 안의 백성들에게는 꾸지람 한 마디 없으셨고, 또 유현덕의 가족에게는 호위병을 파견해서 병사들이 함부로 접근도 하지 못하게 하셨소. 관공이 걱정하고 계실까 해서 연락이나 해드리려고 온 길이오."

"그렇다면 결국 나에게 항복을 권고하러 오신 거로군. 내 가 지금 비록 사지에 빠져서 어쩔 수 없이 이 지경이 되었다고는 하지만, 죽는 일을 그다지 대단하게 여기지는 않소. 빨리 돌아가시오. 돌아가지 않는다면 당장에 목을 칠 테니."

관운장은 분을 참지 못하고 펄펄 뛰었다.

그러나 장요는 도리어 껄껄 웃었다.

"그런 말씀은 천하의 웃음거리밖에 되지 못할 겁니다."

"충의를 위해서 죽는다는 것이 어째서 세상의 웃음거리가 된단 말이오?"

"공께서 여기서 목숨을 버리신다면 그것은 세 가지 죄를 범하시게 되는 거요."

"도대체 세 가지 죄란 뭐란 말이오?"

"애당초 공께서는 유현덕과 의형제를 맺었을 적에 생사를 함께 하겠노라고 맹세하시지 않았소? 그런데도 불구하고 현덕이 싸움에 패했다 해서 공께서 싸워서 목숨을 던지신다면, 만약에 현덕이 다시 나타나서 공의 힘을 빌리고 싶어한다 할지라도 그것이 이루어질 수 없게 될 것이오. 그러니 이것이 바로 죄를 범하는 한 가지가 아니겠소. 또 유현덕은 그의 가족을 공께 부탁했는데, 공께서 지금 싸움에 목숨을 바친다면 현덕의 두 부인은 길거리에서 방황하는 신세가 될 것이니, 공은 현덕에게 배신한 사람이 되어서 두 가지 죄를 범하는 게 되오. 또 셋째로는, 공께서는 무예에 있어서도 남보다 뛰어나고 경사(經史)에도 통하신 분이 유현덕과 함께 한나라 황실을 도와서 일으키실 생각은 하시지 않고, 헛되이 불 속으로 뛰어들어 필부의 용기만을 뽐내신다는 것이 과연 의를 위하는 행동이라 할 수 있겠소. 이 또한 한 가지의 죄를 범하는 것이오. 내 감히 충고하는 바요."

관운장은 잠시 동안 무엇인지 묵묵히 생각했다.

"그러면 나더러 뭣을 어떻게 하란 말이오?"

"조조의 군사에게 4면으로 포위를 당한 이때에 공께서 끝까지 싸우신다면 패하실 것은 필연적이니, 헛되이 목숨을 던진다는 것은 보람없는 일이오. 그러니 우선 조승상께 투항하셨다가 서서히 유현덕의 소식을 탐지해 가지고 거처를 알게 된 다음 그리로 따라가신다 해도 좋지 않겠소? 이것은 첫째로 두 부인의 안전을 도모함이 되고, 둘째로는 도원(桃園)에서 맹세한데 배신하지 않는 결과가 되는 것이며, 셋째로는 앞길이 창창한 생명을 유지해 나가는 길도 되는 것이오. 이 세 가지를 신중히 고려하시기 바라오."

"공은 지금 세 가지 이로운 점을 드셨는데, 그렇다면 나도 약속하고 싶은 세 가지 일이 있소. 조승상께서 이것을 받아들여 주신다면 나도 당장에 무기를 던지겠소. 그렇지만 이것이 용납되지 못한다면 나는 세 가지 죄를 범하게 되는 한이 있더라도 아낌없이 목숨을 던지겠소."

"조승상은 관대하시오. 뭣이나 들어 주실 거요. 그 세 가지 일이란 뭣인지 말씀해 보시오."

"첫째, 나는 황숙과 한나라 왕실을 돕고 일으키기로 맹세한 몸이니까, 내가 투항하는 것은 한나라 임금에게만 하는 것이지 조조에게 투항하는 것이 아니라는 점이고, 둘째는 형수 두 분께서는 유황숙에게 드리는 봉록(俸祿)과 똑같이 드려서 살아가시도록 해야 하며, 상하 어떤 사람을 막론하고 그 문전에 얼씬도 하지 못하게 해줄 것. 또 셋째는 유황숙의 거처가 판명되는 대로 설사 그곳이 천리만리 먼곳이라 할지라도 나는 당장에 달려가야 한다는 것. 이 세 가지 중에서 한 가지라도 용납되지 않는다면 절대로 항복하지 않겠소. 공은 시급히 돌아가셔서 이렇게 회답을 드리시오."

장요는 그렇게 하기로 응낙하고 말을 달려 조조에게로 돌아갔다.

그리고 우선 한나라에는 항복하는 것이지만 조조에게 항복하는 게 아니라는 관운장의 첫째 조건을 말했다.

그랬더니 조조는 웃으면서,

"나는 한나라의 승상이오. 그러니 한나라라는 것은 곧 나를 말하는 것이 되니 그것은 들어 주기로 하지."

라고 말하는 것이었다. 장요는 계속해 말했다.

"그리고 유현덕의 두 부인께는 그의 봉록을 그대로 드려서 사시도록 하고 그 문전에는 어떤 사람도 얼씬 못하게 해달라는 것입니다."

"봉록은 갑절로 올리기로 하지. 사람을 얼씬 못하게 하는 것이 그 집안의 가법(家法)이라면 그야 이상하게 생각할 게 없지."

"또 한 가지 있습니다. 그것은 유현덕의 소식을 알게 되면 당장에 이곳을 떠나간다는 것입니다."

이 말을 듣고는 조조도 머리를 좌우로 흔들었다.

"그렇다면 그가 하자는 대로 다 해주고 결국 아무 의미도 없는 일이 아닌가? 그것만은 받아들일 수 없소."

"승상께서는 옛적의 예양(豫讓)이란 사람의 중인국사지론(衆人國士之論)이란 말을 들으신 일이 있지 않습니까? 전국시대(戰國時代)의 사람 예양은 주군(主君)이 자기를 중인을 대하듯이 대해 주면, 자기도 중인으로서 주군을 섬기고, 국사(國士)로 대해 주면 자기도 국사로서 주군을 섬긴다고 말한 일이 있다지 않습니까? 사람이란 이쪽에서 다루기 탓입니다. 유현덕 같은 사람도 관운장에게 후하게 은혜를 베풀어 준 데 지나지 못합니다. 승상께서도 그보다 더 후히 대접해 주시고 그 마음을 이편으로 돌리게 한다면 관운장이라고 복종하지 않을 까닭은 없습니다."

"오! 과연 그럴듯한 말이오. 그렇다면 그 세 가지를 모두 받아들이기로 합시다."

장요가 다시 토산으로 올라가서 관운장에게 이 뜻을 회답했더니 그가 말했다.

"그렇다면 나는 우선 성 안에 들어가서 형수님들에게 이런 뜻을 여쭙고 나서야 투항할 것이니까, 승상의 군사들을 잠시 뒤로 물려 주시오."

장요는 돌아와서 이런 뜻을 조조에게 전달했다. 조조는 그 즉시 군사를 30리 밖으로 후퇴시켰다. 순욱이 두 눈이 휘둥그래지면서 말했다.

"그건 안 됩니다! 책략을 쓰는지도 모릅니다."

그러나 조조는,

"관운장은 의리를 생명같이 중히 여기는 인물이오. 거짓말을 할 리 없소."

하면서 역시 군사를 뒤로 물려 주었다.

관운장은 군사를 거느리고 하비에 이르러, 성 안의 백성들이 아무런 변동 없음을 확인하고 나서 급히 현덕의 관저로 두 형수를 만나러 갔다. 감 · 미 두 부인은 관운장이 왔다고 하니 급히 뛰어나와서 영접했다.

관운장은 섬돌 아래 꿇어앉아서 두 형수에게 예의를 깍듯이 했다.

"이번에는 여러 가지로 심려를 하시게 해서 죄송합니다."

두 부인은 남편의 소식이 제일 궁금했다.

"황숙께서는 지금쯤 어디 계신지 모르시오?"

"전혀 알지 못하고 있습니다."

"그러면, 관운장께서는 이제부터 어찌하실 작정이시오?"

"나가 싸우며 돌아다니다가 공교롭게 토산에 올라갔었는데 거기서 포위를 당하고 말았습니다. 장요가 와서 투항하기를 권고하며 나서길래 세 가지 조건을 제안했더니, 조조는 이것을 모두 용납해 주겠다 하고, 특히 군사를 뒤로 물려서 이렇게 성 안에까지 들어올 수 있게 해주었습니다. 그래서 형수님들의 의향을 알아보고 가부간 태도를 결정하려고 왔습니다."

"그 세 가지 조건이란 뭣인가요?"

관운장은 앞서 말한 세 가지 조건을 상세히 형수들에게 설명해 주었다.

그랬더니 감부인이 말했다.

"조조의 군사들은 어제 입성해서 우리들도 인제는 살아날 길이 없다 생각하고 있었더니, 이상하게도 손가락 하나 건드리지도 않고 병정 하나도 침범해 들어오지 않았소. 아우님이 그것을 이미 승낙하셨다면 우리들과 구태여 상의하실 일도 아니리다. 단지 뒷날에 아우님이 황숙을 찾아간다고 했을 때 조조가 혹 승낙하지 않을까, 그것이 걱정스러울 뿐이오."

"그것은 걱정하실 게 없습니다. 그 점에 대해서는 저도 다른 생각이 있으니까요."

"제발, 아우님이 좋도록 잘 처리해 주시오. 우리 여자들과는 상의하실 것도 없이."

마침내, 관운장은 감 · 미 두 부인과 작별하고 수십 기를 거느리고 조조를 찾아가서 만났다. 조조가 친히 영채 문 밖까지 나와서 영접했고, 관운장이 말을 내려서 꿇어앉으니 조조도 황송한 듯이 답례를 했다.

"패장의 목숨을 건져 주신 은혜 깊이깊이 사례합니다."

"관공의 충의지심에는 평소부터 탄복해 왔는데 오늘에야 이렇게 만나 보게 되었으니 나의 한 가지 소원은 성취한 셈이오."

"문원(文遠) 장공을 통해서 세 가지 일을 말씀드렸는데 거기 대해서 틀림은 없겠습니까?"

"한번 입 밖에 낸 말, 언약을 이행치 않을 리 있겠소!"

"이 관운장은 우리 황숙의 거처를 알게 되는 날에는 물불을 헤아리지 않고 그분을 찾아 달려갈 작정입니다. 그때에는 아마 떠나는 인사도 여쭙지 못하게 될지 모르니 이 점은 미리 양해해 주시기 바랍니다."

"유현덕장군이 살아 있다면 관공은 반드시 따라가야겠지만, 아마 난군(亂軍) 중에서 세상을 떠났을지도 모르오. 공은 마음을 턱 놓고 그의 소식을 알아보도록 하시오."

조조는 관운장을 데리고 헌제 앞에 나가서 배알케 했다.

헌제는 관운장에게 편장군(偏將軍)의 자리를 주었으며, 이에 조조는 감사의 뜻을 표시하고 자리를 물러났다.

그 이튿날, 조조는 성대한 잔치를 베풀고 여러 모사 · 무사들을 모아 놓고 관운장을 빈객으로 상좌에 앉혔으며, 가지가지 비단이며 금은 식기를 선사했다.

관운장은 그것들을 모조리 두 형수들에게 주어서 간직하도록 했다.

관운장이 허창(許昌)에 도착하면서부터 조조는 그를 유난히 정중하게 대면했다. 그리고 사흘에 한 번씩 소연(小宴)을, 닷새에 한 번씩 대연(大宴)을 베풀어 주고 미인들을 열 명씩이나 관운장의 시중을 들라고 옆에 두어 주었다.

그러나 관운장은 이 미인들을 모두 안으로 들여보내서 두 형수들을 받들게 했다. 또 사흘에 한 번씩은 꼭 안으로 들어가서 두 형수의 방문 밖에 정중하게 서서 안부를 물어 봤으며, 두 부인들이 남편의 소식을 물어 보고 이제 그만 돌아가라고 할 때까지는 그 자리를 뜨지 않았다.

이런 사실을 알게 된 조조는 관운장의 사람된 품에 거듭 감탄하여 마지않았다.

조조는 관운장이 입고 있는 푸른빛 전포(戰袍)가 초라한 것을 보고, 새로 비단 전포를 한 벌 몸에 맞추어서 지어 주었다. 그랬더니, 관운장은 새옷을 속에다 입고 여전히 그 낡은 전포를 겉에 입는 것이었다.

그래서 그 까닭을 물어 봤더니, 그 낡은 옷은 유현덕이 준 것이기 때문에 입고 있으면 그의 얼굴을 대하는 듯하다고 했고, 또

승상에게 새옷을 받았다고 헌옷을 버릴 수는 없다는 것이었다. 조조는 관운장의 의리를 지키는 마음에 탄복하면서도 한편으로는 달갑게 생각지 않았다.

언제나 관운장은 유현덕의 두 부인과 기쁨도 슬픔도 같이 나눴다.

한번은 감부인이 유현덕에 대한 불길한 꿈을 꾸었다고 눈물을 흘리는 바람에 관운장도 두 눈에 눈물이 글썽였다.

이 눈치를 챈 조조가 연방 웃어 가며 관운장을 위안해 주고 술을 권했다.

관운장은 술기운이 거나해지자, 그 긴 수염을 쓰다듬으며 이런 말을 했다.

"구차스럽게 살아 있으면서 나라를 위하여 은혜를 보답하지도 못하고, 또 형님을 배반하고 있으니 하잘것없는 인생이오!"

조조가 농담 삼아 물었다.

"운장, 공의 수염은 몇 가닥이나 되오?"

관운장이 대답했다.

"아마 수백 가닥은 될 겁니다. 해마다 가을이 되면 대여섯 가닥씩 빠지니 겨울에는 얄따란 헝겊으로 주머니를 만들어서 끊기지 않도록 넣어 둡니다."

조조는 이 말을 듣고 수염을 넣어 두라고 얇은 비단으로 주머니를 만들어서 관운장에게 선사했다.

그 이튿날 아침에 조례(朝禮) 의식 때, 헌제는 관운장이 가슴 앞에 주머니를 늘어뜨리고 있는 것을 보고 무엇이냐고 물었다.

이에 관운장이 아뢰었다.

"소신은 수염이 대단히 많아서 승상께서 주머니를 선사해 주셨기에 이렇게 담아 두는 것이옵니다."

헌제가 그 자리에서 주머니를 떼어 보라고 하니, 그 수염이아랫배에까지 치렁치렁 늘어질 지경이었다.

"허어! 그거 참! 실로 미염공(美髥公)이라 해야겠군."

헌제가 이런 말을 한 뒤부터 사람들은 관운장을 미염공이라 부르게 됐다.

조조는 또 관운장의 말이 비쩍 말라서 모양새가 없는 것을 보고 적토마(赤兎馬)를 그에게 선사했다. 평소에 별로 남에게 고맙다는 인사를 하는 법이 없는 관운장이 이때만은 정중하게 사례의 말을 하니 조조는 약간 불쾌했다.

미인을 안겨 주어도 무뚝뚝하게 말이 없던 관운장이 말을 주니까 사의를 표명하는 것은, 사람을 말만큼도 여기지 않는다는 괘씸한 생각이 들었기 때문이었다.

그러나 관운장은 다른 배짱이 있었다.

조조가 어째서 사람보다 말이 그다지 소중하냐고 물었더니 관운장의 대답이 그럴듯했다.

"저의 말은 하루면 천리 길을 달릴 수 있다고 생각하고 있었지만, 오늘 다행히 적토마 같은 좋은 말이 수중에 들어왔으니, 우리 형님의 소식을 알게 되는 날에는 하루면 충분히 대면할 수 있을 테니까요."

조조는 악연실색.

그러나 아무리 후회해도 한번 준 말을 도로 빼앗을 수는 없었다.

조조가 후대를 해주면 해줄수록, 관운장의 마음은 유현덕에게만 쏠렸다.

조조는 까닭을 알 수 없어서, 장요를 보내서 관운장의 심경을 한번 타진시켰다. 이렇게 잘 대우하는데 왜 현덕에게로 달아날 생각을 버리지 못하느냐는 것이었다.

이 말에 대해서 관운장은 유현덕에게는 큰 은혜를 졌으며 생사를 같이하기로 맹세했으니 어쩔 수 없는 일이라 했다. 그리고 조조에게도 큰 공로를 세워 놓고야 떠나가지 경솔히 배신 행위는 하지 않겠다고 대답했다.

과연 의리를 생명같이 여기는 인물이라고 조조가 탄복했더니 옆에서 순욱이 말하기를,

"공로를 세워 놓고야만 떠나가겠다 했으니, 그에게 공로를 세우지 못하도록 하면 떠나가지 못할 겁니다."

라고 하는 것이었다.

조조도 그럴듯한 말이라고 고개를 끄덕끄덕했다.

이른 봄이 되었다.

유현덕은 원소에게 몸을 의지하고 있으면서 답답한 나날을 보내고 있었다. 처자는 조조의 수중에 있고, 아우들의 소식도 모르고, 나라를 위해서 싸워 볼 수도 없고 해서 그의 괴로운 심정은 이루 형언하기 어려웠다.

하루는 원소가 봄이 되고 했으니 조조를 토벌하러 나서 보겠다고 현덕에게 상의했다.

현덕은 물론 역적을 없애 버리겠다는 데는 강력히 찬성했다.

드디어 원소는 모사 전풍의 간언도 강경히 물리치고 대장 안량(顔良)을 선봉으로 내세우고 대군을 몰아 여양(黎陽)에 도착했다.

동군(東郡)의 태수 유연(劉延)이 이 소식을 급히 허창으로 전달하니, 조조는 시급히 이에 응할 대책을 협의했다.

관운장이 이때라 생각하고 자기를 선봉에 내세워 달라고 청해 보았으나, 조조는 그대의 힘까지 빌리지 않아도 된다고 슬쩍 피해 버리고, 친히 15만의 대군을 몰아서 백마현(白馬縣)으로 진출시켜 토산을 등에 지고 진을 쳤다.

산 앞에 펼쳐진 평천광야(平川曠野)의 땅을 멀리 바라보자니, 안량의 전부(前部) 정병 15만이 당당히 진을 치고 있었다.

조조는 깜짝 놀라며 옛날의 여포 수하의 장수였던 송헌(宋憲)을 돌아보고 말했다.

"그대는 여포의 수하에 있었을 적에도 쟁쟁한 맹장이었으니 한번 안량과 승부를 결해 보는 게 어떻겠소?"

송헌은 조조의 말이 떨어지기가 무섭게 창을 옆에 끼고 말 위에 올라 진두로 내달았다.

저편에서도 안량이 긴 칼을 손에 움켜잡고 문기(門旗) 아래 말을 멈추고 있더니, 송헌의 말이 가까이 덤벼들자, 버럭 고함을 질러 말을 뛰게 해놓았다. 3합도 싸우지 않아서 긴 칼이 한번 번쩍하고 새파란 광채를 발사하는 찰나에 보기 좋게 송헌의 목을 베어 버렸다.

"흐음! 대단한 솜씨인걸!"

조조도 멀리서 바라보다가 혀를 내두르며 감탄했다.

"친구의 원수는 내가 갚고야 말겠소!"

격분해서 말 위에 올라 내닫는 것은 위속(魏續)이었다. 진두로 쏜살같이 달려나간 위속은 온갖 욕설을 퍼부으면서 안량을 매도했다.

안량은 묵묵히 입도 벌리지 않고 대들어 서로 싸운 지 단지 1합에 위속의 목을 베어 말 위에 뒹굴게 했다.

"자, 누구 또 나가서 저 안량과 대결할 사람은 없느냐?"

조조는 당황해서 외쳤다.

이번에는 서황이 뛰어 나갔지만 겨우 20합을 싸우고 도망쳐 왔다.

조조는 하는 수 없이 군사를 수습해 가지고 영채로 돌아왔으며 안량도 자기 진지로 물러갔다. 조조는 바로 눈앞에서 장수 둘을 잃고 나니 내심 암담하기 이를 데 없었다.

이때, 안량을 대적해 낼 인물은 오직 관운장 한 사람밖에 없다고 정욱이 제의했다.

"하지만, 그에게 공로를 세우게 해준다면 당장에 우리 곁을 떠나가고 말 테니……."

"만약에 유현덕이 아직도 살아 있다면 원소에게 몸을 의지하고 있을 것이므로, 지금 만약에 관운장을 시켜서 원소의 군사를 쳐부수면 원소는 반드시 유현덕을 의심하고 죽여 버릴 것입니다. 유현덕이 죽은 다음에야 관운장인들 갈 곳이 없을 게 아닙니까?"

조조는 그제야 마음이 놓여서 기뻐하며 사람을 보내서 관운장을 불러오라고 했다.

관운장이 형수들에게 작별 인사를 하러 갔더니, 형수들이 부탁했다.

"이번에 나가시거든 황숙의 소식을 꼭 좀 알아 주시오."

관운장은 가슴에 북받치는 뭉클하는 심정을 꾹 누르고, 청룡도를 움켜잡고 적토마에 올라 부하 몇 명을 거느리고 곧장 백마(白馬)로 달려가서 조조를 만났다.

"안량 때문에 연거푸 대장 두 사람을 죽였소. 어떻게 손을 써야 좋을지 몰라서 관장군에게 수고를 끼치게 됐소."

"그러면 어디, 잠시 나가 정세를 살펴보십시다."

조조가 술상을 차려 놓고 막 관운장을 대접하고 있는데, 홀연 안량이 도전해 왔다는 정보가 날아들어왔다.

조조는 관운장과 함께 토산 꼭대기에 올라가서 형세를 살펴보았다. 조조가 안량의 위풍당당한 진용을 가리키면서 말했다.

"장군! 하북의 군사들은 그 모습이 제법 웅장하지 않소!"

"내가 보기에는 흙으로 만든 닭이나 기와 조각으로 만든 개에 지나지 못합니다."

"저 휘개(麾蓋) 아래 서서 수포금갑(繡袍金甲)에 칼을 잡고 말을 세우고 있는 늠름한 장수가 바로 안량이오."

하면서 조조가 손가락으로 가리키니, 관운장이 눈을 한번 치뜨며 바라보더니 조조에게 말했다.

"내가 보기에 안량이란 자는 모가지를 팔겠다고 패를 차고 있는 것만 같소이다. 내 당장에 적진으로 뛰어들어서 안량의 목을 베어다가 승상께 바치겠습니다!"

그 말과 같이, 정말 번갯불이 번쩍하는 것 같은 관운장의 놀라운 솜씨였다.

청룡도를 한 손에 들고, 적토마를 달리며 굵은 눈썹을 치올리고 무서운 두 눈을 부릅뜨고 적진으로 돌진해 들어가는 관운장 앞에는 당할 장수가 하나도 없었다.

청룡도가 한번 번쩍하는가 싶은 순간에, 관운장은 벌써 안량의 목을 베어 가지고 다시 무인지경을 달리듯, 조조에게로 돌아와서 박수갈채 속에 수급(首級)을 바쳤다.

"장군, 정말 신인(神人)이시오!"

조조는 탄복하며 말했다.

"나쯤이야 말할 것도 없소이다. 내 아우 장비는 백만대군 가운데서도 적장의 목을 베기를 주머니 속에서 물건을 꺼내듯 합니다."

이런 관운장의 말에 조조는 어찌나 놀랐던지 좌우의 사람들을 돌아다보며, 나중에 장비란 인물을 만나게 되면 특히 조심하고, 그의 성명을 옷깃 속에 적어 두고 조심하라고까지 명령했다.

패주하는 안량의 군사들이 도중에서 원소를 만나게 되자, 어떤 얼굴이 붉고 수염이 긴 대장 하나가 긴 칼을 휘두르며 단기(單騎)로 뛰어들어서 안량의 목을 베어 갔기 때문에 이렇게 싸움에 대패했다고 보고했다.

원소가 깜짝 놀라며,

"그게 대체 누구란 말이냐?"

하고 물었다.

"그는 필시 유현덕의 아우 관운장일 겁니다."

저수(沮授)가 이렇게 대답했다.

이 말을 들은 원소는 격분하여 현덕에게 손가락질을 하면서,

"그대의 아우 관운장이 나의 애장(愛將)의 목을 베었으니 이는 반드시 그대와 사전에 통모(通謀)했음이 분명하다. 그러니 그대를 살려 두어 무엇에 쓰랴!"

하며 당장에 도부수를 불러서 현덕을 끌고 나가서 목을 베라고 명령했다.

이야말로 처음 만났던 날은 상객으로 모셔 앉혔는데, 오늘은 마치 섬돌 아래 죄수같이 되어 버린 판국이다.

# 26.
# 옛 주인을 찾아서

생사 불명, 주군 유현덕 장군은 어디로!

袁本初敗兵折將
關雲長拄印封金

원소가 유현덕의 목을 베겠다고 야단을 쳤을 때, 현덕은 태연하게 그 앞으로 걸어 나왔다. 침착하게 가라앉은 음성으로 차근차근 말했다.

"공께서는 한쪽 말만 들으신 것입니다. 그것으로써 여태까지의 두터운 정리를 끊으시렵니까? 나는 서주에서 한번 헤어진 뒤, 아우들의 생사도 모르고 있습니다. 얼굴이 붉고 수염이 긴 사나이라고 반드시 관운장이랄 수는 없지 않습니까? 세상에는 비슷한 얼굴도 얼마든지 있으니까, 이 점을 신중히 고려하시기 바랍니다."

원소란 사람은 본래 줏대가 없는 사람이라 현덕의 말을 듣더니 저수를 꾸짖었다.

"그대의 말 때문에 하마터면 죄도 없는 사람을 죽일 뻔했어!"

하면서 전과 같이 현덕을 상좌에 앉히고 안량의 원수를 갚아 볼 대책을 협의했다. 이때 이런 말을 듣고 선뜻 내닫는 무사가 한 사람 있었다.

"안량은 내가 친형제나 다름없이 지내던 친구요. 조조에게 목이 달아났다면 그 원수는 반드시 내가 갚겠소!"

이 무사는 신장이 8척, 얼굴은 해태(獬豸—解廌)와 같은데, 바로 하북의 명장 문추(文醜)였다.

원소는 너무나 기뻤다.

"그대가 아니면 안량의 원수를 갚기는 어려울 것이오. 병력 10만을 줄 테니 즉시 황하를 건너가서 조조를 잡아오도록 해주시오."

저수가 또 반대했다.

"그건 안 됩니다. 잠시 동안 연진(延津)에 진을 치고, 군사를 갈라서 관도(官渡)로 내보내는 게 상책입니다. 경솔히 황하를 건너갔다가, 만일에 우리 편이 불리하게 된다면 전군이 무사하게 돌아오기는 어려울 것입니다."

원소는 불끈 화가 치밀었다.

"그대들은 사기를 저상하게 하고, 헛되이 날짜를 지연시켜서 대사를 그르치고 있는 거요. 군사는 신속해야만 쓸모가 있다(兵

貴神速)는 것을 모르오?"

저수가 시무룩해서 자리를 물러나왔다.

"윗사람은 자기 욕심만 가득 차 있고, 아랫사람은 공만 세우려고 급급하니 저 유유한 황하를 어떻게 건너볼 수 있단 말인가?"

이렇게 탄식하면서 그 후부터는 몸이 아프다는 핑계로 전법을 상의하는 일에 얼굴을 내밀지 않았다.

이번에는 유현덕도 잠자코 있을 수 없었다. 원소 앞에 나서서 거침없이 말했다.

"큰 은혜를 입고 있는 몸으로 아무런 보답도 해드리지 못해서 심히 죄송스럽던 차이니, 이번에는 나도 문장군과 동행하도록 승낙해 주십시오. 첫째로는 공의 은혜에 보답하는 길이 되고, 둘째로는 관운장의 소식도 알아보고 싶습니다."

원소도 대견하게 생각하고 크게 기뻐하며 문추와 현덕에게 선봉을 명령했다.

문추는 싸움에 지기만 해온 패장이니 과히 쓸모는 없겠지만 공의 명령이라면 어쩔 수 없이 군사의 3분의 1을 주어서 후군이나 지키도록 하겠다고 큰 소리를 치면서 자신은 7만의 군사를 거느리고, 현덕에게 뒤를 따르라고 명령했다.

한편, 조조는 관운장이 안량의 목을 벤 것을 보자 더욱 감탄하고, 천자에게 상주문을 올려서 관운장을 한수정후(漢壽亭侯)에 봉하고 벼슬자리의 인(印)까지 만들어 주었다. 이때 바로 원소가 대장 문추를 내보내어 황하를 건너게 했고 이미 연진 상류 지역에 진을 치고 있다는 정보가 날아들었다. 그래서 조조는 우선 백성들을 서하(西河)로 옮겨 놓고 친히 군사를 거느리고 출진할 작정을 했는데, 선봉을 뒤로 세우고 후군을 앞으로 내세워서 양말(糧秣)을 앞장세우고 군사들은 그 뒤를 따르도록 작전계획을 세웠다.

여건(呂虔)이 이상스럽게 여기고 물어 봤다.

"군량을 앞장 세우시고 군사를 뒤에 두시는 것은 무슨 생각이십니까?"

"군량을 뒤에 두면 적군에게 뺏기기 쉬워서 앞으로 세운 거요."

"만약에 적이 쳐들어와서 빼앗는다면 어떻게 하실 작정입니까?"

"그건 적이 왔을 때 알게 될 테지!"

여건은 여전히 까닭을 알 수 없다는 얼굴을 하고 있었지만, 조조는 자기 고집대로 양말을 강기슭을 끼고 연진으로 운반해 가도록 했다. 그리고 조조는 뒤를 따르는 군사들의 중군(中軍)의 위치에 서서, 선두에서 고함소리가 일어나는 것을 듣고야 급히 사람을 보내서 동정을 살피게 했다.

그랬더니, 하북의 대장 문추가 쳐들어오는 것을 보고, 조조 편의 군사들은 양말을 버리고 도망쳐 버렸으며 후군과는 너무나 거리가 떨어져서 어쩔 도리가 없다는 보고였다.

조조는 채찍을 높이 들어 남쪽 언덕을 가리켰다.

"저리로 잠시 피하자!"

군사들이 언덕 위로 뛰어 올라가니 조조는 병사들에게, 의갑(衣甲)을 풀고 잠시 쉬면서 말도 모두 풀어 놓아 주라고 명령했다.

얼마 안 되어서 문추의 군사가 쳐들어왔다. 대장들이 당황하여 소리쳤다.

"적군이 쳐들어왔습니다. 빨리 말을 걷어들여 가지고 백마(白馬)로 물러 나가십시다!"

이때 순유가 선뜻 나서며,

"이건, 적군을 낚기 위한 미끼니까 후퇴할 것은 없소."

하고 가로막으니, 조조가 눈을 찡끗하고 웃어 보이는지라, 순유도 그 뜻을 재빨리 알아차리고 그대로 입을 다물었다.

문추의 군사는 조조 편의 양말을 탈취한 것이 의기양양해져서, 말까지 붙잡으려고 제각기 날뛰며 대오를 흐트러뜨리고 말았다. 이때, 조조, 아래로 달려 내려가 들이치라고 호령을 하니, 문추의 군사는 당황하여 갈팡질팡할 뿐이었다. 이 틈을 타서 조조의 군사는 문추를 포위하고 말았다.

문추 혼자서 분투했지만, 겁을 집어먹고 허둥지둥하는 병사들은 자기 편 사람도 몰라보고 찌르고 덤비고 하는 아비규환을 연출하고 있었다. 문추는 도저히 감당하기 어렵다는 것을 알자 싸움을 단념하고, 말머리를 돌려서 도주했다. 언덕 위에서 이 광경을 내려다보고 있던 조조가 호통을 쳤다.

"문추는 하북의 명장이다. 누가 가서 붙잡아 올 사람은 없느냐?"

장요와 서황이 말고삐를 나란히 해서 달려가며 외쳤다.

"문추, 옴쭉 말고 게 있거라!"

문추가 뒤를 돌아보니 두 장수가 추격해 오자 창을 옆구리에 끼고, 재빨리 활을 재서 장요를 겨누고 한 대를 쏘았다.

"적장! 활은 쏘지 마라!"

서황이 고함을 지르는 바람에 장요가 앞으로 몸을 폭삭 구부렸더니 화살은 투구에 맞아서 끈을 끊어 놓았다. 장요가 몸을 일으켜 말을 고쳐 타고 덤벼드는 것을 문추는 또 한번 활을 쏘았다. 그 화살이 장요의 왼쪽 볼에 들어가 꽂히고, 말도 앞다리가 부러져 고꾸라지고 장요도 거꾸로 박혀서 땅에 나뒹굴고 말았다.

문추가 말머리를 돌려 덤벼들려는 것을, 서황이 큰 도끼를 수레바퀴처럼 휘두르면서 가로막았지만, 결국 문추의 군사들이 노도처럼 몰려드는 바람에 말머리를 돌려 몸을 피했다.

문추는 강을 끼고 끈덕지게 서황을 추격했다. 그런데 난데없이 깃발을 호기 있게 휘날리며 10여 기가 나타나더니 대장 한 사람이 선두에 긴 칼을 번쩍거리며 덤벼들었다. 그는 바로 관운장.

"적장! 꼼짝 말고 게 있거라!"

관운장, 호통을 치며 덤벼드니, 문추의 말과 맞닥뜨려서 겨우 3합을 싸웠을 때 문추는 겁을 집어먹고 강기슭을 끼고 도주하려고 했다. 그러나 관운장이 탄 말은 너무나 빨랐다. 단숨에 문추를 쫓아가서 등덜미로부터 청룡도를 한번 번쩍하고 휘두르니, 문추의 목은 그대로 날아가 버리고 말았다.

조조는 언덕 위에서 관운장이 문추의 목을 베어 버리는 것을 보자, 대군을 일거에 내리몰았다. 하북의 군사들은 태반이 강물에 빠지고 군량도 말도 다시 조조의 수중으로 되돌아왔다.

관운장이 몇 기를 거느리고 동으로 서로 적군을 휘몰아치고 있을 때, 유현덕도 3만의 군사를 거느리고 도착했다. 앞의 정세를 살피려고 내보낸 병사가 탐지하고 돌아와서 말했다.

"이번에도 역시 얼굴이 붉고 수염이 긴 장수가 문추장군의 목을 베었습니다."

현덕이 급히 말을 달려 바라다보자니, 강 건너편에 일군의 인마가 날듯이 뛰어다니고 있는데, 깃발에는 '한수정후(漢壽亭侯) 관운장'이라는 일곱 자가 뚜렷했다.

'으흠! 운장은 역시 조조 밑에 있었구나!'

유현덕은 남몰래 천지신명께 감사하다 사례하고 당장에 관운장을 불러서 대면하고 싶었지만, 조조의 대군이 쳐들어오니 어쩔 수 없이 군사를 거두어 가지고 물러갔다.

원소는 관도까지 나와서 자기 편 군사를 구원하려고 진을 쳤다.

곽도(郭圖)와 심배(審配)가 영채에 나타나더니 이런 말을 했다.

"이번에도 관운장이 문추를 죽였습니다. 유현덕은 알고 있으면서도 시치미를 떼고 있습니다."

원소는 또 격분하지 않을 수 없었다.

"귀 큰 도둑놈이 어찌 이럴 수가 있단 말이냐?"

얼마 있다가 유현덕이 나타났더니, 당장에 끌어내어 목을 베라고 명령했다.

현덕은 기가 막혔다.

"나에게 무슨 죄가 있다 하십니까?"

"그대는 또 아우를 시켜서 나의 대장의 목을 베지 않았나? 어찌 죄가 없다고 할 수 있겠는가?"

"죽기 전에 한 마디 하게 해주십시오. 조조는 평소부터 나를 미워하고 있었는데, 이번에는 내가 공에게 의지하고 있는 사실을 알자, 공에게 협력해 드릴까 겁이 나서 일부러 관운장을 시켜서 두 대장을 죽이게 한 것입니다. 공께서 격분하심은 지당합니다만, 이것은 공의 힘을 빌려서 나를 죽여 버리자는 조조의 계책에 불과한 일입니다. 신중히 고려하시기 바랍니다."

"흐음! 그럴듯한 말이로군! 하마터면 현명한 인물 하나를 살해했다는 오명을 쓰게 될 뻔했군!"

원소는 좌우의 측근자를 물리치고 현덕을 상좌에 앉혔다. 현덕은 깊이 사례하면서,

"나의 심복에게 편지를 주어서 관운장에게 보내어 내 소식을 전해 주면 운장은 반드시 달려올 것입니다. 공께 협력해서 함께 조조를 토벌하고 안량 · 문추의 원수도 갚고 싶습니다."

원소도 크게 기뻐했다.

"관운장만 와 준다면, 안량이나 문추를 열 사람 수중에 넣는 폭은 되지!"

현덕은 그 즉시 편지를 써서 전하려고 했지만, 심부름시킬 만한 인물이 없었다.

원소는 군사를 무양(武陽)까지 후퇴시키고 영채를 수십 리에 걸쳐서 펼쳐 놓기만 하고 군사를 내보내어 싸움을 하려 들지는 않았다.

한편에서 조조는 하후돈에게 군사를 1대 거느리고 관도의 요새지대를 지키도록 명령하였다. 그리고 자신은 군사를 몰고 허도로 돌아와서 성대한 연회를 베풀고 관운장의 위대한 공로를 찬양했다. 그 석상에서 조조는 여건에게 이런 말을 했다.

"그때, 내가 양말 부대를 선두에 내세워서 나가게 한 것은 적군을 낚시질해 들이자는 계책이었소. 이런 계책을 눈치챈 것은

순유뿐이었소."

모든 사람이 그 말을 듣고 감탄했다.

주석이 한창 어울리고 있을 때, 또 놀라운 소식이 날아들었다. 여남군(汝南郡)에서 황건적의 잔당인 유벽(劉辟) · 공도(龔都)가 제멋대로 세상을 어지럽게 굴고 있는데, 조홍은 패전만 거듭하고 있어서 원군을 청해 왔다는 것이었다.

관운장이 그 소식을 듣자 선뜻 나섰다.

"내 견마지로(犬馬之勞)를 다하여 여남의 적을 진압하고 오겠습니다."

"천만에, 장군은 너무나 큰 공을 세워 주었는데 아직 아무런 사례도 하지 못하고 있으니, 이번에 또 수고해 달랄 수는 없소이다."

"잠시 하는 일 없이 날을 보냈더니 몸이 좋지 못합니다. 꼭 승낙해 주시기 바랍니다."

조조는 그 의기를 장하게 여겨서 병력 5만을 주고 우금 · 악진을 부장으로 지명해서 그 이튿날 바로 떠나도록 했다.

이때 순욱이 조조에게 속삭이듯 말했다.

"운장은 항시 현덕에게로만 돌아갈 생각이니, 만약에 그의 소식을 알게 된다면 가 버리고 말 것입니다. 자주 출진하게 하는 것은 삼가셔야 합니다."

조조가 대답했다.

"이번에 공을 세우고 돌아오면 두 번 다시 내보내지 않겠소."

관운장은 군사를 거느리고 여남 근처까지 나가서 진을 쳤다. 그날밤 영채 문 밖에서 두 세작(細作)이 붙잡혔다. 관운장이 끌어다 놓고 보니 그 중의 하나는 틀림없는 손건이었다. 관운장은 좌우의 사람을 물리치고 나서 물어 보았다.

"공은 지난번에 패전하고 나서 행방을 알 수 없더니, 지금 어떻게 여기 와 있소?"

"몸을 피해서 여남 일대를 이리저리 돌아다니다가 다행히 유벽이 구함해 주었습니다. 그런데 관장군께서 조조의 밑에 계시다니 이는 어찌된 까닭입니까? 감 · 미 두 부인께서는 무사하십니까?"

관운장이 여태까지의 경과를 자세히 이야기해 주었더니, 손건이 또 말했다.

"요즈음에 유장군께서 원소에게 가 계시다는 소식을 알고 달려가고 싶은 생각이 간절했으나 기회가 없었습니다. 유벽과 공도 두 사람은 얼마 전에 원소에게 투항하여 다같이 조조를 공격할 생각을 하고 있습니다. 다행히 관장군께서 여기 계시다기에 이런 뜻을 알려 드리고 싶어서 제가 첩자로 나가겠다 자원해서 병졸의 안내를 받아 여기까지 왔습니다. 내일 우리 둘이 싸움에 진 체하고 있을 테니, 관장군께서는 두 부인을 모시고 원소에게로 가셔서 유장군을 만나 보도록 하십시오."

"우리 형님이 원소 밑에 계시다면 나는 당장 달려가겠소. 단지 내가 원소의 수하에 있는 대장 둘을 죽였으니 이제는 사정이 달라졌을 것만 같소."

"그러면 우리들이 한 번 더 저편의 동정을 살피고 나서 관장군께 다시 보고해 드리도록 하겠습니다."

"형님을 만날 수만 있다면 나는 죽음을 무릅쓰고라도 가겠소. 그러면 우선 허창으로 돌아가서 조조와 작별 인사나 하도록 하겠소."

그날밤, 관운장은 쥐도 새도 모르게 손건을 슬쩍 떠나 보냈다. 이튿날 관운장이 군사를 거느리고 싸움터로 나갔더니 공도도 갑옷 투구로 몸차림을 단단히 하고 나와 있는지라 관운장이 물었다.

"그대들은 뭣 때문에 조정을 배반하는 건가?"

"주인을 배반한 것은 바로 그대가 아닌가? 어찌 도리어 나를 책망하는가?"

"내가 어째서 주인을 배반했다는 건가?"

"유현덕장군이 원소장군 밑에 있는데 그대가 조조에게 빌붙어 있는 것은 무슨 까닭인가?"

관운장은 대답할 말이 없었다. 청룡도를 휘두르며 말을 달려 당장에 목을 베어 버리려고 했다. 도망치는 공도를 쫓아가니 그가 말했다.

"옛주인의 은혜를 저버릴 수는 없는 겁니다. 우리가 여남을 양보해 드릴 것이니 급히 쳐들어가십시오."

관운장은 그제서야 그 뜻을 알아차리고 전군을 호령하여 몰아치니 유 · 공 두 사람은 싸움에 패한 체하고 뿔뿔이 흩어져서 도주해 버렸다.

관운장은 주현(州縣)을 점령하고 백성들을 안정시킨 다음 허창으로 되돌아왔다. 조조는 성 밖에까지 나와서 그를 영접했고 병사들에게 상을 주어 위로해 주었다. 위로의 잔치가 끝난 다음 관운장이 두 형수들에게 인사하러 갔더니, 감부인이 대뜸 물었다.

"두 번이나 싸움터에 나가셔서 황숙의 소식이나 아셨소?"

"아직도 모르고 있습니다."

관공이 물러나온 다음, 두 부인들은 유현덕이 이미 세상을 떠난 줄만 알고 울부짖었다. 이때, 이번 싸움에 따라 나갔던 노병 한 사람이 보기에 딱해서 문 밖에서 소리를 질렀다.

"부인께서는 안심하십시오! 주군(主君)께서는 지금 하북의 원소장군과 함께 계십니다."

"그걸 어떻게 알았단 말이오?"

"관장군을 따라서 진지에 나갔을 때 거기서 소문을 들었습니다."

부인들은 당장에 관운장을 불러들였다.

"우리 황숙께서는 한 번도 배신 행동을 하신 일이 없소. 관장군은 이제 조조의 은혜를 입었다고 옛날 은혜를 잊어버리고 우리들에게 사실을 말해 주지 않으니 이는 무슨 까닭이오?"

"형님께서 하북 땅에 계신 것은 틀림없습니다만, 형수님들께 여쭙지 않은 것은 밖에 누설될까 조심한 까닭입니다. 제가 서서히 알아차려 하겠습니다."

"제발, 빨리 일을 좀 꾸며 주시오."

감부인한테 이런 말을 듣고 자리를 물러나온 관운장은 이 궁리 저 궁리 머리를 짜느라고 바늘방석에 앉아 있는 것 같은 심정이었다.

한편, 우금은 유현덕이 하북 땅에 있다는 것을 탐지하고 조조에게 알렸다. 조조는 그 즉시 장요를 시켜서 관운장의 심중을 타진하도록 했다.

관운장이 이 생각 저 생각, 망설이며 침울하게 앉아 있노라니 장요가 표연히 나타났다.

"듣자니 관장군은 진중에서 유현덕의 소식을 아셨다기에 축하하러 왔소."

"옛 주인은 살아 계시다지만 아직 만나 뵙지도 못했으니 별로 축하를 받을 만한 일도 아니오."

"관장군과 유현덕장군과의 교분이란 나와 관장군의 교분과 비교해서 생각한다면?"

"공과 나와의 사이는 친구로서의 교분이요, 나와 유장군과는 친구이면서도 형제요, 형제면서도 주종의 관계요. 함께 논할 것이 못 되오."

"유장군이 하북 땅에 있다는 소식을 아셨으니 관장군은 그곳으로 가실 작정이시오?"

"옛날의 맹약을 배반할 수는 없소. 공께서 조승상께 잘 말씀드려 주시오."

장요는 조조에게 돌아가서 관운장이 하던 말을 그대로 옮겨 주었다. 조조가 말했다.

"흐음, 그래? 그러면 나에게도 생각이 있지!"

관운장이 안타까운 생각에 잠겨 있을 때 돌연 누가 찾아왔다는 전갈이 들어왔다. 안으로 들어오게 하여 만나 보니 생면부지의 사람이었다.

"누구이시오?"

"원소장군을 섬기고 있는 남양(南陽)의 진진(陳震)이란 사람이오."

하면서 그는 편지를 내 주었다. 뜯어보니 틀림없는 유현덕의 필치. 편지 내용은 대략 다음과 같았다.

나와 그대는 도원에서 의를 맺고 생사를 같이하기로 했는데,

중간에 서로 어긋나서 은의(恩義)를 끊어 버리게 되다니! 그대가 반드시 공명을 바라고 부귀를 도모한다면 현덕은 수급을 바쳐서라도 소망을 이루도록 해주고 싶다. 글로 어찌 다 말할 수 있으랴. 회답을 고대할 뿐.

편지를 읽고 난 관운장은 슬픔을 참지 못하고 통곡했다.

"내, 형을 저버린 것은 아니었소. 계신 곳을 몰랐기 때문이었지. 부귀를 위해서 옛날의 맹세를 저버릴 생각은 꿈에도 해본 일이 없었소!"

"유현덕장군은 관장군이 돌아오시기를 고대하고 계시오. 옛날의 맹세를 잊어버리지 않으셨다면 한시바삐 돌아오십시오."

관운장은 당장에 현덕에게 답장을 썼다. 여태까지의 경과를 대강 말하고 몇 번이나 죽고 싶은 신세였으나, 두 분 형수를 생각하고 구차스러우나마 생명을 유지해 왔다는 눈물겨운 사연과, 즉시 조조와 작별하고 달려가겠다는 뜻을 진진에게 보냈다.

관운장은 우선 안으로 들어가서 두 형수에게 이런 뜻을 전달하고, 조조와 작별 인사라도 할 생각으로 승상부로 달려갔다. 조조는 관운장이 찾아온 까닭을 재빨리 알아채고 면회를 거절한다는 패(牌)를 문 밖에 내걸었다.

관운장은 하는 수 없이 그대로 돌아와서 예전부터 거느려 온 부하들에게 거마를 준비할 것과, 이곳에 와서 받은 일체의 물건을 손 하나도 대지 말고 그대로 남겨 두라고 명령을 내렸다. 그 이튿날도, 그리고 또 며칠 동안을 계속 승상부에 나갔지만 여전히 패가 걸려 있어서 면회를 거절당하고 말았다.

할 수 없이 장요를 찾아가서 이런 뜻을 전달해 달라고 했으나, 장요 역시 몸이 불편하다는 핑계로 만나 주지 않았다. 관운장은 한 장의 편지를 조조에게 남기는 도리밖에 없었다.

이 관운장은 어렸을 적부터 황숙을 섬기어 생사를 함께 하기로 맹세하였음은 황천후토(皇天后土)가 다 듣고 아는 바입니다. 전자에 하비를 실수(失守)했을 때, 청을 드린 세 가지 일을 이미 승낙해 주신 은혜를 입었습니다. 이제 옛 주인이 원소의 군중에 있다는 소식을 탐지했으니, 옛날의 맹세를 회상한들 어찌 배신 행동이 용납되오리까. 새 은혜 비록 두텁다 하나 옛 의리를 저버릴 수는 없습니다. 이에 특히, 글월로써 작별을 고하오니 양찰하시기 엎드려 바라오며 보답해 드리지 못한 나머지 은혜는 다음으로 미루어지기만 바랍니다.

편지를 다 써 가지고 봉한 다음 사람을 시켜서 승상부에 전달하게 하고, 여러 차례에 걸쳐서 받은 금은 보물을 일일이 봉해서 광 속에 넣어 놓았다. 그리고 나서, 한수정후 벼슬자리의 인도 방안에 남겨 두고 두 부인을 수레에 오르도록 했다. 마침내, 관운장은 적토마를 타고, 손에는 청룡도를 힘있게 움켜쥔 채, 하비성 이래 거느리고 있던 부하들을 시켜 두 부인의 수레를 호위하며 허도의 북문을 나서려고 했다.

문지기들이 가로막으려 했지만, 무서운 두 눈을 부릅뜨고 청룡도를 한옆에 쥐고 호통을 치는 관운장 앞에서는 움쭉도 못하고 도망쳐 버렸다.

성문을 나서자 관운장이 부하들에게 말했다.

"너희들은 수레를 호위하고 앞서서 가거라. 뒤를 쫓는 무리가 있으면 내가 혼자서 감당할 테니, 부인들에게 쓸데없는 걱정을 끼치면 안 된다!"

조조는 관운장에게 어떠한 결단을 내려야 좋을지 몰라서 대책을 협의하고 있을 때, 측근자가 관운장의 편지를 내 주었다. 그것을 읽어보더니,

"흐음! 운장이 가 버렸구나!"

대경실색하고 있을 때 북문을 지키고 있던 대장이 뛰어들어 왔다.

"관장군이 성문을 밀어젖히다시피 하고 거마 20여 명 모두 북쪽으로 가 버렸습니다."

또 관운장이 거처하던 방에서도 사람이 뛰어들며 보고했다.

"관장군은 승상께서 주신 물건들을 모두 봉해 버리고 미녀 열 명도 안에 둔 채, 한수정후의 인도 방안에 내놓으시고 짐짝만 가

지시고 북문으로 물러 나가셨습니다."

여러 사람들이 눈이 휘둥그래졌을 때, 대장 한 사람이 앞으로 썩 나섰다.

"내 철기(鐵騎) 3천을 거느리고 관운장을 산채로 잡아서 승상께 바치고 싶소!"

여러 사람이 바라다보니 그는 바로 장군 채양(蔡陽)이었다. 이야말로 만장(萬丈)의 교룡(蛟龍)의 구멍에서 빠져 나가려다가 또 다시 3천의 낭호병(狼虎兵)을 만난 격이다.

# 27.
# 난관을 돌파하고

'관운장을 잡아라!' 가는 곳 마다 봉변

美髯公千里走單騎
漢壽侯伍關斬六將

조조의 부하로 있는 여러 장수 가운데에는 장요를 제외하고는 서황이 관운장과 친분이 있고, 그밖의 다른 장수들도 모두 관운장을 존경하고 있었다. 그러나 채양 한 사람만은 반감을 품고 있었기 때문에, 관운장이 떠나갔다는 말을 듣게 되자 당장에 뒤를 쫓겠다고 한 것이었다.

그런데 조조가 천천히 말했다.

"옛 주인을 잊어버리지 않고 행방을 찾고자 하는 것은 정말 대장부다운 일이오. 그대들도 잘 배워 두시오."

하면서 채양을 꾸짖고 관운장의 뒤를 쫓아가지 못하게 했다.

모사 정욱이 간했다.

"승상께서 그렇게 후히 대접해 주었는데도, 떠나간다는 인사 한 마디 없이 편지 한 장을 던지고 가 버렸다는 것은 승상의 위신을 떨어뜨리는 소행입니다. 또 만약에 그가 원소에게로 투항해 간다면 이는 호랑이에게 날개를 달아 주는 것과 같은 일이 됩니다. 뒤를 쫓아가 붙잡아서 화근을 없애 버리는 게 지당한가 합니다."

그러나 조조의 고집을 꺾을 사람은 없었다.

"남아 대장부, 한번 승낙한 일을 되물릴 수는 없소. 재물도 벼슬도 탐내지 않고 가 버린 관운장의 정신과 태도는 실로 탄복할 만하오. 아직 그다지 멀리 가지도 못했을 것이니, 나는 그에게 앞으로의 우정을 더 한층 두텁게 하기 위해서 작별의 선물이라도 주고 싶소, 그대가 먼저 달려가서 잠시 가는 길을 멈추도록 해주시오. 전송도 해줄 겸, 노자와 도중에서 입을 옷가지라도 선사해 주고 싶소."

이렇게 장요에게 명령하니 장요는 혼자서 앞장 서서 말을 달리고, 조조도 수십 기를 거느리고 그 뒤를 따랐다.

그러나 관운장이 타고 가는 적토마는 하루에도 천리 길을 무난히 달릴 수 있는 준마이고 보니 뒤를 쫓을 수 없는 일이지만, 옆에 두 형수를 태운 수레가 있기 때문에, 관운장은 말고삐를 꾹 잡고 말을 천천히 모는 수밖에 없었다.

"관장군! 관장군!"

등뒤에서 이런 소리가 들리자 관운장이 슬쩍 뒤를 돌아다보았다. 장요가 말을 급히 몰아서 쫓아오고 있지 않은가. 관운장은 어쩔 수 없이 적토마를 멈추고 청룡도를 한편에 세웠다.

"문원! 공은 나를 도로 데려가려고 여기까지 쫓아온 것이오?"

"천만에. 승상께서 관장군이 떠나셨다는 것을 아시고, 선물이라도 드려야겠다 하시며, 나더러 먼저 가라고 파견하셨기 때문에 달려온 것이지, 아무런 다른 뜻은 없소."

"조승상이 아무리 힘이 센 장수들을 내보낸다 할지라도 나는 목숨이 붙어 있는 한 싸워 볼 것이니까……."

이렇게 강경한 태도를 보이며, 관운장이 말을 다리 위에 멈추고 멀리 바라보자니, 과연 조조가 수십 기를 거느리고 달려오는 것이 보였다. 뒤를 따르고 있는 것은 허저 · 서황 · 우금 · 이전 등 쟁쟁한 장수들이었다.

조조가 관운장 앞에 당도하더니 여러 장수들에게 옆으로 비켜서 있으라고 명령했다. 여러 장수들이 무기를 손에 들고 있지 않은 것을 보고야 관운장도 긴장한 표정이 풀어졌다.

"관장군! 어찌된 일이오? 이렇게 돌연 떠나가시다니?"

"평소에도 승상께 양해를 얻고 있던 일이었지만, 옛 주인이 하북 땅에 있다는 소식을 알게 되어서, 실례인 줄을 알면서도 졸필을 몇 자 남겨 놓고 길을 급히 서두르게 된 것입니다. 모든 금품과 관인은 승상께 도로 올렸으니, 애당초의 언약을 생각해 주시기 바랍니다."

"천하의 신망을 얻고자 하는 내가 남과의 언약을 이행하지 않을 리 있겠소? 단지 장군이 도중에 고생이나 되지 않을까 해서 얼마간의 노자라도 보태 쓰시라 하고 싶어서……."

조조의 말이 떨어지기가 무섭게 대장 한 사람이 황금을 쟁반에 받쳐서 앞으로 내놓았다.

"여러번 주신 물건만 해도 몸에 벅찰 지경이오니 이것은 간직해 두셨다가 장병들에게 상품으로나 쓰시기 바랍니다."

"관장군이 세운 큰 공로에 비하면, 이게 무슨 대단한 물건이겠소만, 섭섭히 생각지 마시고 받아 주시오."

"천만에, 나의 공로라는 것은 거듭 말씀드리기도 부끄러운 일들 뿐입니다."

조조는 웃으면서 말을 계속했다.

"천하의 의사(義士)인 관장군을 잡아 두지 못했다는 것은 나에게 그런 운이 없는 일이니 유감 천만이오. 어쨌든 이 비단 전포는 나의 미약한 성의로 알고 받아 주시오."

대장 한 사람에게 명령하여, 말을 내려서 그것을 관운장에게 바치도록 했다.

관운장은 조조의 마음속을 알 수 없어서, 말에서 내리지도 않고 청룡도 끝으로 그 전포를 훌쩍 받아서 몸에 걸치며 간단한 인사말을 했다.

"주시는 것이니 고맙게 받겠습니다. 나중에 다시 뵐 기회가 있을 겁니다!"

하면서 말머리를 돌려서 다리를 건너 북쪽으로 사라져 갔다.

"흠! 무례한 놈! 왜 당장에 붙잡아 버리지 않으십니까?"

허저가 투덜거리는 것을 조조가 말렸다.

"그는 단기이고, 우리는 수십 기이니, 의심스러워하는 것은 당연한 일이지. 쫓아가서는 안 되오. 일단 언약한 일이니까."

이리하여 조조는 일행을 거느리고 성 안으로 돌아갔는데, 두고두고 관운장을 생각하고 서운해했다.

그날 해가 저물 무렵 관운장 일행은 어느 집 문앞에 당도하여 하루의 잠자리를 청했더니, 머리도 수염도 하얗게 센 주인이 나와서 맞으면서 물었다.

"장군의 성함은?"

"나는 유현덕장군의 아우 관운장입니다."

"그러면 안량 · 문추를 참수하신 관장군이시오?"

"그렇습니다."

노인은 크게 기뻐하며 안으로 맞아들였다.

"수레 속에 또 부인 두 분이 계십니다."

관운장의 말을 듣더니 노인은 자기 아내를 내보내서 영접하게 했다. 두 형수가 초당으로 들어오자 관운장은 두 손을 맞잡고 그 옆에 섰다.

노인이 관운장에게 앉으라고 권했더니 관운장이 말했다.

"형수님들이 계신 자리에서 그렇게 할 수는 없습니다."

그제서야 노인은 자기 아내를 시켜서 두 부인을 안으로 모시고 들어가서 대접하게 하고 자기는 관운장을 대접했다. 관운장이 노인의 성명을 물었더니 노인이 대답했다.

"나는 성이 호(胡), 이름 화(華)라고 하오. 환제(桓帝) 때 의랑(議郞)을 지낸 일도 있소만, 그 뒤에 벼슬자리를 버리고 이렇게 시골 구석에 틀어 박히게 되었소. 지금 아들 호반(胡班)이란 녀석이 영양(榮陽) 태수 왕식(王植) 밑에서 일을 보고 있는데, 장군께서 만일 그 근처를 지나가시게 되거든 아들놈에게 편지나 한 장 전해 주실 수 없겠소?"

관운장은 쾌히 승낙했다.

이튿날 아침 식사가 끝난 다음, 두 형수를 수레에 태우고 호반에게 전하라는 편지를 받아 넣고 노인과 작별한 뒤 낙양으로 길을 떠났다.

얼마 안 가서 동령관(東嶺關)에 도착했다. 관을 지키는 대장은 공수(孔秀)라고 하며 병사 5백 명을 거느리고 이 고개를 지키고 있었다.

공수는 관문 밖에까지 나와서 관운장을 영접했다. 관운장이 말을 내려서 인사를 하니 공수가 물었다.

"장군께서는 어디로 가십니까?"

"조승상께 틈을 얻어서 하북 땅으로 형님을 찾아 가는 길이오."

"하북의 원소는 지금 조승상을 적대시하고 있는 자인데, 그리로 가신다면 승상의 증명서라도 가지셨나요?"

"급히 길을 서둘러 떠나오느라고 받지를 못했소."

"증명서가 없으시다면, 사람을 조승상께 보내서 승낙을 얻은 다음에야 통과하시도록 하겠습니다."

"그럴 때까지 기다릴 수 없소."

"천하의 법도인지라, 어쩔 도리가 없습니다."

"그러면 관을 통과시키지 않겠다는 거요?"

"기어이 통과하시겠다면 데리고 가시는 부하들을 인질로 맡겨 두십시오."

관공이 격분해서 청룡도를 휘두르며 공수에게 덤벼들었더니, 공수는 관문 안으로 도망쳐 들어가서 북을 두들겨 병사들을 소집했다.

그리고 무장을 든든히 하고 말 위에 올라 관문 밖으로 버티고 나서면서,

"통과할 수 있으면 통과해 보시오!"

하고 호통을 쳤다.

관운장은 수레를 뒤로 물려 놓고 청룡도를 단단히 움켜잡은

다음, 공수의 목을 베려고 달려드니, 공수도 창을 휘두르며 대항했다. 그러나 두 말이 맞부딪고 청룡도가 한번 번쩍 하는 순간에, 벌써 공수의 시체는 말굽 아래 나뒹굴고 말았다.

"군사들은 도주할 것은 없소! 공수는 나의 목숨을 빼앗으려 하는지라 부득이 목을 벤 것이오. 겁낼 것 없이 조승상께 돌아가서 이 뜻을 전달해 주시오."

이 말을 듣자 군사들은 모두 말 앞에 꿇어 엎드려 관운장에게 절했다.

관운장이 수레를 거느리고 낙양으로 들어오고 있다는 소식이 낙양 태수 한복(韓福)에게도 전달되었다. 한복은 여러 장수들을 소집해 놓고 대책을 협의했다. 아장(牙將) 맹탄(孟坦)이 말했다.

"승상의 증명서가 없다면 밀행(密行)이 틀림없습니다. 그대로 통과시킨다면 죄를 면하기 어려울 것입니다."

"관운장은 안량과 문추의 목을 벤 맹장이고 보니 정면으로 충돌할 수도 없고, 계책을 써서 붙잡아야만 될 것이오."

"나에게 한 가지 계책이 있습니다. 우선 녹각(鹿角)으로 관구(關口)를 막아 놓고, 그가 나타나면 내가 군사를 거느리고 쳐나갔다가 싸움에 패하는 체하고 유인해 들일 것이니, 공께서 숨어 계시다가 활로 쏘아서 잡도록 하십시오. 말에서 떨어지는 것을 산채로 잡아서 허도로 보낸다면 두둑하게 상을 내리실 겁니다."

이렇게 대책이 결정되자, 관운장의 일행이 도착했다는 통지가 날아들었다.

한복이 활과 화살을 몸에 지니고 군사 1천을 관문 앞에 늘어 세워 놓고 호통을 쳤다.

"뭣하는 사람들이냐?"

관운장은 말 위에서 상반신을 굽혔다.

"한수정후 관운장이오. 통과시켜 주시기 바라오."

"조승상의 증명서는?"

"길을 급히 서둘러 떠나오느라고 몸에 지니지 못했소."

"나는 승상의 명령을 받들고 이 관문을 지키는 바요. 증명서가 없는 사람은 누구를 막론하고 통과시킬 수 없소."

관운장은 격분했다.

"동령의 공수가 내 손에 목이 달아난 것을 아직 모르는가? 그대도 그렇게 죽고 싶단 말인가?"

"누구든지 저놈을 잡아라!"

한복의 호령 소리를 듣고, 맹탄이 말을 달려 두 자루의 칼을 휘두르며 관운장에게 덤벼 들었다. 관운장은 수레를 뒤로 물려 놓고 그와 대결하다가, 3합도 못 싸워서 맹탄이 뺑소니를 치니 곧 뒤를 쫓았다.

맹탄은 제딴에는 관운장을 성 안으로 유인해 들이려고 잔꾀를 부렸지만, 관운장의 적토마의 빠른 걸음 앞에는 옴쭉할 수도 없었다. 관운장이 당장에 뒤를 추격하여, 단지 한번 청룡도를 번쩍

휘둘러 맹탄의 몸뚱이를 두 동강 내 버리고 말았다.

관운장이 말머리를 돌려서 돌아서는 찰나에 한복이 관문 뒤에 숨어 있다가 활을 힘껏 잡아당겨 쏘니 화살이 보기 좋게 관운장의 왼쪽 어깨에 꽂혔다.

관운장, 얼른 입으로 화살을 물어서 뽑아 버리고 흘러나오는 피도 아랑곳 하지 않은 채 말을 달려 한복에게 덤벼드니 한복의 군사는 우수수 흩어졌다. 한복은 도망칠 겨를도 없이 관운장의 청룡도를 머리에서 어깨로 받고 말 위에서 나뒹굴어 떨어지고 말았다. 이리하여 관운장은 군사를 쫓아 버리고 무사히 관문을 통과할 수 있었다.

관운장은 헝겊을 찢어서 화살의 상처를 잡아매고는 도중에서 시끄러움을 피하기 위해서 그곳에 머무르지 않고 곧장 밤길을 달려서 기수관(沂水關)까지 왔다. 이 관문을 지키고 있는 대장은 병주(幷州) 사람 변희(卞喜)인데, 유성추(流星鎚一飛鎚)를 잘 쓰기로 유명한 인물이었다. 본래는 황건적의 잔당으로서 조조의 부하가 된 다음부터 이 관문을 맡아서 지키게 되었다.

관운장이 머지않아 지나가게 되리라는 소식을 알자, 관문 앞에 있는 진국사(鎭國寺)에 도부수(刀斧手) 2백여 명을 매복시켜 두고 관운장을 이 절간으로 유인해 놓고 술잔을 들게 되는 것을 신호로 목을 베어 죽여 버리자는 흉계를 꾸몄다.

그는 만반 준비를 다 차려 놓고 관문에 나와서 관운장을 맞이했다. 관운장이 변희가 영접하는 것을 보고 말을 내려 인사를 했더니 변희가 말했다.

"장군의 명성은 평소부터 잘 듣자왔습니다만, 이번에 유황숙을 찾아 돌아가신다 하오니, 세상에 드무신 충의의 정신, 실로 감탄하여 마지않습니다."

관운장이 한복 · 공수의 목을 베게 된 경과를 이야기해 주었더니 변희가,

"그것은 당연한 처사이십니다. 조승상께는 내가 장군을 대신하여 품달하겠습니다."

하는지라, 관운장은 자못 기뻐하면서 말고삐를 나란히 하고 기수관을 지나 진국사 앞에서 말을 내렸다.

중들은 종을 치며 나와서 영접했다.

본래 이 진국사는 명제(明帝)의 어전향화원(御前香火院)으로서 30여 명의 중이 있었는데, 그 중 한 사람이 관운장과 동향 사람으로 법명을 보정(普淨)이라고 했다. 보정은 그때 변희의 흉계를 이미 알아챘기 때문에, 관운장 앞에 나와서 이렇게 말했다.

"장군께서는 포동(蒲東)을 떠나신 지 몇 해나 되십니까?"

"벌써 20년이나 되오."

"소승을 아직도 기억하십니까?"

"고향을 떠난 지 오래 돼서 잘 생각나지 않소."

"소승의 집은 장군댁과 강 하나를 사이에 두고 있었습니다."

변희는 보정이 옛날이 그리운 듯이 감개 무량하게 이야기하고 있는 것을 보자, 비밀이 탄로날까 겁이 나서 대뜸 꾸지람을 했다.

"연석도 다 준비되어 장군을 모시려는 판인데, 그대는 화상(和尙)의 몸으로 무슨 잔소리가 그리 많은가?"

"천만에, 오래간만에 동향 사람끼리 만나서 어찌 옛 이야기도 못하겠소?"

운장이 이렇게 말하자, 보정은 차를 한 잔 대접하고 싶으니 승방에 가자고 했다. 그러나 관운장이,

"먼저, 수레 안에 계신 부인들께 대접해 주시오."

하는지라, 사람을 시켜서 차를 부인들에게 내보낸 다음, 다시 관운장을 승방으로 안내했다. 그리고 손으로 자기 허리에 찬 계도(戒刀)를 가리키며 눈짓을 찡긋해서 관운장에게 암시를 주었다. 관운장은 얼른 깨닫고 좌우 사람들에게 청룡도를 들고 들어와서 곁을 떠나지 말고 있도록 명령했다.

얼마 있다가 변희가 관운장을 법당 연석으로 청해 들이니, 관운장은 서슴지 않고 이렇게 물었다.

"변공께서 나를 청해 주신 것은 진심에서요, 그렇지 않으면 다른 생각이 있어서 하시는 거요?"

변희의 대답을 기다릴 겨를도 없이 관운장은 벌써 휘장 뒤에 도부수들이 대기하고 있는 것을 재빨리 알아채고 호통을 쳤다.

"이놈, 호인인 줄 알았더니 이게 무슨 짓이냐?"

"자아! 일제히 덤벼라!"

변희도 일이 탄로났음을 깨닫고는 대뜸 이렇게 호령을 했다. 그러나 덤벼드는 몇 명의 병사들쯤이 관운장에게는 문제가 아니었다. 한 명 두 명 순식간에 모조리 청룡도 칼에 거꾸러지고 마니, 변희는 법당에서 뛰쳐나와 회랑으로 달아나는 것이었다. 이에 청룡도를 움켜잡은 채 관운장이 쫓아가니 변희는 그의 유일한 무기 비추(飛鎚)를 던지며 대항했지만, 결국은 관운장의 청룡도를 맞고 몸뚱이가 한 번에 양단되는 운명을 피할 길이 없었다.

관운장은 두 형수들이 걱정되어서 단숨에 달려갔다. 무수한 병사들이 포위하고 있었지만 한번 관운장의 얼굴을 보자 질겁을 해서 흩어져 버렸다.

변희의 무리들을 물리쳐 버리고 나서 보정에게 생명을 건지게 된 은혜에 사례했더니 보정이 작별을 고했다.

"소승도 여기 더 오래 있을 수 없으니 의발(衣鉢)을 싸 가지고 다른 고장으로 떠나겠습니다. 언제고 또다시 만나 뵐 기회가 있을 것이오니 장군께서도 부디 몸조심하십시오!"

두 형수를 태운 수레를 호위하면서 관운장은 영양(榮陽) 땅에 도착했다. 영양에는 태수 왕식(王植)이란 자가 있었는데, 한복과 일맥상통하는 사이라서 한복이 관운장에게 목숨을 빼앗겼다는 사실을 알고 이 기회에 죽여 버리겠다는 흉계를 세우고 일부러 관문까지 나와 영접해 들이고 일행을 성 안에서 하룻밤 쉬어 가도록 했다.

왕식은 아무도 모르게 자기의 종사(從事)인 호반을 불러서 명령했다. 관운장은 승상을 배반하고 달아나는 나쁜 놈이니까, 그 날밤에 1천 명의 군사를 풀어서 객사(客舍)를 포위하게 하고, 모조리 횃불을 손에 들고 밤 3경이 되거든 일제히 불을 지르게 하면, 왕식 자신은 군사를 거느리고 뒤에 숨어 있다가 관운장을 처치해 버리겠다는 지령이었다.

호반이란 자는 이런 명령을 받고 당장에 군사를 정비하는 한편, 마른 나무에 불을 붙일 만반 준비를 갖추고 시간이 되기만 기다리고 있었다.

'관운장이란 사나이는 전부터 이름은 들어서 잘 아는데 도대체 어떻게 생긴 위인일까?'

호반은 이런 생각을 하고 객사 안으로 들어가서 그곳의 역리(驛吏)에게 물어 보았다.

"관운장은 어디 있소?"

"정청(正廳)에서 책을 보고 계시는 이가 바로 그분이오."

발소리를 죽이고 살금살금 가까이 가 본즉, 관운장이 수염을 쓰다듬으며 등잔불 밑에서 책상을 의지하여 책을 보고 있었다.

그 모습을 보고 호반은 자기도 모르게,

"아! 과연 소문과 틀림없는 분이었구나!"

하고 감탄하다가 그만 소리를 내고 말았다. 관운장이 그를 불러들여서 알아보니 그는 바로 허도성 밖에 사는 호화(胡華)의 아들인지라, 짐짝 속에서 그의 부친에게서 부탁받은 편지를 꺼내 주었다.

호반은 깜짝 놀라 관운장 앞에 꿇어 엎드리며, 자기의 잘못을 뉘우치고 왕식의 흉계를 낱낱이 관운장에게 알려 주었다.

"장군, 시급히 채비를 차리시고 빨리 이곳을 떠나십시오!"

관운장도 깜짝 놀랐다. 벌떡 몸을 일으켜 갑옷을 입고 청룡도를 손에 잡자 두 형수를 수레에 태우고 말 위에 올랐다. 객사 문밖을 나서니 과연 수많은 병사들이 횃불을 밝히고 대기하고 있는 것이었다.

성문으로 달려가니 문은 벌써 열려 있었다.

일행을 급히 몰아서 성 밖까지 피해 나오자, 호반은 되돌아가서 객사에다 불을 질렀다.

관운장이 몇 리 길을 채 가지 못했을 때, 뒤에서 횃불이 밝게 비치더니 수많은 인마들이 추격해 오면서, 그 선두에는 왕식이 버티고 서 있었다.

"관운장, 옴쭉 말고 게 있거라!"

제법 큰 목소리로 호령을 했다. 관운장이 말을 멈추고 껄껄 웃으며 태연자약했다.

"필부! 나는 그대에게 아무런 원한을 맺은 일도 없다! 어째서 나를 불에 태워 죽이려 했느냐?"

추상같은 음성을 듣자, 왕식이 말을 달려 창을 휘두르며 덤벼들었다. 그러나 관운장의 청룡도가 한번 번쩍하는 순간에, 그의 몸뚱이가 두 동강에 끊어져 버리니, 모두 눈을 뒤집고 뿔뿔이 흩어져 버렸다.

관운장은 다시 일행을 거느리고 길을 떠났는데 가는 도중 내내 호반의 생각으로 머릿속이 꽉 찼다.

관운장이 활주(滑州)의 경계지대에 다다랐을 때, 그 소식을 알고 유연이 수십 기를 거느리고 성 밖에까지 나와서 영접했다.

유연이란 먼젓번에 원소가 조조를 토벌하러 떠났다는 정보를 알려 주어서 관운장이 안량과 문추의 목을 베어, 위급한 때를 면하게 해준 인물이었다.

황하의 건널목에는 하후돈의 부장 진기(秦琪)가 방비하고 있어서 관운장을 좀처럼 통과시키지 않을 것이라고 유연이 말하는 것이었다.

그래서 관운장은 유연에게 배를 좀 빌려 달라고 했으나, 하후돈을 두려워하여 거절하는 것이었다.

관운장은 졸장부 유연을 쓸모 없는 위인이라 그 이상 상대도 하지 않고 그대로 앞으로 나갔다.

황하의 건널목에 다다랐을 때, 진기가 군사를 거느리고 앞을 가로막았다.

"거기 오는 사람은 누구요?"

"한수정후 관운장이오."

"어디로 가시는 길이오?"

"하북 땅으로 형님 유현덕을 찾아서 가는 길이오. 좀 건네 주시오."

"조승상의 증명서는?"

"나는 조승상의 지시를 받는 사람이 아니오. 증명서 같은 것은 없소."

"나는 하후돈장군의 명령으로 이 관문을 방비하고 있으니까, 함부로 통과시킬 수는 없소."

"뭣이라고! 내가 여기까지 오는 도중에 몇 놈의 목을 한칼로 베어 버린 사실을 모른다는 거냐? 네놈은 안량이나 문추보다도 더 세다는 거냐?"

이 말을 듣고 진기도 대로하여 긴 칼을 휘두르며 관운장에게 덤벼들었으나 어찌 적수가 될 수 있으랴. 관운장의 청룡도가 한 번 번쩍하고 시퍼런 광채를 눈부시게 발하는 순간, 진기의 목은 허공으로 날아가 버리지 않을 수 없었다. 관운장이 지나온 관문은 이미 다섯 군데. 목을 벤 대장이 여섯 사람.

병사들이 강기슭에 대 주는 배를 집어타고 관운장은 황하를 건너서 원소의 영토 안으로 들어섰다. 앞으로 나가고 있을 때 홀연 뒤에서,

"관장군, 잠깐만!"

하는 소리가 들렸다. 고개를 돌이켜보니 뜻밖에도 손건이었다. 손건은 이미 유현덕과 타협이 되어서 하북 땅에서 함께 탈출할 작정으로, 유현덕은 유벽(劉辟)을 만나러 이미 여남(汝南)으로 갔다는 것이다. 손건은 관운장이 원소에게로 오다가 도중에 봉변이라도 당할까 걱정해서 영접을 나온 것이니, 곧장 여남으로 가서 유현덕을 만나라는 것이었다.

관운장이 손건의 말대로 방향을 바꾸어서 곧장 여남을 향해서 길을 가고 있을 때, 일대의 군사가 뒤쫓아오며 선수에서 하후돈이 호통을 쳤다.

"관운장, 옴쭉 말고 게 있거라!"

이야말로 관문을 가로막던 여섯 장수가 보람없는 죽음을 했는데, 또다른 군사들이 길을 막고 싸움을 걸려는 판이다.

# 28.
# 다시 만나는 기쁨

하북에서는 영웅이 떠나고,
강동에서는 호걸이 나타나고!

斬蔡陽兄弟釋疑
會古城主臣聚義

하후돈이 3백여 기(騎)를 거느리고 관운장의 뒤를 쫓아온 것이었다. 손건을 시켜서 두 형수들의 수레를 호위하고 앞으로 나가도록 해놓고, 관운장은 청룡도 끝을 하후돈의 턱 밑으로 들이댔다.

"그대가 나를 추격해 오다니, 조승상이 모처럼 베푸신 호의를 무시하겠다는 건가?"

"조승상에게서는 아무런 연락도 없었다. 네놈은 도중에서 여러 사람을 죽이고 또 나의 부장의 목까지 베었다니 괘씸하기 짝이 없다. 꽁꽁 묶어 가지고 가서 조승상의 처분을 바라겠다."

하후돈이 말을 몰고 창을 휘두르며 덤벼들자, 관운장도 이에 응하여 10여 합이나 싸웠다. 이렇게 싸우는 동안에 조조에게서 보낸 사람이 둘씩이나 달려들어서, 관운장의 앞길을 방해하지 말라는 공문을 내보이며 하후돈을 말렸지만, 그는 끝내 자기 고집대로 관운장을 잡아 가지고 조조에게로 가겠다 하며 치열한 육박전을 전개했다.

이때 또 말을 몰고 달려드는 무사 한 사람이 있었다.

"두 분 싸움을 중지하시오!"

그는 장요였다.

조조가, 관운장이 도중에서 관문의 대장들의 목을 베었다는 소식을 알고 장요를 파견하여 그가 가는 길을 가로막지 말라는 명령을 전달하러 왔다는 것이었다.

이런 사정을 설명해 주어도 하후돈은 관운장에게,

"목이 달아난 진기는 채양의 조카로서, 잘 살펴 달라고 부탁을 받았으니 원수를 갚아야겠다."

고 고집을 부렸다. 그러나

"승상께서 도량을 보이시고 관장군을 떠나 보내셨는데, 공께서 그 뜻에 배반하시겠단 말씀이오?"

하고 장요가 호통을 치는 바람에 하후돈도 어쩔 수 없이 군사를 거느리고 물러갔다.

유현덕이 원소의 곁에 있지 않은지라, 그를 찾아서 정처없이 천하를 두루두루 찾으러 간다는 관운장의 말을 듣고 장요는 일단 조조에게로 되돌아가자고 권고했다.

"그렇게는 할 수 없소. 공께서 돌아가셔서 조승상께 잘 말씀드려 주시오."

하면서 관운장은 씽끗 웃고 장요와 작별을 했으며, 장요는 하후돈과 함께 군사를 몰고 되돌아갔다.

관운장은 수레의 행렬을 쫓아가서 이런 뜻을 손건에게도 알려주고 다시 말고삐를 나란히 하고 앞으로 나갔다. 또 며칠 동안을 가다가 별안간 큰비가 줄기차게 쏟아져서 몸이 흠뻑 젖게 되었다. 이때 다행히 멀리 언덕 아래 인가가 눈에 띄어 그곳으로 찾아가 하룻밤의 잠자리를 청했다. 그곳은 곽상(郭常)이라는 노인의 집이었다.

이 노인은 대대로 이 고장에 살고 있으며 평소부터 관운장의 소문을 듣고 존경하여 마지않았는데 우연히 만나 보게 되어서 기쁘다면서 양을 잡고 술을 마련해서 후히 대접해 주었다.

노인에게는 아들이 하나 있었는데, 농사나 하고 학문이나 하던 이 집안을 계승할 생각은 없이, 하고 많은 날 사냥에만 정신을 쏟고 있었다.

그날밤, 관운장이 손건과 함께 하룻밤을 쉬어서 가려고 잠자리에 들어 있을 때, 난데없이 뒤뜰에서 말이 울부짖고 사람들이 떠들썩하는 시끄러운 소리가 들려왔다. 급히 종인(從人)을 불러보아도 통 대답이 없었다.

관운장과 손건이 칼을 집어들고 밖으로 뛰어나와 봤더니, 주인 곽상의 아들이 땅에 엎드려 소리를 지르며 발버둥질을 치고 있으며, 관운장의 종인이 집안 사람들과 옥신각신하고 있는 것이었다.

관운장의 종인의 말했다.

"이놈이 적토마를 훔치려고 하다가 말한테 채여서 쓰러졌습니다. 이상한 소리가 들리기에 달려왔더니 이분들도 덤벼든 것입니다."

곽상 부부는 여간 죄송해하지 않았다. 관운장은 그들 부부의 체면을 봐서 아들을 그냥 용서해 주었다.

이튿날 관운장은 하룻밤을 재워주어서 고맙다 인사하고 손건과 같이 두 형수의 수레를 호위하고 다시 산길로 접어들었다.

다시 30리 길도 채 못 갔을 때, 산속 으슥한 곳에서부터 백여 명이나 되는 장정들이 몰려 나왔다. 선두에 선 두 사람은 말을 타고 있었는데, 그 중의 하나가 바로 곽상의 아들이었다.

머리에 누런 수건을 휘감은 장정이 말을 꺼냈다.

"나는 천공장군(天公將軍) 장각(張角)의 부하로 있던 사람이다! 거기 가는 자, 목숨이 아까우면 적토마를 내놓고 가거라!"

이 말을 들은 관운장은 하도 어처구니가 없어서 껄껄대고 웃었다.

"이 철딱서니 없는 놈아! 네놈이 장각의 밑에서 못된 짓을 하고 있던 놈이라면 유현덕 · 관운장 · 장비 3형제쯤은 알고 있을 텐데?"

"나는 얼굴이 붉고 수염이 긴 관운장이란 말만 들었지, 아직 한 번도 본 일은 없다. 그런 소리를 하는 네놈은 누구냐?"

관운장은 말을 멈추고 청룡도를 옆구리에 끼고 주머니를 풀어서 긴 수염을 보여 주었다. 그 사나이는 말 위에서 굴러 떨어지더니 곽상의 아들의 뒷머리를 움켜쥐고 관운장의 앞으로 내세우면서 부들부들 떨었다.

그는 성명이 배원소(裵元紹).

장각이 황건적 노릇을 하다가 죽은 뒤에는 섬길 만한 두목도 없고 해서, 산적들 틈에 끼여서 이곳에 숨어 있던 중, 적토마를 훔쳐내자는 곽상 아들의 유혹을 받고 영문도 모르고 여기까지 내달아온 것이었다.

곽상의 아들도 그가 관운장인 줄 알자, 꿇어 엎드려서 목숨만 살려 달라고 애원하는 바람에, 그의 아버지를 생각하고 놓아 보냈다.

관운장이 다시 배원소에게 알아본즉, 30리쯤 떨어진 곳에 와우산(臥牛山)이란 산이 있는데, 거기 주창(周倉)이라는 관서(關西) 사나이는, 천 근이나 되는 물건이라도 거뜬히 집어드는 장사라는 것이었다. 그가 황건적 장보(張寶)의 밑에서 부하 노릇을 하고 있었을 적에 관운장의 놀라운 명성을 듣고 탄복했는데, 한 번도 만나 볼 기회가 없었다는 것이었다.

"산적이란 호걸이 하는 짓은 아니다. 그대도 이제부터는 정업(正業)을 가지고 몸을 스스로 망치는 짓은 하지 마라!"

배원소가 감격해서 꿇어 엎드리려고 하는데 일대의 인마가 달려오는 것이 보였다.

선두에 서 있는 것은 바로 주창이었다. 주창은 관운장을 보자 놀라움과 기쁨에 어쩔 줄 몰라했다.

"예전에 황건적 장보의 수하에 있을 때, 존안을 뵌 일이 있었지만, 적도(賊徒)의 틈에 끼여서 장군 곁으로 달려갈 수도 없었습니다. 이번 기회에 보졸 노릇이라도 시켜 주시고 곁에 따르게 해 주시면 목숨이 붙어 있는 날까지 받들어 모시겠습니다."

주창이 이렇게 말하니 그의 여러 부하들도 관운장을 따르겠다는 것이었다. 이 점에 대해서 두 형수들과 상의했지만, 여태까지 단기로 오다가 군사를 거느리고 간다는 것도 합당치 않다는 형수들의 의견을 존중하여, 관운장은 주창 하나만을 데리고 가기로 하고 배원소와 그의 병졸들은 돌려보냈다. 배원소도 몹시 동행하고 싶어했지만, 주창이 우선 부하들을 영솔하고 때를 기다리고 있으면 자기가 관장군을 따라가서 거처가 작정되는 대로 데리러 오겠다고 달래서 돌려 보냈다.

주창을 데리고 여남 방면으로 직행하는 도중에, 관운장은 고

성(古城)이란 곳에 다다랐는데, 여기서 자나깨나 잊지 못하고 있던 아우 장비의 소식을 알게 되었다.

장비는 망탕산(芒碭山) 속에 한 달이나 숨어 있었는데, 유현덕의 소식을 알려고 산 속에서 나왔다가 고성 땅을 지나가게 되어 군량을 얻으려고 성 안으로 들어섰다. 그러나 현령에게 거절을 당하자, 화가 나서 현령의 관인(官印)을 빼앗고 성까지 수중에 넣은 다음 우선 이곳에 자리잡고 있는 판이었다.

그날, 손건은 관운장의 명령을 받고 성 안에 들어갔다가 장비를 만나 관운장의 소식을 전했더니, 장비는 대답도 하지 않고 선뜻 갑옷을 입고 사모(蛇矛)를 손에 움켜 잡더니 천여 명이나 되는 부하를 거느리고 북문으로 달려나갔다.

손건은 장비의 당황한 태도에 기가 막혔으나 어쩔 수 없이 그대로 뒤를 쫓아서 성 밖으로 나왔다.

관운장은 장비가 멀리서 달려오는 것을 보자, 청룡도를 주창에게 들리고 말을 달려 나가서 영접했다.

장비는 둥그런 눈을 크게 부릅뜨고 호랑이 수염을 뻗치고서 벽력같은 소리를 지르며 사모 끝을 관운장에게 대고 찌르려 덤볐다.

"아우, 이게 무슨 짓인가? 도원에서 했던 맹세를 잊어버렸나?"

"뭐라고? 의리를 모르는 위인이 무슨 낯짝을 들고 여길 왔단 말인가?"

"내가 의리를 모르다니?"

"형님한테 배반하고 조조에게 몸을 의지하고 있으면서 이번에는 나까지 유인하려고 온 거요? 자! 덤벼요! 사생결단을 합시다."

두 부인들이 옥신각신하는 소리를 듣고 수레 속에서 발을 쳐들고 관운장의 난처했던 입장을 극력 변명해 주었지만 장비는 막무가내. 이때 뒤쫓아온 손건도 오해를 풀도록 권고했으나 장비는 점점 더 격분해서 호통을 치는 것이었다.

"네놈까지 나를 속이려 드느냐? 다른 생각이 있어서 나를 잡으러 온 것이 분명하다!"

"공을 잡으러 왔으면 군사를 거느리고 왔을 게 아니오?"

이 말을 들은 장비, 선뜻 손가락으로 가리켰다.

"저기 오는 것은 군사가 아니고 뭐냐?"

관운장이 훌쩍 돌이켜 보니 과연 사진(砂塵)을 휘몰아치며 일대의 인마가 달려들고 있었다. 앞에서 휘날리는 깃발은 분명 조조의 군사였다.

장비는 또 호통을 쳤다.

"이런데도 시치미를 떼고 아니라고 할 작정인가?"

다짜고짜로 1장 8척의 사모를 휘두르며 관운장을 찌르려고 덤벼들었다.

"이 사람, 아우 가만있게! 내가 달려온 대장의 목을 베어서 내 진심을 알리도록 함세."

"좋소! 만약에 진심이 있다면, 내가 여기서 북을 세 통(通) 치는 동안에 당장에 저 장수의 목을 베어 오시오!"

관운장은 그렇게 하기로 승낙했다. 조조의 군사의 선두에서 덤벼든 것은 바로 채양이었다.

둥, 둥, 둥.

장비는 친히 북을 치고 있었다. 다만 마지막 한 통의 북소리가 채 가시기 전의 아슬아슬한 찰나에, 관운장의 청룡도는 번쩍하고 새파란 광채를 발했다. 채양의 목이 날아서 땅 위에 나뒹굴고 병사들은 우수수 흩어져서 도망쳤다.

나중에 병졸들을 붙잡고 어찌된 사정 이냐고 물어 봤더니, 채양은 관운장이 자기 조카를 죽인데 격분해서 하북으로 달려가서 싸우겠다고 하는지라, 조조가 그 말을 듣지 않고, 하남으로 가서 유벽(劉辟)이나 공격하라고 했는데, 뜻밖에도 여기서 관운장과 맞닥뜨리게 됐다는 것이었다.

관운장이 그 말을 듣고, 그 병졸을 시켜서 이런 사실을 장비에게도 알리라고 했더니, 그 병졸은 관운장이 허도에서 지내던 일까지 자초지종을 일일이 이야기했다. 그제야 장비도 관운장에 대한 의심이 깨끗이 풀리게 됐다.

이때 갑자기 성 안에 있는 병사가 통지를 했다. 남문을 향해서 10여 기의 인마가 달려오고 있는데, 정체를 모를 인물들이라는 것이었다.

장비가 이상하게 여기고 남문 밖으로 나가서 보니 과연 10여 기가 이편으로 달려오고 있는데 이윽고 장비를 보더니 말에서 급히 내리는 두 사람이 있었다. 그것은 바로 미축(縻竺)과 미방(縻芳)이었다. 그들은 어제 우연히 어떤 장돌뱅이 장사꾼한테서, 풍채가 이러저러하게 생긴 장모라는 장군이 고성을 점령했다는 소문을 듣고, 이는 장비가 틀림없으리라는 생각으로 달려온 길이었다.

미축 · 미방은 기뻐서 어쩔 줄 모르며 관운장을 대면하고 나서 두 부인에게도 인사를 드렸다. 그제야 장비는 두 부인을 성 안으로 영접해서 아문(衙門) 안에 자리잡도록 했다.

두 부인이 관운장의 그동안 겪은 일을 샅샅이 이야기해 주었더니, 장비는 그제야 소리를 내어서 엉엉 울며 관운장의 앞에 꿇어앉았다. 미축 형제들도 감격의 눈물을 금치 못했으며 장비도 그동안 자기가 지낸 일들을 이야기하면서 성대한 축하연을 베풀었다.

이튿날, 장비는 관운장과 함께 여남으로 가서 유현덕을 만나보자고 했으나 관운장이 말렸다.

장비가 형수들을 모시고 잠시 이 성 안에 있어 주면 자기는 손건과 먼저 가서 형의 소식을 알아 가지고 오마고 했다.

관운장이 몇 기를 거느리고 여남으로 달려갔더니 유벽과 공도가 나와서 영접했다. 유현덕의 소식을 물어 보자, 얼마 동안 그곳에 머물러 있었으나 군사가 너무 부족해서 다시 하북에 있는 원소에게 상의하러 갔다는 것이었다. 관운장의 얼굴은 침울해지지 않을 수 없었다. 손건이 위로를 해주었다.

손건은 낙담할 것 없이, 다시 한번 하북으로 되돌아가서 유현덕에게 이런 사정을 알려서 고성으로 맞아 들이자는 생각이었다.

관운장이 손건의 말에 찬동하고 유벽 · 공도와 작별한 다음, 고성으로 돌아와 장비에게 이야기했더니 장비도 함께 따라가겠다고 하는 것을 관운장이 말렸다. 이제 그들이 마음 놓고 자리잡고 앉을 수 있는 곳은 이 고성 한 군데밖에 없었기 때문에, 관운장은 경솔히 버릴 수 없다는 점을 장비에게 역설해서, 단단히 지키고 있도록 당부했다.

관운장은 주창을 불러서 아직도 와우산에 남아 있는 병졸 4, 5백 명을 거느리고 자기가 지나가는 도중에서 대기하고 있으라고 명령했다.

관운장과 손건은 불과 20여 기를 거느리고 하북으로 향했다. 국경지대까지 왔을 때, 손건은 관운장이 경솔히 나서는 것이 불리하다 생각하고, 자기 혼자서 먼저 유현덕을 찾아가 만나 보겠다고 떠나갔다.

앞에 바라다보이는 마을에 집이 한 채 있어서 관운장은 종인들을 거느리고 그리로 가서 하룻밤의 잠자리를 청했다. 지팡이를 짚고 나온 이 집 노인은 관정(關定)이라는 사람이었다. 평소부터 관운장의 명성을 알고 존경해 오던 터에 만나게 됐음이 영광이라고 하면서, 두 아들까지 불러다가 인사를 시키고 일행을 극진히 후대해 주었다.

한편, 손건은 단기로 기주로 가서 유현덕을 만나서 여태까지의 경과와 현재의 형편을 자세히 이야기했다. 마침 간옹(簡雍)도 그곳에 와 있어서 세 사람이 탈출할 계획을 세웠다.

우선 유현덕이 원소를 만나 보고 형주에 가서 유표(劉表)를 설복시켜서 함께 조조를 토벌하도록 타협을 짓고 오겠다고 하면 이곳에서 탈출하기는 무난하리라는 것이 간옹의 의견이었다.

이튿날, 유현덕이 원소의 앞에 나가 이런 의사를 표시했더니 원소도 쾌히 승낙했고, 관운장마저 자기 마음에 드는 장수이니 빨리 자기에게로 오도록 연락을 취해 달라는 것이었다.

"관운장은 손건을 보내서 데려오도록 하겠습니다."

유현덕이 이렇게 대답했더니 원소도 기뻐하며 찬성했다.

현덕이 자리를 물러나자, 이번에는 간옹이 원소 앞에 나타나서 의견을 말했다.

"유현덕은 이번에 떠나가면 돌아오지 않을 겁니다. 유표도 설복시킬 겸, 현덕을 지키기 위해서 나를 동행하도록 해주십시오."

원소는 그럴듯한 의견이라 생각하고 간옹을 현덕과 동행하도록 명령했다. 그랬더니 곽도가 말했다.

"유현덕은 지난번에도 유벽을 설복시킨다고 갔다가 아무 성과도 얻지 못하고 돌아왔습니다. 이번에 간옹과 함께 형주로 가면 두 번 다시 이리로 돌아오지는 않을 겁니다."

"그대는 의심이 너무 심하오. 간옹은 제법 지혜로운 사람이니까 그다지 염려할 것은 없소."

원소가 그런 의견을 일축해 버리자 곽도는 탄식하면서 그 자리를 물러났다.

현덕은 우선 손건에게 명령하여 관운장에게 답장을 전하도록 하고, 간옹과 함께 원소에게 작별 인사를 한 다음 말을 타고 성 밖으로 나왔다.

국경지대까지 왔을 때, 손건이 기다리고 있다가 관정의 집으로 안내해 주었다. 관운장은 문 밖에까지 나와서 현덕을 영접하면서 손을 맞잡고 눈물이 비오듯했다.

관정은 두 아들을 데리고 나와서 초당 앞에서 현덕에게 인사를 시켰다. 현덕이 그 이름을 물었더니 관운장이 대신 대답했다.

"이분은 나와 동성(同姓)이시며 이 두 분은 아드님인데, 장남 관녕(關寧)은 학문을 배우고 있으며, 차남 관평(關平)은 무예를 배우고 있소."

관정이 옆에서 말했다.

"죄송한 말씀이오나, 나는 이 둘째놈이 관장군을 섬기도록 했으면 하는 생각을 하고 있습니다만, 장군께서 들어 주실는지 그게 걱정입니다."

현덕이 물었다.

"아드님은 몇 살이나 되오?"

"열여덟 살입니다."

"참 고마우신 뜻이십니다. 그렇다면 나의 아우에게는 아직도 혈육이 없으니 숫제 아드님을 양자로 주시는 게 어떻겠소?"

관정은 기뻐서 어쩔 줄 모르며 그 자리에서 관평에게 명령하여 관운장에게 절을 시켜 아버지로 모시도록 하고, 현덕을 백부라고 부르도록 했다.

유현덕은 원소의 부하들이 뒤를 쫓지나 않을까 두려워서 곧 그 집을 떠났으며, 관평은 관운장을 따라서 함께 나왔는데, 아버지 관정은 다음 숙소까지 전송해 주고 혼자서 자기 집으로 되돌아갔다.

관운장은 와우산으로 방향을 정하고 떠났는데, 가는 도중에서 상처를 입은 주창이 수십 명의 부하를 거느리고 나타났다. 관운장이 주창을 현덕에게 인사시키고 그 상처의 연유를 물었더니 주창이 대답했다.

"내가 와우산으로 가기 전에 벌써 어떤 무사 한 사람이 단기로 그곳에 나타나서 배원소(裵元紹)와 싸워서 불과 1합도 싸우지 않고 배원소를 찔러 죽이고 다른 병졸들을 부하로 거느리고 산채

(山寨)를 점령하고 있었습니다. 내가 나타나서 예전 부하들에게 내편으로 되돌아오라고 했지만, 따라온 것은 겨우 이 몇 사람뿐이고, 다른 부하들은 부들부들 떨면서 감히 따라오질 못했습니다. 나는 화를 참기 어려워서 그 무사를 거꾸러뜨려 버리려고 덤벼들었다가 도저히 감당해 내지 못하고 꼴사납게 상처를 세 군데나 입게 되어 이런 사실을 장군께 알려 드리고자 여기까지 온 길입니다."

현덕이 물었다.

"그 무사란 자는 얼굴이 어떻게 생겼습디까? 성명은 뭣이라 하고?"

"세상에 드물게 보는 호걸이라고 생각했습니다만, 성명은 잘 모릅니다."

이 말을 듣자 관운장은 앞장을 서서 말을 몰고, 현덕도 뒤를 따라서 쏜살같이 와우산으로 달려갔다.

주창이 산기슭에서 욕설을 퍼부었더니, 저편 대장은 갑옷 투구에 무장을 단단히 차리고 창을 옆에 끼고 말을 달려서 부하를 거느리고 산에서 내려왔다.

"거기 오는 것은 조자룡이 아닌가?"

하고 소리를 질렀다. 저편 대장은 현덕의 모습을 바라다보자마자 말 위에서 굴러 떨어지듯 뛰어내려 길옆에 꿇어앉았다. 그는 틀림없는 조자룡이었다.

현덕과 관운장이 말 위에서 내려서 인사를 나눈 다음 어째서 여기까지 와 있느냐고 물었다.

이에 조자룡이 대답했다.

"장군과 작별하고 나서, 공손찬은 남의 권고를 듣지 않고 싸움만 하다가, 패하여 스스로 불 속에 뛰어들어 죽어 버렸습니다. 그 후 원소에게서 여러 차례 자기에게로 오라는 청을 받았으나, 원소는 그릇이 큰 인물이 못 된다는 생각으로 그에게로 가지 않았습니다.

서주로 가서 장군이나 찾아 뵈올까 했습니다만, 서주도 함락당하고 관장군께서는 조조에게 투항하셨고, 유장군께서는 원소에게 몸을 의탁하고 계시게 됐다는 소문을 듣게 되었습니다. 몇 번이나 찾아 뵙고 싶은 마음은 간절했지만, 원소에게 의심을 살까 두려워 선뜻 가지도 못하고 정처 없이 떠돌아 다니고 있었습니다.

얼마 전에 이곳을 지나가려는데 공교롭게도 배원소가 나의 말을 빼앗으려고 산에서 내려온 바람에 놈을 거꾸러뜨리고 그대로 여기 주저앉은 겁니다. 요사이 장비장군께서 고성에 계시다는 소문을 듣고 달려가고 싶은 생각이 간절했지만 아직 그 진부를 알 수 없어서 망설이고 있던 차에 오늘 다행하게도 유장군을 만나 뵙게 된 것입니다."

유현덕도 크게 기뻐했다.

"처음에 그대를 만났을 때부터 나는 왜 그런지 우리 편에 가담시키고 싶어했더니, 오늘 이렇게 우연히 만나게 되어서 여간 즐겁지 않소."

"나 역시 여태까지 섬길 만한 주군을 찾아서 사방으로 돌아다녔습니다만, 아직도 이렇다 할 만한 인물을 만나지 못하고 있는데, 오늘 곁에 둬 주실 것을 승낙해 주시니 평소의 소원을 성취한 셈입니다. 이제부터는 어떻게 처참한 죽음을 당한다 할지라도 후회함이 없겠습니다."

일행은 그날 중으로 산채를 불질러 태워 버리고 부하를 거느리고 유현덕을 따라서 고성으로 떠났다.

장비 · 미축 · 미방은 성 밖으로 나와서 영접했다. 두 부인에게서 관운장의 이야기를 자세히 듣게 된 현덕은 감격하여 마지않았고, 그날로 축하의 연석을 마련하니, 유현덕은 오래간만에 아우들과 다시 만나게 됐고, 보좌하는 사람들도 하나도 빠짐이 없게 되었다. 거기다 새로 조자룡까지 거느리게 됐으며, 관운장은 관운장대로 관평 · 주창 두 부하를 얻게 되어서, 기쁨에 도취한 경사스런 잔치가 며칠 동안이나 계속되었다.

이때, 현덕 · 관운장 · 장비 · 조자룡 · 손건 · 간옹 · 미축 · 미방 · 관평 · 주창이 거느리는 보병 · 기병의 군사는 도합 4,5천명. 현덕이 고성을 버리고 본거지를 여남으로 옮기려 하고 있을 때, 유벽 · 공도에게서 그들을 영접하려고 사람을 보내 왔다. 이리하여 일행은 군사를 정비해 가지고 여남으로 옮긴 다음 병사를 모집하고 말을 사들여서 서서히 재기를 꾀하게 되었다.

한편 원소는 유현덕이 돌아오지 않자 격분해서 군사를 일으켜 공격하려고 하는데 곽도가 의견을 제출했다.

"유현덕보다도 무서운 것은 조조입니다. 강동의 손책은 삼강(三江)에 위력을 떨치고 영토가 육군(六郡)이나 되니 사람을 보내서서 그와 우의를 맺고 함께 조조를 들이치는 게 상책인가 합니다."

원소는 당장에 진진(陳震)에게 편지를 써 주어서 손책과 힘을 합치려고 한다. 이야말로 하북에서 영웅이 떠났기 때문에 강동에서 호걸이 나타난다는 셈이다.

# 29.
# 유령과의 대결

유령에 시달린 명장 손책,
끝내 무릎을 꿇을 것인가?

小霸王怒斬于吉
碧眼兒坐領江東

손책은 강동 땅을 진압하고 나서, 정병을 거느리고 군량도 풍부하게 지니고 있었는데, 건안 4년(199년)에는 유훈(劉勳)을 격파해서 여강(廬江)을 점령했고, 우번(虞翻)을 예장군(豫章郡)에 파견하여 태수 화흠(華歆)을 항복시켰다.

이때부터 위력을 크게 떨치게 되어서 장굉(張紘)을 허창에 파견하여 승리를 보고하는 상주문을 올렸다.

조조는 손책의 힘이 강대해진 것을 알자,

"사자 새끼 같은 놈, 섣불리 건드리기 어렵게 되었는걸!"

하고 탄식했으며, 조인의 딸을 손책의 막내 동생 손광(孫匡)과 짝지어 결혼을 시켰으며 장굉을 허창에 머물러 있게 해두었다.

손책은 대사마의 자리를 요구했지만 조조가 승낙하지 않았기 때문에 거기 원한을 품고 항시 허도를 습격하겠다는 배짱을 가지고 있었다. 이때 오군(吳郡)의 태수 허공(許貢)이 남몰래 허도로 사람을 보내서 조조에게 편지를 올리려고 했으니 그 편지의 내용인즉,

'손책의 무용은 옛적의 항우와도 견줄 만하니, 조정에서는 마땅히 높은 자리를 주어서 그를 불러 올려야 할 것이다. 그를 지방에 내버려두면 것은 반드시 후환이 있을 것이다.'

허공이 심부름을 보낸 사람이 이런 편지를 가지고 장강(長江)을 건너려고 했을 때 강을 지키는 장수에게 붙잡혀서 손책의 앞으로 끌려나가게 되었다. 손책은 그 편지를 보고 나더니 노발대발, 심부름꾼의 목을 베고, 사람을 시켜서 다른 일을 핑계하고 허공을 불러왔다. 허공이 나타나자 손책은 편지를 내동댕이치면서,

"그대는 나를 사지로 몰아넣을 작정인가?"

하고 꾸짖고 나서, 무사에게 명령하여 목을 졸라 죽여 버렸다. 허공의 가족들은 모조리 도주했지만, 그의 집에 식객으로 있던 세 사람이 원수를 갚으려고 기회만 노리고 있었다.

어느 날 손책은 군사를 거느리고 단도현(丹徒縣) 서산(西山)으로 사냥을 나갔었는데, 한 마리의 커다란 사슴을 몰아 손책은 단기로 산꼭대기까지 쫓아 올라갔다. 도중에서 창과 활을 가진 세

사람이 숲속에 서 있는 것을 발견하게 되자 손책은 말을 멈추고 물었다.

"뭣하는 사람들이냐?"

"한당(韓當)의 수하에 있던 사람들입니다. 여기서 사슴을 쏘려고 지키고 있는 중입니다."

하니 그대로 지나쳐 가려고 했는데 한 사람이 창을 고쳐 잡더니 손책의 왼쪽 넓적다리를 푹 찔렀다. 깜짝 놀란 손책, 허리에 찼던 칼을 뽑아 들고 말 위에서 내리치려고 했으나 칼은 빠져서 땅에 떨어지고 손에 잡힌 것은 칼집뿐이었다.

이 틈을 타서 또 한 사람이 쏜 화살이 바로 손책의 한쪽 볼에 꽂혔다. 손책이 그 화살을 뽑아서 활에다 꽂고 방금 활을 쏜 사람을 겨누고 다시 쏘았더니, 요란스런 활소리와 함께 그는 땅 위에 폭삭 고꾸라졌다.

그런데 다른 두 명이 좌우 양편에서 손책에게 창끝을 들이대며,

"우리들은 허공의 집에 식객으로 있던 사람이다. 주공의 원수를 갚아야겠다."

하고 호통을 쳤다. 손책은 손에 잡은 무기가 없는 바람에, 활로 막아내면서 몸을 피하려고 했지만, 두 명은 호락호락 물러서려 들지 않았다. 손책은 몸을 여러 군데 창끝으로 찔렸으며, 말도 상처를 입었다. 그 이상 감당해 내기 어려울 지경에 이르렀을 때,

홀연 정보가 부하 몇 명을 거느리고 달려들었는지라,

"저 못된 놈들을 붙잡아라!"

하고 소리를 지르니, 정보와 그 부하들이 일제히 달려들어서 두 명을 마구 찔러서 엉망진창을 만들어 죽여 버리고 말았다.

손책은 얼굴이 시뻘겋게 피투성이요, 깊은 상처를 입었는지라, 칼로 전포 자락을 찢어서 상처를 잡아매고 오군으로 돌아와서 휴양하게 되었다.

손책은 성미가 몹시 급한 사람이었는데, 부상을 당하고 나서 빨리 낫지 않는다 하여, 초조한 나날을 보내고 있었다. 20일 동안이나 안정을 하고 있는 판에, 장굉이 보낸 사람이 허도로부터 돌아왔다고 해서 손책은 그를 불러 놓고 그곳의 형편을 물어 봤다. 그랬더니 그 사람이 말하기를, 조조의 모사 곽가가 예전에 조조에게 손책은 겁낼 것이 없는 인물이며 사람이 경솔하고 생각이 없으며 성미가 급하고 지모(智謀)가 없어서 결국 필부지용(匹夫之勇)에 불과하고 나중에 대단치 않은 사람의 손에 목숨을 빼앗길 것이라고 말했다는 사실을 솔직히 손책에게 알려 주었다.

손책이 대로하여 당장 허도를 들이치겠다고 펄펄 뛰는 판인데, 원소가 파견한 사람 진진이 도착했다는 소식이 들어왔다. 손책과 결탁해 가지고 조조를 쳐부수자는 원소의 뜻을 전달하니, 손책은 크게 기뻐하여, 그날로 여러 장수를 모아 놓고 성대한 연회를 베풀었다.

주석이 한창 어울려 들어가고 있을 때, 웬일인지 여러 대장들이 수군수군하더니 하나 둘씩 자리를 뜨는 것이었다. 손책이 측근자에게 그 까닭을 알아보았다. 우선인(于仙人)이라는 사람이 방금 이 아래를 지나가기 때문에 여러 장수들이 절을 하려고 나갔다는 것이었다. 그리고 이 우선인이란 인물은 성명을 우길(于吉)이라 하는데, 부수(符水)를 널리 베풀어 사람들의 만 가지 병을 고쳐 주며 그 영험이 아주 대단하다는 것이었다.

손책이 대로했다.

"그놈을 당장 잡아들여 목을 베라! 황건적 장각의 일당인지도 모른다. 그놈은 결국 요인(妖人)이다. 내 민심을 선동하고 현혹시키는 놈의 목을 벤들 개 돼지를 죽이는 것과 뭣이 다르단 말이냐?"

그런데도 모든 사람들은 이 우길이란 신선이 태평청령도(太平青領道)라는 백여 권의 신서(神書)를 곡양천(曲陽泉) 근처에서 얻게 되어 그것으로써 하늘을 대신하여 만 가지 병을 고쳐 주는 사람이라고 존경하고 숭배하는 것이었다.

손책은 우길의 목을 베라고 강경히 명령했다. 장소를 비롯한 여러 측근자들이 간곡히 말리자, 우선 감옥에 가둬 두라고 했다.

이것은 확실히 괴상한 인물의 출현이었다. 손책의 운명을 결정지으려고 이런 괴상한 인물이 나타났는지도 모를 일이었다. 이 문제에 대해서는 그의 모친 오태부인(吳太夫人)까지 아들 손

책에게 너무 지나치게 우길을 학대하지 말라는 권고를 했다. 손책은,

"그놈은 요술을 부려서 백성을 현혹하게 하는 놈입니다!"

하고 대로하여, 우길을 감옥에서 끌어내라고 호통을 쳤다. 옥리(獄吏)들이 또한 우길을 존경하고 숭배하는 터라 쇠고랑도 채우지 않고 감옥 속에 넣어 두었었다. 이 사실을 알게 된 손책은 더욱더 격분해서 옥리들을 무섭게 질책하고 다시 쇠고랑을 채워서 감옥 속에 집어넣었다.

"내가 우길을 죽이려는 것은 이런 어리석음을 깨우쳐 주고 사교(邪敎)를 뿌리뽑아 버리자는 것이다!"

하며 강경한 태도를 취했다.

이때 여범(呂範)이 한 가지 권고를 했다.

"제가 알기에는 우길이 비바람을 마음대로 불러일으킬 수 있으니, 이렇게 날이 가물어서 백성들이 고생하는 데 그를 시켜서 비를 빌어 보도록 해보십시오."

"정 그렇다면 무슨 짓을 하는지 한번 보기로 하지!"

이래서 우길을 감옥에서 끌어내어 쇠고랑을 풀어 주었다. 우길은 명령을 받자, 목욕하고 옷을 갈아입고 밧줄로 자기 자신을 꽁꽁 묶어 가지고 내리쬐는 폭양 아래 섰다.

손책과의 약속이 있었다. 오각(午刻)이 되도록 비를 내리게 하지 못하면 우길의 목을 베겠다는 약속이었다. 그런데 이상하게

도 오각이 되니까, 갑자기 바람이 일고 사방에서부터 시커먼 구름장이 하늘을 뒤덮었다.

그래도 성미 급한 손책은 끝까지 고집을 부렸다.

"벌써 오각이 됐다. 어디 비가 내리느냐?"

하면서 측근자에게 명령하여 우길을 나무더미를 쌓아 올린 꼭대기에 올려놓고 사방에서 불을 지르게 했다. 그런데 신기하게도 갑자기 시커먼 연기가 한 줄기 하늘 높이 뻗쳐 올라가더니 천둥번개가 요란스럽게 일면서 비가 죽죽 소리치며 마구 퍼부었다.

그런데도 손책은 점점 더 노기가 충천할 뿐이었다.

"청우(晴雨)는 천지의 정수(定數)다. 이따위 요인이 그것을 이용해 가지고 인심을 현혹하게 하는 것을 어째서 너희들까지 얼이 빠지느냐?"

하고 호통을 치면서, 보검을 뽑아 던져 측근자더러 당장에 우길의 목을 베라고 했다. 백관(百官)이 무슨 말을 해도 손책은 막무가내,

"그대들까지 우길과 결탁하여 나에게 모반할 작정인가?"

하고 노발대발. 여러 사람들이 입을 봉하고 묵묵히 있을 때, 손책은 무사에게 명령하여 우길의 목을 한 칼에 베어 버리게 했다. 이상한 일은 바로 그때 한줄기 푸른 기운이 동북쪽으로 사라져 올라가는 것이었다. 손책은 우길의 시체를 사람이 많이 다니는

장거리에 내던져서 요망한 죄를 바로 잡으라고 명령했다.

그런데 괴상한 일이 이때부터 계속해서 일어나는 것이었다.

우선 그날밤에는 사나운 비가 모질게 퍼부었는데, 새벽녘에 우길의 시체가 간 곳이 없어진 것이었다. 시체를 지키던 병사가 이런 사실을 손책에게 알렸더니, 손책은 당장에 그 병사의 목을 베려고 했다.

이때, 난데없이 어떤 사람 하나가 대청 앞에서부터 이쪽으로 어슬렁어슬렁 걸어오고 있는 것이다. 자세히 보니 그것은 우길이었다. 칼을 뽑아서 우길을 찌르려고 날뛰던 손책은 그대로 졸도하고 말았다.

또 그날밤 2경이나 되어서, 손책은 침실에서 잠이 들어 있었는데, 난데없이 요사스런 바람 기운이 일어 등잔불이 깜박깜박 꺼졌다 켜졌다 하더니 그 등잔불 밑에서 우길이 침상 앞으로 성큼성큼 다가오는 것이었다.

"천하를 다스리고 요귀를 퇴치하려는 내 앞에, 감히 네놈이 유령이 되어서 나타나다니, 괘씸한 놈!"

손책이 호통을 치며 머리맡에 놓였던 칼을 집어 던졌더니 우길의 모습은 온데간데없이 어디론지 사라져 버리고 말았다.

망령에게 시달림을 받는 아들을 걱정해서, 손책의 모친은 옥청관(玉淸觀)에 제단을 마련해 놓고 매일 기도를 드렸으며, 아들 손책에게도 거기 가서 기도를 올리라고 권고했다.

모친의 권고를 거역하기 어려워서 손책도 옥청관 제단 앞에 나갔지만, 향불만 피우고 기도를 드리려고는 하지 않았다. 이때 별안간 향로에서 연기가 뭉게뭉게 피어오르더니 흩어지지 않고 한 개의 화개(華蓋)처럼 뭉쳐지고 그 위에 우길이 나타나 단정히 앉는 것이었다.

손책은 또 노발대발, 침을 뱉고 뛰쳐나와서,

"도관(道觀)이란 곳도 요귀가 들끓는 곳이구나!"

하면서 무사 5백 명에게 명령해서 지붕 꼭대기에 올라가서 기왓장을 벗기게 했다. 그랬더니, 우길이 또 나타나서 기왓장을 집어던지는 꼴이 뵈니, 손책이 격분해서 불을 지르라고 명령했다.

불길이 퍼져 올라가면 우길은 그 불길 속에도 나타나고, 관저로 돌아오면 대문 앞에도 우길이 지키고 서 있었다.

그날, 손책은 군사를 정비해서 성 밖에 영채를 마련하고, 여러 장수들을 소집해서 원소에게 가담해서 조조를 공격할 대책을 협의하고 난 다음에 그대로 영채에 머물러 있었는데, 밤중에 또 우길이 머리를 흐트러뜨리고 나타났다. 손책은 영채 안에서 날이 밝도록 미친 사람같이 호통을 치며 어쩔 줄 몰랐다.

그 이튿날, 오태부인은 아들을 관저로 돌아오라고 했다. 손책은 돌아가서 어머니를 만났다. 어머니는 깜짝 놀랐다.

"너의 얼굴이 어째서 이다지도 초췌해졌느냐?"

어머니의 말을 듣고 손책은 당장 거울을 집어들고 자기 얼굴을 비쳐 봤다.

"아! 내 얼굴이 어째서 이다지 수척해졌을까!"

이렇게 탄식하는 말이 끝나기도 전에 우길이 거울 속에 나타났다.

"에잇! 괘씸한 놈!"

손책은 거울을 손으로 두들겨서 깨뜨려 버리고, 한 마디 고함을 지르자 전신에서 상처가 터져 나며 땅 위에 졸도해 버렸다. 오태부인이 침실로 옮겨다 뉘었더니, 얼마만에 손책은 눈을 힘없이 뜨면서,

"아, 인제 나는 가망이 없다!"

하고 한숨지으면서, 장소와 그밖의 대장들과 손권(孫權)을 머리맡으로 불러들였다.

"천하가 어지러운 이때, 오월(吳越)의 많은 사람과 삼강(三江)의 견고한 힘을 가지면 일을 크게 성취할 수 있을 것이니, 모두들 나의 아우를 잘 도와주시오!"

손책은 마침내 그의 인수(印綬)를 아우 손권에게 넘겨 주었다.

"강동의 대다수를 거느리고 양진(兩陣) 사이에서 결기(決機)하면서 천하와 더불어 승패를 결하면, 그대가 나만은 못하다 하더라도, 현명한 신하를 기용하여 그들의 능한 점에 맡겨 두어 각각 진격하여 강동을 지킨다면 나보다 훨씬 나을 것이다. 부형(父兄)

이 창업한 괴로움을 잊어버리지 말고 스스로 잘 알아차려서 해야 할 것이다."

손권은 통곡하면서 인수를 받았다. 손책은 다시 그의 모친에게 말했다.

"저는 이미 수명이 다했으니, 더 어머님을 모실 수 없습니다. 이제 인수를 아우에게 넘겨 주었으니, 어머님께서도 원컨대 조석으로 잘 타이르시고 돌봐 주시기 바랍니다. 또 아버지와 형 때의 여러 옛사람들에게 경솔하거나 태만히 굴지 않도록 훈계해 주시기 바랍니다."

오태부인이 울면서 말했다.

"너의 아우는 아직도 나이 어려서 대사를 맡기기 어려운데, 이 일을 어찌하면 좋단 말이냐?"

"아우의 재간은 저보다 열 배나 더합니다. 대임을 넉넉히 감당해 낼 겁니다. 만약에 나라 안 일로서 결정하기 어려운 일이 있으면 장소와 더불어 상의하고, 나라 바깥 일로서 결정하기 어려운 일이 있으면 주유(周瑜)와 상의하시면 될 겁니다. 주유가 이 자리에 없어서 친히 부탁하지 못함이 유감입니다."

그리고 아우들에게도 유언을 했다.

"내가 죽은 다음에는 너희들은 권(權)을 잘 보필해야 한다. 만약에 일족 가운데서 다른 마음을 먹는 자가 생긴다면 여러 사람이 그자를 주살시켜라. 골육지간에 배반한 자는 우리 집안 묘지에 묻어서는 안 된다."

아우들은 눈물을 흘리면서 고개를 끄덕였다. 손책은 그의 아내 교부인(喬夫人)을 옆으로 가까이 불러 놓고 일렀다.

"나는 불행하게도 당신과 헤어져야만 하게 됐소. 어머님을 잘 모셔 주오. 언제든지 당신의 동생이 나타나거든 주유에게 나의 아우를 잘 도와 주어서 평소에 신뢰했던 바에 어긋남이 없도록 해달라고 잘 말하라 일러 주오."

이 말을 마지막으로 손책은 조용히 눈을 감고 세상을 떠났다. 그때 그의 나이 겨우 26세.

손권은 형 손책의 유언을 받들어 강동 땅을 맡아서 다스리게 되었다.

대업에 아직 손도 대지 못하고 있을 때, 주유가 파구(巴丘)로부터 군사를 거느리고 오군(吳郡)으로 되돌아왔다는 통지가 왔다.

손권은 자못 만족해했다.

"주유가 돌아왔으면 이제는 안심할 수 있다!"

본래, 주유는 파구 땅을 지키고 있었는데, 손책이 부상을 당했다는 소문을 듣고 병문안을 오는 도중에 오군 근처까지 왔을 때, 손책이 세상을 떠났다는 소식을 듣고 밤낮을 헤아리지 않고 달려온 길이었다.

주유가 손책의 관에 엎드려 몸부림치며 통곡할 때 오태부인이 나와서 손책의 유언을 전달했다.

주유는,

"내 변변치 않은 목숨을 던져서라도 힘이 되어 드리고자 합니다!"

하면서 관 앞에 꿇어 엎드렸다. 얼마 있다가 손권이 나타났다. 주유가 인사를 마치니 손권이 말했다.

"형님의 유언을 저버리지 말아 주십시오!"

주유, 머리 숙여 절하며 대답했다.

"간뇌도지할지라도, 지기(知己)의 은혜에 보답하리다!"

"아버지와 형님의 대업을 계승하기는 했으나, 장차 무슨 대책으로 이것을 지켜 나갈지 모르겠습니다."

"자고로 사람을 얻는 자는 번창하고(得人者昌), 사람을 잃는 자는 망한다(失人者亡) 하였소. 당장 시급한 대책으로는 높고 밝고 멀리 볼 줄 아는 사람을 꼭 구해서 그 사람의 보필을 받아야 할 것이오. 그런 다음에야 강동을 안정시킬 수 있을 것이오."

"선형(先兄)의 유언이 나라 안 일은 장소에게 맡기고, 나라 바깥 일은 공근(公瑾—주유)에게 맡기라 하셨습니다."

"장소는 어질고 현명한 사람이니 대임을 감당할 수 있겠지만, 이 유(瑜)는 재간이 없는 몸이니 맡은 책임이 너무나 중하니 장군을 보필할 만한 사람을 하나 천거하고 싶소."

손권이 그게 누구냐고 물었더니 주유가 대답했다.

"성은 노(魯), 이름은 숙(肅), 자는 자경(子敬)이라고 하는데 임회군(臨淮郡) 동천현(東川縣) 사람이오. 이 사람은 가슴 속에 육도삼략(六韜三略—兵書)을 지니고 있으며, 뱃속에는 기모(機謀)를 감추고 있소. 어려서 부친을 잃었으나 모친께 효도를 극진히 하고 있소.

집안이 굉장히 넉넉해서 항시 재산을 뿌려서 가난하고 어려운 사람을 구제해 주었으며, 내가 일찍이 거소(居巢)의 현장 노릇을 했었을 적에, 수백 명을 거느리고 임회군을 지나다가 군량이 떨어져서 곤경을 당한 일이 있었는데, 마침 노숙의 집에 두 채의 창고에 쌀 3천 석씩 들어 있다는 소문을 듣고 찾아가서 도와 달라고 했더니, 그는 선뜻 창고 한 채를 가리키며 고스란히 내 주었습니다.

그의 인품의 강개함이 이만한 정도요. 그는 평소에도 검술과 말타기 · 활쏘기를 즐겨 하며 현재는 곡아현(曲阿縣)에 살고 있소. 조모님이 세상을 떠나서 장례를 치르느라고 그곳에 가 있는 것이오. 그의 친구인 유자양(劉子揚)이란 사람이 그에게 소호(巢湖)에 있는 정보(鄭寶)한테로 가라고 말했지만, 그는 아직도 그럴 작정을 하지 않고 있으니 주공은 시급히 그 사람을 부르시는 게 좋을 것이오."

손권은 주유의 고마운 권고에 감격하면서 당장에 주유를 보내서 노숙을 불러오기로 했다.

주유도 손권을 위하여 명령을 받자마자 그 즉시 친히 길을 떠나 노숙에게로 가서 만나 보고 손권이 그의 놀라운 명성에 감탄하여 초청한다는 뜻을 전달했다.

노숙이 그 말을 듣더니 대답했다.

"사실, 요즈음에 유자양이 소호로 가라고 권고하기에 그리로 갈 작정이었소."

"옛적에 마원(馬援)이 광무황제에게 이런 말을 한 일이 있었소. '지금 세상에서는 비단 군주가 신하를 선택할 뿐만 아니라, 신하도 또한 군주를 선택한다.'고. 우리 손장군으로 말하자면 현사(賢士)에게 예를 차리고 후대하며 기인 재사를 용납하는데는 세상에 드물게 보는 사람이오. 공께서도 아무 다른 생각 마시고 나와 같이 동오(東吳)로 가시는 게 좋을 것 같소."

노숙은 그 말대로 주유를 따라서 손권에게로 왔다. 손권은 지극히 그를 존경하고 진종일 그와 더불어 일을 의논해도 싫증이 나지 않았다.

하루는 여러 관리들이 모두 집으로 돌아가고 나서 손권은 노숙을 머무르게 하고 술을 마셨다. 밤이 되어서 두 사람은 같은 침상에 발을 맞대고 드러누웠다.

밤중에 손권이 노숙에게 물었다.

"이제 한나라 왕실은 위태로운 지경에 빠졌고, 천하가 갈래 갈래로 나누어져서 혼란 상태에 있는데 나는 아버지와 형님의 대업을 계승해서 제(齊)나라의 환공(桓公)이나 진(晋)나라의 문공(文公) 같은 인물이 되어 볼 생각을 하고 있소. 공은 나를 어떻게 인도해 주실 작정이시오?"

이 말을 듣더니 노숙이 대답했다.

"옛날에 한나라의 고조황제가 의제(義帝)를 존립(尊立)하고 섬기려 하다가 뜻을 이루지 못한 것은 항우가 일을 방해한 까닭이었소. 지금으로 말하자면, 조조야말로 항우와 비길 만한 인물이오. 장군께서 환공이나 문공 같은 인물이 되실 생각을 아무리 하신다 해도 도저히 이루어질 수 없는 일이오.

이 노숙이 곰곰 생각컨대, 한나라 왕실을 부흥시킬 수도 없고 조조를 일조일석에 제거하기도 어렵소. 장군께서는 오직 강동 땅에만 발을 붙이고 계시면서 천하의 형세를 관망하시는 게 좋으시겠소.

그랬다가 북쪽의 정세가 시끄러워지는 기회를 타서 황조(黃祖)를 쳐부수고 유표를 토벌하여 장강 일대를 단단히 지킨 다음, 제왕으로 건호(建號)하고 천하 제패를 도모하면 이는 고조의 대업이나 진배없을 줄 아오."

이 말을 듣더니 손권은 기뻐서 어쩔 줄 몰랐다. 손권은 옷깃을 바로잡고 노숙에게 새삼스럽게 절을 했으며, 그 이튿날 여러 가지 물건을 선사했다.

노숙은 또 제갈근(諸葛瑾)이란 사람을 천거했다. 이 사람은 낭야군(瑯揶郡) 남양(南陽) 태생으로, 자는 자유(子瑜)이며 박학 다재한 인물이라서, 손권은 그를 빈객으로 맞아들였다.

또 제갈근의 권고에 의하여 손권은 우선 조조 곁에 가담하고 원소의 청을 거절하기로, 진진을 파견하여 편지를 보냈다.

한편, 조조가 손책이 세상을 떠났다는 소식을 알고 강남(江南)으로 쳐내려가려고 했더니, 시어사(侍御史) 장굉이 한사코 말렸다. 여태까지의 우의를 포기하고 원수가 되면 불리하다는 결론에서, 조조는 헌제께 아뢰어 손권을 장군에 봉했다. 손권은 크게 기뻐하고, 또 장굉도 오군으로 돌아왔는지라, 장소와 함께 정사를 거들도록 했다. 장굉이 천거한 고옹(顧雍—子는 元嘆)이란 사람을 손권은 승(丞)을 삼아 태수의 일을 보도록 했다.

한편 원소의 사신 진진이 돌아가서, 원소에게 손책이 죽은 것과, 후계자 손권이 조조와 결탁하여 장군 자리에 봉하게 됐다는 소식을 전했더니 원소는 대로하여 사주(四州—冀,青,幽,幷)의 군사 70여 만을 집결해 가지고 허창을 습격하려고 했다. 이야말로 강남의 병혁(兵革)이 끝나자마자 기북(冀北)의 방패와 창이 또다시 들먹이게 된 셈이다.

# 30.
# 꾀로 이긴 싸움

전장에서의 승패는 '세력의 강함이냐?
계책의 많음이냐?'

戰 官 渡 本 初 敗 績
劫 烏 巢 孟 德 燒 糧 口

원소가 군사를 일으켜 관도(官渡)로 떠나자, 하후돈이 서신으로써 위급을 고하자 조조도 7만의 병력을 수습해 가지고 이와 대결하려고 이동하기 시작했으며, 허도는 순욱에게 지키도록 했다.

원소가 출전하려고 했을 때, 옥중에서 전풍의 글월이 날아들었다. 그것은 함부로 대군을 움직일 때가 아니라는 충고였다.

"괘씸한 놈! 조조를 쳐부수고 나서 네놈도 처치하겠다!"

원소는 도리어 이렇게 노기를 띠고 자기의 고집대로 군사를 몰았다. 양무현(陽武縣)까지 진출했을 때 저수가, 우리 편은 군량이 풍족하니 대치하는 형세로 날짜만 끌면 적은 자멸할 것이라는 제안을 했다가, 도리어 원소를 격분시키기만 했다.

저수란 놈도 전풍과 같이 사기를 저상시키는 놈이니, 진중에 가둬 두었다가 나중에 처치하겠다 하며 70만 대군으로 진을 치니, 그 진은 사방으로 90여 리나 되는 굉장한 것이었다.

관도로 날아든 세작(첩자)의 정보에 조조의 군사는 부들부들 떨었다. 그러나 순유는 조조를 격려했다.

"우리 편 군사는 모두 한 사람이 열 명을 당해 내는 맹장들 뿐입니다. 이제야말로 급히 승패를 결해 버려야 합니다. 헛되이 세월만 끌다가는 군량이 부족해서 버틸 수 없을 겁니다."

드디어 대규모의 치열한 싸움이 막을 올렸다. 원소는 황금 투구에 황금 갑옷, 비단 전포와 옥대. 좌우로는 장합 · 고람 · 한맹 · 순우경 등 맹장이 버티고 섰다.

그리고 선두에 나선 조조의 앞뒤로는 허저 · 장요 · 서황 · 이전 등 맹장이 든든히 방비를 하고 있었다.

결국 많은 수효 앞에는 어쩔 수 없었다. 양편의 맹장들이 차례차례 덤벼들어 일대 혼전을 거듭하다가, 원소 편에서 쏘는 호포(號礮)를 막아낼 도리가 없어 조조의 군사는 우수수 흩어져 가지고 관도까지 후퇴하지 않을 수 없게 됐다.

원소는 관도에서 얼마 떨어지지 않은 지점까지 육박해 들어가서 진을 쳤는데, 심배가 한 가지 꾀를 제공했다.

그것은 10만 대군을 관도에 집결시켜서 조조의 진지 바로 앞에다 흙을 쌓아올려서 산을 만들고 그 위에서 조조의 진중으로 활을 쏴 대자는 의견이었다.

원소는 그 계책대로 각진에서 장병을 뽑아 삽 · 괭이를 들려서 조조의 진지 앞으로 내보내 가지고 흙을 쌓아올려서 산을 만들도록 했다.

열흘쯤 되는 동안에 그 흙으로 만든 산은 이미 50여 개나 되어서, 그 위에다 고로(高櫓)를 만들어 세우고, 궁노수(弓努手)를 배치하여 활을 쏘게 하였다. 조조의 군사들이 방패로 막아내며 땅바닥에 찰싹 붙어 있으면, 원소의 군사들은 고함을 지르고 웃으며 조롱이나 하듯이 그 광경을 내려다보고 마구 활을 쏘는 것이었다.

조조는 모사들을 소집해서 대책을 강구한 결과, 유엽의 제안으로 발석차(發石車)를 수백 대 만들기로 했다.

원소의 편에서는 이것을 벽력차(霹靂車)라고 불렀는데, 석탄(石彈)으로 적군의 활을 쏘는 고로에 집중공격을 가하는 장치였다. 그 석탄이 어찌나 무섭게 날아드는지, 원소의 군사들은 다시 활을 쏘려고 하지 않았다.

이렇게 되자 원소 편에서는 다시 심배가 계책을 궁리해서 조조의 진중에까지 갱도를 파 들어가기로 했다.

이것을 굴자군(掘子軍)이라고 불렀다.

축산(築山) 옆으로 갱도를 파 들어오고 있는 것을 보자, 조조는 또다시 유엽과 대책을 강구했다. 그것은 밤낮을 헤아리지 않고 다수의 병사를 동원해서 진지 주변에다 굴을 파는 것이었다. 이 깊은 굴 때문에 원소의 군사는 여기까지 쳐들어와서도 그 이상 앞으로 나가지 못하고 헛되이 노력만 소모하고 말았다.

조조는 관도를 8월부터 지켜 왔으나 9월이 다 가도록 질질 끌기만 하니 병사들은 피로했고, 군량도 바닥이 드러날 지경이었다. 그래서 관도를 버리고 허창으로 되돌아갈 생각을 하고 망설이고 있는데 순욱에게 의사를 타진했더니 역시 싸우라는 격려의 답장이 왔을 뿐이다.

원소는 수효가 많다지만, 용병의 술법을 모르는 자이니, 조조의 신무(神武) 명철(明哲)을 가지고 하면 족히 격파할 수 있을 것이며, 이제는 기책(奇策)을 강구해서 적의 목을 누를 생각을 해야지 결단코 관도를 내주어서는 안 된다는 사연이었다.

조조는 크게 기뻐하며 장수들에게 사수하도록 엄명을 내렸다. 이때, 원소의 군사가 30여 리나 후퇴해 버려 조조는 부장을 내보내서 정세를 살피게 했더니 서황의 부장 사환(史渙)이 원소 편의 세작을 한 명 잡아 가지고 왔으며, 이 세작의 입을 통해서 원소 편의 대장 한맹이 군량을 운반해 가지고 오리라는 중요한 정보를 입수했다.

조조는 당장에 서황에게 명령하여 사환과 부하를 거느리고 앞장을 서서 나가게 하고 장요 · 허저를 시켜서 후군을 지키고 따라 가도록 했다. 결국, 양말차 수천 량을 호송하고 오던 한맹은 사환이 불을 지르는 바람에 말머리를 돌려 버렸고, 서황은 부하에게 명령하여 양말차를 깨끗이 불태워 버렸다.

대장 네 사람이 무사히 적군의 군량을 태워 버리고 돌아오니 조조는 대단히 기뻐하면서 후히 상을 베풀고 군사를 나누어서 영채 앞에 다시 진을 치고 마치 뿔을 내밀고, 다리는 뒤로 잡아당기는 것 같은 형세(犄角之勢)를 취했다.

한편, 한맹이 싸움에 패하고 돌아오니, 원소는 노발대발하고 그 목을 베려고 하는 것을 좌우의 여러 사람들이 말려서 가까스로 목숨만 건졌다.

그리고 또다시 심배의 제안에 의해서 군량을 쌓아 둔 오소(烏巢)를 지켜야만 된다는 결론을 내렸다. 원소는 즉시 심배를 업도(鄴都)로 보내서 군량을 정비하여 부족함이 없도록 수송시키게 하고, 대장 순우경과 목원진(睦元進) · 한거자(韓莒子) · 여위황(呂威璜) · 조예(趙叡) 등 부장들에게 명령하여 군사 2만을 거느리고 오소를 지키도록 했다. 그런데 대장 순우경은 술을 굉장히 좋아하며 성품이 우락부락해서 병사들이 겁을 내는 위인이었는데, 오소에 도착해서도 하고 많은 날 여러 장수들과 술타령만 하고 있었다.

조조 편에서는 군량이 결핍해지자 순욱에게 시급히 군량을 마련해서 보내라는 편지를 써서 사람을 파견했더니, 이 사람이 도중에서 원소 편의 허유(許攸)에게 붙잡히고 말았다.

허유는 조조가 군량 재촉하는 편지를 빼앗아서 원소에게 내밀고, 허창에 방비가 없으니 군사를 나누어서 그곳을 습격하자고 건의했는데, 이때 마침 심배가 원소에게 보낸 편지가 도착되었다. 그 편지에는 허유가 기주에 있을 때 백성에게서 뇌물을 받아먹었고, 아들 · 조카 들이 백성에게 과중한 연공(年貢)을 착취했기 때문에 이들을 이미 감옥에 가뒀다는 사연이 적혀 있었다.

원소가 어찌나 가혹하게 허유를 꾸짖었던지, 허유는 칼을 뽑아 자살해 버리려고 했지만 부하 하나가 간곡히 만류하며 명군(明君)을 섬기도록 하라고 권고하는 바람에 마음을 고쳐먹고 즉시 조조에게 투항하기로 결심했다.

마침내 허유는 관도로 도망쳐 왔다. 조조는 어찌나 신바람이 났던지 신발을 신을 생각도 잊어버리고 맨발로 뛰어 내달아 영접했다. 그리고 만면에 웃음이 넘쳐흘렀다.

"그대가 내게로 와 주었으니 내 일은 다 이루어진 거나 다름없소. 당장에 원소를 쳐부술 계책을 가르쳐 주시오."

"공께서는 군량이 아직 얼마나 남아 있습니까?"

"한 1년쯤은 버틸 만하오."

"그렇게 많지는 못하겠죠?"

"적어도 반 년쯤은 견디리라."

"성심 성의껏 공을 찾아왔는데 공께서는 어찌하여 속이시려고 하십니까?"

"용서하시오. 솔직히 말하자면, 3개월쯤 버틸 것밖에 없소."

"조공은 간웅(奸雄)이라고 세상 사람들이 말하는데 과연 틀림없으시군!"

그제서야 조조는 싱글싱글 웃으며 말했다.

"우리 진중에는 이달 한 달치 군량밖에 없소."

"끝까지 속이시려고 하시는군요. 지금 군량은 똑 떨어지지 않았습니까?"

조조, 깜짝 놀라며 물었다.

"그런 사정은 어떻게 아시오?"

"이것은 누가 쓰신 글월입니까?"

"이것을 어디서 입수하셨소?"

허유는 조조가 군량 재촉을 한 편지를 내밀며 파견한 사람을 붙잡았던 사실을 고백했다. 그리고 계획을 세워서 조조에게 제의했다.

"원소는 군량을 오소에 쌓아 두고, 현재 순우경이 그것을 지키고 있습니다. 그는 술타령만 하고 아무런 방비가 없을 것이니, 공께서는 원소의 무장 장기(將奇)가 그곳으로 군량을 지키러 가는 길이라 사칭하시고 그 군량을 불질러 버리시면 원소의 군사는 사흘도 못 가서 거꾸러지고 말 것입니다."

그 이튿날, 조조는 친히 보병 · 기병 5천 명을 거느리고 오소에 있는 원소의 군량을 습격할 준비를 했다.

이때 장요가 간했다.

"원소가 군량을 쌓아둔 곳에 방비를 하지 않고 있을 리 만무합니다. 출마는 신중히 고려하시는 게 좋겠습니다. 허유의 말이 아무래도 수상쩍은 점이 있습니다."

"천만에, 허유가 내게로 도망쳐 온 것은 하늘이 원소를 거꾸러뜨리시려는 거요. 이제 우리 군사는 군량이 다 되어서 이 이상 유지해 나갈 도리가 없소. 앉아서 죽음을 기다릴 수는 없고, 또 허유의 말이 거짓말이라면 그가 여기 머물러 있을 수도 없을 게 아니겠소."

조조는 순유 · 가후 · 조홍 세 사람에게 명령하여 함께 본진을 지키도록 하고, 하후돈 · 하후연의 군사를 분배하여 좌익을 삼고 조인 · 이전에게도 군사를 분배해서 우익에 가담하게 하여 만전의 태세를 갖추었다.

이리하여 장요 · 허저를 선두에 내세우고, 서황 · 우금을 후군으로 하고, 조조는 친히 여러 장수를 거느리고 중군(中軍)이 되었다. 도합 5천의 군사를 몰면서, 원소의 군사인 체 가장하는 깃발을 휘날리면서 날이 저물 무렵에 오소를 향하여 진군을 개시했다. 그날밤 하늘에는 별이 꽉 차 있었다.

진중에서 원소에게 감금당해 있던 저수는 그날밤 별빛이 너무 아름답게 반짝이는 것을 보고 문지기에게 청해서 마당으로 내보내 달라고 했다. 그는 천상(天象)을 우러러봤다. 홀연 태백(太白)이 역행하여 우(牛)와 두(斗)의 자리를 침범하고 있어서 깜짝 놀라며 외쳤다.

"화가 곧 닥쳐올 것이다!"

저수는 밤중에 원소를 면회하자고 했다. 원소는 그때 술이 취해서 잠들어 있다가 저수가 비밀히 면회를 하겠다 하니 거절하지 못하고 불러들였다. 저수는 자기가 천상을 본 결과 그것이 흉조임을 말해 주고, 오소의 군량을 단단히 지킬 것과 오소로 통하는 산길을 물샐 틈 없이 경비해서 조조의 계책에 빠지지 말라고 권고를 했다.

원소는 격분해서

"이놈, 죄인의 몸으로서 무슨 주제넘은 소리냐? 누구를 현혹시킬 작정이냐?"

하고 호통을 치면서, 문지기를 꾸짖고 목을 베어 버린 다음, 저수를 다시 감옥에 가두라고 엄명했다. 저수가 밖으로 나와서 눈물을 흘리며 탄식했다.

"우리 군의 멸망은 목전에 박두했다. 나의 시체도 어느 땅에 묻히게 될는지 모를 일이다."

조조는 군사를 거느리고 밤중에 전진을 계속했다. 원소의 진지 중의 한 군데를 지나쳐 가려니까, 적군 병사가 어디서 오는

군사냐고 물었다. 조조가,

"장(장기)공의 수하에 있는 군사로, 명령을 받들고 오소로 군량을 지키러 가오."

하고 대답을 시켰더니, 원소의 군사들은 자기 편인 줄 알고 아무런 의심도 하지 않고 통과시켰다.

이렇게 해서 무난히 오소에 도착한 것은 밤이 4경이 넘어서였다. 조조는 병사들에게 명령하여 포위진에서 불을 지르도록 하고, 장수들은 북을 두드리며 돌진했다.

이때, 순우경은 술에 곯아 떨어져서 영채 안에서 잠을 자고 있다가 난데없이 일어나는 북소리 · 고함소리에 깜짝 놀라 깨어서,

"이크! 이게 무슨 일이냐?"

허둥지둥 정신을 못 차리고 있을 때, 군량을 운반해 가지고 오는 목원진 · 조예와 맞닥뜨리게 되어서 군량을 쌓아둔 곳이 불타고 있는 것을 알고 그리로 달려갔다.

조조의 군사들이 이 사실을 급히 보고하고,

"적군이 뒤로부터 쳐들어옵니다. 군사를 나누어서 막아내야겠습니다!"

했더니 조조가 호령했다.

"전력을 다해 앞으로만 돌진해라! 적군이 등뒤를 치면, 그때 가서 싸워도 넉넉하다!"

순식간에 불길이 사방으로 뻗치고 연기가 허공을 찔렀다. 목

원진과 조예 두 장수가 군사를 거느리고 달려드니, 조조는 말머리를 돌려서 그들에게 대항했다. 도저히 감당하기 어려운 두 장수는 결국 조조의 군사에게 목숨을 빼앗겼으며, 군량은 몽땅 불타 버리고 말았다.

순우경은 조조의 앞으로 붙잡혀 갔는데, 조조는 그의 귀와 코를 도려내고 손가락을 잘라서 말 등에 묶어 가지고 적진으로 돌려보내어 원소에게 모욕을 주었다.

원소는 영채 안에 있다가 북쪽에서 하늘을 치미는 불길이 일어나고 있다는 보고를 받자, 그제서야 오소를 습격당했구나 하고 급히 문무백관을 소집하여 원군을 내보낼 것을 협의하고 있었다.

"조조는 군량을 습격하는 데만 전력을 기울이고 진지에 군사를 남겨 두었을 리 없으니 당장에 들이치십시다."

곽도가 몇 번이나 이렇게 제의하자 원소는 장합 · 고람에게 군사 5천 명을 주어서 관도의 조조의 진지를 공격하게 하고, 한편 장기에게 군사 1만 명을 나눠 주어서 오소를 구원하러 떠나 보냈다.

한편, 조조는 순우경의 군사를 물리쳐 버리고 군복 · 갑옷 · 깃발 등을 모조리 탈취하자, 순우경의 패잔병이 투항하는 것처럼 가장하고, 산곡간의 좁은 길로 접어들었는데, 이때 마침 장기의 군사와 맞닥뜨리게 되었다. 장기의 군사가 힐문을 하자, 오소에서 도망해 오는 길이라고 대답했더니 장기는 아무런 의심도 하지 않고 말을 달려 지나가 버렸다.

이때, 허저와 장요가 뛰어 내달으며,

"장기! 옴쭉 말고 게 있거라!"

하고 호통을 치니 장기는 당황해서 어쩔 줄 몰랐다. 이때, 장요가 날쌔게 달려들어 선뜻 목을 쳐서 말 아래로 동댕이쳐 버렸다.

그러고 나서는 원소에게 사람을 보내서,

"장기장군은 오소의 적군을 이미 무찔렀습니다."

하고 거짓 보고를 하게 했다. 이 보고를 곧이듣고, 원소는 오소로 군사를 더 보내지 않고, 전력을 기울여서 관도로만 병력을 집중시켰다.

장합과 고람이 조조의 진지로 쳐들어가니, 왼쪽에서는 하후돈, 오른쪽에서는 조인, 가운데서는 조홍이 덤벼들어 3면에서 몰아쳤다. 원소의 군사는 대패하여 갈팡질팡하는 판에 간신히 원군이 도착하기는 했다. 그러나 이때에 조조가 또 뒤에서 덤벼들어 3면으로 포위 태세를 든든히 하고 공격을 가하니 장합과 고람은 견디다 못해서 가까스로 빠져나갈 길을 찾아서 뺑소니를 쳐버리고 말았다.

원소는 오소에서 돌아온 패잔병들을 진중으로 맞아들였는데, 순우경이 귀와 코를 잘리고 손가락이 없이 나타난 것을 보고는 대경실색하고 또한 격분을 참지 못했다.

"어떻게 해서 오소를 빼앗겼소?"

분노를 참지 못하고 소리를 지르니, 병사의 한 사람이 솔직히 대답했다.

"순우경이 술타령만 하고 취해 있어서 손을 쓸 겨를도 없었습니다."

원소의 분노는 불길처럼 치밀어올라 걷잡을 수 없이 당장에 순우경의 목을 잘라 버렸다. 곽도는 장합과 고람이 돌아오면 당장 자기의 과실이 판명되리라는 것을 두려워하여, 두 사람이 돌아오기 전에 원소의 앞에 나서서 터무니없는 거짓말을 고해 바쳤다.

"장합과 고람은, 공께서 싸움에 패하신 것을 보고 반드시 기뻐하고 있을 것입니다."

"그건 무슨 까닭인고?"

"두 사람은 오래 전부터 조조에게 투항할 생각이었으니, 이제 적군을 쳐부수라고 파견하셨지만, 고의로 힘을 쓰지 않고 병사들을 잃어버릴 것입니다."

원소는 또 화가 치밀어서 사람을 보내어 두 사람을 불러다가 곧 처치해 버리려고 했다.

그런데 이보다 앞서서 곽도는 장합과 고람에게도 사람을 보내서,

"원공이 그대들을 죽일 생각을 하고 있소."

하는 말을 전해 주도록 했다. 원소에게서 사람이 나타나자 고람은,

"원공께선 뭣 때문에 우리들을 부르시는 거요!"

"그 까닭은 잘 모르겠습니다."

하고 그 사람이 대답하니, 당장에 칼을 뽑아 목을 잘라 버렸다.

장합이 대경실색하니 고람이 말했다.

"원소도 터무니없는 남의 말을 곧이듣는다면 반드시 조조의 손에 죽고야 말 것이오. 우리들도 앉아서 죽음을 기다릴 수는 없으니 솟제 조조에게 투항하기로 합시다."

"나도 오래 전부터 그런 생각을 하고 있었소."

이리하여, 두 사람은 부하를 거느리고 조조의 진지로 투항해 갔다.

하후돈이 나타나며 조조에게,

"장합과 고람 두 사람이 항복하러 왔습니다만 그 진심을 알 수 없습니다."

하고 말하자 조조가 대답했다.

"이편에서 후히 대접해 주면, 설사 다른 배짱이 있다 해도 우리 편 사람으로 만들 수 있소."

곧, 영채 문을 열어 주고 두 사람을 맞아들이라 명령했다. 두 사람은 무기를 버리고 갑옷을 벗고 조조의 앞에 꿇어 엎드렸다.

조조가 말했다.

"원소도 공들의 말을 들었다면 싸움에 패하지는 않았을 것을……. 이제 공들이 이렇게 나한테로 투항해 온 것은 마치 미자(微子)가 은나라를 떠나고 한신(韓信)이 한나라로 돌아온 것과 마찬가지요."

조조가 장합을 편장군(偏將軍) 도정후(都亭侯)에 봉하고, 고람을 편장군 동래후(東萊侯)에 봉해 주었더니 두 사람은 무척 기뻐했다.

원소 편에는 허유가 달아났고, 장합 · 고람까지 곁을 떠나 버렸으며, 또 오소의 군량마저 잃어버리자, 군사들은 완전히 싸움을 하고 싶은 의욕이 없어졌다.

허유는 거듭 조조에게 빨리 군사를 밀고 나가라고 권고했으며, 장합과 고람이 선두에 나서겠다고 자원했다. 조조는 이 뜻을 받아들여 그 즉시 장합과 고람에게 명령하여 원소의 진지를 습격하게 했다. 그날밤 3경쯤 되었을 때, 두 장수는 3면으로 습격을 감행하여 날이 밝을 무렵까지 일대 난투를 전개했는데, 쌍방이 군사를 뒤로 물렸을 때에 원소는 이미 병력의 절반을 상실하고 있었다.

한편 순유가 또 조조에게 의견을 제공했다.

"지금 우리 군사가 두 갈래로 갈라져서 한 갈래는 산조(酸棗)를 지나서 업군(鄴郡)을 공격하고, 또 한 갈래는 여양으로 나가서 원소의 퇴로를 가로막으려 한다고 거짓 소문을 퍼뜨리면 원소는 이런 소문을 듣고 반드시 대경실색하여 역시 군사를 나누어서 방비하려 들 것입니다. 적군이 움직이기 시작하는 틈을 노리고 있다가 급히 쳐들어간다면 원소를 쳐부술 수 있을 것입니다."

조조는 이 계책을 받아들여서 병사들에게 명령하여 각지에 헛소문을 퍼뜨리게 했다. 이 소문을 들은 원소는 깜짝 놀라서 시급히 원상(袁尙)에게 병력 5만을 주어서 업군을 거들어 주도록 파견하고, 신명(辛明)에게도 똑같이 병력 5만을 주어서 여양을 거들어 주도록 하여 밤낮을 헤아리지 않고 진군을 계속하도록 명령했다.

원소가 군사를 이동시키고 있다는 사실을 확인하자, 조조는 전군을 여덟 갈래로 갈라 가지고 일제히 원소의 진지로 쳐들어갔다. 원소의 군사들은 싸울 만한 의욕도 없이, 뿔뿔이 흩어져 버렸고, 원소 자신도 갑옷을 몸에 걸칠 만한 겨를이 없어서 단의복건(單衣幅巾)을 쓰고 말을 탔으며, 그 뒤를 만아들 원담(袁譚)이 따랐다.

이편에서는 장요 · 허저 · 서황 · 우금의 4대 장군들이 군사를 거느리고 추격해 오는 바람에, 원소는 황급히 황하를 건너서 도서(圖書) · 차장(車仗) · 금백(金帛)을 모조리 버리고 겨우 8백여 기를 거느리고 달아났다. 조조의 군사는 추격하다가 쫓아갈 수 없어 되돌아서서 원소의 군사가 내버린 물건을 수습했는데, 포로로 붙잡힌 병사가 8만여 명, 피는 흘러서 바다를 이루고 물에 빠져 죽은 자도 부지기수였다.

조조는 대승리를 거두고 개선하여 금 · 은 · 옷감 등 무수한 전리품들을 병사들에게 상으로 나누어 주었다. 몰수한 문서 중에서 서신이 한 묶음 튀어 나왔는데, 그것들은 모두가 허도와 조조의 진영에 있는 사람들이 원소에게 내통한 편지들이었다.

측근자들이 조조에게 말하기를,

"모조리 성명을 조사해서 사죄(死罪)로 다스리십시오."

했더니 조조의 말이 걸작이었다.

"원소가 득세했었을 적에는, 내 자신도 보증할 수 없었으니까, 하물며 다른 사람들이야 말해서 무엇하리요!"

그 편지들을 불살라 버리고 두 번 다시 입에 올리지 않았다.

원소가 패하여 달아난 다음에 옥중에 있던 저수는 조조의 앞에 끌려나왔다.

"나는 절대로 항복하지 않는다!"

그는 조조의 얼굴을 보자마자 소리를 벽력같이 질렀다.

"그대의 계책을 용납해 주지도 않은 원소에게 아직도 무슨 미련이 있나? 내가 진작 그대의 힘을 빌릴 수 있었다면 천하는 태평했을 것을……."

이렇게 달래고 후대를 해주었건만 저수는 말을 훔쳐 가지고 원소에게로 도주하려고 했기 때문에 조조는 격분해서 죽여 버렸다.

그러나 저수는 목이 달아나는 순간까지 얼굴빛이 조금도 변함이 없었으니, 조조는 충의지사를 죽였다고 후회하며 황하의 건널목에 무덤을 만들고 충렬저군지묘(忠烈沮君之墓)라는 비석까지 세워 주었다.

조조는 다시 기주 공략의 영을 내렸다. 이야말로, 세력이 약하나 계책이 많아서 이겼고, 군사는 강하나 꾀가 적어서 망한 셈이었다.

# 31. 승패를 초월하여

사방에서 울리는 전쟁의 북소리, 여남에서도, 기북에서도

曹操倉亭破本初
玄德荊州依劉表

조조는 원소가 싸움에 패한 기회를 놓치지 않으려고 군사를 정비해 가지고 맹렬히 추격했다. 원소가 무장도 갖추지 못하고 간신히 8백여 기를 거느리고 황하의 북녘 기슭을 따라서 여양군으로 피해 들어가니 대장 장의거(蔣義渠)가 진지 밖에까지 나와서 영접했다.

원소가 여태까지의 정세를 이야기해 주었더니, 장의거는 지리멸렬 상태에 빠진 군사를 재정비했다. 사람들이 원소가 건재하다는 소문을 듣고 개미떼같이 몰려들어 그는 힘 안 들이고 옛날의 위엄을 회복해 가지고 기주로 돌아가기로 했다.

가는 도중에 어느 황폐한 산 속에서 하룻밤을 지내게 됐는데,

원소는 밤중에 영채 안에서 어디선지 흐느껴 우는 소리가 간간이 들려오기에 살며시 몸을 일으켜 귀를 기울였다. 그랬더니 패잔병들이 모여서 부모 · 형제 · 친구를 잃어버리게 된 슬픔을 서로 이야기하면서 이구동성으로,

"전(전풍)공의 말씀을 들어 주셨던들 우리도 이다지 고생을 하지는 않았을 것을……."

하며 가슴을 두드리며 통곡하는 것이었다.

'하아! 전풍의 권고를 듣지 않았기 때문에 무수한 장병을 죽게 했구나! 나는 면목이 없어서 어떻게 내 고장에 돌아간단 말인가!'

원소는 이런 생각을 하면서 슬픔을 참느라고 아랫입술을 지그시 깨물었다.

그 이튿날 말을 달려서 앞으로 나가고 있는데, 봉기(逢紀)가 군사를 거느리고 영접하러 나와서 원소는 이런 말을 했다.

"나는 전풍의 말을 듣지 않았기 때문에 이 꼴이 되었소. 돌아가도 전풍을 만날 면목이 없소!"

이 말을 듣자, 봉기는 터무니도 없는 무고를 하는 것이었다.

"전풍은 옥중에서도 장군께서 싸움에 패하셨다는 소문을 듣고, '그것 보지! 내 말을 듣지 않더니!'하며 박장대소하고 웃고 있었습니다."

원소는 극도로 격분했다.

"나를 비웃었다고? 내 이놈을 꼭 죽여 버리고 말겠다!"

사람을 시켜서, 보검 한 자루를 주며 먼저 기주로 달려가서 감옥에 있는 전풍을 죽이라고 명령했다.

전풍이 옥중에 있노라니 하루는 옥리가 이런 말을 했다.

"축하합니다."

"무슨 경사가 났단 말이오?"

"원장군께서 싸움에 대패하고 돌아오시니 전공을 인제는 잘 봐 주실 겁니다."

"내 목숨은 인제 마지막이오."

"모든 사람들이 전공의 일을 기쁘게 생각하고 있는데, 어째서 그렇게 불길한 말씀을 하십니까?"

"원장군은 마음이 관대해 뵈면서도 실상은 그런 분이 아니고, 충·불충(忠不忠)을 판단하지 못하시는 분이오. 만약에 싸움에 이겨서 기뻐하실 때라면 혹시 용서를 받을지도 모르지만 싸움에 패해서 짜증이 나시는 이때에 내가 오래 살기를 바란다는 것은 어려운 일이오."

옥리가 의아한 얼굴을 하고 있는데, 심부름 온 사람이 칼을 들고 나타나더니 전풍의 목을 자르라는 원소의 명령을 전달하자, 그제서야 옥리는 깜짝 놀라 두 눈이 휘둥그래졌다.

"흐음! 나는 이미 죽음을 각오하고 있었어!"

하는 전풍의 말을 듣자 옥리들은 눈물을 흘렸다. 이때 전풍이,

"대장부로 태어나 천지간에 생명을 받고 나서, 섬길 만한 주인을 알지 못했다는 것은 나의 무지의 소치였다. 오늘 죽음을 당한다 해도 아까울 것이 없다!"

하고 옥중에서 자기 손으로 목을 찔러서 죽어 버리고 말았다. 전풍이 죽었다는 소문을 듣고 슬퍼하지 않는 사람이 없었다.

원소는 기주로 돌아오기는 했으나 극도로 마음이 번거롭고 산란해서 정사를 다스리지 못했다. 원소에게는 아들이 3형제 있었는데, 맏아들 원담(袁譚—字는 顯思)은 청주(青州)를 지키고, 둘째아들 원희(袁熙—字는 顯弈)는 유주(幽州)를 지켰다. 셋째아들 원상(袁尚—字는 顯甫)은 후처 유씨(劉氏)의 소생인데, 그 용모가 매우 출중해서 원소가 가장 귀여워하였다.

유씨부인은 원상을 후계자로 삼으라고 남편 원소에게 권고하여, 원소는 심배 · 봉기 · 신평 · 곽도 네 사람과 상의했다.

본래 이 네 사람들로 말하자면, 심배와 봉기는 여태까지 원상을 보필했고, 신평과 곽도는 원담을 보필해 왔기 때문에 각각 자기네들의 주군(主君)을 후계자로 떠받들려 하고 있었다.

이때 원소가 네 사람에게 말했다.

"외환(外患)이 아직도 그치지 않았으니, 안의 일을 불가불 빨리 작정해야겠기에 나는 후계자를 상의해서 세워 놓으려 하오. 장자 담은 위인이 고집이 세고 남과 싸우기를 좋아하며, 차자 희는 위인이 나약해서 안 되겠소. 셋째 상은 영웅다운 기질이 있고, 현사에 대한 예의를 알고 존경할 줄 아니 나는 상을 후계자로 세우고자 하는데 공들의 의사는 어떠하오?"

곽도가 대답했다.

"세 분 자제님들 가운데서 장자 되시는 분이 외주(外州)에 나가 계신 이때에 그 분을 제쳐놓으시고 맨끝 분을 후계자로 세우신다면 가정 안의 분란을 일으키시는 결과가 될 것입니다. 군사들의 사기는 저상했고, 적병이 국경에 박두해 오고 있는 이때에 부자와 형제가 서로 반목하게 된다는 것은 심히 좋지 못한 일인가 합니다. 우선 적을 물리칠 대책을 세우심이 중요한 일이오니 후계자의 문제는 추후로 미루어 두심이 지당한가 합니다."

이 말을 듣고 원소는 또 마음이 흔들려 확호(確乎)한 결정을 짓지 못했다.

이러고 있을 때, 별안간 원희가 6만의 군사를 거느리고 유주에서, 원담이 5만의 군사를 거느리고 청주에서, 조카 고간(高幹)도 5만의 병사를 거느리고 병주(幷州)에서 각각 기주에 가담하려고 도착했다는 소식이 들어왔다. 원소는 무척 기뻐하여 그 즉시 군사를 재정비하여 조조에게 도전하려고 했다.

이때, 조조는 싸움에 승리한 군사력을 거느리고 황하 연안에 대규모의 진을 치고 있었는데, 그 고장 사람이 곧잘 음식과 술을 들고 와서 위문해 주곤 했다. 조조는 그들 가운데에 머리털도 수염도 하얗게 센 노인을 몇 사람 청해서 영채 안에서 자리를 주어 앉혔다.

"노인들께서는 춘추가 얼마나 되십니까?"

"모두 백 살이 가깝소."

"우리 병사들이 너무나 소란하게 해드려서 매우 죄송하게 생각하고 있습니다."

"환제(桓帝) 연대에 누런 별이 초(楚)나라와 송(宋)나라의 방향으로 나타난 일이 있었소. 마침 그때 여기 머무르고 있던 요동(遼東)의 은규(殷馗)라는 분이 천상(天象)에 밝으셨는데, 이런 말을 하신 일이 있었소.

'황성(黃星)이 건상(乾象)에 나와서 이 일대를 비추고 있으니 지금으로부터 50년 뒤 천명을 받은 사람이 양(梁)이나 패(沛) 땅에 나타나리라.'고. 손을 꼽아 세어 보니 그때부터 올해가 꼭 50년이 되오. 원소가 과중한 연공(年貢)을 바치라는 데는 우리들 누구 한 사람 미워하지 않은 자가 없었소.

이번에 승상께서 인의로써 싸움을 하셔서 우리들을 위해서 악한 자를 물리치시고 관도의 싸움에서 원소의 백만대군을 무찌르신 것은, 그 시절에 은규란 분이 말한 것과 틀림없으니 우리들도 이제부터 태평천하에 살게 될 것이 틀림없을 것이오."

조조는 만면에 웃음을 띠고,

"하지만, 나로서 그만한 큰일을 해낼는지요?"

하면서 술과 음식을 대접하고 선물을 주어서 돌려보냈다.

얼마 있다가, 원소가 2,30만의 군사를 집결해 가지고 창정(倉亭)까지 진출했다는 소식이 들어오자 조조도 진군을 개시하여 진을 쳤다. 이튿날, 양군이 대치하여 각각 진형(陣形)을 정비하자 조조가 여러 장수를 거느리고 말을 달려나갔더니, 원소도 세 아들과 조카 그리고 여러 장수들을 거느리고 말을 달려 진두에 나섰다. 조조가 호령했다.

"원소! 그대는 이미 책략도 없이 기진맥진했는데 어째서 항복하려 들지 않느냐? 목덜미에 칼이 꽂힌 다음에는 후회막급이리라!"

원소, 크게 격분하여 여러 장수를 돌아다보며 소리쳤다.

"누구든지 저놈을 잡아오라!"

이 말을 듣자 원상이 아버지 앞에서 솜씨를 한번 뵈려고, 두 자루의 칼을 휘두르면서 말을 달려 진두로 내달았다. 조조가 그것을 손가락으로 가리키면서,

"저건 누구요?"

하고 물었더니 원상의 얼굴을 아는 자가 대답했다.

"원소의 셋째아들 원상입니다."

그 말이 채 끝나기도 전에 장수 한 사람이 창을 휘두르며 뛰어나갔다. 조조가 누군가하고 바라다보니 바로 서황의 수하에 있는 사환(史渙)이었다.

양장이 서로 맞부딪쳐 채 3합도 못 싸웠을 때, 원상이 말머리를 돌려세우더니 옆으로 슬쩍 빠져나갔다. 사환이 그대로 추격해 들어가니, 원상이 활을 재가지고 몸을 홱 돌리는 찰나에 사환의 왼쪽 눈을 맞혔다. 사환은 그대로 말에서 떨어져서 절명했다.

원소는 아들이 승리하는 광경을 바라보다가 이때다 생각하고 말채찍을 높이 휘두르며 대군을 노도처럼 쳐들어가게 하니 처참하고 혼란한 일대 접전이 벌어졌다. 그 후 한참만에 양군이 다같이 징을 치면서 각각 진지로 철수했다.

조조가 여러 장수들을 모아 놓고 원소를 격파할 대책을 의논했더니, 정욱이 '십면매복(十面埋伏)'이라는 계책을 내놓았다. 그것은 10대(十隊)를 복병으로서 남겨 두고, 군사를 강기슭까지 후퇴시킨 다음, 원소를 기슭까지 유도해 놓으면 이편 군사에게 퇴로가 없어지기 때문에 반드시 목숨을 바치고 싸울 것이며, 따라서 원소를 격파할 수 있다는 것이었다.

조조는 그 계책을 받아들여서 오른쪽, 왼쪽 각각 5대로 군사를 배정했다.

그 진용을 보면 다음과 같다.

| | |
|---|---|
| 왼쪽 제1대 — 하후돈 | 오른쪽 제1대 — 조 홍 |
| 왼쪽 제2대 — 장 요 | 오른쪽 제2대 — 장 합 |
| 왼쪽 제3대 — 이 전 | 오른쪽 제3대 — 서 황 |

| | |
|---|---|
| 왼쪽 제4대 — 악 진 | 오른쪽 제4대 — 우 금 |
| 왼쪽 제5대 — 하후연 | 오른쪽 제5대 — 고 람 |

그리고 중군의 선봉은 허저였다. 이튿날 이 10대를 선발대로 내보내서 좌우로 매복시켜 놓고 밤중이 되자, 조조는 허저에게 군사를 거느리고 전진하도록 명령하고, 야습(夜襲)을 할 것처럼 적에게 보이게 했다.

그랬더니 원소의 5대 군사가 일제히 덤벼드는 바람에 허저는 군사를 되돌려서 뺑소니를 쳤다. 원소의 군사는 추격해 오느라고 고함소리가 그칠 새가 없었지만, 날이 훤하게 밝을 무렵, 이미 강기슭까지 쫓아왔기 때문에 조조의 군사는 벌써 퇴로가 막히고 말았다.

"앞으로 나갈 길은 없다! 죽도록 싸워라!"

조조가 이렇게 호령을 하니 전군 분연히 용기를 내고, 허저가 제일 먼저 말을 달려 순식간에 수십 명의 적장 목을 잘라 버렸다. 원소의 군사들이 우수수 흩어지자, 원소가 당황해서 군사를 뒤로 물리니 뒤에서는 또 조조의 군사들이 덤벼들었다.

원소가 도망치려 하는데, 왼쪽에서 하후연, 오른쪽에서 고람이 일제히 달려드니 원소는 세 아들과 조카와 함께 미칠 듯이 혈로(血路)를 뚫어 옆도 안 보고 말을 달렸다.

10리 길도 채 못 가서 왼쪽에서 악진, 오른쪽에서 우금이 비호같이 덤벼드니, 원소 편은 시체가 벌판을 뒤덮고 피가 강물처럼 흘렀다. 또 몇 리 길을 도망쳤을 때 왼쪽에서 이전, 오른쪽에서 서황이 덤벼들며 닥치는 대로 마구 찌르고 베고 무서운 위력을 마음껏 발휘했다.

원소 부자는 얼이 다 빠져서 가까스로 처음 진지로 도주해 돌아와서 전군을 수습하고, 시장해서 요기라도 할까 하고 있는데 이번에는 왼쪽에서 장요, 오른쪽에서 장합이 마구 찌르며 덤벼드는지라, 원소는 허둥지둥 말을 잡아타고 창정까지 도주했다. 그러나 사람도 말도 기진맥진해서 한숨을 돌리려고 하는데 조조의 대군이 또 쫓아오고 거기다가 오른쪽에서 조홍, 왼쪽에서 하후돈이 가는 길을 가로막는 것이었다.

"여기서 우물쭈물하다가는 붙잡히고 만다!"

원소는 소리를 지르며 미친 사람같이 칼을 휘둘러 가까스로 포위망을 돌파했지만, 원희 · 고간은 화살에 맞아 상처를 입었고, 군사들은 완전히 죽음에 직면하게 됐다.

원소는 세 아들과 얼싸안고 잠시 동안 소리만 지르며 어찌해야 좋을지 모르더니, 갑자기 정신을 잃고 그 자리에 졸도해 버렸다.

좌우에서 급히 손을 써서 정신을 차리도록 했더니, 원소는 입에서 시뻘건 피를 연방 토하면서 한탄했다.

"나는 지금까지 수십 번이나 접전을 해봤지만, 이렇게까지 내 자신이 처참해진 일은 없었소. 이것은 하느님이 나를 멸망하게 하시려는 것이오. 그대들은 각기 자기 고장으로 돌아가 반드시 또 한번 조조와 자웅을 결해 주기만 바라오!"

원소는 이렇게 말하면서 신평 · 곽도에게 명령하여 시급히 원담과 더불어 청주로 가서 군사를 정비해서 조조의 공격에 대비하도록 하고, 원희를 유주로, 고간을 병주로 돌려보내어 인마를 정비해서 대기토록 했다. 이리하여 원소는 원상 일행을 거느리고 기주로 돌아와서 몸을 쉬면서, 원상 · 심배 · 봉기에게 잠시 군사의 대권을 맡겼다.

조조가 창정에서 승리를 거둔 후 세작의 보고를 들어보니, 원소는 병상에 누워 있고, 원상과 심배가 성을 단단히 지키며, 원담 · 원희 · 고간은 각각 영채로 돌아갔다는 것이었다. 좌우의 장수들이 모두 이런 기회를 놓치지 말고 공격을 하자고 했다. 그러나 조조는 기주에는 양식이 많이 있고 책사(策士) 심배가 있으니 경솔히 굴 일이 아니라, 가을에 추수가 끝난 다음에 싸우기로 하자고 그들의 말을 듣지 않았다.

이런 협의를 하고 있을 때에, 돌연 순욱에게서 편지가 왔다. 유현덕이 여남에서 유벽 · 공도의 군사 수만을 장악하고, 조조가 하북으로 출전한다는 것을 알자, 유벽에게 여남을 지키게 하고, 자기는 친히 군사를 거느리고 허창의 허를 찌르려 하고 있다는 사실이었다.

조조는 대경실색, 조홍의 2군을 황하 연안에 남겨 두어 허장성세를 부리도록 하고, 친히 대군을 거느리고 유현덕과 대결하기 위하여 여남으로 떠났다.

유현덕은 관운장 · 장비 · 조자룡과 함께 군사를 거느리고 허도를 습격하려고 진군해 오다가 양산(穰山) 근처에서 조조의 군사와 맞부딪치고 말았다.

현덕이 문기(門旗) 아래로 말을 몰고 나섰더니, 조조가 채찍으로 가리키며 매도했다.

"나는 그대를 빈객으로 대접했는데, 그 은혜와 의리를 배반하다니 무슨 짓이냐?"

"그대야말로 한나라 승상의 명칭만 핑계로 삼는 국적이 아니냐? 나는 한나라의 왕실의 종친이다. 이번에 천자의 밀조(密詔)를 받들고 역적을 토벌하러 나선 길이다!"

현덕은 이렇게 말하고 나서 말 위에서 옥대의 조서를 낭독하였다. 조조는 격분하여 허저를 앞으로 내세우니, 현덕의 등 뒤에서 조자룡이 창을 휘두르며 뛰쳐나왔다. 두 장군이 말을 맞부딪고 30여 합을 싸워도 승부가 나지 않을 때, 난데없이 요란한 고함소리가 들리더니 동남쪽에서부터 관운장이, 서남쪽에서부터 장비가 군사를 거느리고 달려들었다.

이리하여 3면에서 일제히 몰아치니 먼길을 달려오느라고 피로한 조조의 군사는 도저히 감당해 내지 못하고 뿔뿔이 흩어져서 도주해 버렸고, 유현덕은 승리를 거두고 진지로 돌아왔다.

그 이튿날, 유현덕은 조자룡을 내보내서 조조의 진지에 도전했지만 응하지 않아서 다시 장비를 내보내서 도전하게 했다. 그러나 10여 일 동안이나 나와서 싸우려는 기색이 전혀 없었다. 이때, 양식을 운반해 오던 공도가 조조의 군사에게 포위를 당했다는 놀라운 소식이 날아들었다. 현덕이 시급히 장비를 구원차 파견했더니, 이번에는 또 하후돈이 군사를 거느리고 배후로 돌아서 여남으로 몰려든다는 보고가 들어왔다.

현덕은 당황했다.

"만약에 여남을 잃는다면 나는 앞뒤로 적군을 대하게 되니 돌아갈 곳도 없어지게 된다."

이렇게 생각을 하고 현덕은 당장에 구원차 관운장을 파견했다. 두 장수가 떠난 지 하루도 못 되어서 급보가 또 날아들었는데, 하후돈이 이미 여남을 격파하고, 유벽은 성을 버리고 도주했으며, 관운장은 포위당했다는 것이었다.

현덕이 깜짝 놀랐을 때, 또 공도를 구원하러 떠나간 장비마저 포위를 당했다는 보고가 들어왔다. 현덕은 그 즉시 군사를 후퇴시키고 싶었지만, 조조에게 추격을 당할 것을 걱정하고 있었다.

이때, 또 한편에서 허저가 도전해 왔다는 통지가 있었다. 그러나 현덕은 싸우러 나가지 않고, 날이 밝기를 기다려서 병사들을 배불리 먹인 다음 보병은 앞으로, 기병은 뒤로 세우고 떠나며, 진중에서는 야경 도는 북을 울리도록 했다.

현덕이 진지를 떠나서 몇 리쯤 갔을 때, 어떤 나무도 없이 발가벗은 산기슭을 돌아가고 있노라니 무수한 횃불이 일제히 훨훨 타오르며 산꼭대기에서 호통을 치는 소리가 들려왔다.

"현덕아! 옴쭉 말고 게 있거라! 조승상이 여기서 너를 기다리고 계시다!"

유현덕이 당황하여 어디로 도망칠 길을 찾고 있을 때, 조자룡이,

"주공님, 걱정 마십시오! 저를 따라 오십시오!"

하면서 창을 휘두르며 말을 달려 달아날 길을 터 주어서, 현덕은 쌍고검(雙股劍)을 휘두르며 그 뒤를 쫓아갔다.

싸우고 있는 동안에, 허저가 달려들어서 조자룡과 자웅을 결하고 있는데, 우금 · 이전마저 덤벼들었다. 그래서 현덕도 이제는 어찌할 도리가 없다 생각하고 인기척이 없는 곳을 찾아서 말을 달렸다.

등뒤에서 고함소리가 차츰차츰 멀어지자 현덕은 깊은 산골짜기 좁은 길을 찾아 단기로 몸을 피하고 있었는데, 날이 밝아올 무렵에 난데없이 측면에서 일대의 군마가 뛰어나왔다. 자세히 살펴보았더니, 그것은 유벽이 패잔군 천여 기를 거느리고 현덕

의 가족들을 호위하고 오는 것이었다. 손건 · 간옹 · 미방도 동행해 오고 있었다.

그들의 말에 의하면 하후돈의 군사를 도저히 감당해 낼 수 없는 처지이기 때문에, 성을 포기하고 달아나려고 하는 판에 조조의 군사에게 추격을 당했는데, 다행히 관운장이 막아내 주어서 도주해 올 수 있었다는 것이었다.

"그럼 관운장은 어디 있소?"

하고 현덕이 물었더니 유벽의 대답이,

"유장군께서는 우선 이곳에서 몸을 피하십시오. 지금은 그런 것을 알아보실 여유조차 없습니다."

하는 것이었다.

이리하여 몇 리 길을 또 나갔을 때, 북소리가 몇 번 울리더니 1대의 인마가 앞길을 가로막고 내달았다.

선두에 나선 대장은 바로 장합. 그는,

"유현덕! 빨리 말을 내려서 항복하라!"

하고 호통을 쳤다.

현덕이 뒤로 물러나려고 하자 산꼭대기에서 온통 붉은 깃발이 휘날리고 1대의 군마가 산곡간에서 몰려나왔다. 그 앞장을 선 대장은 고람이었다.

현덕은 앞뒤가 꽉 막히게 되니 하늘을 우러러보며,

"하늘이시여! 어째서 나를 이다지 오도가도 못하게 만드십니까? 사태가 이에 이르렀으니 당장에 죽느니만 같지 못합니다!"

하고 소리치며, 칼을 뽑아 들고 자결해 버리려고 했다. 이때 유벽이 급히 현덕의 손을 잡으며,

"제가 목숨이 붙어 있을 때까지 싸워서 나가실 길을 틔우도록 하겠습니다."

하고 고람을 겨누어 쳐들어갔지만, 3합도 싸우지 못하고 고람의 한칼에 목이 달아나고 말았다.

현덕이 당황하여 친히 덤벼들려고 하는 찰나에 고람의 군사들이 후방에서부터 동요를 일으키고 대장 한 사람이 병사들을 쫓아 버리고 창을 번쩍 쳐들더니 한번 푹 찔러서 당장에 고람을 말 위에서 거꾸러뜨리고 말았다. 그는 다른 사람이 아니라 바로 조자룡이었다.

현덕은 심히 기뻐했고, 조자룡은 말을 달려 창을 번쩍거리며 고람의 군사들을 무찌르면서 앞으로 돌아 들어가 단기로 장합에게 덤벼들었다. 장합은 조자룡과 더불어 30여 합을 싸우다가 감당하지 못하고 말머리를 돌려서 도망쳐 버렸다.

조자룡이 용기를 내어 한 걸음 더 깊숙이 쳐들어갔지만, 장합의 군사가 산곡간에 단단히 버티고 있는데다가 길이 너무나 협착해서 앞으로 더 나가지 못하고 망설이고 있었다.

바로 이때, 관운장 · 관평 · 주창이 3백 명의 병사를 거느리고 달려들어 앞뒤로부터 들이쳐서 장합을 쫓아 버리고, 좁은 길을

빠져나와 간신히 산 속의 요새지대를 찾아서 다시 진을 쳤다.

현덕은 관운장에게 명령하여 장비를 찾게 했다. 본래 장비가 공도를 구출하러 달려갔을 때, 공도는 이미 하후연의 손에 넘어져 버린 뒤였기 때문에 장비는 분명히 하후연의 군사를 무찌르고 추격해 가는 도중에, 도리어 새로 뛰어나온 악진(樂進)의 군사에게 포위를 당하게 됐다.

관운장은 도중에서 도주해 온 군사를 만나서 길을 물어 달려가자, 악진의 군사를 무찔러 버리고 장비와 더불어 현덕에게로 돌아왔다. 이때, 또 조조의 대군이 추격해 왔다는 소식이 들려왔다.

현덕은 손건에게 가족을 보호하게 하여 먼저 떠나가도록 하고, 관운장 · 장비 · 조자룡과 더불어 후군을 지켜 싸우면서 후퇴했다. 조조는 유현덕이 멀리 떨어져 가는 것을 보자, 그 이상 더 추격할 것을 단념하고 군사를 거두어들였다.

유현덕의 패잔군은 천 명도 못 되는 군사들로 도주만 하고 있었는데, 가는 길에 한 군데 물줄기가 보여서, 그 고장 사람들에게 물어 보니 한강(漢江)이라고 했다. 현덕이 거기다가 임시로 영채를 마련했더니 백성들이 유현덕인 줄 알고 양고기며 술 등을 내놓아 여러 장수들과 강가에서 술을 마셨다. 유현덕이 탄식하며 말했다.

"여러분은 모두 왕을 보필하여 나라를 다스릴 수 있는 재간을 지니고 있으면서도 불행하게도 유현덕을 따르게 되어서, 나의 운명이 곤경에 빠지게 되니 여러분에게까지 누를 끼치게 되었소. 오늘날 내 몸은 이미 입추의 여지도 없게 됐으니 여러분마저 그르치게 할까 걱정스럽소. 여러분께서는 어찌하여 이 유현덕을 버리고 현명한 주군에게 몸을 던져 공명을 꾀하지 않으시오?"

이 말을 듣자 모든 사람들이 얼굴을 가리고 흐느껴 울었다.

관운장이 강력하게 말했다.

"형님! 그게 무슨 말씀이오? 옛날에 고조황제는 항우와 천하를 다퉜을 때, 항우와 싸울 적마다 패하다가도 최후에 구리산(九里山)의 일전에서 이겼기 때문에 4백 년 역사의 터전을 마련한 게 아닙니까? 승패는 병가지상(勝敗兵家之常)이라는데 어째서 그렇게 스스로 의지를 굽히려고 하시오?"

또 손건이 말했다.

"성패는 시운(時運)입니다. 의지를 굽히시면 안 됩니다. 여기는 형주에서 그다지 멀지도 않고, 유표는 9군을 다스리며 군사가 강하고 군량이 풍족할 뿐더러 또한 주공과 같으신 한나라 왕실의 종친이시니, 그곳으로 몸을 의탁하심이 좋을까 합니다."

"하지만, 나를 받아들여 주지 않을 것이오."

"제가 먼저 가서 그를 설복시켜서 영지 밖까지 나와서 영접하도록 해놓지요."

현덕은 심히 기뻐하며 곧 손건을 형주로 떠나 보냈다. 손건은 형주에 도착하는 즉시 유표를 만났는데, 인사가 끝나자마자 유표가 물었다.

"공은 유현덕을 섬기고 계시단 소문을 들었는데, 어찌하여 여길 오셨소?"

이때라고 생각한 손건은 유현덕의 영웅적인 인품과 한나라 왕실을 일으켜 세우려는 열렬한 정열과 현재의 불행한 처지와 형편을 자세히 설명하고 그를 받아들여 주기를 극력 역설했다.

유표도 크게 기뻐했다.

"유현덕으로 말하자면 나도 평소에 아우처럼 생각해 왔소. 한번 만나 보고 싶던 차였는데, 그렇게 된다면 나도 소원을 성취하는 셈이니 다행스럽소."

이때 채모(蔡瑁)가 옆에 있다가 반대하는 의견을 내놓았다.

"그건 안 됩니다. 유현덕은 예전에는 여포를 따르다가 나중에는 조조에게로 몸을 의지했었고, 근래에는 원소에게도 가 있었소. 좌왕우왕하면서 어느 쪽에도 붙어 있지 못하는 위인입니다. 이것만 보아도 그 사람됨이 어떻다는 것을 가히 알 수 있습니다. 차라리 이 기회에 손건의 목을 베어서 조조에게 바치신다면 조조는 반드시 주공을 소중히 여기실 것입니다!"

손건이 정색하면서 소리를 질렀다.

"내, 죽음을 두려워하는 소인배가 아니오. 유장군으로 말하면 그 나라를 위하는 충성된 마음이 조조 · 원소 · 여포 따위에 비할 바 아니오. 그대는 무엇 때문에 쓸데없는 말을 하여 현사(賢士)를 질투하시오?"

유표가 그 말을 듣더니 채모를 돌아다보며 말했다.

"내 마음은 이미 작정되었으니 쓸데없는 말은 그만두시오!"

마침내 유표는 성 밖 30리 지점까지 친히 나와서 유현덕을 맞이했고, 관운장 · 장비와도 인사를 마친 다음, 형주성 안으로 들어가 관저까지 마련해 주어서 머무르게 했다.

한편, 조조는 현덕이 형주로 가서 유표에게 의탁했다는 소식을 듣자 그 즉시 군사를 거느리고 공격을 개시하려 했다. 그러나 정욱이 북쪽에 있는 원소의 군사를 더 경계해야 한다고 권고하는 바람에 우선 군사를 거느리고 허도로 돌아가 한동안 쉬었다. 그러다가, 건안 7년 정월에 또다시 출전하기로 결정하고, 우선 하후돈 · 만총(滿寵)을 파견하여 유표에게 대비시켜 여남을 든든히 지키도록 하고, 조인 · 순욱에게 허도의 방비를 맡겼다. 그리고 조조 자신은 대군을 거느리고 관도로 나와 진을 쳤다.

한편, 원소는 오래 전부터 앓고 있던 토혈병(吐血病)이 겨우 완쾌되어서 허도를 공략할 협의를 하고 있는데, 돌연 조조가 관도까지 나와서 기주를 들이치려고 한다는 소식을 듣자 곧 그에 대한 대책을 강구했다.

그러자 아들 원상이 선뜻 부친을 대신하여 출전하겠다고 나섰다. 원소는 승낙하고 청주의 원담, 유주의 원희, 병주의 고간에게도 사람을 파견하여, 4방으로 협력해서 조조를 격파할 대책을 세웠다. 이야말로, 전쟁의 북소리가 여남에서 울리기 시작하니, 또 기북에서도 울리게 된 셈이다.

# 32.
# 처참한 골육상쟁

형제란 왼팔과 오른팔과 같은 것인데…

奪冀州袁尙爭鋒
決漳河許攸獻計

원상은 친히 수만의 병력을 거느리고 여양으로 출전하여 조조의 선봉과 대결했다. 조조 편에서는 제일 먼저 장요가 내달아 원상과 싸우게 됐는데, 3합도 싸우지 못하고 원상은 대패하여 군사를 수습해 가지고 기주로 도주해 버렸다.

원소는 아들 원상이 싸움에 패하고 도주했다는 소식을 듣자, 피를 토하고 졸도했다. 유부인이 부축해서 안으로 데려다 뉘고 후계자를 누구로 지명하느냐 추궁했더니, 원소는 손짓으로 가리키기만 할 뿐 말도 제대로 하지 못했다.

"원상을 후계자로 결정하지요?"

하고 다짐을 하는 유부인의 말에 원소는 고개를 끄덕끄덕할 뿐, 그대로 피를 한 말이나 토하고 절명했다.

원소가 세상을 떠나자, 유부인은 원소의 애첩 다섯을 죽여버리고, 그 영혼이 구천에 가서라도 원소와 만날까 하여 머리를 자르고, 얼굴을 찌르며 시체를 훼손하는 등 온갖 악독한 방법으로 천하에 보기 드문 질투심을 나타냈다.

이때 원담은 이미 군사를 거느리고 청주에서 나왔을 때였는데, 부친이 세상을 떠난 것을 알고 곽도 · 신평과 상의하고 원상의 동정을 살피기 위해서 먼저 곽도를 기주성으로 파견해서 원상을 만나 보게 했다.

곽도와 대면한 원상은 부친의 유명이라 하면서 형 원담을 거기장군(車騎將軍)에 임명할 것이나, 먼저 국경을 침범하고 있는 조조의 군사와 대결해 달라고 했다.

곽도는 청주의 군중에는 뛰어난 모사가 없으니 심배와 봉기 두 사람을 파견해 달라고 요구했으나, 원상은 두 사람에게 제비를 뽑게 해서 봉기만을 곽도와 함께 원담의 진지로 파견했다.

거기장군의 인수를 받은 원담은 격분하여 봉기의 목을 베려고 했으나, 곽도가 권고하고 만류해서 생각을 돌리고 즉시 여양으로 출전하여 조조의 군사와 대치할 태세를 취했다.

원담 편에서는 대장 왕소(汪昭), 조조 편에서는 서황이 대적했는데, 3합도 못 싸우고 서황이 한칼에 왕소의 목을 쳐버리니, 원담의 군사는 대패했고, 사람을 파견하여 원상에게 원군을 청했더니, 원상은 겨우 5천여 기를 보냈을 뿐이었다.

그러나 그 5천여 기도 오는 도중에 조조의 군사에게 저지당하고 악진·이전에게 포위당하여 전멸 상태에 빠지고 말았다. 이 소식을 들은 원담은 대로하여 봉기를 불러서 따졌다.

봉기가 손수 원상에게 편지를 써서 친히 출마하도록 재촉하겠다고 하는지라, 원담은 그 편지를 주어서 사람을 기주로 파견했지만, 원상은 편지를 받아 보고도 좀처럼 군사를 동원시키려 들지 않았다.

원담은 또다시 격분을 참지 못하고 봉기의 목을 베어 버렸으며, 결국 조조에게 투항하는 도리밖에 없다고 여러 부하들과 상의했다.

이런 정보가 날아들자, 원상은 그제서야 심배를 대장 소유(蘇由)와 함께 남아서 기주를 지키도록 하고 친히 대군을 거느리고 원담을 거들어 주러 여양으로 향하려고 했다. 우선 선봉으로 대장 여광(呂曠)·여상(呂翔) 형제를 내세워서 먼저 여양으로 떠나보냈다.

원담은 원상이 친히 출전한다는 소식을 듣고 크게 기뻐하며 조조에게 투항할 생각을 포기했다. 이리하여 원담은 성 안에서, 원상은 성 밖에서 각각 뿔을 내밀고 다리는 뒤로 잡아당기는 것 같이 의각지세로 진을 쳤다.

나중에 원희·고간의 군사도 성 밖에 도착하여 원상·원담과

3면 작전으로 며칠 계속 조조의 진지를 공격했지만, 결국은 원상의 군사가 번번이 패배하고, 조조는 일거에 군사를 나누어 총공격을 가하는지라, 원담 · 원희 · 원상 · 고간은 대패하여 여양을 뒤로 하고 퇴각했다.

조조는 군사를 거느리고 기주까지 추격했는데, 원담 · 원상은 성 안으로 들어가 수비를 든든히 하고, 원희와 고간은 성 밖 30리 지점에 진을 치고 허세만 부리고 싸움을 하려 들지는 않았다.

조조의 군사는 며칠 공격을 가했지만 좀처럼 함락시킬 가망성이 없자, 곽가의 의견을 받아들여서 일단 군사를 뒤로 물려 가지고 먼저 형주로 향하여 유표를 들이칠 계획을 세웠다.

그리고 가후를 태수로 하여 여양을 지키게 하고, 조홍을 시켜 관도를 방비하도록 한 다음 조조는 친히 대군을 거느리고 형주로 향했다.

이렇게 되니, 원담과 원상은 조조의 군사가 물러간 것을 보고 각각 제 고장으로 돌아왔으며, 원희와 고간도 물러갔다.

진지에서 돌아온 원담은 곰곰 생각했다. 장남으로 태어나 가지고 부친의 후계자가 되지도 못하고, 후처의 아들인 원상이 부친의 후계자 노릇을 하게 되었다는 것은 아무리 생각해 보아도 그대로 참기 어려운 일이었다.

곽도를 불러서 상의했더니, 원상과 심배를 연회를 핑계하고 청해 내서 도부수를 잠복시켜 두었다가 죽여 버리도록 하자는 것이 곽도의 계책이었고, 원담도 이에 동의했다.

그때 청주에서 왕수(王修)가 나타났는지라, 원담이 이 계획을 이야기했더니, 왕수는

형제란 왼팔 · 오른팔 같은 것인데, 한쪽 팔을 잘라 버렸다고 그것이 정당한 승리가 되겠느냐

하며 극력 만류했다. 원담은 그 말을 듣고 격분하여 왕수를 물리쳐 버리고, 그 즉시 사람을 보내서 원상을 초청했다.

원상이 심배와 상의했더니 눈치빠른 심배, 벌써 알아차리고 이는 곽도의 계책임에 틀림없으니, 이번에 숫제 들이쳐 버리라는 것이었다.

원상이 심배의 의견대로 무장을 든든히 한 다음, 병력 5만을 거느리고 성 밖으로 나갔다. 원담은 원상이 군사를 동원했다는 소문을 듣자 일이 탄로났음을 알고, 역시 무장을 든든히 하고 출전했다.

이리하여 형제가 칼을 휘두르며 서로 매도하고 사생결단을 하려 들며 맞붙어서 싸웠으니 결국 원담이 원상을 당해 내지 못하고 평원(平原) 땅으로 도주했고, 원상은 군사를 수습해 가지고 철수했다.

원담은 한번 패하기는 했으나, 또다시 곽도와 협의해서 재기를 꾀하고, 잠벽(岑壁)을 대장으로 내세워서 군사를 몰고 나섰다.

그러나 원상의 편에서는 대장 여광이 말을 달려 덤벼들더니 긴 칼을 한번 번쩍, 단숨에 잠벽의 목을 잘라 버렸다. 결국 원담의 군사는 거듭 대패하여 평원으로 도주하여 농성을 하고 나오지 않는 것을 원상은 끝까지 추격하여 3면으로 포위 공격을 가했다.

견디다 못해서 원담이 또 곽도와 상의했더니, 우선 조조에게 투항하겠다 제의해 놓고 조조를 시켜서 기주를 치게 하면 원상이 기주를 구원하러 나서서 조조의 군사와 맞붙게 되고, 조조의 군사가 원상을 격파하게 되면 그 패잔군은 모조리 원담의 수하에 들어오게 될 것이니 그때 다시 조조를 쳐부수자는 계책이다.

원담은 곽도의 계책대로 신평의 아우 신비(辛毗—자는 左治)에게 3천 명의 군사를 주어서 조조에게 파견했다. 이때 조조는 서평(西平)에다 진을 치고 유표를 공격하려 했으며, 유표는 유현덕을 선봉으로 내세워서 이와 대결하려 하고 있는 판이었는데, 아직 접전이 벌어지기 전에 신비가 조조의 진지에 도착하게 된 것이었다.

조조는 신비가 전하는 원담의 편지를 보고 모사 · 무장들과 대책을 강구했다. 정욱 · 여건 · 만총의 여러 가지 의견이 있었으나, 결국 순유의 의견을 채택하기로 했다.

그것은 우선 군사를 내보내서 원상을 쳐부수고, 그 다음에 원담까지 쳐부수면 천하의 대세는 결정되리라는 계책이었다.

조조는 크게 기뻐하여 신비를 청하여 같이 술을 마시며 이야기했는데, 신비가 원상을 쳐부숴야만 왕패(王霸)의 대업을 이룩할 수 있다고 역설했더니, 조조는 그날로 군사를 철수시켜 가지고 기주로 향했다. 이때, 유현덕은 조조의 계책을 겁내어 추격하려 들지 않고, 진지를 수습해 가지고 형주로 되돌아왔다.

한편, 원상은 조조의 군사가 황하를 건너서 북쪽으로 올라갔다는 소식을 듣자 급히 군사를 업군으로 철수시키고 여광 · 여상에게 후군을 책임지도록 했다. 원담은 원상이 군사를 철수시키는 것을 보자, 평원의 인마를 총동원해서 추격을 감행했는데, 도중에서 여광 · 여상 형제의 군사에게 앞길이 가로막혀 버리고 말았다.

원담이 말을 멈추고,

"나는 선친께서 재세시에 그대들 형제를 소홀히 대접한 일이 없다고 생각하는데, 그대 형제들은 어찌하여 이제 나의 아우 편이 되어서 나를 괴롭히는 것인가?"

했더니, 여상 형제는 말을 내려 원담에게 투항하겠다는 의사를 표명했다. 원담은 두 장수를 자기 군중에 가담시키고, 조조의 군사가 도착한 다음에 그들을 조조 앞에 내세웠다. 그랬더니 조조는 자못 기뻐하며 딸을 원담의 아내로 내주겠다고 언약했으며, 여광 · 여상에게 중매를 들라고 명령했다.

원담이 조조에게 기주를 공격하라고 권했더니, 조조는 군량

부족과 운수 능력의 결핍을 역설하고 서서히 손을 대도록 하자 하며, 원담에게 잠시 평원에 있도록 지시하고, 자기는 군사를 되돌려 가지고 여양에 주둔하고 여광 · 여상을 열후(列侯)에 봉하여 자기의 군중에 머물러 있게 했다.

이런 정세를 관망하고 있던 모사 곽도는 또 한 가지 계책을 원담에게 제공했다. 그 계책이란 장군의 인(印)을 두 개 새겨 가지고 아무도 모르게 사람을 보내서 여광 · 여상 형제에게 전해 주고, 조조의 군중에 있으면서 원담과 내응하도록 하자는 것이었다.

그러나 이 인을 받은 여광 · 여상 형제는 그 즉시 그것을 조조에게 가지고 가서 그 연유를 말했다. 조조가 깔깔대고 웃으며 말했다.

"원담이 내 눈을 속여서 그런 것을 보내 온 것은, 그대들을 유인해 가지고, 내가 원상을 쳐부순 다음에 나를 무찔러 버리자는 수작이오. 좋아! 내버려두시오! 내게도 생각이 있으니까."

이때부터 조조는 원담을 처치해 버리자는 결심을 하게 된 것이다.

또 원상은 심배와 상의한 결과, 우선 원담을 졸지에 급습해 버리고 나서 조조마저 습격해 버리자는 결론을 내렸다. 원상은 심배를 머물러 두어 진림(陳琳)과 함께 기주를 지키게 하고, 마연(馬

延)·장의(張顗) 두 장군을 선봉으로 내세워 즉각에 평원토벌의 군사를 일으키기로 했다.

원담은 원상의 군사가 진격해 온다는 소식을 듣자 조조에게 급보를 전했다. 조조는 조홍의 군사를 선발대로 내보내어서 업군을 공략하게 하고, 자기는 다른 1군을 거느리고 윤해(尹楷)를 토벌하러 나섰다. 국경으로 접근해 들어갔을 때, 윤해가 군사를 거느리고 진두로 말을 달려 내달았다.

"허중강(許仲康—허저)은 어디 갔느냐?"

조조가 한 마디를 던지니, 당장에 허저가 뛰쳐나와 말을 몰아 윤해에게 덤벼들었다. 윤해는 허저의 한칼에 목이 달아났고 병졸들은 뿔뿔이 흩어졌다. 조조는 패잔병들을 모조리 자기 편에 가담시켜 가지고 즉시 되돌아서서 한단(邯鄲) 땅으로 쳐들어갔다. 한단 땅을 지키고 있던 저혹(沮鵠)이 군사를 거느리고 덤벼들었으나, 장요의 화살을 맞고 말 위에서 나둥그러 떨어져 버렸으며, 조조가 대군을 거느리고 기주성 아래까지 밀고 들어가니, 거기에는 벌써 조홍이 대기하고 있었다.

조조는 전군에 명령을 내려 성벽 주변에다 토산(土山)을 쌓아 올리게 하고, 또 비밀리에 갱도를 파서 공격을 가하려고 했다.

저쪽에서는 심배가 머리를 짜며 가지가지 계책을 생각하고 군율을 엄격하게 해서 수비하고 있었다. 그런데 동문의 수장(守將) 풍례(馮禮)가 술이 취해서 야간경비를 태만히 했기 때문에 처벌했더니, 이에 앙심을 품고 풍례는 성을 탈출해서 조조에게 투항해 버렸다.

조조가 풍례에게 성을 격파할 방법을 물었더니 풍례의 말이,

"돌문(突門) 안에는 흙이 두껍게 쌓였기 때문에 거기로 갱도를 파고 들어가시면 될 것입니다."

하는지라, 조조는 풍례에게 강병 3백 명을 주어서 밤중에 몰래 갱도를 파라고 명령했다.

심배는 풍례가 조조에게 항복해 버린 다음 밤마다 친히 성벽에 올라 순찰을 게을리하지 않았는데, 그날밤 돌문의 고로(高櫓)에서 내려다보자니 성 밖에 불빛이 보이지 않는지라 재빨리 풍례가 갱도를 파고 있으리라는 판단을 내리고 갑자기 돌을 운반해다가 갑문(閘門)을 돌격해 버리니 풍례와 3백 명의 장병들은 모조리 흙 속에 파묻혀 죽어 버렸다.

조조는 갱도를 파다가 실패하고 그것을 단념한 후, 군사를 원수(洹水) 기슭까지 철수시키고 원상이 돌아오기를 기다렸다.

원상은 평원을 공격하고 있었는데, 조조가 윤해와 저혹을 무찌르고 대군으로 기주를 포위했다는 소식을 듣자 급히 군사를 거느리고 싸움을 거들려고 되돌아왔다.

원상은 부장 마연 · 장의를 후군으로 삼고 선두에 서서 진군을 시작했다. 그런데 벌써 이런 사실을 조조에게 보고하는 세작이 있었는지라, 조조는 만반 준비를 갖추고 대기하고 있었다.

원상은 부수(滏水)를 돌아서 동쪽에 있는 양평(陽平)으로 들어가서 진을 치고 있었는데, 병사들에게 명령하여 밤이 되거든 싸움을 시작할 신호로 마른 나무와 풀을 쌓아 놓고 불을 지르도록 지시했다.

그리고 한편으로 주부(主簿) 이부(李孚)를 조조 편 군사의 도독(都督)처럼 가장시켜서 성을 지키고 있는 심배와 연락을 취하도록 했다.

이부가 성 밑까지 가서 문을 열라고 큰 소리로 외치니, 심배는 벌써 이부의 음성인 줄 알아차리고 그를 성 안으로 들어오게 했다. 이부가 말했다.

"원공께서는 양평정(陽平亭)에 진을 치고 성 안에서부터 내응하시어 쳐나오시기만 기다리고 계시오. 그때에는 불길을 올려서 신호를 해주시기 바라오."

심배는 당장에 성 안에 풀을 쌓아 놓고 불을 질러 신호를 보냈다. 이부가 또 말했다.

"성 안에는 군량도 부족할 것이니, 노인과 아이들을 시켜서 투항하게 하시는 게 좋겠소. 그러면 적군에서는 마음을 놓을 테니까, 우리 편에서는 그 뒤에 군사를 동원해서 들이치기로 합시다."

심배는 그 지시대로 그 이튿날 아침에 '기주백성투항(冀州百姓投降)'이라는 백기를 성위에 높직이 올렸다. 조조가 그것을 보고 말했다.

"성 안에는 군량이 떨어졌으니까 약한 백성들을 투항시키자는 수작이다. 그 뒤에는 반드시 군사들이 쳐나올 것이다."

하면서 장요·서황에게 각각 3천의 병력을 주어서 양편으로 매복시키고, 조조 자신은 친히 말을 달려 성 아래까지 내달았다.

백성들은 노인을 부축하고 어린아이들의 손을 끌면서 백기를 손에 들고 성 밖으로 나왔는데, 그 행렬이 끝나자마자, 성 안의 군사들이 돌연 진격해 나왔다.

조조는 붉은 장군기를 휘날리며 장요·서황의 군사를 양편에서 몰아 내어 마구 찌르고 치고 하니 성 안의 군사들은 견디지 못하여 철수해 들어갔다.

조조가 친히 말을 달려 구름다리 밑까지 추격하다가 성 안에서 빗발치듯 화살을 퍼부어 투구에 꽂히는 바람에 하마터면 이마를 꿰뚫을 뻔했는지라 여러 장수들이 급히 구출해 가지고 진지로 돌아왔다.

조조는 옷을 갈아입고 말도 갈아타고 즉시 여러 장수를 거느리고 다시 원상의 진지를 습격했다. 원상도 친히 진두에 나서서 대결했는데, 이때 3면에서 수많은 군사들이 몰려들어 일대 난투를 계속하다가 마침내 원상이 대패하고 말았다.

원상은 패잔병을 거느리고 서산에서 농성하며, 마연·장의의 군사에게 즉시 달려오라고 전달했지만 때는 이미 늦었다. 그때는 벌써 조조가 여광·여상 형제를 파견해서 마연·장의 두 사람을 투항시킨 뒤였다.

조조는 바로 그날 중으로, 여광 · 여상 형제와 새로 투항해 온 마연 · 장의에게 명령해서 원상의 군량 수송 길을 차단해 버렸다. 원상은 더 버틸 수 없다고 생각하자 단념하고 밤중에 남구(濫口)로 몸을 피했다. 그러나 진지의 자리도 잡기 전에 사방에서 횃불이 뻗쳐오르더니 복병들이 일제히 덤벼드는 바람에, 갑옷을 입을 겨를도 없고 말에 안장을 올려놓을 틈도 없을 지경이었다. 50리쯤 후퇴해서 달아나다가 기진맥진해서 예주(豫州) 자사 음기(陰夔)를 중간에 내세워서 조조에게 투항을 제의했다.

조조는 이것을 받아들이는 체하고, 한편으로는 그 즉시 장요 · 서황을 시켜서 야습을 시키니, 원상은 인수(印綬) · 절월(節鉞) · 의갑(衣甲) · 치중(輜重) 모든 것을 내동댕이치고 중산(中山)을 향하여 도주해 버렸다.

조조는 군사를 돌려서 기주를 공격했다.

허유가 계책을 제공했다. 그것은 장하(漳河)의 제방을 터뜨려서 적군을 물 속에 휘몰아 넣어 버리자는 것이었다. 조조는 그 계책대로 우선 병사들을 풀어 가지고 성 밖으로 주위 40리나 되게 굴을 파게 했다. 심배는 조조의 군사가 성 밖에서 굴을 파고 있는 광경을 보고, 그 굴이 너무나 얕은지라 조소를 금치 못하면서 아무런 방비도 하지 않고 있었다.

그날밤에 조조는 병사를 수십 배나 증원해 가지고 있는 힘을 다해서 굴을 판 덕분에 날이 밝을 무렵에는 폭 · 깊이 모두 2장이나 되었고, 장하의 물줄기를 끌어들였더니 깊이가 수 척이나 되었다. 거기다 또 성 안에서는 군량이 다 떨어져서 굶어 죽는 자가 속출했다. 신비가 성 밖에서 창끝에다가 원상의 인수와 의복 등을 꽂아 가지고 성 안을 향하여 투항을 권고했더니, 심배는 격분해서 신비의 가족 남녀노소 도합 80여 명을 성벽 위에서 목을 잘라 성 아래로 던졌다. 이를 본 신비는 방성통곡했다.

심배의 조카되는 심영(審榮)은 평소부터 신비와 교분이 두터웠기 때문에 신비의 가족이 살해당한 것을 알고 격분하여, 성문을 열도록 하겠다는 편지를 비밀리에 작성해서 화살에 매어 성 아래로 던졌다. 병사 한 사람이 그것을 주워 보고 신비에게 주었으며, 신비는 그것을 조조에게 보였다.

조조는 앞서 명령을 내려서 기주에 입성하게 되면 원가(袁家)의 일족을 죽여서는 안 된다는 것과 군사나 백성 중에 투항해 오는 자는 용서해 준다고 소문을 내게 했다.

이튿날, 날이 밝자 심영이 성문을 열고 조조의 군사를 맞아들였는지라 신비는 말을 달려 앞장서서 뛰어들었으며, 그 뒤를 여러 대장들이 몰려들어왔다.

심배는 동남각 고로에 있었는데, 조조의 군사들이 몰려들어오는 것을 보고 몇 기를 거느리고 대항하고 있는 판에, 서황의 습격을 받게 되었다.

서황이 심배를 산채로 잡아서 꽁꽁 묶어 가지고 성 밖으로 나오다가 신비와 맞닥뜨렸다.

신비는 이를 바드득 바드득 갈고 채찍으로 심배의 목을 내리치면서 외쳤다.

"이 국적 놈아! 오늘은 네 목숨도 마지막이다!"

심배도 잠자코 있지는 않았다.

"이 못된 놈아! 조조를 끌어들인 것은 네놈이지! 때려죽이고 말겠다!"

서황이 심배를 조조 앞에 내세우면서 말했다.

"그대는 성문을 연 것이 누구인지 알고 있는가?"

"모르오!"

"바로 그대의 조카 심영이었다!"

"흐음! 고얀 놈이, 그따위 짓을 하다니!"

"이제 그만 항복하는 게 어때?"

"항복은 하기 싫소!"

신비가 꿇어 엎드려 방성통곡했다.

"우리 일족 80여 명이 이놈의 손에 모조리 죽었습니다. 원컨대 이놈의 목을 베어 원한을 풀어 주소서!"

그랬더니 심배가 큰 소리로 외쳤다.

"나는 살아서는 원씨의 신하요, 죽어서는 원씨의 귀신이 될 테다! 네놈같이 염치를 모르는 놈하고는 다르다! 빨리 내 목을 베라!"

조조가 그를 끌어내라고 명령하니 심배, 목이 달아나는 순간까지 행형자(行刑者)를 꾸짖으며 하는 말이,

"나의 주군은 북쪽에 계신데, 나를 남쪽을 향하게 해서는 안 된다!"

하면서 다시 북쪽을 향하고 꿇어앉아서 목을 내밀고 칼을 받았다.

심배가 죽고 나니, 조조는 그의 충성된 마음에 감격하여 성 북쪽에 묘지를 택하여 정중하게 매장하도록 했다.

여러 장수들이 조조에게 입성하기를 청하자 조조가 몸을 일으켰을 때, 도부수가 사람 하나를 끌고 나타났다. 자세히 보니 그는 진림이었다.

조조가 말했다.

"그대는 예전에 원소를 위하여 격문을 썼는데, 나의 조상을 일일이 밝힌 것은 좋았지만, 어째서 조부 · 부친에게까지 치욕이 미치게 하였는가?"

"한번 잡아당긴 화살은 쏘기로 마련된 것입니다."

진림은 이렇게 단호하게 대답하며 굽히려 들지 않았다.

좌우의 사람들이 빨리 목을 베라고 권했지만, 조조는 그의 재

능을 아깝게 여겨 종사(從事)의 자리를 주어서 거느리기로 했다.

조조의 맏아들 조비(曹丕—字는 子桓)는 이때 겨우 18세였다.

조비가 세상에 처음으로 태어났을 때 한 조각 운기(雲氣)가 일어났는데, 그 빛깔이 청자색으로 마치 거개(車蓋)처럼 뭉쳐서 방에 뒤덮여 진종일 흩어지지 않았다.

망기(望氣)를 잘 한다는 사람이 있어서 조조에게 남몰래 속삭였다.

"이것은 바로 천자기(天子氣)라는 것입니다. 아드님께서 존귀하게 태어나셨음은 이루 말할 수 없는 일입니다."

조비는 여덟 살 때 이미 글을 지을 줄 알았고, 뛰어난 재간이 있어 고금 경사(經史)에 통달했고, 활쏘기 · 말타기와 검술을 좋아했다. 조조가 기주를 무찔렀을 때, 조비는 바로 부친을 따라서 진중에 있었는데, 뛰어 내달으며 앞장을 서서 좌우의 병사들을 거느리고 원소의 집 앞에 가서 말을 내렸다. 그리고 칼을 뽑아 들고 안으로 들어섰다.

장수 한 사람이 조비를 가로막으며 말했다.

"승상의 명령이시오! 누구나 소부(紹府)에 함부로 들어갈 수는 없소!"

그러나 조비는 호통을 쳐서 그 장수를 물리치고 칼을 뻰쳐 든 채 후당으로 들어갔다. 거기서는 두 부인이 부둥켜안고 통곡하고 있었다. 조비는 그들을 죽여 버리려고 했다. 이야말로 4대의 공후(公侯)가 모두 꿈이 되어 버렸고, 일가(一家)의 골육이 또한 위험에 직면하게 된 셈이다.

# 33. 사막을 달리며

사막을 건너 오환을 뺏으려는 조조의 계책,
그러나 앞은 광풍이 몰아치는 광막한 황사뿐…

曹丕乘亂納甄氏
郭嘉遺計定遼東

조비는 두 여자가 울고 있는 것을 보고 칼을 뽑아 찌르려고 했다. 그랬더니, 별안간 붉은빛이 눈앞을 꽉 막는 바람에 칼을 손에 잡은 채로 물어 보았다.

"그대는 누구요?"

한 부인이 대답했다.

"저는 원장군의 처 유씨입니다."

"또 이 여자는 누구요?"

"차남 원희의 처 견씨(甄氏)입니다. 원희가 유주로 갔기 때문에 견씨는 먼곳으로 가기가 싫어서 여기 남아 있었던 것입니다."

조비가 그 여자를 가까이 끌어 잡고 보니 머리는 흐트러지고 얼굴이 더러워 자기 소맷자락으로 그 얼굴을 씻어 주고 다시 바라다보니 옥 같은 살결에 꽃 같은 모습, 경국(傾國)의 미색을 지니고 있는지라 유씨에게 말했다.

"나는 조승상의 아들이오. 그대들의 집안을 보호해 주고 싶으니 걱정할 것은 없소."

조비는 칼을 꾹 손에 잡은 채 방안에 털썩 주저앉았다.

조조는 여러 장수를 거느리고 기주에 입성했다. 원소의 관저 문앞까지 와서 물어 봤다.

"아무도 들어간 사람은 없느냐?"

문을 지키고 있던 부장이 대답했다.

"도련님께서 안에 계십니다."

조조가 아들을 불러내어 벌을 주려고 했더니, 유씨부인이 뛰어나와 절하며 말했다.

"도련님께서 와 주시지 않으셨더라면 저희들은 벌써 어느 지경에 이르렀을는지 모릅니다. 견씨를 바칠 것이오니 도련님과 짝짓도록 해주시기 바랍니다."

조조가 그 말을 듣고 견씨를 불러내어 앞에 나와 절하게 했다.

조조는 그 여자를 보더니 대뜸 말했다.

"이건 정말 내 며느리 감이로군."

드디어 조비에게 이 여자를 아내로 맞아들이도록 명령했다.

조조는 기주를 평정한 다음, 친히 원소의 묘지에 나가서 절하고 통곡했으며, 금백과 식량을 원소의 부인 유씨에게 베풀어 주었다. 또 하북 백성들은 난리 통에 고생을 했으니 올해의 부세(賦稅)는 면제한다는 지령을 내렸고, 동시에 상주문을 천자에게 올려 하북 땅을 평정했음을 보고했다. 그리고 자진해서 기주의 목(牧)을 겸임했다.

어느 날, 허저가 말을 타고 동쪽 성문으로 들어오려고 했는데 마침 허유와 마주쳤다.

허유가 허저를 불러서 말했다.

"그대들도 내가 없었다면 어떻게 이 성문을 출입할 수 있었겠소?"

허저가 격분했다.

"우리들은 천생만사(千生萬死), 혈전을 무릅쓰고 이 성을 빼앗은 것인데 그대는 감히 무슨 주둥이를 놀리는가?"

허유가 매도하고 나섰다.

"네놈들은 모두가 못생긴 필부들이니 더 말할 게 없다!"

허저는 화가 불끈 치밀어서 당장에 허유의 목을 베어 죽이고 그 수급을 들고 조조 앞에 나갔다. 그리고 허유가 여차여차 무례한 소리를 하기에 죽여 버렸다고 말했다.

그랬더니 조조가 나무랐다.

"허유는 나와 옛적부터 친한 사이인지라 농담을 한 것인데, 그를 죽이다니 너무나 잘못했소."

허저를 질책하고, 허유의 시체를 정중하게 매장했다. 그리고 사람을 내세워서 두루두루 기주의 현사를 찾아보도록 했다.

그 고장 사람 하나가 알려주었다.

"청하군(淸河郡) 동무성(東武城) 사람으로, 기도위(騎都尉) 최염(崔琰一子는 季珪)이 있는데, 여러번 원소에게 계책을 제공했지만 받아들여 주지 않아서 병을 핑계로 집안에서 나오지 않습니다."

조조는 당장에 그를 불러내어 기주의 별가종사(別駕從事)에 임명하고 그에게 이런 말을 했다.

"어제 이 고장의 호적을 조사해 봤더니 30만이나 되었소. 가히 대주(大州)라 할 수 있소."

이 말을 듣더니 최염이 말했다.

"이제 천하가 갈라져 허물어지고, 9주(九州)가 갈가리 찢어지고, 원씨 형제는 서로 싸우고 있어서 기주의 백성들은 뼈를 벌판에 드러내게 됐는데 승상께서는 급히 풍속을 알아보고 그들을 도탄의 괴로움에서 구출하실 생각은 하지 않으시고 호적만 조사하셨다니, 이게 과연 기주의 백성들이 승상께 기대하는 바이겠습니까?"

이 말을 듣자 조조는 옷깃을 바로잡고 최염에게 자기의 실언을 사과했으며, 그를 빈객으로 대우하기로 했다.

조조는 기주를 진압한 다음, 사람을 보내서 원담의 소식을 탐지하도록 했다. 이때, 원담은 군사를 거느리고 감릉(甘陵) · 안평

(安平) · 발해(渤海) · 하간(河間) 등 각지를 약탈하면서 돌아다니고 있었는데, 원상이 중산으로 몸을 피했다는 소문을 듣자 즉시 그곳으로 달려갔다.

원상은 싸우고 싶은 의욕도 없이 유주의 원희를 의지하여 몸을 피해 버리자 원담은 원상의 군사를 모조리 자기 수하에 집어넣고 기주를 탈취할 궁리를 하고 있었다.

조조는 사람을 파견해서 원담을 불러오려고 했으나 그가 응하지 않자, 격분하여 편지로 그와의 혼담을 파약해 버리고, 친히 대군을 거느리고 토벌을 나서서 평원으로 쳐들어갔다.

원담은 조조가 친히 출전했다는 소식을 듣자 사람을 보내어 유표에게 싸움을 거들어 달라고 했다. 유표는 유현덕을 불러서 이 문제를 상의했다.

유현덕의 의견은 그런 싸움에 가담한다는 것은 무익한 일이니, 군사를 정비하고 수비를 견고히 하는 것이 상책이지, 경솔한 행동은 삼가는 것이 좋겠다는 것이었다.

유표는 유현덕의 의견에 동의하고 원담에게 간단한 편지 한 장을 보냈을 뿐이었다. 원담은 유표가 싸움에 가담해 줄 의사가 없음을 확인하고, 또 자신이 조조와 대결할 만한 힘이 없음을 깨닫자, 드디어 평원을 버리고 남피(南皮)로 가서 농성을 하고 있었다.

조조는 원담을 추격하여 남피로 군사를 진출시켰는데, 때마침 엄동설한이라 황하에는 얼음이 뒤덮여서 양식 실은 선박을 움직일 수가 없었다.

조조가 그 고장 백성들을 동원해서 얼음을 깨뜨려서라도 배를 움직여 보려고 했더니 백성들은 모두 도망쳤다. 조조는 화가 나서 백성들을 잡아다가 목을 베라고 명령을 내렸다. 그러나 이 소식을 듣고 자수해 온 백성들을 보자 조조가 말했다.

"그대들을 죽이지 않으면, 나의 호령이 실행되지 않고, 그렇다고 해서 그대들을 차마 죽이지는 못하겠으니 그대들은 빨리 산중으로 몸을 피하여 나의 군사들에게 붙잡히지 않도록 하라!"

백성들은 모두 눈물을 흘리며 돌아갔다.

원담은 군사를 거느리고 성 밖에 진을 쳐서 조조의 군사와 대결했다. 조조는 먼저 서황을 내세웠고, 원담은 팽안(彭安)을 내세웠다. 두 장수의 말이 맞부딪쳐 몇 합을 싸우다가 팽안이 서황의 칼을 맞고 거꾸러지니 원담의 군사는 뿔뿔이 흩어져서 남피성 안으로 빵소니를 쳐버렸다.

조조가 명령을 내려서 성을 사방에서 포위해 버리게 하니, 원담은 당황하여 신평을 내세워서 조조에게 항복을 제의했다. 그랬더니 조조가 말했다.

"원담이란 놈은 주착이 없고 반복이 무상하니 나는 믿기 어렵소. 그보다는 그대의 아우 신비도 나에게 와 있으니 그대도 여기 머물러 있는 것이 좋을 것이오."

"그것은 승상께서 잘못 생각하신 것입니다. 제가 듣건대 주인이 귀하면 신하가 번영하고(主貴巨榮) 주인에게 근심이 있으면 신하에게 욕됨이 있다(主憂巨辱) 합니다. 저는 오랫동안 원씨를 섬기던 몸이니 어찌 배반하겠습니까."

조조는 만류할 수 없음을 알고 곧 돌려보냈다. 신평이 돌아와서 조조가 항복을 받아들여 주지 않는다는 사정을 말했더니 원담이 말했다.

"그대의 아우가 조조의 수하에 있는데, 그대마저도 다른 배짱을 먹고 있었군!"

신평은 너무나 뜻밖의 말에 가슴이 미어지는 듯, 그 자리에서 졸도해서 원담이 밖으로 끌어내자 그만 숨이 끊어지고 말았다.

원담이 후회하고 있을 때, 곽도가 또 의견을 제시했다. 날 밝는 대로 백성을 몰아내서 선봉에 세우고 군사들은 그 뒤를 따르며 조조와 최후의 결전을 해보자는 것이었다.

원담은 이 의견대로 싸움을 시작해서 쌍방의 군사가 일대 난투를 전개했다. 그러나 결과에 있어서는 원담의 목이 조홍의 손에 잘라져 버렸고, 곽도는 성 안으로 되돌아가려고 갈팡질팡하다가 멀리서 쏜 악진의 화살에 맞아 거꾸러졌다.

조조가 군사를 거느리고 남피로 쳐들어가니 난데없이 1대의 군사가 나타났다. 원희의 부장 초촉(焦觸)과 장남(張南)이었다. 조조가 친히 군사를 거느리고 진두에 나섰더니, 두 장수는 무기와 갑옷을 집어던지고 항복하여, 조조는 그들을 열후에 봉했다. 또 흑산(黑山)의 산적 장연(張燕)도 군사 10만을 거느리고 투항해 와서 조조는 그를 평북장군(平北將軍)에 봉했다.

조조는 원담의 목을 북문 위에 매달아 놓고 눈물을 흘리는 자는 목을 베겠다고 지령을 내렸다.

그런데도 상복을 입고 나타나서 그 수급 밑에 와서 통곡하는 사람이 있었다. 바로 청주의 별가(別駕) 왕수(王修)였다. 그는 일찍이 원담에게 간언을 했다가 직을 빼앗기고 추방을 당했었는데도 죽었다는 소식을 듣고 시체를 매장하러 온 것이었다.

조조가

"울어서는 안 된다는 지령도 모르느냐? 목숨이 아깝지 않으냐?"

고 힐문했더니 왕수가 대답했다.

"죽음을 겁내어 의리를 저버린대서야, 어찌 사람이라 할 수 있겠습니까? 만약에 원공의 시체를 매장하게만 해주신다면 일족이 몰살을 당하는 한이 있더라도 후회함이 없겠습니다!"

조조는 그 말에 감격하여 원담의 시체를 매장하도록 허락해 주고, 왕수를 빈객으로 대우하여 사금중랑장(司金中郎將)에 임명했다.

조조는 다시 원상을 공격할 생각을 하고, 곽가의 의견을 받아들여서 초촉 · 장남 · 여광 · 여상 · 마연 · 장의에게 명령하여 각각 군사를 거느리고, 세 갈래로 갈라져서 유주를 공격하도록 하고, 이전 · 악진에게 장연을 가담시켜서 병주의 고간을 습격하게 했다.

원상과 원희는 조조의 군사가 박두해 온다는 것을 알고, 도저히 대적할 수 없다고 생각하자 성을 버리고 군사를 거느려 별이 반짝이는 밤에 요서(遼西)의 변경 족속인 오환(烏桓)에게 투항했다. 유주 자사 오환촉(烏桓觸)은 유주의 여러 관리들을 모아 놓고 피를 마시며 맹세하여 원씨에게 배반하고 조조에게 투항할 일을 협의했다.

"나는 조승상이 당대의 영웅이라고 생각한다. 이제부터 투항할 작정이니까 명령에 복종치 않는 자는 목을 베겠다."

이리하여 오환촉은 군사를 거느리고 성 밖으로 나와서 조조에게 투항했다. 조조는 크게 기뻐하고 그를 진북장군(鎭北將軍)으로 임명했다.

이때, 별안간 탐마(探馬)가 달려들더니 보고했다.

"병주로 향한 악전 · 이전 · 장연은 호관(壺關)의 요새지대에서 고간에게 가로막혀서 쩔쩔 매고 있습니다."

하는지라, 조조가 친히 군사를 거느리고 달려갔다. 그랬더니 세 사람이 나와서 영접하면서 고간이 관(關)을 어찌나 든든히 지키고 있는지 요지부동이라는 것이었다. 여러 장수들을 불러서 대책을 협의했더니, 순유의 의견이 고간을 항복시키려면 이쪽에서 투항하는 것처럼 계책을 쓰는 수밖에 없다는 것이었다.

조조는 그럴듯한 의견이라 생각하고, 투항해 온 대장 여광·여상을 부르더니 무엇인지 한참 동안 귓속말을 했다.

여광과 여상은 관 아래에까지 달려가서, 조조가 거짓이 많고 마땅치 않아서 다시 옛 주인에게 협력하러 돌아왔다고 고함을 질렀다. 그리고 고간을 만나 보자 그들은 이렇게 말했다.

"조조의 군사는 도착한 지도 얼마 안 되어서 병사들도 들떠 있으니 이 기회를 놓치지 말고 오늘밤 중으로 조조를 습격하신다면 우리들도 앞장을 서겠습니다."

그날밤 여광·여상을 앞장세우고 만여 명의 군사를 거느리고 조조의 진지로 쳐들어간 고간은 사방에서 덤벼드는 복병의 기습을 받고, 계책에 떨어진 것을 깨닫자 당장에 호관성으로 되돌아왔다. 그러나 이때는 이미 악진과 이전이 관을 점령해 버린 뒤였다. 고간은 간신히 살 길을 찾아서 선우(鮮于)한테 가서 투항하려 했다.

고간은 선우의 경계지대까지 갔을 때, 흉노의 좌현왕(左賢王)을 만났다. 그러나 그는 조조와 적이 될 이유가 없다고 고간의 투항을 받아들이지 않았다. 고간은 하는 수 없이 유표를 의지해 볼까 하고 도주하는 도중에 상락현(上洛縣)에서 도위(都尉) 왕염(王琰)에게 목이 달아나고 말았다. 왕염이 그 목을 조조에게 바쳤더니 조조는 왕염을 열후에 봉했다.

병주를 진압하고 나자, 조조는 서쪽의 오환을 공격하려고 여러 장수들과 협의했다. 그러자 곽가의 의견은, 오환은 오랫동안 원소의 은혜를 입었고, 또 원상 · 원희가 아직도 살아 있으니 도저히 그대로 내버려둘 수 없다고 했다. 조조는 드디어 3군을 거느리고 수천 대의 차량을 이끌어 원정의 길을 떠났다.

앞에 바라다뵈는 것은 막막한 황사(黃沙)뿐이요, 광풍이 사방에서 일고, 길이 험난하여 인마가 전진하기 어려웠다.

조조는 군사를 되돌려 돌아가고 싶은 생각이 있어서 곽가와 상의하려고 했지만, 그때 곽가는 수토불복(水土不服)으로 수레 안에 병들어 누워 있었다.

조조가 눈물을 흘리며 말했다.

"내가 사막을 진압하려고 했기 때문에 그대를 이렇게 먼길에 고생시켜 병까지 나게 했으니, 내 마음이 어찌 편안하겠소!"

그러나 곽가는 병석에 누워서도, 천리 먼길에 남을 습격하게 됐으니, 무거운 짐을 가지고는 진군이 곤란할 뿐이고, 경병(輕兵)을 가지고 상대방의 불비(不備)를 급습하는 길밖에 없으니, 길을 인도할 만한 사람을 물색하는 것이 급선무라는 의견을 말해 주었다.

조조는 곽가를 역주(易州)로 보내서 휴양하도록 했다. 원소의 구장(舊將)이던 전주(田疇)가 이 방면의 지리에 통한다는 말을 듣고, 조조는 당장에 그를 정북장군(靖北將軍)에 봉하여 향도관(嚮導官)을 삼아 선두에 세우고, 장요가 바로 그 뒤를 따르도록 했다.

전주는 장요를 인도하며 날랜 말을 달려 백랑산(白狼山)까지 왔다. 이때 원희·원상은 오환족의 모돈(冒頓)의 군사와 합쳐서 수만 기를 거느리고 나오다가 정면으로 충돌했다.

그러나 결국, 모돈은 장요의 한칼에 목이 달아났으며, 원희·원상은 간신히 수천 기를 거느리고 요동(遼東)으로 패주해 버렸다.

조조는 군사를 정비해 가지고 유성(柳城)으로 들어가서 전주를 유정후(柳亭侯)로 봉하여 유성을 지키게 하려고 했다. 그러나 전주가 눈물을 흘리면서 말했다.

"저는 의리를 배반하고 몸을 숨기고 있던 자입니다. 승상의 두터우신 은혜를 입고 생명을 보전하였사오니 다행할 뿐입니다. 어째 노룡(盧龍) 땅의 영채를 팔아서 상록을 받겠습니까? 죽는 한이 있더라도 후작은 감히 받지 못하겠습니다."

조조는 그를 의리를 아는 사람으로 보고 의랑(議郞)으로 모셨다.

조조는 선우의 사람들을 위무해 주고, 준마 1만 필을 얻게 되어 그날로 군사를 뒤로 물리기로 했다. 그런데 날씨가 차면서도 비가 내리지 않아서 2백 리나 되는 거리에 물 한 방울도 없고, 또 군량도 떨어져 버려 말을 잡아먹고 땅을 3,40장이나 파서 겨우

물을 얻을 지경이었다.

조조가 역주까지 돌아왔을 때에는 곽가가 세상을 떠난 지 며칠이 경과된 후였다. 조조는 관 앞에 나서서,

"곽가가 죽은 건 하늘이 나를 밉게 보시는 때문이다!"

하면서 방성통곡했다. 조조가 좌우를 휘둘러보면서 또 말했다.

"그대들은 모두 나와 동년배지만, 곽가 혼자만이 젊은 편이었소. 나는 평소부터 곽가에게 뒷일을 맡길 작정이었는데, 이렇게 젊은 나이로 죽을 줄은 정말 몰랐소. 나는 가슴이 무너지고 창자가 끊어지는 것만 같소!"

이때 곽가의 밑에 있던 부하 하나가 곽가가 임종시에 쓴 편지 한 통을 조조에게 내밀며 말했다.

"곽공께서는 이 마지막 편지를 승상께 꼭 전해 달라고 하시면서, 승상께서 이 편지 속에 말씀드린 대로만 하신다면 요동 일은 걱정하실 게 없으리라고 말씀하셨습니다."

조조는 그 편지를 뜯어보더니 고개를 끄덕거리며 탄식할 뿐이어서, 모든 사람들은 무슨 영문인지를 알 도리가 없었다. 그 이튿날, 하후돈이 여러 장수들과 함께 나타났다.

"요동 태수 공손강(公孫康)은 평소부터 승상께 복종할 마음이 없던 자인데, 이번에 원희 · 원상이 그를 의지하러 갔다면, 반드시 앞으로 해로운 일이 있을 것입니다. 그놈이 못된 짓을 하기 전에 이편에서 토벌해 버리시면 요동 땅을 얻으시기 수월할 줄

압니다."

조조가 웃으면서 말했다.

"그대들의 무용의 힘을 빌리지 않더라도 공손강 편에서 그들의 목을 베어 가지고 올 것이오!"

여러 사람들은 무슨 말인지 몰라서 믿으려 들지 않았다.

원희와 원상은 수천 기를 거느리고 요동 땅으로 도주해 왔다. 요동 태수 공손강은 양평(襄平) 사람으로 무위장군(武威將軍) 공손도(公孫度)의 아들이었는데, 그날 원희 · 원상이 달려온 것을 알자, 본부의 속관(屬官)들을 모아 놓고 대책을 협의했다. 그의 아우 공손공(公孫恭)이 나서며 말했다.

"원소는 재세시에 항시 우리 요동을 빼앗을 배짱을 먹고 있었는데, 이번에 원희 · 원상이 장병을 잃고 의지할 곳이 없어서 이곳까지 온 것은, 비둘기가 저는 집을 짓지 않고서 까치집을 빼앗자는(鳩奪鵲巢) 의도와 마찬가지요. 이를 그대로 용납한다면 나중에 반드시 일을 저지를 것이오. 성 안으로 유인해 들여서 죽여 버리고 그 목을 조조에게 바치면, 반드시 우리를 소중히 대우해 줄 것이오. 그러기 위해선 우선 사람을 내보내서 동정을 살피는 게 좋을 것이오. 조조가 쳐들어올 것 같으면 그들 둘을 받아들이기로 하고, 쳐들어올 것 같지 않으면 놈들의 목을 조조에게 바치기로 하면 될 게 아니겠소?"

공손강은 그 의견대로 사람을 파견해서 동정을 살피라고 지시했다.

원희와 원상은 요동에 도착하자 둘이 비밀리에 이런 궁리를 했다. 요동에는 수만의 군사가 있으니까 조조에게 능히 대항할 수 있다는 것, 이곳에 잠시 몸을 의탁하고 있다가 공손강을 없애 버리고 영토를 뺏은 다음, 실력을 길러 가지고 중원(中原)으로 진출하면, 하북을 탈환하기가 쉬우리라는 생각이었다.

이렇게 작정을 하고 나서 공손강을 만나려고 했더니, 공손강은 그들 형제를 우선 객사에 들여 놓고, 몸이 불편하다는 핑계를 하고 만나려 들지 않았다.

얼마 안 되어서 염탐꾼이 돌아오더니,

"조조는 역주에 군사를 머물러 두고 요동으로 쳐내려 올 의사는 없습니다."

하니, 공손강은 크게 기뻐하며 우선 도부수를 벽 뒤에 숨겨 놓고 원희 · 원상 형제를 불러들였다. 인사가 끝나자 공손강이 자리에 앉으라고 했으나, 엄동설한인데도 자리 방석 하나도 깔려 있지 않아서 원상이 말했다.

"자리에 방석을 좀 깔아 주시오!"

공손강이 두 눈을 부릅뜨며 말했다.

"너희들 두 놈의 머리가 만 리나 되는 곳으로 날아 달아날 텐데 방석은 깔아 뭐하겠느냐?"

원상이 영문도 모르고 대경실색하는 찰나에 공손강이 호통을 쳤다.

"좌우에서 왜 손을 대지 않느냐?"

도부수가 좌우 양편에서 우르르 몰려나오더니 좌석에 앉힌 채로 원상 · 원희의 목을 쳐 버렸다. 그리고 나무상자에 담아 가지고 사람을 시켜서 역주에 보내어 조조에게 바치기로 했다.

이때, 조조는 역주에 있으면서 몸을 움직일 생각을 하지 않고 군사를 그곳에 주둔시켜 두기만 했다. 하루는 하후돈과 장요가 보다 못해서 조조 앞에 나타나 이런 권고를 했다.

"만약에 요동에 내려가시기 싫으시다면 허도로 돌아가도록 하십시오. 유표가 무슨 야심이라도 품고 날뛰게 된다면 그때엔 어찌하실 작정이십니까?"

조조는 태연자약하게 말했다.

"원희 · 원상의 목만 닿으면 돌아가기로 하겠소."

하후돈과 장요는 무슨 말인지 의미를 몰라 뒤에서 웃기만 하고 있었다.

그런데 별안간 요동의 공손강이 사람을 파견해서 원상 · 원희의 수급을 바치러 왔다는 소식이 들어오니, 모든 사람은 깜짝 놀랐다.

그들 형제의 죽음이 놀랍기보다 앞을 내다보는 조조의 날카로운 통찰력에 놀라 자빠질 지경이었다. 그러나 다음 순간에 그들

은 또 한번 놀라지 않을 수 없었다. 파견되어 온 사람이 편지를 내주니까 조조가 깔깔깔깔 웃으면서,

"과연 곽가의 추측이 들어맞았군!"

했기 때문이었다.

조조는 그 사람에게 선물을 두둑히 주고, 공손강을 양평후(襄平侯) 좌장군에 봉했다. 사람들이,

"곽가의 추측이란 무슨 뜻입니까?"

하고 물었더니, 그제서야 조조는 곽가가 임종 때 쓴 편지를 꺼내서 여러 사람들에게 보여 주었다. 모두들 감탄하여 마지않았다.

조조는 제관(諸官)을 거느리고 또다시 곽가의 영전에 제사를 지냈는데, 당시 그는 망년(亡年)이 38세, 전진에 나선 지 10유 1년. 가지가지 기특한 공훈을 많이 세웠다.

조조는 군사를 거느리고 기주로 돌아왔는데, 떠나기에 앞서서 곽가의 영구를 허도로 보내어 매장하게 했다.

이때 정욱은 강남을 토벌할 계획을 세우라고 조조에게 권고했다. 조조가 기주성 동문 고로(高櫓)에 머무르며 밤하늘을 바라보고 있더니 손가락으로 가리키며 말했다.

"남방에는 왕기(旺氣)가 찬연하니 아직 손을 대서는 안 될 것 같군!"

이때, 난데없이 한 줄기 금빛이 땅에서 치밀어올랐다. 조조는

그것이 보물이 땅 속에 파묻힌 것이라 하고 사람을 시켜서 파 보라고 했다. 이야말로 성문(星文)은 남쪽을 향하여 가리키고 금보(金寶)는 북쪽 땅에서부터 치밀어오르는 셈이다.

# 34.
# 빼앗은 천리마

"저건 반드시 천리마가 틀림없군."
유현덕의 말이 떨어지자 조자룡이…

蔡夫人隔屛聽密語
劉皇叔躍馬過檀溪

조조는 금빛 광채가 뻗쳐 오르는 곳에서 한 마리의 동작(銅雀)을 파냈으므로 순유에게 물어보았다.

"이것은 무슨 조짐이오?"

"옛적에 순(舜)인군의 모친은 꿈에 옥작(玉雀)이 가슴 속으로 날아드는 것을 보고 순인군을 낳았다고 합니다. 이제 동작을 얻게 되신 것도 역시 길상(吉祥)의 조짐입니다."

조조는 크게 기뻐하며 이것을 축하하기 위해서 고대(高臺)를 건축하기로 했다. 그날부터 흙을 파헤치고 나무를 자르고, 기와를 굽고 벽돌을 다듬어서 장하(漳河) 가에다 동작대를 세우기 시작했다. 대개 1년이면 공사가 끝날 수 있었다.

그런데 둘째아들 조식(曹植)이 아뢰었다.

"고대를 세우실 바에는 삼좌(三座)로 하시고, 한 가운데 것을 제일 높게 해서 동작이라 이름 붙이고, 왼쪽을 옥룡(玉龍), 오른쪽을 금봉(金鳳)이라 하고, 또 두 갈래의 구름다리를 공중에 가로질러서 만들면 장관이겠습니다."

"내 아들놈의 말이 근사하군! 고대가 다 세워지는 날에는, 나의 만년의 즐거움이 되겠다!"

조조에게는 아들이 다섯이나 있었는데, 그 중에서도 조식은 민첩하고 슬기로우며 글재간이 있어서 조조가 평소에 가장 사랑했다.

조조는 조식과 조비(曹丕)를 업군에 머무르게 하여서 고대의 건축을 돌보도록 하고, 장연에게 북쪽 요새지대를 든든히 방비하게 해놓았다. 그리고 자기 자신은 원소의 군사까지 합친 5,60만의 대군을 거느리고 허도로 돌아가서 공로 있는 신하들에게 은상(恩賞)을 베풀고 또 상주문을 올려서 곽가에게 정후(貞侯)라는 시호(諡號)까지 주었으며 그의 아들 혁(奕)을 부중(府中)에서 키우도록 했다. 그리고 또다시 여러 모사들을 소집해 가지고 유표를 토벌할 대책을 상의했다.

순욱의 말이,

"대군이 북정(北征)에서 이제 겨우 돌아왔으니 또 움직이시지 않는 게 좋겠습니다. 반 년쯤 기다리시며 정기(精氣)를 기르시고 예기(銳氣)를 축적하신다면 유표이건, 손권이건, 단숨에 정복하실 수 있을 겁니다."

조조는 이 의견에 찬성하고 군사를 갈라서 일부는 농촌으로 보내어 둔전(屯田)하게 하여 유사시에 대비하도록 했다.

유현덕이 형주에 도착한 후부터 유표는 그를 극진히 대접했다. 어느 날 함께 술을 마시고 있노라니, 투항해 온 장수 장무(張武) · 진손(陳孫)이 강하(江夏) 땅에서 백성들에게 약탈을 감행하고 반란을 일으킬 음모를 하고 있다는 소식이 들어왔다. 유표가 깜짝 놀랐다.

"두 도둑놈들이 또 반란을 일으킨다면, 적지 않은 화근이 되겠는걸!"

"형장! 근심하실 건 없소. 이 현덕이 가서 토벌하도록 해주시오!"

현덕이 이렇게 말하니 유표는 크게 기뻐하며 그 즉시 병력 3만을 주어서 파견하기로 했다. 현덕이 며칠 안 되어서 강하에 도착하니, 장무 · 진손도 군사를 동원하여 진을 쳤다.

현덕은 관운장 · 장비 · 조자룡을 거느리고 문기(門旗) 아래로 말을 타고 나왔는데, 멀리 장무가 타고 있는 말이 유난히 좋아 보였다.

"저건, 반드시 천리마가 틀림없군!"

현덕이 이렇게 말했더니, 조자룡이 당장에 창을 휘두르며 말을 달려 적군의 진지로 쳐들어갔다. 장무가 말을 달려 나와서 대적하는 것을 3합도 못 싸워서 말 위에서 거꾸러뜨려 버리고 그는 말 고삐를 움켜잡고 자기 편 진지로 돌아왔다.

이것을 보고, 진손이 달려들어 말을 빼앗으려고 쫓아오는 것을, 장비가 호통을 치며 사모를 휘두르고 달려나가 단번에 찔러 죽여 버렸다.

적군이 우수수 흩어지니 현덕은 나머지 무리를 포섭해 가지고 강하의 여러 현을 탈환한 다음 군사를 철수했다.

유표는 성 밖까지 나와서 현덕을 영접해 가지고 성 안으로 들어가 축하의 연석을 베풀었는데 주석이 한창 어우러졌을 때, 유표가 이런 말을 했다.

"우리 아우님이 이렇게 웅재(雄才)이니 형주도 힘이 될 만한 사람이 생겼소. 그러나 남월(南越)이 때없이 침범하는 것이 걱정스럽고, 장로 · 손권도 마음놓을 수 없는 존재들이오."

"이 아우에게 세 장수가 있으니, 일을 맡길 만하오. 장비에게는 남월과의 경계지대를 순찰하게 하고, 관운장에게는 고성(固城)을 지키며 장로를 누르게 하고, 조자룡에게는 삼강(三江)의 방비를 견고히 해서 손권과 대결하게 하면 그다지 근심하실 일도 없을 것이오."

유표는 기뻐하며 이 의견을 따르려고 했는데, 채모가 그의 누이 채부인(蔡夫人)에게 고해 바쳤다.

"유현덕이 수하의 대장들을 외부로 내보내 놓고 자신은 형주에 자리잡고 앉아 있게 되면 앞으로 우리 고을의 화근이 될것 같소."

채부인이 그날밤에 유표에게 이렇게 말했다.

"형주 사람들이 유현덕과 가깝게 드나들고 있다는 소문을 들었는데, 경계하셔야겠습니다. 그를 성 안에 거주하게 했댔자 이로운 일이 있는 것도 아닐 바에야, 다른 곳으로 보내느니만 못하지 않습니까?"

"현덕은 어진 사람이오!"

"남의 마음이 당신 마음 같지 않을까봐 걱정이 됩니다."

유표는 무엇인지 골똘히 생각만 하면서 아무 대답도 없었다.

그 이튿날, 유표는 성 밖에 나갔다.

현덕이 타고 있는 말을 보니 여간 훌륭한 것이 아니다. 더구나 그것이 장무의 말인 줄 알게 되자 극구 칭찬했다. 현덕이 그 말을 유표에게 주었더니 유표는 자못 기쁘고 만족해서 당장 그 말을 타고 성 안으로 들어갔다.

이것을 보고 괴월(蒯越)이 묻자 유표가 대답했다.

"이것은 현덕이 내게 준 것이오."

"전에 저의 선형(先兄)은 말의 상(相)을 잘 봤습니다. 저도 다소 볼 줄 압니다만, 이 말은 눈 아래 누조(淚槽)가 있고, 이맛가에 흰 점이 있어 적로(的盧)라고 부르는데, 이 말을 타면 주인이 화를 입게 됩니다. 장무도 이 말 때문에 죽은 겁니다. 주공께서 이 말을 타시면 안 됩니다."

이런 말을 듣고 유표는 그 이튿날 현덕을 주석에 청해 놓고 말해 봤다.

"어제는 명마를 받아서 대단히 기쁘게 생각하고 있었는데, 곰곰 생각해 보니 아우님은 쉴새없이 싸움터로 나도는 몸이니 역시 아우님이 타는 것이 옳을 것 같소. 죄송하지만 도로 돌려 보내겠소."

현덕이 자리에서 일어서서 절을 했더니 유표가 계속 말했다.

"아우님은 이곳에 너무 오래 머물러 있었기 때문에, 혹 무사(武事)의 힘이 줄어들지나 않을까 걱정스럽소. 양양(襄陽)에 속하는 읍으로 신야현(新野縣)이 있는데, 그곳은 전량(錢糧)이 어지간히 많으니 부하를 거느리고 그곳에 가셔서 주둔해 계심이 어떻겠소?"

현덕은 쾌히 승낙하고, 이튿날 유표와 작별한 다음 부하를 거느리고 신야로 향했다. 성문 밖으로 나서려니까 웬 사람 하나가 말 앞에 나타나더니 절을 하고 말했다.

"그 말은 타시지 않는 게 좋으실까 합니다."

현덕이 누군가하고 자세히 바라다봤더니 바로 유표의 빈객으로 있는 이적(伊籍—子는 機伯)이었다. 급히 말을 내려서 그 까닭을 물었더니 이적이 말했다.

"어제 괴월이 유공(유표)께 이 말은 적로라고 하는데 타는 사람에게 화를 미치게 한다고 여쭈었답니다. 말을 되돌려 보내신 것은 그 까닭입니다. 그런데 공께서는 어째서 또다시 이 말을 타셨습니까?"

"선생이 나를 아껴 주시는 마음은 감사하오만, 무릇 사람의 생사란 명에 달린 것인데, 어찌 말이 화를 입힐 수 있겠소?"

이적은 현덕의 고견에 탄복하여 그때부터 늘 현덕과 왕래하는 사이가 됐다.

현덕이 신야에 도착하니 군인 · 백성들이 모두 기뻐하고 정치도 일신하게 됐다.

건안 12년 봄에 감부인이 유선(劉禪)을 낳았다. 그날밤에 흰 학이 한 마리 현 아문의 지붕 꼭대기에 날아 40여 번이나 큰 소리로 울어대고 서쪽으로 날아갔다. 해산을 할 때에는 기이한 향기가 방안에 가득 찼다. 감부인이 어느 날 밤에 꿈 속에서 북두(北斗)를 삼키고 곧 잉태했기 때문에 유명(乳名)을 아두(阿斗)라고 했다.

조조는 이때에 군사를 거느리고 북정(北征)의 도중에 있었는지라, 현덕은 형주로 와서 유표에게 권고했다.

"현재 조조는 전군을 동원하여 북방을 토벌하러 나갔기 때문에 허도의 방비를 소홀히 하고 있소. 형주와 양양의 군사를 가지고 이 틈을 타서 습격하면 대사는 그대로 이루어질 것이오."

그러나 유표가 대답했다.

"나는 9주를 근거지로 자리잡고 있는 것만으로 만족하오. 어찌 또 다른 궁리를 하리까?"

현덕은 묵묵히 아무 말도 더하지 않고, 유표에게 끌려서 안으로 들어가 같이 술만 마셨다.

하루는 유표에게서 사람이 왔는데, 형주로 곧 와 달라는 것이었다. 현덕이 그 사람과 같이 형주로 왔더니 유표가 나와서 영접하고 인사가 끝나자, 안에 미리 마련해 놓은 연석으로 안내했다.

유표가 말했다.

"듣자니, 근래에 조조가 군사를 거느리고 허도로 돌아가 그 세력이 나날이 팽창해지고 있다는데, 형주를 손에 넣고자 하는 것이 틀림없을 것이오. 먼젓번에 아우님의 말을 듣지 않았더니 좋은 기회를 놓쳐 버리고 말았소!"

"천하가 분열되고 싸움이 날마다 일어나는데 좋은 기회가 그것뿐이겠소? 앞으로 닥쳐올 일에 대처할 수만 있다면 후회하실 것은 없소."

"우리 아우님 말씀이 지당하오."

그리고 마주 대하고 앉아서 술을 마셨다.

술잔이 한창 거나하게 돌아가고 있을 때 유표가 별안간 눈물을 흘리는 것이었다. 현덕이 그 까닭을 물었더니 유표가 대답했다.

"나는 마음속에 좀 언짢은 일이 있어서……. 지난번에도 아우님에게 이야기하고 싶었지만, 기회를 얻지 못했었소. 다른 일이 아니고, 나의 선처(先妻)의 몸에서 난 장남 기는 위인이 비록 현명하기는 하지만 나약해서 대사를 감당할 인물이 못 되고, 후처인 채씨의 몸에서 나온 둘째놈 종이 꽤 총명하오. 그래서 나는 장자는 그만 두고 둘째놈을 후계자로 세우려 하는데, 그렇게 되면 예법에 어긋날 것 같기도 하고, 그렇다고 해서 장남을 내세운다면, 채씨 일족이 현재 군무를 장악하고 있기 때문에 나중에 반드시 분란이 일어날 것이고……. 그래서 결정을 짓지 못하고 있는 판이오."

"자고로, 장자를 폐하고 둘째아들을 세운다는 것은 분란을 일으키지 않을 수 없었소. 만약에 채씨의 힘이 너무 크다면 서서히 그것을 줄여 나가시면 될 것이고, 어린 아드님의 사랑에 빠지셔서 그를 세우신다는 것은 옳지 못한 처사이시오."

유표는 묵묵히 다음 말이 없었다.

본래, 채부인은 현덕에게 의심을 품고 있어서, 현덕이 유표와 이야기할 때면 언제나 반드시 숨어서 엿듣기가 일쑤였다. 이날도 병풍 뒤에 숨어서 현덕의 말을 몰래 엿듣고, 내심 여간 미워하는 게 아니었다.

현덕은 자기가 실언을 했다는 것을 깨닫게 되자 자리를 떠서 변소를 갔는데, 오랫동안 말을 타지 않고 놀기만 해서 넓적다리에 살이 오른 것을 보고 자기도 모르게 눈물을 흘렸다.

얼마 있다가 좌석으로 돌아갔더니 유표는 현덕의 볼에 눈물의 흔적이 있는 것을 보자, 이상하게 생각하고 그 까닭을 물었다. 현덕은 긴 한숨을 내쉬면서 말했다.

"이 아우는 항시 말을 타고 돌아다녔기 때문에 넓적다리에 살이 올라 본 일이 없었소. 요즘 한동안 말을 타지 않았더니 넓적다리에 살이 올랐소. 세월은 덧없이 흘러 늙을 날도 멀지 않았는데 이룬 바 업적은 없으니 슬플 따름이오!"

"내, 듣자니 아우님은 허창에 있었을 때, 조조와 더불어 청매(青梅)를 따 놓고, 술을 마시며 같이 영웅을 논한 일이 있었다는데, 그때 아우님이 당대의 영웅을 손꼽았더니 조조는 모든 사람을 마땅치 않다 하고, 천하의 영웅은 아우님과 조조 자기뿐이라고 했다는구려. 조조 같은 권력을 가지고도 감히 우리 아우님 앞에 서지 못했거늘, 공업(功業)을 세우지 못했다고 걱정하실 거야 있겠소?"

현덕은 주흥이 도도한 바람에, 그만 실언인 줄 모르고 다음과 같이 대답했다.

"이 유현덕도 지반만 든든하다면 천하에 들끓는 변변치 않은 무능한 무리쯤은 두려워하지 않소."

유표는 그 말을 듣더니 입을 꽉 다물어 버렸다. 현덕은 자기가 또 실언을 했다는 생각이 들자, 술취한 핑계를 하고 자리에서 일어나 관사(館舍)로 돌아와서 편히 쉬었다.

현덕에게서 이런 말을 듣고 보니 유표는 입 밖에 내어서 말을 하지 않지만, 내심 지극히 마땅치 않았다.

현덕과 작별하고 안으로 들어갔더니 채부인이 간했다.

"조금 전에 병풍 뒤에서 듣고 있노라니, 유현덕의 말투는 심히 사람을 멸시하는 품이, 형주를 제것으로 만들려는 의사를 충분히 볼 수 있었습니다. 이제 제거해 버리지 않으면 반드시 후환이 있을 것입니다."

유표는 아무 대답도 없이, 그저 머리를 흔들 뿐이었다. 채씨는 몰래 채모를 불러들여 가지고 이 일을 상의했다. 그랬더니 채모가 말했다.

"먼저 관사에서 죽여 버리고 나서 주공께 보고하도록 하지요."

채씨가 그 말대로 하자고 하니, 채모는 자리를 물러나자 곧 밤을 새워 가면서 점군(點軍)을 했다.

현덕은 관사에서 불을 밝히고 앉아 있다가 3경이 지나자 자리에 누우려고 했더니 돌연 문을 두들기고 들어오는 사람이 있었다. 그는 바로 이적이었다. 본래, 이적은 채모가 현덕을 없애 버리려고 하는 사실을 탐지하고 밤중인데도 불구하고 알려 주러 온 것이었다. 이적은 채모의 흉계를 낱낱이 이야기해 주고 시급히 자리를 뜨라고 권고했다.

현덕이 말했다.

"유공께 작별 인사도 못하고 떠날 순 없지 않소?"

이 말을 듣더니 이적이 서둘러 말했다.

"작별 인사를 생각하시다가는 채모에게 반드시 해를 입으실 겁니다."

현덕은 그에게 감사의 인사를 하고 시급히 종자를 불러서 말을 타고 날이 밝기를 기다릴 새도 없이 신야로 날았다.

채모가 군사를 거느리고 관사에 도착했을 때에는 현덕이 이미 멀리 사라진 뒤였다. 채모는 분해서 어쩔 줄 몰랐지만 별 도리가 없었다. 벽에다가 시를 한 수 써 놓고 나서 유표를 만나 보러 갔다.

유표는 그 말을 믿으려 들지 않으며 친히 관사로 가 보니까, 과연 넉 줄의 시구가 서 있었다.

> 수년 동안 헛되이 곤경을 지키다가,
> 부질없이 옛 산천을 대했노라.
> 용이 어찌 못 속의 물건이리요.
> 우뢰를 타고 하늘로 올라가고자 하노라.

數年徒守困　空對舊山川　龍豈池中物　乘雷欲上天

유표는 격분해서 칼을 뽑아 들고,

"이 의리 없는 놈을 죽여 버리고 말겠다!"

하면서 너덧 걸음을 앞으로 나가더니 별안간 주춤하고 걸음을 멈추었다.

'나는 유현덕과 오랫동안 같이 있었지만 그가 시를 짓는 것을 본 일이 없다. 이것은 누가 우리 사이에 이간질을 한 것이 분명하다.'

유표는 퍼뜩 이런 생각이 떠올라서 관사로 되돌아가 칼끝으로 그 시를 깎아 버리자 칼을 집어던지고 말에 올랐다. 채모는 짓궂게도 신야로 달려가서 현덕을 당장 잡아오자고 서둘렀지만, 유표는 그런 경솔한 짓을 해서는 안 된다고 물리쳐 버렸다.

이렇게 되자, 채모는 채부인과 남몰래 계책을 꾸며서 풍년이 들었기 때문에 제관(諸官)을 위로한다는 핑계로 양양에다 잔치를 베풀어 놓고 그 자리에서 현덕을 모살해 버릴 작정을 했다.

만반 준비를 다해 놓고 채모는 유표더러 양양까지 나가라고 했다. 그러나 유표는 몸이 불편하다는 핑계를 하고 말했다.

"신야에 가서 유현덕을 불러다가 내 대신 대객(待客)을 하도록 하시오."

이 말을 듣자 채모는 싱글벙글, 일이 제대로 돼 가는구나 하는 생각으로 당장에 사람을 보내서 현덕을 양양으로 오라고 했다.

난데없이 사람이 나타나서 양양으로 나오라고 하자 손건은 반대했고, 관운장은 나가지 않으면 더욱 의심을 살 테니 나가 보라고 권했다. 그리고 장비는,

"연(筵)에는 좋은 연이 없고, 회(會)에는 좋은 회가 없다고 하니, 가시지 않는 게 제일 좋겠소."

하면서 반대했다. 이때 조자룡이 말했다.

"그러면 제가 보기(步騎) 3백 명을 거느리고 장군을 모시고 함께 가서 신변을 보호해 드리겠습니다."

현덕은 조자룡을 데리고 그날로 양양에 도착했다. 채모가 성 밖에까지 나와 정중하게 영접했고, 유기 · 유종 형제가 문무백관을 거느리고 영접하니 현덕의 의심은 풀어졌다.

그날밤에 현덕은 미리 마련된 관사에서 쉬게 되었는데, 조자룡은 병사 3백 명으로 그 주변을 경비하게 하고 자기도 갑옷에 칼을 차고 현덕의 신변에서 한 발자국도 떨어지지 않고 붙어 있었다.

이튿날, 9군 42주의 관원들이 모두 도착했다는 통지가 있자, 채모는 미리 괴월을 불러들여서 계책을 세웠다.

"유현덕은 당대의 효웅(梟雄)인지라, 오래 여기 머무르게 하면 무슨 짓을 할지 모르오. 오늘 중으로 처치해 버립시다."

"사민(士民)의 신망을 잃게 될까 걱정스럽소."

"동남쪽 현산(峴山)에는 아우 채화(蔡和), 남문 밖에는 채중(蔡中), 북문에는 채훈(蔡勳)을 시켜서 부하를 거느리고 든든히 방비하게 했으니 아무 걱정도 없고, 서문은 앞이 단계(檀溪)니까 비록 수만 명의 군사가 있다 해도 뚫고 나갈 길이 없을 것이오."

그들은 이밖에도 조자룡이 두통거리이니 따로 5백 명의 군사를 성 안에 매복시켜 두었으며, 문빙(文聘) · 왕위(王威) 두 사람에게 명령하여 무관들을 접대하도록 했다. 그리고 밖에 있는 대청에 별석을 마련하고 그리로 조자룡을 불러들여서 손을 대기로 작정했다.

바로 그날, 그들은 소를 잡고 말을 잡아서 굉장한 잔치를 베풀었다.

유현덕은 천리마 적로를 타고 아문에 도착하여 말을 뒤뜰에 끌어들여서 매 놓았다.

문무백관이 연석에 집합하니 현덕은 주인의 자리에 앉았고, 유표의 두 공자가 좌우 양편에 앉고, 일동이 순차대로 자리 잡았으며, 조자룡은 허리에 칼을 차고 현덕의 옆에 서 있었다.

문빙과 왕위가 별석으로 조자룡을 청해 가려고 했지만, 조자룡은 가려 들지 않았다.

현덕이 가 보라고 하자, 그제서야 조자룡도 주인의 명령이니 어쩔 수 없이 제자리를 떴다.

채모는 연회 장소를 철통같이 경비하고 현덕이 거느리고 온 3

백 명의 병사들을 관사로 보내 놓고, 술이 적당히 돌아갔을 때 손을 대려고 대기하고 있었다.

술이 세 순배 돌아갔을 때, 이적이 술잔을 손에 들고 자리에서 일어서더니 현덕의 앞으로 걸어가서 눈을 찡긋하면서,

"옷을 갈아입으러 가십시오!"

하고 나지막한 음성으로 말했다.

현덕이 대뜸 눈치를 채고 변소로 가는 체하고 자리에서 일어섰더니, 이적은 술잔을 다 돌려주고 나서 얼른 뒤뜰로 나가서 대기하고 있었다.

이적이 현덕의 귓전에다 대고 속삭였다.

"채모가 유장군을 살해할 음모를 꾸며 가지고 이미 성 밖 동·남·북에 모조리 군사를 방비하고 있습니다. 나가실 수 있는 곳은 서문뿐입니다. 곧 몸을 피하십시오!"

현덕은 대경실색.

선뜻, 천리마 적로의 고삐를 움켜잡자, 채찍으로 궁둥이를 힘있게 후려갈기니 말은 비호같이 서문으로 달려 가로막은 성문지기도 거들떠보지 않고 쏜살같이 성 밖으로 나가 버렸다.

현덕을 놓친 성문지기가 급히 채모에게 보고하고 채모는 즉시 5백 기를 거느리고 현덕의 뒤를 쫓았다.

서문 밖으로 나와서 몇 리쯤 달렸을 때, 현덕의 앞을 가로막는 것은 큰 강 단계였다. 폭이 몇 장(丈)이나 되고 흉흉한 파도가 휘

몰아치고 있었다. 도저히 건널 수 없다 단념하고 말머리를 돌렸을 때에는 멀리 성 근처로부터 흙먼지가 치밀어오르며 뒤를 추격해 오는 무리들이 보였다.

'아! 이제는 정말 죽었구나!'

하고 다시 말머리를 돌려 강기슭에 섰다. 뒤를 돌아다보니 추격해 오는 무리들이 이미 덜미를 칠 지경이었다. 텀벙 강물 속으로 뛰어드니, 말은 두 앞다리가 폭삭 고꾸라지며 현덕은 옷까지 물에 잠길 지경이었다.

"적로야! 오늘 너는 나를 못 살게 구는구나!"

현덕이 이렇게 소리를 지르는 찰나에, 말은 물 속에서 다시 일어서더니 껑충 단숨에 3장쯤 뛰어서 저편 강기슭으로 날아들었다. 현덕은 구름과 안개 속에서 솟구쳐오르는 것만 같았다.

서쪽 기슭에서 동쪽 기슭을 바라다보니 채모가 군사를 거느리고 달려들었다.

"유장군은 왜 연석을 피하셨습니까?"

"그대의 주군에게 나는 미움을 받을 까닭이 없는데, 어째서 내 목숨을 노렸느냐?"

"천만에! 어떤 놈이 터무니없는 말을 고해 바쳤소이다."

채모가 활에 화살을 꽂는 것을 보자 현덕은 재빨리 말머리를 돌려서 서쪽을 향하여 질풍같이 달아났다. 채모가 좌우의 병사를 보고 하는 말이,

"대체 무슨 신이 도와 주었을까?"

하고 성 안으로 되돌아가려고 했을 때, 서문에서부터 3백 명의 군사를 몰고 달려드는 조자룡. 이야말로 용구(龍駒)가 껑충 뛰어 주인을 구하고 쫓아온 호장(虎將)이 원수를 갚으려 한다.

# 35.
# 기재(奇才)를 찾아라

"천하의 기재는 모두 이 고장에,
공은 그들을 구해 봐야 할 것이오"

玄德南漳逢隱淪
單福新野遇英主

조자룡이 술을 마시고 있었는데, 난데없이 사람들이 웅성웅성하고 말이 움직이는 소리가 들리자, 대뜸 안으로 뛰어 들어가 보니 현덕이 보이지 않았다.

깜짝 놀라서 관사로 돌아갔더니, 사람들이 채모가 군사를 거느리고 서쪽으로 급히 달려갔다고 하는지라, 선뜻 창을 움켜잡고 말 위로 뛰어올라 미리 데리고 온 3백 명의 병사를 거느리고 서문 밖으로 달려나오다가, 마침 채모와 맞닥뜨리게 된 것이다.

"우리 주인은 어디 계시오?"

"유장군은 좌석에서 피해 나오셨는데, 어디로 가셨는지 모르겠소."

조자룡은 세심한 사람인지라 경솔하게 일을 시끄럽게 만들려 하지 않고, 말을 몰아 앞으로 더 나갔더니 넓은 강이 가로막히고 다른 길은 없는지라 또다시 말머리를 돌려서 돌아오며 채모에게 힐문했다.

"우리 주인을 연석에 초대한 당사자인 당신이 군사를 거느리고 뒤를 쫓아간 것은 무슨 까닭이오?"

"9군 42주현(州縣)의 관리들이 여기 모여 있는데, 내 상장(上將)이 되어서 어찌 방비하고 보호하지 않겠소?"

"우리 주인을 어디로 몰아낸 거요?"

"유장군께서는 단지 혼자서 말을 타시고 서문 밖으로 나가셨다고 하는지라, 여기까지 왔더니 보이지 않았소."

조자룡이 이상하게 생각하고 다시 강가로 가서 바라다보니 건너편 기슭에 물이 출렁거린 흔적이 보였다.

'설마, 말을 탄 채로 강을 건너가지 못했을 텐데…….'

그래서 다시 말머리를 돌려서 돌아왔을 때는 채모가 벌써 성 안으로 들어가 버린 뒤였다.

하는 수 없이 문을 지키는 병사들에게 물어 보았더니,

"유장군은 말을 달려 서문 밖으로 나가셨습니다."

라고 할 뿐이었다. 다시 한번 성 안으로 들어가 볼까 하는 생각도 했지만, 혹시 복병이라도 있을까 해서 그대로 신야로 말을 급히 몰았다.

현덕은 천리마 적로가 껑충 뛰는 바람에 강을 건너 뛰기는 했으나, 아직도 꿈을 꾸고 있는 것 같은 기분이었다.

'이 넓은 강을 단숨에 뛰어 넘을 수 있었다는 것은 천우신조가 아니고 뭣이랴!'

현덕은 그대로 남장(南漳) 쪽을 향하여 말을 달리고 있노라니 어느덧 해도 서산에 기울기 시작했다.

그대로 앞으로 나가고 있는데, 목동 하나가 소 등에 걸터앉아서 짧은 피리를 불며 이쪽으로 나오는 것이었다. 현덕은 자신도 모르는 사이에,

'아! 나는 저 아이만도 못한 신세로구나!'

하고 탄식하며, 잠시 말을 멈추고 목동을 바라다보고 있었다.

그랬더니 그 목동도 소를 멈추고 피리를 입에서 떼면서 물끄러미 현덕을 바라보았다.

"장군은 황건적을 쳐부수신 유현덕이란 분이 아니십니까?"

현덕이 깜짝 놀랐다.

"너같이 이런 시골에 사는 아이가 어떻게 내 이름을 알고 있단 말이냐?"

"저는 잘 모릅니다만, 우리 스승께서 손님이 찾아오실 때마다 유현덕이란 사람은 키가 일곱 자 다섯 치, 손을 늘어뜨리면 무릎에 닿고, 눈은 자기 한편 눈을 바라다볼 수 있는데, 그야말로 당대의 영웅이라고 하셨습니다. 방금 장군의 모습을 뵙자니 분명

히 그분이 틀림없다고 생각한 것입니다."

"그러면 그 스승이란 분은 누구냐?"

"우리 스승은 사마(司馬)라는 두 자 성이시고 이름은 휘(徽), 자는 덕조(德操)라 하시며, 영천(穎川)분으로 도호(道號)를 수경선생(水鏡先生)이라 하십니다."

"어떤 분들하고 친구로 지내시느냐?"

"양양의 방덕공(龐德公), 그리고 방통(龐統)이 친구이십니다."

"방덕공은 방통과 어떻게 되시는 사이냐?"

"숙질간이십니다. 방덕공의 자는 산민(山民)이라 하고, 우리 스승보다 열 살 위시며, 방통이란 분은 자를 사원(士元)이라고 하시는데, 우리 스승보다 다섯 살 아래이십니다. 어떤 날은 스승께서 뽕나무에 올라가셔서 잎을 따고 계신데, 마침 방통이란 분이 오셨다가 그대로 뽕나무 아래 앉아서 하루 진종일 무슨 의논을 하신 일도 있었습니다. 스승께서는 이 방통이란 분을 지극히 사랑하시며, 아우님이라고 부르십니다."

"그 스승이란 분은 지금 어디 사시느냐?"

"앞에 보이는 숲속이 바로 그분 댁입니다."

"내가 바로 유현덕인데, 너의 스승님을 한번 만나 뵙게 해줄 수 없겠니?"

목동이 곧 현덕을 인도하여 2리쯤 가서 그 집 앞에 서자 현덕은 말을 내렸다. 중문으로 들어서니 갑자기 멋들어진 거문고 소리가 들려 왔다. 현덕은 목동더러 사람이 왔다는 것을 알리지 말라 하고 귀를 기울여, 그 거문고 소리를 듣고 있었는데, 그 거문고 소리가 홀연 뚝 그치고 들리지 않았다. 그리고 곧 한 사람이 웃으면서 나오더니 말했다.

"거문고의 운이 맑고 고와지는 판인데, 별안간 뻣뻣한 소리가 나기 시작했다. 반드시 어떤 영웅이 몰래 엿듣고 있는 모양이다."

목동이 손가락으로 가리키며 말했다.

"저분이 바로 우리 스승이신 수경선생이십니다."

현덕이 바라보니 소나무 같은 형체에 학 같은 골격(松形鶴骨), 위인이 비범해 뵈는지라, 황망히 앞으로 나가서 절을 했는데, 현덕의 의복은 아직도 젖은 채로 있었다. 수경선생이 말했다.

"공은 오늘 다행히 대난을 면하셨구려!"

현덕은 놀라움을 금치 못했다. 이때 목동이 말했다.

"이분이 유현덕이란 분이십니다."

수경이 초당으로 청해 들이니, 주인과 손이 각각 자리잡고 앉았다. 시렁에는 책이 가득 차 있고 창 밖에는 소나무와 대나무가 심어져 있으며, 석상(石牀)에는 거문고 한 채가 놓여 있고 맑은 기운이 표현히 감돌고 있었다.

"공은 어디서 오시오?"

"이곳을 지나가다가 우연히 이 소동(小童)이 가르쳐 주어 존안을 뵙게 됐으니 정말 기쁩니다."

"공은 숨기실 것은 없소. 오늘은 위태로운 지경을 간신히 모면하시고 여기까지 오셨을 텐데……."

수경이 웃는지라, 현덕은 양양에서 생겼던 일을 차근차근 이야기했다.

"공의 안색을 보고 벌써 짐작했소."

하며 다시 말을 계속했다.

"공의 쟁쟁한 명성은 평소부터 듣고 있었는데, 어째서 지금은 이다지도 불우한 처지가 되셨소?"

"소인의 명도(命途)가 기구하여 이런 지경에 이르렀습니다."

"그럴 리 없소. 공의 좌우에 인재가 없는 탓이겠지!"

"소생은 부재(不才)라고는 하지만, 문(文)에는 손건 · 미축 · 간옹 등이 있고, 무(武)에는 관운장 · 장비 · 조자룡 등이 있어서 충성을 다하여 보필해 주어서 그들의 신세를 지는 일이 매우 많습니다."

"관운장 · 장비 · 조자룡은 과연 만인과 견줄 만한 사람들이지만, 가석하게도 그들을 잘 쓸 줄 아는 사람이 없는 것이오. 손건 · 미축 같은 사람들은 백면서생에 불과하고, 경륜제세(經綸濟世)할 만한 재목은 못 되오."

"소생도 일찍이 산 속에 파묻혀 계신 현인을 찾느라고 애썼지만, 아직도 그런 분을 만나 뵙지 못했습니다."

"공자가 '십실의 읍에는 반드시 충신이 있다(十室之邑必有忠臣)'

고 말한 것을 듣지 못하셨소? 어째서 사람이 없다 하시오?"

"이 유현덕은 우매하여 사람을 알아보지 못하니 잘 가르쳐 주십시오."

"공은 형주와 양양 여러 고을 아이들이 재잘대는 소리를 듣지 못하셨소? 아이들은 이런 노래를 하고 있소. '8,9년 만에 비로소 쇠퇴하려 하고(八九年間始欲衰), 13년이 되니 아무 것도 남는 게 없다(至十三年無孑遺). 뭐란대도 천명은 결국 돌아가는 바가 있고(到頭天命有所歸), 흙 속의 반룡이 하늘을 향해 난다(泥中蟠龍向天飛)'고. 이 노래는 건안 초년부터 부르기 시작했는데 건안 8년에 유표의 선처가 세상을 떠난 뒤부터 집안에 분란이 일어났소.

이것이 바로 '비로소 쇠퇴하려 했다'는 것이고 '혈유(孑遺)가 없다'는 것은 불원간에 유표가 죽고 문무제관이 한 사람도 남지 않고 모조리 영락하여 혈유가 없어지리라는 것을 말하며, '천명은 돌아가는 바가 있다'고 한 것과 '용이 하늘을 향해서 난다'는 것은 아마 장군을 두고 하는 말일 것이오."

현덕은 그 말을 듣자 깜짝 놀랐다.

"소생이 어찌 이런 일을 감당할 만한 위인이겠습니까?"

"지금 천하의 기재(奇才)는 모두 이 고장에 모여 있소. 공은 마땅히 그들을 구해 봐야 할 것이오."

"그 기재라는 분들은 어디 계시며 또 어떤 분들이십니까?"

"복룡(伏龍) · 봉추(鳳雛) 두 사람 중에서 한 사람만이라도 얻을 수 있다면 천하를 편안하게 할 수 있으리라."

"그러면, 그 복룡 · 봉추란 어떤 분들이십니까?"

수경은 손바닥을 비비면서 껄껄껄 소리내어 웃으며 좋아! 좋아!할 뿐이었다.

현덕이 거듭 물었더니 수경이 또 말하기를,

"이미 날도 저물었으니 장군은 오늘밤 여기서 쉬시는 게 좋을 거요. 그것은 내일 이야기하기로 합시다."

하면서 소동에게 명령하여 식사를 대접하게 하고, 말을 뒤뜰로 끌어들여서 꼴을 먹이도록 했다.

현덕은 식사를 마치고 곧 초당 옆방에서 자리에 누웠다. 수경의 말을 되씹어 생각하느라고 엎치락뒤치락하며 잠을 이루지 못했다.

"원직(元直)! 어째서 왔소?"

수경이 묻는 말이었다. 현덕이 자리에서 벌떡 일어나 귀를 기울였더니, 그 사람이 대답했다.

"오래 전부터 유표란 사람이 착한 것은 좋아하고 악한 것을 미워하는 사람이라고 들어 왔기 때문에 모처럼 찾아가서 만나 봤더니, 생각하던 바와는 딴판으로 허명무실한 위인이었습니다. 확실히 착한 것을 좋아하기는 하지만 그것을 쓸 줄을 모르며, 악을 미워하기는 하지만 그것을 제거하지도 못하는 형편이었습니다. 그래서 몇 줄 글을 써 놓고 그곳을 떠나 여기까지 온 것입니다."

"공은 왕좌지재(王佐之才)를 지닌 사람이니 사람을 잘 선택해서 섬겨야 할 것인데 어째서 경솔하게 유표를 찾아가셨단 말이오? 영웅호걸이란 바로 눈앞에 있는데, 공이 보지 못하는 것뿐이오."

"선생님의 말씀이 지당하십니다."

이런 말을 듣고 있던 현덕은 기뻐서 어쩔 줄 모르며, 이 사람이야말로 복룡이나 봉추에 틀림없으리라는 생각이 들었다. 그래서 당장 뛰어나가 인사를 하고 싶었지만, 경솔히 나설 일이 아니라 생각하고 그만두었다.

날이 밝기를 기다려서 현덕은 수경을 만나 보고 이렇게 말했다.

"어젯밤에 오셨던 분은 누구이십니까?"

"내 친구요."

현덕이 만나 보고 싶다고 했더니 수경이 말했다.

"그 사람은 명주(明主)를 찾아서 섬기고 싶다고 다른 곳으로 가 버렸소."

현덕이 그의 성명을 물었더니, 수경은 속시원히 말해 주지 않았다.

"복룡 · 봉추란 과연 어떤 분이십니까?"

수경은 여전히 명확한 대답을 하지 않고 웃기만 하는지라, 현덕은 그 앞에 꿇어앉아서, 이런 산 속에서 나와 자기를 도와서 함께 한나라 왕실을 일으켜 보자고 했다. 그랬더니 그제서야 수경이 말했다.

"나같이 산야에서 한산하게 지내는 사람은 이 세상에서는 쓸모가 없소. 나의 열 배나 더 공을 능히 도와줄 만한 사람이 있을 것이니, 공은 그런 사람을 찾아가는 게 좋을 것이오."

이렇게 이야기를 하고 있을 때, 홀연, 사람의 말소리와 말이 울부짖는 소리가 밖에서 들려 왔다. 소동이 들어와서 알렸다.

"어떤 대장 한 분이 수백 명의 군사를 거느리고 찾아오셨습니다."

현덕이 깜짝 놀라 급히 뛰어 나가 보니 그것은 바로 조자룡이었다. 어젯밤 현(縣)으로 돌아갔다가 현덕이 보이지 않아 밤새도록 찾아다니다가 간신히 이곳까지 오게 된 것이었다. 곧바로 현으로 돌아가자고 하는지라, 현덕은 수경과 작별 인사를 하고, 조자룡과 말을 나란히 타고 신야로 떠났다.

유현덕과 조자룡이 얼마 가지 못해서, 1대의 인마가 정면에서 달려오는 바람에 자세히 봤더니 관운장과 장비였다. 네 사람은 기뻐서 어쩔 줄 모르며, 현덕이 단계를 단숨에 껑충 뛰어서 건너온 이야기를 했더니, 모두들 감탄할 뿐이었다.

현으로 돌아와서 손건과 선후책을 협의했더니, 그의 의견이 우선 유표에게 편지를 보내서 이번 사실을 알리도록 하자는 것이었다. 현덕은 그 즉시 손건에게 편지를 써 주어서 형주로 떠나 보냈다. 편지를 받아 든 유표는 격분을 참지 못하고 당장에 채모를 불러들였다.

"네놈이 감히 우리 아우의 목숨을 노렸다니!"

호되게 꾸지람을 하고 끌어내다가 목을 베라고 명령했다. 채 부인이 나서서 목숨만을 살려 달라고 울며불며 애원하는데도, 유표는 좀처럼 용서하려 들지 않았다.

손건이, 채모의 목을 베면 유현덕의 입장이 더욱 곤란하다고 유표에게 간곡히 만류하였기 때문에, 질책에 그치고 죽이지는 않았으며, 장남 유기를 손건과 동행시켜서 현덕에게 사죄하러 보내기로 했다.

유기가 부친의 명령을 받들고 신야에 도착했더니 현덕은 그를 맞이하여 주연을 베풀고 대접했다. 주석이 한창 어울려 들어갈 때, 유기는 갑자기 눈물을 줄줄 흘렸다. 현덕이 그 까닭을 물었더니 유기가 대답했다.

"계모가 오래 전부터 저를 죽이려고 흉계를 꾸미고 있습니다. 저는 어찌해야 좋을지 모르겠습니다. 원컨대 무슨 좋은 방법을 좀 가르쳐 주십시오."

현덕이 권고했다.

"만사에 조심 조심, 효성을 극진히 하면 화는 저절로 없어질 것이오."

이튿날 유기는 눈물을 흘리며 작별했고, 현덕은 말을 타고 성 밖에까지 전송해 주었는데 그때 현덕은 자기 말을 가리키며 이런 말을 했다.

"이 말이 아니었다면 나는 벌써 황천 사람이 되었을 것을……."

유기가 말했다.

"말의 힘이 아니고 아저씨께서 홍복(洪福)을 타고나신 덕택이겠지요."

두 사람은 작별 인사를 하고, 유기는 눈물을 그치지 못한 채 돌아갔다. 현덕이 말을 몰아 성 안으로 들어서니 홀연 한 사람이 갈건포포(葛巾布袍)에 검정 띠, 검정 신을 신고 노래를 길게 뽑으면서 걸어오는 것이었다.

천지가 뒤집어 엎어졌으니
불은 꺼지려 하고,
큰 집이 무너지려 하니
한 나무로 버티기는 어렵도다.
산 속에 어진 사람 있어
현명한 주인에게 몸을 던지려 하는데,
현명한 주인은 어진 사람을 구하기는 하지만
나를 알아보지 못하네.

天地反覆兮　火欲殂　大廈將崩兮　一木難扶
山谷有賢兮　欲投明主　明主求賢兮　却不知吾

현덕은 이 노랫소리를 듣고 혼자 마음속으로 생각했다.

'이 사람이야말로, 수경선생이 말씀하신 복룡 · 봉추란 사람이 아닐까?'

말을 내려서 인사를 하고 그를 현의 아문으로 청해 들여 성명을 물어 봤다.

그랬더니 그 사람이 대답했다.

"나는 영상(潁上) 사람으로 성이 단(單)이요, 이름은 복(福)이라고 합니다. 평소부터 유장군께서 현사를 초청하신다는 소문을 들었기 때문에 한번 찾아 뵙고 싶은 생각도 했습니다만, 그럴만한 방법이 없던 차에 이렇게 거리에서 노래를 불러 시끄럽게 해 드려서 죄송합니다."

현덕이 크게 기뻐하며 그를 빈객으로 대접했더니, 그가 또 말했다.

"조금 전에 유장군께서 타고 계시던 말을 한번 보여 주셨으면 합니다."

현덕이 안장을 내려놓고 말을 뜰로 끌어냈더니 단복이 말했다.

"이것은 적로라는 말이 아닙니까? 이것은 천리를 달리는 명마

이긴 하지만 주인에게 해를 입히니, 타시지 않는 게 좋으실 겁니다."

"그런 경우는 이미 겪어 보았소."

현덕이 단계에서 겪은 일을 자세히 이야기해 주었다.

"그것은 주인을 구해준 것이고, 주인에게 해를 입힌 것은 아닙니다. 그러나 언제고 한 번은 꼭 해를 입히고야 말 겁니다. 저에게 이런 해를 입지 않도록 할 수 있는 한 가지 계책이 있습니다."

"그 계책을 좀 들어 봅시다."

"장군께서 마음속으로 미워하시는 사람이 있으시면, 먼저 이 말을 그에게 주셔서 그가 해를 입고 난 다음에 다시 장군께서 타시면 무사하실 수 있습니다."

현덕이 그 말을 듣더니 얼굴빛이 변하며 엄하게 말했다.

"공은 여기 오시자마자 나에게 옳은 길은 가르쳐 주시지 않고, 나의 이로움을 위해서 남을 죽이는 일을 가르쳐 주시는 거요? 이 유현덕은 감히 그런 말씀은 듣지 못하겠소."

단복이 웃으면서 사과했다.

"유장군께서 인덕을 갖추셨다는 말은 평소부터 많이 들었습니다만, 그래도 믿을 수 없어서 이런 말로 한번 속을 떠본 것입니다."

현덕이 안색을 고치고 몸을 일으켜 사과했다.

"이 현덕에게 어찌 남에게 미칠 만한 인덕이 갖추어져 있겠소만은, 오직 선생의 가르치심을 바랄 뿐이오."

"나는 영상에서 이리로 오는 동안에 신야의 사람들이 노래를 부르고 있는 것을 들었습니다. '신야의 목, 유황숙이 이리 온 다음부터는 백성들이 풍족하게 되었네.' 이것으로써 유장군의 인덕이 얼마나 사람들에게 미치고 있다는 것을 가히 알 수 있습니다."

이리하여, 유현덕은 단복을 군사(軍師)로 삼고 본부의 인마를 조련시켰다.

한편, 조조는 기주에서 허도로 돌아온 뒤에도 형주를 공략하고 싶은 평소의 야망을 버리지 못했다. 조인 · 이전 그리고 투항해 온 장수 여광 · 여상에게 3만의 병력을 주어서 번성(樊城)에 머무르며 형주 · 양양을 호시(虎視)하고 그 허실을 탐지하도록 했다.

이때, 여광 · 여상이 조인에게 품(稟)했다.

"지금, 유현덕은 군사를 신야에 주둔시키고, 병사를 모집하고 말을 사들이며, 초량(草糧)을 적둔(積屯)하고 있으니 그의 뜻이 만만치 않습니다. 불가불 시급히 서둘러야겠습니다. 저희들 둘이 승상께 투항한 뒤에, 손톱만한 공로도 세우지 못했으니, 이번에 정병 5천만 주시면 유현덕의 목을 베어서 승상께 바치겠습니다."

조인은 크게 기뻐하며 여광 · 여상 형제에게 군사 5천 명을 주어서 신야를 습격하게 했다.

유현덕에게 급보가 날아들었다.

단복을 불러서 대책을 강구했더니 단복이 말했다.

"적병이 쳐들어온 이상, 경내에 들여 놓아서는 안 됩니다. 관운장은 1군을 거느리고 왼쪽에서 쳐나가 적군의 중로(中路)를 찌르게 하고, 장비는 1군을 거느리고 오른쪽에서 쳐나가서 적군의 후로(後路)를 들이치게 하고, 유장군은 조자룡을 데리시고 전로(前路)로 출병하시어 막아내시면 적을 무찌를 수 있습니다."

현덕은 단복의 의견대로 당장에 관운장 · 장비를 출전하게 하고 나서, 단복 · 조자룡과 더불어 인마 2천을 거느리고 관(關)을 나서서 대적하기로 했다.

몇 리를 가지 않아서, 산 뒤로부터 먼지가 수선스럽게 일어나더니 여광 · 여상이 군사를 거느리고 나타났다.

현덕은 문기 아래로 말을 몰고 나서서 큰 목소리로 호통을 쳤다.

"거기 온 것은 누구냐? 감히 우리 경지를 침범하다니!"

여광도 말을 몰고 나서며 소리쳤다.

"내가 바로 대장 여광이다. 승상의 명령을 받들고 특히 너를 잡으러 온 길이다!"

현덕이 격분하여 조자룡을 내보내니 몇 합을 싸우지도 못하고 여광은 조자룡의 창에 찔려 말 위에서 나둥그러져 떨어지고 말았다.

현덕이 군사를 지휘하고 총공격을 개시하니 여상도 견디다 못해서 퇴각했는데, 관운장과 맞닥뜨리게 되자 간신히 살 구멍을 찾아서 달아나다가, 10리도 못 가서 장비가 사모로 찌르고 덤비니 말 위에서 훌쩍 몸을 뒤집고 땅에 떨어져 죽어 버렸다.

현덕은 도망치는 패잔병들을 태반이나 산채로 잡아 가지고 군사를 수습해서 현으로 돌아와 단복을 후히 대접하고, 3군 병사들에게 상을 베풀었다.

패잔병이 조인에게 돌아가서, 여씨 형제가 죽은 것과 군사가 태반이 붙잡혔다는 보고를 했더니 조인은 대경실색하며 이전과 대책을 협의했다.

"그들 형제는 적을 우습게 알았기 때문에 패한 것입니다. 우선 싸움을 일단 중지하고 승상께 이런 사실을 보고하여 대군을 동원해서 토벌해 주시도록 하는 게 상책인가 합니다."

이전은 이렇게 말했지만, 조인이 신야 같은 작은 성에 승상의 대군을 동원할 것까지 없다고 반대하고 나오자 이전이 또 말했다.

"병법에도 남을 알고 나를 알면 백전백승(知彼知己 百戰百勝)이라 했습니다. 저는 싸움을 겁내는 것이 아니라, 반드시 이기지 못할까 걱정하는 겁니다."

"공은 다른 맘을 먹고 있군? 나는 반드시 유현덕을 산채로 잡고야 말겠소!"

조인이 호통을 치는 바람에 이전도 어쩔 수 없이 조인과 함께 2만 5천의 군마를 정비해 가지고 강을 건너 신야로 내달았다.

이야말로 편장(偏將—偏裨)이 욕을 보고 죽게 되니, 주장(主將)이 다시 설욕의 군사을 동원하는 셈이다.

# 36.
# 어머니의 편지

어머니를 너무 모르는 아들, 가짜편지의 종말

玄德用計襲樊城
元直走馬薦諸葛

조인은 격분을 참지 못하고 부하를 총동원시켜 출전했다.

밤중의 어두운 틈을 타서 강을 건너서자, 일거에 신야를 짓밟아 버릴 작정으로 밀고 나갔다.

이때, 단복은 싸움에 승리를 거두고 현으로 돌아와서 현덕에게 이런 말을 했다.

"현재, 번성을 든든히 방비하고 있는 조인은 그의 대장이 두 사람이나 목숨을 빼앗긴 것을 알게 되면 반드시 대군을 동원하여 우리 현으로 쳐들어 올 것입니다."

현덕이 물었다.

"그럼, 어떻게 막아냈으면 좋겠소?"

"만약에 적이 전체 군사를 동원해서 쳐들어온다면 번성의 방비를 소홀히 할 것만은 틀림없습니다. 그러니까 이 기회에 그들의 허를 찔러서 빼앗아 버리는 게 좋겠습니다."

현덕이 거기에 대한 계책을 또 물었더니, 단복은 현덕의 귀에다 대고 여차여차 하라고 나지막한 음성으로 속삭였다.

현덕이 크게 기뻐하며 만반 준비를 갖추고 있으려니까, 느닷없이 보마(報馬)가 급히 달려들어오며 보고했다.

"조인이 대군을 거느리고 강을 건너서 쳐들어오고 있습니다!"

이 소식을 듣자 단복이,

"과연 저의 생각과 어긋나지 않았습니다."

하며 현덕에게 출전하기를 권했다.

양군이 각각 진을 치고 나자, 조자룡이 선뜻 말을 타고 달려나가 어떤 대장이라도 나오라고 호령을 했더니, 조인 편에서는 이전을 출마시켜서 조자룡과 싸우게 했다.

싸움은 10합도 채 못 갔다. 이전이 도저히 조자룡을 감당해 내기 어려워 자기 진영으로 뺑소니를 쳐버렸다. 조자룡은 말을 몰아서 이전을 추격했지만, 좌우 양쪽에서 화살이 맹렬히 날아드는 바람에 어쩔 수 없이 진지로 돌아와 버렸다.

도망쳐서 진지로 돌아간 이전이 조인의 앞에 나서며 말했다.

"적병은 굉장한 정예들입니다. 경솔히 덤벼들어서는 안 되겠습니다. 우선, 번성으로 군사를 되돌리시는 게 상책일까 합니다."

이 말을 듣더니 조인이 노발대발했다.

"그대는 출전도 하기 전부터 우리 편의 군심을 풀이 죽게 하더니 이번에는 또 진지를 팔아먹자는 건가!"

당장에 도부수에게 소리를 질러 이전을 끌어내서 목을 베라고 야단을 쳤다. 여러 대장들이 권고를 해서 가까스로 목숨만은 살려 주어, 후군을 인솔하라고 뒤로 밀어냈으며, 조인이 친히 군사를 거느리고 선두를 담당했다.

그 이튿날, 조인은 북소리도 요란스럽게 진군을 개시하여 한 개의 진세(陣勢)를 펼친 다음에, 현덕에게 사람을 보내서 물어 보도록 했다.

"우리 편의 진세를 아는가, 모르는가?"

단복은 높은 데 올라가서 두루두루 관망하고 나더니 현덕에게 말했다.

"이것은 팔문금쇄진(八門金鎖陣)이라고 하는 겁니다. 팔문이란 곧 휴(休)·생(生)·상(傷)·두(杜)·경(景)·사(死)·경(驚)·개(開)인데, 만약에 생문(生門)·경문(景門)·개문(開門)으로 쳐들어가면 우리 편에 이롭지만, 상문(傷門)·경문(驚門)·휴문(休門)으로 들어가면 상처를 입게 되고, 두문(杜門)·사문(死門) 두 문으로 들어가면 살아 나올 수 없습니다. 여기서 보건대 과연 여덟 문이 그럴듯하게 정돈되어 있습니다만, 한 가운데 주지력(主持力)이 결핍되어 있습니다. 동남각의 생문(生門)으로 쳐들어가서 정서(正

西) 편의 경문(景門)으로 빠져 나오시면, 저편 진지는 흩어질 것이 틀림없습니다.!"

현덕은 전군에 명령을 전달시켜서, 군사들이 진각(陣角)을 단단히 지키고 있도록 하고 조자룡에게 명령하여 군사 5백 명을 거느리고 동남쪽에서 쳐들어가서 서쪽으로 빠져 나가라고 했다.

조자룡은 명령을 받자, 창을 뻗쳐 들고 말을 달려 군사를 거느리고 동남각으로 달려가서 호통을 치며 중군(中軍) 속으로 뚫고 들어갔다.

조인은 견디다 못해서 북쪽으로 도주했다. 조자룡은 그것을 추격하지 않고, 그대로 서쪽 문으로 빠져서, 다시 동남각으로 되돌아왔다.

조인의 군사가 동요를 일으키자 그것을 기다렸다는 듯이, 현덕이 전군에 명령을 내려 쳐들어가게 하니 적군은 형편없이 대패하여 군사를 철수했다.

단복은 더 깊숙이 들어가지 말도록 지시하고 수습해 가지고 돌아오게 했다.

한편, 조인은 패전의 고배를 마시고 나서야 비로소 이전의 말을 믿게 되어 다시 이전을 불러들여서 대책을 협의했다.

"유현덕의 군중에는 반드시 싸움에 능한 자가 있을 것이오. 우리 진지를 마침내 쳐부숴 버렸으니……."

이전이 걱정했다.
"저는 이곳에 있으면서도 번성의 일이 심히 걱정스럽습니다."
조인이 말했다.
"오늘밤에 영채를 몰래 습격하여 승리를 얻게 되면 다시 계책을 협의하기로 합시다. 만약에 승리를 거두지 못할 때는 군사를 물려 번성으로 돌아가기로 합시다."
"그건 안 됩니다. 유현덕에게도 반드시 준비가 있을 겁니다."
"그렇게 의심이 많고 망설이기만 해가지고야 어떻게 용병(用兵)을 해보겠소?"
조인은 드디어 이전의 말을 듣지 않고, 친히 군사를 거느리고 앞장을 서서 이전에게는 후군을 맡기고 그날밤 2경에 현덕의 영채를 몰래 습격할 작정을 했다.
단복은 그때 마침 현덕과 영채 안에서 대책을 상의하고 있는데, 홀연 사나운 바람이 휘몰아쳐 일어났다.
단복의 예견했다.
"오늘밤에 조인이 반드시 영채를 몰래 습격해 올 것입니다."
"어떻게 막아내면 되겠소?"
"저는 벌써 다 예산이 서 있습니다."
밤 2경이 되어서 조인의 군사가 현덕의 영채로 접근해 들어오는가 하는 순간에, 난데없이 영채 사방에서 불길이 맹렬히 일어나더니 채책(寨柵)이 불붙기 시작했다.

조인은 이편에도 준비가 있는 줄 알고 급히 군사를 뒤로 물리라고 명령을 내렸다. 이때 조자룡이 또 군사를 몰고 노도처럼 밀려드니 조인은 군사를 수습하여 후퇴할 겨를도 없이 북하(北河)를 향하여 말을 몰고 뺑소니를 쳐버렸다. 강기슭에까지 와서 배를 찾아서 건너가려고 하는 순간에 또 1대의 군마가 쇄도했다. 선두에 버티고 나서는 대장은 바로 장비.

조인은 필사적으로 장비와 싸워서 간신히 이를 물리쳤으며, 이전은 조인을 거들어서 가까스로 배를 태우기는 했으나, 나머지 군사들은 모조리 강물에 빠져 죽어 버렸다.

건너편 기슭까지 가까스로 건너선 조인은 걸음아 날 살려라 하고 번성으로 달려가서 문을 열라고 고함을 질렀다.

그러나 어찌 알았으랴!

성위에서 북소리가 요란스럽게 들리더니 대장 한 사람이 군사를 몰고 나와 호령을 했다.

"내가 이미 번성을 점령한 지 오래다!"

모든 사람이 깜짝 놀라 쳐다보니 그는 바로 관운장이었다. 조인이 당황하여 말머리를 돌리니 관운장은 이를 굳이 추격하지 않았다. 그래서 조인은 무수한 인마를 잃은 채 밤낮을 헤아리지 않으며 허창으로 도주했다.

도주하는 도중에서 사람들의 전하는 말을 듣고, 현덕의 편에는 단복이 군사(軍師)가 되어서 계책을 세우고 있다는 사실을 알게 되었다.

현덕이 큰 승리를 거두고 번성으로 들어가니 현령 유필(劉泌)이 나와 영접하는지라, 현덕은 우선 백성들을 안정시키는 데 전력을 기울였다.

이 유필은 장사(長沙) 사람이며 유현덕과 같이 한나라 종친(宗親)이어서, 현덕을 자기 집으로 초청하고 환영의 주연을 베풀어 주었다.

이때, 유필의 곁에 젊은 남자가 하나 서 있는데, 생긴 품이 의태비범(意態非凡)했다.

"이분은 누구시오?"

"나의 조카 구봉(寇封)입니다. 본래 나후(羅侯) 구씨(寇氏)의 아들이었는데, 양친이 모두 세상을 떠나, 이곳에 와서 의지하고 있습니다."

현덕이 그를 귀엽게 여겨 양자를 삼고 싶다고 했더니, 유필은 쾌히 승낙하고 구봉을 현덕에게 절하게 하여 아버지를 삼게 하고, 유봉(劉封)이라고 개명했으며, 관운장과 장비에게 절하게 하여 삼촌을 삼게 했다.

그랬더니 관운장이 반대했다.

"형님은 이미 아드님이 있으신데, 양자를 삼으실 필요가 뭐있습니까? 나중에 반드시 시끄러운 일이 생길 것입니다."

"내가 친아들같이 대해 주면 그도 반드시 나를 친아버지같이 여길 걸세. 무슨 시끄러운 일이 생기겠는가?"

운장은 시무룩한 얼굴을 했다.

현덕은 단복과 계책을 세워서 조자룡에게 명령하여 군사 1천 명을 거느리고 번성을 지키도록 하고, 자기는 다른 사람들을 인솔하고 신야로 돌아왔다.

조인은 이전과 함께 허도로 돌아와서 조조 앞에 꿇어 엎드려서 울며불며 장병들을 잃어버린 결과를 자세히 이야기하고, 처벌만 바란다고 애원했다. 그랬더니 조조가 하는 말이,

"승패는 병가(兵家)의 상사라지만, 유현덕에게 계책을 세워 주고 있는 사람은 대체 누구인가?"

"단복이란 자입니다."

하고 조인이 대답했더니 조조가 물었다.

"단복이란 누구요?"

정욱(程昱)이 웃으면서 말했다.

"그는 단복이 아닙니다. 그 사나이는 젊었을 적부터 검술을 좋아했는데, 중평(中平) 말년에 남의 원수를 갚아 주려고 사람을 죽인 일이 있습니다. 그때 머리를 흐트러뜨리고 얼굴에는 분칠을 하고 도망치려다가 관리에게 붙잡혔습니다. 성명을 물어 봐도 대답하지 않으니 그 관리가 수레 위에다 꽁꽁 묶어 가지고 북

을 두드리며 거리로 나와서 사람들에게 아느냐고 물었지만, 그를 아는 사람들도 감히 입을 벌리지 못했습니다. 그러다가 친구가 슬며시 살려냈는데, 이때부터 성명을 바꾸고 도망쳐서 마음을 달리 먹고 학문에 뜻을 두고 두루두루 명사(名師)를 찾아다녔습니다. 항시 사마휘(司馬徽)와 담론을 잘합니다. 이 사람은 영천의 서서(徐庶)로 자를 원직(元直)이라 하며, 단복이란 가짜 이름입니다."

"그럼, 그 서서란 자의 재능은 그대와 비교하면 어느 정도요?"

"나의 10배나 됩니다."

"가석하게도 이런 현사가 유현덕에게 있군! 날개를 돋치게 해준 셈인데, 이 일을 장차 어떻게 하지?"

"서서가 저편에 있다고는 하지만, 승상께서 그 인물을 쓰시겠다면 불러오기는 그다지 어렵지 않습니다."

조조가 반가워서 물었다.

"어떻게 우리 편으로 오게 할 수 있단 말이오?"

"서서는 위인이 지극히 효성스럽습니다. 어려서 부친을 여의고 노모만이 살아계십니다. 그의 아우 서강(徐康)도 이미 죽었고, 노모를 봉양할 사람이 없습니다. 승상께서 사람을 보내셔서 서서의 모친을 허창으로 데려온 다음, 아들을 부르는 편지를 쓰게 하면 서서는 반드시 오고야 말 겁니다."

조조는 기뻐서 어쩔 줄 모르며, 당장에 서서의 어머니에게 사람을 보냈다. 하루도 안 돼서 서서의 모친이 끌려오자, 조조는 후대하고 이렇게 말했다.

"듣자니 아드님 서원직은 천하의 기재라 하는데, 현재 신야에서 역신(逆臣) 유현덕을 돕고, 조정을 배반하고 있으니 이야말로 미옥(美玉)이 진흙 속에 빠진 것입니다. 진실로 아까운 일입니다. 이제 번거로우시더라도, 노모님께서 편지를 쓰셔서 아드님을 허도로 불러오시면, 내 천자 앞에 보주(保奏)하여 반드시 큰 상을 받게 하겠습니다."

좌우의 사람들에게 명령하여 문방사보(文房四寶)를 가져다가 서서의 모친에게 편지를 쓰라고 했다.

서서의 모친이 물었다.

"유현덕이란 어떠한 분이시오?"

조조가 대답했다.

"패군(沛郡)의 대단치 않은 소인배로 황숙이라 함부로 떠들며, 신의라곤 전혀 없고, 소위 겉으로는 군자인 체하지만 실상은 소인밖에 안 되는 자입니다."

서서의 모친은 무서운 음성으로 호통을 쳤다.

"그대는 허황한 거짓말도 너무 심하오! 내가 듣기에는 유현덕이란 분은 중산정왕(中山靖王)의 후예로 효경황제(孝景皇帝) 각하의 현손이시며, 아랫사람에게는 몸을 굽히고 사람을 공경할 줄 하는 분이어서, 그 어진 명성이 전부터 뚜렷하신 분이오.

세상의 어린아이도 노인도 목동도 초부(樵夫)도 모두 이분의 성함을 알고 있으니 진실로 당대의 영웅이시오. 나의 아들이 이분을 보필하고 있다면 참말 주인을 만난 것이오. 그대는 한나라 승상이라는 명칭만 빙자하고 사실은 한나라의 역적이면서 도리어 유현덕을 역신이라 하고 나의 아들더러 현명한 주인을 배반하고 못된 주인에게로 오라 하니, 어찌 부끄러운 줄도 모르시오?"

말을 마치더니 벼룻돌을 집어서 조조에게 내던졌다. 조조는 격분하여 서서의 모친을 잡아내어 목을 베라고 무사에게 호령했다.

정욱이 급히 이것을 가로막으면서 간했다.

"서서의 모친이 승상께 역정을 자아내 드린 것은 죽으려고 하는 짓입니다. 그러니 승상께서 저 여자를 죽여 버리신다면 의롭지 않다는 욕을 듣게 되실 것이며, 도리어 서서의 모친이 죽게 되면 서서는 반드시 목숨을 바쳐서 유현덕을 도와서 보복을 하려 들 겁니다. 그대로 남겨 두어서 서서가 몸과 마음이 양쪽으로 갈라져서 유현덕을 돕는데 전력을 기울일 수 없게 하느니만 같지 못합니다. 서서의 모친을 잠시 여기 머물러 두시면, 이 욱이 서서를 속여서 이곳에 와서 승상님을 보필하도록 할 계책이 있습니다."

조조는 정욱의 말을 그럴듯하게 생각하여 서서의 모친을 죽이지 않고 별실을 주어서 생활하게 했다.

정욱은 자주 그곳에 가서 문안을 드리고 서서와는 일찍이 형제를 맺었다 거짓말을 하고, 마치 자기 친어머니를 대하듯 하여 항시 선물을 보내며 그럴 때마다 언제나 친필을 몇 줄 써서 보냈더니, 서서의 모친도 역시 친필로 답장을 써 보냈다. 정욱은 서서의 모친의 필적을 손에 넣어 가지고 그 자체를 모방하여 서서에게 보내는 편지 한 통을 위조해서 심복 하나를 시켜 신야현으로 달려가 단복의 행막(行幕)을 찾게 했다.

서서는 영문도 모르고, 모친에게서 편지 심부름꾼이 왔다는 연락을 받자 기뻐하며 나와서 그 사람을 안으로 맞아들였다. 심부름꾼이 말했다.

"관에서 주졸(走卒)로 있는 사람입니다. 노부인의 부탁을 받고 편지를 전해 드리러 왔습니다."

서서가 편지를 뜯어 보았다.

> 얼마 전 너의 아우 강(康)이 세상을 떠난 뒤, 어디 한 군데 몸을 의지할 곳도 없다. 슬프고 처참하게 나날을 보내고 있던 차에, 조승상이 사람을 보내어 허창으로 오라 하더니 네가 배반했다고 하며 나를 꽁꽁 묶어 죄인으로 다스리려고 했는데, 정욱이란 분의 힘으로 목숨을

건지기는 했다. 네가 와서 항복해야만 내가 죽음을 면할 수 있다니 이 편지가 도착되는 날로 어미의 은혜를 생각하고 밤중이라도 달려와서 효도를 다해 주기 바란다. 그러고는 서서히 옛 고장으로 돌아가 밭이나 갈고 지내면 큰 화를 면할 것 같다. 나는 지금 목숨이 실발에 걸려 있는 것만 같다. 네가 구원해 주기를 바랄 뿐이며 다른 말은 더하지 않겠다.

서서는 편지를 다 보고 나더니 눈물이 샘솟듯, 편지를 가지고 현덕에게로 가서 말했다.

"저는 사실 영천의 서서로 자를 원직이라 합니다. 난을 피하기 위해서 단복이라 개명을 했습니다. 오래 전에 유표가 현사를 초청한다는 말을 듣고, 특히 찾아가 보고 일을 논해 보았더니, 그제서야 변변치 못한 인물임을 알았습니다. 그래서 편지 한 장을 써 놓고 작별한 다음, 그날밤으로 사마수경(司馬水鏡)이란 분에게로 가서 이런 사실을 말씀드렸습니다.

수경선생께서는 저를 심히 꾸지람하시고 주인을 알아볼 줄 모른다 하시며 유현덕이란 분이 여기 계신데 어째서 모시려 들지 않느냐고 하셨습니다. 그래서 저는 일부러 미친 체를 하고 노래를 부르며 거리로 돌아다녀서 장군을 시끄럽게 해드린 것입니다. 다행히 저를 버리시지 않고 소중히 써 주셨는데, 천만뜻밖에도 노모님이 이제 조조의 간계에 빠지셔서 허창으로 속아서 끌려 가셨으며, 감금을 당하신 채 앞으로 생명을 해치려 한다고 어머님께서 친히 편지를 보내셔서 저를 부르시니 가지 않을 도리가 없습니다.

견마지로를 헤아리지 않고 유장군께 보답해 드리고자 했더니 어머님께서 붙잡히시게 되어 힘을 써볼 수 없게 됐습니다. 이번에는 물러가지만 나중에 또다시 만나 뵙도록 해주십시오."

현덕이 이 말을 듣더니 방성통곡했다.

"아들과 어머니란 천성지친(天性之親)이오. 공은 이 현덕 때문에 걱정할 것 없이 노부인께 가서 만나 뵙고 나면, 혹 내가 또다시 가르침을 받게 될 기회가 있을지도 모르는 일이오."

서서는 곧 감사하다 절하고 떠나가려고 했는데 현덕이 안타까워했다.

"하루 저녁만 더 같이 지내고, 내일 전송해 드리고 싶소."

이때 손건이 남몰래 이런 말을 했다.

"원직은 천하의 기재요. 오랫동안 신야에 있으면서 우리 군중의 허실을 모조리 알고 있습니다. 이제 그를 조조에게 보낸다면 반드시 중용될 것이니 이렇게 되면 우리 편이 위태로운 지경에 빠지게 됩니다. 주공께서는 어떻게든지 그를 잡아 두시고 놓아 보내지 마시도록 하십시오. 조조는 원직이 가지 않으면 반드시 그의 모친의 목을 벨 것이니, 원직은 모친이 죽은 줄 알면 반드시 모친의 원수를 갚기 위하여 온갖 힘을 다해서 조조를 공격할 것입니다."

"그건 안 될 말이오. 남을 시켜서 그 어머니를 죽게 하고, 내가 그 아들을 쓴다는 것은 어진 일이 아니오. 여기에 머물러 두고 가지 못하게 해서 모자의 도를 끊게 한다는 것은 의리가 아니오. 나는 죽는 한이 있더라도, 불인 불의지사는 못하겠소."

이 말에 모든 사람이 감탄했다.

현덕은 서서를 청하여 술을 마셨는데 그때 서서가 말했다.

"지금 노모님이 감금당해 계시다는 말을 들으니 금파 옥액(金波玉液)도 삼켜지지 않습니다."

"이 현덕도 공이 간다는 말을 듣게 되니 좌우 양손을 잃는 거나 마찬가지지요. 용간 봉수(龍肝鳳髓)라 할지라도 그 맛을 모르겠소."

두 사람은 서로 마주 앉아서 눈물을 흘리며 그대로 날이 밝기를 기다렸다. 여러 장수들은 벌써 성 밖에 연석을 마련해 놓고 그를 전송해 주었으며, 현덕은 서서와 말을 나란히 타고 성 밖으로 나와서 장정(長亭)에 이르러 말을 내리고 작별 인사를 했다. 현덕이 술잔을 들고 서서에게 말했다.

"이 유현덕은 인연이 이밖에 없어서 선생과 함께 지낼 수 없게 됐소. 선생은 새주인을 잘 섬기어 공명을 이룩하시기 바라오."

서서가 울면서 말했다.

"재지(才智)가 미약하고 천박한 사람을 장군께서 중용해 주셨으니 감사할 따름입니다. 이제 불행히 중도에서 헤어지게 됐으나 이는 노모님 때문입니다. 조조가 아무리 성가시게 군다 할지라도 죽는 날까지 한 가지 계책도 제공하지는 않겠습니다."

"선생께서 떠나시고 나면 이 유현덕도 멀리 산 속으로 몸을 숨겨 버릴 작정이오."

"제가 유장군과 왕패(王霸)의 대업을 도모한 것도 이 마음, 방촌(方寸) 하나를 믿었기 때문입니다. 이제 노모님 때문에 마음이 어지러워졌으니 이곳에 그대로 있는다 해도 일을 해나가는데 이로울 것이 없습니다. 장군께서는 마땅히 우수한 현사를 달리 구하셔서 보좌토록 하시고 함께 대업을 도모하실 일이지, 어째서 이렇듯 실망하십니까?"

"천하의 우수한 현사라 할지라도 선생보다 더 나은 사람은 없을 것이오."

"저 같은 용재(庸才)의 몸으로 어찌 그런 무거운 명예를 감당하겠습니까?"

작별하게 되자, 서서는 다시 여러 장군들을 돌아다보며 말했다.

"바라건대 제공은 유장군을 잘 섬기셔서 이름을 죽백(竹帛)에 남기고 공을 청사에 적어 넣도록 하시며, 결코 이 서서처럼 시종이 여일치 못한 일이 없도록 해주시오."

여러 장수들도 슬퍼하지 않는 사람이 없었다. 현덕은 차마 헤어지기 싫어서 또 일정(一程)을 전송했다. 서서가 사양했다.

"이렇게 먼곳까지 전송해 주실 것이 없습니다. 서서는 그만 작별하겠습니다."

현덕은 말 위에서 서서의 손을 잡았다.

"선생은 이번에 떠나가시면 각각 다른 하늘 밑에 살게 되니 언제나 다시 서로 만나게 될지 모를 일이오!"

현덕은 말을 마치더니 눈물이 비오듯 했다. 서서도 울먹이면서 헤어졌다.

숲에서 멀찌가니 떨어져 나온 현덕은 종자를 데리고 사라져 가는 서서의 뒷모습을 언제까지나 바라보고만 있었는데, 서서의 모습이 저편 숲속으로 들어간 채 보이지 않자 현덕이 투덜투덜 했다.

"서원직의 떠나가는 모습을 보지 못하게 방해를 하니, 저편 숲의 나무를 모조리 베어 버렸으면 좋겠다!"

이런 말을 하고 있는데, 이상하게도 서서가 말을 달려 되돌아오는 모습이 뵈는지라 현덕은 역시 자기에게 머물러 있고 싶어서 그러는 줄 알고 기뻐서 어쩔 줄 몰랐다.

그러나 현덕의 앞에 다시 말을 멈추고 선 서서가 말했다.

"마음이 어찌나 갈피 잡을 수 없게 흩어졌던지, 가장 중요한 일을 한 가지 잊고 갔습니다. 양양에서 20리쯤 떨어진 융중(隆中)이란 곳에 기사(奇士) 한 분이 계신데, 유장군께서는 이분을 초청하도록 하십시오. 이분은 불러서 오실 분이 아니니 장군께서 친히 방문하십시오. 이분을 얻으시게 된다면 주나라가 여망(呂望)을 얻게 되고 한나라가 장량(張良)을 얻게 됐던 것과 다름이 없을 것입니다."

"그분은 선생께 비하면 재덕이 어떠하시오?"

"저와 비교한다면 마치 노둔한 말이 기린과 나란히 있고, 까마귀가 봉황을 따라 있는 것과 같습니다. 이분은 항상 자신을 관중(管仲)이나 악의(樂毅)에게 비교하고 계신데, 제가 보건대 관중이나 악의도 이분을 따르지는 못할 겁니다. 경천위지(經天緯地)의 재간을 지니고 있으니, 아마 천하에 이분 한 사람뿐일 겁니다."

현덕이 기뻐하며 또 물었다.

"그분의 성함을 알고 싶소."

"이분은 낭야군 양도(陽都) 사람으로, 두자 성인 제갈(諸葛)이요, 이름은 양(亮), 자를 공명(孔明)이라고 합니다. 한나라 사례교위(司隷校尉) 제갈풍(諸葛豊)의 후예입니다. 그의 부친은 이름이 규(珪)요. 자가 자공(子貢)이며, 태산군(泰山郡)의 승(丞)으로 있었는데, 일찍이 세상을 떠났고, 현(玄)이라고 하는 숙부를 따라서 있었습니다.

현이란 사람은 형주의 유표와 구교가 있었기 때문에 그를 의지하고 따라가서 양양에다 집을 마련했던 것입니다. 현이란 사람이 세상을 떠난 뒤에는 아우 제갈균(諸葛均)과 남양에서 농사를 짓고 항시 양부음(梁父吟)이란 시를 읊기 좋아했습니다. 살고 있는 곳에 와룡강(臥龍岡)이란 언덕이 있었기 때문에 스스로 호를 와룡선생(臥龍先生)이라고 했습니다.

이분은 절대적인 기재이니 장군께서는 시급히 찾아가 보십시오. 이분이 장군을 보좌해 주려 들기만 한다면 천하가 어지럽다 걱정하실 게 뭐가 있겠습니까?"

"그러면 지난번에 수경선생께서 복룡 · 봉추 두 사람 가운데서 한 사람을 얻을 수 있다면 천하를 안정시킬 수 있다는 말씀을 하셨는데, 지금 말씀하시는 게 바로 복룡 · 봉추가 아니오?"

"봉추라 함은 바로 양양의 방통이요, 복룡이란 바로 제갈공명입니다."

현덕이 기뻐서 펄쩍 뛰었다.

"오늘에야 비로소 복룡 · 봉추란 말을 알게 됐소. 대현(大賢)이 바로 눈앞에 있을 줄야 어찌 알았겠소? 선생의 말씀이 아니었다면 이 유현덕은 눈뜬 장님이 될 뻔했소."

뒷 사람이 서서가 말을 달려와서 제갈공명을 천거한 사실을 찬양하는 다음 같은 시구가 있다.

원통하고 분하다,

이토록 뛰어난 현사를 두 번 다시 만날 수 없게 되다니.
헤어지는 마당에 울며 작별하니
두 사람의 정리 더욱 두텁다.
몇 마디 말이 도리어
봄 하늘에 뇌성이 진동하듯
능히 남양의 와룡을 일어서게 한다.

痛恨高賢不再逢　臨岐泣別兩情濃
片言却似春雷震　能使南陽起臥龍

서서는 제갈공명을 천거하고 나서 다시 현덕과 작별하고 말을 달려 떠나갔다. 현덕은 서서의 말을 듣고 비로소 사마덕조(司馬德操)가 말한 의미를 깨달았으며, 마치 꿈에서 깨어난 것 같은 심정으로 여러 장수를 거느리고 신야로 돌아오자, 당장에 제갈공명을 찾아가려고 했다.

한편, 서서는 현덕과 작별하고 나서도 여전히 미련을 버리지 못하고, 공명이 세상에 나와 보좌해 주지 않을까 걱정스러워서 곧장 와룡강으로 말을 달려 초려(草廬)로 들어가 공명을 만나봤다.

공명이 찾아온 까닭을 묻자 서서가 대답했다.

"저는 본래 유현덕장군을 섬기고 있으려 했더니, 노모님이 조조에게 붙잡히셔서 곧 돌아오라 하시니 부득이 유장군을 버리고 그리로 가게 됐습니다. 떠나가는 마당에서 공을 유장군에게 천거했습니다. 유장군이 당장에 찾아 뵈러 올 것이니 공께서는 거절치 마시고 평생의 대재(大才)를 발휘하시어 그를 보필해 주시면 다행인가 합니다."

공명이 그 말을 듣더니 안색이 변하며 소리쳤다.

"그대는 나를 제사 지내는 희생물로 만들겠다는 거요?"

말을 마치자 소맷자락을 뿌리치며 안으로 들어가 버렸다.

서서는 부끄러움을 이기지 못하고 물러나와 다시 말을 타고 길을 떠나 허창으로 가서 모친을 만났다. 이야말로 친구에게 한마디 부탁을 한 것은 주인을 아끼는 까닭이요. 천리 길을 집으로 달리는 것은 모친을 생각하기 때문이다.

# 37.
# 만날 수 없는 사람

선비는 한 곳에 엎드려 있어도
주인이 아니면 의지하지 않는다

司馬徽再薦名士
劉玄德三顧草廬

서서가 급히 허창으로 달려갔다.

조조는 서서가 왔다는 것을 알자, 모사 순욱 · 정욱 등을 내보내서 영접하게 했다. 서서가 승상부로 나가 조조를 만나 보니, 조조가 말했다.

"그대와 같이 고명한 사람이 뭣 때문에 몸을 굽히고 유현덕과 같은 사람을 섬기고 계셨소?"

"저는 어렸을 적에 난을 피하여 강호 넓은 천지를 유랑해 다니다가 우연히 신야에서 유현덕을 만나게 되어서 친하게 된 것입니다. 이번에 저의 노모님께 여러 가지로 인자한 마음을 써 주셔서 부끄럽고 또한 감사할 따름입니다."

"공은 이제 이곳에 왔으니 조석으로 어머님을 잘 모시고, 나도 또한 그대에게 여러 가지로 좋은 가르침을 받을 수도 있을 테고."

서서는 감사하다 절하고 나와서 급히 모친을 찾아가 뵈었다. 눈물을 흘리며 당하(堂下)에 꿇어앉았다. 모친이 깜짝 놀라서 말했다.

"너는 어째서 여길 왔느냐?"

"그동안 신야에서 유현덕장군을 섬기고 있었는데, 어머님의 편지를 받아 보았기 때문에 밤낮을 헤아리지 않고 달려온 길입니다."

서서의 모친은 불끈 화를 내어 상을 치면서 꾸짖었다.

"너는 공부를 한 사람이면 충효를 두 가지 다 완전히 할 수 없다는 것쯤은 알겠구나. 어찌 조조가 인군을 속이고 윗사람을 업신여기는 역적이라는 것을 모르느냐? 유현덕장군으로 말하자면 인의(仁義)로써 명성이 사해에 떨친 사람이요. 또 한나라 왕실의 후예시니 네가 그분을 섬기게 된 것은 그야말로 올바른 주인을 만났다고 해야겠는데, 이제 거짓을 꾸며서 만든 편지 한 장을 보고 자세히 살펴보지도 않고 명군(明君)을 버리고, 못된 주인에게 몸을 던져 스스로 더러운 명예를 뒤집어 쓰다니 정말로 어리석은 놈이다!"

모친이 얼마나 호되게 꾸지람을 했던지, 서서는 땅에 꿇어 엎드린 채, 감히 얼굴을 들어 모친을 쳐다볼 수도 없을 지경이었다.

모친은 묵묵히 날카로운 시선으로 어리석은 아들을 쏘아보며 병풍 뒤로 들어가 버렸다. 얼마 안 되어서 하인이 나와서 알리는 말이,

"노부인께서 들보에 목을 매셨습니다."

서서가 당황해서 모친을 구하려고 달려들어갔을 때에는 모친은 이미 숨이 끊어진 뒤였다.

서서는 미칠 것만 같은 심정으로 땅을 치며 통곡해도 이미 소용없는 일이었다. 혼절하여 한동안 정신을 잃었다.

서서의 모친이 자결한 것을 알자, 조조는 뻔뻔스럽게도 사신을 보내어 문상하게 했고, 자기 자신도 서서의 모친의 영전에 서서 분향을 했다.

서서는 모친의 영구를 허창의 남원(南原)에 매장하고, 거상수묘(居喪守墓)하면서 조조가 자기에게 보내는 물건은 일체 받지 않았다.

이때, 조조는 또 남쪽을 토벌할 궁리를 했다. 그러나 모사 순욱의 권고를 받아들여 우선 장하(漳河)의 물줄기를 끌어서 현무지(玄武池)라는 못을 만들어 놓고, 수군(水軍)을 교련하면서 남정(南征)을 준비하고 있었다.

유현덕은 예물을 마련해 가지고 융중(隆中)으로 가서 제갈량을

찾아 보려고 했다. 마침 그때 홀연 사람이 들어오더니 알려 주는 말이 있었다.

"문 밖에 어떤 선생 한 분이 계신데 아관박대(峨冠博帶)에 도사다운 풍채가 비범하십니다. 특히 찾아 뵙겠다고 하십니다."

"아마 이분이 제갈공명임에 틀림없을 게다."

현덕은 이렇게 생각하고 옷을 바로잡아 입고 밖으로 나가 영접했더니, 그는 사마휘(司馬徽)였다.

현덕은 자못 기뻐하면서 후당으로 모셔들여 높직한 자리에 앉게 했다. 그리고 인사를 했다.

"이 현덕은 지난번에 선안(仙顔)을 뵙고 난 뒤 군무에 총망해서 한번 찾아 뵙지도 못했습니다. 오늘 이렇게 왕림해 주셨으니 선생을 앙모하는 저로서는 여간 위안이 되지 않습니다."

"듣자니 서원직이 이곳에 있다기에 한번 만나 보러 온 길이오."

"얼마 전 서공의 모친께서 조조에게 붙잡히셨다고 사람을 시켜서 편지를 보내셨기 때문에 허창으로 갔습니다."

"그것은 조조의 계교에 떨어진 것이오. 그의 모친께서 얼마나 현명하신 분이라는 것을 나는 평소에 잘 알고 있소. 설사 조조에게 붙잡히셨다손치더라도 아들을 불러 올릴 편지를 쓰실 분은 아니시오. 그 편지란 것은 아마 위조한 것일 게요. 원직이 가지 않았다면 그의 모친께서도 살아 계시겠지만, 원직이 그곳으로

간 이상에는 모친께서는 목숨을 끊으셨을 것이오."

현덕은 깜짝 놀라며 그 까닭을 물어 봤다. 그랬더니 사마휘가 대답했다.

"서원직의 모친께서는 의(義)라는 것이 뭣인지를 분간하시는 분이시기 때문에 아들의 얼굴을 대면하시는 것을 수치스럽게 여기실 것이오."

"서공은 이곳을 떠나갈 때, 남양의 제갈량을 천거해 주셨는데, 그분은 대체 어떠한 인물이신가요?"

사마휘는 웃으면서 대답했다.

"원직은 떠나가겠으면 자기 혼자 떠나갈 것이지 왜 남까지 또 천거를 해서 속을 태우게 할고?"

"선생은 어째서 그런 말씀을 하십니까?"

"공명은 본래 박릉(博陵)의 최주평(崔州平), 영천(潁川)의 석광원(石廣元), 여남(汝南)의 맹공위(孟公威) 그리고 서원직, 이렇게 네 사람과 굉장히 친하게 지내는 친구였소. 이 네 사람들은 학문의 정순(精純)함을 파고드는데, 단지 공명만은 홀로 대략(大略)을 볼 줄 알았고, 항시 도사리고 앉아서 장음(長吟)하며, 네 사람을 가리켜 말하기를 '그대들은 벼슬을 한다면 자사(刺史)나 군수(郡守)쯤은 하겠군.'하고 말했소. 그래서 여러 사람이 공명의 뜻은 뭣이냐고 물었더니 공명은 웃기만 하고 대답이 없었소. 항시 자기 자신을 관중과 악의에 비교하니, 그 재간이 이루 헤아릴 수 없는 인물이오."

"어째서 영천에는 이렇게 현사들이 많은가요?"

"예전에 은규(殷馗)란 사람이 천문(天文)을 잘 봤는데, 일찍이 군성(群星)이 영분(穎分)에 모였으니 이 땅에는 반드시 현사가 많으리라고 했소."

이때 관운장이 옆에 있다가 말했다.

"내, 듣건대 관중과 악의는 확실히 춘추 · 전국시대의 명인으로서 그 공적이 천하를 뒤덮은 바 있다고 하지만, 제갈공명을 이 두 사람과 비교한다는 것은 너무 지나친 일이 아니겠소?"

사마휘가 웃으면서 말하기를,

"내가 보건대, 이 두 사람과 비교하는 것은 부당하다고 생각하오. 나는 도리어 다른 두 사람과 비교하고 싶소."

"다른 두 사람이란 누구를 말씀하시는 겁니까?"

"주조(周朝) 8백 년을 일으킨 강자아(姜子牙—太公望), 한조(漢朝) 4백 년의 터전을 마련한 장자방(張子房—장량)이오."

여러 사람은 두 눈이 휘둥그래졌다.

사마휘는 섬돌 아래로 내려가서 작별하고 돌아가려고 하며 현덕이 만류해도 듣지 않았다. 사마휘는 문 밖으로 나가며 앙천대소했다.

"와룡이 주인을 얻기는 했지만, 때를 만나지 못했으니 가석한 일이로다!"

말을 마치자 표연히 돌아가 버렸다.

현덕이 감탄하며 하는 말이,

"정말로 은거현사(隱居賢士)로다!"

그 이튿날 현덕이 관운장 · 장비 그리고 몇 사람의 종인들과 함께 융중으로 와서 멀리 바라다보자니, 산기슭에서 몇 사람들이 밭을 갈면서 노래를 부르고 있었다.

현덕은 그 사람들에게서 제갈공명이 와룡강(臥龍岡)이란 숲속 조그만 초가집에 살고 있다는 것을 알고 즉시 와룡강을 찾아갔다. 과연 청아한 경치였다.

현덕은 그 집 문앞에서 말을 내렸다. 친히 싸리 문을 두들겼더니 동자가 나와서 누구냐고 물었다. 현덕이 대답했다.

"한나라 좌장군(左將軍) 의성정후(宜城亭侯), 예주(豫州)를 맡은 목, 황숙 유현덕이 특히 선생을 찾아 뵈러 왔소."

"그렇게 많은 이름은 일일이 기억할 수 없습니다."

"유현덕이 왔다고만 해주시오."

"선생님께서는 오늘 아침 일찌감치 나가셨습니다."

"어디를 가셨소?"

"가시는 곳이 일정하지 않으시니까 어디를 가셨는지 모릅니다."

"언제쯤 돌아오시오?"

"돌아오시는 시간도 일정하지 않습니다. 4, 5일 될 때도 있고,

10여 일 될 때도 있습니다."

현덕이 못내 섭섭해서 어쩔 줄 모르고 있으려니까, 장비가 말했다.

"안 계시다면 돌아가는 수밖에 더 있소!"

현덕이,

"잠깐 기다려 보세."

관운장이 말했다.

"일단 돌아가고 사람을 보내서 댁에 계신 것을 알아보도록 하십시다."

현덕은 그렇게 하기로 하고, 동자에게 부탁했다.

"선생께서 돌아오시거든, 유현덕이 찾아뵈러 왔었다고 여쭈어 주시오."

다시 말을 타고 몇 리 길을 나와서 말을 멈추고 융중의 경치를 되돌아봤더니, 과연 산이 그다지 높지도 않으면서 수아(秀雅)하고, 물이 깊지도 않으면서 깨끗하며, 땅이 넓지도 않은데 평탄하며, 숲이 크지도 않은데 무성하며, 원숭이와 학이 서로 친하게 지내고 소나무와 대나무가 서로 푸른빛을 자랑하고 있으니, 아무리 보아도 싫증이 나지 않는 곳이었다.

홀연 사람의 그림자가 하나 나타났다.

얼굴이 깨끗하며 점잖게 생긴 품이 준수하고 시원스러우며, 머리에는 소요건(逍遙巾)을 썼고, 몸에는 검정 포포(布袍)를 입었으며, 명아주 지팡이를 짚고 산 속에서부터 좁은 길을 걸어서 오는 것이었다.

"저분이 반드시 와룡선생일 게다!"

현덕은 이렇게 말하며, 급히 말을 내려 앞으로 가서 절을 하고 물어 봤다.

"와룡선생이 아니십니까?"

그 사람이 대답했다.

"장군은 누구시오?"

"유현덕입니다."

"나는 제갈공명이 아니오. 공명의 친구인 박릉의 최주평이란 사람이오."

"오래 전부터 대명(大名)을 듣자왔습니다. 오늘 다행히 만나 뵙게 됐습니다. 즉석에서 죄송합니다만 이리 좀 앉으셔서 한 말씀 가르쳐 주시기 바랍니다."

두 사람은 숲속 돌 위에 마주 대하고 앉았고, 관운장 · 장비는 그 옆에 시립했다. 최주평이 말했다.

"장군은 뭣 때문에 공명을 만나려 하시오?"

"방금 천하가 몹시 어지럽고, 사방이 뒤숭숭한 이때에 와룡선생을 만나 뵙고 나라를 안정시킬 방책을 구해 볼까 합니다."

최주평이 웃으며 하는 말이,

"공이 어지러운 세상을 안정시키겠다는 것은 비록 어진 마음이라고는 하지만, 자고 이래로 난을 다스린다는 것은 종잡을 수 없는 일이오. 고조(高祖)가 백사(白蛇)를 죽여서 의거를 일으키고 무도한 진(秦)나라를 친 것은 난에서 다스림(治)으로 들어간 것이오, 애(哀)·평(平) 두 인군의 시대에 이르러서 2백년 동안이나 태평한 날이 오래 계속되다가 왕망(王莽)이 찬역했기 때문에, 또 다스림에서 난으로 들어갔소.

광무(光武)가 중흥하여 기업(基業)을 다시 정돈하여서 다시 난에서 다스림으로 들어가서 오늘날까지 2백 년 동안 백성이 편안한 지 오래 되었는데 또 싸움이 사방에서 일어났소. 이것은 다스림에서 난으로 들어가는 때이니 갑작스레 진정시킬 수는 없소.

장군이 공명으로 하여금 천지를 알선하게 하고, 건곤(乾坤)을 보철(補綴)시킨다 해도, 그것은 아마 쉬운 노릇이 아닐 것이고, 헛되이 마음과 힘을 소모할 뿐일 것이오. '순천(順天)하는 자는 편하고 쉽지만 역천(逆天)하는 자는 힘이 들고 어렵다.' '수(數)가 있는 곳에서는 이치로써 그것을 뺏을 수 없고, 명(命)이 있는 곳에서는 사람이 그것을 억지로 못한다.'는 말을 듣지 못하셨소?"

"선생께서 말씀하시는 바가 진실로 고견(高見)이긴 합니다만, 이 유현덕은 한나라 왕실의 후예로서 마땅히 왕실을 돕고 건져야 하겠거늘 어찌 수와 명에만 맡겨 두겠습니까?"

"나 같은 시골뜨기가 천하를 논할 수 있겠소. 장군이 이것저것 물으시는 바람에 그만 주책없는 소리를 했소이다."

"선생의 여러 가지 말씀은 참 잘 들었습니다. 그런데 공명께서는 어디를 가셨을까요?"

"나 역시 그를 찾아가는 길이니 어딜 갔는지는 모르겠소이다."

"저의 현까지 함께 가시면 어떻겠습니까?"

"나는 한가히 돌아다니기를 즐기는 성질이라서, 공명에는 뜻이 없은 지 오래 됐소. 다음 기회에 또 만납시다."

최주평이 이렇게 말하며 인사를 하고 가버리니 현덕도 관운장 · 장비와 말머리를 나란히 하고 되돌아섰다. 장비가 말했다.

"공명은 만나 보지도 못하고 이따위 변변치 않은 선비하고 쓸데없는 말을 이렇게 오래 하다니!"

현덕이 타일렀다.

"이 역시 은자의 말일세. 들어 두어도 해로울 것은 없지."

세 사람은 그대로 신야로 돌아왔다.

며칠 있다가, 현덕은 사람을 파견해서 공명의 소식을 알아봤다. 그랬더니 제갈공명은 벌써 집에 돌아와 있다는 것이었다. 현덕이 즉시 말을 준비하라고 명령했더니, 장비가 못마땅해했다.

"시골뜨기 한 사람을 만나는데 형님이 친히 가실 거야 있소? 사람을 보내서 불러오면 될 일이지."

"맹자가 '현자를 만나 보는 데 도로써 하지 않는다는 것은(欲見賢而不以基道) 들어가기를 바라면서도 문을 닫아 버리는 것과 같다(猶欲基入而閉之門也).'고 한 말을 듣지 못했나? 공명은 당대의 대현(大賢)이신데 어찌 불러온단 말인가?"

드디어 현덕은 말을 타고 다시 공명을 찾아갔다. 관운장과 장비도 말을 타고 따라갔다.

때가 마침 엄동이어서 날씨가 몹시 차고 붉은 구름(彤雲)이 잔뜩 끼어서 몇 리도 가지 못했는데, 홀연 모진 바람이 휘몰아치고 서설(瑞雪)이 휘날리니 산은 옥이 뭉쳐진 듯, 숲은 은빛으로 단장을 한 듯했다. 장비가 한 마디 했다.

"날이 차고 땅은 꽁꽁 얼어붙어서 싸움도 제대로 할 수 없는데 쓸데없는 사람을 먼곳에까지 만나러 간단 말이오? 신야로 돌아가서 바람과 눈을 피해 있는 것이 차라리 낫겠소."

현덕이 말했다.

"나는 공명에게 나의 간절한 성의나마 알리자는 걸세. 자네들은 추워서 견딜 수 없다면 그냥 먼저 돌아가게."

"죽음도 겁내지 않는 내가 추위쯤 견디지 못하다니요? 형님이 괜히 헛수고를 하실까봐 그러는 거요."

"잔소리 말고 날 따라서 같이 가기나 하세."

초가집 가까이 왔을 때, 홀연 길 옆에 있는 주점에서 노래를 부르고 있는 사람들이 있었다. 그들은 노래를 다 부르고 나더니 박장대소를 했다. 현덕은,

"와룡선생이 여기 계신 모양인가?"

하면서 말을 내려서 그 주점으로 들어섰다.

주점 안을 살펴보니, 두 사람이 상에 의지하고 앉아서 술을 마시고 있는데, 한 사람은 흰 살결에 수염이 기다랗고, 한 사람은 이상야릇하게 괴상한 모습을 하고 있었다. 현덕이 읍(揖)을 하고 물었다.

"두 분 중에 어떤 분이 와룡선생이십니까?"

수염이 기다란 사람이 물었다.

"공은 와룡선생을 찾아서 뭐하시려는 거요?"

"저는 유현덕입니다. 선생을 찾아 뵙고 제세안민(濟世安民)의 방법을 배울까 합니다."

"우리들은 와룡이 아니오. 모두 와룡의 친구요. 나는 영천의 석광원(石廣元), 이분은 여남의 맹공위(孟公威)요."

현덕이 매우 기뻐하며 말했다.

"두 분의 대명은 오래 전부터 잘 듣고 있었습니다. 우연히 만나 뵙게 되어서 참 다행합니다. 제가 끌고 온 말이 여기 있으니 감히 두 분을 모시고 함께 와룡선생 댁으로 가서 말씀이라도 좀 듣고 싶습니다."

"우리들은 모두 시골뜨기, 게으름뱅이가 되어서 나라를 다스리고 백성을 편안하게 하는 일을 생각해 본 일도 없으니 그런 걸 물어 보신들 소용없소. 공이나 혼자 말을 타고 와룡을 찾아가시오."

현덕은 두 사람과 작별하고, 말을 타고 와룡강으로 달려왔다.

그 집 문앞에서 말을 내려 문을 두드리며 동자에게 물었다.

"선생께서 오늘은 댁에 계시오?"

동자가 대답했다.

"지금 방안에서 책을 보고 계십니다."

현덕은 기뻐서 어쩔 줄 모르며 동자를 따라 안으로 들어갔다. 중문에 이르러 보니 문위에 일련(一聯)의 글이 큼직하게 써 붙여져 있었다. '마음이 담백해야만 뜻을 밝힐 수 있고(淡泊以明志), 조용하게 가라앉아야 먼 일을 내다볼 수 있다(寧靜而致遠).'

현덕이 그것을 보며 음미하고 있노라니, 어디에선가 시를 읊는 소리가 들려 왔다. 문 옆에 서서 몰래 안을 들여다보니 초당 위에 한 젊은이가 화로를 끼고 앉아서 노래를 부르고 있었다.

> 봉황은 천 길 만 길 높은 하늘을 날아도
> 오동나무가 아니면 깃들이지 않고
> 선비는 한 곳에 엎드려 있어도
> 주인이 아니면 의지하지 않는다.

> 鳳翱翔於千仞兮　非梧不棲
> 士伏處於一方兮　非主不依

노랫소리가 그치자, 현덕은 초당으로 들어가서 절을 했다.

"이 유현덕은 오래 전부터 선생을 앙모해 왔습니다만, 만나 뵐 기회가 없었습니다. 지난번에는, 서원직선생께서 천거해 주시기에 댁으로 찾아왔었습니다만, 뵙지 못하고 그대로 돌아갔습니다. 이제 풍설을 무릅쓰고 왔다가 이렇게 뵙게 되니 정말 다행입니다!"

그 젊은이가 황망히 답례를 하면서 말했다.

"장군은 예주 목으로 계시던 유현덕장군이 아니십니까? 우리 형님을 만나 보시렵니까?"

현덕이 깜짝 놀라며 물었다.

"선생께서도 와룡선생이 아니십니까?"

젊은이가 말했다.

"저는 와룡선생의 아우인 제갈균(諸葛均)입니다. 저희들은 3형제인데, 장형이신 제갈근(諸葛瑾)은 현재 강동의 손중모(孫中謀—손권) 밑에서 막빈(幕賓) 노릇을 하고 있으며, 공명은 바로 둘째형이십니다."

현덕이 또 물었다.

"와룡선생은 지금 집에 계시오?"

"어제 최주평 선생과 상약한 바 있으셔서 밖으로 놀러 나가셨습니다."

"어디로 놀러 가셨소?"

"조그만 배를 타시고 강에서 노시는 일도 있고, 혹은 산꼭대기로 중이나 도사(道士)를 찾아가시는 일도 있으시며, 혹은 마을로 친구를 찾아가시기도 하고, 혹은 동부(洞府) 속에서 거문고나 바둑을 즐기시는 일도 있으셔서, 내왕하시는 것을 추측하기 어려우니 가신 곳은 모르겠습니다."

"유현덕은 이렇게도 연분이 없는 모양이군. 두 번씩이나 와서도 대현을 만나 뵐 수 없다니!"

"좀 앉으셔서 차라도 한 잔 드십시오."

장비가 화를 내며 말했다.

"그 선생이 안 계시다면 형님, 어서 말이나 도로 타시오."

"여기까지 온 이상, 어떻게 말 한 마디도 없이 그냥 돌아간단 말인가?"

제갈균에게 또 물어 봤다.

"듣자니, 중씨(仲氏) 와룡선생께서는 도략(韜略)에 능통하시며 매일 병서를 보신다는데, 그게 사실이오?"

"잘 모르겠습니다."

장비가 소리를 질렀다.

"그런 것까지 물어서 뭘 하시오! 눈바람이 심해지는데 빨리 돌아가느니만 같지 못하오."

"자네는 좀 가만히 있게나."

현덕이 꾸지람을 했더니 제갈균이 말했다.

"형님이 집에 안 계시니 오래 머무르시랄 수도 없습니다. 다음에 찾아 뵙고 답례를 하겠습니다."

"어찌 감히 선생께서 왕림해 주시기를 바라겠소. 며칠 안으로 유현덕이 다시 오겠소. 종이와 붓을 빌려 주시면 몇 자 적어 놓고 갈 테니 중씨께 좀 전해 주시오. 유현덕이 찾아왔었다는 성의나 표시해 두고 싶소."

제갈균은 마침내 문방사보를 내주었다. 현덕이 언 먹을 풀어 가지고 운전(雲箋)을 펼쳐 놓고 두 번이나 찾아왔었다는 말과, 나라를 위하여 큰 재주를 발휘해 달라는 간곡한 사연을 적었다.

유현덕은 그 편지를 제갈균에게 주고 잘 전해 달라고 몇 번이나 부탁을 했다.

말을 타고 돌아가려고 하는데, 울타리 밖에 서 있던 종자가 홀연 손을 흔들면서,

"선생께서 돌아오십니다."

라고 하여서 얼른 바라다보았더니, 조그마한 다리 서편에서부터 한 사람이 난모(煖帽)로 머리를 가리고 호피옷(狐裘)을 입고 노새를 타고 오는 것이었다. 바로 그 뒤로는 한 청의소동(青衣小童)이 술을 담은 호로(葫蘆)를 손에 들고 눈을 밟으면서 걸어오고 있었다. 조그마한 다리를 건너면서 그 사람은 시를 읊고 있었다.

'이분이야말로 정말 와룡선생이구나!'

현덕은 이렇게 생각하고 얼른 말을 내려서 절했다.

"선생께서는 이렇게 혹독한 추위를 무릅쓰시고 다니시니 정말

장하십니다. 이 유현덕이 기다린 지 오래 됐습니다."

그 사람이 당황해서 얼른 노새에서 내리더니 답례를 하니까, 제갈균이 뒤에서 말했다.

"이분은 형님이 아니십니다. 형님의 장인 되시는 황승언(黃承彦)이라는 분이십니다."

현덕은 이 말을 듣자, 장인이라도 만나게 된 것이 다행해서 사위의 행방을 물어 봤지만, 그 역시 사위를 만나고 싶어서 오는 길이라고 했다. 현덕은 하는 수 없이 와룡강을 몇 번이나 돌아보면서 돌아가는 도리밖에 없었다.

현덕이 신야로 돌아온 뒤, 시간이 쏜살같이 흘러서 또 새봄이 됐다. 복자(卜者)에게 길을 택해서 사흘 동안이나 목욕재계하고 옷을 갈아입고, 다시 제갈공명을 찾아가 보려고 했다.

그랬더니 관운장과 장비가 그 말을 듣고 마땅치 않게 생각하여, 현덕에게 권고하러 들어왔다. 이야말로 고명한 현사는 영웅의 뜻을 알아주지 않고, 겸손하게 머리를 굽히니 걸사(傑士)들에게 의심을 사게 되는 셈이다.

# 38.
# 세 번이나 찾아간 초가집

방문 세 번 만에 만난 현자 제갈공명과의 만남!

定三分隆中決策
戰長江孫氏報仇

제갈공명을 세번째 찾아가려는 유현덕은 그것을 못마땅해하는 관운장과 장비를 설복시켜서, 세 사람은 다시 말을 타고 종자를 거느리고 융중으로 떠났다.

공명의 초가집이 아직도 반 리쯤은 남아 있는 곳에서 현덕 일행은 말을 내려서 걸어가다가, 도중에서 마침 제갈균을 만났다. 현덕은 얼른 절을 하고 물어보았다.

"중씨께서는 댁에 계십니까?"

"어제 날이 어두울 무렵에야 돌아오셨습니다. 장군께서 오늘은 만나 뵐 수 있으실 겁니다."

말을 마치자 표연히 가 버렸다.

"오늘은 요행히 선생을 만나 뵐 수 있겠다!"
현덕이 이렇게 말하니 장비가 불만스러워했다.
"그 사람은 무례하오! 우리를 그 집까지 안내해 주어도 상관없을 텐데, 어째서 혼자 가 버리는 걸까요!"
"사람에게는 각각 자기 볼일이 있지 않느냐? 그렇게 말할 일이 아니다."
세 사람은 그 집 앞에 와서 문을 두드렸다. 동자가 문을 열고 나와서 무슨 일이냐고 물었다. 현덕이 대답했다.
"선동(仙童)은 수고스럽지만 유현덕이 선생님을 뵈러 왔다고 좀 여쭈어 주시오."
동자가 말했다.
"오늘 선생님은 댁에 계시기는 하지만 지금 초당에서 낮잠을 주무시며 아직 깨시지 않으셨습니다."
"그렇다면, 당장 여쭙지는 마시오."
현덕은 관운장과 장비에게 밖에서 기다리도록 명령하고, 혼자서 천천히 걸어들어가니, 선생은 초당 잠자리에 반듯이 누워서 잠이 들어 있었다. 현덕은 섬돌 아래에서 손을 맞잡고 서 있었다.
꽤 오래 됐는데도 선생은 잠을 깨지 않았다. 관운장과 장비가 밖에서 오래 기다려도 아무런 동정이 없자 안으로 들어가 보니 현덕은 아직까지도 옴쭉 않고 시립하고 있는 것이었다. 장비가 화가 치밀어서 관운장에게 말했다.

"이 선생은 어째서 이렇게 오만하단 말이오! 우리 형님이 섬돌 아래 시립하고 계신데도 그는 편안히 누워서 자는 체하고 일어나질 않다니. 내 방 뒤로 돌아들어가서 불을 붙여 보리다. 일어나나 안 일어나나……."

운장이 재삼 그러지 말라고 말렸다.

현덕은 여전히 두 사람에게 명령하여 문 밖에 나가 기다리고 있으라고 했다. 다시 방안을 들여다보자니 선생은 몸을 뒤치락거리더니 다시 안쪽 벽을 향하여 잠이 드는 것이었다. 동자가 알려 주려고 하는 것을 현덕이 말렸다.

"잠시 놀래 드리지 마시오."

그대로 한 시간 동안이나 서 있었더니, 공명은 그제야 잠이 깬 듯 몸을 뒤집더니 동자에게 물었다.

"어떤 속객(俗客)이 왔느냐?"

"유황숙께서 찾아와 계십니다. 오랫동안 기다리셨습니다."

공명이 그제서야 몸을 일으켰다.

"왜 진작 알려 주지 않았느냐? 옷을 좀 갈아입어야겠다."

이렇게 말하고 후당으로 들어간 지 한참 만에야 겨우 의관을 정제하고 나와서 맞았다. 공명은 신장이 8척, 얼굴이 관옥(冠玉) 같은데, 머리에는 윤건(綸巾)을 썼으며 몸에는 학창(鶴氅)을 입었고 표연한 품이 신선의 기개가 있었다.

현덕이 정중하게 꿇어앉았다.

"한나라 왕실의 후예, 탁군의 우부(愚夫), 선생님의 쟁쟁하신 명성을 오래 전부터 듣고 있었습니다. 지난번에 두 차례나 왔었지만 공교롭게 만나 뵙지 못해 천명(賤名)을 몇 자 적어 두었사온데 보셨습니까?"

"나는 남양야인(南陽野人)으로서 매사에 소홀하고 게으른 버릇이 있어 여러 차례 장군께서 찾아오시게 해서 정말 죄송합니다."

두 사람은 인사를 마치고 각각 주객의 자리를 잡고 앉았다. 동자가 차를 가져와서 그것을 마시고 나서 공명이 말했다.

"써 놓고 가신 글을 보고, 장군의 우민우국(憂民憂國)의 마음은 잘 알았으나, 이 제갈량은 아직도 나이 어리고 재주도 없는 몸이니 기대에 어긋나리라 생각됩니다."

"사마덕조나 서원직 두 분의 말씀이 어찌 실없는 말씀이겠습니까? 바라건대 선생께서는 이 변변치 않은 사람이나마 버리지 마시고 잘 지도해 주십시오."

"덕조와 원직은 세상에 고명한 선비들이고, 이 제갈량은 일개 농부에 지나지 못한데 어찌 감히 천하대사를 논하겠습니까? 그들 두 사람이 잘못 천거했습니다. 장군은 어째서 미옥(美玉)을 버리고 하잘것없는 조약돌을 구하려 하십니까?"

"대장부로 태어난 자, 경세기재(經世奇才)를 지니고 있으면서, 어찌 헛되이 산골짜기에서 늙어 버리겠습니까? 원컨대 선생께서는 천하창생을 생각하셔서 이 유현덕의 우로(愚魯)함을 깨우쳐 주시며 잘 지도해 주십시오."

그제야 공명은 빙그레 웃으면서 말했다.

"그렇다면 장군의 뜻하는 바를 듣고 싶습니다."

현덕은 기쁨에 넘쳐서 자리를 앞으로 바싹 다가앉으며 말했다.

"한나라 왕실이 기울어 쇠퇴하고, 간신배들이 저마다 날뛰는데, 이 유현덕이 힘이 모자라서 대의를 천하에 뻗치고 싶으면서도 지술(智術)이 천박하고 부족하여 지금까지 이루지 못하고 있습니다. 오직 선생께서 어리석음을 깨우쳐 주시고 재난을 물리쳐 주신다면 실로 천만다행이겠습니다."

"동탁이 반역적 행위를 감행한 이래, 천하의 호걸들이 계속해서 일어났습니다. 조조가 그 세력이 원소만 못하면서도 마침내 능히 원소를 물리친 것은 단지 천시(天時)를 탄 까닭만이 아니고, 역시 사람의 꾀에 있었습니다.

이제 조조는 이미 백만이나 되는 대군을 옹유하고 천자를 끼고 제후를 호령하고 있으니, 진실로 그와 더불어 대결해 볼 수가 없는 것입니다. 손권은 강동 땅을 근거지로 삼고 벌써 3대나 내려왔으며, 땅이 험준한데 민심까지 파악하고 있으니, 이는 힘을 빌리는 데 쓸지언정 없애 버릴 생각은 하지 못할 것입니다.

형주는 북쪽으로 한(漢) · 면(沔) 양수(兩水)에 의지하여 남해(南海)의 이(利)를 모조리 차지하고 동쪽은 오회(吳會)로 연결하고 서쪽은 파촉(巴蜀)으로 통하여 이야말로 무력을 발휘해 볼 만한 땅이긴 하지만, 그 주인이 아니고는 지키지 못할 것입니다. 이곳이야말로 하늘이 장군께 주신 바이니, 장군께서는 어찌 생각하십니까?

익주(益州)는 험난한 요새지대로 옥야천리, 천부지국(天府之國)으로 고조(高祖)께서 이곳 때문에 제업(帝業)을 성취하신 것입니다. 이제 유장(劉璋)은 암약(闇弱)하여 백성과 나라가 모두 번창하고 풍성한데도, 어려운 사람을 구할 줄 몰라서 지혜있고 능한 신하들이 명군(明君)을 그리워하고 있습니다.

장군께서는 제실(帝室)의 후예로서 신의의 명성이 사해에 뚜렷하시고 영웅을 골고루 모으셔서 현사(賢士)를 생각하심이 간절하시니, 만약에 형주와 익주에 걸쳐서 그 방어선을 든든히 지키고 서쪽으로는 여러 오랑캐와 화하고, 남쪽으로는 이월(彝越)의 번족(蕃族)을 구슬리시고, 밖으로는 손권과 결탁하고 안으로는 정사를 올바르게 매만지셨다가 천하에 변고가 일어나기를 기다려 상장(上將) 한 사람에게 형주의 군사를 주시어 완성(宛城) · 낙양(洛陽)으로 향하게 명령하시고, 장군은 몸소 익주의 수많은 군사를 거느리시고 진천(秦川)으로 쳐나가시면 백성들이 장군을 환영하지 않는 자 있겠습니까?

진실로 이렇게만 되면 대업을 이룩하실 수 있고 한나라 왕실도 일어설 수 있습니다. 이것이 바로 이 제갈량이 장군을 위해서 계책을 드리는 것이니 장군께서 잘 계획해 보시기 바랍니다."

말을 마치자 동자에게 명령하여 지도 한 장을 가져오게 해서 중당(中堂)에다 걸어 놓고 현덕에게 가리키며 설명했다.

"이것은 서촉(西蜀) 54주(州)의 지도입니다. 장군께서 천하제패의 대업을 성취하시려면, 북쪽은 천시(天時)를 쥐고 있는 조조에게 양보하시고, 남쪽은 지리(地利)를 쥐고 있는 손권에게 양보하시고 장군께서는 인화(人和)를 쥐셔야 합니다. 먼저 형주를 손에 넣으셔서 근거지를 삼으신 다음에 곧 서천(西川)을 손에 넣으셔서 대업의 기초를 세우면서 정족지세(鼎足之勢)를 만들어 놓으신 후에야 중원을 제패하실 수 있을 겁니다."

현덕은 이 말을 듣자 자리에서 일어서서 두 손을 맞잡고 고맙다는 뜻을 표시했다.

"선생님 말씀은 여태까지 답답하던 것을 풀어 주셨고, 이 유현덕으로 하여금 구름과 안개를 헤쳐 버리고 청천을 바라보게 해 주셨습니다. 그러나 형주의 유표, 익주의 유장은 모두 한나라 왕실의 종친이오니 이 현덕이 어찌 빼앗겠습니까?"

"이 제갈량이 밤마다 천상을 보니, 유표는 인간 세상에 오래 있을 사람이 못 됩니다. 그리고 유장은 업을 세울 만한 위인이 못 되니 오래 되면 반드시 장군에게로 돌아올 것입니다."

현덕은 이 말을 듣고 돈수(頓首)하며 절했다. 이 한 자리의 이야기로 미루어보아 공명이 초가집 밖에 나서지도 않은 채 천하가 3분됨을 이미 알고 있는 것이었다. 실로 만고의 사람도 미칠 수 없는 바이다.

현덕은 또 절하며 공명에게 청을 드렸다. 자기를 위하여 재간을 발휘해 달라고 매달렸으며, 공명도 그 간곡한 부탁을 거절할 도리가 없었다.

현덕 일행 세 사람은 공명과 함께 신야로 돌아왔다. 이때부터 현덕은 공명을 스승으로 섬겼고, 식사도 같이 하고 잠자리도 함께 하며 진종일 천하대사를 서로 의논했다. 공명이 말했다.

"조조가 기주에서 현무지(玄武地)를 만들고 수군(水軍)을 훈련하고 있는 것은 강남을 침범하려는 의도임이 틀림없습니다. 비밀리에 사람을 시켜서 강을 건너가 동정을 살펴보도록 하십시오."

현덕은 그 즉시 사람을 시켜서 강동 땅에 가서 동정을 탐지하도록 했다.

한편, 손권은 손책이 죽은 뒤에 강동을 다스리며, 부형의 유업을 계승하고 널리 모사들을 모아들이고, 오회(吳會)에 영빈관(迎賓館)을 설치하고, 고옹 · 장굉에게 명령하여 사방의 빈객들을 접대하도록 했다. 이리하여 불과 몇 해 동안에 피차간에 서로 추천한 모사급 인물들만도 수십 명, 거기다가 또 양장(良將)도 여러 사람을 거느리게 되어서 그야말로 문무(文武) 양면에 있어서 쟁쟁한 인재들이 그를 보좌하게 되었다. 이리하여 강동 땅은 인재가 풍부하다고까지 일컫게 되었던 것이다.

건안 7년(202년).

조조는 원소를 격파하고 나서, 사람을 강동 땅으로 파견하여 손권에게 그의 아들을 입조수가(入朝隨駕) 하라는 명령을 내렸다. 손권이 결정을 짓지 못하고 망설이고 있을 때, 오태부인(吳太夫人)이 주유·장소 등을 모아 놓고 이 문제를 상의했다.

그 자리에서 장소가 대답했다.

"조조가 인질을 보내라고 하는 것은 제후를 견제하자는 계책입니다. 만약에 이것을 거절했다가는 즉시 군사를 몰고 쳐들어올 테니, 이렇게 되면 형세는 반드시 위태로워질 것입니다."

그러나 주유는 인질을 보내라는 조조의 계교에 절대 반대했다.

오태부인이 말했다.

"주유의 의사가 모두 지당한 생각인 것 같소."

마침내 손권은 주유의 의사대로 사자(使者)를 돌려보내고 아들은 보내지 않았다.

이때부터 조조는 강남으로 쳐내려갈 생각을 했는데, 마침 이때 북쪽이 어지러웠기 때문에 남쪽을 칠 만한 여가가 없었다.

건안 8년 11월에 손권은 군사를 거느리고 황조(黃祖)를 토벌하려고 장강(長江)에서 대결한 결과, 마침내 황조를 격파해 버렸다. 이 싸움에서 손권의 부장 능조(凌操)는 배를 타고 선두에 서서 하구(夏口)까지 진격했을 때 황조의 부장 감녕(甘寧)의 화살을 맞고 쓰러졌다. 그리고 아들 능통(凌統)은 그때 나이 불과 15세였는데 결사적으로 부친의 시체를 탈취해 왔다. 손권은 정세가 불리하다는 판단을 내리자 곧 군사를 수습해 가지고 돌아왔다.

손권의 아우 손익(孫翊)은 단양(丹陽) 태수로 있었는데, 성품이 거칠고 술을 좋아해서 술이 취하기만 하면 병사들을 채찍으로 때리곤 했다. 단양의 독장(督將) 위람(嬀覽)과 군승(郡丞) 대원(戴員)은 평소부터 손익을 죽여 버릴 마음을 먹고 있었는데, 그의 심복 변홍(邊洪)과 합심 협력하여 모살할 계획을 세우고 있었다.

그때 마침 여러 장수들과 현령들이 단양에 모이게 되어서, 손익은 연석을 베풀고 여러 사람을 대접하려고 했다. 그런데 그의 아내 서씨(徐氏)는 미모일 뿐만 아니라, 현명하고 점을 잘 쳤기 때문에, 이날 일진을 보니까 대흉(大凶)이라고 나오는 바람에 손익에게 연석에 나가지 말라고 권고했다. 그러나 손익은 아내의 말을 듣지 않고 여러 사람과 성대한 잔치를 베풀고 있었다.

밤이 되어서 연석이 끝나자, 변홍이 칼을 들고 손익의 뒤를 따르다가, 문 밖으로 나왔을 때 찔러 버렸다. 그런데 위람 · 대원은 죄를 변홍 한 사람에게 뒤집어씌우고 그를 장터로 끌어내어 목을 베었다. 두 사람은 내친 걸음에 손익의 재물과 시녀들까지 수중에 넣어 버렸는데, 위람은 서씨의 미모에 눈독을 들이고 이런 말을 했다.

"나는 그대의 원수를 갚아 주었으니 그대도 내 말을 들으시오. 싫다고 하면 죽여 버릴 것뿐이오."

서씨가 말했다.

"남편이 세상을 떠난 지 얼마 되지도 않는데 지금 당장 명령에 복종하기는 어렵습니다. 그믐날까지 기다려서 제사를 지내고 거상을 벗고 난 다음에 당신께 간들 늦지 않습니다."

위람은 서씨의 의사대로 했다. 서씨는 남몰래 손익의 심복 부장이던 손고(孫高) · 부영(傅嬰)을 부중(府中)으로 불러들여 울면서 호소했다.

"선부(先夫)가 살아 계실 때에는 항시 두 사람의 충의를 말씀하시더니, 이제 위람과 대원은 나의 남편을 모살하고 죄를 변홍 한 사람에게 들씌워 놓고 우리 집 동비(童婢)까지 모조리 나누어 가졌습니다. 그리고 위람은 내 몸까지 강제로 제것을 만들려 하니 나는 거짓 승낙을 해서 그자의 마음을 가라앉혀 놓았습니다. 장군께서는 사람을 파견하셔서 밤중에라도 오후(吳侯)께 보고하시고, 또 비밀리에 계책을 세워 두 도둑놈을 없애버려, 이 구욕(仇辱)을 갚도록 해주시면 그 은혜를 죽더라도 잊지 않겠습니다."

말을 마치자 두 사람 앞에 엎드려 또 절을 했다.

손고와 부영도 다같이 눈물을 흘리며 대답했다.

"우리들은 평소에 부군의 은혜를 입었는데 오늘날 죽지 못하고 있는 것은, 바로 이 원수를 갚을 계획을 하고 있기 때문입니다. 부인의 명령이시라면 어찌 감히 힘쓰지 않겠습니까?"

이리하여 그 즉시 비밀리에 심복의 사자를 파견하여 손권에게 보고했다. 그뭄날이 되자, 서씨는 먼저 손고와 부영 두 사람을 불러서 밀실 휘장 뒤에 숨겨 놓았다. 그러고 나서 집 안에다 제단을 마련하고 제사가 끝난 다음에, 즉시 거상을 벗어버리자 목욕을 하고 향내를 풍기며 짙은 화장에 화려한 옷차림을 하고 천연스럽게 말도 하고, 웃기도 하고 있었다.

밤이 되자 서씨는 술상을 차려 놓고 위람을 불러왔다. 술기운이 거나하게 돌고 있을 때 그를 안으로 인도했더니, 위람은 취한 김에 좋아라고 밀실로 들어섰다.

이때 서씨가 불렀다.

"손 · 부 두 장군은 어디에 계십니까?"

두 사람은 휘장 뒤에서 칼을 들고 뛰어나왔다.

위람은 어찌할 도리가 없이 부영의 한칼에 찔려 나가 떨어졌고, 손고가 또 큰칼로 찔러서 절명케 했다. 서씨는 또 계속해서 대원을 술 좌석에 불러 가지고 방안으로 들어서자마자 손고 · 부영을 시켜 죽여 버리고 말았다.

며칠 후에 친히 군사를 거느리고 단양으로 달려온 손권은 서씨가 이미 위람 · 대원을 죽여 버린 것을 알고, 손고 · 부영을 아문장(牙門將)으로 기용하여 단양의 수비를 명령했다. 손권은 서씨를 데리고 자기 고을로 가서 여생을 보내도록 했으니, 강동의 사람치고 서씨의 덕을 칭찬하지 않는 사람이 없었다.

동오(東吳) 각처의 산적들은 모조리 진압되었고, 대강(大江)에 전선(戰船)이 7천여 척이나 떠 있게 됐다. 손권은 주유를 대도독으로 삼고, 강동의 수륙 양군을 통솔하도록 했다.

건안 12년 겨울, 10월에 손권의 모친 오태부인은 병세가 위독해지자 주유와 장소를 불러 놓고 손권을 잘 보필해 주라는 유언을 한 끝에 세상을 떠났다.

이듬해 봄에 손권은 황조를 토벌하려고 주유 · 장소 등과 상의했다. 장소가 반대했다.

"모친의 거상을 아직 벗지 않으셨으니 군사를 일으키는 일은 삼가심이 좋겠습니다."

그러나 주유는 원수를 갚는데 거상을 벗고 아니 벗고가 문제냐고 강력히 싸울 것을 주장하니 손권이 결단을 내리지 못하고 망설이고 있었다. 이때에 마침 평북도위(平北都尉) 여몽(呂蒙)이 나타나서 손권에게 보고했다.

"몽(蒙)이 용추수구(龍湫水口)를 지키고 있으려니까, 황조의 부장 감녕이란 자가 투항해 왔습니다. 자세히 물어 보았더니, 이자는 자를 흥패(興覇)라 하고, 파군(巴郡) 임강(臨江) 사람으로서 서

사(書史)에 꽤 통하고 힘도 세고 유협(遊俠)을 즐겨 해서 일찍이 싸움을 하다가 망명하여 강호 천지를 이리저리 돌아다녔는데, 허리에다 쇠방울을 차서 사람들이 방울소리를 듣고 모두 피했다고 합니다. 또 서천의 비단으로 돛을 만들어서 그때 사람들이 '금범적(錦帆賊)'이라고 불렀다 합니다.

과거의 잘못을 뉘우치고 행실을 고쳐서 착한 일을 해보려고 부하를 거느리고 유표에게 투족한 것입니다. 그런데 유표가 일을 제대로 해내지 못하는 것을 보자 동오로 와서 투항하려고 하다가 하구(夏口)에서 황조에게 가로막혀 버렸습니다.

먼젓번에 우리 동오에서 황조를 토벌했을 적에도 왕조는 감녕의 힘을 얻어 군사를 건져 가지고 하구로 돌아갈 수 있었던 것입니다. 그런데 황조는 감녕을 몹시 푸대접했기 때문에, 도독 소비(蘇飛)가 여러번 감녕을 황조에게 천거했지만, 황조는 '감녕이란 강 위에서 도둑질이나 해먹던 놈인데 어떻게 중용할 수 있겠소?' 할 뿐이었습니다.

감녕은 이것 때문에 원한을 품게 되었고, 소비는 그런 심정을 눈치채고 자기 집에 술상을 차려놓고 감녕을 불러다가 이런 말을 했다고 합니다. '나는 공을 여러번 천거했지만 주공께서 쓰지 않으시겠다니 어찌하겠소. 이대로 허송세월만 하면 인생이 얼마나 사는 거라고……. 공도 원대하게 앞날을 내다보시오. 내가 보증을 서서 공을 악현(鄂縣) 현장을 시켜 줄 것이니 자신이 거취를

잘 결정하시오.'

감녕은 이렇게 되어서 하구에서 빠져 나와서 우리 강동에 투항하려고 하는데, 먼저 황조를 구하려고 능조(凌操)를 죽인 사실을 걱정하고 있는 것입니다. 이 몽이, '우리 주공께서는 목마른 사람이 물을 찾듯이 현사를 구하고 계시니까 옛날 원한을 생각지 않으실 것이고, 하물며 각각 그 주인을 위해서 한 노릇이니 무엇을 원한으로 생각하시겠느냐?'고 했더니, 감녕은 흔연히 부하를 거느리고 강을 건너 주공님을 뵈러 왔습니다. 가부간 결정을 지어 주시기 바랍니다."

손권이 크게 기뻐하여 여몽에게 감녕을 데리고 와서 만나 보도록 하라고 명령했다.

감녕이 와서 절을 하자 손권이 말했다.

"그대가 이곳으로 왔으니 어찌 지난날의 원한을 생각할 리 있겠소? 의심하지 말아 주기 바라오. 그리고 나에게 황조를 격파할 계책이나 가르쳐 주시오."

감녕은 서슴지 않고, 황조를 격파하기 위해선 조조에게 선수를 빼앗겨서는 안 된다는 점을 역설했다. 그리고 재물을 긁어 모으기에만 골몰해서 백성들의 원성이 자자한 이때 황조를 일거에 격파해 버리고 서쪽으로 진출해서 초관(楚關)에 발을 붙이고 파촉(巴蜀) 땅을 수중에 넣으면 천하제패의 대업도 이룩할 수 있을 것이라고 주장했다.

"이건 정말 금옥(金玉) 같은 말이오!"

손권은 이렇게 말하고, 당장에 주유를 대도독(大都督)으로 삼아 수륙 양군을 통솔하게 하고, 여몽을 선봉으로, 동습(董襲)과 감녕을 부장으로 하고, 손권은 친히 대군 10만을 거느리고 황조를 토벌하러 나섰다.

강하(江夏)에도 이런 정보가 날아들었다. 황조는 강하의 전군을 총동원해서 대결할 결심을 했다. 소비를 대장으로, 진취(陳就)와 등룡(鄧龍)을 선봉으로 내세웠다.

진취와 등룡은 각각 전함(戰艦) 1대씩을 거느리고 면구(沔口)를 가로막아 놓고, 전함 위에는 각각 강한 활과 센 쇠뇌 천여 벌을 마련해 두었다. 그리고 굵은 동아줄로 전함을 연결시켜서 수면에 배치해 두었다.

동오의 병사가 배를 몰고 나타나자, 전함 위에서는 북을 울리고 궁노(弓弩)를 일제히 쏘아대니 동오의 병사들은 감히 쳐들어가지 못하고 몇 리 밖 수면으로 후퇴하고 말았다.

감녕이 동습에게 말했다.

"사태가 이에 이르렀으니 앞으로 나가지 않을 도리가 없소!"

조그만 배 백여 척에다 각각 정병 50명씩을 태워, 그 중 20명은 배를 젓고 30명은 갑옷을 입고 손에는 강도(鋼刀)를 들고, 화살과 돌을 무릅쓰고 적의 전함 옆으로 돌진해 들어가서 동아줄을 끊어 전함을 뿔뿔이 흩어 놓았다.

감녕은 전함 위로 뛰어올라가서 등룡의 목을 베어 죽이니 진취는 배를 버리고 도주했다.

여몽은 이 광경을 보고 있다가, 조그만 배 위로 뛰어올라 적군의 전함 속으로 돌진하면서 불을 지르며 돌아다니는데, 진취가 당황하여 강기슭으로 기어 올라가려고 하는 바람에 결사적으로 쫓아가서 한칼에 목을 쳐 버렸다.

이리하여 소비가 군사를 거느리고 싸움을 거들러 강기슭에 나타났을 때에는 동오의 대장들은 일제히 상륙해 버린 뒤라 싸워 볼 상대도 없었다. 소비는 도주하다가 동오의 대장 번장(潘璋)에게 산채로 붙잡혀서, 선중에 있는 손권의 앞에 끌려 나왔다.

손권은 좌우에 명령하여 그를 함거(檻車)에 가두어 놓고, 황조를 산채로 잡은 다음에 함께 목을 베기로 하고 다시 3군을 격려하여 밤낮을 헤아리지 않고 하구로 쳐들어갔다.

이야말로 금범적을 채용하지 않았기 때문에 큰 동아줄의 전함이 흩어지고 만 것이다.

# 39.
# 교묘한 유도작전

계책에는 조조냐? 공명이냐?
공명을 믿지 못하는 관운장과 장비!

荊州城公子三求計
博望坡軍師初用兵

손권이 대군을 격려하여 하구를 공격하는 바람에 황조는 병사를 잃고 도저히 막아낼 수 없다는 것을 알자, 강하를 버리고 형주로 도주하려고 했다.

감녕은 황조가 틀림없이 형주로 달아나리라는 것을 알아차리고 동문 밖에 군사를 매복시키고 대기하고 있었다.

황조가 수십 기를 거느리고 동문 밖으로 돌출하여 쏜살같이 달아날 때, 요란스런 함성이 일어나고 감녕이 내닫더니 딱 버티고 섰다.

황조가 말 위에서 감녕에게 애걸했다.

"평소에 내 그대를 소홀히 대접한 일이 없거늘, 이제 어째서 맞서는 거냐?"

감녕이 호통을 쳤다.

"나는 옛적에 강하에서 공적을 많이 세웠는데도 네놈은 나를 강적(江賊)으로 다루고, 오늘 또 뭐라고 입을 놀리느냐?"

황조는 피할 도리가 없다는 것을 알아차리고 말머리를 돌려 달아나려고 했다.

감녕이 병사를 헤치고 말을 달려 쫓아가려고 했을 때, 뒤에서 고함소리가 일어나더니 몇 기가 달려들었다.

감녕이 자세히 보니 그것은 정보였다. 감녕은 정보가 달려온 것은 공로를 다투려 드는 것인 줄 알고 황망히 활을 재어서 황조의 등을 쏘았다. 화살을 맞고 말 위에서 나뒹구는 황조의 목을 베어 가지고 말을 다시 돌려 정보와 병력을 합쳐서 손권에게로 돌아가서 수급을 바쳤다.

손권은 그 수급을 나무상자 속에 넣어 두라 명령하고 강동으로 돌아가서 망부(亡父)의 영전에 바쳐 제사지내기로 했다. 그리고 3군에게 후히 상을 베풀고, 감녕을 도위(都尉)로 승진시켜서 강하에 1군을 남겨 두고 수비하게 하려고 했다. 그랬더니 장소가 말했다.

"고성(孤城)이란 지키기 어렵습니다. 우선 강동으로 돌아가는 게 좋겠습니다. 유표는 황조가 싸움에 패한 것을 알게 되면 반드시 복수하러 올 겁니다. 우리 군사가 자리잡고 앉아서 피로한 적군을 맞아 싸우게 되면 반드시 유표를 격파할 수 있습니다. 유표가 패배한 틈을 타서 그 기세로 쳐들어가면 형주 · 양양을 수중에 넣을 수 있습니다."

손권은 이 의견대로 강하를 버리고 강동으로 돌아갔다.

소비(蘇飛)는 함거 안에 갇혀서 몰래 사람을 시켜 감녕에게 구원을 청했더니, 감녕이 위로의 말을 했다.

"소비가 말하지 않아도 내 어찌 잊어버리겠소?"

대군이 오회(吳會)에 이르자, 손권은 소비의 목을 베어 황조의 수급과 함께 제사에 바치라고 명령했다.

이때 감녕이 들어와서 손권을 만나 보고 머리를 수그리고 울면서 호소했다.

"이 녕이 지난번에 소비가 아니었더라면 뼈를 시궁창에 묻었을 것이며, 어찌 장군 휘하로 달려올 수 있었겠습니까? 이제 소비의 죄는 마땅히 주살해야 할 것이오나, 이 녕은 옛날의 은혜와 정리를 생각하고 저의 관작을 환납하여서 소비의 죄를 대신 속죄하고자 합니다."

"그가 그대에게 은혜를 베푼 일이 있다면 그대를 위하여 사해주겠지만, 만약에 그가 도주한다면 어찌하겠소?"

"소비는 죽을 죄를 사해 주시면 그 은혜를 감격하여 어찌 도주하겠습니까? 만약에 소비가 도주한다 하오면 이 감녕의 수급을 섬돌 아래 바치겠습니다."

손권은 소비를 사해 주었고, 황조의 수급만 제사에 바치는 데 그쳤다. 의식이 끝난 다음 연석을 베풀어 문무백관을 모아 놓고 공로를 축하했다.

술을 마시고 있을 때, 갑자기 좌중에서 한 사람이 소리내어 울면서 일어서더니 칼을 손에 뽑아 들고 다짜고짜 감녕에게 대들었다. 감녕은 얼떨결에 의자를 집어서 그것을 막았다. 손권이 깜짝 놀라 바라다보니 그는 바로 능통(凌統)이었다.

감녕이 강하에 있었을 적에 그의 부친 능조(凌操)를 쏘아 죽였는데, 오늘 이 자리에서 만났기 때문에 복수를 하려고 한 것이었다. 손권이 얼른 가로막으며 능통을 말렸다.

"흥패(興霸—감녕)가 그대의 부친을 사살한 것은 그때 각각 주인을 위해서 힘쓰지 않을 수 없었기 때문이었소. 이제 한 집안 사람이 된 이상 어찌 옛날의 원수를 따지겠소? 만사에 내 체면을 봐 주시오."

능통이 머리를 조아리고 통곡했다.

"불공대천지 원수입니다. 어찌 복수하지 않겠습니까?"

손권과 중관(衆官)이 재삼 만류했더니, 능통은 어쩔 수 없이 노한 눈초리로 감녕을 쏘아볼 뿐이었다. 손권은 그날로 감녕에게 명령하여 병력 5천과 전선 백 척을 거느리고 하구로 가서 그곳을 지키며 능통을 피하라고 했다. 감녕은 고맙다 절하고 군사를 거느리고 하구로 떠났다.

한편 손권은 능통을 승렬도위(丞烈都尉)로 승진시켜 주어 능통은 원한을 품은 채 일단 복수를 단념하게 됐다.

이리하여 동오에서는 이때부터 전선을 대규모로 만들고 군사를 분배해서 장강 연안을 든든히 방비했다. 한편 손정(孫靜)에게는 1대를 인솔하고 오군(吳郡)을 지키도록 하고, 손권 자신은 대군을 거느리고 시상현(柴桑縣)에 주둔하고, 주유는 연일 파양호(鄱陽湖)에서 수군을 훈련하여 적군의 공격에 대비하고 있었다.

이야기는 두 갈래로 갈라져서, 현덕은 사람을 파견해서 강동의 소식을 탐지하고 있었는데, 돌아와서 보고하는 말이 동오에서는 이미 황조를 죽였고, 현재 시상현에 병사를 주둔시키고 있다고 하니 곧 공명과 대책을 강구했다.

한창 둘이 이야기를 하고 있는데, 갑자기 유표가 사람을 파견하여 현덕더러 상의할 일이 있으니 형주까지 오라는 것이었다.

공명이 말했다.

"이것은 반드시 강동이 황조를 격파했기 때문에 주공님을 청해다 놓고, 복수할 계책을 상의하자는 것입니다. 이 공명이 주공님과 동행해서 눈치껏 좋은 계책을 생각해 보겠습니다."

현덕은 관운장에게 자기 없는 동안에 신야를 잘 지켜 달라 부탁하고, 장비에게 병사 5백을 거느리고 함께 따라가도록 명령하여 형주로 향했다. 말을 몰면서 현덕이 물었다.

"유표를 만나게 되면 어떻게 대답을 하면 좋겠소?"

공명이 대답했다.

“우선 양양에서 있었던 일을 사과하셔야 합니다. 강동을 토벌하러 나서자는 일이라면 결코 승낙하시면 안 됩니다. 신야로 돌아와서 군사를 정돈하겠다고만 대답해 두시면 됩니다.”

현덕은 그 말대로 하기로 하고, 형주에 도착하여 관역(館驛)에 자리잡고 나서 장비의 군사를 성 밖에 머물러 두고, 현덕은 공명과 함께 성 안으로 들어가서 유표를 만나 봤다. 인사가 끝나자, 현덕이 섬돌 아래 꿇어앉아 사과했더니, 유표가 당황하여 말했다.

“우리 아우님이 해를 입은 사실을 나는 이미 잘 알고 있소. 그 당시에는 채모의 목을 베어서 아우님께 바치려고 했더니, 여러 사람들이 용서해 주라고 하기에 우선 용서해 준 것이니, 아우님은 과히 꾸지람하지 마시오.”

“채장군에게 죄가 있을 리 없습니다. 모두 아랫사람들이 저지른 노릇인가 합니다.”

“이번에는 강하가 싸움에 패하고 황조를 희생당했기 때문에 복수의 계책을 상의하고자 오시라고 한 것이오.”

“황조는 성품이 거칠고 사람을 잘 쓰지 못했기 때문에 이런 화를 입게 된 것입니다. 그런데 지금 남정(南征)의 군사를 일으켰다가 조조가 북쪽에서 습격해 오기라도 한다면 어찌 하시렵니까?”

“나는 이제 몸은 늙고 병이 많아서 일을 잘 보기가 어려우니 아우님이 와서 좀 도와 주시오. 내가 죽은 다음에는 아우님이 눌러앉아 이 형주의 주인이 되어 주시고."

"무슨 말씀이십니까? 이 유현덕이 어찌 그런 중임을 감당해 내겠습니까?"

이때 공명이 꿈쩍하고 눈짓을 하니 현덕이 말하기를,

"서서히 좋은 대책을 생각해 보도록 하겠습니다."

하고는 그대로 자리를 물러나 관역으로 돌아왔다.

공명이 물었다.

"유공이 형주를 주공님께 주시겠다 하는데, 어째서 거절하셨습니까?"

"나는 유공의 은혜를 많이 입었고 신세도 졌는데, 어찌 그가 위태로운 기회를 노려서 땅을 뺏을 수 있겠소?"

공명이 감탄해서 말했다.

"정말로 인자하신 주군이십니다!"

이런 이야기를 주고받고 할 때, 홀연 형주의 공자(公子) 유기(劉琦)가 찾아왔다. 현덕이 안으로 맞아들였더니 유기는 눈물을 흘리며 현덕의 앞에 꿇어앉았다.

"저는 계모에게 미움을 받아서 언제 죽을지도 모릅니다. 바라건대 숙부님께서 불쌍히 여기시고 구해 주십시오."

"그것은 조카님의 집안 일인데, 나에게 말하시면 어찌하겠소?"

공명이 미소를 띠고 있는지라, 현덕은 공명에게 대책을 물어 봤다. 그랬더니 공명이 대답했다.

"이것은 남의 집안일이니, 이 공명이 이러쿵저러쿵 할 수 없습니다."

한참만에 현덕은 유기를 전송해 주면서 귀에 대고 몇 마디를 속삭여 주었다. 그것은 내일 공명을 자기 대신 답례차 보낼 테니 그때에 어떻게 어떻게 하면 공명이 반드시 좋은 방법을 가르쳐 주리라는 귀띔이었다.

그 이튿날 현덕은 배가 아프다는 핑계를 하고 공명을 대신 보내서 답례를 하게 됐다. 공명이 공자댁 앞에서 말을 내리자 공자는 후당으로 모셔들여 차를 권했다. 유기가 말했다.

"저는 계모와 뜻이 맞지 않아서 난처한 입장에 있사오니, 선생의 말씀 한 마디로 구해 주신다면 다행하겠습니다."

"이 제갈량은 손님으로 이곳에 들른 사람이니 어찌 남의 집안 골육지사(骨肉之事)에 상관하겠습니까? 만일 누설이 되는 날에는 해로움이 이만저만이 아닐 것입니다."

공명이 자리를 떠서 작별 인사를 했더니 유기가 붙잡았다.

"이처럼 왕림해 주셨는데, 어찌 아무 대접도 못한 채 돌아가시게 할 수 있겠습니까?"

공명은 다시 자리에 주저앉았고, 유기는 공명을 밀실로 안내해서 함께 술을 마셨다. 술을 마시면서 유기가 또 말을 꺼냈다.

"계모와는 뜻이 맞지 않아서 난처하오니 선생님의 한 마디 말씀으로 저를 구해 주실 수 있다면 다행하겠습니다."

"이는 제갈량이 감히 꾀를 짜낼 일이 아닙니다."

작별 인사를 하고 돌아서려 했더니 유기가 또,

"선생님께서 말씀하시지 않는다면 그뿐이지 이렇게 급히 돌아가실 것까지야 없지 않습니까?"

하니 공명은 다시 자리에 주저앉았다.

"저에게는 고서(古書)가 한 가지 있는데, 선생께서 좀 봐 주십시오."

공명을 데리고 한 군데 소루(小樓)로 올라갔다. 공명이 물었다.

"책은 어디 있습니까?"

유기가 절하고 울먹였다.

"계모의 눈밖에 나서 저의 목숨은 경각에 달렸습니다. 선생께서는 그래도 저를 구해 주실 말씀을 못해 주시겠습니까?"

공명은 정색을 하고 일어서더니 그대로 아래층으로 내려가려고 했다. 그러나 이때 이미 사다리를 어디로 가져가 버리고 없었다.

유기가 또 호소했다.

"선생께서는 누설될 것을 겁내시고 말씀해 주시지 않는데, 이곳은 하늘로도 통할 수 없고 땅으로도 내려갈 수 없는 곳입니다. 선생님의 말씀은 단지 저의 귀에만 들어올 것이니 말씀해 주십시오."

그러나 공명은 막무가내, 시종여일 남의 집안일에 자기가 관여할 바 아니라고만 고집했다.

유기는 하다 못해서 칼을 뽑아 들고 자기 목을 베려고 했다. 공명은 그것을 말리면서 그제야 계책을 말해 주는 것이었다.

"지금 황조는 쓰러졌고, 강하의 수비가 소홀해졌으니, 이 기회에 그곳으로 주둔하시도록 왜 위에 말씀드리지 않으십니까? 그렇게 하시면 화를 피하실 수 있을 것입니다."

유기는 그제야 사닥다리를 가져오게 해서 공명을 전송했다. 공명이 돌아와서 이런 사연을 현덕에게 말했더니 현덕도 대단히 기뻐했다.

그 이튿날, 유기가 강하를 지키러 그곳으로 가고 싶단 말을 꺼내니, 유표는 결정을 못하고 망설이다가 결국 현덕을 청해서 이 문제를 상의했다. 현덕이 강하 수비의 중요성을 역설하고 유기를 파견하도록 극력 권고했음을 두말 할 것도 없는 일이다.

현덕은 곧 신야로 돌아왔고, 유기는 군사 3천을 거느리고 강하를 수비하러 떠났다.

한편, 조조는 삼공(三公)이라는 직책도 없애 버리고, 자신이 승상으로서 겸임을 하고 모개(毛玠)를 동조연(東曹掾), 최염(崔琰)을 서조연(西曹掾), 사마의(司馬懿)를 문학연(文學掾)을 삼았다. 사마의는 자를 중달(仲達)이라 하며 하내군(河內郡) 온현(溫縣)사람으로서 영천(潁川) 태수 사마전(司馬儁)의 손자요, 경조윤(京兆尹) 사마방(司馬防)의 아들이요, 주부(主簿) 사마랑(司馬朗)의 아우이다.

이렇게 인재들을 문관으로 삼고, 한편으로 무장들을 소집하여 남정(南征)할 일을 상의했더니, 하후돈이 신야에 있는 유현덕을 그대로 둔다는 것은 나중에 화근이 될 것이니 시급히 토벌하자는 것이었다.

조조는 당장에 하후돈을 도독에 임명하고, 이전 · 우금 · 하후란(夏侯蘭) · 한호(韓浩)를 부장으로 삼아서 군사 10만을 거느리고 박망성(博望城)으로 진출하여 신야의 동정을 엿보도록 명령했다.

이때, 순욱이 나서면서 반대했다. 그 이유는 현덕도 영웅이지만, 근래에 그에게는 제갈량이라는 군사가 있으니 경솔히 처사해서는 안 된다는 것이었다. 그러나 하후돈은,

"그따위 유현덕 하나쯤야, 내가 산채로 잡아오리다!"

하고 고집을 부렸다. 그러나 서서는 절대로 유현덕을 경시해서는 안 되며, 그에게 제갈량이라는 보좌의 인물이 있다는 것은 호랑이에게 날개를 돋친 것과 같은 사실이라고 역설했다. 그랬더니, 조조가 물었다.

"제갈량이란 도대체 어떤 인물이오?"

"자를 공명이라 하며, 도호(道號)를 와룡선생이라고 합니다. 경천위지(經天緯地)의 재간과 귀신도 맘대로 주무르는 계교를 지니

고 있는 당대의 기사(奇士)이니 얕잡아 봐서는 안 됩니다."

"공과 비교한다면 어느 정도요?"

"어찌 감히 서서가 제갈량과 비길 수 있겠습니까? 서서를 반딧불이라고 한다면 제갈량은 밝은 달만큼이나 빛나는 존재입니다."

하후돈이 말하고 나섰다.

"원직(서서)의 말은 틀렸소. 내가 보건대 제갈량 따위는 초개와 같은 존재일 뿐이오. 뭣이 두렵겠소! 내 단번에 현덕과 제갈량을 산채로 잡아서 그 수급을 승상께 올리리다."

조조가 분부를 내렸다.

"빨리 첩보를 전해서 내 마음을 위로해 주기 바라오."

하후돈은 분연히 조조의 앞을 물러나 군사를 거느리고 떠나갔다.

현덕은 공명을 맞아들인 다음부터 마치 스승을 섬기듯 대해 왔는데, 관운장과 장비는 그것을 못마땅하게 여기고 있었다.

학문도 그다지 대단할 리도 없으며, 또 우리를 위해서 무슨 일을 힘써서 봐 준 일도 없는 사람을 너무 떠받들 필요가 없다는 것이 그들 두 사람의 주장이었다.

"내가 공명을 얻은 것은 마치 물고기가 물을 얻은 거나 마찬가지니 자네들이 이러쿵저러쿵 말할 일이 아닐세!"

유현덕이 이렇게 상대도 하지 않으니 관운장과 장비는 시무룩해서 자리를 물러나고 말았다.

하루는 어떤 사람이 검정소의 꼬리털을 현덕에게 보내 왔다. 현덕은 그것으로 손수 모자를 짜고 있었는데, 공명이 들어오더니 그것을 보고 정색을 했다.

"주공님! 원대한 뜻은 어떻게 하시고, 이런 시시한 일을 하고 계십니까?"

현덕이 짜던 모자를 땅에 던지며 사과했다.

"하도 심심해서 이것으로써 답답한 시름을 잊어 볼까 한 것이오."

"주공께서는 자신을 조조와 비교하시어 어떻게 생각하십니까?"

"그를 따를 수 없소."

"주공님의 군사는 불과 수천 명이온데, 만일에 조조의 군사가 쳐들어오면 무엇으로 막아내실 작정이십니까?"

"나도 이 일 때문에 근심 걱정을 하고 있는데 아직도 좋은 대책을 세우지 못하고 있소."

"시급히 민병(民兵)을 모집하십시오. 이 제갈량이 친히 가르쳐서 적을 막아내도록 하겠습니다."

현덕은 드디어 신야의 백성들 가운데서 군사를 3천 명이나 얻게 되어, 공명이 조석으로 그들에게 진법(陣法)을 교련했다.

그런데 갑자기 조조가 하후돈을 내세워서 10만 대군을 거느리고 신야로 쳐들어온다는 정보가 날아들었다. 이 소식을 알게 된 장비가 관운장에게 말했다.

"어디 이번에는 제갈공명더러 나가서 적과 맞서보라고 하면 될 게 아니오?"

이런 말을 하고 있을 때, 현덕이 두 사람을 불러들였다.

"하후돈이 군사를 거느리고 공격해 온다는데 어떻게 하면 좋겠나?"

그러나 관운장과 장비는 시무룩한 표정을 하고 만사를 공명에게다 밀 뿐이었다. 현덕이 또 타일렀다.

"지모에선 공명을 믿고, 용맹에선 자네들을 믿는데, 그렇게 남에게 밀기만 하면 일이 되겠나!"

관운장과 장비가 물러난 다음에 현덕은 공명을 불러들여서 대책을 강구했다. 공명이 말했다.

"관운장과 장비 두 사람이 이 제갈량의 명령을 듣지 않을까 걱정스럽습니다. 주공께서 만약에 제갈량에게 행병(行兵)하라신다면 검인(劍印)을 빌려 주시기 바랍니다."

현덕은 그 자리에서 검인을 공명에게 빌려 주었고, 공명은 명령을 전달하려고 여러 장수들을 소집했다.

이때, 장비가 관운장에게 말했다.

"어떻게 하려는 셈인지, 어디 가서 한번 들어보기나 합시다."

공명이 계책을 말했다.

"박망(博望) 왼쪽에 예산(豫山)이란 산이 있고, 오른쪽에 안림(安林)이라는 숲이 있는데, 다같이 군사를 매복시키기 좋은 곳이오. 운장은 군사 1천 명을 거느리고 예산에 매복했다가 적군이 나타나거든 못본 체하고 내버려두고 싸우지 마시오.

치중양초(輜重糧草)가 반드시 뒤를 따라올 것이니 남쪽에 불길이 뻗쳐오르거든 곧 달려들어서 적의 군량차에 불을 지르시오. 장비는 군사 1천을 거느리고 안림 배후에 있는 산골짜기에 매복해 있다가, 남쪽에서 불길이 이는 것을 보거든 곧 달려나와서 박망성에 있는 군량 둔적처(屯積處)에다 불을 질러 태워 버리시오.

관평 · 유봉은 군사 5백 명을 거느리고 인화물을 준비해 가지고 박망파 뒤에 양쪽으로 갈라져서 대기하고 있다가 초경이 되어서 적군이 나타나면 곧 불을 지르시오."

또 번성에서 조자룡을 돌아오게 해서 선봉을 서도록 명령하고 싸움에 이기지 말고 지는 체만 하고 뒤로 물러서라고 지시했다.

그리고 유현덕에게는 1대를 거느리고 후군의 책임을 지도록 했다. 그랬더니, 관운장은 어째서 모든 사람을 싸움터로 내보내고 공명 한 사람만이 남아 있느냐고 불평이 만만했으며, 장비도 남은 모조리 싸움판으로 몰고 자기 혼자만이 편안히 남아 있자는 수작이라고 공명의 지시를 못마땅하게 여겼다. 그러나 공명은 분연히 위엄 있는 음성으로 말했다.

"검인이 여기 있으니 복종하지 않는 자는 목을 베는 것뿐이오!"

현덕이 덧붙였다.

"'군장(軍帳) 가운데서 일을 교묘하게 꾸미고, 천리 밖에 나가서 승부를 결한다(運籌帷幄之中, 決勝千里之外).'는 말도 못 들었나? 두 아우는 명령에 어긋나서는 안 되오."

이 말을 듣고 장비는 냉소했으며, 관운장은 이렇게 말했다.

"어쨌든 제갈량의 계책이 뭣인지 한번 보세. 그때 가서 다시 따져도 늦지는 않을 테니."

관운장과 장비뿐만이 아니라, 사실 다른 여러 장수들도 제갈량의 지모가 과연 어느 정도의 성과를 거둘는지 지극히 의아스런 마음을 품고 있었다.

그러나 공명은 유현덕에게 또 이런 말을 했다.

"주공께서는 오늘 중으로 박망산 기슭에 진을 치고 계십시오. 내일 저녁때면 적군이 반드시 나타날 것이니, 그때에는 진지를 버리고 후퇴하셨다가 불길이 일어나는 것을 보시거든, 그 즉시 진지로 되돌아가셔서 적을 무찔러 주십시오.

제갈량은 미축 · 미방과 군사 5백 명을 거느리고 이 성을 지키고, 손건 · 간옹에게는 축하의 잔치나 마련하도록 하고 공로자의 명단이나 만들면서 주공이 돌아오시기를 기다리게 하겠습니다."

모든 배치가 끝났다. 현덕 자신도 의혹을 품고 망설일 지경이었다.

한편, 하후돈은 우금과 군사를 거느리고 박망에 도착했는데, 정병을 선봉으로 내세우고 나머지 군사는 모조리 군량을 호위케 하고 진군해 왔다.

박망파 앞까지 와서 진주로 나선 하후돈은 현덕의 군사들이 접근해 오는 것을 보자, 껄껄대고 웃기만 할 뿐이었다. 옆에서 웃는 까닭을 물으니 하후돈이 대답했다.

"서원직은 승상 앞에서 제갈량이 귀신도 맘대로 주무른다고 하더니, 저따위 군사들을 선봉에 내세워서 우리와 대결하려 들다니 어디 될 말이오? 이는 마치 개나 양을 호랑이 앞에 내세우는 거나 마찬가지요! 나는 승상께 유현덕과 제갈량을 산채로 잡아가지고 가겠다 했더니, 꼭 내 말대로 되고야 말 것이오!"

저편에서 조자룡이 나오는 것을 보자, 하후돈은 또 호통을 치며 매도했다.

"네놈들이 유현덕을 따르는 것은 마치 고혼(孤魂)이 귀신을 따르고 있는 것과 같구나!"

조자룡은 격분을 참지 못하고 말을 달려 덤벼들었다. 두 필의 말이 맞부딪쳐서 몇 합을 싸우다가 조자룡은 감당할 수 없는 체하고 달아났다. 하후돈이 말을 몰아 추격하자, 조자룡은 10리쯤 달아나서 다시 말머리를 돌려서 잠시 싸우다가 또 달아났다.

한호가 뒤쫓아오더니 하후돈에게 말했다.

"조자룡은 우리 편을 유인하려는 것 같습니다. 복병이 있을지도 모릅니다."

그러나 하후돈은 그런 말에는 귀도 기울이지 않고 단숨에 박망파까지 달려들어갔다. 이때, 포 소리가 한번 일어나더니 현덕이 군사를 몰고 달려들어 조자룡을 대신하여 앞을 가로막았다. 하후돈은 그것도 대수롭게 여기지 않고 그날밤 중에 신야까지 쳐들어갈 기세로 그대로 밀고 나갔으며, 현덕과 조자룡은 패하여 달아나기만 했다.

밤이 되면서 바람이 사납게 불었다.

하후돈은 앞장을 서서 맹렬히 추격하고, 우금 · 이전이 뒤를 따르며 갈대가 무성한 산곡간에 이르렀다.

이전이 조심스럽게 말했다.

"적군을 우습게 여기는 자는 반드시 싸움에 패하는 법이오. 산과 강이 접근해 있고, 수목이 울창하니 만약에 적군이 불이라도 지른다면 어떻게 한단 말이오?"

우금이 동조하고 나섰다.

"그 말이 옳소. 내가 앞으로 가서 도독에게 말씀드릴 테니, 그대는 후군을 멈추도록 해주시오."

이전은 그 즉시 말머리를 돌리고,

"후군은 멈추어라!"

하며 큰 소리로 외쳤다. 그러나 노도 같은 기세로 밀려오는 인마는 좀처럼 멈추려 들지 않았다.

우금은 목청이 터지게 고함을 질렀다.

"전군의 도독님! 잠시 군사를 멈추도록 하십시오!"

고함을 지르면서 말을 여전히 앞으로 몰았다.

하후돈은 영문도 모르고 의기양양해서 앞으로만 달리고 있었는데, 우금이 쫓아 온 것을 보고 대뜸 무슨 일이냐고 물었다.

우금이 제안했다.

"앞으로 그대로 나가시면 길이 좁고, 산과 강이 임박해 있으며, 수목이 울창합니다. 화공(火攻)을 조심하셔야 합니다!"

하후돈은 그 말을 듣고야 퍼뜩 깨닫는 바 있었다. 시간을 지체치 않고 말머리를 돌려 군사에게 진군을 정지하라는 명령을 내렸다.

바로 이 순간에 이상하게도 뒤쪽에서 요란스런 고함소리가 일어나며 불길이 치밀어오르더니 양편 갈대 숲으로 퍼져 나갔다.

사나운 바람에 불길은 미친 듯이 휘몰아쳤으며 조조 편의 군사들은 일대 혼란 속에 빠져서 제편 사람을 짓밟으면서 도주할 길을 찾기에 바빴다. 무수한 인마가 순식간에 죽어 자빠졌다.

그 광경을 목격하자 조자룡은 유유히 부하를 거느리고 진지로 돌아왔으며, 하후돈은 연기와 불 속을 헤치고 간신히 목숨만 건졌다.

이전은 사태가 불리함을 깨닫자, 황망히 박망성으로 도망치려고 했으나, 앞길에는 훤한 불빛 속에서 가로막고 나서는 1대의 군사들이 있었다.

선두에 나서며 버티는 것은 관운장.

이전과 우금은 결국 자기 편 군량이 불 속에 타 버리는 광경을 확인하고, 쥐구멍을 찾아서 간신히 도주했다. 하후돈과 한호는 군량을 건져내 볼까 하고 달려 들었지만, 장비의 한칼에 하후돈은 말 위에서 나둥그러 떨어졌으며, 한호는 가까스로 몸을 피했을 뿐이었다.

날이 훤히 밝아올 무렵까지 양군이 격전을 계속하고 나서 피차간에 군사를 철수했을 때에는, 인마의 죽어 넘어진 것이 벌판을 뒤덮고, 피가 강물처럼 흘렀다. 하후돈은 패잔병을 수습해 가지고 허창으로 되돌아갔다.

"공명은 과연 영걸(英傑)이다!"

관운장과 장비가 감탄하여 돌아오고 있을 때, 미축 · 미방이 군사를 거느리고 조그마한 수레 한 채를 밀고 오는 것이었다.

그 수레에 타고 있는 것은 바로 공명이었다. 관운장도, 장비도, 말을 내려서 그 수레 앞에 꿇어앉지 않을 수 없었다.

현으로 돌아와서, 공명은 현덕에게 이런 말을 했다.

"하후돈은 도망쳤지만, 이번에는 조조가 친히 대군을 거느리고 쳐들어올 것입니다."

"그렇게 되면 어찌하면 좋겠소?"

"이 제갈량에게 또 한 가지 계책이 있습니다. 조조의 군사와 대결할 수 있습니다."

이야말로 적군을 격파하고 숨도 채 돌리기 전에 도망쳐 간 병사는 또다른 궁리를 하게 되는 판이다.

# 40.
# 불과 물로 싸우다

승패를 갈라놓은 제갈공명의 화공 계책,
성안은 불길을 토해내고…

蔡夫人議獻荊州
諸葛亮火燒新野

유현덕은 조조의 군사를 물리칠 대책을 제갈공명과 더불어 협의하게 됐다.

공명이 의견을 말했다.

"신야는 작은 현으로서 오래 머물러 계실 곳이 못 됩니다. 요즈음 유표는 병세가 위독하여 언제 어떻게 될지 모르는 형편이라 하오니, 이번 기회에 형주를 수중에 넣으셔서 근거지를 만드시면 조조를 막아내기도 무난하리라고 생각됩니다."

"공의 말씀이 좋기는 하지만, 이 유현덕은 유공에게 가지가지 은혜를 입은 몸으로서 도저히 그런 일은 못하겠소."

"이때에 형주를 수중에 넣지 않으시면 후회막급이십니다."

"나는 죽는 한이 있다손치더라도 의리에 벗어나는 짓은 못하겠소."

"정 그러시다면 다시 상의하기로 하십시다."

한편에서는 싸움에 보기좋게 고배를 마시고 허창으로 돌아온 하후돈이 자기 스스로 몸뚱이를 꽁꽁 묶어 가지고 조조와 대면하고는 땅에 꿇어 엎드려서 사죄(死罪)를 내려 달라고 했다.

조조는 그래도 관대한 마음으로 묶은 것을 풀어 주었다. 하후돈이 말했다.

"제갈공명의 계책에 빠져서 화공을 당하게 되어 패하고 말았습니다."

"소시적부터 싸움터에 많이 나가 본 그대가 산골짜기로 쳐들어가서, 화공을 조심해야 한다는 것쯤을 예측하지 못했을 리 없었을 텐데……. 어쩐 일이오?"

"우금과 이전이 미리 깨닫고 알려 주었습니다만, 그때에는 이미 시기가 늦었습니다."

조조는 이전 · 우금 두 사람에게 은상(恩賞)을 베풀었다. 하후돈이 계속해서 말했다.

"유현덕이 이렇게 설치고 나선다면 실로 복심지환(腹心之患)이 아닐 수 없습니다. 불가불 시급히 제거해야겠습니다."

"나도 마음에 늘 걸리는 것은 유현덕과 손권이오. 그 나머지야 개의할 만한 것이 못 되오. 이번 기회에 강남을 소탕해 버려야겠다."

조조는 당장에 50만 대군을 소집했다.

그 50만 대군을 다시 5대로 나누었다.

제1대 — 조인 · 조홍

제2대 — 장요 · 장합

제3대 — 하후연 · 하후돈

제4대 — 우금 · 이전

제5대 — 조조

이렇게 조조는 친히 제5대가 되어서 각대에 병력 10만씩 배치하고, 한편 허저를 절충장군(折衝將軍)에 임명하여 병력 3천을 거느리고 선봉에 나서도록 명령하고, 건안 13년(208년) 가을, 7월 병오일(丙午日)에 군사를 출동시키기로 했다.

태중대부(太中大夫) 공융이 말했다.

"유현덕이나 유표는 다같이 한나라 왕실의 종친이니 경솔히 토벌한다는 것은 좋지 못합니다. 또 손권으로 말하더라도, 6군(郡)을 손에 넣고 있으며, 대강의 요새지대에 의지해 있으니, 쉽사리 탈취하기는 어렵습니다. 이번에 이렇게 명분도 서지 않는 싸움을 일으키신다는 것은 천하의 인망을 상실하시는 일이 될 것입니다."

조조는 이런 권고의 말을 듣더니 노발대발하여,

"유현덕 · 유표 · 손권은 모두 역적인데 토벌하지 않고 어쩌겠소!"

하며 호통을 쳐서 공융을 물러가게 했다. 그리고 만약에 거듭 간언을 하는 자가 있으면 반드시 목을 베겠다고 펄펄 뛰었다.

공융은 승상부를 나와서,

"불인(不仁)으로써 지인(至仁)을 토벌하려 드니 어찌 패하지 않을소냐?"

하고 안타까운 심정을 어찌해야 좋을지 몰라 하늘을 우러러 탄식했다.

이때, 어사대부(御史大夫) 극려(郤慮)의 가객(家客)이 중얼거리는 공융의 말을 듣고 극려에게 알렸다. 극려는 평소에 공융에게 업신여김을 받고 내심 원한을 품고 있던 차인지라 대뜸 이런 사실을 조조에게 고해 바치고 덧붙여서 이렇게 말했다.

"공융이란 자는 요즈음 무슨 일에나 승상을 멸시하고 있으며, 또 예형(禰衡)과 절친하게 왕래하고 있습니다. 예형이 공융을 가리켜 '안회(顔回)가 되살아났다.'고까지 말하고 있습니다. 먼젓번에 예형이 승상께 괘씸한 언사를 올렸던 것도 모두 공융의 탓입니다."

조조는 화가 치밀어서 정위(廷尉)에게 명령하여 공융을 잡아들이도록 했다.

공융에게는 두 아들이 있는데 아직 나이가 어렸으며, 이때 집안에서 바둑을 두고 있었다.

좌우의 사람들이 두 아들을 보고,

"존군(尊君)께서 정위에게 붙잡혀 가시게 되어 참(斬)을 당하신다 하는데, 두 분 공자께서는 어찌하여 빨리 몸을 피하지 않으십니까?"

두 아들이 말했다.

"둥우리가 부서졌는데 알인들 탈없이 있을 수 있겠습니까?"

이 말이 채 끝나기도 전에 정위가 달려들어 가족을 모조리 붙잡아서, 두 아들은 말할 것도 없고, 온 집안 사람을 깡그리 목을 베고, 공융의 시체를 장터에 동댕이쳐서 구경거리를 만들었다.

그랬더니 경조(京兆)의 지습(脂習)이 공융의 시체를 붙들고 통곡을 했다.

이 소식을 알게 된 조조는 격분을 참지 못하고 지습까지 죽여버리려고 했다.

이때 순욱이 말렸다.

"지습은 평소에도 공융을 충고해 왔다는 말을 들었습니다. '공은 성격이 지나치게 강직해서 그것이 화근이 될 것이요.'하고 충고해 왔다고 합니다. 또 오늘은 공융의 죽음 앞에 통곡하는 것은 의리를 아는 사람이라고 하겠습니다. 그를 죽여서는 안 됩니다."

조조는 지습을 죽일 생각을 단념했다. 지습은 공융 부자의 시체와 수급을 거두어서 모두 매장했다. 뒷 사람이 공융을 찬양하는 다음과 같은 시구가 있다.

공융은 북해에서 살며,
그 호탕한 기개, 무지개를 꿰뚫을 듯했다.
좌상에는 항시 손이 가득 찼고,
독 속에는 언제나 술을 비우지 않았다.
문장은 세속을 놀라게 했고,
웃고 떠들면 왕공도 대단하게 생각지 않았다.
역사의 붓이 그의 충성되고 강직함을 칭찬하고,
벼슬은 대중으로 기록되어 남아 있다.

孔融居北海　豪氣貫長虹
坐上客常滿　樽中酒不空
文章驚世俗　談笑侮王公
史筆褒忠直　存官紀大中

조조는 공융을 죽이고 나서 5대의 군사들을 차례차례 출동하도록 명령하고, 순욱을 남겨 두어 허창을 지키도록 했다.

형주에 있는 유표는 병세가 위독해져서 사람을 보내어 현덕을 청해다가 뒷일을 부탁하려고 했다.

현덕은 관운장과 장비를 함께 데리고 형주로 가서 유표를 만났다. 유표가 현덕에게 당부했다.

"나의 병은 이미 약으로 고칠 수 없는 지경에 이르렀으니 오래지 않아서 죽을 것이오. 아우님에게 아들놈들 일을 잘 부탁하오. 내 아들놈은 아무 재간도 없는 놈이라서 아비의 사업을 계승하지 못할 것이오. 내가 죽은 다음에는 아우님이 이 형주를 맡아서 다스려 주시오."

현덕은 울면서 그 앞에 절했다.

"이 현덕이 전심전력을 다하여 조카를 돕는 일뿐 어찌 감히 다른 마음이야 있겠습니까?"

이때, 마침 조조가 대군을 거느리고 쳐들어온다는 정보가 날아들었다. 현덕은 경각을 지체치 않고 유표의 앞을 물러나 신야로 달려왔다.

유표는 병상에서 이런 소식을 듣고 대경실색하고 유서를 썼는데 현덕을 보좌역으로 삼고, 유기(劉琦)에게 형주의 주인이 되라고 했다.

채부인은 이 소식을 알자 격분했다. 관저의 안문을 잠가 버리고 채모·장윤에게 명령하여 바깥문도 단단히 방비하도록 했다.

이때, 유기는 강하에서 부친의 병세가 위독한 줄 알고 형주로 병문안차 달려왔더니, 바깥문에서 채모가 가로막으며 말하는 것이었다.

"공자께서는 부친의 명령을 받으시고 강하를 지키고 계시니 그 책임이 심히 중하십니다. 이제 함부로 수비의 직책을 떠나셨으니 만약에 동오의 군사가 쳐들어온다면 어찌 하실 작정이십니까? 만약에 안에 들어가셔서 주공님을 만나 뵙는다면 반드시 역정을 내실 겁니다. 병세가 더 위독해지시면 이는 효도의 길이 아니오니 시급히 돌아가십시오."

유기는 문 밖에 서서 한바탕 통곡을 했다. 다시 말을 타고 강하로 돌아가는 수밖에 없었다. 유표는 병세가 점점 더 위독해져서 고대하던 유기를 만나 보지도 못하고, 8월 무신일(戊申日)에 큰 소리를 몇 번 내지르고는 세상을 떠났다.

유표가 세상을 떠나자, 채부인은 채모 · 장윤과 협의하고 둘째 아들 유종(劉琮)을 형주의 주인으로 삼으라는 가짜 유언장을 만들어 가지고 목청을 뽑아 슬피 울면서 초상난 것을 알렸다.

이때 유종은 겨우 열네 살.

그러나 매우 총명했다. 여러 사람을 모아 놓고 말했다.

"부친께서는 세상을 떠나셨지만, 지금 형님이 강하에 계시고, 또 아저씨 유현덕이 신야에 계시오. 그대들은 지금 나를 주인으로 내세웠지만, 만약에 형님이나 아저씨께서 나의 버릇없는 짓을 꾸지람하시고 군사를 일으켜 쳐들어오신다면 뭐라고 변명할 수 있겠소?"

여러 사람들이 대답할 말을 찾고 있을 때, 막관(幕官) 이규(李

珪)가 나섰다.

"공자의 말씀이 심히 옳은 말씀입니다. 이제 시급히 애서(哀書)를 강하로 보내서 대공자(大公子)께 형주의 주인으로 나서시라 청하고, 유장군께서도 나라일을 잘 돌봐 주시도록 부탁드리는 것이 지당하다고 생각합니다. 이렇게 되면 북으로는 조조를 막고, 남으로는 손권을 방비할 수도 있을 것이니, 이야말로 만전지책이라 생각합니다."

채모는 이런 의견을 호되게 꾸짖었다.

"그대는 누구인가? 감히 쓸데없는 소리를 해가지고 주공님이 유언하신 명령에 거역하겠단 건가!"

이규가 격분하여 매도했다.

"너야말로 안팎으로 음모를 꾸며 가지고, 유언 중의 명령이라 가칭하고 장자를 폐하고 어린 아들을 세워 형주 · 양양 9군을 넘겨다보고 채씨의 수중에 들어가도록 하자는 것이지! 돌아가신 주공의 영혼이 계시다면 반드시 네놈을 주멸하실 것이다!"

채모는 대로하여 호통을 쳤다. 좌우 사람들에게 명령하여 이규를 끌어내어 목을 베게 했다. 이규는 죽을 때까지 소리를지르며 채모를 매도했다.

이리하여 채모는 유종을 형주의 주인으로 세우고, 채씨 일족은 형주의 군사를 분배하여 차지하고, 치중(治中) 등의(鄧義)와 별가(別駕) 유선(劉先)에게 명령하여 형주를 수비하게 하고, 채부인은 친히 유종과 함께 양양에 가서 주둔하고, 유기 · 유현덕의 침범에 대비하기로 했다.

유표의 시체를 양양성 동쪽 한양(漢陽)의 묘지에 매장했는데, 유기와 현덕에겐 통 알리지도 않았다.

유종이 양양에 도착하여 인마를 쉬게 하려고 하는데, 마침 조조가 대군을 거느리고 양양으로 향했다는 급보가 날아들었다. 유종은 대경실색하여 괴월과 채모를 불러 가지고 대책을 협의했더니, 동조연(東曹掾) 부손(傅巽)이 나서서 말했다.

"조조가 쳐들어오는 것만이 근심스러운 일이 아닙니다. 지금 대공자(유기)께서는 강하에 계시고, 유현덕은 신야에 버티고 있습니다. 이편에서는 초상난 소식도 전해드리지 않았습니다. 만약에 저편에서 군사를 몰고 쳐들어온다면 형주 · 양양도 위태로울 것입니다. 이 부손에게 한 가지 계책이 있사온데, 능히 형주 · 양양의 백성을 태산같이 편안하게 하고 또 주공님의 명작(名爵)을 보전할 수 있을 것입니다."

유종이 물었다.

"그 계책이란 어떻게 하는 것이오?"

"형주와 양양 9군을 조조에게 바치느니만 같지 못합니다. 그렇게 하면 조조는 반드시 주공님을 정중히 대우하실 것입니다."

채모가 꾸짖었다.

"그게 무슨 말이오? 내 선군(先君)의 기업(基業)을 계승하여 아직 자리도 잡지 못했는데 어찌 이것을 남에게 내주겠소?"

괴월이 말했다.

"부공(傅公)의 말씀이 지당하다고 생각됩니다. 역(逆)이든 순(順)이든간에 모두 대체(大體)라는 것이 있고, 강약(强弱)에도 정세(定勢)라는 것이 있습니다. 이제 조조가 남정북벌(南征北伐)을 하는 것은 조정이란 것을 명분으로 내세우는 노릇인지라, 주공께서 이를 거역하심은 그 명분이 불순해지는 것입니다. 또 주공께서는 새로 서신 지 얼마 안 되어 외환이 시끄러운데 내우(內憂)마저 일어나고 있습니다. 형주 · 양양의 백성들은 조조의 군사가 쳐들어온다는 말을 듣게 되면 싸우기도 전에 부들부들 떨 것이니 어찌 대적해 볼 수 있겠습니까?"

유종의 말이,

"제공의 말은 모두 좋은 말이오. 내가 듣지 않겠다는 것은 아니오. 그러나 선군의 대업을 일조일석에 포기하여 남의 손에 넘겨 둔다면 아마 천하의 웃음거리가 될 것이오."

하고 채 끝나기도 전에 분연히 앞으로 나서며 말하는 사람이 있었다.

"부공 · 괴공의 말씀이 지당하온데 무엇을 주저하십니까?"

누군가 하고 보니, 그것은 산양군(山陽郡) 고평(高平) 사람, 성은 왕(王)이요, 이름은 찬(粲), 자를 중선(中宣)이라고 하는 사람이었다. 왕찬은 용모가 깡 말랐고 몸집이 작고 빈약했다. 어렸을 적에

중랑(中郞) 채옹(蔡邕)을 찾아간 일이 있었는데, 그때 자리에 꽉 차 있던 여러 명사들과 이야기를 하고 있던 채옹이, 왕찬이 찾아 왔다는 말을 듣자 신을 거꾸로 신고 급히 뛰어나가 그를 영접했기 때문에, 빈객들이 모두 놀라서 이런 말을 한 적이 있었다.

"채중랑은 어째서 하필 이런 볼품없이 작은 아이에게 극진하신 걸까?"

채옹이 대답했다.

"이 아이는 이재(異才)를 지니고 있는 사람이오. 나도 그를 따르지 못하오."

왕찬은 견문이 넓고 기억력이 놀라운 점에서 그를 따를 만한 사람이 없었다. 어느 때는 길 옆에 서 있는 비문(碑文)을 한번 지나가며 슬쩍 보기만 했는데 당장에 외기도 했고, 남의 바둑 두는 것을 구경하다가 다 흐트러진 바둑판을 처음과 꼭같이 하나도 틀리지 않게 벌여 놓은 일도 있었다. 또 산술을 잘했고, 문사(文詞)가 묘하기 이를 데 없었다. 17세에 황문시랑(黃門侍郞) 자리에 불려가게 됐으나 나가지 않았고, 그 후에 난을 피해 형주·양양으로 왔다가 유표에게 상빈의 대접을 받게 됐었다.

이날, 유종을 보고 물었다.

"장군은 스스로 조공(曹公)과 비교하셔서 어떻게 생각하십니까?"

유종이 대답했다.

"그를 당할 수 없소."

"조공은 군사가 세고 장수들이 용감하며 지모가 굉장합니다. 여포를 하비에서 옴쭉 못하게 했고, 원소를 관도(官渡)에서 무찌르며, 유현덕을 농석(隴石)으로 쫓아 버렸고 오환(烏桓)을 백등(白登)에서 격파했으며, 그가 소탕하고 진압한 자 부지기수입니다. 이제 대군을 거느리고 남쪽으로 쳐내려 형주 · 양양으로 대든다면 도저히 이를 대적하기는 어려운 형편입니다. 부 · 괴 두 분이 꾀하심이 장책(長策)이오니 장군께서는 망설이기만 하시다가는 반드시 후회하실 것입니다."

유종의 마음이 기울어지는 듯했다.

"모친께 한번 품하여 본 뒤에 정하겠소."

이때, 채부인이 병풍 뒤에서 나타나며 유종에게 말했다.

"세 분의 의견이 똑같으시다면 나에게 더 말할 게 뭐 있겠느냐?"

이리하여 유종은 마침내 결심을 하고 항서(降書)를 써서 송충(宋忠)에게 명령하여 비밀리에 조조의 진중으로 보내기로 했다.

명령을 받은 송충은 당장에 완성으로 가서 조조를 만나 보고 항서를 바쳤다. 조조는 크게 기뻐하며 송충에게 후히 상을 베풀고, 유종이 성 밖까지 나와서 영접하게 하면 길이 형주의 주인으로 있도록 하겠다고 분부했다.

송충이 조조의 앞을 물러나 형 · 양(荊襄)을 향하고 돌아가는 길인데, 한강을 건너려고 했을 때 난데없이 1대의 인마가 달려들었다. 자세히 보니 그것은 바로 관운장이었다.

"누구냐? 게 섰거라!"

도망칠 구멍을 찾으며 허둥지둥하던 송충은 관운장에게 잡히고야 말았다. 형주의 사정을 샅샅이 질문했다. 송충은 처음에는 어물어물해 넘기려고 했지만, 관운장의 힐문에 못 견디어 자초지종을 낱낱이 고해 바쳤다.

관운장은 대경실색, 송충을 잡아 가지고 신야로 가서 현덕 앞에 내세우고 이런 사실을 보고하게 했다.

현덕은 이런 사실을 알게 되자 심히 통곡했다. 장비가 말했다.

"이렇게 된 바에는 우선 송충의 목을 베고 군사를 동원하여 강을 건너 양양 땅을 빼앗아 가지고 채부인과 유종을 죽여 버린 다음에 조조와 싸워 보기로 합시다!"

"자네는 잠자코 있게. 내 다 생각해서 할 테니."

장비에게 이렇게 말하고 나서 송충을 향하여 꾸짖었다.

"그대는 여러 사람이 농간을 부리는 것을 알고도 어째서 나한테 빨리 알리지 않았단 말인가? 이제 그대의 목을 벤댔자 아무 이로운 일도 없으니, 빨리 물러가거라!"

송충은 고맙다 절하고, 쥐구멍을 찾듯이 뺑소니를 쳐 버렸다.

현덕이 근심걱정을 하고 있을 때, 마침 공자 유기가 이적(伊籍)을 보냈다는 소식이 들어왔다. 현덕은 먼젓번에 이적의 힘으로 죽음을 면하게 된 은혜를 항시 잊어버리지 않고 있었기 때문에, 섬돌 아래까지 내려와서 영접하고 거듭 그 당시의 고마움을 사례했다.

이적이 말했다.

"큰 공자님께서는 강하에 계시면서, 유형주(劉荊州)께서 이미 작고하시고, 채부인과 채모가 서로 짜고 초상난 소식도 전하지 않았으며, 결국 유종을 형주의 주인으로 세웠다는 사실을 아시게 됐습니다. 그래서 공자께서는 사람을 양양으로 파견하여 사실을 탐문해 보셨더니 틀림없었습니다. 유장군께서 모르고 계신가 해서 특히 이 이적을 보내셔서 부음(訃音)을 전해 드리도록 하신 겁니다. 또 유장군께서 휘하의 정병을 거느리고 함께 양양으로 가시어 문죄(問罪)토록 해주십사 하십니다."

현덕이 유기의 편지를 다 보고 나더니 이적에게 말했다.

"유종이 유기를 무시하고 형주의 주인으로 나섰다는 사실만 아시고, 이미 형주 · 양양 9군을 조조에게 바쳤다는 사실을 모르시는구려!"

이적이 대경실색했다.

"유장군께서는 그것을 어떻게 아십니까?"

현덕은 송충을 붙잡아 온 사실을 이야기해 주었다. 이적이 물었다.

"그렇다면, 유장군께서는 조상을 핑계로 하시고 양양으로 나가시어 유종이 영접하러 나오거든 붙잡으시고, 그 일당을 모조리 처치해 버리시면 형주를 수중에 넣으실 수 있지 않겠습니까?"

공명이 옆에서 말했다.

"이적의 말이 옳습니다. 주공께서는 그 말대로 하십시오."

현덕이 울먹였다.

"유표형이 임종시에 그 아들을 나에게 부탁했는데, 이제 만약에 그 아들을 잡아 놓고 그 땅을 빼앗는다면, 다음날 죽어서 구천에 가면 무슨 면목으로 유표형을 다시 대할 수 있겠소?"

"이렇게 하지 않고는 지금 조조의 군사가 이미 완성까지 와 있으니 어떻게 대적하시겠습니까?"

"번성으로 가서 몸을 피하느니만 같지 못하오."

이렇게 상의하고 있을 때, 탐마의 정보가 날아들었다. 조조의 군사가 이미 박망에 도착했다는 것이었다.

현덕은 당황하여 이적에게 강하로 돌아가서 군사를 정돈하도록 분부하고, 한편 공명과 적을 물리칠 계책을 상의했다.

"주공님께서는 마음을 턱 놓으십시오. 지난번에는 불로써 하후돈의 인마를 절반이나 태워 버렸는데, 이번에는 조조의 군사가 쳐들어오거든 또 한번 그들이 계교에 빠지도록 하십시다. 우리는 이미 신야에서는 견딜 수 없으니 시급히 번성으로 가는 게 좋겠습니다."

곧 성의 사방 문에다 방문을 써 붙여서 백성들에게 다음과 같이 알리도록 했다.

'남녀노소를 불문하고 우리를 따르기 원하는 자는 오늘 당장에 모두 우리를 따라서 번성으로 잠시 피할 것이며, 실수함이 없도록 하라.'

또 손건을 강변으로 파견하여 선박을 풀어 놓도록 해서 백성을 구제하고, 미축을 파견하여 여러 관리들의 가족을 번성까지 호송하도록 했다.

한편 여러 장수들을 모아 놓고 명령을 내렸다.

우선 관운장을 시켜서 1천 명의 군사를 거느리고 백하(白河) 상류에 매복하도록 하고 다음 같은 명령을 내렸다.

"각각 포대를 마련하여 모래를 많이 담아 가지고 백하의 물을 막아 놓도록 하고 내일 3경이 지난 뒤에 강 하류에서 인마의 아우성 소리가 들리나 주의하고 있다가, 급히 포대를 거두어 내어 물줄기가 뻗쳐 내려가게 하고, 그 물줄기를 따라서 싸움에 응하도록 하게."

또 장비에게도 계책을 알렸다.

"군사 1천을 거느리고, 박릉(博陵)의 건널목에 숨어 있도록 하게. 그곳은 물줄기가 제일 느리게 흘러가는 곳이니까 조조의 군사는 물에 떠내려가다가 반드시 이곳으로 피난을 할 것이니 이때에 쳐부수도록 하게."

그 다음 조자룡에게 일렀다.

"3천의 군사를 4대로 나누어서 친히 1대를 거느리고 동문 밖에 숨어 있으면서, 다른 3대는 서 · 남 · 북 세 문에 나누어 매복시키고, 미리 성 안의 인가 지붕 꼭대기에 유황(硫黃) · 염초(焰硝) 등 인화물을 많이 얹어 두도록 하시오. 조조의 군사가 성 안으로 들어오면 반드시 인가에서 쉬게 될 것이며, 내일 저녁 때쯤 해서 반드시 큰 바람이 일 것이오.

바람이 이는 것을 보거든 그 즉시 서 · 남 · 북 3대에게 명령하여 화전(火箭)을 일제히 성 안으로 쏘도록 하시오. 성 안에 불길이 맹렬히 일어나기를 기다려 성 밖에서는 함성을 올려 싸움을 거들게 하고, 동문만 틔워 놓아서 적군이 달아나도록 하시오. 그리고 조장군은 친히 동문 밖에서 적을 뒤로부터 습격하시오. 날이 밝거든 관운장 · 장비 두 장수와 군사를 거두어 가지고 번성으로 돌아오시오."

또, 미방 · 유봉 두 사람에게는 군사 2천 명을 거느리고, 절반은 붉은 깃발, 절반은 푸른 깃발을 올리고 신야성 밖 20리 지점인 작미파(鵲尾坡)에 주둔하게 해서, 조조의 군사가 도착하는 즉시 홍기군(紅旗軍)이 왼쪽으로 가고, 청기군(靑旗軍)이 오른쪽으로 가게 하면 적군은 이상하게 생각하고 감히 추격을 못할 것이니, 그때에 미방과 유봉 두 사람은 양편으로 갈라져서 숨어 있다가 성 안에서 불길이 일어나는 것을 보거든 곧 적의 패잔병을 추격하여 몰살시켜 버린 다음에 다시 백하 상류로 달려와서 싸움에 응하도록 하라고 명령했다.

공명은 이렇게 모든 배치를 끝내자, 현덕과 함께 높은 곳에 올라가서 멀리 바라다보며 첩보가 돌아오기만 기다렸다.

한편, 조인 · 조홍은 10만 대군을 거느리고 선봉에 나섰다.

그 앞으로는 3천의 철갑군(鐵甲軍)을 거느린 허저가 길을 열면서 선봉으로 앞장 서서 길을 틔우면서 진군을 하니, 실로 호호탕탕(浩浩蕩蕩), 노도와 같은 기세로 신야를 향하여 밀고 나갔다.

이 날 오시(午時)쯤 되어서 작미파에 다다르니 앞으로 푸른 깃발과 붉은 깃발을 휘날리는 1대의 군사가 보였다. 허저가 부하를 급히 몰고 쳐들어갈 때, 저편에서 유봉과 미방의 군사는 4대로 갈라져서 붉은 깃발, 푸른 깃발이 각각 좌우 양쪽으로 돌아갔다.

허저가 말을 멈추고 지시했다.

"잠시 전진을 중지해라! 앞에는 반드시 적군의 복병이 있다. 우리 군사는 잠시 여기 머물러 있기로 하자."

허저는 말을 달려 전대(前隊)를 거느리고 있는 조인에게 알렸더니 조인이 반대하고 나섰다.

"이것은 의병(疑兵)이오. 군사가 매복해 있지는 않을 것이오. 빨리 군사를 앞으로 모시오. 나도 곧 뒤를 따르리다."

허저는 다시 작미파 앞으로 돌아와서 군사를 몰고 쳐들어갔다. 숲 가까이 가서 살펴 보았으나 적군이라곤 하나도 보이지 않았다. 해는 이미 서녘에 기울고 있었다. 허저가 앞으로 더 나가려 했을 때 산 위에서 뇌석차(擂石車) 소리가 요란스럽게 일어났다. 머리를 쳐들어 보니 산꼭대기에 무수한 깃발이 휘날리며 깃발 속에 두 개의 산개(傘蓋)가 있는데, 왼쪽은 현덕, 오른쪽은 공명, 두 사람이 마주 앉아서 술을 마시고 있는 것이었다.

허저는 대노하여 길을 찾아 산으로 밀고 올라가려고 했다. 산 위에서는 큰 나무가 굴러 내려오고 포석이 마구 쏟아져 내려오니 도무지 올라갈 수가 없었다.

이때 산 뒤에서 고함소리가 요란스럽게 들려 왔다. 길을 찾아 무찔러 보고 싶지만 날이 이미 어두웠다.

조인은 군사를 거느리고 달려들어서 우선 신야성을 탈취해 가지고 인마를 쉬도록 했다. 군사가 성 아래 이르렀을 때에는 사방 문이 활짝 열려 있었다.

조인의 군사가 몰려들어가도 가로막는 군사는 아무도 없었다. 성 안에는 사람이라곤 하나도 보이지 않았고, 그야말로 완전히 빈 성이었다.

조홍이 자신만만해서 말했다.

"힘도 대단치 않고 계책도 없고 해서 백성을 데리고 모조리 도망친 모양이다. 우리 군사는 우선 성 안에서 쉬고 나서 내일 날이 밝으면 일찌감치 진군하기로 하자.”

병사들은 이미 피로했고, 시장함을 참기 어려웠던 까닭에 너나 할 것 없이 민가를 점령하고 밥을 짓기에 바빴다.

조인과 조홍은 아문 안에서 쉬기로 했다. 초경이 지났을 때, 광풍이 사납게 일어났다. 문을 지키는 병사가 불이 났다는 급보를 전했다. 조인은,

“이는 반드시 병사들이 밥을 짓다가 부주의해서 새어 나온 불일 테니 수선을 떨 일이 아니다.”

라고 말하는데, 그 말이 채 끝나기도 전에 급보가 몇 차례나 연거푸 날아들었다. 서 · 남 · 북 세 문에서 모두 불길이 일어나고 있다는 것이었다.

조인이 여러 장수들에게 시급히 말을 타라고 명령했을 때에는 현 안에는 온통 불길이 치밀어오르고 천지가 시뻘겋다. 그날밤의 불길은 지난번에 박망산의 진지를 태우던 불보다도 훨씬 더 맹렬했다.

조인은 여러 장수를 거느리고 연기 속을 헤치고 불 속을 무릅쓰며 뚫고 나갈 길을 찾다가 동문에 불이 없다는 소식을 듣고 급히 동문 밖으로 달려갔다.

조인의 군사가 간신히 불바다를 헤치고 벗어났을 때 뒤에서 별안간 조자룡이 군사를 거느리고 고함을 지르며 추격해 오니, 살아 있는 병사들도 싸울 생각은 없이 그저 도망칠 뿐이었다.

조인의 군사가 숨도 제대로 못 쉬고 도주하고 있는데, 미방의 1대가 측면에서 공격하고 덤벼드니 조인은 꼴사납게 목숨만 붙어서 뺑소니를 쳤다.

거기다 또 유봉의 1대가 밀고 나왔다. 4경이 됐을 때, 조인의 군사는 기진맥진했으며 머리와 얼굴을 불에 데어서 그 모습이 처참했다.

백하 강기슭까지 오니 다행히 물의 깊이가 얼마 되지 않아, 인마가 모조리 강으로 뛰어들어 물을 마셨으며, 사람들은 서로 부르고 아우성을 치고, 말들은 울부짖고 있었다.

밤 4경이 되어서 백하 하류에서 일어나는 인마의 아우성 소리를 들은 관운장이 당장에 병사에 명령하여 모래 포대를 걷어올리니, 뻗쳐 나가는 물줄기에 조조의 군사는 순식간에 물 속에 휘말려 버렸고, 목숨을 잃은 자 부지기수.

조인이 여러 장수를 거느리고 물줄기가 다소 느리게 흐르는 박릉 건널목에 도착했을 때, 또 요란한 고함소리가 일어나더니 1대의 군사가 앞을 가로막았다. 선두에 나서는 장수는 바로 장비. 호통소리도 무서웠다.

"조적(曹賊)아! 빨리 와서 목숨을 바쳐라!"

이야말로 성 안에서 불길을 토하는 광경을 바라다보는 판인데, 강가에서는 또 사나운 바람을 만나게 된 셈이다.

김광주

중국 남양대학에서 수업
경향신문 문화부장 및 편집부국장 역임
예술 조선 창간, 문화시보 창간

단편집《결혼도박》《연애백장》《혼혈아》
장편소설《태양은 누구를 위하여》《석방인》《장미의 침실》

패브릭 양장 에디션
초판본 삼국지 1: 오리지널 초판본 표지디자인

1판 1쇄 펴낸날 2020년 5월 25일

지 은 이 나관중
옮 긴 이 김광주
펴 낸 이 최석로
펴 낸 곳 서문당
주 소 경기도 고양시 일산서구 덕산로 99번길 85 (가좌동)
전 화 031)923-8258
팩 스 031)923-8259
출판등록 제 406-313-2001-000005호
ISBN 978-89-7243-796-3 (04830)